JN188398

Yoshiki Yamamoto
Akira Ichikawa
Eri Katsuki
Hiroko Masumoto
Jun Yamamoto
Takahiro Nishio
Kayo Yamamoto
Kazuko Takeda
Takashi Kawashima
Shinichiro Mitsudome
Tetsuya Shibutani
Ryuji Yorioka
Asako Miyazaki
Keiko Nakagome
Miho Matsunaga

ドイツ文学と映画

Deutsche Literatur und Film

三修社

凡例

- 本文中の引用ならびに引用資料の書式は原則として MLA 方式（*The MLA Handbook*）第8版（2016）にしたがう。

- 各章の引用資料は各章末ではなく、巻末に掲載する。

- 映画の場面への言及は、ランニングタイム（DVD 等の時間、分、秒）を半角数字で示す。

- 映画作品の年号は公開年を基本とする。本書の「資料」のページ（pp. 372-94）に掲載した「映像資料」欄では、入手しやすい版の DVD や Blu-ray の販売元と発売年を明記している。映画作品の製作会社については、必要な場合にのみ記している。

- 映画作品の邦題は、日本で公開されている場合は原則として公開時の題名にしたがった。

- 文学作品の年号は出版・発表年を基本とし、執筆年、改訂年など作品にとって重要と思われる情報は年号の後に明記している。演劇は原則として初演の年号である。

- 文学作品の邦題は、翻訳がある場合は原則としてそれにしたがった。

- 本書の各章で取り上げた映画作品・監督、文学作品・作者については、原則として原語表記を付け加えた。

はしがき

　19世紀末に映画が誕生して以来、映画と文学は常に密接な関係にある。文学が映画に題材を提供してきた一方で、近代的メディアとしての映画は文学の形式や内容に影響を及ぼしてきた。20世紀以降の文学者であれば、観客として、ときには批評家や理論家として、映画を見て語る側に立つこともあれば、原作者として、脚本家あるいは場合によっては監督として、映画を作る側に関与することもありうるだろう。

　本書『ドイツ文学と映画』は、すでに刊行されている姉妹書『イギリス文学と映画』(2019)、『アメリカ文学と映画』(2019)同様に、こうした文学と映画の多様で複雑な関係のなかで、「文学が映画に題材を提供してきた」という側面に集中的に取り組むものである。それは、いわゆる〈文学作品の映画化〉（ドイツ語では Literaturverfilmung）という、文学と映画の関係を考えるうえで中心となってきたアプローチである。もちろん、原作の文学作品の優位性を確保したうえで、翻案の映画作品をその二次的な派生物とみなし、原作への「忠実さ」でもって翻案の価値を判断するような態度は、慎重に避けられなければならない。近年のアダプテーション研究においては、翻案（アダプテーション）は、先行するテクストに対する創造的な解釈＝翻訳であると考えられるようになっており、〈文学作品の映画化〉もまた、間テクスト的かつ間メディア的な文化的営みとして捉え直されているのである。

　アダプテーション研究の流れについては、前掲2書の「序章」と「はしがき」にそれぞれ解説されているので、詳細はそちらに譲ることとする。ここでは、2023年に出版されたクリスティアーネ・シェーンフェルトの『映画におけるドイツ文学史』(Christiane Schönfeld. *The History of German Literature on Film*. Bloomsbury, 2023、以下では文中にページ数を太字のアラビア数字で示す）を手引きに、ドイツ語圏の文学と映画史とのかかわりについて、時代を追って概観しておきたい。

　映画の最初期、寄席の出し物のひとつにすぎなかった映画に文化的権威を

纏わせ、教養ある中流階級以上の人々にもアピールするために、文学の古典が利用された。せいぜい数分間ほどであった当時の映画にとって、観客がある程度知っている場面であることが有利に働くということもあった。初期映画の題材として国際的に最も人気を博した文学作品のひとつは『ファウスト』（Faust）であった。リュミエール社のジョルジュ・アト、そして、映像の魔術師ジョルジュ・メリエスによるいずれも 1897 年の映画化（17-18）以来、次々に「ファウスト」ものが現れた（本書第 3 章註 1 参照）。ヨーハン・ヴォルフガング・ゲーテの『ファウスト』（1808/32）自体がドイツの伝説に由来するアダプテーション作品のひとつであるが、ゲーテが付け加えたグレートヒェンとの恋愛場面が映画化において好まれたので、その多くがゲーテ作品の翻案と見てよいであろう。1903 年には世界最初の女性映画監督とされるアリス・ギイも『ファウストとメフィストフェレス』（Faust et Méphisthophélès）を製作している。

　1910 年代前半からしだいに複数巻にまたがる長編物語映画が作られるようになる。映画は常設館で見るものになり、世界の大都市では映画宮殿といわれるほど豪華な映画館も出現した。こうした映画の躍進に対するひとつの反応として、ハイカルチャーとローカルチャーの区別に厳しいドイツでは、多くの文学者やジャーナリストが、さまざまな立場から映画についての意見を述べる〈映画論争〉という現象が起こった。そのトピックは、近代都市の知覚と映画との類似性の指摘、大衆的娯楽装置が低俗な趣味を助長するという懸念、演劇との競合、言語の間接性に対する映像の直接性への期待など、多岐にわたる。いずれにせよ、〈映画論争〉の言説は、映画がドイツの文化空間のなかに確実に足場を固めていったことを示す、格好のドキュメントである。1913 年に製作された『プラーグの大学生』（Der Student von Prag、シュテラン・リュエ監督）は、作家ハンス・ハインツ・エーヴェルスが脚本を手掛け、ラインハルト劇場の名優パウル・ヴェーゲナーが主役を演じたことで注目され、二重露光によって分身を出現させるという映画ならではの表現も賞賛されて、映画が教養市民階級から一定の承認を得るきっかけとなった作品のひとつである。

　第一次世界大戦の敗戦とそれに続くドイツ革命によって 1919 年に誕生したヴァイマル共和国は、政治的・経済的には混迷を極めたが、この激動の時

代に、文化の面では、首都ベルリンを中心にいわゆる〈ヴァイマル文化〉が花開いた。〈ヴァイマル文化〉の特色のひとつは大衆文化であり、映画はジャズやスポーツと並んでその主役となった。〈黄金の 20 年代〉とも呼ばれるこの時代には、1917 年 12 月に国からの融資を受けて創設され、1921 年に民営化されてドイツ史上最大の映画コンツェルンとなったウーファ（Ufa）を中心に、ドイツ映画もサイレント期の黄金時代を迎えた。映画製作者たちは、この不安定な時代に娯楽と経済的安定をもたらす原典を、しばしば文学作品に求めた。1920 年代にドイツで製作された劇映画の 3 分の 1 以上が文学テクストにもとづくものだという（153）。なかでも好まれたのは自国の文学である。映画の地位の向上という点で特筆すべきは、フリッツ・ラング監督の『ニーベルンゲン』（*Die Nibelungen*, 1924）であろう。リヒャルト・ヴァーグナーのオペラやフリードリヒ・ヘッベルの戯曲といったかたちで翻案されてきた、13 世紀初頭に成立した中世英雄叙事詩『ニーベルンゲンの歌』（*Das Nibelungenlied*）にもとづく映画化作品である。ウーファの威信をかけて製作されたこの大作は、第一次世界大戦の敗北とその後の苦境を経たドイツ人のナショナル・アイデンティティを強化するという期待を担わされることになり、プレミアには当時の外相グスタフ・シュトレーゼマンをはじめとする政界の重鎮が顔をそろえ、国家的行事のような様相を呈した（本書第 1 章参照）。一方、ラングと並び称されるこの時代の巨匠フリードリヒ・ヴィルヘルム・ムルナウは、1926 年にウーファで『ファウスト』を映画化し（本書第 3 章参照）、ハリウッドにわたった後には、ヘルマン・ズーダーマンの短編小説『ティルジットへの旅』（*Die Reise nach Tilsit*, 1917）にもとづいて、今日でも名作の誉れの高い『サンライズ』（*Sunrise*, 1927）を撮った。このほか、サイレント末期の重要な作品として、ゲオルク・ヴィルヘルム・パプスト監督によるフランク・ヴェーデキントの戯曲『パンドラの箱』（*Die Büchse der Pandora*, 1904）の同名映画化（1929）が挙げられる。

　1927 年にワーナー・ブラザースの『ジャズ・シンガー』（*The Jazz Singer*、アラン・クロスランド監督）が封切られると、観客はこの歌と会話のついた映画に熱狂した。トーキーは瞬く間に世界中の映画業界を席巻し、サイレント映画を駆逐していった。アメリカに少し遅れてドイツでも 1930 年ごろからトーキーへの移行が始まり、1932 年には新作のすべてがトーキーとなった。ド

イツ・トーキーの本格的な幕開けを告げる記念碑的作品も文学作品の翻案であった。ハインリヒ・マンの『ウンラート教授』(*Professor Unrat, oder Das Ende eines Tyrannen,* 1905) を原作とする『嘆きの天使』(*Der blaue Engel,* 1930、ジョセフ・フォン・スタンバーグ監督) である。暴君による抑圧やブルジョワジーの本質に対する原作の洞察が弱められているというジークフリート・クラカウアーの批判もあるが、この映画は大成功を収め、マルレーネ・ディートリヒという世界的スターを生みだした。トーキー導入のこの時期には、細かな台詞のニュアンスや心理が伝えられるようになったためか、古典的な文学よりも同時代の文学が映画化されることが増加した (173)。パプスト監督によるベルトルト・ブレヒトの戯曲『三文オペラ』(*Die Dreigroschenoper,* 1928) の映画化 (*Die 3-Groschen-Oper,* 1931)(本書第 9 章参照) も、初期トーキーを代表する作品である。ブレヒトがこの映画をめぐって起こした裁判は、映画化における作家の権利という問題を浮き彫りにすることになった。1931 年には、エーリヒ・ケストナーの児童文学『エーミールと探偵たち』(*Emil und die Detektive,* 1929) の初映画化作品 (ゲルハルト・ランプレヒト監督)(本書第 11 章参照) も公開された。脚本にビリー・ワイルダーが加わったこの作品は、同原作がこのあと何度も映画化される際にしばしば模範となり、いわば後続作品がこの映画のリメイクになっている点でも興味深い。

また、この時期にはドイツ国外でドイツ文学の重要なアダプテーション作品が生まれている。エーリヒ・マリア・レマルクの反戦小説『西部戦線異状なし』(*Im Westen nichts Neues,* 1929) はハリウッドで映画化され (*All Quiet on the Western Front,* 1930、ルイス・マイルストーン監督)、大ヒットとなった。この映画が 1930 年 12 月にドイツで上映されたときには、保守派の反対を浴び、ヨーゼフ・ゲッベルスを首謀者とするナチスの一団の激しいデモ行為を受けることになる (203-04)。また、ヴィッキー・バウムの小説『ホテルの人々』(*Menschen im Hotel,* 1929) にもとづくハリウッド映画『グランド・ホテル』(*Grand Hotel,* 1932、エドマンド・グールディング監督) は、グレタ・ガルボなどのオールスター・キャストに加えて、「グランド・ホテル形式」と呼ばれることになるその群像劇のスタイルによって有名になった。

1933 年のアドルフ・ヒトラーによる政権掌握から 1945 年 5 月の連合国への降伏までのほぼ全期間にわたって、ナチス・ドイツの映画製作を管理した

のは宣伝大臣ゲッベルスであった。直接的なプロパガンダの効果を信じていなかったゲッベルスにとって、劇映画は国民のイデオロギー教育に最適のメディアであり、とりわけ文化遺産としての自国の文学作品の翻案が重視された(275)。そのなかには、ハインリヒ・フォン・クライストの『こわれがめ』(*Der zerbrochene Krug*, 1811) の同名映画化 (1937、グスタフ・ウチツキー監督) や、テオドーア・フォンターネの『エフィ・ブリースト』(*Effi Briest*, 1894) を名優グスタフ・グリュントゲンスが自ら監督して映画化した『過ち』(*Der Schritt vom Wege*, 1939) (本書第5章参照) などのように、イデオロギー色の比較的薄いものもあるが、以下では、ナチのイデオロギーに染められた例をいくつか紹介したい。1934年に公開されたテオドーア・シュトルムの『白馬の騎士』(*Der Schimmelreiter*, 1888) にもとづく同名映画化作品 (ハンス・デッペ／クルト・エルテル監督) は、当時の批評家たちに絶賛された。評価されたのは、この映画における自然の暴力的な力と人間の力との対比が〈山岳映画〉と同じようにドイツの民族文化に合致しているからであり、また、映画が追加した主人公の2回のスピーチが、彼をカリスマ的な真の指導者に見せるからであった(287-90)。さらに、リオン・フォイヒトヴァンガーの歴史小説『ユダヤ人ジュース』(*Jud Süß*, 1925) の悪名高い映画化 (1940、ファイト・ハーラン監督) にいたっては、貪欲や虚栄心や野心を人間の弱点として描いた原作を悪質に歪曲し、ユダヤ人の卑劣さを訴えるキャンペーンにしている。ただし、ヘルベルト・マイシュ監督によるフリードリヒ・シラーの『群盗』(*Die Räuber*, 1782)の緩やかな翻案作品である『フリードリヒ・シラー──ある天才の勝利』(*Friedrich Schiller. Der Triumph eines Genies*, 1940) のような、アンビヴァレントなケースもあった。この映画はヒトラーがシラーの後継者たる天才であることを観客に理解させようとしたが、シラーが反抗する暴君カール・オイゲンのほうに、観客がヒトラーを重ねてしまわない保証はなかったのである。

　第二次世界大戦の終結からベルリンの壁が建設される1961年までの戦後期、2度の戦争とホロコーストという重荷を背負ったドイツにおける社会と文化の復興において、ドイツ文学の映画化は一定の役割を果たした。東ドイツでは、ハインリヒ・マンの風刺小説『臣下』(*Der Untertan*, 1918) が映画化 (1951、ヴォルフガング・シュタウテ監督) された。この題材選択は、無国籍の亡命者であり、政治的には進歩的なブルジョワで、左翼的なヒューマニスト

であったハインリヒ・マンが、将来の東ドイツ国家の文化と制度の形成に貢献できる人物とみなされたためでもあった（370）。また、ヴィルヘルム・ハウフの童話『冷たい心臓』（*Das kalte Herz,* 1826）にもとづく美しいアグファカラーの映画（1950、パウル・フェアヘーフェン監督）の成功によって、定評のある東ドイツの童話映画の道が開けることになった。一方、西ドイツでは、これに対応する現象として、1950年代前半にケストナーの児童文学が次々に映画化された（本書第11章参照）。西ドイツでは、ハンス・ヘルムート・キルストの三部作の戦争小説『08/15』（1954-55）が爆発的なベストセラーとなり、すぐさま映画化（1954-55、パウル・マイ監督）された。第二次世界大戦中のドイツ軍のなかでさえ人は道徳的でありえたとする本作が、西ドイツの再軍備の議論のなかで持っていた意味は重大である（390）。1950年代後半からは、東西両ドイツでテレビの普及が加速し、「洗練された娯楽」という感覚をテレビにもたらすために、古典的な文学作品がしばしばドラマ化された。とりわけ人気だったのはゴットホルト・エフライム・レッシングの喜劇『ミンナ・フォン・バルンヘルム』（*Minna von Barnhelm,* 1767）であり、両ドイツで長きにわたって定期的にドラマ化されている（379-80）。

　1960年代からドイツ再統一の1990年までの約30年間は、文学作品の映画化に関して、東西ドイツでそれぞれ独自の展開が見られた。東ドイツでは、1961年のベルリンの壁建設後まもなくして、その壁による境界と分断が個人や国家に与える影響を探究したクリスタ・ヴォルフの小説『引き裂かれた空』（*Der geteilte Himmel,* 1963）が、コンラート・ヴォルフ監督によって映画化（1964）された（本書第15章参照）。東ドイツ唯一の映画スタジオであったデーファ（DEFA）が題材として文学作品をとりあげる場合、個人や共同体の定義とその表現が国家の文化政策に適合していることが基準となった（442）。そのなかにあって国際的注目を集めたのは、ユーレク・ベッカーの同名小説（1969）を原作とする、フランク・バイヤー監督のホロコースト映画『嘘つきヤコブ』（*Jakob der Lügner,* 1975）である。この作品はアカデミー外国語映画賞にノミネートされた最初で最後の東ドイツ映画となり、1999年には『聖なる嘘つき／その名はジェイコブ』（*Jakob the Liar*、ペテ・カソヴィッツ監督）の題名で、ハリウッドでリメイクされている。また、トーマス・マンの生誕100周年にちなんで製作された『ヴァイマルのロッテ』（*Lotte in Weimar,* 1975、

エーゴン・ギュンター監督）は、同名の原作（1939）の翻案作品であったが、そこには国家のお墨付きのプロジェクトを盾にして符牒的に表現された体制批判が見え隠れしており、東ドイツ映画のある一面を窺い知ることができる。

　一方、1960年代前半の西ドイツでは、カール・マイの冒険小説『シルバー湖の宝』（*Der Schatz im Silbersee*, 1894）の映画化作品（1962、ハラルト・レインル監督）が大ヒットとなると、『ヴィネトゥ』三部作（*Winnetou I-III*, 1893）を含むマイ作品の映画化が続いた（447-48）。若きアメリカ先住民の酋長ヴィネトゥが活躍するこのシリーズは、テレビに押されがちな映画業界の娯楽路線を印づけるものであったが、そこで展開されるアメリカ先住民と白人との赦しと和解の儀式に、戦後西ドイツの〈過去の克服〉の進行における闌下のとりなしを見ることもできる。

　フランスのヌーヴェル・ヴァーグなどの影響を受けて1960年代後半から1970年代前半にかけて西ドイツに登場した〈若いドイツ映画〉やニュー・ジャーマン・シネマの映画作家たちは、高い政治意識をもってドイツの過去と対峙し、映像言語の革新を模索するなかで、〈グルッペ47〉をはじめとする同時代の作家の文学作品や古典文学にしばしば向きあった。代表的なものを列挙するだけでも以下のようになる。ジャン＝マリー・ストローブとダニエル・ユイレは、1965年にハインリヒ・ベルの『九時半の玉突き』（*Billard um halb zehn*, 1959）にもとづく『妥協せざる人々（和解せず）』（*Nicht versöhnt oder Es hilft nur Gewalt, wo Gewalt herrscht*）を監督し、1984年にはカフカの『失踪者（アメリカ）』（*Der Verschollene (Amerika)*, 1927）を『階級関係』（*Klassenverhältnisse*, 1984）の題名で映画化している。フォルカー・シュレンドルフ監督は、1966年にロベルト・ムージルの『テルレスの惑乱』（*Die Verwirrungen des Zöglings Törleß*, 1906）にもとづく『テルレスの青春』（*Der Junge Törless*）を製作すると、1975年にはマルガレーテ・フォン・トロッタ監督と共同でベルの『カタリーナ・ブルームの失われた名誉』（*Die verlorene Ehre der Katharina Blum*, 1974）を翻案し、1979年にはギュンター・グラスの『ブリキの太鼓』（*Die Blechtrommel*, 1959）を映画化（本書第14章参照）してカンヌ国際映画祭でパルム・ドールに輝いた。ヴィム・ヴェンダース監督は、1972年に盟友ペーター・ハントケの『ゴールキーパーの不安』（*Die Angst des Tormanns beim Elfmeter*, 1970）の映画化（本書第16章参照）で長編デビューを果たし、1975年にはゲーテの『ヴィ

ルヘルム・マイスターの修業時代』（*Wilhelm Meisters Lehrjahre,* 1795-96）にインスピレーションを得た『まわり道』（*Falsche Bewegung*）を発表している。ライナー・ヴェルナー・ファスビンダー監督は、1974 年にフォンターネの『エフィ・ブリースト』を映画化し（本書第 5 章参照）、1979 年から 80 年にかけてはアルフレート・デーブリーンの『ベルリン・アレクサンダー広場』（*Berlin Alexanderplatz,* 1929）をテレビドラマ化している（本書第 10 章参照）。ヴェルナー・ヘルツォーク監督は、1979 年にゲオルク・ビューヒナーの『ヴォイツェク』（*Woyzeck,* 1836 執筆）を映画化している（本書第 4 章参照）。また、この時期には、ドイツ国外でもドイツ文学の優れた映画化作品が生まれた。たとえば、オーソン・ウェルズ監督によるカフカの『訴訟（審判）』（*Der Proceß,* 1925）の翻案（1962）、ルキノ・ヴィスコンティ監督によるトーマス・マンの『ヴェネツィアに死す』（*Der Tod in Venedig,* 1912）の映画化（1971）（本書第 6 章参照）、そしてエリック・ロメール監督によるクライストの『Ｏ侯爵夫人』（*Die Marquise von O...,* 1808/10）の映画化（1976）（本書第 2 章参照）などである。また、日本のテレビアニメ『アルプスの少女ハイジ』（高畑勲、1974）は、サイレント期からドイツ語圏を超えて繰り返し映画化されてきたヨハンナ・シュピーリの児童文学『ハイジ』（*Heidi,* 1880-81）のアダプテーションの決定版として、いまなお世界各地で根強い人気を誇っている。

　ベルリンの壁崩壊の翌年の 1990 年、ドイツは再統一される。再統一直後の社会の混乱期には、またもやケストナー児童文学の映画化のブームが起こった（本書第 11 章参照）。映画界全体では、新自由主義経済の進行とともに、莫大な予算をかけた大作が主流となっていった。ニュー・ジャーマン・シネマ時代の反動であるかのような、芸術性から商業性というこの転換を率いた中心人物は、コンスタンティン映画社のプロデューサー、ベルント・アイヒンガーである（499）。アイヒンガーは、西ドイツ時代の 1984 年にすでに『ネバーエンディング・ストーリー』（*Die unendliche Geschichte*、ウォルフガング・ペーターゼン監督）でミヒャエル・エンデの児童文学『はてしない物語』（1979）を映画化していたが、再統一後も、シュテファニー・ツヴァイク原作（1995）の『名もなきアフリカの地で』（*Nirgendwo in Afrika,* 2001、カロリーネ・リンク監督）や、パトリック・ジュースキント原作（1985）の『パフューム　ある人殺しの物語』（*Das Perfum. Die Geschichte eines Mörders,* 2006、トム・ティクヴァ監督）

（本書第 18 章参照）など、しばしばドイツのベストセラー小説の映画化を手掛けた。アイヒンガーの死後も同社はその路線を引き継ぎ、近年でもティムール・ヴェルメシュ原作（2012）の『帰ってきたヒトラー』（*Er ist wieder da*, 2015、ダーヴィト・ヴネント監督）や、フェルディナント・フォン・シーラッハ原作（2011）の『コリーニ事件』（*Der Fall Collini*, 2019、マルコ・クロイツパイントナー監督）といった話題作を生みだしている。もちろんベストセラーの大作映画化はコンスタンティン社の専売ではない。国際的に話題を集めたベルンハルト・シュリンクの小説『朗読者』（*Der Vorleser*, 1995）の映画化はその例のひとつであり、主演にケイト・ウィンスレットを起用し、『愛を読むひと』（*The Reader*, 2008、スティーヴン・ダルドリー監督）の題名で、アメリカ・ドイツ合作で製作されている（本書第 19 章参照）。

ドイツ文学の古典やモダンクラシックに目を向けたのは、世界各地の作家性豊かな監督たちであった。セネガルのジブリル・ジオップ・マンベティ監督の『ハイエナ』（*Hyènes*, 1992）は、フリードリヒ・デュレンマットの喜劇『老貴婦人の訪問』（*Der Besuch der alten Dame*, 1956）の舞台を大胆にもヨーロッパからアフリカに移した作品である（本書第 13 章参照）。ハリウッドの鬼才スタンリー・キューブリックは、アルトゥア・シュニッツラーの『夢小説』（*Traumnovelle*, 1925）の映画化に長年にわたって取り組み、1999 年に遺作となる『アイズ・ワイド・シャット』（*Eyes Wide Shut*）を完成させた（本書第 8 章参照）。ロシアのヴァレーリー・フォーキン監督は、俳優が人間のままの身体の動きで「虫けら」を表現するという演出法にしたがって、カフカの『変身』（*Die Verwandlung*, 1912 執筆）を 2002 年に映画化した（本書第 7 章参照）。また、ロシアの巨匠アレクサンドル・ソクーロフは、ゲーテの『ファウスト』の映画化（本書第 3 章参照）によって、2011 年のヴェネツィア国際映画祭で金獅子賞を受賞している。ドイツ語圏の映画監督では、ミヒャエル・ハネケが、1997 年にカフカの『城』（*Das Schloß*、1922 執筆）を映画化した。ハネケは 2001 年には現代作家エルフリーデ・イェリネクの『ピアニスト』（*Die Klavierspielerin*, 1983）の映画化（本書第 17 章参照）によって、国際的な注目を浴びることになる。〈ベルリン派〉の代表者のひとりであるクリスティアン・ペツォルト監督は、2018 年の映画『未来を乗り換えた男』（*Transit*）（本書第 12 章参照）において、アンナ・ゼーガースの自伝的小説『トランジット』

（1944）を下敷きにしつつ、第二次世界大戦中に書かれた原作に現代の難民問題を重ねあわせてみせた。類似の設定は、2020 年のブルハン・クルバニ監督によるデーブリーンの『ベルリン・アレクサンダー広場』の映画化（本書第 10 章参照）にも見られる。ここでは、舞台が 1920 年代から現代のベルリンに移され、主人公のビーバーコップはアフリカ出身の難民青年になっている。

「アダプテーションとは、過去と現在を交差させながら、未来に向けて創造的で内省的な空間を提供する多層的な物語である」(6) とシェーンフェルトは言う。ドイツ文学の映画化だけをこうして追ってみても、文学作品と映画とが交差するなかで生まれた「多層的な物語」はそれ自体として未来に開かれた豊饒な生命をもち、それらが織りあわさって、映画史のなかで重要な位置を占める映画群が形成されていることがわかる。

本書の話に戻ろう。本書は、〈文学作品の映画化〉という側面から、具体的な分析を積み重ねて、ドイツ文学と映画の関係を考察したものである。文学作品の選択にあたっては、原則として、ひとりの作家からひとつの作品とし、中世から現代まで、文学史にも目配りしつつ、ドイツ文学の代表作といえるものとした。さらに映画としても価値の高い一級の映画化作品が存在していることを条件とし、中心的に論じる映画もひとつに絞った（第 11 章のみ例外）。そのうえで、日本で公開されたことがあり、できるだけ DVD やブルーレイや配信などで日本語字幕付きで視聴することができる映画を選んだ（若干の例外あり）。こうして、サイレント期のラングから、ニュー・ジャーマン・シネマ時代のファスビンダー、ヴェンダース、ヘルツォーク、シュレンドルフを経て、ハネケ、ペツォルト、ティクヴァにいたるドイツ語圏の名監督、そして、ヴィスコンティ、ロメール、キューブリック、ソクーロフといった世界各国の巨匠が、ラインナップに顔を並べることになった。

章の配列は文学作品の成立年代順としたので、本書を読み進めることで、ドイツ文学の代表的な作品に触れつつ、オーソドックスなドイツ文学史のおおまかな流れをたどることもできるだろう。もちろんドイツ文学という場合には、ドイツという国にとどまらず、ドイツ語圏の文学ということになる。オーストリアの作家（シュニッツラー、ハントケ、イェリネク）、スイスの作家（デュレンマット）、そして、カフカのようないわゆる〈プラハのドイ

ツ語文学〉の作家も本書は含んでいるし、また、東西分断時代に書かれたヴォルフの『引き裂かれた空』のような東ドイツの文学も収めている。各章の執筆にあたったのは、多くの場合、とりあげた作家を専門とする研究者であり、理想的な案内人である。しかし、一方で、長所に思えるこうした点が、もとより〈文学から映画へ〉という方向性をもつ本書において、軸足はあくまで文学のほうに置かれている、という印象を強化してしまう可能性も否めないだろう。上に素描した映画史的概観は、本書のこうした点を多少なりとも補正することを意図したものである。各章の議論を映画史の文脈のなかで捉え直してみたり、あるいは、映画化された時代順に各章を並べ直して考えてみたりすることで、本書のもうひとつの相貌が立ち現れてくるにちがいない。

　本書の企画をいただいたのは、2019 年秋のことであった。以来、遅れがちな作業にもかかわらず、私たちを励まし、温かく見守ってくださった三修社の永尾真理さんに特別の感謝を捧げたい。

　末筆になったが、編集委員の一人である市川明さんが 2024 年 1 月に急逝された。自称「健康優良児」で、エネルギーの塊のようであった市川さんが突然いなくなってしまったことは、いまでもまだ信じられない。第 4 章の『ヴォイツェク』論が市川さんの遺稿となった。本書をまず市川さんに届けたいと思う。編集委員一同、心より市川さんのご冥福を祈るものである。

2024 年 5 月
山本佳樹

目次

1 同時代的神話の創造

フリッツ・ラング監督『ニーベルンゲン』（1924）：
中世英雄叙事詩の戦間期におけるアダプテーション

山本　潤

1 「ドイツの民に捧ぐ」

　1924 年 2 月 14 日に第一部『ジークフリート』（Teil 1: *Siegfried*）が、同年 4 月 26 日に第二部『クリームヒルトの復讐』（Teil 2: *Kriemhilds Rache*）が封切りされたフリッツ・ラング（Fritz Lang, 1890-1976）監督による二部作の映画『ニーベルンゲン』（*Die Nibelungen*, 1924）[1]では、第一部および第二部ともに、その冒頭でまずタイトルとスタッフロールが流れたのち、再びのタイトル（▶ 00:01:44）に続き、「ドイツの民に捧ぐ」（Dem deutschen Volke zu eigen）（▶ 00:01:50）との献辞が現れる（図 1）。この時点ですでに観客は、この映画が明確にナショナルな枠組みを意識して製作されていることを理解するとともに、これから始まる物語を、否応なくドイツ人のナショナル・アイデンティティとの関係という文脈で鑑賞することになる。

　そもそも第一次世界大戦敗戦とそれに伴うドイツ帝国およびオーストリア＝ハンガリー帝国の解体という国家体制の破滅的な状況の後、空前のインフレーションのさなかに 2 年の歳月をかけ、ドイツ映画産業の最大の作品として

図 1　『ジークフリート』▶ 00:01:50

製作されたこの映画は、一種の国家事業的なものとして受容される下地を持っていた。封切りの前年から大々的な宣伝がなされ、またベルリンのウーファー・パラスト・アム・ツォーで開催されたプレミアに際しては、ラングと彼の当時の妻であり、本作品の脚本を著したテア・フォン・ハルブ（Thea von Harbou, 1888-1954）[2] がポツダムのフリードリヒ大王の墓に花束を供えるというパフォーマンスが行われている。フリードリヒ大王は、前年に公開されたアルツェン・フォン・ツェレピー監督の四部からなる『フリードリヒ大王（日本公開時の邦題は『ライン悲愴曲』）』（*Fridericus Rex*, 1922-23）によって、映画メディアに国家的偉大さおよび国家的な忍耐強さを表象する人物と認識されていたのである（Müller 428）。プレミア祝賀会の席には、当時の外務大臣であったグスタフ・シュトレーゼマン（Gustav Stresemann, 1878-1929）をはじめ、ヴァイマル共和国の政財界の重鎮が勢ぞろいしており、1924 年のベルリンにおける文化行事のハイライトと言ってよいものであった。

　その席でシュトレーゼマンは、この映画の「物質的なものからの回帰」を、「近年の映画の発展における最も素晴らしく、最も価値のあること」として称賛する。そして、「あまりに物質的なものへと関心が向けられている今日、文明と文化を理想的な総体へと、調和的な共鳴へと統合する」ことが肝要であり、「諸国民のあいだの架け橋となるのは精神的な価値」であるがゆえに、映画『ニーベルンゲン』は民衆の相互理解に「価値ある貢献をする」であろうと述べており（Heller 497）、この映画が国内外で文化的影響力を発揮することに対する大きな期待をうかがうことができる。

　監督であるラングも、プレミア公開用公式パンフレットに寄せた文章のなかで、映画『ニーベルンゲン』の製作は「ある国民にとっての精神的聖域」に関わるものであり、その目的とは「神話の世界を再びよみがえらせ、活力を与えて信じるにたるものとすること」であると語る。同時に、彼はドイツ映画の使命として「真似のできない無比の」、「ほかに転用などできない国民的なもの」を生み出すことを挙げ、それを『ニーベルンゲン』によって達成することが己の仕事であるとしている（Gehler and Kasten 170）。[3] またフォン・ハルブは、映画『ニーベルンゲン』の役割とは、「ドイツの本質を伝える使者」として、それを「世界中へ、あらゆる民族に伝え」ることであると述べている（Heller 501）。このように、シュトレーゼマンの賛辞に見られる物質

と精神の二項対立および後者の重視、そしてナショナルなものとの連結という思考は、ラング／フォン・ハルブの製作意図と通底するものであり、彼らはそうしたドイツの精神的国家的な特性を、ニーベルンゲンの物語のなかに発見するとともに、それを映画という当時の最新かつ若いメディアを通して明らかにしようとしたのである。

2　中世英雄叙事詩『ニーベルンゲンの歌』とその近代以降の受容

　ラングが「国民の精神的聖域」と呼んだのは、ゲルマン民族にとっての「英雄時代」とされる民族大移動期の史実に由来し、ドイツ語圏で口承されてきた、今日「ニーベルンゲン伝説」と総称される英雄伝説素材である。この伝説を伝えるテクストのうち、13 世紀初頭にこの伝説に取材し、現在のドイツとオーストリア国境の街パッサウにおいて、おそらくは同地で当時司教の座にあったヴォルフガー・フォン・エルラの依頼により詩作されたと推測されている中世高地ドイツ語による英雄叙事詩、『ニーベルンゲンの歌』（*Das Nibelungenlied*）[4]をラング／フォン・ハルブは作品の土台としている。ただし、フォン・ハルブは映画『ニーベルンゲン』に関し、「『ニーベルンゲンの歌』の映画化」とさえ言っているものの（Brüggen and Glasner 271）、実際にはさらに北欧での伝承などに見られるモティーフを組み合わせている。以下に『ニーベルンゲンの歌』の概略を確認しておきたい。

　物語はブルゴント（映画では「ブルグント」）の都ヴォルムスから始まる。グンテル（「グンター」、テオドア・ロース）、ゲールノートそしてギーゼルヘルの兄弟王の治めるこの国には、美貌の姫クリエムヒルト（「クリームヒルト」、マルガレーテ・シェーン）がいた。その噂を聞きつけ、龍殺しの不死身の英雄で、ニーベルンゲンの財宝の所有者とされるニデルラントの王子ジーフリト（「ジークフリート」、パウル・リヒター）が求婚のためにブルゴントを訪れる。一方、ブルゴント王グンテルはイースラントの女王プリュンヒルト（「ブルンヒルト」、ハンナ・ラルフ）への求婚を思いたつ。ジーフリトはグンテルの求婚に協力する代わりに、成功した暁にはクリエムヒルトを妻とする確約を得る。プリュンヒルトへの求婚は、ジーフリトの持つ魔法の隠れ頭巾の力もあり成功裏に終わるが、その際にジーフリトは自分がグンテルの臣下であるとの身分詐称を行っていた。臣下に王族の妹を妻として与え

ることに納得のいかないプリュンヒルトは、初夜の晩にグンテルを拒み、グンテルは縛り上げられて壁に一晩中つるされるという屈辱を受ける。グンテルに懇願されたジーフリトは、翌晩隠れ頭巾の力で何とかプリュンヒルトを組み敷くと、彼女の指輪と帯を奪ってグンテルと入れ替わり、プリュンヒルトはグンテルの妻となる。両王家に王子が誕生したのち、ジーフリトとクリエムヒルトは招かれてヴォルムスへと赴くが、そこでクリエムヒルトとプリュンヒルトのあいだで諍いが起こり、クリエムヒルトはジーフリトから贈られた指輪と帯を示してプリュンヒルトを側女と侮辱する。プリュンヒルトの恥をすすぐべくブルゴントの重臣ハゲネ（「ハーゲン・トロニエ」、ハンス・アーダルベルト・シュレットウ）はジーフリト暗殺を計画し、結果ジーフリトは泉の傍らで唯一の弱点を背後から槍で刺され、殺害される。クリエムヒルトの復讐を懸念したハゲネは、ニーベルンゲンの財宝をひそかにライン川の水底に沈めてしまう。

　ジーフリトの死から13年のあいだ喪に服していたクリエムヒルトのもとを、フン族の王エッツェル（ルードルフ・クライン＝ロッゲ）からの求婚の使者として、辺境伯リュエデゲール（「リューディガー」、ルードルフ・リットナー）が訪れる。当初は難色を示したクリエムヒルトだったが、自分を必ず護るというリュエデゲールの誓いを受けて復讐の可能性に思いいたり、結婚を承諾する。エッツェルとクリエムヒルトのあいだには王子が生まれるが、クリエムヒルトはジーフリトを殺害したハゲネへの復讐の念を捨てず、再婚して13年の後にブルゴントの親族らをフンの宮廷での宴に招く。クリエムヒルトの意を受けたフンの王弟ブレーデリーン（「ブラオデル」、ゲオルク・ヨーン）がブルゴントの従卒らを襲撃、その報を受けたハゲネが王子を殺害したのを皮切りに全面的な戦いとなり、エッツェルと客将ディエトリーヒ・フォン・ベルン（「ディートリヒ・フォン・ベルン」、フリッツ・アルベルティ）、その臣下ヒルデブラント（ゲオルク・アウグスト・コッホ）、そしてグンテルとハゲネのみが生き残る。クリエムヒルトはハゲネにジーフリトの後朝の贈物であるニーベルンゲンの財宝の在処を明かすよう迫るが、ハゲネは自分の主君の誰かが存命のうちはそれを明かさないと拒否すると、クリエムヒルトは実の兄であるグンテルを斬首させ、再びハゲネに宝の在処を問う。それに対しハゲネは、宝は永遠にクリエムヒルトの手に渡ることはないと勝ち誇

る。クリエムヒルトはならばせめても、とハゲネが持っていたジーフリトの遺品である名剣バルムンクを奪うと、ハゲネの首を打ち落とした。それに憤慨したヒルデブラントにクリエムヒルトも討たれ、物語は幕を閉じる。

　叙事詩『ニーベルンゲンの歌』が素材としたニーベルンゲン伝説は、二つの核を持つ。一つが5世紀前半のフン族の援兵を伴ったローマ軍に敗北したブルグント族の滅亡と5世紀半ばのフン族の王アッチラの急死が結びついて生まれた、自らの一族を滅ぼされた女性による復讐を語るブルグント伝説であり、もう一つが6世紀のメロヴィング朝の内紛を源泉としたと推測されている、王妃間の争いや暗殺劇といったモティーフを持つブリュンヒルト伝説である。この二つの伝説に、さらに5世紀末から6世紀にかけてイタリアに覇権を唱えた東ゴート王テオドリックの事績から生まれたディートリヒ・フォン・ベルンの伝説が部分的に組み合わされ、『ニーベルンゲンの歌』の基本構造が構築されている。

　『ニーベルンゲンの歌』は、語り手が聞き知った共同体の過去に根差す物語を、同じ共同体に属する聴衆を前に語るという、英雄伝承に直接的に連なる作品として演出されている。[5] その一方で、随所に織り込まれた古代以来の叙事文芸の技法は、『ニーベルンゲンの歌』が単なる英雄伝承の文字化ではなく、書字的な基盤の上に口誦文芸を模して詩作された作品であることを示唆し、また物語の中心となるブルゴントの王都ヴォルムスや王エッツェルの君臨するフン族の宮廷は、中世盛期の宮廷騎士文化を反映した造形がなされている。さらに、作品成立の当初から16世紀にいたるまで、続編およびキリスト教的視点からの物語への注釈としての役割を持つ『ニーベルンゲンの哀歌』(*Die Nibelungenklage*) と組み合わされる形での写本伝承が行われており、これは『ニーベルンゲンの歌』が中世を通してキリスト教的視点から受容されたことを示唆している。すなわち、中世英雄叙事詩『ニーベルンゲンの歌』とは、中世盛期のキリスト教／宮廷騎士文化へのニーベルンゲン伝説のアダプテーションとみなしうるものであり、そこには素材の持つ古来の英雄的倫理と中世盛期の宮廷的／キリスト教的倫理の相克を認めることができる。

　しかし18世紀半ば以降、『ニーベルンゲンの歌』は作品そのものに反映されている中世盛期の共時的要素よりも、作品素材の持つゲルマン的精神性および倫理性に焦点を当てられて受容されることとなる。その背景となった

のが、18世紀以降のドイツ語圏人文学によるタキトゥスの『ゲルマーニア』に拠ったゲルマン／ドイツの民族的特性に関する研究であり（von See 55）、[6] また1806年の神聖ローマ帝国の崩壊および反ナポレオンの解放戦争を通した、ドイツ語圏のナショナリズムの目覚めという潮流であった。政治的統一体を失った当時のドイツ人たちは、ナショナル・アイデンティティを文化的なものに求め、『ニーベルンゲンの歌』はゲルマン／ドイツ的本質を表象する作品とみなされた。そして1807年にはフリードリヒ・ハインリヒ・フォン・デア・ハーゲン（Friedrich Heinrich von der Hagen, 1780-1856）による史上初の現代語訳の序文において、『ニーベルンゲンの歌』はドイツにとっての国民叙事詩としての立ち位置を与えられる。[7]

この認識が受け入れられた結果、物語の構図に関連付けられて国家の現在が語られることとなり、『ニーベルンゲンの歌』はドイツ史のいわば予型として機能することとなった。解放戦争の際には「悪龍」フランスと戦うドイツの兵士が龍殺しの英雄ジークフリートと同一視された一方、[8] 第一次世界大戦時にはドイツ帝国とオーストリア＝ハンガリー二重帝国の関係が、作品後半の「強大な敵を前にしても、死にいたるまで決して互いを見捨てない」という勇士ハゲネとフォルケールのあいだの戦友的信義に喩えられ、「ニーベルンゲンの信義」（Nibelungentreue）という概念が誕生する。[9] しかし第一次世界大戦の敗戦により、この信義により結ばれた両帝国は瓦解、消滅するという皮肉な結末を迎えることとなり、ドイツのナショナル・アイデンティティはまたしても危機を迎える。つまり、ラング／フォン・ハルブは、『ニーベルンゲンの歌』が国民叙事詩として認知されたのと相似する歴史的状況下に、「ドイツの民へ捧ぐ」映画『ニーベルンゲン』を製作したのである。

3　大衆のための『ニーベルンゲン』

ラングによる『ニーベルンゲン』以前にも、19世紀以来さまざまな形でのニーベルンゲン伝説のアダプテーションの試みがなされてきた。そのなかでとりわけ強い影響力を持ったのが、リヒャルト・ヴァーグナー（Richard Wagner, 1813-83）による四部作の楽劇『ニーベルングの指環』（*Der Ring des Nibelungen*, 1848-74）およびフリードリヒ・ヘッベル（Friedrich Hebbel, 1813-63）による三幕からなる悲劇『ニーベルンゲン』（*Die Nibelungen*, 1862）である。前

図2 『ジークフリート』 ▶ 00:02:10

者は直接的には『ニーベルンゲンの歌』には拠らず、北欧と大陸のニーベルンゲンに関する伝承を融合してそこから独自の物語を紡ぎ出した。その一方で、後者は同時代的な視点から登場人物の心理描写を深め、また先史的太古の時代とキリスト教的時代、そして両者の境界にある民族大移動期という世界史的構造に視線を向けて『ニーベルンゲンの歌』を直接的な原典として取り上げ、歴史化しつつ改作している。これらの作品は、1920年代にいたるまでドイツ語圏のエリート教養市民層にとっての「ニーベルンゲン的なるもの」のイメージ構築に決定的な役割を果たしていた（Kiening and Herberichs 196）。

　しかしラング／フォン・ハルブは、映画『ニーベルンゲン』の製作にあたり、こうした既存の、特定の社会階層のあいだで享受されているニーベルンゲン素材のアダプテーション的作品の直接的な映像化という選択肢を取らなかった。自身の製作する映画は「民衆（Volk）のものであるべきであって、『エッダ』や中世高地ドイツ語の英雄歌のように、比較的少数の特権的な教養ある頭脳のものであってはならない」と述べるラングは（Gehler and Kasten 170）、19世紀以来のもう一つの文化伝統を取り上げ、作品に反映させている。すなわち、ヴァーグナーやヘッベルの楽劇および戯曲よりもより広範な社会層に馴染んでいた、造形芸術や絵画、家庭向けの図書に描かれたイラストなどを通した、ヴィジュアルイメージの伝統である。

　映画冒頭の、視聴者を伝説の世界へと誘う鬱蒼とした森に虹のかかる風景（『ジークフリート』▶ 00:02:10-00:02:20）（図2）は、ドイツ・ロマン派を代表する画家カスパー・ダーヴィド・フリードリヒ（Casper David Friedrich, 1774-1840）による《虹のある山の風景》（*Gebirgslandschaft mit Regenbogen*, 1809）に拠ったものであることは明白であり、また神殿の柱石のような巨木の生い茂る森のなかを、白馬に乗って騎行するジークフリート（『ジークフリート』▶ 00:16:30-00:16:50）の姿は、スイスの印象主義画家であるアルノルト・ベッ

クリン（Arnord Böcklin, 1827-1901）
による《森の沈黙》（*Das Schweigen des Waldes*, 1885）に描かれた一角獣に乗るニンフを想起させる（Eisner 158）。さらに、ブルグントの王族たちや兵士たちの幾何学的な、非歴史的衣装デザインが、ゲルラハ青少年叢書に収録された、フランツ・カイムによる再話『ニーベル

図3　『ジークフリート』 ▶ 00:37:43

ンゲン』（*Die Nibelungen*, 1909）に描かれている、ウィーンのユーゲント様式を代表するデザイナーの一人であるカール・オットー・チェシュカ（Carl Otto Czeschka, 1878-1960）の挿絵から直接的な影響を受けていることはつとに指摘されるところである（Müller 429）。とりわけ、物語前半のジークフリートによるブルグント入城の場面（『ジークフリート』 ▶ 00:37:43-00:37:54）で、ラングはチェシュカによるイラストの構図をほとんどそのまま援用している（図3）。

　このように、映画『ニーベルンゲン』の絵作りは、素材となった伝説が生まれた時代である民族大移動期や、ラング／フォン・ハルブがその多くを依拠した『ニーベルンゲンの歌』が詩作された盛期中世を、時代考証的に正しくヴィジュアル化したものではなく、19世紀および20世紀の人口に膾炙した視覚文化のさまざまな様式を複合的に取り入れたものとなっている。つまり映画『ニーベルンゲン』はその映像によって、過去の神話的物語を近代的様式の地平へと展開していると言うことができるだろう。そして、近代的視覚文化の伝統との接合を通し、映画『ニーベルンゲン』の受け取り手としてラングが想定し、彼らにとって映画を近しいものとすることを意図しているのは、限られた知的エリートではなく、まさにその献辞で示された「ドイツの民」、すなわちドイツの一般民衆なのである。己が携わる映画が、秘儀的な芸術作品ではなく、大衆メディアであることを自覚しており、「映画を生んだ時代の本質と映画の本質が一致するとき、はじめてその映画は訴求力を持ったものとなる」と考えるラングにとって、映画とはアクチュアルな願望や欲望、不安の投射スクリーンとしての役割を果たす「時代のドキュメン

ト」であった（Gehler and Kasten 174）。そして、1920 年代という第一次世界大戦敗戦後の混迷の時代において、直近の過去を克服し、新たな自尊心を惹起して「何らかの国民意識を取り戻す」ことを目指したラング 10) は、特定の社会層ではなく大衆へと語りかけると同時に、彼らの欲するところのものをニーベルンゲンの物語のなかに浮かび上がらせようとしたのである。

4.『ニーベルンゲン』の作品世界

　それでは、ラングは映画『ニーベルンゲン』の世界をどのように構築し、それを 1920 年代という時代と共鳴させ、「時代のドキュメント」として「ドイツの民」に開示しているのか。

　ラングは『ニーベルンゲン』の作品世界の造形にあたり、「完全にそれ自体で完結し、相互に敵対的ですらある四つの世界を厳密に分け隔て、そしてそれぞれをその極限へと導くこと」が肝要であったと述べている。その四つの世界としてラングが想定したのは、ヴォルムスの宮廷世界、龍や地下の侏儒、そして森の野人が住まう若きジークフリートの昏いメルヒェン的世界、ブルンヒルトの居する極北の先史的世界、そして東方のフン族の世界であった（Gehler and Kasten 171）。これらの四者四様に造形された作品世界は、アルカイック＝メルヒェン的なものから爛熟退廃した文明的なものまで、多くの異なる集団モデルを並列的に映し出す投影面となっている（Heller 503）。

　この四つの世界を厳密に峻別するためにラングが使用し、本作品における映像表現の基軸をなしているのが、白と黒／光と闇、高さと低さ、直線と曲線といった二極の強烈なコントラストである。この表現様式は人物造形にも及び、主要な登場人物は単純化され、衣装の色彩により明確に性格付けをされている。すなわち、白い衣装を身にまとったジークフリートおよび第一部でのクリームヒルトは善や正義、純潔さ、生命力を表象する一方で、黒い衣装をまとうハーゲンおよびブルンヒルト、そして第二部でのクリームヒルトは、悪や陰謀、そして何よりも死へと誘うものとしての闇を表象する。そして、両者のあいだを揺れ動くような立ち位置を示し続ける王グンターをはじめとする面々は、灰色を基調として描かれる（Töteberg 44）。この表現様式により、作品世界は通常のリアリティからは逸脱し、空間や衣装は非歴史性を帯び、強度の装飾性に特徴づけられることとなる（Müller 429）。ここでは映画とい

うメディアによる視覚表現が本来的に持つ具象性／写実性が、その様式を通して抽象化されていると言うことができるだろう。

このコントラストに彩られた映像は、積極的に被写体の内面／本質を表出させつつ、二極のあいだの緊張関係とそれに起因する破滅への道を準備してゆく。暗く鬱蒼とした森と地下の世界からは、のちの凶事を招来する魔法の隠れ頭巾や血塗られた剣バルムンクがもたらされ、神秘的なオーロラの輝く炎と氷の世界の神話的存在であった女王ブルンヒルトは、詐術によりヴォルムス宮廷の「囚われ」の身となると、同地の秩序に亀裂を生じせしめる。そうした「敵対関係」のうちにある四つの世界のなかでも、とりわけ明確な対立軸を構築しているのが、ヴォルムスの世界とフン族の世界である。

ブルグントの王族が住まうヴォルムスは、きわめて人工性の高い空間として映像化される。宮廷の建築物のシルエットは直線的かつ鋭角的であり、室内の調度品やそこに属する者たちの衣装は幾何学的な装飾に満ちている。人々の動きは洗練されているのと同時に緩慢であり、ラング自身の言葉を借りればヴォルムスは「すでに過度に爛熟した文化の世界」であって、「そこではあらゆる仕草、衣装、挨拶が、ほとんど疲弊したような、しかし非常に気高く、礼儀正しさにまで高められた簡潔なものとなっている」（Gehler and Kasten 171）。この空間では、人間も装飾の一部であり——とりわけ、端役の兵士たちに関する、「人間的なるものに対しての装飾的なものの最終的な勝利」という、ジークフリート・クラカウアー（Siegfried Kracauer, 1889-1966）によるのちのナチズムと関連させた批判はよく知られるところである（Kracauer 103）——、そこに生命力の煌めきを見出すことは難しい。[11] こうしたヴォルムスとその住人に関しての表現が想起させるのは、フォン・ハルブが「ドイツの民」について語った、「偉大にして疲弊し、疲れ果てた民」（Storch 96）という言葉である。ラング／フォン・ハルブが、洗練されるも疲弊しているヴォルムスと、第一次世界大戦の敗戦とその後の未曽有のインフレーションという苦境にあるドイツ社会の共鳴を意図していたと見るのはあながち無理なことではないだろう。

それに対し、フン族とエッツェルの世界は、「アジア人の、大地の主君の世界」と構想されているが、そこにはヴォルムスと対極をなす要素が極度のコントラストをもって視覚化される。エッツェルの求婚を受け入れたクリー

ムヒルトは、雪に覆われたヴォルムスを発つが、彼女がフン族の世界に足を踏み入れるのは草木が萌え、生命力のみなぎる春であり（『クリームヒルトの復讐』 ▶ 00:31:40）、「大地の主君の世界」というイメージに相応しく、土を盛って作られた館は曲線のシルエットを描き、平民や下級兵士の住居は蟻塚めいている。人工性に対する自然、儀式的静謐さに対する運動性、秩序に対するカオス、文化的洗練に対する原始的野生といった対照性により、ヴォルムスの世界のいわばアンチテーゼとしてフン族の世界は造形されている。[12]

　この未開の、しかし活力に満ちた世界との邂逅の結果、洗練の極みに達し、しかし疲弊したブルグント＝ドイツは、戦いの末に破滅することとなるが、同時に彼らとの戦いのなかにおいて、次節で具体的に述べるように、戦い自体のダイナミズムによって極度の生命力の上昇へも導かれることとなる（Kiening and Herberichs 221）。この構図のなかにおそらくラング／フォン・ハルブは、ドイツの同時代的苦境からの「上昇」の雛形を託したのではないだろうか。そしてその際に、ブルグント勢の死を前にした生を最も輝かせるものとして映画『ニーベルンゲン』が描き出したのが、「信義」概念である。

5　「ニーベルンゲンの信義」と「ドイツ人の魂」

　映画『ニーベルンゲン』を構築する多くの要素は中世英雄叙事詩『ニーベルンゲンの歌』に拠っており、両者の差異の大部分は内容の配置換えや場面の選別、時間軸の整理などで、そこには一種の凝縮、あるいは効率化の傾向[13]を見て取ることができる。しかし同時に、『ニーベルンゲンの歌』には存在せず、しかし重要な意味を持つ場面が映画『ニーベルンゲン』にはいくつか追加されている。当然ながらそうした箇所にはラング／フォン・ハルブ独自の視点が反映されていることが期待される。

　その一つが、「信義」（Treue）に関わる場面である。第一部『ジークフリート』において、教会でジークフリートとクリームヒルト、グンターとブルンヒルトの結婚式が挙げられた晩、ブルンヒルトを一人王の寝室に残し、グンターおよびハーゲンをはじめとするブルグントの王族および家臣は森に向かい、ジークフリートとともに兄弟の血盟を誓い、死をもってあがなうべきその「信義」を確認する。[14]「赤き血と血は赤く交じり合う。分かちがたく血

潮は混ざりあった。血盟の兄弟への信義を破るものには、誉れなき非業の死を！」（▶01:15:29-01:16:40）。人工的で直線的な建造物のなかの装飾に満ちた宮廷空間から抜け出し、森のオークの巨木の前というゲルマン的原初空間で行われるこの血盟の儀式は、それに参加する者たちを「信義」で結び、ひと時ではあるものの、生命力に満ちた英雄の姿へと立ち返らせる。

　この場面は、『クリームヒルトの復讐』でのブルグント王弟ギーゼルヘルとベヒラルンの辺境伯リューディガーの娘の婚約の場面（▶01:02:03-01:03:02）と対をなしている。自分の一人娘であるディートリンデをブルグント王族の末弟ギーゼルヘルと娶せるリューディガーは、その婚約に際し「かくしてわれはベヒラルンとブルグントを信義のうちに結ぶ。一つの心、一つの命、一つの死！」と述べるが、これはやはり『ニーベルンゲンの歌』にはないオリジナルのテクストであり、両場面に共通するのが、「信義」と「死」の問題であることは注目に値する。

　ここで焦点を当てられている「信義」とは、作中の決定的場面で何度となく強調される概念である。前編『ジークフリート』では、「最も信義ある者」ジークフリートの暗殺を受け、クリームヒルトが夫の殺害の下手人であるハーゲンに対する裁判を要求する（▶02:13:34-02:14:08）が、それに対してグンターをはじめブルグントの王族であるゲールノートとギーゼルヘル、ハーゲンの戦友フォルカーはハーゲンを守る姿勢をとり、君臣間および戦友間の「信義」が表明され、それは法的正義を凌駕し、死をも超越するものとして示される（▶02:14:51-02:16:07）。「信義のための信義なのだ、クリームヒルト！　彼の行いは我々の行いなのだ！　彼の運命は我々の運命なのだ！　我々の血は彼の盾なのだ！」

　この「命」および「死」と結びつけられた、「決して互いを見捨てない」という「信義」の極北を、ラング／フォン・ハルブは『クリームヒルトの復讐』の最後のフンの宮廷での戦いにおいて描き出す。フン族によるブルグントの従卒たちへの奇襲（▶01:30:40）と、それを受けての宴の場でのハーゲンによるエッツェルとクリームヒルトの一粒種である王子オルトリープの殺害（▶01:33:18）を機に始まったこの戦いでは、クリームヒルトはジークフリートの殺害者であるハーゲンを引き渡せばほかの者は自由であると幾度となく勧告するが、ブルグント側はそれを拒否し、君臣間の「信義」を守って先の

見えない戦いを続ける。辺境伯リューディガーも戦いに巻き込まれ、彼は今やクリームヒルトへの「信義」のため、「信義」をもって自分の血族となったブルグント勢と戦うことになる。フンの客将ディートリヒ・フォン・ベルンは、王エッツェルに戦いの阻止を求めるも、エッツェルは激高し、自分の息子を殺したハーゲンを引き渡せばブルグントの者たちを自由にすると応答する（▶01:58:14-01:59:12）。それに対してディートリヒが決然として言い放つのが、「エッツェル王よ、あなたはドイツ人の魂を知らぬと見える！」との台詞である（▶01:59:23）。作中で唯一「ドイツ」の名に言及するこの台詞は、物語の枠を超えて聴衆に直接的に向けられており、ゆえにそこにはラング／フォン・ハルブが映画『ニーベルンゲン』を捧げた「ドイツ人」に向けたメッセージが最も凝縮されていることは明白である。そして、ここで言及される「ドイツ人の魂」とは、まさに「決して互いを見捨てない」という「信義」にほかならない。この台詞を通し、ラング／フォン・ハルブは、この「信義」概念をドイツ／ドイツ人の本質として提示しているのである。

　「ドイツ」の本質と結びつく「信義」概念として、まずもって想起されるのが先に触れた「ニーベルンゲンの信義」である。1909 年のドイツ帝国議会での演説で、時の帝国宰相ベルンハルト・フォン・ビューローにより、ドイツ帝国とオーストリア＝ハンガリー帝国の関係を表象するものとして言及されたこの概念は、第一次世界大戦の端緒において、刑法学者フランツ・フォン・リストによって『ニーベルンゲンの歌』におけるハゲネとフォルケールのあいだの絆と結びつけられ、死をも厭わない戦友間の信義関係としてその内実が与えられた。そして、フォン・リストは『ニーベルンゲンの歌』を「英雄的豪胆さと英雄的信義の賛歌」（das Hohelied von Heldenmut und Heldentreue）と呼んだが（von Liszt 350）、フォン・ハルブもやはり映画『ニーベルンゲン』こそ、「無条件の信義の賛歌」（das Hohelied von bedingngsloser Treue）であると述べている（Storch 97）。これは偶然の一致ではなく、むしろフォン・ハルブはフォン・リストによる定義と言葉を意識的に踏襲していると考えるのが妥当であろう。映画『ニーベルンゲン』は、第一次世界大戦前夜以降の『ニーベルンゲンの歌』の受容の方向性を受け継ぎ、「信義」を作品の中心主題として想定していることがここには明らかである。

リューディガーは決死の覚悟でブルグント勢に対峙し、ハーゲンに打ちかかるが、ギーゼルヘルがハーゲンを庇い、結果リューディガーは自分の「息子」を手にかけてしまう（▶ 02:00:48-02:01:22）。そして彼自身もフォルカーの手にかかって果てる。ブルグント勢のこもる広間には火が放たれ、王グ

図4　『クリームヒルトの復讐』▶ 02:12:53

ンターが負傷し、気を失う。その様子を見たハーゲンは、王が煙に巻かれて死ぬなど耐え難いと、広間から出て自分の首をクリームヒルトに差し出そうとするが（▶ 02:11:26-02:12:38）、意識を取り戻したグンターはそれを制止し、ハーゲンの首級をもって自分たちの命をあがなうのかと、生き残りのブルグント勢に問う（▶ 02:12:39-02:12:53）。ブルグントの兵士たちは決然としてそれを否定、グンターは歓喜の表情を浮かべて――作中で彼が笑顔を見せるほぼ唯一の場面である――叫ぶ（図4）。「鉄でも断ち切れぬ信義は、炎のなかでもやはり溶けはしないのだ、ハーゲン・トロニエ！」（▶ 02:12:54-02:13:08）。決死の状況下で結束するグンターをはじめとするブルグント勢は、文化の爛熟の果てに疲弊し、装飾化されてその生命力を奪われていた者たちではもはやない。破滅を前にして、それまでは単なる装飾的群衆として、その意志や生命力を示すことのなかった兵士たちが、二部作中を通して初めてその意志を積極的に示し生を生きる存在として描かれているのである。それをもたらしたのはほかならぬ「信義」であった。

　フォン・ハルブは、「ドイツの民にとって、映画『ニーベルンゲン』は自分自身の歌い手、自分自身を物語る詩人となるべきなのである」と語った（Storch 97）。その映画のなかで、歌い手／詩人として造形されている登場人物が、楽人にして勇猛なる戦士でもあるフォルカー（ベルンハルト・ゲーツケ）である。フォルカーは第一部で、映画の観客には背中を向け、画面奥にいるグンターをはじめとするブルグントの王族を前に歌う姿で登場する（『ジークフリート』▶ 00:23:24）（図5）。この場面はジークフリートの冒険譚の直後に挿入されており、それまでのジークフリートの冒険譚がフォル

図5 『ジークフリート』 ▶ 00:23:24

図6 『クリームヒルトの復讐』 ▶ 02:14:47

カーによって歌われたものとして演出されている。

映画のなかで今ひとたびフォルカーが歌うのが、第二部『クリームヒルトの復讐』において、炎にまかれたブルグント勢を前にした「最後の歌」——その具体的内容は示されない——である（『クリームヒルトの復讐』 ▶ 02:14:43-02:20:12）（図6）。ブルグント勢にライン河のほとりの故郷を思い起こさせる（▶ 02:16:19）この歌を、フォルカーは第一部とは異なり、観客に顔を向けて歌う——ここでフォルカーの歌は、まさに映画『ニーベルンゲン』そのものと同化している。[15] そして、このフォルカーの歌＝映画『ニーベルンゲン』を通し、フォルカーの歌を聴く作中のブルグント勢は、ラング／フォン・ハルブが語りかける「ドイツの民」と重ね合わされ、彼らの「信義」は「ドイツの民」の「信義」となるのである。

「ニーベルンゲンの信義」は、映画『ニーベルンゲン』製作の動機をラングに与えた第一次世界大戦の敗戦とドイツ国民の苦境を結果的に招来した概念でもある。そして第一次世界大戦とは、人類が初めて経験した、個人としての人間は意味をなさず、単なる物量の一部、物質として消費されていった戦争であった。その戦争での敗北と、またヴェルサイユ条約という国家的屈辱、それに続くインフレーションは従来の価値を転覆させ、映画『ニーベルンゲン』の製作された 1920 年代前半には、社会の基盤となる価値とは精神的なものではなく、物質的なものであるという理解が一般化していたことは、本論冒頭に引用したシュトレーゼマンの演説が示しているとおりである。

こうした時代状況下において、「神話の世界を再びよみがえらせ、活力を

与えて信じるにたるものと」し、それによりドイツの人々に自尊心と国民意識を取り戻させようというラングの製作意図には、同時代の文化人たちが共有していた「現実の諸矛盾を観念的に変換しようとする努力の反映」（Heller 497）を見て取ることが可能である。そして、ラング／フォン・ハルブがそのための基軸としたのが、「信義」概念であった。彼らはドイツに破滅を招いた「信義」をもって再びドイツの精神的美徳となし、それを映画『ニーベルンゲン』において、現実の歴史的状況と共鳴するブルグント勢の破滅のただなかで、枯渇したかに思われていた彼らの生命力をよみがえらせ、最高度に輝かせる原動力として描き出したのである。そして、「事実上の敗北を意味ある益へと転換するという英雄化の手段」（Kiening and Herberichs 221）により、映画『ニーベルンゲン』は、自らが語りかける受容者である「ドイツの民」と重ね合わされるブルグントの勇士たちを英雄化し、その苦境をむしろ輝かしい精神的美徳が発現すべき文脈へと転換する。そこには、第一次世界大戦の敗北とその後の同時代的苦境を克服する指針として「信義」概念を打ち出し、それを「魂」として持つ「ドイツの民」に、英雄としての自己意識を与えるべき同時代的神話の創造というラング／フォン・ハルブの目指したところが浮かび上がる。

註

1) 本論は、2003 年に紀伊國屋書店から刊行された DVD（フリッツ・ラングコレクション 6）に拠って論述を行う。なお、ドイツでは 2012 年に初めて発売された DVD は 2010 年の修復版を収録したものであり、日本版との差異がある。また、日本における本作品に関する近年の研究としては、宮田眞治によるものがある（宮田）。

2) 既存の文献においては「テア・フォン・ハルボウ」との表記もなされているが、本論では「テア・フォン・ハルブ」とする。

3) プレミア公開時のパンフレットである『ニーベルンゲン――あるドイツの英雄歌』（*Die Nibelungen: Ein deutsches Heldenlied*）に収録されているラング「映画『ニーベルンゲン』が目指したもの」およびフォン・ハルブ「映画『ニーベルンゲン』とその成立について」、またイラスト付き映画誌『ディー・ヴォッヘ』のニーベルンゲン特別号に収録された「叙事詩から映画へ」は、パンフレットおよび雑誌自体の閲覧がきわめて困難であり、前者は Gehler and Kasten に再録されたもの、後者は複数の二次文献での言及に依拠して引用を行う。

4) 本作品の日本語訳としては、相良守峯によるものなどがある（『ニーベルンゲンの歌』）。

5) 『ニーベルンゲンの歌』は口承文芸に特徴的な詩節形式のもと綴られているのに加え、作品成立後早い時期に付け加えられたと推測されている冒頭詩節で仮構される語りの場を通し、英雄伝承の伝統との直接的な連続性が演出されている。また英雄伝承が、俗人にとって自分の属する共同体の過去を伝える歴史伝承として機能していたことは、今日一般に認められている。

6) 啓蒙主義時代ドイツの人文学者にとっては、『ゲルマーニア』でのゲルマン人の民族的特徴の記述から、民族文化の源流としてのゲルマン／ドイツ的特性を見出すことが大きな課題の一つであった。そして彼らが導き出した民族に固有の特性とは、「信義」、「無垢」、「純粋」などの諸概念であり、これらの「ゲルマン／ドイツ人」に認められる美徳は、ローマ人・ロマンス人および西ヨーロッパの文明的知性的優位性に対抗しうる道徳的精神的価値であると位置づけられた。

7) フォン・デア・ハーゲンは、同書の序文において『ニーベルンゲンの歌』を「最も崇高で最も完璧な民族的詩情の記念碑」「まごうことなきドイツの生と感覚から生まれ出で、無二の完璧な形をとったもの」（von der Hagen II）と評価し、政治的苦境と民族的尊厳の危機からドイツ人を救い、民族のアイデンティティを支える作品として定義した。

8) ベルリン大学の地理学教授であったヨーハン・アウグスト・ツォイネは、1812 年から 1813 年にかけ、ブレスラウ大学へと転出したフォン・デア・ハーゲンの後任として『ニーベルンゲンの歌』の講義を行い、1814 年に『ニーベルンゲンの歌』の散文訳を著し、それを 1815 年に陣中版として発行する。その序文において、ツォイネはフランスを悪しき龍に、戦地に赴くドイツの若者をジークフリートに喩えている。「勇敢なる龍殺しは立ち上がったのだ――そしてわれらの神聖なるドイツの地は再び清められ、害をなす他所者から自由となる」（Zeune III）。

9) 第一次世界大戦前夜のボスニア危機を受け、時の帝国宰相であるベルンハルト・フォン・ビューローは 1909 年の帝国議会において、ドイツ帝国とオーストリア＝ハンガリー帝国が双方で遵守すべき関係を「ニーベルンゲンの信義」と表現した。この時点ではその具体的指示内容は明確ではなかったが、第一次世界大戦勃発直後の戦時演説で、帝国議会議員でもあった刑法学者のフランツ・フォン・リストがこの概念を取り上げて、ドイツ帝国を好戦的で誇り高く獰猛なハゲネに、オーストリア＝ハンガリー帝国を快活な楽人フォルケールに象徴させた上で両者の信義関係を表象するものとして説き、この理解が人口に膾炙することとなった。

10) 1971 年 7 月 4 日のインタヴューで、ラングは映画『ニーベルンゲン』の製作動機について、以下のように語っている。「第一次世界大戦の敗北の後で、私はドイツ人たちに、彼らに馴染みの伝説を映画化することを通し、ふたたびある種の国民意識を取り戻させてやろうとしたのだ」（Dürrenmatt 105）。

11) こうした装飾化された形での兵士の描写に関して、アイスナーは次のように解釈し、その生命力の欠乏を指摘している。「柱のように等間隔に兵士たちは同じ姿勢で立ち、同じように槍と盾で身を固めている。戦衣のジグザグ装飾は平面のなか

に彼らを凝固させ、それは生身の体を包んでいるようには思われない」「ブルンヒルトは即興で作られた筏の上で陸地へと歩を進めるが、その筏は首まで水につかりながら盾を掲げてつないだものである。かれらの兜はあたかも装飾の縁取りのようだ」（Eisner 161-62）。

12) その一方でこの二つの世界の対照性には不均衡が入り混じる。ヴォルムスの作法や清潔さ、洗練された衣装に対し、フン族の野蛮さや不潔さ、みすぼらしい半裸の姿が対置され、文化と人種の優劣という視点が否応なしに意識されてしまう。こうしたフン族とエッツェルの世界に対するラング／フォン・ハルブの視線は、『ニーベルンゲンの歌』とは決定的に異なる。『ニーベルンゲンの歌』では、フンの宮廷はヴォルムスと同様、中世盛期の理想的宮廷の反映として描かれており、そこには人種という要素は存在しない。しかし、映画『ニーベルンゲン』には近代以降の人種に関しての学説が反映されており、エッツェルは文化的最下層に位置する民族の王として描写されている（Brüggen and Glasner 278）。

13) たとえば、『ニーベルンゲンの歌』ではクリエムヒルトとプリュンヒルトのあいだの諍いが生じるのは、結婚後 10 年を経、両王家に王子が誕生したのちにクリエムヒルトがヴォルムスを再訪した折のことであるが、映画『ニーベルンゲン』では結婚後 6 か月の後、ジークフリートとクリームヒルトがヴォルムスの宮廷に未だとどまっていた際のこととされる。そのため、両夫妻の王子誕生のモティーフは映画には存在しない。加えて『ニーベルンゲンの歌』ではジーフリト暗殺後にクリエムヒルトがニーベルンゲンの財宝をヴォルムスへと取り寄せるが、映画『ニーベルンゲン』では結婚後まもなくヴォルムスへと運び込まれ、それがブルグント王家の脅威となりジークフリート暗殺の動機の一つとしての役割を付与されている。

14) 兄弟の血盟のモティーフは『ニーベルンゲンの歌』には存在しないが、ヴァーグナーの『ニーベルングの指環』第 4 夜の『神々の黄昏』第 1 幕第 2 場でのジークフリートとグンターの義兄弟の契りの場面——ここでも「信義」が言及されている——およびフォン・ハルブの愛読していたカール・マイ（Karl May）の『ヴィネトゥ』（*Winnetou*, 1878）での同様の場面との関連性が指摘されている（Brüggen and Glasner 275）。

15) このフォルカーの歌は彼が歌いかけるブルグント勢のみならず、館の外にいるクリームヒルトやエッツェルらの耳にも届き、エッツェルはその旋律に身をゆだね（▶ 02:15:05-02:15:14）、またディートリヒ・フォン・ベルンは心震わせる（▶ 02:15:15-02:15:27）。フォン・ハルブの言葉どおり、フォルカーの歌はこの物語を「あらゆる民族」に伝えるものとして描かれている。

2 眼に映る天使と見えない悪魔

エリック・ロメール監督『O侯爵夫人』（1976）における
性暴力と公共圏

西尾宇広

1 はじめに──模範的で例外的な「文学の映画化」

　ヌーヴェル・ヴァーグを代表するフランス人監督エリック・ロメール（Éric Rohmer, 1920-2010）の『O侯爵夫人』（*Die Marquise von O...,* 1976）について語るとき、その「徹底した原作への忠実さ」（Lohmeier 88）に言及することは、いまや映画批評における一つの定型と化している（Pottbeckers 35; Paefgen 263）。ドイツ語圏出身の俳優を起用することで、仏・西独合作ながら全編ドイツ語で撮影されたその映画は、原作であるドイツ文学のテクストに文字どおり準拠ないし拘泥したことで知られる作品だからだ。

　問題の原作は、フランス革命後の世紀転換期を生きたプロイセン人作家ハインリヒ・フォン・クライスト（Heinrich von Kleist, 1777-1811）による同名の物語作品で、初出は 1808 年の雑誌版、その後、若干の改稿を加えた書籍版が 1810 年に発表された。作品の舞台は第二次対仏大同盟の時代、18 世紀末と思しき北イタリアの主要都市Mで、物語はある未亡人の懐妊をめぐるセンセーショナルな新聞広告で幕を開ける。世間に格別の評判で聞こえ、二児の母でもあるO侯爵夫人は、目下生まれてくる子の父親を捜しており、名乗り出た男と結婚する用意まであるという。これを遡ること数か月前、夫を亡くした彼女はM市の司令官である父のもとに身を寄せていたが、折しも戦争が勃発し、父の居城はロシア軍の襲撃を受ける。戦闘のさなか、数名の兵士に暴行されそうになった彼女は、敵方の将校であるF伯爵に救出されるも、

ショックで失神してしまう。その後、辛くも無事に戦禍を生き延びた一家が日常に戻ろうとしていたその矢先、突如として侯爵夫人は原因不明の体調不良に見舞われる。さらに、その後の遠征先で命を落としたと思われていた伯爵が不意に家族のもとを来訪し、彼女への求婚を表明するにいたって、事態は混迷の度合いを深めていく。この不可解で唐突な展開に皆が戸惑うなか、やがて侯爵夫人の妊娠が発覚すると、娘の不義を疑い激怒した父によって彼女は勘当され、かつて住んでいた田舎の所領Vへの避難を余儀なくされる。こうして進退窮まった彼女が、生まれてくる我が子の世間体を案じ、現状を打開するために講じた方策こそが、物語冒頭のあの記事であった。自らの窮状を広く世に訴えるその捨て身の広告によって、身に覚えのない妊娠という娘の話が真実であることを知った両親は過ちを悔い、親子は晴れて和解する。一方、記事の呼びかけに対しては、ほかでもないあの伯爵が名乗りを上げる。当初は「天使」の如き救助者と思われた男性が、自分の失神中に身勝手な欲望を遂げた「悪魔」でもあったことを知った彼女は、激しく動揺し、彼の求婚を断固として拒絶するが、時を経てついに求めに応じると、新たな家族の門出とともに物語は幕を閉じる。

　この作品の映画化の歴史をふり返れば、その源流はかなり古く、1920 年にはすでに同名タイトルの無声映画が製作されている（パウル・レークバント監督）。表題こそ原作と同じものの、人物名にもプロットにもかなり自由な脚色が加えられたこの作品ののち（Pottbeckers 30）、いよいよトーキーの時代が始まると、監督たちの関心はしだいにクライストの戯曲へと向かい、彼の散文作品は映画化の波から取り残された。潮目が変わるのは 1960 年代、因襲的なドイツ映画からの決別と「新しい映画」への要請を謳った「オーバーハウゼン宣言」を若い世代の監督らが表明したことで、より自由で実験的な映画製作への機運が高まり、今度は一転してクライストの小説が脚光を浴びる（Kanzog 9-10）。『O侯爵夫人』も例外ではなく、作家ハルトムート・ランゲによる社会批判的趣向の戯曲化作品『ラーテノー伯爵夫人』（1969、改訂版1972）に基づく二次創作（1973、ペーター・ボーヴェ監督）に始まり、ロメールの『O侯爵夫人』でも主演を務めたエーディト・クレーヴァーが全編を一人で演じ切ったハンス＝ユルゲン・ジーバーベルク監督の前衛的なモノローグ劇（1989）や、舞台を現代のドイツに移して大胆に翻案したクリストフ・シュ

タルク監督の『ジュリエッタ』（*Julietta,* 2001）など、この物語の映画化の試みは少なくない。

こうした一連の作例は、いずれも原作のたんなる視聴覚的な再現ではなく、クライストの物語に独自の改変を加えることで、現代的な問題意識を織り込もうとする向きが強い。そもそも文学と映画が異なるメディア表現である以上、もとより完全な「忠実さ」などありえず、本章で扱う作品もまた、「ロメール自身によるクライスト解釈」を通したさまざまな「追加・削除・変更が散見される」のが実情だ（渋谷［2015］186-87）。にもかかわらず、この作品の「忠実さ」がこれまで再三にわたって強調されてきた背景には、それが監督自らの表明する映画美学と不可分の原理であり、さらにその凡庸なまでに愚直な目標設定が、『O侯爵夫人』の映画化の歴史においてはかえって異彩を放つものだったという事情がある（渋谷［1992］32-33）。本章では、従来の批評の関心がもっぱら集中してきたその方法、「忠実さ」という模範的にして例外的な「文学の映画化」の可能性をあらためて概観しつつ、その背後で実践されていた改変の内実に光を当て、ロメールの映画化の〈功罪〉について検討したい。

2 「映画化された文献学」あるいは「台本」としてのクライスト

まずは監督自身の見解を見ておこう。「演出のための注釈」と題された短いテクストのなかで、彼は『O侯爵夫人』製作時の自らの企図を詳らかにしている。

> クライストのテクストに一語一語従うことが、私たちの映画化の主導的な原理だった。こうして古典的なテクストに取り組むにあたり、私たちは［……］細部に対する忠実さによって、過去の世界をぜひとも描き出したいと思ったのだ。もちろん、そのような復元が完璧に忠実であることなどありえない。［……］だがひょっとしたら、映画的な翻訳によって、過去のある時代の習俗や感情をよりよく捉えることはできるかもしれない。ある作品を若返らせるということは、私たちの見解によれば作品を現代化することではなく、その時代へと送り返すことなのだ。（Rohmer 111）

ロメールはここで一種の歴史主義の立場を鮮明にしている。「クライストの
テクストに一語一語従う」という「忠実さ」によってめざされるのは、「過
去の世界」の「習俗や感情」の映画的な再現なのだ。

　このような徹底した原作の重視と、それと表裏の作品のアクチュアリティ
に対する軽視は、同時代人からの反発も招いた。今日的な関心に即してこの
物語を戯曲へと改作した先述のランゲは、1976 年のインタヴューのなかで、
原文の言葉に逐語的にこだわるロメールの演出を「映画化された文献学」と
皮肉り、「俳優たちはクライストを、ただクライストの言葉だけを話し、そ
れによってクライストは姿を消してしまう」と批判している（Kanzog 10）。
テクストへの教条的な執心という〈反時代的〉な製作姿勢こそが、かえって
原作本来の特質を損なってしまうことを糾弾したこの酷評に対し、本論は、
事実がちょうどその反対であることを主張する。すなわち、ランゲの論難と
は裏腹に、「忠実さ」という原理自体はロメールの先鋭的な映画美学に結実
した反面、この原理に背き改変が施されたところでは、作品はむしろ時代的
なイデオロギー性を帯び、原作が本来有していた〈反時代的〉な批判性を失っ
てしまったのである。

　先に引用した「注釈」のなかで、ロメールは原作のテクストがすでに「真
正な〈台本〉」（Rohmer 111）と呼ぶべき性格を備えていること、それゆえ
映画化のための脚色がいっさい不要であったことを強調している。前提と
されているのは、（1）「対話」の多さ、（2）人物描写に際して「内面の出来
事」には立ち入らず、「すべてを外部から」描写するという「カメラのレン
ズ」にも等しい「語り手」の役割、そして（3）人物たちの「習慣、動き、
発言」に関する「これ以上ないほど正確」な記述、という原作の三つの特徴
だ（Rohmer 112）。このうち（3）について見てみれば、しばしば戯曲のト書
きに比せられるクライスト小説における身ぶりの描写——たとえば「伯爵は
額をさすりながら話を続けた」（Kleist 153）というくだり——が、映画では
文字どおりの動作によって、かなり厳密に再現される（▶ 00:26:33-00:26:36）。
（2）については本章の最後にあらためて立ち戻ることにして、さしあたり次
節では（1）の側面に焦点を絞り、彼の映画化の基本的な特徴を吟味したい。

3 「忠実さ」のリアリズム（1）——失われた「自然らしさ」を求めて

　ロメールが示唆したとおり、『O侯爵夫人』は散文作品であるにもかかわらず、会話劇と言っていいほどに人物間の対話が多く、その大半は引用符なしの間接または直接話法で書かれている。これに対し、彼は原文の直接話法には変更を加えず、間接話法は直接話法に書き換えることで、それらを可能なかぎりそのまま人物の台詞として採用し、それによって逐語的な意味での「原作への忠実さ」を実現しようと試みた。

　印象的な一例を挙げておこう。死亡したはずの伯爵の登場に戸惑う一家に対し、彼が事の次第を整然と説明するくだりである。原作ではこの場面が、「伯爵はご婦人の手を放すと、腰を下ろしてこう語った」という地の文に続いて、「〜であると」という間接話法の副文がじつに 15 回も連続する、執拗で特異な報告調の文体で書かれている（Kleist 150-51）。映画ではこれにわずかな文言の修正が加えられたうえで、一連の間接話法が原則すべて直接話法に置き換えられ、伯爵役のブルーノ・ガンツの抑制の効いた演技によって、淡々とした口調で語られていく（▶ 00:20:51-00:22:22）。

　この演出のなかに「叙事的な調子」を聴き取ったある研究者は、伯爵の台詞が彼自身の言葉ではなく、あたかも第三者の言葉の「引用」のように響いてくることを指摘している（Link-Heer 101-04）。[1] 侯爵夫人への熱烈な思いを伝えるはずの伯爵の台詞と、それを語る俳優の冷めた口調とのあいだにある落差の正体——いうなればそれは、もとの間接話法の痕跡を保ったままの直接話法、フランスの哲学者ジル・ドゥルーズの言葉を借りるなら、映画における「自由間接話法」の実践である。小説における一般的な自由間接話法が、三人称の語り手の言葉を介して特定の人物の声を読者に読ませる技法だとすれば、映画におけるそれは、一人称で語る人物を介して第三者の声を響かせるモードにほかならない。そこに聴取されるのは、映像の視覚的イメージ（画面上に映る発話者の姿）からは解放され、言語行為それ自体の自律的な価値を獲得したトーキーの本来的かつ先鋭的な可能性なのだ。こうした「自由間接話法」の実例として、ドゥルーズはまさに『O侯爵夫人』を含む一連のロメール作品を引き合いに出している（ドゥルーズ 333-35）。

　ただし、問題の場面が観客に喚起するある種の違和感の誘因は、「自由間接話法」というその特異な言語使用だけにあったわけではない。そもそも

19世紀初頭に書かれたテクストを話法だけ変換してそのまま台詞として使用する、という趣向自体が、現代の母語話者にとっては不自然極まりない試みだからだ。ロメールは撮影当時の状況をこう回想する。「ドイツの共同製作スタッフたちが『こんな言葉はありえません』と言ったので、私は言い返しました。『そんなことはない、これは私が関心を持っている時代のドイツ語のテクストです。現代のドイツ語に興味はないのです』とね。あるいは、こうも言われました。『クライストはまったく時代遅れです、そんなものを観客は理解しないでしょうし、さもなければ笑われますよ。こういう単語のいくつかは、今ではもう使わないものなんです』」(Rohmer and Berthel 115)。

　母語話者からのこうした否定的反応にもかかわらず、原文の間接話法に基づく台詞に固執したロメールが、「いわゆる映画的なものとされた自然らしさへの抵抗」という基本姿勢を、他の実験的なヌーヴェル・ヴァーグの映画作家たちと共有していたことは間違いない（渋谷 [2021] 86-87）。[2] とはいえ、同時代の観客が心地よく感情移入できる類の「自然らしさ」に背を向ける彼の姿勢は、単純な〈反リアリズム〉を意味するものでもなかった。彼が追求したのは「二世紀前の自然らしさ」（ロメール 116）、すなわち「今日の規範に照らせばもはや存在していないが、にもかかわらず、かつて存在していた自然らしさ」（Rohmer 113）だったからである。

　一般にロメールのリアリズムをめぐっては、彼が私淑し、ヌーヴェル・ヴァーグの精神的・理論的支柱でもあった批評家アンドレ・バザンの「存在論的リアリズム」——現実に存在するものを「示す」ジャンルとしての映画——との関係が定説的に有名だが（小河原 87-90）、少なくとも『O侯爵夫人』において前景化しているのは、彼のリアリズムの別の側面だ。それは、現在ではなく（ありえたものとしての）過去へと向かう〈歴史的な関心〉と、そのような過去を（視覚的なコスチューム・プレイとしてではなく）違和感を与える言語使用によって再現する〈聴覚的な演出〉である。原文への過剰なまでの「忠実さ」と、そこから帰結する「自由間接」という特異な話法は、原作テクストという「存在」を観客に——「示す」というよりも——〈聴かせる〉モードとして、「存在論的リアリズム」の言語的・聴覚的な地平を開拓していると言えるだろう。

　もっとも、同時代の観客が期待する「自然らしさ」を意に介さない監督の

一連の言明を、そのまま鵜呑みにすべきではない。すでに示唆したとおり、ロメールの映画では、形式的・美学的関心に動機づけられた表向きの言語的「忠実さ」とは対照的に、特にプロットや設定のレヴェルでは観客への配慮から、大きな改変が加えられてもいるからだ。そのことを念頭に置きながら、次節では彼の演出の非言語的な側面に目を向けてみよう。

4 「忠実さ」のリアリズム（2）――語られない空白の可視化

　クライスト文学をよく知る観客であれば、『O侯爵夫人』の「忠実」な映画化と聞いて真っ先に興味を惹かれるのは、「おそらくドイツ語文学史上、最も有名なあのダッシュ」（Kammasch 122）の映像化だろう。問題の記号は、伯爵が野蛮な兵士たちの狼藉から侯爵夫人を救出し、さらに彼女が意識を失った直後の展開のなかに現れる。

> ［伯爵が］彼女を、まだ火の手が迫っていない館の反対側のそでへ連れていくと、そこで彼女は完全に意識を失いくずおれてしまった。ここで――彼は、そのあとすぐに彼女の怯えた侍女たちが現れたので、医者を呼ぶ手筈を整えた［……］。（Kleist 145）

「ここで――」という唐突なダッシュによって暗黙のうちに明示されるのは、まさしく伯爵の「悪魔」の如き所業がなされた瞬間にほかならない。文学の読者は物語を読み進めたあとではじめて、事後的にこの記号の意味を知るわけだが、映画の場合はどうだろうか。

　そもそもこの場面の演出にあたっては、ロメールによるかなりの改変が加えられている。第一に、侯爵夫人は原作のように失神するのではなく、侍女から処方された眠り薬によって昏睡することになっている。そして第二に、映画ではその場を一度は離れた伯爵が夜の巡回に際して彼女のもとを再び訪れ、ベッドで熟睡する彼女を部屋の入口からじっと見つめる、というシークェンスが挿入される。このことを踏まえたうえで、問題のシーンを見てみよう。

　先行研究でもたびたび指摘されるように（Dalle Vacche 7; Leigh 69-74; Link-Heer 114-15）、ベッドから腕と頭を投げ出してしどけなく横たわる侯爵夫人のショット（図1）は、クライストと同時代のある有名な絵画を連想させる

図1 『O侯爵夫人』 ▶ 00:09:20

図2 フュスリ《夢魔》(デトロイト美術館)

構図となっている。彼女と同じく薄衣をまとい、艶めかしくのけぞるように
して眠る若い女性と、そこに忍び寄る悪魔の姿を描いたスイス人画家ヨハ
ン・ハインリヒ・フュスリの代表作《夢魔》(*Der Nachtmahr,* 1781) である(図
2)。その官能的な姿勢から察するに、淫靡な悪夢に襲われていると思しきそ
の女性と侯爵夫人の図像的な類似性は、このとき彼女が絵画の女性と同じく
性的な夢想のなかにあったことを予感させる(そしてその予感は、侯爵夫人
役のエーディト・クレーヴァーが漏らすかすかな吐息と、艶美に身をよじる
動作によっても補強される)。その一方で、映画の画面にはフュスリの絵画
に描かれている要素のうち、女性のうえに鎮座する夢魔と彼女を凝視する馬
の頭部という二つの異形の形象が欠けている。まさしくこの夢魔の省略こそ
が、原作におけるあのダッシュによる省略の等価表現であると看破したのは、

映画監督パスカル・ボニゼール
の慧眼である。曰く、ここで一
種の絵画的引用によって明示さ
れた夢魔の不在は、凌辱の犯人
を描くことなく凌辱の事実を示
すことに成功しており、「この
ショットは、それに続く強姦の
換喩と考えられるばかりではな
く、その省略の隠喩とも考えら
れる」のだ(ボニゼール 41)。す

図3 『O侯爵夫人』 ▶ 00:09:25

なわち映画では、もう一つの省略と思われた馬の視線をあたかも代理するように、続くカットで侯爵夫人を戸口から窃視する伯爵の顔がズームによって映し出され（図3）、性的魅力をたたえる彼女の姿態を映した直前のショットが、そのじつ伯爵の視点ショットだったことを暗示する演出がなされているのである。原作ではダッシュの背後に隠されていた伯爵の男性的欲望が、こうして間接的に可視化されることで、小説における空白の映画的翻訳は見事に達成されたかに思われる。

　だが、裏を返せばこの演出は、結果的に観客を伯爵の主観へ、つまりひとりの女性の寝姿に欲情をかき立てられた男性の内面へと感情移入させる仕掛けでもある。男性の身勝手で一方的な欲望を可視化しつつ、同時にその欲望への観客の共感を誘うことで、ここではその欲望の無害化が期待されていることを見逃してはならない。

　この無害化の効果は、別の場面で講じられた追加措置によっても増幅される。ついに妊娠の事実が確証されるに至り、動揺した侯爵夫人が「知らないうちに受胎する可能性」などあるのかと問う場面だ（Kleist 165）。映画版の妊婦はさらに助産婦に向かって、「夢のなかではどうなの？」（▶ 00:51:25）と畳みかける。原作には存在しないこの台詞は、それ自体として物語の本筋を逸脱してはいないものの、[3]物語全体の解釈にとっては重大な意味を持っている。夢のなかでの妊娠の可能性を自覚する彼女の台詞が追加されることで、原作では曖昧なまま留保されていた問題、すなわち、意識を失った彼女が（おそらくは自分を救ってくれた伯爵との）性交渉の夢を見ていたのではないか、という可能性が、映画版では強い現実味を帯びることになるからだ。この些細な変更がもたらす甚大な効果は、先に見た省略の演出へも遡及する。そこで伯爵の欲望の対象となっていた当の女性自身が、少なくとも潜在的に、同じく相手への性的欲望を抱いていたとなれば、伯爵の犯した罪は当事者双方の願望充足の結果としていよいよ正当化され、決定的な免罪符を与えられることになるだろう。

　これは本作に見られる（それ自体としては些末な）追加や削除や変更のほんの一例にすぎないが、そうした区々たる改変の累積によって、ロメールはそのじつ、映画独自の「明白なハッピーエンド」（渋谷［2015］187）を導くための周到な準備を、ひそかに、しかし着実に進めていく。次節からは、特

にこの作品を貫く「性暴力」と「公共圏」という二つの主題に即して、監督によるその根回しの内実を詳しく検証していきたい。

5　性暴力の語り方──〈免責／帰責〉される〈男／女〉の非対称性

　すでに触れたように、ロメールは侯爵夫人が凌辱される状況の設定を失神から睡眠薬の服用へと変更した。彼自身の説明によれば、そのような修正を施した理由は、もとの「物語が映画の観客にとってはあまりにも本当らしくないと思われた」ためであるという（Rohmer and Berthel 117）。彼女が気絶している事実を映像だけで十全に示すことは難しいが、睡眠薬という設定を用いればその意識喪失をより説得的に表現できる、というわけだ（渋谷 [1992] 42）。原文テクストに対する並々ならぬ言語的「忠実さ」とは裏腹に、少なくとも筋のレヴェルではロメールが同時代の感性に繊細に配慮し、観客が自然と納得できる展開を心がけていたことがうかがわれよう。

　だが、この釈明は間接的に、このとき彼が想定していた観客の特殊な実像をも暴露している。すなわちそれは、侯爵夫人はたんに眠った（気絶した）ふりをしていただけで、本当は目を覚ましていたのではないか（暗黙の性的同意があったのではないか）と考えずにはいられない、疑心暗鬼に駆られた受容者であり、別言すれば、性暴力に遭った女性が自らの被害を訴えるとき、あらゆる点で女性の側に落ち度がなかったことを証明するよう執拗に迫る、懐疑的な衆人にほかならない。

　女性の証言を容易に信じようとはしないそうした態度は、もとより現代の観客に特有のものでは決してなかった。原作の『Ｏ侯爵夫人』が作者の主宰する文芸誌『フェーブス』にはじめて発表されたとき、この作品は道徳的な怒りに燃える多くの読者の反感を買ったが、その数か月後、クライストは挑発的にも「Ｏ侯爵夫人」と題した次の二行詩を同じ誌面上に発表している。

　　　この小説はおまえ向けのものではないぞ、我が娘よ。失神していただと！
　　　恥知らずな茶番だ！　私は知っているぞ、この女はな、ただ目を閉じて
　　　いただけなのだ。（Kleist 414）

テクスト上で失神と明言されているにもかかわらず、侯爵夫人の無実を断固

として認めようとしない同時代の市民的な性規範を、娘を諭す架空の父親の言葉に仮託して揶揄した風刺詩である。この点に関連して、法と文学における「性暴力」のコード化の問題を歴史的な視野で論じた文学研究者クリスティーネ・キュンツェルは、クライストの『O侯爵夫人』が暴行によって「傷つけられた女性の側の視点から」性暴力を主題化し、さらにその内実をたんなる外傷にとどまらない「女性の精神的＝身体的不可侵性への傷害」として描いている点に、その歴史的な先見性を見出している。それは「性的自己決定を人格の自由の一部とみなす」、すぐれて「現代的な思考」の端緒である（Künzel 66）。

　そのことを端的に示す論点として、ここでは女性の妊娠と性的快楽の関係をめぐる当時の議論を紹介しておこう。18 世紀の学説では、性行為に際して女性が性的快楽を感じることは懐妊のための必須の前提条件とみなされており、逆に言えば、ひとたび妊娠した女性がどれほど強姦の事実を訴えようとも、その主張はすべて母親としての責任逃れのための偽証とみなされる、という法医学上の理屈が存在していた（Künzel 33-35）。それは、被害女性の妊娠という身体的な事実がそのまま性的快楽を裏づける証拠として、つまり、女性の側からの暗黙の同意を示唆する〈物証〉として認定されることで、加害男性の罪が自動的に相殺される、という露骨に男性中心的な言説システムにほかならない。

　妊娠という物理的な事実が存在する以上、身の潔白を訴える侯爵夫人の言葉を両親はにわかに信じられず、母親は娘の弁明を「世界秩序の転覆についての作り話」（Kleist 163）と断じて一蹴する。当時の理屈に従えば、ただ〈娘が嘘をついている〉と想定するだけで、一連の不可解な事態はすべて無矛盾に理解可能となるからだ。そうであればこそ、そのような想定自体が結局のところ事実無根の迷妄にすぎず、誰も信じようとはしなかった侯爵夫人の言葉のなかにこそ真実がある、というプロットを紡ぐことで、同時代の「世界秩序」を文字どおり「転覆」しようと試みたクライストの物語には、当時の社会規範に対する鋭い異議申し立ての契機が胚胎していたことになるだろう。

　こうした原作の文脈と比べたとき、19 世紀初頭の読者と同じく女性の免責に消極的であると想定された 20 世紀後半の観客に対して、その価値観に

挑戦するよりも配慮することを選んだロメールの映画に、そうした伝統的な性規範をかえって再生産してしまう側面があったことは否めない。もちろんそこでの配慮の第一の目的は、主人公の潔白を観客に納得させることにあったわけだが、同時にすでに確認したように、あのダッシュによる省略の演出を通じて、彼の映画が伯爵の欲望を相対的に正当化する傾向を持っていたことも事実である。[4] ここではさらに、その傾向と軌を一にするもう一つの重大な改変を挙げておこう。

すでに述べたとおり、本作の登場人物の発言はその大半が引用符なしの直接または間接話法で書かれているが、作中ではわずかに三度だけ、引用符も使用されている。伯爵が銃弾を受けた際に発したとされる断末魔の叫び、娘に勘当を言い渡す父親の手紙（Kleist 166）、そして侯爵夫人の広告に対する伯爵からの応答記事（Kleist 173）というその三例のうち、後二者については、映画ではいずれも作中人物による当該テクストの朗読という形で（さらに最後の例では、新聞の紙面を映すショットも交えて）映像化されているのだが（▶ 00:52:58-00:53:12; 01:07:04-01:07:30）、問題は第一の例である。

原作では、伯爵死亡の第一報を聞いた父親が自ら事の仔細を確かめたところ、銃で撃たれたその瞬間、伯爵が侯爵夫人の名を口にして「ユリエッタ！この銃弾があなたの復讐を遂げるのだ！」（Kleist 148）と叫んでいたことが判明する。ところが映画では、この場面がなぜか丸ごと削除されており、一家は伯爵の死について、伝令からただ手短な報告を受けるにすぎない（▶ 00:14:04-00:14:46）。話法や記号の問題にあれほど敏感だったロメールが、作中で三度しか用いられない引用符のうちの一つ——テクスト上で視覚的にも強調されたその言葉には、当然ながら「特別な意味」が認められうる（Künzel 85）——を等閑視するなど、まったくもって不可解だが、この改変の効果は明らかだろう。小説の読者に対し、伯爵の犯罪的行為と彼自身の罪の意識を察知させたはずのその言葉が抹消されることで、映画の観客が彼に抱きうる猜疑の芽は確実に一つ取り除かれ、それだけいっそう彼は無害な人物として、観客の前に現れることになるからだ。

ロメールの映画化に見られるこうした一種の男性中心主義的な傾向は、俯瞰的に見れば、彼の出自たるヌーヴェル・ヴァーグという映画運動全体に通底する性格でもあった（Holms 157-60; 渋谷 [2000] 121-22）。だがその一方で、

彼が少なくとも表面的には主人公の側に立ち、彼女の潔白を誤解なく観客に伝えるとともに、自立した女性像を造形しようと腐心していたことも事実だろう。この一見すれば相反する事態、20世紀後半に台頭したフェミニズム運動の第二の波への接近と離反を同時に予感させるような本作の両義性を理解するうえで、重要な糸口になると思われるのが、映画冒頭から印象的な形で導入される〈新聞〉というメディアである。

6 公共圏の両義性──前景化される新聞と後景化される世間

　本作における〈新聞〉の重要性を確認するため、まずはこの物語が公共的な領域と私的な領域の対立と交錯を軸に構築されていることを、原作に即して押さえておこう。たとえば物語の冒頭、戦争という公的な事件のさなかに──まさしく「要塞を襲撃するようにご婦人の心を攻略することに慣れている」（Kleist 154）伯爵によって──自らの身体という最も私的な領域を侵犯された侯爵夫人は、それが原因となって家庭という親密な空間からも追放される。そうして田舎へ逃げ込んだ彼女が、「誇りをもって世界からの攻撃に対抗するための準備」を整え、「自分の内面の最も奥深くに引きこもる」（Kleist 167）ことを決意する様子からは、このときの彼女が「世界」という公的領域からも家族という親密圏からも隔絶され、「自分の内面」という私的領域の最後の砦への籠城を余儀なくされたことが読み取られよう。そのような袋小路で選び取られた手段こそが、ほかならぬ新聞への投稿であり、それによって一度は断絶した「世界」および家族との関係を回復した彼女は、ついにかつての居場所への復帰を果たし、さらにはそれが機縁となって、物語は（一定の疑念の余地を残しつつも）大団円の結末へ向けて動き始める。換言すればここでの新聞とは、世界のなかで孤立し私的領域の最小単位にまで追いやられたひとりの女性を、その対極にある広大な公的領域へと一足飛びに架橋することで、彼女の人生の物語を（表向きの）解決へと導くための不可欠な道具立てなのだ。

　こうした物語の基本構図を、ロメールは「忠実」に踏襲しているのみならず、より明確に可視化しようと努めてもいる。「この物語の重要な要素である新聞広告のモティーフを受け手に印象づける」（渋谷 [1992] 36）ため、折に触れて挿入される大写しの紙面のショット（▶ 00:01:45-00:01:58; 01:05:08-

01:05:11; 01:07:26-01:07:30）に加え、とりわけ印象深いのは、新聞への投稿を決意した侯爵夫人が自ら広告文を起草する場面だろう。原作ではただ、彼女が「あの奇妙な要請をM市の広告新聞に掲載させた」（Kleist 168）と素っ気なく書かれているだけの一節が、映画においては、自らペンを執り文章を書き起こす彼

図4 『O侯爵夫人』 ▶ 00:59:10

女の手元を30秒以上にわたって映すクロースアップによって表現される（図4）。女性が文筆の力によって公共的な言論空間にアクセスし、独力で活路を切り開く様子を観客に印象づける巧みな映像化と言えるだろう。

　さらに、ドイツの社会哲学者ユルゲン・ハーバーマスの有名な議論に照らすなら（ハーバーマス 50-64）、〈新聞〉と並んで18世紀の「公共圏」を支える重要な制度の一つであった〈カフェ〉という社会空間が、映画の冒頭から導入されている点も興味深い。そこではカフェに入り浸る男性客らが、侯爵夫人の記事を声高に読み上げ嘲笑交じりに談笑する様子が示される。これは、彼女の踏み出した一歩が「世界の嘲笑をそそ」った（Kleist 143）という原作の説明に対応した演出だが、ここから観客はさらに二つの重要な示唆を受け取るだろう。第一に、新聞で報じられた彼女の話を興味本位で物笑いの種にする公共圏が、ハーバーマスの想定した啓蒙時代の「論議する公衆」による理性的議論からはほど遠い言論空間であるということ、そして第二に、18世紀末のカフェという名の公共圏が、ここでは典型的に男性的な空間として表象されているということだ（この場面には男性の俳優しか登場しない）。ここにおいて、主人公と敵対するあの「世界」の内実は、そのじつカフェで彼女を笑いものにする〈都会〉の〈男性〉たちによって構成された〈公共圏〉であったことが露見する。

　このように女性に対して抑圧的な男性的空間として公共圏の実態を描きつつ、同時にその中核をなす新聞というメディアの解放的機能を強調することで、男性によって占有された言論空間へ単身で切り込む女性の姿を象徴的に

映し出そうとしたロメール作品が、にもかかわらず、前節ですでに論じたように、最終的に男性の加害性を免責する傾向を帯びてしまうのはなぜなのか。その要因の一つは、物語末尾における公共圏の描写（の不在）に関わっている。

　侯爵夫人との婚姻関係は結んだものの、その家への立ち入りを長らく禁じられていた伯爵が、やがて一家との交流を許され、ついには彼女との幸福な結婚生活を迎えるにいたる終盤の展開において、原作の語り手はその潮目の変化を裏づける彼の心境を次のように説明している。

> この世界の脆い仕組みゆえに、いまや自分はあらゆる方面から許されている、と彼の感情が告げていたので、彼は妻である伯爵夫人への求婚を新たに再開し、そして一年が過ぎる頃には、彼女から二度目の承諾の言葉を受け取ると、一度目よりも喜ばしい二度目の結婚式も祝われて、それが終わったのちに一家全員でVへと移り住んだのだった。(Kleist 186)

引用冒頭の「世界の脆い仕組み」という表現には、公共圏の危うい側面が示唆されている。すでに最初の求婚場面において、伯爵は自分が博している「名声」を「あらゆる特性のなかで最も両義的なもの」と語り、「自分がこれまでの人生で犯した唯一の下劣な行為が世界には知られていない」(Kleist 152)ことを憂慮していた。彼が恐れたのは「世界」という名の公共圏からの審判であり、それは、自分の罪が世に知られればたちまち自らの「名声」が失墜し、「世界」からの称賛が一転して弾劾に変わることへの不安にほかならない。ところが原作の物語では、時々の情勢に応じて玉虫色に意見を変える「世界」の判断のこの恣意性が、皮肉にも——伯爵にとっては幸運なことに——犯人への断罪ではなく免罪の機能を果たしてしまう。いまや明らかとなったはずの彼の卑劣な犯行は、その審判者たる「世界の脆い仕組みゆえに」忘却され、ついに彼は「あらゆる方面から許されている」と確信するにいたるからだ。

　こうして原作においては、世界を構成する公共圏が致命的なまでに不安定で両義的な性格を持つことが強調される。それは、被害女性を嘲弄すると同時に、窮地に陥った彼女にとって最後の拠り所となるメディアでもあり、加害男性に罪の烙印を押したかと思えば、次の瞬間には不意に許しを与えたり

もする、どこまでも信用のならない審級なのだ。

　にもかかわらず、ロメールはとりわけ物語の後半部において、そうした公共圏の両義性を完全に捨象してしまう。「世界の脆い仕組み」をめぐる先の一節が、映画では字幕としても台詞としても採用されず、言語的に抹消されるばかりではない。冒頭のカフェが再現される中盤のシーンを最後に、作品世界における公共圏の存在は鳴りをひそめ、婚礼の場面の神父を除けば、スクリーン上に映し出される人物は（使用人も含む）侯爵夫人の家族と伯爵だけに限定される。そうして伯爵と世間のあいだにあったはずの葛藤が、言語的にも視覚的にも後景化された結果、彼の罪は家庭内の私事へと矮小化され、いわば私的領域という密室で内々に処理されることになる。未遂犯だったにもかかわらず即刻銃殺刑に処された兵士たちとは対照的に（Kleist 147）、実際に犯行に及んだ加害男性が最終的に許される、といういかにも理不尽な顛末の違和感を払拭するため、映画は伯爵を公共圏の審判から切り離し、その私的な個人としての内面性を共感可能なものとして演出する、という戦略を採用したのである。

7　〈ロマンチック・ラブ〉あるいは近代的ハッピーエンドの強制

　第4節でも示唆したように、伯爵に対するこうした一連の免責措置は、侯爵夫人からの愛情という応答があってはじめて完成するが、そのためのささやかな伏線はすでに映画序盤から張られている。原作の冒頭では、彼女が亡き夫を「このうえない情愛をもって心の底から愛していた」（Kleist 143）ことが強調されるのに対し、すでに紹介した映画冒頭のカフェのシーンには、この説明に対応する演出はない。亡夫を慕う妻の愛情が黙殺されることで、侯爵夫人と伯爵の恋愛が成就するための心理的障壁は周到に除去されることになる。

　この伏線を皮切りに、特に映画の後半になると、観客による伯爵への道徳的不信感を軽減するための細やかな改変がさらに重ねられていく。[5] 極めつけはエンディング、侯爵夫人と二人きりになった伯爵が彼女に思いの丈を告白する場面だろう。彼が口にする次の台詞は、映画のみに見られるロメールの純粋な創作である。

伯爵夫人、あなたに一言お伝えすることをお許し願いたい。どうか何も怖がらないでほしいのです。ふたたびあなたの許しを請おうなどとは思いませんし、そんなふうに迫るつもりもありません。ただ知っておいていただきたいのは、あなたの軽蔑が私にとってはこのうえなく恐ろしい、死よりも恐ろしい罰であるということです。それでも私はあなたを愛しています。そして何でも、どんなことでも、あなたが望むだけずっと堪え忍ぶつもりです。（▶ 01:34:28-01:35:06）

原文には存在しないこの言葉によって、伯爵の恭順と妻への深い愛情が表明されると、感極まった彼女は涙を流し、そこから大団円のシークェンスが導かれる。このような伯爵を演じるガンツが、「柔和な男らしさの理想」という 1970 年代の「時代精神」を体現した俳優であるだけに（Paefgen 293）、観客の共感を誘う趣きはいよいよ濃厚になっていく。

　こうした伯爵の人物造形の修正と連動して示唆的なのは、映画の結末において、原作にはあった二人の結婚に関わる経済的事情の説明が削除されていることだ（Paefgen 291-92）。原作の伯爵は「夫としてのすべての権利を放棄し、それに対して自分に要求されるであろうすべての義務に同意する」旨を記した「結婚契約書」（Kleist 185）に加え、生まれた赤子の洗礼に際して「その男の子に 20,000 ルーブルを贈与する」こと、さらに「万が一自分が死んだ場合には、彼の全財産の相続人にその子の母親を指名する」ことを記した「遺書」まで用意しており、まさしく「その日を境にして」、彼は彼女の家に「頻繁に招かれるようになった」（Kleist 186）とされている。つまり、彼女が結婚の意志を固めるうえで、伯爵への好意以前に一連の経済的理由が強く働いた可能性が明示されているわけだが、映画では上記三つの要素のうち、最初の「結婚契約書」の内容が父からの提案として口頭で彼女に伝えられるのみで（▶ 01:31:48-01:32:00）、後二者についてはまったく言及がない。

　このような演出の結果、映画における二人の結婚は、原作以上に双方の感情的合意に基づく恋愛結婚の様相を色濃く帯びることになる。150 年以上の時を隔てた小説と映画のこうした違いは、さしあたり家族観と恋愛観をめぐる一般的な歴史的変遷——経済活動の単位としての前近代的な伝統家族から、自由恋愛を礎とする夫婦と親子の情愛的な紐帯としての近代家族への変

遷──に即して理解できるものだろう。後者のいわゆる〈ロマンチック・ラブ〉（ギデンズ 61-76）のイデオロギーへの暗示自体は、すでに原作にも見られるものだが、6) ともあれ、未婚の妊娠という「罪」が婚姻関係の締結によって贖われる、という観念が依然として通用していた 19 世紀初頭であればこそ（Doeing 12）、恋愛要素なしに物語を終える可能性はまだしも残されていたにちがいない。クライストが婚姻の決め手として上述の経済的諸条件をことさらに持ち出したのも、そのような身分社会的な結婚観が根強く残存していた状況の反映だったと考えられる。

　対して 20 世紀後半の映画の場合、結婚という形で納得のいく大団円を整備するために、それが当事者の自由意志に基づく選択であることをより明確に打ち出す必要があったことは想像に難くない。伯爵を共感可能な人物に仕立て上げつつ、侯爵夫人のなかに彼に対する無意識の好意ないし欲望を潜在させるという、ここまで確認してきたようなロメールの一連の演出が、現代の観客に向けて〈ロマンチック・ラブ〉という近代的なハッピーエンドを違和感なく導くために有効な措置だったことは確かだろう。

　とはいえ、映画で用意されたこの結末が、いささか性急に過ぎた感は否めない。前節で引用した一文からも明らかなように、原作では求婚に対する侯爵夫人の「二度目の承諾」にいたるまでに──つまり、最初の法的な婚姻契約から感情的な同意を伴う夫婦生活へと移行するまでに──「一年の時」を要したこと、換言すれば、加害男性が世間から暗黙の許しを得たと確信してからもなお、被害女性の内面が変化するまでに、ともかくも一定の時間が必要だったことが語られている。ロメールはこうした〈時間による解決〉に代えて、両者の相思相愛を強調する道を選んだわけだが、それによってクライストの物語の核心にあった最も重要な緊張の糸は、決定的に弛緩してしまう。「天使」のような救助者にして「悪魔」のような犯罪者でもある伯爵の両義性、その現実に直面した侯爵夫人の極度の混乱、さらに、与り知らぬ妊娠によって自分の身体の決定権を失う感覚に襲われた彼女の自己分裂と自己不信──そうした一連のジレンマの不可視化という事態が、そのじつこの作品の映画美学そのものに根差していた可能性を最後に一瞥することで、本章の議論を閉じることにしよう。

　本作の製作に関するインタヴューのなかで、ロメールは「クライストのスタイルの客観性を保持する」ためにクロースアップを（極力）控え、「俳優からかなり離れた位置で」撮影するよう努めたこと、そして「長回しのほうがいっそう客観的である」という理由で「短いカット割りは好まな」かったことを語っている（Rohmer and Berthel 118, 124）。彼がそこまで「客観的」な画面作りにこだわったのは、原作の作者が自分の描く人物たちを「冷静」に「乾いた眼で観察している」からであるという（Rohmer and Berthel 120）。

　まさしく「クライストが語るように撮影する」（Rohmer and Berthel 118）ことをめざしたロメールは、出来事に対する語り手の位置と被写体に対するカメラの位置を重ねることで、その「乾いた眼」の実現を試みた。実際この作品は総じてカット割りに抑制的で、引き気味のミディアム・ショットやロング・ショットによる比較的長めのショットが多い。約束の期日に姿を現した伯爵と、それに驚愕し取り乱す侯爵夫人の様子をワンカットで撮影したシーンなどは（▶ 01:27:30-01:29:19）、その典型的な一例だろう。

　しかし、当の原作の語り手はと言えば、ロメールが語っていたほど安定的に、人物や出来事に対して一定の距離を保っているわけでは決してない。しばしば指摘されるように、クライストの語り手はいわゆる「信頼できない語り手」（Schmidt 183）の典型であり、ときに虚偽や偏見を交えて、ときに特定の人物に肩入れした立場で語る、不安定で気まぐれな報告者だからだ。じじつ、この物語の語り手も不偏不党の観察者からはほど遠く、語る対象との距離を場面ごとに変化させているのだが、じつはロメール自身、先の言明とは裏腹に、そのような語りの距離感の機微に無感覚だったわけではない。

　たとえば、実家を追い出された侯爵夫人が田舎の屋敷に向かうくだりで、語り手は人物との距離を一挙に縮め、その内面の奥深くにまで踏み込んで、世の理不尽に向き合う彼女のしたたかな決意を伝えている。「運命が自分を突き落とした深淵の底から立ち上が」った彼女は、その「理性が十分な強さを備えて」いたので、「自分の内面の最も奥深くに引きこもること、二人の子どもの教育だけにひたすら熱意をもって専心すること、そして神が与えてくれた第三の子という贈り物を、まったき母の愛をかけて世話することを決意した」のだった（Kleist 167）。映画ではこの場面のテクストが、一部は中

間字幕によって直截に提示され、一部は彼女自身の台詞として、しかも作中唯一のヴォイスオーヴァーによって、その内面を伝える印象的な言葉として表現される（▶ 00:56:30-00:57:49）。同じことは、伯爵の初登場シーンにもあてはまる。「侯爵夫人には彼が天から降り立った天使かと思われた」（Kleist 144）という語り手の所見を踏まえつつ、ロメールはあたかも伯爵の背後に後光が差しているかのような類型的な演出を用いることで、この場面を彼女の視点ショットとして撮影した（渋谷［1992］41; Paefgen 276-77）。彼がカメラの「客観性」という原則を金科玉条として墨守することなく、原作の語りの距離感の変化を適切に汲み取っていたことがわかる演出だろう。

　だが、そうであればこそなおさらに、物語終盤の展開のなかで同じく原作の語り手が見せる主人公の内面への接近を、映画が捉えきれていない点は気にかかる。伯爵を「悪魔」と罵った直後の彼女の描写を見てみよう。

> ［……］彼女はまるでペストに冒された者に対するかのように彼を避けると［……］荒々しい殺意を込めたまなざしで、伯爵と母親を交互に睨みつけた。彼女の胸は激しく動き、その顔は燃え立っていた。復讐の女神の眼光もこれより恐ろしくはあるまい。（Kleist 183-84）

彼女の胸中で渦巻く伯爵への激しい憤怒を表現したこの一節が、映画のなかで等価表現を見出しているとは言いがたい。侯爵夫人を演じるクレーヴァーは、声を荒げて伯爵の前から逃げ出すのみで、彼を指差し睨む動作と結婚を拒否する発言はあるものの（▶ 01:29:18-01:29:30）、その映像から「ペストに冒された者」に対する忌避や恐怖、あるいは「復讐の女神」以上と評される「殺意」に満ちた眼光の鋭さは看取できない。特に現在時制で書かれた引用末尾の一文は、彼女の怒りの形相に恐れ戦く語り手自身の心情が滲み出た主観的性格の強い注釈であり、先に見た屋敷の場面と同様、本来ならば特別な演出がなされてしかるべき箇所だったと思われるが、実際の撮影では定点カメラによる引きのショットで「客観的」な映像化が志向された結果、彼女の憤懣と混乱はかなりの程度まで中和され、観客からはなかば見えないものとなってしまう。

　前節までの議論をふまえるなら、原文と映画のこうした齟齬は、たんなる

偶然の産物でも不可抗力の結果でもなかっただろう。端的に言えば、ロメールの映画は「天使」としての伯爵の顔を可視化することに心を砕く反面、その「悪魔」の表情（に対する侯爵夫人の憤り）が画面上に露見しないよう、細心の注意を払っている。男女の置かれた状況が決して公平なものではないがゆえに、侯爵夫人と伯爵から〈等距離〉を保った〈中立的〉な撮影から帰結するのは、そのじつ後者にとって有利に働く非中立的な映像なのだ。

　もちろんアダプテーションによって成立した作品が、原作とは独立した基準で評価されるべきものであることは言を俟たない。その点で言えば、ロメールの映画がクライストの小説とは異なる水準で一つの歴史的な〈リアリズム〉を達成していたことは確かだろう。望まない妊娠という不名誉な事実が結婚によって埋め合わされる、という 1800 年頃の常識に即して判断すれば、高い地位と財産に加え、少なくとも一面においては「天使」の如き人格までをも備えた男性と結ばれる侯爵夫人が、相当に恵まれたケースであったことは容易に察せられるし、その意味で本作の「明白なハッピーエンド」は、まさしく当時の一般的な歴史的状況の正確な再現たりえているからだ。ただしそれは、そもそも〈反時代的〉な性格を備えていたはずの原作の「忠実」な映画化ではありえない。古い時代のテクストに執着した結果としての美学的な新規性と、現代の観客に配慮した改変ゆえの政治的・文化的な保守性という、ロメールの『O侯爵夫人』を貫くこのある種の逆説が物語るのは、革新的な映画表現と内容としての批判性が常に両立するとはかぎらない、というありふれた現実なのである。

註

1) こうした解釈の前提にあるのは、演劇に叙事的な語りの要素を取り入れることで、演じる俳優と演じられる役柄のあいだの差異を明示し、観客が舞台上の俳優＝役柄へ没入することを予防するとともに、それによって舞台上の出来事に対する観客の思考を促そうと試みた、ドイツの劇作家ベルトルト・ブレヒトによる「叙事的演劇」のコンセプトである。もっとも、このような評価はロメールの映画美学が持つ批判的可能性をいくぶん過大評価している感も否めない。当該の場面がたとえある種の「異化効果」を持ちえるとしても、その演出法はそれ自体として、ブレヒトのように「観客に映画のイリュージョニズムとの対峙を迫るものではないからだ」（渋谷 [2009] 7）。

2) 実際ロメールは 1970 年代の映画について、「我々は本当らしいものの行き過ぎに

いささかうんざりしている」(ロメール110)という不満を漏らしている。

3) 自らの体調の異変に気づきながらも、妊娠の可能性など毛頭信じていなかった頃の侯爵夫人は、母に向かって、万が一これが懐妊なら、そのときは「夢の神モルペウス」が「父親ということになるだろう」(Kleist 149)と冗談めかして語っていた。

4) ロメールが『O侯爵夫人』を映画化した1970年代は、クライスト研究史における精神分析批評の全盛期と重なっている。この小説についてもその観点から多くの解釈が提出されたが、それらは総じて侯爵夫人の無意識の欲望を争点化することで、結果的に彼女への帰責と伯爵への免責を促進するものだった(Pottbeckers 54-55)。こうした一連の言説は、さながら主人公の女性に対する男性研究者たちによる二次加害の如き様相を呈している。こうした同時代の状況をふまえるとき、主人公の潔白を明示しようと努めたロメールの試みは、一面において同時代の精神分析批評の知見を相対化しつつも、他面においては自らその解釈枠組みを反復する性格を持っていたと言えるだろう。

5) 実家を追い出された侯爵夫人を訪ねて伯爵が田舎の所領を訪ねるくだりは、その一例だろう。彼女に拒絶された伯爵が屋敷の前で立ちつくし、「わきで開いたままになっている窓をよじ登って」(Kleist 171)屋敷に侵入すべきかどうか逡巡する描写を交えることで、そのストーカーまがいの執着ぶりが強調される原作に対し、映画版の彼は閉ざされた扉を前にじつに潔く引き下がる(▶ 01:04:15-01:04:25)。

6) 円満な夫婦生活の結果、「一連の若いロシア人の子どもが次々とあとに続いた」(Kleist 185)こと——つまり、夫の権利を全面的に制限したあの「結婚契約書」をふまえれば、妻からの自発的な同意によって夫婦の性交渉が行われたこと——を伝える語り手の説明は、経済的事情による法的な婚姻関係の締結という「形式的な解決」だけでは飽き足らず、「ロマンチックな恋愛譚」を期待する当時の読者公衆(Künzel 80)に対する、強迫観念めいた文学的反応として理解できる。

3 権力者ファウストの物語

アレクサンドル・ソクーロフ監督『ファウスト』(2011)

山本賀代

1 はじめに

　19世紀末に産声を上げた映画は、自らの願望を成就するため悪魔に魂を売り渡すファウストの物語をくりかえし利用してきた。[1]ファウスト文学と言えば、文学史上、ヨーハン・ヴォルフガング・ゲーテ（Johann Wolfgang Goethe, 1749-1832）の韻文悲劇『ファウスト』第1部・第2部（*Faust. Eine Tragödie*, 1808/1832）[2]が最もよく知られているが、この物語は15世紀末から16世紀前半にドイツに実在したファウスト博士の伝説に由来し、1587年に出版された民衆本『ヨーハン・ファウスト博士の物語』[3]によって世に広まって以来、ゲーテ以前もそしてゲーテ以後も、それぞれの時代精神を反映しながら再話され続けている。[4]この素材は文学にとどまらず造形芸術や音楽領域にも浸透し、たとえばシャルル・グノーのオペラ『ファウスト』（1859年初演）は、ゲーテによって追加された可憐な少女との愛のエピソードをロマンティックに取り上げ、ファウスト物語を大衆に広く普及させた。したがってファウスト映画とは必ずしもゲーテ作品のアダプテーションに限らず、しばしば複数のファウスト文学や素材を先行モデルとしていたり、特定の作品に依拠せず有名なモティーフを利用した程度のものまでさまざまである。[5]

　ファウスト素材を全面的に扱った初めてのドイツ映画はフリードリヒ・ヴィルヘルム・ムルナウ（Friedrich Wilhelm Murnau, 1888-1931）の無声映画『ファウスト──あるドイツ民話』（*Faust. Eine deutsche Volkssage*, 1926）であるが、

副題が示すとおり、この作品はゲーテのアダプテーション映画としてではなく、民衆本、マーロウ、ゲーテの第1部など複数のファウスト素材を利用して製作された。当時のドイツでは芸術映画への期待が大きく、語られた言葉なしにいかに文学のアダプテーションが可能であるか、激しい議論がくり広げられており（Fasbender 169）、ファウスト映画への関心は最高潮に達していた。脚本家ハンス・キューザーはサイレント映画でゲーテ的ファウストの造形は不可能であると主張していたが（Prodolliet 39）、ゲーテとの比較を免れることはできず、この作品は形而上学的な主題を通俗化していると酷評された（クラカウアー 147）。ムルナウの不評はドイツでのファウスト映画フィーバーに終止符を打ち、ほかのアダプテーション計画に重圧をかけることになった（Keppler-Tasaki 316）。しかし一方ではエリック・ロメールに代表されるように、絵画を引用し映画独自の美学を確立したその視覚性が高く評価され（Rohmer）、この映画は今日、ファウスト映画史における重要な古典作品となっている。[6]

　本章では、ゲーテの『ファウスト』に基づいた最新のアダプテーション映画として、ロシアの監督アレクサンドル・ソクーロフ（Alexander Sokurov, 1951- ）[7]がドイツ語で撮影した『ファウスト』（*Faust*, 2011）[8]を取り上げる。第68回ヴェネツィア国際映画祭で最優秀作品賞を受賞したこの作品は、エンド・クレジットで同監督の『モレク神』（*Moloch,* 1999）、『牡牛座 レーニンの肖像』（*Taurus,* 2001）、『太陽』（*Die Sonne,* 2005）というそれぞれ20世紀の権力者たち——ヒトラー、レーニン、ヒロヒト（昭和天皇）——を描く権力4部作の最終作であることが明示されており、20世紀を代表する歴史的人物を扱う前3作とのテーマの一貫性がその根底にある。一方で、オープニング・クレジットでは「ゲーテ原作からの自由な翻案」と宣言されており、人物設定や結末などの大胆な改変が注目を集めた。もっともこの改作を支えているのは、危険な独裁者を生み出す権力という視点からゲーテの『ファウスト』を読みなおし、ときにはずらし、ときには反転させながらも、原作テクストを徹底的に利用して緻密に再構成されたシナリオの文学的完成度の高さにあり、[9]この点で多くのファウスト映画のなかでも水際だっている。映像の芸術性が高く評価されるソクーロフ映画であるが、[10]ここでは監督自身が「最大限の敬意」（ソクーロフ［2012］）を払ったというゲーテのテクストがどのよ

うに咀嚼され、中世に生まれた伝説的人物から現代の危険な権力者のプロトタイプが造形されたのか、原作テクストと映画のシナリオを比較分析しながら検討していく。

2　二つの『ファウスト』梗概

　まずゲーテの『ファウスト』を概観しておこう。

　老博士ハインリヒ・ファウストは、あらゆる学問を学び尽くしてもなお世界を見極められないことに絶望し、悪魔メフィストーフェレス（メフィスト）と賭けをする。ファウストが人生に満足し、ある瞬間に向かって「留まれ！　お前はあまりに美しい！」（1700）と言えば、彼の魂は悪魔のもの。しかしそれまでは悪魔は従僕としてファウストに仕えなければならない。手はじめに地下酒場に連れ出されたファウストであるが、陽気な学生たちに気おくれするばかり。そこでメフィストは彼を魔女の厨に連れていき、その秘薬で若返らせる（第1部前半〈学者悲劇〉）。ファウストは通りで見初めた純真無垢なマルガレーテ（グレートヒェン）と恋仲になる。彼女は本能的にメフィストの正体を感知する敬虔なキリスト教徒であるが、ファウストへの一途な愛情ゆえに家族を死に至らしめ（夜の逢瀬のために母は眠り薬と称する薬を飲まされ永遠に目覚めず、兄ヴァレンティンはファウストとの決闘で果てる）、嬰児殺しの罪で処刑される（第1部後半〈グレートヒェン悲劇〉）。

　主人公の個人的な生を描く第1部に対して、5幕構成の第2部では古代ギリシャの美女ヘレナとの結婚（第3幕）をはじめ、近世ドイツの宮廷社会（第1幕・第4幕）から異形のものたちが集う古代ギリシャ（第2幕）まで、ファウストの遍歴は時空を超えて展開する。紙幣乱発、人造人間の発明、大規模戦争、干拓事業など、新しい科学技術を手に入れ暴走しはじめる近代社会を鋭く予見したエピソードが続き、人類の足るを知らない欲望が伝統的な悪魔を震え上がらせる。第4幕で、戦況不利な皇帝を助け、海岸の不毛な土地を手に入れたファウストは、最終幕、100歳を超え盲目となってなお干拓事業の指揮を執る。そして不断の努力と活動を通じて「自由な大地に自由な民とともに」（11580）あり続ける幸福を予感し、ついに例の言葉を口にして息絶える。本人は永遠を内包する最高の瞬間に到達したつもりであったが、悪魔の手を借りた事業は善良な老夫婦の犠牲のうえに進められ、ファウストの確

信した未来は現実とはかけはなれたユートピアにすぎなかった。しかしファウストの地獄落ちは阻止される。舞台は一幅の宗教画を思わせる荘厳な終曲「山峡」の場となり、天使たちによって悪魔の手から護られたファウストの不死なるものは、初期キリスト教時代の教父に似た聖なる隠者たちの見護るなか、かつてグレートヒェンと呼ばれた贖罪の女に導かれ、聖母マリアのいる高みに向かって上昇していく。神秘の合唱「なべて過ぎ行くものは／比喩に過ぎず。［……］永遠なるものにして女性的なるもの／われらを彼方へと導き行く」（12104-11）が響き渡る。

　次にソクーロフの『ファウスト』を概観する。

　物語の冒頭、ハインリヒ・ファウスト博士は助手ヴァーグナーとともに死体を解剖して魂のありかをむなしく探している。何を学んでも生きる意味が見出せず、日々の生活費にも窮した主人公は、貧しい人々のために診療所を開く父に助けを求めるが、悩みを理解してもらえず追い返される。彼の足は高利貸マウリツィウス・ミュラーの店に向かう。ファウストの欲望が金で解決されるものでないことを見透かすように、マウリツィウスは別のかたちで力になろうとささやくが、借金を断られたファウストはそのまま立ち去る。毒薬を手に入れ自殺を覚悟したファウストの部屋に、今度はマウリツィウスが現れ、ファウストの代わりに毒を飲み干して（少々おなかの調子をこわすが）けろりとしている。人々に悪魔と噂されるこの男に興味を抱き、ファウストは彼と連れだって町に出ていく。最初に訪れた公衆洗濯場は大勢の女たちで賑わい、マウリツィウスは醜悪な身体を晒し、ファウストは美しいマルガレーテに一目惚れする。次に連れていかれた地下酒場は終戦を祝う学生たちであふれ、ファウストはマウリツィウスのせいでその一人を刺し殺してしまう。二人はその場から逃げ出すが、被害者はマルガレーテの兄ヴァレンティンであった。マルガレーテを慰めるため、ファウストはマウリツィウスに金を用意させ彼女の母親に届けさせる。遺族に混じって葬儀に参列したファウストはマルガレーテに近づき、マウリツィウスが母親の相手をしているあいだ、二人で森を散策する。その行為を母親に罵られたマルガレーテは教会に出かけ、母への嫌悪感を懺悔するが、彼女を慰めたのは司祭になりすましたファウストであった。心を開きかけたマルガレーテであったが、彼こそが兄殺しの犯人であることを知り愕然とする。一方、ファウストは彼女とただ一

夜を過ごすために魂を引き渡す契約をマウリツィウスと結ぶ。その翌朝、永遠に眠らされた母親とぐっすり眠るマルガレーテを置き去りにして、ファウストは悪魔的男とともに小さな町の市壁を越えていく（ここまでがゲーテの『ファウスト』第1部に対応）。

二人は甲冑姿で馬を駆け平原と森を走り抜け、[11] 狭い岩間をかいくぐり、「世界の果て」にやってくる。川のそばでファウストにからみつく死者たち——そこにはヴァレンティンもいる——をふりほどき岩山を登り続けると、やがて視界は開ける。目の前で突然噴出した間欠泉の壮大な光景を目の当たりにしたファウストは、神になり代わり自然を創造し支配する偉大な行為を夢み、狂喜する。彼はマウリツィウスから契約書を奪うと、この悪魔的男を石打ちにして岩場に埋め、独り歩き出す。「どこへ行くの？」と天からマルガレーテの問いかける声がする。映画のはじまりで「どちらへ？」と尋ねる女中イダに「あそこへ！」と返し小さな町をさまよったファウストは、今、意気揚々と「あそこへ！　あそこへ！　はるか先へ！」と答え、白く凍りついた山麓を走り出す。荒涼とした雪原にはただ彼の足音と笑い声が響く（ゲーテの『ファウスト』第2部に対応）。

3　二つの『ファウスト』の差異と親近性

原作との差異に関心が集まるのはアダプテーション映画の運命である。これまで多くの評論家や研究者が、二つの『ファウスト』の相違点に注目してこの映画を論じてきた。[12] ソクーロフの大胆な改変として最も注目されるのは、ゲーテとは真逆とも言える結末であろう。児玉麻美はソクーロフのファウストを孤独な科学者として考察し、ファウストを題材に科学の罪を描く現代オペラ作品と並べてこの映画を論じている。18世紀に肯定された人間の際限なき認識衝動は、科学技術が発展した21世紀においては個人の責任を超えた代償をつきつけられ、今日の作家たちはファウストの救済に慎重にならざるをえない。ソクーロフ映画の結末の理由もここにあるという（児玉76）。ファウスト素材に科学批判の要素を盛り込む傾向は、戦後（原爆投下後）間もないルネ・クレール監督のファウスト映画『悪魔の美しさ』（*La Beauté du diable*, 1949）やハンブルク劇場でのグリュントゲンス演出『ファウスト』上演の映画化（ペーター・ゴルスキー監督、1960）にさかのぼることができ、[13]

児玉論文の問題意識は、戦後ファウスト映画の一つの流れにソクーロフ映画も位置づけられることを示唆している。

　衝撃的な結末と並んで話題になったのは、悪魔を高利貸にした点をはじめ、登場人物やエピソードの設定変更、順序の入れ替えである。ソクーロフ監督はメフィストを登場させなかった理由として、彼は「声だけのようなスピリチュアルな存在であるべき」14) で、「神秘的でロマンチックなキャラクターをできるだけ作りたくなかった」と述べている（ソクーロフ [2012]）。かつてムルナウはファウスト素材が持つ「中世ドイツという空想的な時代」を映画に甦らせようとしたが（Prodolliet 33）、ソクーロフ映画は逆に中世風ファンタジーを排除した。舞台として 18、19 世紀のドイツの小さな町の日常生活がリアルに再現され、登場人物たちの価値観やメンタリティはいたって現代的である。有名なファウストの独白の引用（354-59）は、神学と医学のステイタスが現代風に逆転し（「私は哲学も法学も神学も修めた。そして医学も必死で学んだ。それなのに利口になっていない」[▶ 00:22:54-00:23:09]）、結婚前の男女関係のタブーは兄殺しとの恋の葛藤にずらされる。マルガレーテに悪魔を本能的に察知する敬虔さはなく、「あのおじさん好きよ」（▶ 00:44:58-00:45:00）とのんきなことを言う。彼女とファウストとの有名な信仰についての問答では、「信じている人などいますか」と反論するファウストに、柱のかげから「私だ」とマウリツィウスが告白する（▶ 01:40:26-01:40:35）。ソクーロフのくたびれた悪魔的男はイエスやマリア像へのグロテスクな愛撫をくりかえし（▶ 01:20:52-01:21:09; 01:38:11-01:38:55）、空っぽの空を見上げ（▶ 00:57:05-00:57:11; 01:27:17-01:27:19）、登場人物のなかでただ一人、不在の神を気にかけている。15)

　映画のシナリオには細部にわたり原作からの引用が散りばめられているが、とりわけ有名な詩句のパロディはゲーテとの距離を印象づけるだろう。借金を断られ町をさまよう主人公に「なべて過ぎ行くものは悪臭に過ぎず」（▶ 00:23:15-00:23:18）と神秘の合唱を皮肉らせ、ゲーテのファウストにとって最高の瞬間であると同時に死を意味する言葉が、石打ちにあい瀕死のマウリツィウスの言葉「留まれ、これは美しくない！」（▶ 02:12:10-02:12:12）に裏返される。ファウストがマルガレーテに初めて声をかけるやりとりは、マウリツィウスとマルガレーテの女中とのあいだで行われる（「お嬢さん、腕

をお貸しします、送りますよ」「お嬢さんでも美しくもないわ、結構よ」）（▶
00:45:24-00:45:33）。またファウストと悪魔の厳粛な契約場面は、間違いだら
けの契約書——魂（Seele）の綴りにeがひとつ足りないなど——をファウ
ストが夢中で修正するうちにインクが切れ、血で署名するはめになるという、
映画中最も笑いを誘うシーンとして演出され、ゲーテからの引用はない。

　一方、二つの『ファウスト』を結びつけているものは何だろうか。ゲーテ
の『ファウスト』が権力4部作をしめくくる作品の素材として選ばれた理由
に目を向けてみよう。『ツァイト』紙のインタヴューのなかでソクーロフ監
督は、ファウストは「善を促進するという目的で、破壊的なやり方で現代の
権力を解放し束ねた」前3作の主人公たちの「青春」であると述べている。ファ
ウストを筆頭に彼らは「不幸な人間」であり、「ファウストの巨大なエネルギー
から10人のヒトラーが生まれる」。ソクーロフにとってゲーテは、「不幸な
人間は危険である」[16]ことに早い段階で気づき、「20世紀の間違った答えを
予想した」詩人であり（Sokurow）、別のインタヴューでは、ゲーテは「18世
紀ではなく23世紀の人間である」とも語っている（Sokourov [2011] 27）。こ
のようなゲーテ像は〈学者悲劇〉や〈グレートヒェン悲劇〉からではなく、
近代社会批判に満ちた『ファウスト』第2部から導かれたものであり、第2
部との親近性がこのアダプテーション映画の核になっているにちがいない。

　しかし従来の議論ではソクーロフ映画は主にゲーテの『ファウスト』第1
部を扱っているとみなされがちで（Deats 176; Rayns 52）、ゲーテの第2部と
の関係は結末部の解釈に集中してきた。[17]たしかにヴァーグナーによるホム
ンクルス発明のエピソードが映画の前半に組み込まれる[18]以外、第2部の
ファウストの冒険エピソードが映画のなかで具体的に扱われることはほと
んどなく、[19]物語は急速に終わりに向かう（時間的に第2部に対応するのは
140分中15分程度にすぎない）。映画の梗概からはゲーテの第2部との関係
が見えてこないのである。そこで次節以下、二つの『ファウスト』の共通要
素である映画のシナリオに埋め込まれた多数のゲーテ引用に着目し、ソクー
ロフ映画がゲーテに即しながらどのように〈権力者の物語〉を構築している
のかを跡づけていく。

4 不幸な人間ファウスト──映画『ファウスト』前半

　ゲーテのファウストは、悪魔との契約の直前、次のように人生への不満を吐露している。

> **ファウスト：**どんな衣装を着こんだところで狭い地上に生きる身だ
> 　この胸の苦痛が消えることはあるまい。
> 　遊び暮すには歳をとりすぎたが
> 　<u>望むことなしに生きるにはまだ若すぎる。</u>
> 　この世が俺にいったい何をくれる？
> 　<u>欲しがりすぎるな！　欲しがるな！</u>
> 　それが誰の耳にも休みなく
> 　生まれてから死ぬまで絶え間なく
> 　しゃがれた声で響きつづける
> 　あの永遠にくりかえされる歌なのだ。
> 　[……]
> 　わが胸に住むあの神は
> 　<u>俺のなかに深い望みを呼び起こし</u>
> 　<u>俺の諸々の力をすべて支配しながらも</u>
> 　<u>外部世界に向かっては何ひとつ働きかけることができない。</u>
> 　地上に生きることは重荷だ
> 　死こそ望ましく、生はわが憎しみだ。（1544-71）

映画でもこの台詞は細切れに利用されている（下線部）。まず死体から魂を探し出すことに失敗したファウストのモノローグとして、「わが胸に住むあの神は［……］」の絶望の声が聞こえてくる（▶ 00:06:13-00:06:24）。次に父の診療所を出たファウストは、心のなかで「欲しがりすぎるな！」という永遠の歌にうんざりし（▶ 00:14:37-00:14:58）、高利貸の店で「望むことなしに生きるにはまだ若すぎる」とマウリツィウスに借金を申し出る（▶ 00:19:53-00:19:56）。そして何より、ソクーロフのファウストが映画のなかで度々くりかえすのは、この台詞の冒頭にある「狭い地上」に生きることの窮屈さである。ゲーテは「魔女の厨」の場面で、田舎での自然生活こそ長生きの秘訣と

メフィストに語らせ、「狭い世界は私には似合わない」（2364）とファウスト
に反論させるが、このやりとりをソクーロフは、町をさまよう二人の会話
で再現している（▶ 00:34:09-00:34:54）。さらに映画のファウストは、マルガ
レーテとの散策の場面でも「地球は私には狭すぎるのです」と語っている（▶
01:18:15-01:18:16）。

　「狭い世界」に閉じ込められ窒息している主人公の姿は、鬱屈とした彼の
生活空間によって視覚的にも印象づけられる。映画の前半、ファウストは
度々、人とぶつかり、押され、群衆の隙間をぬって窮屈そうに町をさまよっ
ている。しかし血の契約を結び、マウリツィウスに導かれ彼の秘密の地下
道を通ってマルガレーテのもとに向かうとき、ファウストは「悪魔の道か。
しかし息はしやすいな」と感じる（▶ 01:52:39-01:52:44）。さらにマルガレー
テとの一夜のあと、小さな町を抜け出しマウリツィウスと二人で狭い岩間
を抜けるとき、彼は再び「呼吸が楽だ」という解放感を得るのである（▶
02:02:52-02:02:53）。

　ゲーテのファウストにとって、狭い世界は否定されるだけでなく愛すべき
対象でもある。自殺を断念したファウストは復活祭を祝う素朴な民衆たちの
集いの場に出かけ、「ここなら人間になれる」（940）と狭い世界に生きる人々
の小さな幸せに共鳴する。その横では衒学者ヴァーグナーが民衆たちの粗野
な騒ぎに辟易している。一方、映画では、公衆洗濯場のシーンでマウリツィ
ウスが「ここなら人間になれる」と叫び、その横でファウストが「奴隷市場
だ」と文句を言う（▶ 00:38:53-00:39:02）。ゲーテのファウストは、地上的生
に絶望すると同時にそれに強く固執する二つの魂の葛藤に悩んでいるが、ソ
クーロフのファウストは徹底的に「狭い世界」を嫌悪し、そのなかで空しい
魂をもてあました不幸な人間として描かれている。

　二人のファウストの違いは、ヨハネ福音書冒頭「初めに言葉（ロゴス）あ
りき」のロゴスの訳語に違和感を覚えるエピソードからも明らかになる。ゲー
テのファウストは、「言葉」から「意味」「力」を経て、「初めに行為（Tat）
ありき」へと訳しなおして納得する（1224-37）。ここで彼の本質が〈行為の人〉
であることが示されると同時に、悪魔が彼の活動の同伴者となるべく姿を現
す。一方、外部に働きかけることのない人生に閉じ込められたソクーロフの
ファウストには「行為」という言葉は思い浮かばず、彼に「初めに行為あり

き」と提案するのはマウリツィウスである（▶ 00:38:03-00:38:28）。それでも映画の前半においてファウストにはその真意がわからず、漠然と悪魔のような男に連れ回されるばかりである。

5 偉大な行為への目覚め——映画『ファウスト』後半

　しかし映画の後半、マウリツィウスはファウストに「私たちは偉大なことをなす存在だ」（▶ 02:00:21-02:00:23）と呼びかける。この台詞はゲーテの第2部第4幕「高い山岳地帯」のメフィストの言葉（10126）そのままである。[20] そして「世界の果て」にたどりついたファウストは、間欠泉の壮大な光景を前にして、ついに「行為」——しかも人間の領域を超えた行為に目覚めるのである。不幸な人間の内部に閉じ込められていたエネルギーが一気に噴出するように、スクリーンには大地から熱湯があふれ出す映像が映し出される。この自然現象の仕組みについて、「神が知らなくても私にはわかる」と確信したファウストは、ここに留まり自ら「泉を創る」と言い出す。マウリツィウスに「名声が欲しいのか」と問われると、彼は「名声より行為だ」と断言する（▶ 02:08:57-02:09:23）。このやりとりもゲーテの「高い山岳地帯」を下敷きにしている。ここでファウストは、もはや地球に望みはなく月旅行でもなさいますかとメフィストに尋ねられ、こう答える。

> **ファウスト**：とんでもない。この地球には
> 　　　まだ偉大な行為のための空間は充分にある。
> 　　　驚異の事業こそがわが目標であれ
> 　　　俺はこの身のうちに　大胆不敵な力が湧くのを感じるのだ。
> **メフィスト**：では名声をお求めですな。いや　わかっていましたよ
> 　　　あなたが神と人間に出自をもつ半神の家系のお方だということは。
> **ファウスト**：支配を俺は手に入れる　所有だ！
> 　　　行為こそすべてだ　名声ではない。（10181-88）

ゲーテのファウストは、永遠に打ち寄せる大海の波の運動を観察するうちに、「制御されざる自然の無意味な力」（10219）と戦い、干拓事業を行って海を征服することを思いつく。間欠泉を「意味のない穴」と蔑むソクーロフのファ

ウストにも、自然を征服できるという人間の奢りが露わになる（▶02:10:00-
02:10:13）。

　続くファウストの「すべての決断は自分で下す」という自信に満ちた言葉
に対するマウリツィウスの「おまえには決断は下せない」というささやきは、
ゲーテの『ファウスト』第2部第5幕の憂い（Sorge）の言葉（11472）に対
応している（▶02:10:15-02:10:22）。憂いの呪いにより盲目となったファウス
トのわきで、メフィストはファウストの埋葬の準備を始める。一方、偉大な
行為に目覚めたソクーロフのファウストも「自由な大地で自由な民を創る」
権力者を夢み、そのためには「素質（Natur）と精神（Geist）さえあればいい」
ことに気づく（▶02:11:13-02:11:21）。これはゲーテの第2部第1幕「玉座の間」
でのメフィストの台詞、金の調達に必要なものは「自然の力と知性とを内に
秘めたる男」（Begabten Manns Natur- und Geisteskraft）（4896）を念頭に置
いているのだろう。もはや高利貸マウリツィウスに頼る必要もない。〈自由
な大地の自由な民〉のヴィジョンとともにゲーテのファウストは死ぬが、ソ
クーロフにおいて死に瀕するのはマウリツィウスである。ゲーテの『ファウ
スト』第1部「曇りの日・野原」で、投獄されたマルガレーテを救えと迫る
ファウストに対し、メフィストは「雷でもつかんで振りまわそうっていうん
ですか？［……］あまりに暴君じみたやり口ってものですよ」（ゲーテ上313）
と嫌味を言うが、一方的に契約書を破り捨て石をつかんでマウリツィウスを
襲うファウストの姿は、まさに暴君そのものである。

6　死の克服を目指す善人──権力4部作としての映画『ファウスト』

　ゲーテにおいて、罪深い主人公の救済はすでに悲劇冒頭に置かれたプロ
ローグの一つ「天上の序曲」で予告されている。神と悪魔はファウストを
めぐって賭けをする。「求めつづけている限り人間は迷うものだ」（317）、
「善い人間は暗い衝動のうちにあっても／正しい道を知っている」（328-29）
と、神は悪魔がファウストの道連れになることを許容する。「山峡」の天使
たちの歌声「求めつつ努める人なら／われらは救い出すことができます」
（11936-37）がこれに呼応している。人間は原罪から解放され、恵まれた善
き本性にしたがって、迷いながらもたゆまず活動することを期待される。永
遠の活動に向かって最期を迎えたファウストは、この意味で神の試練を乗り

切ったと言えるだろう。ルネサンスと宗教改革の時代に誕生した民衆本では、ファウストは魂とひきかえに悪魔から人智を超えた知識とこの世のあらゆる快楽を手に入れるが、契約の 24 年が過ぎると地獄に連れ去られ無残な最期を遂げる。民衆本のはじまりと終わりにはルター派神学者による解説と警告が付され、自由奔放なアウトサイダーの生き方はあくまでも教訓物語であった。こうしたキリスト教的善悪二元論に基づくファウスト物語の中世的な枠組みが、〈生を想え〉をモットーとする近代人ゲーテによって完全に組みなおされ、救済されるファウスト物語が初めて誕生したのであった。

　ムルナウの映画『ファウスト』冒頭には、大天使と悪魔がファウストをめぐって賭けをする天上のシーンがある。21) 大天使は「人間は善きもの」（▶00:02:24-00:02:31）と信じているが、ここでファウストはどのような善人として描かれているのだろうか。物語の終わり、火刑に処せられるグレートヒェンを追ってファウストは炎に飛び込み、二人の魂はともに天上に昇っていく。契約違反だと迫るメフィストに、大天使はすべてを赦す愛の力を説き、メフィストは賭けに敗れる。この大団円のために映画はグレートヒェンを純真無垢そのものとして描き、罪をすべてメフィストに帰することでファウストの倫理的潔白を確保している。彼が魔術に手を出しメフィストを引き寄せるのは、民衆たちをペストから救いたい一心である。グレートヒェンの母親の死因はメフィストの仕業によるショック死、兄ヴァレンティンに致命傷を与えるのもメフィストである。そしてファウストは恋人を見捨てず、老いた姿に戻っても彼女のもとに駆けつける。こうしてムルナウのファウストは道徳的非難を免除された善人ではあっても、22) 絶えず活動を求めるゲーテ的な善人とはかけ離れた人物となった。

　ソクーロフにおいてはどうだろうか。ムルナウを意識しているであろう映画冒頭の天空は空っぽで、そこに神はいない。「善い人間は暗い衝動のうちにあっても正しい道を知っている」——ソクーロフ映画において、この台詞は神の直接の言葉ではなく、「あなたの父上は善い人だ」と言われて苦笑する主人公のモノローグとしてうつろに響く（▶00:14:15-00:14:35）。父のような生き方を嫌悪するファウストは善い人間になど興味がない。しかしそのファウストのことをマウリツィウスはくりかえし善人扱いする。マルガレーテの母親に誰からの金貨かと問われた際、マウリツィウスはファウスト

のことを「天使のように心の広い善人からです。でも案外、悪人かも」と説明し（▶01:04:17-01:04:25）、映画の後半では、「私は馬に乗るのは苦手だ」と言うファウストに対して「その代わり善い人間だ」と返す（▶02:00:43-02:00:49）。

　マウリツィウスにとっての善人とはどのような人間なのだろうか。ヴァレンティンの葬儀後、ファウストとマルガレーテ、マウリツィウスとマルガレーテの母親の二組がそれぞれ森を散策するシーンに手がかりがある。この場面はゲーテの第1部「庭」が下敷きになっている。ゲーテにおいては、マルガレーテとファウストというロマンティックな若いカップルとマルガレーテの隣人マルテとメフィストの喜劇的なカップル（中年女に言い寄られ悪魔もたじたじとなる）が交互に舞台に現れ、対照的なやりとりをし、そのコントラストによる演劇効果の高いシーンである。ソクーロフにおいてはマルテ役はマルガレーテの母親に統合され、二組は小さい庭を往復するのではなく、森のなかをそれぞれ町に向かって歩き続ける。ときおり二組の声が交差し、会話の内容は微妙に重なり合っている。滑稽なのはファウストとマルガレーテのやりとりである。ゲーテは花占いで若い恋人たちを盛り上げたが、ソクーロフのファウストは魔女伝説のマンドラゴラの根（ゲーテの第2部で話題になる、4979; 7972）には詳しくても、身近に咲く可憐な花の名前は知らず、マルガレーテに「本当に教授ですか」と呆れられる（▶01:14:06-01:15:30）。

　二組の会話はやがて死の克服という権力4部作の中心的主題に導かれていく。死について尋ねられたファウストは、「死は存在すると学者は主張しています」とマルガレーテに説明する。さらに学問の目的を尋ねられると、それは「空しさを埋めるための刺繍のようなもの」にすぎないと言う。「私を魅了するのは偉大なものです」というファウストの言葉は、ゲーテの第2部第4幕「高い山岳地帯」で自然支配に目覚めたファウストの台詞「ひとつの偉大なものが私を魅了した」（10134）の先どりである（▶01:17:19-01:18:17）。続いてマルガレーテの母親とマウリツィウスの会話が聞こえてきて、映像が切りかわる。

　　母：二人はどこにいるの？
　　マウリツィウス：上で話しています

母：何について？

マウリツィウス：生と死について

母：死は死なのよ

マウリツィウス：ええ、まだ死は存在しますが、まもなく完全に消えますよ

母：どういう意味？

マウリツィウス：将来の話です。しかしすでに正しい道を進んでいる者もいます（▶ 01:18:19-01:18:45）

マウリツィウスにとって善人とは、死の克服という偉大な行為に向かって求め続ける人間なのである。「死による癒し」（▶ 00:46:29-00:46:30）を否定し、死の存在を認めるような狭い地球の学問に満足しないファウストこそ、まさにその正しい道を進もうとする善人である。ファウストとの初対面の際、マウリツィウスは「常に善をなす力の一部です」と自己紹介している（▶ 00:18:00-00:18:05）。ゲーテのメフィストの自己分析「常に悪を欲し常に善をなす力の一部です」（1336）がもとになっている。不幸な善人ファウストに同伴し、偉大な行為への目覚めを促進することで、マウリツィウスはその善の一部となる。ここでスクリーンにもう一組の姿が映り込む。まるでマウリツィウスの言葉を受けたかのようなマルガレーテの問いかけ、「それでは不幸な人はいなくなるのですか」に対して、ファウストの言葉が力強く響き渡る──「そのとおりです。不幸な人間は危険です。とても危険です」（▶ 01:18:44-01:18:50）。

　マルガレーテの母親の「死は死なのよ」（Tod ist Tod）という言葉は、権力4部作の1作目『モレク神』の最終シーンからの自己引用である。愛人エーファのもとでの短い休暇を終えたヒトラーは、「われわれは死にうち勝つ」と宣言し車に乗り込む。エーファは「死は死なのよ。克服することはできないわ」と彼に最後の言葉を投げかけるが、ヒトラーは応えない。車は走り出し、エーファの忍び笑いだけが残る（▶ 01:42:42-01:44:05）。エーファの微笑みをソクーロフ監督は「これから起こること全てを知っている人間の微笑み」と解説する（ソクーロフ [2001] 96）。同じ余韻がファウストとマウリツィウスの最後のやりとりに響いている。マウリツィウスを岩場に埋め、「これで

終わった。何もなかったようなものさ」（Vorbei, als wäre es nicht gewesen）と言って立ち去るファウストの背後から、マウリツィウスの声が聞こえる。「終わった？　愚かな言葉だ」（▶ 02:13:05-02:13:15）——これはゲーテの第2部第5幕の亡霊たちとメフィストとのやりとりをもとにしているが、映画ではさらに特別な意味が込められているだろう。ゲーテにおいて、ニヒリストの悪魔は何かが過ぎ去った（つまり何かが存在した）ことを意味する vorbei という言葉を否定し、永遠の創造に対して永遠の虚無を主張している。ソクーロフの悪魔的男は彼の最後の言葉によって、ファウストの物語は「終わった」のではなく、恐ろしい未来のはじまりであることを告げているのだ。さらに、20世紀の悲劇を何もなかったかのように「終わった」で済まそうとする私たちへの警告も重ねられているだろう。[23]

7　おわりに

　映画後半のはじまりでファウストは「あんたは結局あんただ」（ゲーテ第1部メフィストの台詞、1806）とマウリツィウスに言われ（▶ 02:01:08-02:01:10）、自分の名前ハインリヒ（Heinrich）が権力者（der Mächtige）を意味していることを告げられる（▶ 02:01:35-02:01:44）。『ウィーン新聞』のインタヴューでソクーロフ監督はゲーテの『ファウスト』には「権力へのあこがれが非常に詳細に描写されている」と語っているが（Sokourov [2012]）、彼の映画はゲーテの『ファウスト』第2部、とりわけ第4幕「高い山岳地帯」で自然支配に目覚め、その実現のために戦争に加担し、権力者になっていくファウストから強いインスピレーションを受けているにちがいない。ここから出発して原作全体が〈権力者の物語〉として読みなおされ、〈学者悲劇〉と〈グレートヒェン悲劇〉をストーリーの骨格としながらも、映画の前半は不幸な人間ファウストの物語、そして後半は不幸な男が危険な権力に目覚める物語として再構成されたのである。

　このように二つの『ファウスト』の関係を確認してみると、対照的な結末にもつながりが見えてくる。ゲーテはカトリック的表象を駆使して主人公の救済を荘重に描いているが、そこに中世的なキリスト教的救済観はもはやない。汎神論的世界観を持つゲーテの描く恩寵は、罪のあるなしを問わずあらゆる生命に恵まれる自然の癒しに似ている。第2部第1幕「優美な土地」で、

傷ついたファウストが慈愛に満ちた自然の懐で眠りすべてを忘れて蘇るように、さなぎの姿で天上に運ばれるファウストもまた、すべての外皮をふり払いやがて新しい生命として目覚める日がくるだろう。ゲーテが主人公に許した恩寵とは、自然のサイクルにおけるまさに「死による癒し」なのであり、昇天か地

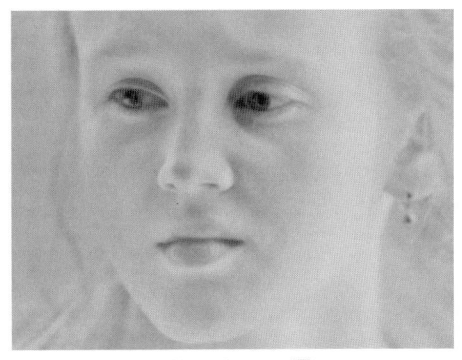

図1　ソクーロフ『ファウスト』 ▶ 01:45:14

獄落ちかという問題ではなかった。しかし自然を操作しようとする人間の野心が暴走し、自然のサイクルを逸脱しようとするとき、「死による癒し」は人間から失われてしまう。たとえ人類の恐ろしい未来を予感していたとしても、ゲーテにはまだ人間の暴走直前で物語を終わらせることができた。しかし20世紀を経たソクーロフにその選択肢はない。「死による癒し」を呪った人間は「永遠の孤独と救いのなさ」（▶ 02:09:55-02:09:58）のなかを走り続け、映画の結末は残酷な死を人類にもたらす危険な権力者の物語のはじまりとなる。[24] こうして権力4部作の円環を閉じる作品が完成した。

　歴史上の人物を扱った前3作に共通するソクーロフの手法を、井上徹は「歴史的環境をできるかぎり忠実に再現し、台詞なども史料に基づいて本人が実際に発言したものを可能な限り利用しながら、作品のテーマを表現する世界を大胆に構築する」と解説している（井上 12）。この姿勢は文芸映画『ファウスト』においても貫かれ、ソクーロフはゲーテのテクストを最大限に利用しながら、権力者ファウストの物語を大胆に構築したと言える。私たちはこの映画によって原作のアクチュアリティを再認識することができるし、これほど原作を読み返したくなるファウスト映画はほかにないだろう。

　ソクーロフはゲーテの世界観の研究にも余念がなく、映像にはゲーテの色彩美学が取り込まれていると言う（Sokurow）。その例を一つ確認しておこう。兄殺しの真相を確認するためマルガレーテはファウストの部屋を訪れる。ここでおよそ1分間（▶ 01:44:10-01:45:14）、無言のままの二人の顔が交互にクロースアップされる。痛いほどまばゆい黄色い光のなかにマルガレーテの顔

図2 ソクーロフ『ファウスト』▶01:55:22

が浮かび上がり、一心に見つめるファウストの息の音だけが響く（図1）。鬱屈した主人公の世界に差し込む、一瞬の生の輝きである。しかし彼は危険な道に踏み出していく。悪魔との契約を交わしたファウストは、森の湖水でうなだれるマルガレーテを背後から抱きしめ、二人はスローモーションで水のなかに落ちていく。次のシーンで彼はマルガレーテのベッドのなかで目覚める。青みがかった暗い部屋のなかで二人の顔が再びゆっくりと大写しにされる（▶01:55:10-01:55:35）。二つのクローズアップには、ゲーテの『色彩論』（*Farbenlehre,* 1810）にならい、生命にあふれた光に最も近い黄色と不安を抱かせる闇に最も近い青色の対比が利用されているようだ。裏切られようとする恋人の顔は、今や青い光に覆われている（図2）。青い闇に包まれた部屋は死の空間であり、部屋の「時計は止まり、針は落ちている」（▶01:57:59-01:58:02）。これはファウストの死を表すゲーテの詩句（1705; 11593-94）を利用したものであるが、映画ではマルガレーテの母親の死を暗示し、マルガレーテを待ち受ける死を予感させる。さらには狭い世界でのファウストの人生の終わりを告げているのかもしれない。

最後に映画冒頭の超ロング・ショットに視線を戻し、考察を終えよう。カメラは雲のなかを下降し、やがて地表が現れる。映画後半にファウストが走り抜ける平原や森、そびえる岩山、吹き出す間欠泉、その向こうに広がる海をゆっくりと俯瞰しながら（図3）、カメラは映画前半の舞台となる小さな町に吸

図3 ソクーロフ『ファウスト』▶00:01:25

図4　アルトドルファー《アレクサンダー大王の戦い》
（アルテ・ピナコテーク、ミュンヒェン）

い込まれたかと思うと、映像は主人公が暗い部屋で解剖する死体の局部にディゾルブする。ソクーロフはこのエスタブリッシング・ショットにドイツの風景画家アルブレヒト・アルトドルファー（1480?-1538）の代表作《アレクサンダー大王の戦い》（*Alexanderschlacht,* 1529）（図4）を利用している。大王率いるマケドニア軍がペルシャ軍に勝利した紀元前333年のイッソスの戦いを主題としたこの絵画には、地表を埋め尽くす兵士たちの大軍勢を前景に、中央にはアルプスの岩場とドイツの都市が描かれ、その向こうには海が遠くまで広がっている。画面の上半分近くは、月と太陽そして雲の渦巻く大きな空で占められており、全体は神の目線で世界を俯瞰した壮大なパノラマとなっている。ロメールは、ムルナウがこの画家の風景や建築物のモティーフを借用しているだけでなく、この「運動の絵画」が『ファウスト』のダイナミックなシークェンス（マントでの飛行など）に与えた影響について指摘している（Rohmer 27-30）。それをふまえてソクーロフもこの絵画を選んでいるだろう。『ファウスト』への言及はないものの、彼は映画『太陽』公開後の対談のなかでこの絵を「はるかな未来を見越した」「ひとつの世界」と称賛し、自分にとって特別な絵画であると語っている

図5　ソクーロフ『ファウスト』 ▶ 00:01:02

（ソクーロフ［2006］33-34）。旋回するカメラはこの絵の広がりを捉えているが、そこに兵士たちの姿はない。しかし映画の途中で、まるでこの絵を補完するように兵士たちが続々とファウストの横を通り過ぎていく（▶ 01:25:24-01:27:19）。やがて大地は再び兵士たちとその死体で埋め尽くされてしまうだろう。映画冒頭の天空にはこの絵画のタイトルプレートがまだ空白のまま浮かんでいる（図5）。やがて歴史はここに恐ろしいタイトルを刻み込むだろう。

註

1) 1897年、フランス（ジョルジュ・アト監督、ジョルジュ・メリエス監督）とイギリス（ジョージ・アルバート・スミス監督）でほんの数分のファウスト物語の動く映像（出現、変身、錯覚、魔術などのシーン）が撮影されて以来、1913年までに5か国で24本以上ものファウスト映画が製作された（Hedges 13）。初期のフィルムの散逸や不正確な情報に加え、そもそもファウスト映画の定義・基準が曖昧であることを認めつつ、ハオケ・ランゲ＝フクスは1994年までに243本のファウスト映画（うちサイレント映画160本）をリスト化しており（Lange-Fuchs 25）、映画製作者にとってファウスト素材は世界文学のなかでも他を寄せつけない魅力的なテーマとなっている（Durrani［2004］312）。

2) ゲーテからの引用は原則として柴田翔訳を借用し（筆者が若干手を加えた場合もある）、本文中に詩行数（散文箇所は訳書のページ数）のみを示す。

3) 詳しい解説が付された松浦純訳で読むことができる（松浦）。

4) 文学史上、有名なものとしてクリストファー・マーロウ『フォースタス博士の悲劇』（1588年初演）、スティーヴン・ヴィンセント・ベネット『悪魔とダニエル・ウェブスター』（1937）、トーマス・マン『ファウストゥス博士』（1947）、ミハイル・ブルガーコフ『巨匠とマルガリータ』（1929-40年執筆、1966年出版）などを挙げることができる。もちろんこれらを原作とするアダプテーション映画も製作されている。

5) サラ・マンソン・ディーツはアダプテーション（adaptation）に対して流用（appropriation）という概念を使用して差別化している（Deats 115）。

6) ゲーテのアダプテーションとしての否定的評価が覆されたわけではなく（Aumont 74）、この作品の両義性をめぐる議論は今も続いている（Schanze 224）。

7) 氏名のラテン文字表記は複数存在するが、ここでは映画『ファウスト』のクレジットにしたがった。

8) 映画『ファウスト』からの引用はDVDの字幕（吉川美奈子）を参考にしているが、筆者が手を加えた箇所も多い。本章のほかの映像資料からの引用も同様である。

9) 脚本はソクーロフ監督とマリーナ・コレノワの共同作業、台本はユーリー・アラボフによる。作業の様子を監督インタヴューから垣間見ることができる（Sokourov

[2011] 28-29)。

10) ヴェネツィア映画祭の結果を伝える 2011 年 9 月 13 日付け『朝日新聞』朝刊では「賞レースの行方を左右したのは、映像の芸術性」であり、ソクーロフの『ファウスト』は「映像美が際だっていた」と報告されている（西田）。

11) 市壁の外にあったはずの森小屋や水車がなくなっていると言ってファウストは驚く（▶ 02:01:10-02:01:29）。これはゲーテの『ファウスト』第 1 部の「市門の外」で話題になる森小屋と水車を指していると考えられ、第 1 部とは異なる時空（＝第 2 部）が暗示されている。

12) トニー・レインズのようにゲーテとの距離を否定的にのみ捉え、「ゲーテへの冒瀆」と断定するのは短絡的であろう（Rayns 53）。

13) 科学への関心の移行は、20 世紀におけるゲーテ『ファウスト』の文学的受容の特徴でもある（Mahl 507）。

14) マンの『ファウストゥス博士』がイメージされていたのだろう。元々、この映画はゲーテとマンを合わせたような作品になる予定であった（ソクーロフ [2006] 42）。ソクーロフ監督がスタジオ幹部に提出した手がけたいテーマのリスト（全部で 19）でもこの 2 作品は並んでおり、同様の記載が残っている（「ひとつの素材に統一することも可能」アルクス 95）。ちなみにマウリツィウスが初めて登場する際、スクリーンに映るのは公証人フェルディナントであるにもかかわらず、彼の声にマウリツィウスの声が重なって聞こえてくる。ファウストは（そして観客も）「なぜ声が二重なんだ」と不思議に思うが（▶ 00:17:50-00:18:50）、これはゲーテ『ファウスト』第 2 部第 1 幕「玉座の間」で、天文学者の背後でメフィストが語り、皇帝には言葉が二重に聞こえるという演出を借用しているのかもしれない。

15) ブルガーコフの『巨匠とマルガリータ』でも神の存在を主張するのは悪魔ヴォランドである。註 14 で言及したリストにはゲーテ、マンの次にブルガーコフが続いており、この三つ目のファウスト素材の本映画への影響もおおいに考えられるが、ソクーロフ自身はこの点について沈黙している。

16) 映画には 2 度、権力 4 部作を結びつけるこの言葉が出てくる。1 度目は高利貸の店で、マウリツィウスに公証人フェルディナントが話しているのをファウストが聞いている（▶ 00:17:37-00:17:38）。2 度目はファウストとマルガレーテが森を散策する場面で、強く主張するファウストの声が聞こえてくる（▶ 01:18:46-01:18:50）。

17) 〈救済される／されない〉結末という観点からの比較研究として橘由布季の論考が挙げられる（橘）。ソクーロフ以前の考察であるが、ファウスト物語の結末におけるメディアによる傾向を指摘する研究もある（Durrani [2007] 27）。

18) ヴァーグナーのホムンクルス発明は第 1 部の時空のなかで起こるエピソードなので、ソクーロフの改変はゲーテに即していると言える。

19) ファウストが死者たちにからまれる場面はゲーテの第 2 部第 1 幕「母たちの国」のパロディだろう。ゲーテのファウストは美の原型を求めて空間も時間もない

無の領域に踏み込む。彼の台詞「俺はお前［メフィスト］の言う無のなかに宇宙の万有を見出すぞ」（6256）を踏まえて、マウリツィウスは「おまえが私の無のなかに宇宙の万有を見出すことはわかっている」とつぶやく（▶ 02:04:32-02:04:36）。ゲーテのファウストは美の原型（ヘレナとパリスの影）を持ちかえることに成功するが、ソクーロフのファウストは無のなかで死者にからまれ、もがいているところをマウリツィウスに助けられる。なお、ジャック・ル・リデーが第 2 部からの暗示を比較的詳しく取り上げているが（Le Rider 13）、権力 4 部作という視点がないため、知的な面白さの指摘にとどまっている。

20) ただし原作の「私たち」とは悪魔一族を指す。

21) イネス・ヘッジズはムルナウにおけるゲーテの影響をグレートヒェン悲劇よりもこのシーンに見ている（Hedges 41）。

22) それにもかかわらず公開 1 年後にプロイセン内務省から不道徳の烙印を押され、一時、若者の入館が制限された。

23) 2011 年 1 月の監督インタヴューによれば、『モレク神』でヒトラー（そして『牡牛座』ではレーニン）を演じた俳優レオニード・モズゴヴォイにファウストの父親役を演じさせ、4 部作を直線的でなく円環的なものにする計画だったらしい。実現していれば、ファウストはヒトラーたちの青春であると同時に彼らの息子でもあり、21 世紀への警告がより鮮明になっていただろう（Sokourov [2011] 28）。

24) ソクーロフにとって悪の根源とは、悪魔と結託して権力欲を満たすといった話ではなく、魂を探すために死体を解剖したり、ヒトラーが「死を克服する」と断言するような自然からの分離である、とシリル・ベガンも論じている（Béghin 10）。

|3| 権力者ファウストの物語　　**79**

4 貧しい民衆のドラマ

ヴェルナー・ヘルツォーク監督『ヴォイツェク』（1979）

市川 明

1 ビューヒナーの作品世界

　1837 年に 23 歳と 4 か月の人生を疾風のごとく駆け抜け、果てたゲオルク・ビューヒナー（Georg Büchner, 1813-37）。彼の生涯にはフランス 7 月革命（1830 年）直後のストラスブールやヘッセンでのさまざまな政治的体験が詰まっており、こうした体験が彼の作品世界を形作っている。ビューヒナーの作品を貫く赤い糸は「貧しい民衆、抑圧された人々に対する愛」である。1835 年にカール・グツコーへ宛てた手紙のなかに、彼の世界観が端的に表されている。「貧乏人と金持ちの関係がこの世における唯一の革命的要素です」（Büchner [1999] 400）。

　『ヴォイツェク』に顕著だがビューヒナーは作品のなかで、貧乏人と金持ちの生活や思考様式を対立的に描き出し、両階級間の越えがたい「裂け目」を明らかにしている。彼の視線の行き着く先は、こうした「裂け目」を生み出す社会である。重税にあえぎ、飢餓に苦しむヘッセンの農民の啓発のために書かれた『ヘッセンの急使』（*Der Hessische Landbote*, 1834）は、トーマス・ミュンツァーの檄文やマルクス、エンゲルスの『共産党宣言』に劣らぬ優れた政治的小文となっている。冒頭近くでは、次のような指摘がなされている。

　　高貴な人々の生活は長い日曜日だ。彼らは美しい邸宅に住み、優雅な服装をし、肉付きのいい顔をして特有の言葉をしゃべる。だが民衆は彼ら

の前で畑にまかれた肥料のように転がっている。農民は鋤のあとを歩き、高貴な人は農民と鋤のあとを歩いて、鋤を引く牛で農民を駆り立てる。[……] 農民の生活は長い労働の日である。[……] 農民の汗は高貴な人の食卓の塩なのだ。(Büchner [1999] 53-54)

ビューヒナーが政治的パンフレットで文学創作のスタートを切ったのはよく理解できる。ヘッセン大公領ダルムシュタット出身の青年は、1831 年にフランス領だったストラスブール大学の医学部に入学し、そこで 7 月革命の息吹に触れる。だがヘッセンの国法が大学生活の後期を自国で修めることを要求していたために、失意のうちに 1833 年にギーセン大学に移籍した。この地で遅れたドイツを目の当たりにして、若き革命家は人権協会を設立し、政治活動を始めたのであった。

　やがて彼は牧師で、片田舎の小学校長をしていた反体制運動の指導者フリードリヒ・ルートヴィヒ・ヴァイディヒと知り合う。だがリベラルな党派の反発を恐れるヴァイディヒが、ビューヒナーの原文の「金持ち」を「高貴な人（々）」(Büchner [1977] 3-4) という曖昧な表現に変えたために、封建貴族とともに新興ブルジョアにも向けられていたビューヒナーの先見的な批判の矛先がそらされてしまった。それでも「高貴な人々の生活は長い日曜日」、「農夫の生活は長い労働の日」という言葉に端的に示されているように、金持ちと貧乏人の生活が対比して描き出されている。「農民の汗は高貴な人の食卓の塩」という表現にも、ビューヒナーの上流階級に対する鋭い批判、風刺がこめられている（市川 [1979] 106-07）。

　『ヘッセンの急使』で意図した政治的変革の希望が打ち砕かれ、指名手配の人相書きが出回るに及んで、ビューヒナーはダルムシュタットの親元に身を隠す。だが 1835 年 1 月にストラスブールへの亡命を決意し、その費用を捻出するために『ダントンの死』(*Dantons Tod,* 1835 執筆) を急ぎ書き上げた。ロベスピエールとの抗争によるダントンの没落を描いた革命劇だが、二人が会話を交わすのは一度しかない。この作品では 4 幕のいずれにも、パリで暮らす民衆の場面が組み込まれていて、重要な役割を果たしている。第 1 幕第 2 場で生活苦にあえぐ市民は次のように言う。

君たちはおなかの虫がごろごろ鳴っているのに、やつらときたら胃の腑がつかえるほど食っている。君たちのジャンパーは穴だらけだが、やつらは暖かい上着を着ている。君たちは手のひらにタコをこしらえているが、やつらの手はビロードのようにすべすべしている。つまりだ、君たちは働き、やつらは何もせん。これはすなわち、君たちは稼いできたが、やつらは泥棒してきたということだ。(Büchner [1992] 18)

　ブレヒト（Bertolt Brecht, 1898-1956）の『三文オペラ』（*Die Dreigroschenoper*, 1928）では「ブルジョア＝泥棒」というメッセージが比喩的に導き出されるのだが、ここでは「君たち」と、その対極にある「やつら」の生活が比較され、「やつらが泥棒」であることがストレートに暴かれている。『ダントンの死』では革命の成果を独り占めにして、享楽をむさぼるダントンや彼の仲間たちの優雅な生活と、飢餓に苦しむ民衆の生活が強いコントラストをなし、上流階級の諦念的とも言える倦怠や頽廃が浮き彫りにされる。享楽派ダントンと禁欲派ロベスピエールの対立はより小さなものにとどめられ、ロベスピエールの没落をも暗示する優れた歴史的、民衆的ドラマになっている。

　ストラスブールでの 1 年半にわたる亡命期間中に書かれた『レンツ』（*Lenz*, 1835 執筆）、『レオンスとレーナ』（*Leonce und Lena*, 1836 執筆）、『ヴォイツェク』（*Woyzeck*, 1836 執筆）もまったく同じ系譜をたどっている。ビューヒナーの最後の作品となった『ヴォイツェク』では、先に見てきたような彼の世界観、民衆性が最も顕著に表れている。以下『ヴォイツェク』とヴェルナー・ヘルツォーク監督（Werner Herzog, 1942- ）の映画『ヴォイツェク』を考察したい。[1]

2　殺人者の言葉から生まれた『ヴォイツェク』

　『ヴォイツェク』執筆当時、ビューヒナーは故郷ヘッセンの町から追放されストラスブールに亡命中だったが、チューリヒへの移住を考えていた。新設されたチューリヒ大学哲学部で私講師の職を得たいと思ったからだ。22歳の革命家は研究者になる決意をして、「ニゴイの神経系」の研究を学位論文として提出する。専門とする医学の雑誌に掲載された殺人犯の供述をもとに、近代戯曲の傑作『ヴォイツェク』は書かれた。

　最下層の兵士であるヴォイツェクは内縁の妻マリーとその子どもを養うた

め大尉のところでひげ剃りのアルバイトをしているが、不貞を働いたマリーを殺害する。断片に終わった『ヴォイツェク』だが、この作品にはいわゆる「原典」がある。実際に起きた四つの殺人事件だ。

「1821 年 6 月 21 日夜 9 時半ころ、理髪師ヨハン・クリスティアン・ヴォイツェク、41 歳は、外科医ヴォーストの未亡人ヨハンナ・クリスティアーナ（旧姓オットー）、46 歳を、帰宅途中のザント通りで、柄のついた折りたたみナイフで七回突き、数分後に死に至らしめた」（Büchner [1988] 630）。ザクセン王室宮廷顧問官、J・C・A・クラールス博士は、ヴォイツェクに関する法医学鑑定書をこのような記述で始めている。理髪師の男が当時愛人関係にあった 5 歳年上の女性を嫉妬から刺し殺した事件である。二人のあいだには子どもがすでにいたが、男は婚姻に必要なお金を調達することができず、結婚にはいたらなかった。一方彼女はほかの兵士とも関係をひそかに持っており、それが悲劇につながる。ヴォイツェクという実名をそのまま作品に使っていることからも、この事件が『ヴォイツェク』の核をなすものであることがわかるだろう。

クラールスから二度にわたって提出された「刑事責任能力あり」とする鑑定書によって、法廷は被告に死刑の判決を下す。ヴォイツェクは犯行を否認しなかったので、1824 年 8 月 27 日、故郷ライプツィヒの広場で処刑された。公開の斬首刑という 30 年来のショッキングな出来事を見ようと、広場には 5000 人が集まったという。

強制的にダルムシュタットの両親の家に滞在させられていたとき、ビューヒナーはたえず逮捕におびえながら、医学研究書を読みあさっていた。父親が予約購読していた「ヘンケ書房国家医事雑誌」のバックナンバーのなかに、彼はヴォイツェク事件の記事を見つけた。事件当時 10 歳だったビューヒナーはこの死刑執行を自分自身では経験していないが、事件のことは記憶の片隅にあったのかもしれない。出版されたクラールスの二つの鑑定書にはふつうでは知ることのできない、名もなき殺人犯のありのままの姿が克明につづられていた（河原 9-23; Dedner 118-60）。1836 年の冬、人生の最後の数か月にこれをもとに戯曲が作られていった。そこでは実在する殺人者ヴォイツェクの言葉が、そのまま忠実に使われている。

ビューヒナーが参考にした殺人事件はほかにもいくつかある。1817 年 9

月 25 日にベルリン郊外で、タバコ製造職人のダニエル・シュモリングが愛人をナイフで刺し、重傷を負わせ、やがて彼女は死亡する。事件の動機は解明されず、犯人には明確な精神障害が見られるとの鑑定が出され、論議を呼んだ。デードナーはビューヒナーがこの事件に関する調書を 1820 年に読んでおり、今まで知られていない隠れた原典だと指摘している（Dedner and Vering 192）。

1816 年 4 月 13 日に借金を背負った兵士ヨーハン・フィリップ・シュナイダーが、ダルムシュタット近郊の森で債権者をナイフで殺害した。殺人者は血にまみれた服のまま居酒屋に戻り、踊った。そこでいさかいを起こしたあと、血塗られた服を湖に捨てた。これは『ヴォイツェク』にそのまま取り入れられている（Martin 192）。シュナイダーは当時 30 歳で、『ヴォイツェク』の主人公と同年齢である。実在の理髪師ヴォイツェクが 41 歳だったのに比べると、年齢的にはこちらが合っている。この事件は一般的にはほとんど知られていないが、ビューヒナーは 1834 年に出された『刑法法令集』の第一巻『暗殺』のなかに収められたこの事件の犯人の陳述を読み、クラールスの鑑定書と同じように参考にしたものと思われる。

1830 年にはダルムシュタットの職工ヨーハン・ディースが愛人を刺し殺した。彼は 1834 年に刑務所で死んでいる（Wirthwein 51）。その後、彼の遺体はギーセン大学の解剖学教室に移送されたが、ビューヒナーは当時、ストラスブールで始めた医学の勉強をギーセン大学で続けており、おそらくは殺人者の遺体解剖に立ち会ったのではないかと思われる。

四つの事件には類似性がある。殺人者は貧しい階級の出身で教養がなく、職人の仕事を学び、最下層の人間としてお金を稼いでいた。女性とのあいだに子どもをもうけるが（シュモリングの場合は妊娠させ）、彼らの社会的境遇から結婚することができず、女性は不貞を働いている。彼らは自分たちの人生に希望が持てず、絶望のあまり殺害に走った。四つの裁判とも世間から大きな注目を浴びたが、いずれも刑事責任能力ありとされ、殺人罪に問われた。殺人事件が起きるたびに犯人の精神鑑定が行われるが、ビューヒナーは医者として知りえた陳述調書から丹念に殺人者の生の言葉を拾い集め、劇作に取り入れている。「作者の共感、同情は明らかにヴォイツェクに向けられている。『ヴォイツェク』は殺人者の言葉から生まれた文学であると同時に、

裁判所（官）を裁く文学でもあるのだ」（市川［2008］34）。

3　ヘルツォーク監督の映画『ヴォイツェク』の筋の流れ

　ビューヒナーは殺人者たちの言葉を引用し、事件に忠実に戯曲を書いた。そしてその戯曲の言葉を大切にし、ほとんど変えることなく映画を作り上げたのが、ヘルツォークである。たとえば第1景の「大尉。ヴォイツェク」は、ビューヒナーの台詞を一字一句違えず用いている。違うのは奥にもう一人兵士がいて、無言のまま大尉の長靴を磨いていることだけだ。したがってビューヒナーの『ヴォイツェク』の解説は、多くが映画にもそのまま当てはまる。作品分析と映画紹介を同時進行的に進めたい。

　『ヴォイツェク』は未完のまま、断片として残されたため、編者が独自の解読により組み立てたいくつかの版が存在する。岩淵達治が翻訳（岩波文庫）したベルグマン版、市川が使用・翻訳しているポシュマン版などである。またアルバン・ベルク（Alban Maria Johannes Berg, 1885-1935）のオペラ版もある。ベルクは最初に刊行されたフランツォース版を用いたが、編者が原稿の字句を Wozzeck と誤読したためオペラも『ヴォツェック』（*Wozzeck, 1925*）というタイトルになっている。

　まず映画の全体を簡単に紹介するが、合わせて映画がこれらの戯曲・オペラ版とどのように対応しているかも見てみたい。なお映画の「景」は、戯曲版の「場」に照応する場面を筆者が「景」とし、順に数字で示したものである。各景のタイトルの横の（X, Y, Z）は、X がベルグマン版の、Y がポシュマン版の、Z がベルクのオペラ版の、それぞれ対応する場面の数字である。オペラは3幕5場で構成されているが通し番号を打ち、各幕の初めには「幕〜場」の表示を加えた。たとえば映画の第1景はベルグマン版の第1場、ポシュマン版の第9場、ベルク版の第1場（1幕1場）にあたる。なお原作と違う部分は各景で簡単に示した。最初に指摘しておくが、映画版はベルグマン版の場面構成に近く、オペラ版からも影響を受けている。

O　**字幕**

　　湖岸の風景が映し出され、「小さな町の大きくて静かな湖のほとり」（▶
　　00:00:36）という字幕が出る。次に兵士ヴォイツェク（クラウス・キンスキー）の軍事訓練の様子が示され、スタッフ、キャストが字幕で紹介

される。

1 **大尉。ヴォイツェク（1, 9, 1〈1 幕 1 場〉）**

大尉の部屋。ヴォイツェクは大尉（ヴォルフガング・ライヒマン）のひげを剃っている。大尉は時間と道徳について説教するが、ヴォイツェクは、「われわれ低級な人間は徳など持ち合わせません」と反論する。

2 **ヴォイツェク。アンドレース（2, 1, 2）**

湖が見渡せる藪のなか。原作の、遠くに町を望む広野とは違う。二人は枝を切り落とし、杖を作っている。アンドレース（パウル・ブリアン）が民謡を口ずさむ。ヴォイツェクは幻覚に襲われる。

3 **窓辺の、子どもを抱いたマリー。マルグレート（3, 2, 3）**

マリー（エーファ・マッテス）と隣人のマルグレート（イルム・ヘルマン）が、軍楽隊の行進を部屋の窓から眺めている。マリーは先頭に立つ軍楽隊長（ヨーゼフ・ビアビヒラー）のカッコよさに惹かれる。ヴォイツェクが帰ってくるが、「点呼があるから」とすぐに出ていく。

4 **ヴォイツェク。医者（7, 11, 4）**

医者の部屋。壁に立小便したヴォイツェクは医者（ヴィリー・ゼンメルロッゲ）から叱責される。ヴォイツェクが幻影の話をすると医者は「精神錯乱で、興味ある症例」と言い、手当ての増額を約束する。

5 **公共の広場。見世物小屋。民衆（4, 3, ×）**

年の市に子どもを抱いたヴォイツェクとマリーがやってくる。小屋の前で口上役（ディーター・アウグスティン）が軍服姿で直立して歩く猿を紹介する。でも「猿の軍人は人類としてまだまだ最下層」だ。

6 **下士官。軍楽隊長（[4], 4, ×）**

下士官（ヘルベルト・フックス）がマリーを見て、「なんていい女だ」と言うと、軍楽隊長は「連隊の兵士の種付け用だ」と返す。二人はマリーのあとについて、見世物小屋に入る。

7 **見世物小屋の中（5, 5, ×）**

調教された天才馬が大学教授だと紹介され、ヴォイツェクとマリーは大笑いする。後ろの席の軍楽隊長がマリーを抱き上げ、自分の横に座らせる。原作にはない行動で、二人の関係の進展が予測される。

8 **マリー。軍楽隊長（8, 10, 5）**

マリーの部屋での密会。軍楽隊長の「たくましい胸、力強い手」にマリーは魅せられる。マリーは体を求められ、最初は拒絶するが、しだいに心が動く。

9 医者（教授）の家の中庭（15, 7, ×）

2階の部屋の窓から医者が顔をのぞかせ、下にいるヴォイツェクに猫を落とす。医者は学生たちに「この男は3か月、エンドウ豆以外は何も食べていない」と説明し、ヴォイツェクの脈を計らせたりする。

10 マリー（6, 8, 6〈2幕1場〉）

マリーの部屋。子どもを寝かしつけ、マリーは小さな鏡に顔を映して、軍楽隊長にもらったイヤリングの宝石にうっとりする。現れたヴォイツェクは、「二ついっぺんに見つけたのか？」といぶかり、お金を渡して出ていく。「私は悪い人間」とマリーはつぶやく。

11 大尉。医者（9, 12, 7）

街頭で顔を合わせた大尉は医者に「ゆっくり歩け」と言い、医者は大尉の健康状態について注意する。通りかかったヴォイツェクに大尉はマリーの不貞をほのめかす。ヴォイツェクは「この世には女房以外なにもない」と言う。

12 マリー。ヴォイツェク（10, 13, 8）

ヴォイツェクは激しく嫉妬し、マリーの不貞をなじる。マリーは「熱に浮かされてうわごとを言ってるのね」と白を切る。ヴォイツェクはまたしても幻覚に見舞われる。

13 衛兵所（11, 14, ×）

アンドレースが歌を口ずさむ。「宿の女将の生娘が［……］兵隊さんを狙ってた」。ヴォイツェクは「踊りだ、みんな踊るんだ」と言い、軍楽隊長とマリーが躍る現場に向かう。

14 居酒屋（12, 15, 9）

軍楽隊長と情熱的に踊るマリーを、窓の外から眺めるヴォイツェク。「もっと、もっと」とつぶやき、欲望のまま抱き合う二人に動揺を隠せない。若い職人（フォルカー・プレヒトゥル）がテラス席で演説する。「すべてが悪。お金でさえ腐っていく」。

15 広野（13, 16, ×）

一面に広がる畑のケシが風に揺らいでいる。ヴォイツェクは腹ばいになって大地の声を聴こうとする。「もっと！　もっと！」、「刺し殺せ、刺し殺せ、あの牝狼を刺し殺せ」。彼はつぶやきながら走り去る。

16 居酒屋 （17, 19, ×）

居合わせた軍楽隊長に無理やり酒を飲まされて、ヴォイツェクは飛びかかるが簡単に組み伏せられてしまう。酒が飲めないヴォイツェクに対して、軍楽隊長は「ブランデーこそわが命」と歌う。

17 夜 （14, 17, 10）

ヴォイツェクとアンドレースが一つのベッドに寝ている。ヴォイツェクは眠れないことを打ち明ける。ヴァイオリンの音がして、「もっと！もっと！」という声が聞こえてくるという。

18 マリー。（子ども） （19, 21, 11〈3幕1場〉）

原作のカール（阿呆）は登場しない。

夫を裏切った罪の意識から、マリーは聖書に救いを求める。ヨハネ福音書のパリサイ人が姦通の女を連れてくる箇所を読む。「フランツ［＝ヴォイツェク］は来なかった。昨日も今日も」とマリーは言い、窓の外を眺める。

19 兵営の中庭 （16, 18, ×）

軍楽隊長がマリーに入れ込んでいたことを、アンドレースがヴォイツェクに告げると、ヴォイツェクは「マリーがただ一人の、かけがえのない女だった」と語る。

20 ヴォイツェク。ユダヤ人 （18, 20, ×）

古道具屋でヴォイツェクはピストルを買おうとするが、高すぎて買えず、ナイフを買う。ユダヤ人の主人（ヴォルフガング・ベヒラー）から、「安く死ねても、タダじゃない」とからかわれる。

21 兵営 （20, 22, ×）

ヴォイツェクは私物を整理し、アンドレースにシャツや指輪を分け与える。ヴォイツェクは一枚の紙を取り出し読み上げる。「フリードリヒ・ヨーハン・フランツ・ヴォイツェク、軍人、第二連隊［……］軽騎兵［……］」。（原作の年齢30歳は映画では40歳で、実在したヴォイツェクに近い。）

22 戸口の外で女の子たちといるマリー （21, 23, ×）

マリー（原作では老婆）は女の子たちに歌のかわりにメルヒェンを語る。両親のいない子が月や太陽、星を回るが、いつも一人ぼっちで泣く話だ。ヴォイツェクが来て「マリー、行こうよ、時間だ」と連れ出す。

23 マリーとヴォイツェク（22, 24, 12）

湖のほとり。二人は知り合って二年が経つことを確認し、手をつなぐ。マリーが「月が真っ赤」と言うと、ヴォイツェクがナイフを振り上げ、スローモーションでマリーを何度も突き刺す。死んだ血まみれのマリー。ナイフを握ったまま呆然とするヴォイツェク。

24 居酒屋（23, 26, 13）

ヴォイツェクが「みんな踊れ」と声をかけ、ケーテ（ローズマリー・ハイニケル）と激しく踊る。彼女は民謡「シュヴァーベンには行かない」を歌う。ヴォイツェクの肘に血がついており大騒ぎになる。

25 ヴォイツェク。一人で（24, 27, 14）

ナイフを必死に探すヴォイツェク。マリーの死体を見つけ、そばにあったナイフを拾う。

16 湖のほとりのヴォイツェク（24, 28, 14）

「さあ、消えろ」とヴォイツェクはナイフを湖に投げ込む。だが「あそこじゃ近すぎる」と湖に入り、沖のほうに歩いていく。

17 子どもたち（補遺, 29, 15）

マリーの家の前で子どもたちが遊んでいる。やってきた子どもが「マリーは？　女の人が死んでる」と言い、みんなで死体を見にいく。

18 湖のほとり（補遺, 31, ×）

音楽のみの場面。湖のほとり。白い布で包まれたマリーとそのそばに棺桶。何人かが死体を見に来ている。「立派な殺人、みごとな殺人、正真正銘の殺人 ［……］」という字幕。暗転。[2]

4　二つの世界の裂け目

　第1節で述べた、ビューヒナーの作品を貫く金持ちと貧乏人の対立、上流階級の世界と民衆の世界との裂け目はこの映画でも強調されている。『ヴォイツェク』は1947年、デーファ（DEFA）映画で『ヴォツェック』（*Wozzeck*）というタイトルで初めて映画化された。ゲオルク・クラーレン（Georg C.

図1 『ヴォイツェク』 ▶ 00:05:18

Klaren, 1900-62）監督はこの未完の戯曲が戦争と人体実験に反対する作品だと理解し、映画作成に挑んだ。『ヴォイツェク』における上流階級、権力者は大尉と医者である。クラーレンの映画では医者は大学の解剖学教室の教授だが、ヘルツォークの映画でも医者は学生を指導する教授に変わりはない。ヴォイツェクは家族を養うため、兵役の時間外に大尉や医者のところでアルバイトをしている。

　大尉とヴォイツェクの関係からまず見てみよう。第1景は軍服がたくさん掛けられた大尉の部屋。大尉が白いエプロンをかけて座っている。ヴォイツェクは背中を向け、懸命に石鹸を泡立てている。奥にもう一人兵士がおり、無言で大尉の長靴を磨いている。ヴォイツェクが大尉の顔に石鹸の泡を塗りつけると、大尉はヴォイツェクに「ゆっくりやれ、ヴォイツェク、ひとつずつ順番に！」（▶ 00:04:21-00:04:27）と命じ、ひげを剃らせる。大尉は年月を時間や分で数え直し、永遠についてスコラ的な論議を吹きかける。彼が説く自由や道徳はヴォイツェクのような貧しい人間には、空疎な理念にすぎない。それまで「はい、大尉殿」と短く返すことしかしなかったヴォイツェクだが、婚外子がいることを大尉から批判されるとけんめいに反論する（図1）。

　　われわれは貧乏人であります。よろしいですか、大尉殿、金、金なんで。金のないやつに、子どもだけは道徳的にこしらえろって言われても。貧乏人にも肉欲ってものがあります。（▶ 00:07:37-00:07:52）

さらに大尉から「おまえには徳がない。おまえは道徳的な人間じゃない」と指摘されると、ヴォイツェクは再度反論を試みる。

　　はい、大尉殿、その徳です。そいつが足りんのであります。つまり、われわれ卑しい者に徳がないのは自然にそうなるんで、もちろん私がお偉方で、帽子や時計やフロックコートを持っていて、上品な口でもきけ

りゃ、たしかに徳のある人間になりたいと思うでしょうが。徳ってのはきっとすばらしいものなんでしょうね、大尉殿。でも自分は貧乏たれで。（▶ 00:08:38-00:09:03）

図2　『ヴォイツェク』 ▶ 00:14:50

『三文オペラ』の有名な言葉どおり、「まず食うこと、道徳はその次」（Brecht 284）というわけだ。急いで帰ろうとするヴォイツェクに、大尉は「ゆっくり歩け」と忠告する。大尉が制服のボタンを留めているあいだに、窓の外を走っていくヴォイツェクの姿が見える。ヴォイツェクの「われわれ貧乏人」、「われわれ卑しい人間」や、マリーの「あたしたちのような人間」という言葉に見られるように ich でなく、複数形の wir（unsereins）で語る表現法や俗語的表現のなかに貧しい民衆の特性が巧みに表されている。

　現在の演劇上演では後方（ポシュマン版：第9場、レーマン版：第5場）にこの場面を置くことが多いのだが、ヘルツォークは第1景にもってきている。最初に上流階級と民衆の対立・裂け目を見せ、問題提起をしてから主人公の生活状況に光を当てようとしているのだ。

　医者は2番目の権威であり、戯曲版より早く第4景と第9景で登場する。第4景は医者の部屋（教授の研究室）。実験用にヴォイツェクを雇っている医者は、ヴォイツェクが壁に立小便するのを目撃し、契約違反だと叱責する（図2）。直立して聞いていたヴォイツェクが「自然の要求です」と弁明すると、医者は「膀胱括約筋は随意筋だ。［……］おしっこを我慢できんとは」と嘆く。難解な専門用語で「科学の革命」を語り、「科学を爆破して見せる」と息巻いた後、医者はヴォイツェクにおしっこを取るように言う。ヴォイツェクは衝立のほうに向かい、医者は画面から外れる。「壁におしっこするなんて！　見たんだ。この目で見たんだ。くしゃみの観察をするために、ちょうど窓から鼻を突き出して、日光を中へ入れていたところだった」（▶ 00:16:42-00:16:51）と医者は悠長なことを言う。検尿に失敗したヴォイツェクが幻影の話をすると、医者は「正真正銘の精神錯乱だ。第2期の症状が表れ

ている」、「興味ある症例だ」と言い、手当ての増額を約束する。

　第9景「医者（教授）の中庭」で医者は学生を下に集め、2階の窓から猫を落としてヴォイツェクに取らせる。実験動物であるヴォイツェクが「3か月、エンドウ豆以外は何も食べていない」（正確には「食べさせていない」）ことを明らかにし、学生に触診させる。

　軍隊のように道具化された「医学」なる学問。それが何度も同じやり方で犠牲者ヴォイツェクを習練し、すり減らしていく。医者がヴォイツェクに示す機械のような冷酷さや非人間性は、グロテスクな様相を呈している。

　街路で出会った大尉と医者、通りかかり呼び止められるヴォイツェクの三人の会話は興味深い。「邪悪と威嚇とくつろぎのまじった大尉の鈍重なほどゆっくりした言葉と、不安と不信に満ちたヴォイツェクの憂鬱な言葉に、記録するような医者のスタッカートの利いた言葉が対峙されている」（Klotz 157）。路上でヴォイツェクに話しかける医者の言葉、「脈を、ヴォイツェク、脈を、速い、激しい、飛び飛び、不規則」、「顔面筋肉は硬直、緊張、時々けいれん、態度は興奮かつ緊張」などには軍医の性急さや、良心のない実験者の冷めた興奮が現れ出ている。

　年の市で口上役が猿に芸をさせながら語る。「ほら直立して歩けます。上着を着てるし、ズボンもはいてる。サーベルだって吊るしてます」、「エテ公が兵隊になる。でもまだたいしたことじゃない。兵隊は人間の最下層だから」。ヴォイツェクとマリーが入った見世物小屋でも口上役が馬を引き回しながら言う。「おまえの才能をお目にかけろ！　おまえの動物的理性をお見せするんだ！　人間社会を恥じ入らせてやれ！」と。さらに「2×2は？」と問いかけ、馬が4回前足で地面をかくと大きな拍手が沸く（これは映画独自の試み）。そこには階級社会への強烈な照射、風刺が込められている。これによって動物から人間への進化過程の裏返しとしてのヴォイツェクの存在、すなわち医者から「実験動物」としてしか、「ロバに移行していく過程」の人間としてしか見られない彼のさげすまれた姿が強調されることになる。

　年の市での見世物や踊りは民衆的な祝祭文化の構成要素であり、手回しオルガンなどで歌われる民謡（Volkslied）も文字どおり「民衆の歌」であった。ドイツでは18世紀に民謡の収集が始まったが、民謡は下層の人々の歌で、単純な言葉やナンセンスな言い回しで歌われる非道徳的で下品なものとして

教養層には受け入れられなかった。原作の『ヴォイツェク』では 13 回（12曲）民謡が使われ、マリーやアンドレース、ヴォイツェクが歌い、さらに居酒屋では軍楽隊長の歌「ブランデーこそわが命」や客の合唱「プファルツ生まれの狩人」（映画では歌われない）もある。歌う回数はマリーが 4 回でいちばん多く、子守歌のように歌われ、母親の心理状況を表している。映画では 12 曲のうち 7 曲が採用されている。マリーの殺害後、ヴォイツェクが飛び込んだ居酒屋でケーテが歌う「シュヴァーベン行きはごめん」の元歌は「この世に喜びはありゃしない」(Auf dieser Welt hab' ich kein Freud') という民謡で、映画でも歌われる。マリー、アンドレース、ヴォイツェク（映画では歌う場面はない）や、軍楽隊長、居酒屋の客たちが歌を歌い、あるいは少なくとも韻文らしきものを口ずさむのに対して、大尉や医者の場面では歌は影も形もない。彼らからは年の市や居酒屋で立ち食いをしたり踊ったりするイメージも程遠いのだ。

　上流階級に属する、大尉、医者、軍楽隊長が肩書きだけであるのに対して、貧しい人たちはヴォイツェク、マリー、アンドレース、マルグレート、ケーテがちゃんと名前を持っていることも注目に値しよう（Mayer 63）。[3]

　この二つの世界のあいだでは、対話さえほとんど不可能に見える。それほど大きな裂け目が口を開いている。「今日は南北の風だな」とからかわれても、「はあ、大尉殿」としか言えない卑屈なまでの従順さ、フリーメーソンや毒キノコの幻影に悩まされ「夜になるとここじゃ首がごろごろ転がるんだ」（第2景）と言って不安におびえ、孤独感にさいなまれるメランコリックな姿など、ヴォイツェクという貧しい兵士の民衆としての姿がさまざまなシーンできめ細かに描かれており、これが上流階級との対立、裂け目をより顕著なものにしている。

5　ヴォイツェクとマリーの生活

　マリーは 2 階の窓から軍楽隊の行進を見ていて、軍楽隊長に惹かれ、歌う。「兵隊さんはいい男［……］」（第 3 景）。民謡「兵隊さんは愉快な兄弟」(Soldaten das sein lust'ge Brüder) のフレーズだ。マリー役のエーファ・マッテスの声は魅力的で心に残る。マリーはやがてたくましく男っぷりのいい軍楽隊長に心を奪われる（第 7 景）。軍楽隊長からイヤリングをプレゼントされたマリーは、

図3 『ヴォイツェク』 ▶ 00:31:31

彼と熱く踊り、ヴォイツェクを裏切る。

第9景はマリーの部屋。マリーが子守歌のようにアルザス民謡の「お嬢さん、窓をお閉め」(Mädel, mach's Fenster zu) を歌う。「お嬢ちゃん、鎧戸をお閉め／人さらいが来て／［……］／人さらいの国へ連れていっちまうよ」。奥で子どもを寝かせるマリー。前に出てきて、左耳を触る。イヤリングが輝くが、鏡に映る顔は喜びと憂鬱が入り混じっている。マリーは妖艶な姿を鏡に映し出しながら言う（図3）。

> あたしたちのような人間は、この世の片隅にしか居所がなくて、鏡のかけらしか持ってないけれども、唇はこんなに赤いんだわ。頭のてっぺんから爪先まで映せる鏡や、手に口づけしてくれるすてきな旦那衆をお持ちの貴婦人にだって負けやしない。それでもあたしはただの貧しい女。（▶ 00:31:45-00:32:12）

ゲーテの『ファウスト』第1部では、メフィストーフェレスがマルガレーテ（グレートヒェン）の部屋に忍び込み、ファウストからのプレゼントである装身具の箱を置いていく。帰宅したマルガレーテがこれを見つけ、イヤリングを着けて鏡の前に立つ。彼女は自分が見違えるようになるのを認めるが、「ほめてくれるにせよ、半分は気の毒だと思ってのことだわ。／みんな、お金が目当て、／お金しだい。／ああ、私たち貧乏人はつまらない」(Goethe 119) と語る。ゲーテのこの場面はビューヒナーの場面につながる。

　マリーは再び子どものベッドへ。鏡をおもちゃのように扱い、壁に反射する光が子どもの寝るのを妨げる。子どもは光を捕まえようとするが、そのときヴォイツェクがやってくる。ベッドのほうに動くヴォイツェクをカメラは追う。彼がマリーの肩に触れるとマリーはびっくりして、手でイヤリングを隠そうとする。「二個いっぺんに見つけたのか？」といぶかるヴォイツェクだが追及はしない。ヴォイツェクは眠りについた子どもの額の汗を拭きとっ

てやり、妻に給料と大尉からの特別手当を渡して去っていく。

　マリーは軍楽隊長に体を許すのだが、原作では決して否定的に描かれてはいない。実在のモデルである、道徳や感情のない売女とは逆の性格付けをビューヒナーはしており、「本能のままに行動する自然児的存在にむしろ肯定的な特徴を与えている」(Bernath 127)。夫が去った後、マリーが「やっぱりあたしは悪い人間、いっそ剣で自分を刺し殺せたら」(▶ 00:34:47-00:34:50)と言い、良心の呵責に耐えかね自分を責め立てるときでも、ビューヒナーの怒りや攻撃はマリーに向けられてはいない。それに続く「ああ、なんて世の中なんだろう」という台詞や、『ダントンの死』での「飢えが売春や乞食をさせたのだ。短刀の一突きは俺たちの女房や娘の肉を買っている連中に向けられねばならない。ああやって民衆の娘たちを金で買って抱くやつらめ、くたばるがいいや」(Büchner [1992] 18)という市民の言葉にはっきり表されているように弱い者、美しい者である女性に堕落や売春を強いる世の中や金持ちにビューヒナーの怒り、攻撃は等しく向けられている。ビューヒナーにおける女性は、マリーにしても、『ダントンの死』のジュリー、マリオン、リュシールにしても人間的な、愛情に満ちあふれた者として、優しい共感で包まれ、描き出されている。

　大尉から教会の祝福を受けていない私生児を持つことは反道徳的だと責められると、ヴォイツェクは「『幼子らの、われに来たるをとどむな』と主は言われています」と弁解する（第1景）。これは新約聖書、マタイによる福音書の「幼子らを許せ、われに来たるをとどむな、天国はかくのごとき国なり」からの引用である。ヴォイツェクを裏切ったことで罪の意識にさいなまれるマリーは、聖書に救いを求め、ヨハネの福音書のパリサイ人が姦通の女を連れてくる箇所を読む。イエスが言う。「私もあなたを罪に定めない。これからはもう罪を犯してはならない」と（第18景）。ブレヒトにおいても聖書の引用は多いが、聖書の欺瞞を暴き、揶揄的にパロディー化されたものがほとんどだ。だがこの作品にはどこにもブレヒト的な引用は見られず、むしろ貧しい民衆の逃げ場、心の支えとして聖書は用いられている。

　映画作品の最終景近くでマリー（戯曲では老婆）が子どもたちに聞かせるメルヒェン（第22景）は重要な劇的・隠喩的意味を持っている。お父さんもお母さんもいないかわいそうな子どもが両親を探してお月様まで来てみる

と、それは腐った木のかけらだった。今度はお日様のところへ行ってみると
それはしおれたひまわりで、次に訪ねたお星様は小さな金色のアブラムシで
しかなかった。しかたなく地上に帰るとそれはひっくり返った壺だったので
一人ぼっちで泣いたという。このメルヒェンはマリーとヴォイツェクの死を
暗示し、残された子どもの孤独な世界を隠喩的に描いている。ブレヒトの
『バール』(*Baal*, 1919) でバールが歌う「森での死」がバールの死を先取りし
たように。そしてフランク・ヴェーデキント (Frank Wedekind, 1864-1918) の
『春の目覚め』(*Frühlings Erwachen*, 1891) のなかで「首のない女王」のメルヒェ
ンがモーリツの自殺を暗示したように。

　なにがヴォイツェクをマリー殺害に走らしめたのかという、作品の結末で
の読者・観客に対する問いかけの答えは、この作品の基本構造から容易に引
き出せるであろう。ヴォイツェクは「自分は貧乏たれで、――それにこの世
には女房以外何もないんです」。「あいつは俺のかけがえのない女だったんだ」
と言う。マリーはヴォイツェクの唯一の支えであり、マリーとの世界は「徳」
や「モラル」や「善」に煩わされることのない唯一の安らぎの場であった。
貧困や物質生活上のさまざまな状況がヴォイツェクからマリーを引き離し、
その絶望と悲しみの大きさが彼を狂気に陥れ、犯罪へと駆り立てたのである。
　ヴォイツェクの殺人は社会的な疎外に起因し、愛さえもお金や身分によっ
てゆがめられてしまう社会が鋭く告発されている。『ヴォイツェク』には貧
しい民衆の孤独、不安、卑屈さなどが余すところなく描き出されており、上
流階級との「裂け目」の大きさを際立たせている。ビューヒナーの全作品に
は、「貧乏人と金持ち」に対する愛と憎しみが激しく切り結んでおり、そこ
にビューヒナーの今日性がある。

6　映画『ヴォイツェク』と音楽

　ヘルツォーク監督が原作の表象部分を越え、映画ならではの特質を発揮し
ている三つの場面、すなわち A) 冒頭の字幕部分、B) ヴォイツェクのマリー
殺害とその後の場面、C) 最終場面、には共通点がある。これらの場面がそ
れぞれ、テンポと曲想の違う二つの音楽によって構成されていることだ。

A) 冒頭の字幕部分

　静かなチェレスタの音楽が流れ、映画は絵画的に始まる。湖のほとりに小

さな古い建物がある。カメラが左から右へパンすると、波立つ水面に一羽のカモが見える。湖の向こうには教会や建物が立ち並び、その影が水面に映し出されている。「小さな町の大きくて静かな湖のほとり」（▶00:00:36）という字幕が出る。

図4 『ヴォイツェク』 ▶ 00:02:40

二つの湖に挟まれた、大通りのある町が広がるのだが、今度はカメラが右から左へゆっくりとパンして湖と町の全景を映し出していく。静けさと平和が感じ取られる牧歌的、夢想的な風景だ。音楽はビーダーマイアー時代のオルゴール時計の音楽のようだ。

　静かな音楽が、騒がしく速いテンポのフィドル（ヴァイオリン）音楽――この音楽は居酒屋で生演奏される弦楽器のダンス音楽と同じなのだが――に変わると、戦争と軍隊をもろに表す画面に転換する。銃を担いだ長靴の兵士ヴォイツェクが、軍隊の上官と通りを曲がってこちらに走ってくる。ヴォイツェクは直立不動の姿勢を取る。息を弾ませるヴォイツェク。タイトルロールのキンスキーの字幕が最初に出て、タイトルのヴォイツェクが示される。主人公が向きを変えることで、左、正面、右、正面と異なるサイドからカメラは彼を映し出す。その間に監督のヴェルナー・ヘルツォーク、原作者ゲオルク・ビューヒナーが字幕で紹介される。

　兵士の訓練の様子が紹介される。ヴォイツェクはまず直立不動で捧げ銃をした後、銃を水平にして、屈伸運動、うさぎ跳び、ほふく前進などを続ける。上官は立っており、腰から下だけが映し出される。垂直と水平が交差する構図で、抑圧と服従が対照的に表されている（図4）。ヴォイツェクはやがて腕立て伏せを始めるが、力尽きて倒れ、伏せる。上官は木の棒で殴ったり、足でけったりする。やっと立ち上がったものの口をへの字にして、苦痛の表情のヴォイツェク。主演のキンスキーはこの役をやるためにダイエットしたのであろう、ほほが痩せこけ、鋭い形相をしている。

　冒頭の字幕場面は原作にはない、ヘルツォーク独自のものだが、平和な画像＝絵のなかに、暴力と野蛮が隠されていることがわかる。

B) 第23景：ヴォイツェクのマリー殺害とその直後

　冒頭の字幕部分と違い、原作と対応するこの場面では、映画の特質がはっきりと表れている。老婆ではなくマリーによって語られる絶望的な（反）メルヒェン（第22景）によって導かれる死の場面がそこでは展開される。大尉や医者から公的な侮辱を受けた（受けている）ヴォイツェクは、軍楽隊長からも私的な侮辱を受ける。こうした悲惨な状況、逃げ道のない状況に追い込まれた主人公は最後の行動に出る。マリーが言う「赤い月が昇ってくる」夜に。ヴォイツェクがナイフを振り上げ、マリーを一突きする（図5）。その後、ヴォイツェクは何度もマリーを突き刺す。マリーの姿はほとんど映らず、ナイフを振り上げるヴォイツェクにフォーカスが当てられる。それから倒れて死んだ血みどろのマリーが映し出され、二人の全体像が示される。このシークェンスはヘルツォークによって大写し（クロースアップ）とスローモーションで撮られている。早いカット（カッティング）と攻撃的なモンタージュで画面構成されていくのだが、背景に流れるのは冒頭でヴォイツェクと上官が現れ、訓練をするときの音楽と同一の速いリズムのフィドル音楽である。

　殺害後すぐにヘルツォークは事態を転換する。突然の悲しみにヴォイツェクは硬直し、亡霊のように立ち尽くす（図6）。ここで第2の音楽が流れる。アレッサンドロ・マルチェッロ（Allesandro Marcello, 1669-1747）[4]のオーボエ協奏曲ニ短調だ。第2楽章のアダージョの音楽がさらにゆっくりになり、ゆっくりした映像の動きと重なる。ナイフを握ったまま呆然とするヴォイツェクの姿がオーボエの音色と共振し、強烈に浮かび上がる。二つの音楽の転換はヴォイツェクの衝動的本性と道徳的理性の「裂け目」を表すのに効果的な役割を果たしている（Pflaum et al. 143）。

図5 『ヴォイツェク』 ▶ 01:03:22

　次の第24景の居酒屋では、弦楽四重奏の生演奏で前景と同じ曲（フィドル・ダンス音楽）が奏でられている。入ってきたヴォイツェクがケーテを引っ張り、熱狂的な踊りのなかに入る。

　第25景では、夜の湖のほとりでヴォイツェクがナイフを湖

に投げ込むが、「近すぎる」と思い、ナイフを拾いに沖のほうへ歩いていく。「俺はまだ血だらけか？　洗い落とそう。ここにも血のシミが」（ 1:13:40-1:13:49）と言いながら主人公は姿を消す。ヘルツォークが解放的な蜂起として表そうとした激

図6　『ヴォイツェク』 ▶ 01:07:16

しい殺人行為はこうして静かに幕を閉じる。ヴォイツェクが自殺したのか、水死したのか、あるいはまだ生きているのかは原作同様、映画でもわからない。開かれた結末になっているのである。

C）最終場面（第26景）

　音楽のみで会話のない場面。湖のほとりが映し出されると、冒頭と同じ場所で同じチェレスタが流れる。その牧歌性は貧困な生活にぶち当たることで、最終的にイリュージョンであることが暴かれる。白い布で覆われたマリーと、手前には立派な棺桶が置かれている。四人の男性がいる。町の住人が二人とシルクハットに喪服を着た役人が二人で、向こう岸にも何人かいて眺めている。住人は白い布を上げてマリーの死に顔を見、役人は棺桶を開ける。ここで音楽が転換する。第2の音楽はヴィヴァルディのマンドリン協奏曲である。ビューヒナーの社会革命的な思想にリスペクトを捧げるヘルツォークは、最後のタブローで原作者の言葉をそのまま用いている。「立派な殺人、みごとな殺人、正真正銘の殺人、人が望みえないほどみごとな殺人。かくもみごとな殺人は久しくなかった」（▶ 1:16:06-1:16:19）。暗転し、映画は終わる。

　以上見てきたように三つの場面ではそれぞれ二つの音楽が用いられ、そのコンビネーション、転換が重要な役割を果たしている（Schneider 192-93）。[5] ヘルツォークは「ふつうは周到に映画音楽を準備する。カメラワーク以上に」（Schott and Bleicher 96）と言う。映画は文学や演劇よりはるかに強く音楽と結びついていると監督は考えている。躍動するようなフィドル音楽が不穏さを醸し出したり、調和的なメロディーが不協和音で痛ましく働いたり、映画ならではの妙味が感じられる。ヘルツォークの力量が発揮された3場面である。

7 ヘルツォークとキンスキー

　監督のヘルツォークは 1942 年、ミュンヘンに生まれた。家族は彼が 11 歳になるまで現代文明から隔絶されたドイツ南部地方の農地を転々とした。家には電話がなく、彼は映画もテレビも見たことがなかった。人間と自然の壮大なドラマをテーマにした『アギーレ、神の怒り』(*Aguirre, der Zorn Gottes,* 1972) や『フィツカラルド』(*Fitzcarraldo,* 1982) などの代表作は、彼の幼いころの生活環境や体験が根底にあるように思われる。この 2 作も、そして『ヴォイツェク』もタイトルロールを演じているのはクラウス・キンスキーだ。ヘルツォークの映画は俳優キンスキー抜きには考えられない。

　16 世紀に南米のアマゾン川上流の奥地にあると言われたエル・ドラード。この黄金郷・理想郷を目指して、ピサロ総督が率いるスペインの一隊は多くの先住民を奴隷として引き連れ、アマゾンの奥地に進んでいった。映画冒頭のアンデス山脈を越えるスペイン隊の遠景ショットで、霧のように静かに覆いつくすシンセサイザーの響きが忘れられない。やがて主人公で実在の人物であるロペ・デ・アギーレ（キンスキー）は本隊から分かれた小隊の副隊長を任され、2 艘の筏で川を下る。1 艘は渦に巻き込まれ全滅、筏を漕いでいた先住民は姿を消した。もう 1 艘も野営中に流されてしまう。黄金郷に取りつかれた彼は、陸路に戻れという総督の命令を無視して水路突破の試みを強行する。熱病と飢餓のなかで狂っていく部下たちをものともせず、アギーレは「偉大なる反逆」を貫こうとする。

　ヘルツォークの『キンスキー、我が最愛の敵』(*Mein liebster Feind,* 1999) にはキンスキーとの宿命的な出会い（1950 年代に彼はキンスキーと同じ下宿で暮らしたことがある）や、たがいの強烈な個性に惹かれ、続けられた共同作業の様子が描かれている。映画のタイトルからも二人の緊迫した関係が感じられるだろう。その成果である映画は先に挙げた 3 本の映画と、『ノスフェラトゥ』(*Nosferatu: Phantom der Nacht,* 1978)、『コブラ・ヴェルデ——緑の蛇』(*Cobra Verde,* 1987)、さらにこの映画も含めれば 6 本になる。

　キンスキーは狂気とも言える演技や常人からかけ離れた行動で知られる「怪優」である。この映画では撮影現場におけるキンスキーについての俳優や映画人の証言・エピソードが語られており、『アギーレ、神の怒り』のロケ中の出来事もある。ヘルツォークの証言によれば、彼が『アギーレ』の台

本を送った2日後の夜中3時に、キンスキーから電話があった。何やら叫んでいるので理解できなかったが、30分後にようやく彼が台本に感銘し、アギーレ役をやりたいと言っているのがわかったと言う。このロケでキンスキーは鉄の甲冑で身を固め、重い剣をぶら下げていたが、ある日、急に不機嫌になりエキストラの頭に切りつけ、傷を負わせた（負傷したフスト・ゴンザレスの証言）。撮影が終了し、酒を飲んでいた45人のエキストラの小屋にキンスキーが発砲して、その弾で中指が飛んだ（同じく負傷したアラオスの証言）、などなど。その後、先住民たちがヘルツォークに「あなたのためにキンスキーを殺そう」と申し出たこともあったらしい。

世界の秘境を渡り歩いた探検家・旅行王のヘルツォークは、大自然のなかで冒険を敢行し、その記録を映画に収めた。セットではなく本物の船を使う苦労について彼はこう記している。「悪魔が私の目の前にいる。しかし逃げることは許されない。この映画とともに生き抜くか、人生をやめるかのどちらかだ」と。

ヘルツォークがビューヒナーの『ヴォイツェク』に惹かれたのはビューヒナーの持つ言葉の力であったに違いない。「もっと、もっと」という殺人者の言葉が映画でもキーワードとして何度も使われている。完全な文章には適合しない断片的で爆発的な台詞、言葉の火花、停滞的であえぎ、えぐるようなリズム、こうしたビューヒナーの文体の特徴がヘルツォークの映画でも失われることはなかった。むしろ視覚的な像の強さと相まって、より多くの効果を発揮しているのだ。

『ヴォイツェク』は『アギーレ』や『フィツカラルド』とは系列を異にする作品である。ヴォイツェクは『カスパー・ハウザーの謎』（*Jeder für sich und Gott gegen alle,* 1974）の主人公カスパー（ブルーノ・S）や『シュトロツェクの不思議な旅』（*Stroszek,* 1977）の主人公ブルーノのように思える。支配階級の合理主義になじめない、社会の不適格者はヴォイツェクに重なる。1979年のカンヌ国際映画祭の会場では、拍手とともにブーイングもあったという。この作品の地味さ、静けさに対して評価は二つに分かれた。最優秀助演女優賞がエーファ・マッテスに贈られた。主人公を演じたキンスキーではなく。

註

1) 翻訳は、『ヴォイツェク　ダントンの死　レンツ』（岩淵達治訳、岩波文庫、2006）などがあるが、すべて市川自身による。底本としては以下の版を用いた（Büchner [2014]）。

2) ベルゲマン版ではカッコつきの（6）で、場面にはカウントされていない部分、またポシュマン版では第6場にあたる、マリーの独り言は映画では採用されていない（「誰かに命令されると、あの人はすぐ飛んでいくんだから。いつも人の言いなり」）。同様に両版の第25場「人が来る」とベルゲマン版の補遺・ポシュマン版の第30場の「（カール）子ども。ヴォイツェク」も映画版にはない。これら3場面は非常に短い場面であるが。

3) マイアーは肩書き・職名だけの者として見世物小屋親方、口上役、若職人などをあげ、阿呆（映画では登場しない）はカールという名前を持っていると指摘している（Mayer 63）。

4) 「オーボエ協奏曲」は長い間、アレッサンドロの弟ベネデット（Benedetto）の作品として知られてきたが、現在では兄アレッサンドロの作品であることが判明している。ドイツの研究書（Pflaum et al. 153）や日本の映画プログラムなどは修正が必要だろう。

5　プロイセン社会の硬直性を描く

ライナー・ヴェルナー・ファスビンダー監督『フォンターネ
エフィ・ブリースト』（1974）

竹田和子

はじめに

『エフィ・ブリースト』（*Effi Briest*, 1894、単行本としては 1895）は、19 世紀後半のドイツ市民リアリズムの作家テオドーア・フォンターネ（Theodor Fontane, 1819-98）の代表作である。若くして結婚した主人公が冒した不倫が 7 年後に発覚し、夫が決闘で過去の愛人を射殺、離縁された彼女は故郷でひっそりと死んでいくという物語で、主人公の女性には多くの同情が寄せられ、小説は大成功となった。作品のテーマやプロットが魅力的だったのか、これまで 5 度映画化されている。最初の映画は自身も俳優であったグスタフ・グリュントゲンスが妻のマリアンネ・ホッペを主人公役にして撮った『過ち』（*Der Schritt vom Wege*, 1939）で、これは戦後 1955 年に西ドイツでルドルフ・ユーゲアトにより『秋のバラ』（*Rosen im Herbst*）としてリメイクされた（Lohmeier 238-39）。主人公の父親をグリュントゲンス版で愛人役を務めたパウル・ハルトマンが演じている。その後 1970 年には東ドイツでデーファ（DEFA）によりヴォルフガング・ルーデラー監督のもと、アンゲーリカ・ドムレーゼを主人公にして、小説と同じタイトルを持つ『エフィ・ブリースト』が製作された。これらはどれもほぼ原作に忠実に映画化されたものである。本章で扱うライナー・ヴェルナー・ファスビンダー（Rainer Werner Fassbinder, 1945-82）による『フォンターネ　エフィ・ブリースト』（*Fontane Effi Briest*, 1974）は 4 度目の映画化だが、彼の映画もフォンターネ作品をほぼそのままなぞり、

それどころか台詞やファスビンダー自身によるナレーションもごく小さな変更を除き、小説の文をそのまま使っている。したがって本文で引用する登場人物の言葉も映画の台詞とほぼ共通である。そして最も新しい映画化はヘルミーネ・フントゲブアトによる『エフィ・ブリースト』(2009) だが、この作品は結末を完全に変更し、主人公は離婚後、大都市ベルリンで自活し、自由に生きていく。ここでは原作で扱われた個人の願望を押しつぶす硬直化したプロイセン社会というテーマは背後に引っ込んでしまい、主人公エフィは社会からの圧力に負けない力強い現代的な女性になっているのである。

　先にも述べたようにファスビンダーは、プロット自体に手は加えず、「厳格な文学の映画化」(Villmar-Doebeling 154) を行った。しかしそれは小説をそのまま映画で模倣するということではない。彼の関心はむしろこの物語を語るフォンターネの態度にあった（Brombach 41; Postel 76-77, 79)。[1] 彼は、社会の問題を認識し、批判しながらそれを解決しようとはせずに受け入れるフォンターネの態度それ自体を批判的に映像で表現しようとしたのである。

　ファスビンダーはほぼ独学で映画製作を学び、1966 年に短編映画『都市の放浪者』(*Der Stadtstreicher*) などの短編映画を撮影すると、以後 1982 年の死までにテレビ映画も含めて 40 本以上の映画を製作し、自身も俳優として活躍するほか、演劇活動も行うなどきわめて多産な、ニュー・ジャーマン・シネマ[2] を代表する監督の一人だった。彼は特に初期にはギャング映画などサディスティックな暴力をよく描いたが、文学作品『エフィ・ブリースト』はそのようなラディカルな描写とは無縁で、ある程度の商業的な成功を収めた最初の作品となった（Elsaesser 65; 渋谷 222)。[3] 本章では、この小説でも扱われる決闘が、19 世紀末のプロイセン社会の硬直した精神性を如実に表していることを明らかにしたうえで、ファスビンダーがどのような方法でフォンターネと彼の小説を表現しようとしたのかを論じていく。

1　フォンターネの『エフィ・ブリースト』

　まず、フォンターネと彼の『エフィ・ブリースト』について紹介したい。フォンターネは、若い頃から文学サークルに参加しバラードなどを書いていたが、のちに新聞記者となった。最初の小説を発表したのは 60 歳を前にした 1878 年のことである。彼は多くの作品で同時代の社会を取り上げ、あるときは新

しい時代に置いていかれる古いものを哀惜の念をもって描き、あるときはそれを執拗に保持しようとする社会に批判の目を向けてきた。彼は決して「社会は変わるべきだ」と声高に論じることはなく、さまざまな現象に疑問符をつけるにとどめたが、そこからは個人を抑圧するプロイセン社会のあり方が透けて見えてくるのである。

　ブランデンブルク地方のホーエン・クレメンで育ったユンカーの娘エフィは17歳で20歳以上年上のインシュテッテン男爵と結婚する。インシュテッテンはかつてエフィの母との結婚を望んでいたが、若かったためにまだふさわしい地位を得ておらず、あきらめざるをえなかったという過去があった。20年近くが経ち、有能なプロイセン官僚になった彼は、今度は娘に求婚したのである。エフィの両親にとっても彼女自身にとっても断る理由はなかった。こうしてまだ幼さの残る彼女は夫インシュテッテンの任地であるバルト海沿岸の田舎町に住むことになった。体が不自由な薬剤師ギースヒューブラー以外に親しく付き合える人もなく、彼女は次第に孤独を感じるようになる。しかし多忙な夫は彼女を構うことができないばかりか、中国人の幽霊が出ると彼女が怖がったのを利用し、「いつもきちんとして何も恐れる必要がないようにしなければいけない」（Fontane [1998] 173）（▶ 01:00:16）と官僚夫人としてふさわしく振る舞うよう求める。エフィに近づくクランパス少佐はインシュテッテンの持つ怪奇趣味を指摘し、彼を「教育者」だと評する。エフィはその言葉から、中国人の幽霊の件は自分の行動を管理するための「計算づくの不安装置」（Fontane [1998] 157）（▶ 00:52:13; 01:00:28）だとの結論にいたり、それは彼女の自尊心を傷つける。

　ある冬の晩、集まりからの帰り道で、地下に海水が流れ込み底なし沼のようになるシュローンという現象が発生したため回り道を余儀なくされ、エフィはクランパスと二人きりでソリに乗ることになってしまう。それ以来、彼女はクランパスと密会を重ねるようになるが、罪を犯しているという意識に苛まれる。夫インシュテッテンのベルリンへの栄転は彼女にとって解放だったが、7年後にクランパスからの手紙が偶然夫に見つかってしまう。彼はクランパスに決闘で致命傷を負わせ、離縁されたエフィは実家からも拒絶されて、ベルリンで孤独に暮らすことになる。娘と再会できたものの、オウム返しのように3度繰り返される「もちろんです、よろしければ」（O, gewiß, wenn ich darf.）（Fontane [1998] 324）（▶ 01:58:20）という子どもらしくない言葉にインシュテッテンの教育の成果を見て、彼女は絶望し、夫に対する怒りを口にする。

> 私は彼が高貴な心を持った人だと思って、いつも彼の横で自分を小さく感じていた。でも今、彼が小さいのだとわかったわ。彼が小さいのよ。小さいから残酷なんだ。[……]「もちろんです、よろしければ。」あなたは許してもらう必要などないの。[4] あなたたちなどもういらない、あなたたちが憎い、自分の子どもさえも [……] ——名誉、名誉、名誉 [……] そして今度は大臣の奥様の言うことを断れないから、あの子をよこしたのね。子どもを送り出す前に、あの人はオウムのように教え込んで、「よろしければ」なんて文句を覚え込ませたのよ。私は自分がしたことに吐き気がする。でももっと吐き気がするのはあなたたちの道徳だ。（Fontane [1998] 325）（▶ 01:59:29-02:01:19）

結核の症状が一気に悪化した彼女を両親は引き取った。そして彼女は夫に和解の言葉を残し、静かに死んでいく。

> そして大事なことは、彼 [インシュテッテン] の行動はすべて正しかったと私がここで [……] はっきりわかったと知ってくれることなの。気の毒なクランパスのことは——そう、彼は結局ほかにどうすればよかったというのかしら。そして私を一番傷つけたこと、私の子どもを私に対する拒絶のように育てたことは、それが私にどれほどつらい思いをさせ、悲しませたとしても、やっぱり彼は正しかったの。私がそう納得して死んだと彼に伝えてね。そのことで彼は慰められ、元気づけられそして和解するかもしれないわ。だって彼の本質にはいいところがたくさんあって、本当の愛のない人がなれるように高貴だったから。（Fontane [1998] 348）（▶ 02:11:02-02:12:17）

エフィは死を前にして社会の価値観を受け入れたように見えるが、その死は、本当の愛のない人間が支配する社会に彼女の居場所はないことを意味してい

る。

　先にも述べたように、フォンターネは時代の流れを拒否し硬直したプロイセン社会を描いてきたが、個人の願望と社会の要請との矛盾が現れる場として、身分違いの恋や不貞が多く扱われ、彼の道徳観には疑問符がつけられていた。[5] しかしエフィに対しては多くの読者が共感を寄せた。1895 年、読者へのある手紙に、彼は「そう、エフィ！　あらゆる人が彼女に同情し、それとは対照的に夫のことを『年寄りの嫌な奴』という人さえいます」（Fontane [1982] 493）と書いている。しかし彼はインシュテッテンについて同じ手紙で次のように続けている。

> 　そのことは［エフィに同情が集まり、インシュテッテンを批判する読者が多かったこと］もちろん私を楽しませてくれましたが、私は考えさせられもしました。なぜならいわゆる〈道徳〉が人間にとってこれまたどれほどどうでもよいものなのか、そして愛すべき人のほうが人の心にどれほど好ましいのかを証明しているからです。［……］というのは、彼（インシュテッテン）はどう考えても実に優れた人間で、人が愛さずにはいられないものがまったく欠けていないからです。けれども奇妙なことに、正しい人というのはみな、もうその正しさ故に不信感をもって、しばしば反感をもって見られるのです。（Fontane [1982] 493-94）

実際、決闘に対する疑念や後悔に苛まれるインシュテッテンは、決して冷酷な人間ではない。彼の判断と行動は、個人の願望より社会の要請を優先させざるをえない当時の価値観に強いられたものなのである。次節では、決闘という行為に現れるそのような価値観を取り上げたい。

2　アルデンヌ事件と19世紀末の決闘

　ファスビンダー作品の原型になったフォンターネの『エフィ・ブリースト』も、実は 1886 年 11 月に実際に起きた決闘事件をもとに作られている。それは、アルマン・レオン・フォン・アルデンヌ男爵（以下アルデンヌ）が妻エルゼの不貞に気づき、その愛人に決闘で致命傷を負わせた後、妻と離縁したという当時センセーションを巻き起こした事件で、フォンターネのほかに

も小説の題材にした作家がいる。[6] さらに彼は当事者を直接知っていた。[7] そして彼は実際の事件をそのまま小説にしたわけではない。当事者がまだ存命だったため、すぐにそれとわかるような小説が書けなかったということもあっただろうが、事実と小説にはそれ以上に作品の本質に関わる決定的な違いがあるのである。[8]

　まず夫婦の年齢差である。17 歳のエフィが、かつて母親との結婚を望んでいた 20 歳以上年上のインシュテッテンと結婚したのに対し、5 歳違いのエルゼとアルデンヌはほぼ同世代と言ってもよい。結婚相手に父親と同じ身分と地位が要求された 19 世紀の社会にあって、特に上流階級では男性は出世を待つために晩婚の傾向があり、無垢な少女と地位を固めた若くはない男性の結婚という小説の設定のほうが、読者になじみ深かったかもしれない。しかし同時に年上の夫と若い妻という組み合わせには〈古いもの〉と〈新しいもの〉という時代の流れが象徴されているとも言える。次に愛人との関係である。現実のアルデンヌ事件では、エルゼが夫と離婚することまで考えていた状況で決闘が行われ、高齢になるまで愛人のことを思い続けていたのに対し、エフィの不貞は決闘の 7 年前にすでに終わり、愛人を愛したことは一度もなく、不安を利用して自分を非の打ち所ない官僚夫人に教育しようとする夫に対する怒りに流された結果なのである。[9] さらに最も大きく違うのは、エフィとエルゼの性格である。現実の人間エルゼは強い自我意識を持ち、離縁後は看護師として自活の道を選び、二つの大戦を生き抜いて、100 歳近くまで生きた。5 度目の映画化作品のエフィは実在の人物のほうに近い。一方小説の主人公エフィは幼く、意志の弱い人物として描かれており、夫に離縁された後は結核により、28 歳の若さで朽ち果てるように死んでいく。これらの違いにより、本来否定的評価を受ける恐れのある「不貞」というテーマが、読者にとって受け入れやすくなっていると言える。

　そもそも 7 年前の妻の不貞を理由に夫が決闘を申し込むことについて、その必然性に疑問を感じる人は少なくなかった。なにより当事者のインシュテッテン自身がそう感じているのである。彼はクランパスからの手紙を見つけたとき、動揺して友人ヴュラースドルフに相談する。決闘をするというインシュテッテンに友人は、いまさらそれが必要なのか、それほど相手を憎んでいるのかと問う。インシュテッテンは、憎しみはもう沸かないし、自分は

それでも妻を愛しているとしつつ、次のように言う。

> 人はただ一人きりの人間ではない、全体に属しているのだ、そしてわれわれは常にこの全体に配慮しなくてはならない。人はそれに完全に依存している。[……] 人間が共同で生活するなかで、今存在し、その条項に従ってすべてを、他者もそして自分自身をも評価することに慣れてしまった何かが発達してしまったのだ。それに反することは不可能だ。[……] われわれを暴君のように支配するあの社会というものは魅力のことなど尋ねたりはしない。愛についても時効についても。[……]
>
> [……] 私は [……] すべてを自分のなかにしまっておくこともできたはずだ [……] だがそれはあまりに突然で強烈だったので、冷静さを保てなかったと自分を責めることはできないよ。それで私はあなたのところに行き、メモを書いた。そのときからこのゲームは私の手を離れてしまった。その瞬間から私の不幸、そしてもっと重大なことに私の名誉についた染みを半ば知る人が生まれてしまったのだ。そしてわれわれがここで交わした初めの一言の後ではすべてを知る人が。そしてこの秘密を知る人がいるからもう引き返せないのだ。(Fontane [1998] 278-79)(▶ 01:39:59-01:42:36)

それに対してヴュラースドルフは「世界はそうなっているのだから仕方がない。物事はわれわれが望むようにではなく、他者が望むように進むのだ。[……] われわれの名誉崇拝は偶像崇拝だ、しかし偶像が認められているあいだは従わなくては」(Fontane [1998] 280)(▶ 01:44:27-01:44:35) と答えて、決闘の介添人になるのである。

　21 世紀の現代から見ると中世の遺物のように思われる決闘は、実は 19 世紀末のドイツでは広く見られた慣習で、1934 年になってもある大学教授が同僚に名誉を傷つけられたとして決闘の申し込みをした事件があったほど市民社会に深く根付いていた（フレーフェルト 159）。しかしこの慣習は決して社会全体で受け入れられていたわけではなく、プロイセンではすでに 1652 年にフリードリヒ・ヴィルヘルム 1 世が禁止令を出している。1794 年にはプロイセン一般ラント法に「そもそも何者も被ったと推定される侮辱に対して

独断で償いを受けてはならない」（Haberer 247-48）という条項が記載された。しかし一方で決闘は 19 世紀末においても、「死を恐れず名誉を守るため」として、特に軍人や貴族、官僚・大学教授などの教養市民において綿々と受け継がれてきた。何度も禁止令が出されたことは、この慣習を根絶できなかったことを意味している。決闘は法律を無視し、誤った名誉観から強制されたものとして批判的に考える人もいた一方、プロイセン軍最高司令官でもあった皇帝ヴィルヘルム 1 世（在位 1871-88、プロイセン王としては 1861-88）は、「同僚の名誉を冒瀆した士官も、同じく自分の名誉を守ることができない士官も私の軍に置いておくことなどできない」（Franke 155）と述べていた。決闘相手を殺した場合も、刑は恩赦により大幅に減刑され、その後の経歴にも影響はなかったのである（Haberer 250）。アルデンヌにも 2 年の禁固刑の判決が下ったが、18 日で皇帝の恩赦が出、その後将軍にまで出世した（Fontane ［1998］（Anhang）357-58）。それとは逆にもし決闘を断ったり、侮辱を受けたのに決闘を申し込まなかったりした場合には、その人物は名誉を守る勇気が欠けているとして辞職しなければならなかった（フレーフェルト 156-57）。

　もっとも「名誉の最も純粋な表現方法」（フレーフェルト 135）である決闘を行うことのできる〈決闘資格〉（Satisfaktionsfähigkeit）はすべての階層の人間に許されていたものではない。これはまず何よりも名誉を重んじる軍人と貴族のものだった。しかし 1817 年にプロイセンで始まった 1 年志願兵制度により、入営中の費用をすべて自己負担する代わりに兵役を 1 年に短縮でき、予備役将校になることが可能になった結果、この制度を利用して予備役将校となる上流市民階級出身者が増加した。これは軍隊と社会的エリートを形成する上層市民を結びつける役割を果たした（Anschauer 251-52）。また国家や当局によるさまざまな規制からの自由を求めた 19 世紀の大学において、自らの手で名誉を守る決闘は〈大学の自由〉の最も重要な要素となり、ブルシェンシャフト（学生団体）により維持されていた。決闘は精神力を鍛錬し向上させるものであり、〈男性的名誉〉の象徴だったのである。予備役将校となった大学修了者である医師、弁護士、官吏、大学教授さらには編集者などのいわゆる〈教養市民〉は軍隊と大学の二つの場でこの〈名誉法典〉（Ehrenkodex）を身につけていったのである。そして〈決闘資格〉を持っていることは、自分たちとほかの身分との違いを保証してくれるものでもあった。プロイセン

を支える柱であった軍人（将校）と官吏らのエリートは、国家の管理・規制を担う存在であったにもかかわらず、一方では自己の名誉を法律によらずに自分で守るという矛盾した理想を持っていたわけだが、彼らは決闘に、命よりも名誉を尊重するという理想主義や男性的勇気、さらには経済発展により次第に物質的利益に規定されるようになった社会に対する抵抗の拠り所を見出していったのである（フレーフェルト 154, 157）。

　しかしこの〈名誉〉という概念はあくまで理念的なものであり、実体はない。高級官吏であり、予備役将校でもあるインシュテッテンにとっても名誉は冒すべからざるものなのだが、先に引用したヴュラースドルフとの会話には、それに対する彼の疑念がはっきりと表れている。彼は自分に名誉を守るよう要求するものを〈人〉、〈全体〉、〈他者〉、〈社会というもの〉という抽象的で漠然とした言葉で表現する。そして彼はそれらを〈自分〉の願望を抑圧する対立的な存在だと思いながら、それに抗えない無力さをどうすることもできない。名誉とは自分の価値に対する他者の評価であり、それに対する恐れなのである（Haberer 245）。彼は手紙を発見したときのショックから思わずヴュラースドルフを訪ねる。これは彼の自然な人間的反応である。しかしその結果それを押し殺す〈社会〉に従わざるをえなくなる。彼は友人ヴュラースドルフに〈社会というもの〉を代表する存在を見ている。しかし実は彼は友人を自分ではできない決心をさせるために利用したとも言える（Haberer 258）。ここに自分の名誉を守る勇気を持つ有能なプロイセン官僚インシュテッテンが、実は自分の望みを抑圧する社会に対しては無力なことが明白になるのである。決闘の後も、彼は自分の行動を後悔し続けるが、現状を変える行動を取ることはできないままである。ここで描かれた決闘をめぐるインシュテッテンの葛藤は 19 世紀末プロイセン社会独特の状況を背景に考えなければならないのである。

　しかし決闘という慣習は無条件に社会に受け入れられていたわけではない。先にも述べたように法律上は禁止されていたし、まさにアルデンヌ事件が起きたのと同時期に、プロイセン国会では決闘の是非が議論され、鋭い批判も行われていた。決闘が時代とは相容れず、個人に強いられた空疎な名誉観を象徴するものとする作者の批判にも多くの読者、評者が賛同したのである。

それでは原作と同じ展開をたどり、台詞もほぼ小説からそのまま取られた
ファスビンダーの映画では、個人とそれを抑圧する社会の関係はどのように
表現されているのだろうか。

3　ファスビンダーの『エフィ・ブリースト』

　この映画作品を見た人は、おそらく全体がぎこちなく麻痺しているかのよ
うな印象を受けるだろう。一見欠点のように見えるこの停滞感は、実はファ
スビンダーが意図的に演出したものである。それらをいくつか取り上げ、そ
の停滞感が何を意味するのかを明らかにしたい。

3-1　インサート

　先にも述べたようにファスビンダーはフォンターネについての映画を作ろ
うとしたのだが、小説と映画という二つの異なったメディアがこの作品のな
かで「二重構造」（Vilmar-Doebeling 155）と言ってもよいほど密接に結びつい
ているのがわかる。

　まず映画全体が、筋の進行にしたがって連続的に展開するのではなく、ひ
とつひとつのシークェンスが断片のように並んでいる。そしてそれぞれの
シークェンスの最後にスクリーンがホワイトアウトして、小説のテクストが
インサートされるのである。マリオン・フィルマー＝デベリングはこの技法
は無声映画の手法を取り入れたものだとしているが（Vilmar-Doebeling 159）、
このホワイトアウトした画面はまるで空白のページのように見え、観客は本
のページをめくっているかのような印象を受ける。読書という行為そのもの
を映像で表現する試みとも言える。しかしシークェンスが分断され、それぞ
れが一つの完結したパックのように並ぶことで、観客は物語への感情移入を
妨げられる（Elsaesser 415; Töteberg 184; Brombach 41）。そのことは立ち止まっ
てそれぞれのシークェンスの内容について考えるきっかけを観客に与えるの
である。

　そしてこれらのインサートはト書きのような説明とエフィの言葉や感情
である。そこに表れるエフィの言葉は特に映画の前半では、たとえば「拒
絶のある物語は決してひどくない」（Fontane [1998] 9）（▶ 00:03:19）、「もち
ろん彼のような地位のある人は冷たくなければ。一体人は人生において何で

失敗するのでしょう。いつも温かさのためだけです」（Fontane [1998] 40）（▶ 00:11:31）[10] などのように慣用句的な言葉や一般論である。彼女は自分の言葉を持たず、どこかで聞いたことを自分の言葉のようにくりかえしているだけなのである（Vilmar-Doebeling 160）。彼女は父親から「自然児」（Naturkind）（Fontane [1998] 41）（▶ 00:12:51）と言われ、社会規範と相容れない存在とみなされてきた。たしかに彼女自身も母親に、アクセサリーよりも「よじ登ったり、ブランコに乗ったりするほうが好きで、一番好きなのは、どこか折れたり裂けたりして落ちるかもしれないといつもドキドキしていることなの」（Fontane [1998] 37）（▶ 00:09:15-00:09:20）と話し、〈原理原則の人〉と評されるインシュテッテンについて「私にはそれ［原理原則］がないの。［……］私は彼が怖い」（Fontane [1998] 38）（▶ 00:11:21）と打ち明ける。しかしその一方で彼女は彼を「人に自慢でき、世の中で立派になれる人」（Fontane [1998] 37）（▶ 00:09:38）だとして、結婚相手として疑問を抱くことはなく、結婚後彼に対しても「実は、私は名誉欲からあなたと結婚したの。でもそんな深刻な顔をしなくてもいいわよ。あなたのことはちゃんと愛しているから」（Fontane [1998] 95）（▶ 00:31:35-00:31:43）と言う。これらの矛盾する言葉から、彼女が自らの内にある秩序とは相容れない要素を予感しつつも、貴族の令嬢としてプロイセン上流階級の社会規範を疑うことなく受け入れていることがわかる。[11] しかし故郷を離れて官僚夫人として夫の任地で暮らすなかでこの分裂した二つの要素のバランスが崩れていくのである。

　彼女は夫が整えてくれた贅を凝らした部屋に驚き、喜ぶが、夜間上階から聞こえる靴が床をこするような音に不安を感じ、さらに以前の住人が召使にしていた中国人の幽霊が出たと恐怖に陥る。そして初めてその幽霊を見たのは、夫がビスマルクに呼ばれて家を空けた夜、つまりプロイセン官僚としての仕事を優先し、彼女を一人で家に残したときなのである。さらに彼女に近づくクランパスに気をつけ、「しっかりした性格と強い精神、そして［……］純粋な魂」（Fontane [1998] 172）（▶ 00:59:25-00:59:34）を持つよう夫に忠告された際にも、彼女は上階の足音が聞こえる気がする。それまで彼女が意識していなかった、自分の内にある自然と秩序の矛盾が彼女を脅かすものとして現れてきたのである。このシークェンスの最後に現れるインサート「計算づくの不安装置」（Fontane [1998] 157）（▶ 01:00:28）は、この件に関するエフィ

の結論の役割も果たしている。

3-2 動かない人物

　作品のぎこちなさをとりわけ強調し、観客の感情移入を妨げるものは、なにより登場人物の動きが緩慢で、ときには硬直して動かないことである。たとえばエフィの人物紹介は肖像画のような映像にファスビンダー

図 1 　『エフィ・ブリースト』 ▶ 00:51:39

の説明の声がオーバーラップしているだけである（▶ 00:05:52-00:06:38）。クランパスとのピクニックの際も、エフィの動きは非常にぎこちない。インシュテッテンは中国人の幽霊を利用しエフィを教育しようとしていると聞かされるシーンでは、彼女は 2 分近く首を少し動かす以外ほぼ身動きしない（▶ 00:50:45-00:52:11）（図 1）。

　同様に王妃と不倫を犯した騎士が登場するハイネの詩をクランパスが紹介する場面で、乗馬用の鞭で砂を掻くエフィの動作もゼンマイ仕掛けの人形のようである（▶ 00:52:23-00:52:56; 00:54:28-00:56:02）。官僚夫人となり、贅沢なドレスやアクセサリーを身につけるほどに彼女の動きは緩慢で不自然になっていく。主役を演じたハンナ・シグラはファスビンダー作品に登場したヒロイン役の俳優たちとの討論会（1983 年）で、「なんというか——麻痺させられたような気分よ。私はあの映画［『エフィ・ブリースト』］でそれをはっきりと認識した。それはあまりにも順応しすぎたがために感覚を失い、だんだんと息が詰まって死んでいく、そんな物語のようだった。［……］単調に過ぎていくその下で何か震えるものがある、どこか全く違った方向に向かおうとしているのに、いつもしっかり捉えられてコルセットの中におとなしく収められている——」（コッホ 69-70）。これはまさにエフィ自身の言葉のようである。エフィをはじめとした登場人物たちのぎこちなさは、人間性を縛る社会規範に囚われ、自然な感性を失った人間を象徴しているのである。

　さらに、主人公夫婦以外の多くの登場人物は役者とは別人により声が吹き替えられている。もちろんアフレコも俳優により行われているのだが、台詞が文学テクストということもあり、話すというより引用を読んでいる印象を

与え、やはり不自然さは免れない。会話しているにもかかわらず、人物のあいだの隔たりが強調される。これも人が自身の言葉を失っていることを表しているのである。

3-3　鏡と窓枠

　ファスビンダーは自身の作品で鏡や窓・扉の枠をしばしば用いてきたが、この作品でも多用している。窓枠や扉の枠のなかにいる人物は、まるで檻に入れられて自由を奪われているように見える（Töteberg 186）。たとえばエフィがインシュテッテンからクランパスに気をつけるように言われるシーンでは、ベッドのレースの天蓋の格子模様越しに見える彼女はまるで枠のなかに入れられているかのようである（▶ 00:58:30-00:59:12）。また、先に引用したインシュテッテンとヴュラースドルフの会話でも彼らは鏡に映り、観客は、鏡のなかから「われわれの名誉崇拝」（Fontane [1998] 280）（▶ 01:41:28）について語る彼らを見ることになる。では鏡に映る彼らは何を見つめているのだろうか。彼らの視線はスクリーンを見るわれわれに向けられているようにも見える（図2）。その結果観客は映像に巻き込まれ、登場人物と同様に「ガラスの迷宮」（Elsaesser 91）[12]に入れられたように感じる。これはそのような社会のあり方と彼らの結論についてのわれわれに対する問いでもある。

　ところで、この鏡のシーンはラカンのいう〈鏡像段階〉を連想させる。鏡に映る自分を見るとき、鏡に映っているのが自分であることを疑う人はいない。しかしその鏡に映った「自分」は実体としての自分の外にある。それはあくまで鏡像であり、自分自身ではない。つまり、自己の外にある他者により自己を確認するという矛盾が起きるのである（ラカン 126-27; 福原 59-60）。[13] そして鏡に映る像が自分だと確認していく過程で、さらに他者からそれは自分なのだと承認される必要もある。自己のうちに他者を抱えるという自己疎外は、個人の内面にしっかりと根を張り、個人の判断や行動を縛る社

図2　『エフィ・ブリースト』▶ 01:43:05

会規範と通じている。〈私〉は常に自分のイメージと他者からどう見られているのかの差違に悩むが、他者はすでに自身のなかに巣くっており、他者なしには〈私〉はもはや存在できないのである。

おわりに

　ファスビンダーはコリナ・ブロハーによるインタヴューで次のように語っている。

> フォンターネは自分が生きて、自分を詩人として承認してくれる社会のすべてがおかしいことをきちんとわかっていて、それにもかかわらず、その形を間違っていると理解しているこの社会を受け入れざるをえない人です。そして今日私、あるいは私たちは多かれ少なかれ意識的にまったく同じことをしています。(Postel 75)

　ファスビンダーは個人の欲望の実現を阻もうとする社会構造に対する人々の苦悩と戦いを描いてきた。プロイセン社会の個人の願望を抑圧する硬直した価値観を批判したフォンターネを、彼は 100 年前に自分と共通する問題意識を持った作家だと評価した。ただしその問題にラディカルにそして挑発的に取り組んできたファスビンダーのアプローチは、批判的に描きつつもその社会を受け入れたフォンターネのそれとは違う。実は映画『エフィ・ブリースト』は正確には非常に長いタイトルを持っている。それは『フォンターネ　エフィ・ブリースト　あるいは自分の可能性と欲求を分かっているが、それにもかかわらずその行為により支配的システムを頭の中で受け入れ、それにより強固なものにし、完全に是認する多くの人々』(*Fontane Effi Briest oder Viele, die eine Ahnung haben von ihren Möglichkeiten und ihren Bedürfnissen und trotzdem das herrschende System in ihrem Kopf akzeptieren durch ihre Taten und es somit festigen und durchaus bestätigen*) という。ファスビンダーにとっては、フォンターネ自身もこの〈多くの人々〉に含まれていた。彼はぎこちなく緩慢な映像で、フォンターネ自身の態度を表現し、観客に映像と距離を取らせることで、現代に生きる人間がそのような社会にどういう態度を取るべきなのか考える機会を与えたかったのである。1970 年代にあえて白黒で映画を撮ったのも、現代との時間的

隔たりを表現したかったのだろう。しかしそれにもかかわらず、その映像は美しい。フォンターネの小説に表れた問題意識も、120 年以上が経過した現在でも、古くなってはいない。

註

1) あるインタヴューでファスビンダーは述べている。「エフィ・ブリーストは私の考えでは、フォンターネの社会に対する態度を扱っています。そしてそのことは、映画のあいだじゅう、観客とスクリーンで進行することのあいだに恐ろしいほどの距離が存在するようにはっきりと表現されています」(Postel 77)。

2) ニュー・ジャーマン・シネマとは 1960 年代から 80 年代初めにかけて西ドイツの若手映画人によって製作された映画を指す。伝統の継承と革新、芸術性と娯楽性、政治的主張と美的革新などさまざまな対立する要素のあいだで独自の映画作りが模索されていた一方で、ハリウッド映画やドイツの古典映画、ヌーヴェル・ヴァーグなどからの影響も受けていた。ファスビンダーはその代表的存在で、1982 年の彼の死とともにニュー・ジャーマン・シネマの時代も終わりを迎えたとされる(ハーケ 245-49; 渋谷 220-21)。

3) 1970 年代にはしばしば文学作品が映画化されたが、そこには、優れた文学作品はドイツ国民文化の基礎であるという認識が広く根付いており、質の高い映画製作の伝統を再建するのにふさわしい方法として文学作品がよく取り上げられたという背景がある。助成金申請の際にも文学作品が偏重されていた(ハーケ 254-55, 261)。

4) 映画では「あなたはもう許してもらう必要などないわ」となっている。小説では子どもが母親に対してまるで大人のように許可を求める必要などないという気持ちを吐露しているのに対し、映画ではそのような子ども自身を拒否する言葉になっている。

5) たとえば、不貞を扱ったものとしては『不貞の女』(*L'Adultera,* 1882) や『ペテフィ伯』(*Graf Petöfy,* 1884)、『セシル』(*Cécile,* 1887)、『返すよしなく』(*Unwiederbringlich,* 1891) などがある。特に主人公が不倫の愛を成就させた『不貞の女』については保守的な『新クロイツ新聞』には書評すら載らなかった。

6) たとえばフリードリヒ・シュピールハーゲンの『気晴らしに』(*Zum Zeitvertreib,* 1897) がある。

7) フォンターネは 1880 年 4 月 7 日に妻に宛てて書いている。「私はフォン・アルデンヌ少尉(レッシングのところで君の隣の席だった人だ)による 670 ページもの厚さの本 [……] を読み、ますますいっぱいになる頭でメモを取ったり、抜粋を作ったりしなくてはならなかった。」(Fontane [1980] 76) これは事件以前の手紙だが、小説発表後、この小説の単行本を出版したヴィルヘルム・ヘルツの息子ハンスへの手紙にはもっとはっきり書かれている。「私の後援者であるレッシング夫人(フォ

ス新聞の）が『あの人（以前よくレッシングのところを訪れていた士官で、私は彼を後にインシュテッテンに（!）移し替えました）は一体どうしているのですか』という私の質問に答えて、エフィ・ブリーストの物語をすべて話してくれたのです」（Fontane [1982] 430）。

8) 筆者は拙論で、作品に影響を与える批評という観点から、作者がアルデンヌ事件から『エフィ・ブリースト』を創作するにあたって加えた変更、特に主人公をか弱い性格にしたこと、愛人を市民階級の男性から貴族にしたことなどを検討し、これらの変更点が社会小説としての読者からの好意的評価につながったことを論じた（竹田、実際の事件との比較および決闘に対する意識については特に 8-14）。

9) 愛人が書いた詩を孫に送る際に、90 歳を超えたエルゼは次のように書き添えている。「無限の苦しみを、でも無限の幸せを私の人生にもたらしたあの人が、自分の親戚に正しく評価されたのを見てあなたが喜んだということは、私にとって贈り物でした」（Franke 204）。一方エフィは次のように言う。「……そして彼［インシュテッテン］はあのかわいそうな男［クランパス］を撃ち殺してしまった。その人を私は一度も愛したことがなく、愛していなかったから忘れてしまっていたのに」（Fontane [1998] 325）（▶ 02:00:40-02:00:43）。ただし映画では「その人を私は一度も愛したことがなかったのに」となっている。

10) この言葉は、小説ではエフィの結婚式の参列者の言葉である。「彼」とは、実際は、エフィが幼少期から信頼し、彼女の婚礼を執り行った神父の温かさと対比するために言及されたベルリンの宮廷・司教座教会説教師ルードルフ・フォン・ケーゲルを指している。ケーゲルはヴィルヘルム 1 世のもと、プロイセンの教会政策に大きな影響を与えた人物である（Fontane [1998] (Anhang) 422-23）。しかしファスビンダーは「彼」をインシュテッテンとして、このインサートをエフィの言葉のように扱っている。

11) 映画では描かれていないが、小説でエフィは市民階級出身の友人に対し、次のように言う「たしかに彼がふさわしい人よ。あなたにはわからないわ、ヘルタ。誰でもふさわしい人なの。もちろんその人は貴族で、地位があって、見た目もよくなければいけないけど。［……］2 時間前に婚約した人なら、いつもとても幸せなものでしょう。少なくとも私はそう思うけど」（Fontane [1998] 21）。この言葉にも、エフィの社会規範に対する無自覚な姿勢が表れている。

12) 鏡の役割については Elsaesser 87, 90-94 を参照。

13) ファスビンダー作品の鏡の使用とラカンの〈鏡像段階〉の関係については Elsaesser 93 を参照。

6 海辺の写真機

ルキノ・ヴィスコンティ監督『ベニスに死す』（1971）

山本佳樹

　トーマス・マン（Thomas Mann, 1875-1955）は生涯にわたって自作の映画化を待ち望んでいたが、生前に完成したのは 2 本だけで、それも満足できるにはほど遠い出来であった。[1)]ドイツ・トーキーの幕開けを告げた『嘆きの天使』（*Der blaue Engel*, 1930、ジョセフ・フォン・スタンバーグ監督）と、デーファ初期の名作『臣下』（*Der Untertan,* 1951、ヴォルフガング・シュタウテ監督）の原作者である、兄ハインリヒ・マン（Heinrich Mann, 1871-1950）に対する競争心や嫉妬はただならぬものがあったと想像できる。マンの死後、彼の文学作品のほとんどが映画化されることになった。そのなかで、知名度と芸術性の高さという点で、兄が関わった二つの映画に比肩しうる作品が存在するとすれば、それはやはり、マンの死の 16 年後に製作された、ルキノ・ヴィスコンティ（Luchino Visconti, 1906-76）の『ベニスに死す』（*Morte a Venezia,* 1971）ということになるだろう。

　ここではまず、原作小説『ヴェネツィアに死す』[2)]（*Der Tod in Venedig,* 1912）と映画を比較し、ヴィスコンティが映画化に際して加えた変更点を整理する。続いて、見るという行為の映像化に注目して、いくつかの場面を具体的に分析する。最後に、そこまでの議論をふまえつつ、小説にも登場するが、映画においてとりわけ存在感を増している海辺の写真機について考察したい。

1 マーラー、マン、ヴィスコンティ

　マンの小説『ヴェネツィアに死す』の物語は以下のようなものである。厳格な努力と克己によって国民的作家となった初老の小説家グスタフ・フォン・アシェンバッハは、ある日ふと旅情に誘われ、ヴェネツィアに向かう。海浜のホテルで美の化身のような少年タッジオに魅入られた彼は、コレラが流行し始めたために避暑客たちがほとんど引き上げても、少年への執着からヴェネツィアを去ることができず、ついにはコレラに感染して浜辺で息絶えてしまう。

　ヴィスコンティによる映画化作品においてまず目を引く変更は、原作では作家である主人公グスタフ・フォン・アシェンバッハが映画では音楽家になっていることであろう。ヴィスコンティはあるインタヴューのなかで、その理由について、ひとつには、「映画では文学者よりも音楽家のほうが「表現しやすい」」ため、もうひとつには、音楽家グスタフ・マーラー（Gustav Mahler, 1860-1911）の「歴史的具体像」が「マンの小説のインスピレーションに流入」しているため、と語っている（**ヴィスコンティ 161**）。1911 年 5 月 18 日にマーラーが病没し、同年夏に、マンはヴェネツィアにバカンスに出かけ、そこで『ヴェネツィアに死す』の着想を得る。面識があり、深く感銘を受けていたこの作曲家のために、マンは自作でオマージュを捧げようとした。主人公のファーストネームのグスタフはもちろんマーラーから借りうけたものである。「外面的にこのグスタフ・フォン・アシェンバッハはグスタフ・マーラーの相貌を帯びている」（**Mann XIII, 149**）とのちにマン自身が告白しているとおり、アシェンバッハの外貌の描写（**Mann VIII, 456-457; マン 28-29**）のために新聞記事から切り抜かれたマーラーの顔写真が、この小説の作業ノートに挟まれている（**Reed 111**）。

　ヴィスコンティはアシェンバッハを作曲家にしただけでなく、マーラーとの結びつきをさらに強固にした。心臓疾患による昏倒（▶ 00:18:30-00:19:38）、山荘での妻と娘との憩いのひととき（▶ 01:05:17-01:06:36）、幼い娘の葬儀（▶ 01:42:56-01:43:24）[3] といった、フラッシュバックで示される小説に存在しないエピソードのいくつかは、マーラーの伝記に似せたものである。また、フラッシュバックのなかでアシェンバッハと音楽について議論する友人アルフレート（小説には登場しない）のモデルとして、マーラーの年下の友人アル

ノルト・シェーンベルクの名を挙げる論者もいる（Zander 93）。

　そしてマーラーの楽曲がふんだんに使われている。なかでも交響曲第5番の第4楽章（アダージェット）は、この映画の代名詞になっているといっても過言ではないだろう。このアダージェットは、物語世界外の音楽として、オーケストラ演奏[4]で以下の4回現れる。（1）映画冒頭のタイトルクレジットからアシェンバッハを乗せた蒸気船がヴェネツィアに到着するまで（▶00:00:16-00:06:11）、（2）ヴェネツィアを去ることを決意したアシェンバッハが食堂の入り口でタッジオとすれ違うところから、荷物の手違いでホテルに舞い戻り、ふたたび海辺に出て、山荘での家族の幸福な時間を回想するところまで（▶00:57:51-01:06:36［▶00:59:45-01:01:01は中断]）、（3）娘の葬儀の回想から、理髪店で化粧をしたアシェンバッハがタッジオを追って迷宮のようなヴェネツィアの町をさまよい、座り込んで自分の惨めさを笑うところまで（▶01:43:03-01:54:15）、（4）海辺でデッキチェアに身をうずめたアシェンバッハが最後にタッジオを目で追うところから、息絶えて運ばれて行き、エンドロールが出る映画の最後まで（▶02:04:16-02:10:30）。いずれも6分弱から11分強とかなり長く、物語の節目に位置しており、しかも曲が流れているあいだにほとんど台詞らしい台詞がないことから（それはこの映画全般に言えることだが）、観客は音楽をこの映画のテーマそのものとして受け入れる態度を促されることになる（Bacon 165）。このほか、ニーチェの『ツァラトゥストラはこう語った』（*Also sprach Zarathustra*, 1883-85）のなかの詩に曲をつけた交響曲第3番第4楽章が、海辺のタッジオを幸福に眺める場面で用いられている（▶01:07:51-01:12:59）。このとき、アシェンバッハはタッジオの美しさから曲想を得て、楽譜を手にとり、作曲を始める。これは原作のアシェンバッハが同様にして「あの1ページ半の選り抜きの散文」（Mann VIII, 493; マン91）[5]を書いた場面に対応するのだが、ここでアシェンバッハの脳裏に浮かんだ曲がこの曲だとすれば、彼はマーラーの曲の作曲者（すなわちマーラーその人）ということになる。こうしたほのめかしはほかにもあり、交響曲第5番のアダージェットはフラッシュバックの場面でアルフレートによってピアノで演奏されて物語世界内の音楽になるし（▶00:19:38-00:21:25）、山荘で議論しながらアルフレートがアシェンバッハに「これが君の音楽だ」と怒鳴ってピアノで弾いてみせるフレーズは（▶00:38:22-00:38:32）、クレジットはされてい

ないが、明らかに交響曲第4番第4楽章の冒頭のメロディである。

アシェンバッハを音楽家にすることで、原作でマンがいささかパロディ的に主人公に付与していた自伝的要素のいくつか——たとえば、構想したが成立しなかったフリードリヒ大王についての散文叙事詩などの自作をマンはアシェンバッハに貸し与えている——は失われたが、ヴィスコンティが加えた変更にはマンに由来するものもある。その一つの源泉は、作曲家アードリアン・レーヴァーキューンを主人公とする、マン晩年の長編小説『ファウストゥス博士』(*Doktor Faustus,* 1947) である。映画の冒頭部、アシェンバッハをヴェネツィアへと運ぶ船がゆっくりと向きを変えると、右舷に「ESMERALDA」という白い文字が浮かび上がる (▶ 00:07:08-00:07:14)。エスメラルダはレーヴァーキューンに梅毒をもたらす娼婦の名前であり、映画のフラッシュバックでアシェンバッハが娼館にエスメラルダを訪ねる場面 (▶ 01:15:53-01:19:43) は、『ファウストゥス博士』第16章の描写 (Mann VI, 190-91)——腕でアシェンバッハの頬を撫でるエスメラルダの仕草など——が下敷きにされている。映画では、タッジオがホテルのピアノでたどたどしく弾くベートーヴェンの「エリーゼのために」(Für Elise, 1810) を、フラッシュバックのなかのエスメラルダが引き継ぐことで、タッジオとエスメラルダという二人の誘惑者が重ね合わされる。アシェンバッハの芸術を批判する友人アルフレートは、主人公の分身という意味では、第25章でレーヴァーキューンと対話する「悪魔」だとも言えるし、[6] また、「芸術は曖昧だ」と言っていくつかのコードを鳴らしてみせるアルフレートは (▶ 00:37:31-00:38:16)、少年時代のレーヴァーキューン (Mann VI, 66) を想起させる。

マンの実人生からの引用もある。原作のアシェンバッハは、その外貌のモデルになったマーラーと同様に、髭をたくわえていないが (Mann VIII, 456; マン28)、映画のアシェンバッハはマンのような口髭を生やしている。彼の服装も当時のマンの写真を参考にしたものである。[7] ロケ地はマンが1911年夏に実際に宿泊したオテル・ド・バンであり、アシェンバッハがホテルで手にする新聞はマンが愛読していた『ミュンヒェン最新報』である。示唆的なのは、アシェンバッハに死が訪れる日の朝、ホテルのエントランス付近にたくさんの荷物が置かれているのを認めてタッジオの出発を恐れた彼が、フロントに、誰の荷物か、と尋ねる場面である (▶ 01:58:10-01:58:14)。よく知ら

れているように、『ヴェネツィアに死す』のタッジオには実在のモデルがあり、その名前はウラディスラフ（愛称アッジオ）・モース（Władysław Moes, 1900-86）であった（Adair 21）。マンの原作には「ポーランドの貴族の名前」（Mann VIII, 523; マン 145）とあるだけで、具体的な名前は出てこない。ところが映画のなかのホテルのフロントは、ここではっきり「モース夫人とご家族の荷物です」（▶ 01:58:11-01:58:12）と答えるのである。

　マンの滞在の1年後の1912年から数年にわたって、この同じホテル、オテル・ド・バンで、幼少期のヴィスコンティも家族と夏の休暇を過ごした（Zander 190-91）。ヴィスコンティにとってこの映画は自らの子ども時代を蘇らせるものでもあった。彼はそこに集う客の一人だったのである。写真を見るとヴィスコンティはかなりの美少年であったようだから、もしもマンがもう1年遅く来ていたら……、という空想に耽りたくなるが、モースよりも6歳年下のヴィスコンティは、マンの関心を引くには幼すぎたかもしれない。ヴィスコンティはタッジオの母に、自分の母カルラの肖像を刻み込んだ（Zander 191）。そして、タッジオではなくアシェンバッハに、いくらか自己を投影した。旅先に妻と娘の写真を持ち歩いて愛撫するのは（▶ 00:21:40-00:22:59）、原作のアシェンバッハでも、マンでも、マーラーでもなく、ヴィスコンティ自身の習慣である（Zander 191）。また、自作の演奏会のあと、アシェンバッハが非難の口笛を浴びるフラッシュバックは、『若者のすべて』（*Rocco e i suoi fratelli*, 1960）公開時の自身の経験に基づくものだという（Zander 191）。ちなみに、ヴィスコンティは前作『地獄に堕ちた勇者ども』（*La caduta degli dei*, 1969）で、ナチズムの体現者であるような親衛隊幹部にアシェンバッハという名前を与えていた。『ベニスに死す』をめぐる関連の網の目は実に複雑に張りめぐらされている。

2　自由間接話法とズーム

　小説『ヴェネツィアに死す』において、主人公アシェンバッハと美少年タッジオのあいだに会話が交わされることはない。アシェンバッハは椅子に腰かけて、あるいは、少年の姿を見失わないように追いながら、タッジオをただ見つめる。その視線を感じたタッジオは、ときに微笑を浮かべつつアシェンバッハのほうを振り向いてこの老作家を見返す。これが二人のあいだで起

こるアクションのすべてである。映画でもこの点は守られている。それでは、ヴィスコンティによるアダプテーションは、この視線のドラマをどのように映像化しているだろうか。

まず、アシェンバッハ（ダーク・ボガード）が初めてタッジオ（ビョルン・アンドルセン）を目にする、ホテルのホールのシークェンス（▶ 00:23:00-00:31:15）を見てみよう。原作では3ページほどのこの場面（Mann VIII, 469-71；マン 49-54）は、映画では約8分間続き、19のショットからなる。このうち前半の10ショットは以下のように構成されている。

第1ショット（▶ 00:23:00-00:25:11）は、2分を越えるロングテイクである。ホテルのホールで夕食を待っている裕福な宿泊客たちが、引き気味のロング・ショットで示される。楽団が演奏している。画面奥にアシェンバッハが現れると、カメラは緩やかにズームしながら、アシェンバッハの動きをまずは左に、続いて右に、流れるようにパンで追う。新聞を手にとった彼は座席を見つけ、画面の左側を見る向きで、黒い皮のソファーに腰を下ろす。この時点で画面はアシェンバッハのバストショットになっているが、カメラはズームアウトしてふたたびホールの客たちの様子を捉えながら、左にパンしていく。第2ショット（▶ 00:25:11-00:25:20）は、アシェンバッハのクロースアップになる。新聞から目を上げた彼は画面外に目を向ける。第3ショット（▶ 00:25:20-00:25:45）は、まずタッジオの下の妹の横顔がクロースアップで示されると、カメラは右にパンしながら、家庭教師、上の妹、姉 8) の顔を目で追うように順に見せ、最後に頬杖をついたタッジオにたどり着く。その直前に楽団の曲が終わって一瞬の静寂が生じること、そして、タッジオの顔が映ると逃げるように次のショットにカットされることは、次の第4ショットと合わせて、「アシェンバッハは、この少年が完璧に美しいことに気づいて愕然とした」（Mann VIII, 469；マン 50）という原作の一文に対応する映画的表現であると言える。見るアシェンバッハをクロースアップで示した第2ショットに続くこの第3ショットは、典型的な視点ショットである。

第4ショット（▶ 00:25:45-00:25:51）は、アシェンバッハのクロースアップに戻る。目を見開いていたアシェンバッハは、動揺を知られまいとするように新聞を掲げて顔を隠す。その間に新しい曲が始まる。フランツ・レハールのオペレッタ『メリー・ウィドウ』（*Die lustige Witwe*, 1905）のなかの「唇は

図1 『ベニスに死す』 ▶00:28:13

図2 『ベニスに死す』 ▶00:28:28

黙して」（Lippen schweigen）である。第5ショット（▶00:25:51-00:25:59）では、この曲を演奏する4人組の楽団が映される。第6ショット（▶00:25:59-00:26:16）は、またアシェンバッハのクロースアップとなり、彼は新聞を下ろすと、もう一度画面外に目を向ける。第7ショット（▶00:26:16-00:27:38）は、第3ショットの継続であるかのようにタッジオのクロースアップを示し、これがアシェンバッハの視点ショットであると思わせる。ところが、それからカメラは右にパンしながらさまざまな客のテーブルを見せ、なんとアシェンバッハ自身の姿をも映し出すのである。そしてそのままズームアウトしてロング・ショットになると、奥からホテルマンが現れて、夕食の準備が整ったことを客たちに告げてまわる。この第7ショットにおいては、ある人物の視点ショット（と思われたもの）が、パンをするうちに、同一ショットのなかで視点人物自身を映すことになっている。

　第8ショット（▶00:27:38-00:28:07）では、ホテルの支配人も出てきて、夕食へと客を促す。カメラは支配人から離れて右にパンしながら、最初にタッジオたちの家族、次いでアシェンバッハを遠めのロング・ショットで示す。タッジオとアシェンバッハの空間関係が初めて明らかになるショットである。第9ショット（▶00:28:07-00:28:12）は、アシェンバッハのクロースアップである。彼は画面外を凝視している。第10ショット（▶00:28:12-00:28:57）は、タッジオのミディアムクロースアップ（図1）で始まり、第9ショットとのつながりから、やはりアシェンバッハの視点ショットだと思わせる。ところが、カメラがズームアウトしていくと、ここでもアシェンバッハその人の後ろ姿がフレームに入ってくるのである（図2）。この第10ショットにおいては、

ある人物の視点ショット（と思われたもの）が、ズームアウトによって、同一ショットのなかに視点人物が見ているものと視点人物自身とを同時に収める画面を含むことになっている。マイケル・ウィルソンは、このショットについて、そこに見られる主観的視点から客観的視点への縫い目のない移行は、マンの原作小説の「自由間接話法」[9] の模倣であり、語り手が「アシェンバッハに共感とアイロニーという二重のパースペクティヴ」を持つことを可能にするものである、と述べている（Wilson 154）。同じことは第7ショットにもあてはまるだろう。いわゆる映画の文法から逸脱したこれらのショットは、映画における自由間接話法の実例だと言える。[10]

　少し後の朝食のシークェンス（▶ 00:38:33-00:41:27）では、ズームが効果的に用いられている。寝坊したのか、家族はそろっているのにタッジオだけがまだいない。ミディアムクロースアップで捉えられたアシェンバッハが右側の画面外に目を向けると、次のショット（▶ 00:40:37-00:41:11）でタッジオがレストランに入ってくる。カメラは遠めのロング・ショットからタッジオのウェストショットまでズームインし、そのままタッジオの歩みに合わせて右にパンして、少年が席に着くまでを追う。ズームインによって被写界深度の浅い望遠鏡的な映像となり、タッジオ以外のものがすべてぼやけて見えることで、アシェンバッハの見るという行為への没入と窃視的な感覚とを伝える。ミディアムクロースアップのアシェンバッハが画面外を見る短いショット（▶ 00:41:11-00:41:14）が挿入された後、続くショット（▶ 00:41:14-00:41:27）で、カメラはまずタッジオの家族のテーブルをロング・ショットで捉え、それからタッジオの顔のクロースアップになるまでズームインする。するとタッジオはアシェンバッハのほうを振り向き、かすかな微笑を浮かべる。それはアシェンバッハのためだけに見せた秘密の微笑みのようである。このように、視点ショットと言ってよい上記の二つのショットで用いられたズームは、アシェンバッハの「見ることの欲望の直接的な表現」（若菜 156）となっている。また、トラッキング・ショットなどとは異なり、カメラが空間を通ってタッジオに向かっていくことのないズームの操作は、[11] アシェンバッハの「本質的に動くことのできない性格」（Wilson 153）をも暴露している。

　ただし、ズームは常にアシェンバッハの目の動きと一致しているわけではない。1960年代半ばから現れるヴィスコンティのズームへの偏愛は、[12] 『ベ

ニスに死す』においてもきわめて顕著である。若菜薫はこの映画のズームを2種類に分け、「ひとつは、客観的観点からの作中人物、特にアシェンバッハの顔に向けてのズームであり、もうひとつは、アシェンバッハの主観、あるいは準主観のズームである」（若菜 155）としている。先に挙げた例が後者にあたるとすれば、映画の冒頭部でエスメラルダ号のデッキに座ったアシェンバッハへのズームイン（▶ 00:04:27-00:04:38）は前者の例である。ホテルの朝食のシークェンスでは、支配人の顔へのズームイン（▶ 00:38:48-00:38:53）さえある。ズームの多用は、観客にカメラの介在を意識させずにはいない。ズームは没入と異化という、矛盾するような二つの機能を果たすのである。

3　海辺の写真機

　『ベニスに死す』の重要な舞台の一つは、ホテルの前に広がる砂浜である。アシェンバッハが海辺に出かけるシークェンス（▶ 00:41:27-00:50:27）を見てみよう。

　このシークェンスの第3ショット（▶ 00:42:17-00:42:32）で、海小屋に着いたアシェンバッハは、係の男に椅子とテーブルを持ってくるように命じると、タッジオの姿を探す。第4ショット（▶ 00:42:32-00:42:52）で、カメラはストライプ模様のワンピースの水着に身を包んだタッジオが海岸線を背景に歩いている姿を超ロング・ショットで捉えると、タッジオの歩みに合わせて左にパンしながら、ロング・ショットまでズームインしていく。タッジオは、写真機を構えた写真屋の向こうを通りすぎたあたりで立ちどまり、アシェンバッハのいる小屋の方向に顔を向ける（図3。フレーム右端に見えるのが写真屋と写真機）。[13] すると続く第5ショット（▶ 00:42:52-00:43:09）では、アシェンバッハの姿がロング・ショットで示されるのだが、彼はタッジオのほうを見ておらず、その間に届いていた椅子に腰を下ろして、係の男にチップを渡すところである。こうして、アシェンバッハの視点ショットのように思えた第4ショットは、またもや視点の主を失って宙ぶら

図3　『ベニスに死す』 ▶ 00:42:50

りんになってしまう。第5ショットはそのままミディアムクロースアップまでアシェンバッハにズームインしていくが、これはもちろんタッジオの視点ショットではない。煙草をくわえたアシェンバッハが画面外の左を見ると、第6ショット（▶ 00:43:09-00:43:27）でのタッジオは、とうにアシェンバッハに背を向けて、少し離れたところを歩いているのだ。

図4　『ベニスに死す』▶ 02:03:56

図5　『ベニスに死す』▶ 02:07:21

　図3の右端に認められるのは、観光客の記念写真を撮ろうとしている写真屋とその写真機である。写真機については、原作では物語の終わり近くで「写真機が1台、見たところ持ち主もいない様子で、波打ち際の三脚の上に残され、上に掛けられた黒い布が冷たさを増した風にバタバタとはためいていた」（Mann VIII, 523; マン 146）と言及されるだけだが、映画では最初の海辺のシークェンスから登場している。そして、写真機は、映画の最後のシークェンス（▶ 01:58:34-02:10:30）においては、まるで一人の「登場人物」のような存在感を帯びることになる。超ロング・ショットで俯瞰された、人がまばらになった砂浜に、病魔に侵されたアシェンバッハがおぼつかない足取りで現れる。デッキチェアに身を沈めた彼の視線の先で、タッジオと年長の少年との取っ組み合いが始まる。その傍らには、劣勢のタッジオを助けに行きたいアシェンバッハの身代わりであるかのように、海辺に取り残された写真機が立っている（図4）。そしてその後、息絶え絶えのアシェンバッハの視線の先で、逆光のなかをタッジオが波打ち際から海に向かって歩き始めるショット（▶ 02:05:27-02:05:42）、および、浅瀬のなかで天を指し示したタッジオの身振りに反応してアシェンバッハが身を起こそうとした後のショット（▶ 02:07:20-02:07:47）では、レンズを左に向けた写真機がずっと画面の右端の空間を占め

図6 『ベニスに死す』 ▶ 00:48:09

ている（図5）。なぜそこに写真機があるのだろうか。

　ローガー・リューデケは、三脚に載せられた写真機は、デルフォイの神託で三本足の椅子に座った巫女を思わせるとして、写真機のレンズは超越的な力を持つ目のメタファーであるとしている（Lüdeke 166）。ここではテクスト内部に目を向けて、こうした象徴的解釈を肉付けしてみたい。

　アシェンバッハが海辺に出て、最初に明瞭に聞こえる声は、「摘み立ての苺はいかが？」（▶ 00:41:55）という果物売りの掛け声である。しばらく後に、アシェンバッハが海岸に向けられた椅子に腰かけて、その果物売りから買ったのであろう苺を食べる場面（▶ 00:47:05-00:47:43）がある。14) 写真機とその持ち主の写真屋はこの海辺のシークェンスに何度か姿を見せるが、唯一フレームを独占する形で現れるのは、その次のショット（▶ 00:47:44-00:48:09）においてである（図6）。そのショットで図6の場面より前に、ふたたび苺売りが映され、白髪の紳士が「こんな暑いときに生の果物はとても危険だ」（▶ 00:47:53-00:47:58）と家族に警告していることは、物語の整合性という点でとても重要である。というのも、原作において、アシェンバッハがコレラに感染する直接の原因となるのは、理髪店で化粧をした後、タッジオの姿を追ってヴェネツィアの街路をさまよう途中に買って食べた「熟れすぎて柔らかくなった苺」（Mann VIII, 520; マン 141）15) であるが、映画ではその場面が省かれているからである。　図6の直後にショットが切り替わり、波打ち際まで行って海を見ているアシェンバッハのロング・ショットになる。この繋ぎによって、まるで写真屋がアシェンバッハを撮影しているような感覚がもたらされる。それは無防備に生の果物を食べるアシェンバッハの証拠写真を撮っているかのようである。映画のなかでは描かれなくても、彼がまた同じことを繰り返して、いつかコレラの手中に落ちることを暗示している、とも読めるだろう。海辺のシークェンスの最後に、証拠は握りましたよ、とでも言わんばかりに、写真屋は畳んだ三脚を担いで画面を横切り、去っていく（▶

00:49:46-00:49:50）。このように考えれば、映画の最後のシークェンスにおける海辺の写真機は、たしかにリューデケの言うように、神託を告げる巫女であり、アシェンバッハの死を冷徹に記録する「超越的な力を持つ目」であるように思える。

　最後に、もう一つ別の読解の可能性を提出しておきたい。写真機を映画カメラの比喩だとすれば、海辺の写真機は、第2節で触れた自由間接話法やズームと同じように、まさにカメラの存在を観客に意識させるものだと言えるだろう。図5の場面において、直前にタッジオの姓が「モース」であると告げられたアシェンバッハ（このショットの視点人物であるので画面に姿はないが）には、1911年のマンの影が重ねられている。そしてこのとき、アシェンバッハに重ねられたもう一人の人物であるマーラーのアダージェットが、黄昏れゆく映像空間を包み込んでいる。ヴィスコンティはこの場面のなかに、写真機＝映画カメラ＝映画の語り手として、自分自身の姿を刻み込もうとしたのではないだろうか。この映画作品はマンの小説の映画化であると同時に、この場所で夏を過ごした、自らの幼年時代の記念碑だったのかもしれない。

註

1) マンの生前に映画化された2作は、『ブデンブローク家の人々』（*Die Buddenbrooks,* 1923、ゲルハルト・ランプレヒト監督）と『大公殿下』（*Königliche Hoheit,* 1953、ハラルト・ブラウン監督）である（山本［2013］109）。

2) 小説と映画との区別を明瞭にするため、ここではマンの原作小説を『ヴェネツィアに死す』と表記し、映画には1971年10月の日本公開時の邦題『ベニスに死す』を用いる。

3) 原作でもアシェンバッハには娘がいるが、先に亡くなるのは妻で、娘は人妻になっている（Mann VIII, 456; マン 28）。マーラーは1907年に長女マリア・アンナを4歳で亡くしている。

4) フランコ・マンニーノ指揮、ローマ聖チェチーリア音楽院管弦楽団による演奏。

5) 岸美光訳を借用した（以下でも原則として岸訳を借用するが、筆者が若干手を加えた場合もある）。

6) 映画でアシェンバッハがアルフレートに語る砂時計の話（▶ 00:19:58-00:21:08）は、原作にもあるものだが（Mann VIII, 511; マン 125）、『ファウストゥス博士』においても「悪魔」の口から語られる（Mann VI, 303）。

7) 撮影当初、ヴィスコンティはアシェンバッハにマーラーの外観を与えようとしたが、この映画がマーラーを誹謗するものだという批判をかわすために、マンに似

せることになったという（Zander 95）。

8) 原作ではタッジオは末っ子で三人の姉がいるが、映画では一人の姉と二人の妹のように見えるので、このように描写した。

9) 自由間接話法は、ドイツ語では「体験話法」（erlebte Rede）と呼ばれ、作中人物の言葉を、直接話法や間接話法によらず、語り手の声にかぶせて再現する手法であり、これにより語り手と作中人物の声（視点）が二重化される（前田 14）。疑問文や感嘆文の出現はその文体的特徴の一つである。原作のこの場面では、以下の箇所で自由間接話法（体験話法）の使用が指摘できる。「この子は病気なのだろうか？　なぜなら少年の顔の皮膚は象牙のように白く、顔を取りまく巻き毛の暗い金色と際立った対照をなしていたからである。それともただ、この子だけが気まぐれなえこひいきの愛情を受けて甘やかされた秘蔵っ子なのだろうか？　アシェンバッハはそう思いたい気持ちになった」（Mann VIII, 470; マン 52）。

10) 映画における自由間接話法について、ジル・ドゥルーズは『シネマ 2 ＊時間イメージ』のなかで、ピエル・パオロ・パゾリーニの「ポエジーとしての映画（詩の映画）」の概念に基づいて、次のように述べている。「詩の映画においては、人物が主観的に見るものとカメラが客観的に見るものとの区別が消滅するが、それはいずれか一方を優先させるわけではなく、カメラが主観的な現前をとらえ、内的視覚を獲得し、この内的視覚が人物のものの見方と偽装（「ミメーシス」）の関係に入るからだ。[……] そこでこそパゾリーニは伝統的な物語の二つの要素、すなわち、カメラの観点からの間接的で客観的な物語と、人物の観点からの直接的で主観的な物語という二要素を乗り越える方法を発見し、〈自由間接話法〉、〈自由で間接的な主観的なもの〉にたどりつくのである」（ドゥルーズ 207）。

11) ズームの効果について、ルイス・ジアネッティは「私たちがシーンの中に入っていくような感じを受ける代わりに、あたかも小さなひとかけらの物体が私たちのほうに向かって突き進んでくるように感じる」（ジアネッティ 132）と述べている。

12) ヴィスコンティの映画でズームの使用が目立つようになるのは、『熊座の淡き星影』（*Vaghe stelle dell'Orsa ...*, 1965）からである。

13) 原作の「[タッジオは] 斜めの方向に並んでいる小屋の方を振り向いた」（Mann VIII, 476; マン 61）に対応する仕草。

14) 筆者は本章のもとになった拙稿で、アシェンバッハが苺を食べるこの場面で、カメラのシャッター音が聞こえると指摘した（山本 [2021] 31）。しかし、その後、高性能の音響設備で繰り返し視聴して検証したところ、▶ 00:47:19 あたりで聞こえる音は、残念ながらシャッター音ではなく、苺を載せた紙をアシェンバッハが引っ張ったときに机との摩擦によって生じた音である、と結論するにいたった。この場を借りて前説を訂正しておきたい。ただし、シャッター音がなくても、ここで写真屋が無防備に生の果物を食べるアシェンバッハの証拠写真を撮っている、という解釈は成立すると考え、そのように論じた。

15) 原作でも最初の海辺の場面でアシェンバッハは苺を食べている（Mann VIII, 477；

マン 64）。彼に死を招くのは、小説中で 2 度目に出てくる苺である。

＊本章は、「ヴィスコンティの『ベニスに死す』における視線のアダプテーション」（『「文化」の解読（21）――文化と伝統』大阪大学大学院言語文化研究科、2021 年、23-32 頁）に加筆修正を施したものである。

7 演劇と映画のあいだで「虫けら」を表現する

ヴァレーリー・フォーキン監督『変身』（2002）

川島　隆

1　カフカ文学の映像性

　フランツ・カフカ（Franz Kafka, 1883-1924）の文学はよく「映画的」と言われる。あたかも映画のカメラワークを熟知していたかのような角度で情景を切り取り、描写が高度に視覚的で、特に登場人物のオーバーアクション気味な身ぶりの描写が豊かで印象に残るからだ。カフカがサラリーマン作家として活動を始めた 20 世紀初頭は、無声映画が大衆の娯楽として広まり始めた時期と重なっており、本人がプラハの夜の街で一時期かなり頻繁に映画館に通っていた（ツィシュラー 94）ことはよく知られている。新メディアである映画がもたらした「運動の美学」（アルト 20）にカフカ文学の特異性の根があると考える研究者すらいる。

　だが、それでいて、カフカ文学はかねがね映画化との相性の悪さが指摘されてきた。これまでに製作されたカフカ映画を概観しながらカフカ文学の映画化の可能性と不可能性を秤にかけ、後者の重みがまさることを指摘した瀬川裕司が言うとおり、「カフカの文学は映像化されるたびに驚くほど多くのものを失ってしまう」（瀬川 166）。

　2015 年に新訳『変身（かわりみ）』を出した多和田葉子は、映像化が困難な理由をなすカフカ文学の特色を次のように総括している。

　　カフカの文学は、映像的であるという印象を与えながらも一つの映像に

還元できないところに特色がある。『変身』のグレゴール・ザムザの姿も言語だけに可能なやり方で映像的なのであって、映像が先にあってそれを言語で説明しているわけではない。言語がその度に新しい映像を脳内に喚起するように描かれているのである。（多和田 755）

　この特殊な言語芸術としてのカフカ文学の性格を構成しているのが何なのかについては、カフカ研究者たちも考察を重ねてきた。その際、重要なものとして、作中の視点の独特さ[1] が挙げられている。カフカの文学世界には物語全体を俯瞰的に見下ろして語る（いわゆる「神の視点」の）全知の語り手が存在せず、語り手の視点と主人公の視点がほとんど常に密着しており（バイスナー 51）、そのために独特の視野狭窄の感覚が生じる。読者はその視点を共有した結果、自分に見えているのは全体のごく一部の断片にすぎず、何かを決定的に見落としているという感覚につきまとわれるのだ。しかし映画化に際しては、主人公の姿をカメラで捉えた時点ですでに、観客が主人公と視点を共有する可能性はなくなる。かといって、いわゆる主観カメラで全編を撮影したとしても、それで優れたカフカ映画ができるわけではあるまい。神の視点がないと言われながらも、カフカの小説には主人公の目を通した視覚情報ではないものが少なからず書かれており、そういった追加の情報が、作中の世界を立ち上げるうえで重要な役割を果たしているからだ。

　要するに、カフカ文学の映像化にあたっては、何をカメラで撮り、何を撮らないかのバランスを調節しなければならないということである。そして『変身』（*Die Verwandlung*, 1912 執筆）には、ほかのカフカ作品に輪をかけて厄介な点がある。有名な冒頭の一段落を見てみよう。

　ある朝、グレゴール・ザムザが落ち着かない夢にうなされて目覚めると、自分がベッドの中で化け物じみた図体の虫けらに姿を変えていることに気がついた。甲殻のような硬い背中を下にして仰向けになっており、頭を少し持ち上げると、弓なりの段々模様で区切られた丸っこい茶色の腹が見えた。腹のてっぺんに掛け布団が、完全にずり落ちる寸前で、かろうじて引っかかっている。全身のサイズからして見劣りする、かぼそい肢がたくさん、頼りなげに目の前でチラチラうごめいていた。（Kafka

［1996］115; カフカ 5）

周知のように、この物語中では主人公の変身の理由も元に戻る可能性も一切言及されない。一家の大黒柱から無用の長物に転落したグレゴール・ザムザは、どんどん居場所を失ってゆき、介護と仕事の両立に疲れた家族に邪魔もの扱いされ、最後は衰弱死する。すると家族はホッとして、晴ればれとした気持ちで郊外にピクニックに出かける。——この救いのないストーリーの全編を通じて、主人公が変身した「虫けら」（Ungeziefer）[2]がいったいどのような姿をしているのか、客観的な描写はない。しかもカフカ本人が、その視覚化を禁じているのだ。

1912 年に書かれたこの小説が 1915 年にクルト・ヴォルフ出版社から刊行されるにあたり、カフカは、表紙絵をオットマー・シュタルケ（Ottmar Starke）が担当することが決まった段階で、出版社の担当者にきつく念を押している（10 月 25 日の手紙）。

> シュタルケは即物的な画風の人ですし、虫そのものを描きたがるのではという気がします。それはダメです。それだけは！　画家の領分を侵害するつもりはありませんが、この物語については私のほうが当然よくわかっているはずではないですか。虫そのものは描かせないでください。遠目に見た姿でもダメです。（Kafka［2005］145）

カフカの意図としては、あくまで自分が作中に書いた言葉が読者の脳内にそのつど像を喚起することこそが重要なのであって、そのためには、あらかじめイラストの形で視覚化されていては困るのだ。この要望を受けた挿絵画家シュタルケは虫の絵を描くのは避け、変身した息子を初めて目にした父親ザムザ氏が「両手で目を覆って泣いた」（Kafka［1996］134; カフカ 27）姿を描き、その背後で半開きになった扉の隙間から見える暗闇でもって、人間ならざるものに変身した主人公の存在を暗示するにとどめた。

しかし、カフカが世を去って 5 年後の 1929 年に『変身』のチェコ語訳に挿絵をつけたドイツの銅版画家オットー・ケスター（Otto Coester）は、シュールレアリスム的な画風で不気味な虫の姿を描いた（Dahm 24）。それ以降、と

ても多くの挿絵画家たちがカフカの遺志を裏切って「虫けら」を視覚化し続けている。本章では、それでは映像化作品の場合はどうなのかを見ていきたい。あらかじめ言っておくなら、そこでもカフカの遺志は裏切られ続けている。ただし、文学の映画化に際して原作者の思いを尊重するのが必ずしも正義ではないのは言うまでもない。『変身』の映画化で具体的にどのような裏切りが犯されているのかを見ることで、文学と映画の関係とはいったいどのようなものでありうるかを考える材料が手に入るだろう。

2　カフカ映画の視点とナレーションについて

　もっとも、カフカ映画といえば圧倒的に長編小説を原作にしたもののイメージが強く、『変身』の映画化にはあまり知名度が高いものがない。長編のなかでも、主人公ヨーゼフ・Kがある朝、「何も悪いことはしていない」のに突然逮捕されるところから不条理な物語が始まる『訴訟（審判）』（*Der Proceß*, 1925）がやはりカフカの代表作として最も有名で、その映画化もよく知られている。オーソン・ウェルズ監督の『審判』（*Le procès*, 1962）は、あまり原作に忠実ではなく、第二次世界大戦後の実存主義的なカフカ・ブームのなかで作られた通俗的なカフカ像を再現した趣の映画であり、そこでは、「カフカ的」という言い回しで世間に認知されているような——非人間的な官僚機構のなかで抑圧された主人公の身に次々と悪夢が襲いくる——世界が表現されている。一方、ハロルド・ピンターが脚本を書き、デイヴィッド・ジョーンズが監督した『トライアル／審判』（*The Trial*, 1993）は、はるかに原作に忠実である。ジョン・ウィリアムズ監督の『審判』（2018）は、舞台を現代の日本に置き換えるという大胆な翻案で話題を呼んだ。ほかの長編小説に関しては、素人俳優に台詞を棒読みさせる手法で知られるジャン＝マリー・ストローブとダニエル・ユイレのコンビが同じ手法で『失踪者（アメリカ）』（*Der Verschollene (Amerika)*, 1927）を映画化した『階級関係』（*Der Klassenverhältnisse*, 1984）が、原作への忠実さにこだわらず、映画ならではの独自の世界観を打ち立てた例として異彩を放っている。逆に、ミヒャエル・ハネケ監督のテレビ映画『城』（*Das Schloß*, 1997）は、ときに退屈でさえある原作のまどろっこしい展開を地道になぞることで、原作に漂う閉塞感と疲労感を再現するのに成功した。

瀬川裕司は、ハネケ監督『城』がウェルズ監督『審判』とは違ってナレーションを用いていることに注目し、カフカ文学に特徴的な「主人公が事前に考えていたことや本当に望んでいたこととはまったく異なっていることを口にしたり、おこなったりしてしまうときの〈落差〉」を表現するうえで「実に効果的である」（瀬川 163）と好意的に評価している。たしかに、カフカのテクストが単純に映像に移しがたい要素を多く含んでいるならば、登場人物が何かをしている背後でテクストを淡々と読み上げるという手法は意外に有効なのかもしれない。ただし、カフカの書いた文章が本当にそれほどナレーションとして使い勝手のいいものなのかどうかは、疑問の余地がある。ナレーションを入れるか入れないかの問題は、先に述べたような視点設定にまつわる困難さの問題と密接に関連しており、特に、カフカが自作中で多用する「体験話法」（erlebte Rede）（川島 20-24）という書き方が、そこでは難問を突きつけてくる。

　一般に小説においては、地の文、つまり登場人物の発話ではない部分を過去形で書くことが多い。これは西洋近代において小説というジャンルが成立する際、しばしば架空の日記や手紙の形式を取っていたことのなごりだ。日記や手紙は、「私」が体験したものごとを過去形で語る。その点が小説に引き継がれ、やがて小説が 1 人称ではなく 3 人称で書かれることが増えても一種の約束事として生き残ったのである。それに対して、登場人物の発話はもちろん 1 人称の現在形ベースで書かれる。体験話法（英語やフランス語では「自由間接話法」）とは、発話と地の文の中間的な書き方であり、形式的には 3 人称の過去形だが、内容的には登場人物の発話を表すという微妙なものである。19 世紀末から「内的独白（意識の流れ）」の手法が広まり、1 人称の現在形で登場人物の意識を（引用符なしで）地の文に埋め込むのが一般化する以前には、登場人物の心の声を表現するためによく用いられた。カフカが私淑したフランスの文豪フローベールが愛用した書き方としても知られている。

　『変身』の第 1 章から一つ例を挙げてみよう。

　　「びっくり仰天！」と彼は思った。六時半だった。時計の針は落ち着き払った様子で進んでゆく。半すら過ぎて、もう四十五分に近い。目覚ましの

ベルが鳴らなかったのか？　ベッドからでも、ちゃんと四時にセットされているのが見えた。きっと鳴ったに違いない。それにしても、家具が震動するほどけたたましいベルの音でおちおち寝ていられたなんて、ありえるか？　まあ、落ち着いて寝ていたわけではないが。それだけに、眠りが深くなったのかもしれない。しかし、これからどうしよう？（Kafka [1996] 118; カフカ 8）

この箇所は、実は全体が 3 人称の過去形で書かれている。たとえば最後の一文などは、直訳すれば「しかし、彼はこれからどうするべきだったのか？」（Was aber sollte er jetzt tun?）となるだろう。それを体験話法として、つまりグレゴール・ザムザの心の声として判定するための根拠となるのは、間投詞的な表現や疑問符・感嘆符が突発的に出てきていることや、過去形の文章なのに、「今」「これから」といった現在・未来に関連する副詞が用いられていることなどだが、判断に迷うようなボーダーラインの事例も少なくない。そのため、地の文を読んでいるつもりだった読者は、いつしか主人公の心の声に引き込まれ、主人公との不思議な一体化を体験するのだ。

　一般に、映画のナレーションは小説の地の文に相当する。つまり、何かをナレーションとして語る場合には、その言葉が登場人物の台詞ではないことが強調される。これは、地の文と体験話法が複雑に入り組んでいるカフカのテクストとはあまり折り合いがよくない。そのような文章をナレーションに転用すると、読者／観客を主人公の心のなかに引き込む力は失われ、ただ主人公の心境を外部から説明しているだけのように聞こえてしまう。実際、ハネケ監督の『城』は、原作の雰囲気の一端を捉えてはいるが、ウルリヒ・ミューエが演じる K の心のなかに入り込み、K の目を通して世界を見ているような感覚に陥る観客は少ないのではないだろうか。

3　『変身』の映像化の例

　以上のような視点とナレーションにまつわる困難を念頭に置きつつ、『変身』の映像化の例を見ていく。先に見たように、作者が主人公の姿を視覚化することを禁じているケースで映像化を試みるのは、かなり勇気のいる行いにちがいないが、実際には『変身』の映像化の例は数多い。ただ、予想され

ることだが、成功例と言えるものはけっして多くない。カフカ文学と映画の関係を総合的に論じたオリヴァー・ヤールアウスは、『変身』の映像化作品を概観して、高度に視覚的な印象を与えるカフカのテクストが「視覚的に物語を語るメディアである映画とは衝突ないし競合してしまう」(Jahraus 231)ことを如実に示すものだと否定的に評価している。ただ、これらの映像化作品がいったいどのような工夫をしているかを見てみれば、興味深い実験がいろいろとなされていることがわかる。

ヤン・ニェメツが監督して ZDF（第二ドイツテレビ）で放送された 1975年のテレビ映画『変身』(Die Verwandlung) が、映画化の最初の例と目される。年老いているはずのザムザ夫妻（グレゴールの両親）が若すぎる──それどころか、物語終盤に登場する派遣家政婦の老婆すら若い──のは目につくが、全体が 55 分というコンパクトな長さで、きわめて忠実に原作を再現している。特筆すべきは、主人公グレゴール・ザムザの変身後の姿を描かないという決断である。つまり、その姿が画面に映ることはなく、「虫けら」になったグレゴールの視点は、動揺の多い主観カメラで表現されている。ただし、全編がその視点で表現されているわけではなく、家族の姿や来訪した業務代理人（会社の上司）の姿を客観的なカメラで捉えた映像が随所に差しはさまれている。その結果、視聴者は基本的にグレゴールの視点で世界を眺めながらも、全体の状況についての見通しを一定の範囲内で手に入れることができる。そのため、この映画を観たあとの感想は、原作の読後感に近いものがある。

この映画では、「ある朝、グレゴール・ザムザが」で始まる冒頭の一文をはじめ、カフカのテクスト自体がナレーションとして用いられている。その使い方にも工夫が感じられる。原文のうち、グレゴールが知覚したものを直接的に表すというよりは状況説明的な箇所を選んでナレーションにしているのである。一例を挙げると、以下のような箇所である。

> 最初の日のうちに、もう父親は財産の状況や今後の見通しを何から何まで、母親にも妹にも説明して聞かせた。ときどきテーブルから立ち上がり、五年前に店が破産したときに救い出しておいた小さな家庭用金庫から、何やら証書や帳簿を取ってきた。(Kafka [1996] 151; カフカ 45-46)

こうした工夫からして、この映画は総じてカフカ映画としては大健闘している部類だと言えるだろう。

　もう一つ、「虫けら」の姿を描かないことを徹底した例として、筆者がゲスト講師を務めた NHK の教養番組『100 分 de 名著』のカフカ回（2012 年 5 月）の枠内で放送された、あらすじ説明用の短編アニメ[3]を挙げておく。このアニメは、冒頭に「物語は主人公グレーゴルの視点で描かれています」と大きくテロップが入ることからもわかるように、原作の視点にまつわる特徴を最も重視しており、最後にグレゴールが死んだあとの場面以外はすべて主観的なカメラから表現されるという点では、ニェメツ監督のテレビ映画よりもさらに徹底している（ただし、登場人物に台詞はなく、状況説明のみがナレーションでなされる）。

　これとは対照的に、カナダのアニメ作家キャロライン・リーフの 1977 年の短編アニメ『ザムザ氏の変身』（*The Metamorphosis of Mr. Samsa*）は、変身後のグレゴールの姿を視覚的に見せている。ガラス板の上に撒いた砂で絵を描くという手法で表現されたその姿は、やや厚みのある甲虫のような形状で、ただし肢が多数（最大 8 本）ある。わらわらと激しく動く肢が印象的だ。ナレーションはなく、時計の音などの効果音が印象的に用いられている。画材として砂を選んでいるがゆえの物理的制約から生じた素朴さが独特の味わいを醸し出しており、魅力がある。約 10 分間の短い尺のなかで、カフカの文学世界を再現するというよりは独自の芸術様式を追求したことが成功につながっている例である。

　一方、クリス・スワントン監督による 2012 年のイギリス映画『変身』（*Metamorphosis*）は、さまざまな方向で中途半端に見える。この映画は、宣伝文句によると「原作に忠実」な映画化を意図したものだそうで、たしかに時代考証はしっかりしており、ザムザ家のうらぶれた感じはよく出ている。そしてニェメツ監督のテレビ映画と同様、グレゴールの目に映ったものを主観カメラで表現している（その視界は緑がかっている）。ただし、変身後の主人公の姿を描かない方針を貫いているわけではなく、冒頭近くから、「虫けら」の身体パーツは何度も外側からの視点で映される。そして、グレゴールが自室の扉を解錠するのに成功し、家族や上司の前に姿を現して以降は、その全身がしばしば観客の目にさらされる。人間の目をした巨大なゴキブリのよう

な生き物で、肢は 10 本。——そんな姿が、ここでは CG で表現されるのだ。一見してやや滑稽に感じられる出来で、率直に言えば安っぽいが、映画の公式サイトの説明によると、製作陣は原作者カフカが虫の視覚化を禁じていることに無知だったわけではなく、虫の姿を見せないまま原作の奇妙な喚起力を映像で表現できるかどうか熟考を重ねた結果、できないと判断し、この表現にたどり着いたらしい。4)

この映画では全編にわたってナレーションが多用されているが、カフカの言葉を活かそうとしているわけではなく、単なる状況説明である。そのため、全体として非常に説明的な印象を受ける。CG の人面虫の気持ち悪い外見とあいまって、観客がグレゴールの内面に一体化しながら観る経路はほぼ閉ざされている。この映画を観終わった感想は、120 分かけて『変身』のあらすじを説明されたというのに近い。

4 舞台と映画

以上で見てきたような映像化の系譜においては、変身後の主人公の姿を見せるか見せないかの匙加減が常に問題になっていた。そのような流れとは一線を画す異色の映画化が、ヴァレーリー・フォーキン監督による 2002 年のロシア映画『変身』(Превращение) である。この映画は、俳優が人間のままの身体の動きで「虫けら」を表現するスティーヴン・バーコフ演出の舞台化 (1969) の流れを汲む 1995 年の舞台版がもとになっている。舞台版ではコンスタンチン・ライキン、映画版ではエヴゲーニイ・ミローノフが主演した。

バーコフの演出はかなりの衝撃力をはらんでいるため、高い人気と多くの上演回数を誇り、これまで世界各地で公演が行われている。日本でも 1992 年に宮本亜門、2010 年に森山未來がグレゴール・ザムザを演じた。さらには、いわばそこから派生した演出がさまざまな形で試みられている。小野寺修二が演出した静岡県舞台芸術センター (SPAC) の『変身』(2014) は、俳優と役を固定しない手法で、舞台上を這い回る大勢のグレゴール・ザムザを現出させた。逆に、藤間蘭黄の演出・主演で『変身』を日本舞踊としてアレンジした一人芝居 (2020) は、バルトークのピアノ曲を背景に、虫と化したグレゴールの役と彼に振り回される家族の役のあいだをめまぐるしく往復する小さな「変身」の連続を見せている。

こうしたバーコフ以来の舞台化の試みにあっては、俳優の身体表現を観客に見せることに主眼があるので、それはもちろん原作の文学的特徴とは次元が異なる。グレゴール・ザムザがもっぱら視点として機能する原作とは対照的に、彼の存在はあくま

図1 『変身』 ▶ 00:18:55

で舞台上の一要素となるため、家族の群像劇としての性格が強まる。ゆえに、バーコフ自身が指摘するように、そこではグレゴール・ザムザ本人よりは家族の物語が前景化されがちになる（Berkoff 28）。そのような差異が明確であるだけに、ひとまず原作とは別物として楽しむことが可能になる。フォーキン監督の映画版でも、手足をくねくね動かして虫らしさを表現するミローノフの怪演技をじっくりと堪能できる（図1）。

　ただし、人間身体を通じて「虫けら」を可視化することが原作とのつながりを完全に放棄することを意味するかと言えば、必ずしもそうではない。冒頭で述べたように、主人公も含めて登場人物たちの身ぶりの描写が印象的な点こそ、カフカ文学の最大の特徴のひとつだった。そしてこの身体性は、必ずしも映画のみに関連づけられてきたのではなく、カフカが映画以前に強い関心を寄せたイディッシュ演劇との関連でしばしば語られてきた。カフカは1911年から翌年にかけて、ガリツィア地方のレンベルク（現ウクライナのリヴィウ）からプラハにやって来たユダヤ人の劇団に熱狂し、その舞台に通いつめた。座長のイツハク・レヴィと個人的に親しくなり、劇団の支援のためにイベントを企画・実行したりもしている。この東欧出身のユダヤ人たちはイディッシュ語（ドイツ語にヘブライ語やスラヴ系言語の語彙が混ざった言語）を話す人々であり、カフカ自身はイディッシュ語がわからなかったが、彼らの雄弁な身ぶりの表現の豊かさに魅せられた。当時の彼の日記帳は観劇の感想で埋め尽くされている。それまで自分自身のユダヤ人としての民族的アイデンティティに確信が持てないでいたカフカにとって、イディッシュ演劇との出会いは、自身の民族的ルーツを（一時的にせよ）実感できたと思える体験でもあった。この点を重視する研究者は、そもそも作家カフカの脱皮

はイディッシュ演劇との出会いの衝撃から実現したとさえ論じている（Beck 70-71）。

ここでは、カフカ文学の身体性の根底にあるのが映画なのか、それともイディッシュ演劇なのかといった不毛な議論に立ち入るつもりはない。カフカが触れたイディッシュ演劇にせよ初期の無声映画にせよ、言葉では説明されない身ぶりが重要な役割を果たすメディアであった点は共通している。両者はいずれも、19世紀末から20世紀初頭にかけて花開いたヴァリエテ（寄席）やキャバレーの文化に掉さしていた。この文化は当時、教養市民層を主な対象とする伝統的な演劇形式から、出し物の速度と回転数でもって観客を飽きさせない大衆的な娯楽形式へと都市住民の興味が移り、書かれた戯曲台本の言葉を重視する「ドラマ」から身体パフォーマンス中心の「ポストドラマ演劇」へのパラダイム転換の一角をなしていた（レーマン 78）。演劇好きだったカフカはその流れを横目で見ながら自分の小説を書いていたのであり、彼の小説が身体性を強調するタイプの舞台化とは相性がいいのは、それなりに必然性のあることなのだろう。数ある『変身』映像化のなかでフォーキン監督の映画が出色の出来であるのも、おそらく同じ理由で説明できる。

なお、フォーキンが演出した舞台版では、舞台装置にも特徴があった。舞台上に設置した巨大な鉄製の箱のなかにザムザ家のセットを組み、その同じ箱の上部に観客席を設けることで、一定数の観客を舞台上のセットのなかに閉じ込めてしまったのだ（上田 137）。いわばグレゴール・ザムザの脳内に閉じ込められているかのような感覚を観客に共有させる工夫だと言えよう。さらに、箱のなかのグレゴールの部屋と奥の居間を半透明の壁で仕切り、壁の中央に木製の扉を設けることで、さまざまな角度で「観客の視線をブロック」（上田 138）する仕掛けが施されていた。そこから生じる、自分には見えていないものがあるという感覚は、視野の狭窄をはじめとする知覚の制限のもどかしさを特徴とするカフカ文学に親和性がある。

残念ながら映画版ではこの舞

図2 『変身』 ▶ 00:17:18

台装置上の工夫は必然的にキャンセルされ、観客はごく普通に画面に映るものを観るしかない。少々がっかりさせられる点はほかにもある。たとえば、舞台版と映画版に共通する原作改変として、仕事から帰宅したグレゴールが家族と団欒を過ごす前日譚が追加されている点と、原作では言及されるのみの「落ち着かない夢」の内容が具体的に描かれる点が挙げられる（図2）。これは劇場においては、言葉による説明なしに状況を観客に伝える手段として一定程度有効なのだろうと思われるが、映画ではやや過剰な説明に見えてしまう。

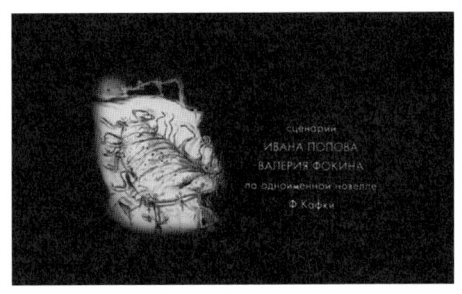

図3 『変身』 ▶ 00:00:35

図4 『変身』 ▶ 01:11:57

　のみならず、この映画には、基本方針のブレのように見える要素がいくつか含まれている。その最たる例は、夢の追加場面よりもさらに前、映画冒頭のクレジットの部分で現れる。ここでは、雨音をBGMにしながら製作スタッフが字幕で紹介されるが、その横に、ひょろひょろした足が多い扁平な虫がベッドの上にいるイラストが表示されるのだ（図3）。この絵の出典は示されていないが、ウィーン出身のイスラエルの画家ヨースル・ベルグナー（Yosl Bergner）が1950年代にカフカに寄せて描いた連作のうち1枚[5]を左右反転させたものである。このような形で変身後の姿をあらかじめ視覚化してしまうのは、あくまで人間の身体の動きで「虫けら」を表現するという映画全体のコンセプトに相反しているのではないだろうか。

　もっとも、ナチスに追われて亡命したユダヤ人画家の絵を用いていることには、何らかのメッセージが込められているのかもしれない。この映画は、後半に登場する三人の間借り人を正統派ユダヤ教徒の姿で描く（図4）とい

う大胆なアレンジでもって、ユダヤ的な雰囲気を強化しているからだ。

5　再び視点とナレーションについて

　本章の最後に、カフカ映画における視点とナレーションをめぐる困難の話題に立ち戻りたい。この論点からしてフォーキン監督の映画で最も興味深いのは、グレゴールが不自由な身体を操って自室の扉を開けようと四苦八苦したあげく、口で解錠するのに成功して家族や上司の前に姿を現した場面である。

> グレゴールはといえば、はなからあちらの部屋に入るのはやめて、両開きの扉の金具で固定された方に内側からもたれかかった。だから胴体が半分だけと、斜めにかしげた頭がその上に見えた。（Kafka［1996］134; カフカ 27）

原作のこの箇所では、吉田眸が指摘するように、徹底的に主人公の視点に密着しようとするカフカ文学の原則が破れ、明らかにグレゴールの姿が外側から見られている（吉田 24-25）。この箇所を映画化する際、フォーキン監督は、網状のナイトキャップをかぶったグレゴールの頭だけをアップで映すことで、それを何か虫めいたものとして観客に見せるという手法を用いた（図5）。

　この場面を映画館で最初に観たとき、筆者は正直なところ違和感を禁じえなかった。がっかりしたと言ってもいい。ここで監督が、映画のほかの場面と同じように俳優ミローノフの身体の動きだけで虫らしさを表現するのでは足りないと感じたのだとしたら、それはまたしても方針のブレだと言わざるをえないだろう。ただ、それは同時に、原作の当該箇所が原作のほかの部分から浮き上がっている特異な箇所なのだと監督が敏感に感じ取っていたことをも意味している。同じ箇所を映像化するにしても、先に見た例で言えば、ニェメツ監督のテレビ

図5　『変身』 ▶ 00:27:42

146

映画では一貫して主観カメラでの表現が維持されており、スワントン監督の映画では、扉が開いた時点で両親や上司がいる居間側からの視点に一度転換するものの、開いた扉から巨大な虫の肢が見えたところで再び主観カメラに切り換わる。そういっ

図6 『変身』 ▶ 01:20:17

た事例と比べれば、フォーキン監督が原作をよく読み込み、原作の呼吸を何とか映像に落とし込もうと苦心していることがわかる。

　それでは、ナレーションの使い方はどうだろうか。カフカ原作の言葉を効果的に取り込んでいたニェメツ監督のテレビ映画や、全編にわたって状況説明を多用していたスワントン監督の映画と比べると、フォーキン監督の映画は全編にわたってほぼナレーションを排している点に特徴がある。ただし、2箇所だけ例外が見られる。まず、前日譚と「落ち着かない夢」のシーンが終わり、原作の冒頭箇所にまで話がきたタイミングで、「ある朝、グレゴール・ザムザが」で始まる原作冒頭の一文が読み上げられる。おそらく、この一文があまりにも有名であるがゆえに、その言葉の重みを無視できなかったのだろう。もう1箇所は、衰弱死を遂げたグレゴールの死骸を家政婦が見つけたあとの場面である。肩の荷を下ろした家族たちが三人で路面電車に乗り、郊外に出かけていく様子が映像で描かれるのと並行して、その状況が（原作の言葉を短く要約した）言葉で語られる。こうして、原作の内容に対応した部分が二つのナレーションの枠で囲われる格好になる。

　面白いことに、後者の場面では、死んだはずのグレゴールが普通の人間の姿で登場する（図6）。これはひとまず、「そもそもグレーゴルが〈虫〉に変身したのかどうかそれすらも実は明瞭ではない」（初見 36）という見方を強めうる要素だ。そもそも原作からして、虫への変身自体が「病気の主人公の妄想にすぎない」（バイスナー 65）という見方は根強くある。もちろん、主人公が実際には変身していない可能性は、作中では一切言及されない。しかし、一切言及されないからこそ逆に怪しいとバイスナーは考えたのだった。この小説が基本的に首尾一貫して主人公の主観を伝えているならば、その主観が

首尾一貫して歪んでいる可能性もまた排除できないからだ。

　筆者としては、映画の作り手はあまりその可能性を重視しておらず、グレゴールが異形の存在になっていることを前提に演出がなされていると思うが、いずれにせよこの場面が原作中で再び決定的に主人公視点の語りの原則が破られる箇所でもあることに注意したい。視点人物だったグレゴールが死んでしまっているので、ある意味当然とも言えるが、家族の解放を描いたパートにおいては視点がグレゴールの主観を離れ、客観的な語りへと移行している。そこに決定的な断絶があるわけだが、「虫けら」と化したグレゴールの姿をもともと外側から撮っていた映画においては、その落差を表現するのは簡単ではない。おそらくはそのために、フォーキン監督はここで観客の違和感を誘う表現を行っているのだろう。

　カフカの原作は、もっぱらグレゴール・ザムザの視点に寄り添うことで断片的にのみ世界を提示するが、フォーキン監督の映画はそのような語りを再現するのは断念しつつ、舞台上の俳優の身体の動きでもって「虫けら」の気持ち悪さを具象的に表現する。その点で原作とは違う独自の世界を提示しながら、結果的に、原作の語りの起伏をかなりよく写し取っている。そこから原作を照らしてみれば、カフカの語りがけっして一枚岩ではなく、さまざまな破綻や断絶を抱え込みながら進行していたことが浮かび上がる。それは、必ずしも「原作に忠実」な映画でなくとも原作の読みの多様化や深化につながりうることを如実に示した例だと言えるだろう。

註

1) カフカ文学における視点の研究史については**吉田 243-44** を参照。
2) 「害虫」または「害獣」。語源的には、「神への供物に使えない」ものを意味する。高橋義孝が 1952 年に「毒虫」と訳して以降、日本ではこの呼称が広まったが、高橋自身の 1969 年の改訳版では「毒」が消えて「虫」になり、現在ではそう訳されることが多い。2022 年の拙訳では、否定的かつ卑小なニュアンスを出すために「虫けら」とした（**川島 19**）。
3) https://www.nhk.or.jp/meicho/famousbook/12_kafka/index.html （22 Jan. 2023）
4) BBC を早期退職してこの映画に取り組んだスワントン監督は、私財をなげうって製作費を工面したが、その大半が CG 作成のために消えたという（**Donnely**）。
5) イスラエル博物館のサイトを参照。https://museum.imj.org.il/artcenter/includes/item.asp?id=583278 （22 Jan. 2023）.

8 機械のまなざしが顔に出会うとき

スタンリー・キューブリック監督
『アイズ・ワイド・シャット』（1999）

満留伸一郎

1 キューブリック作品のよそよそしさ

　スタンリー・キューブリック（Stanley Kubrick, 1928-99）の作品について語れと言われたら、多くの人が身構えるのではなかろうか。作品が難解だからというだけではない。キューブリック作品はたしかに難解だと言われるが、それだけならまだことは簡単なのだ。どんなに難解でも、作品世界に入り込むちょっとした糸口さえあれば、人はそれを楽しむことができる。楽しむのに作品を理解できたと思える必要は必ずしもないのである。ところがキューブリックには、まさにその糸口を、意図的に鑑賞者に与えないようなところがある。彼は表現者でありながら、まるで肝心なことを表現したくない、あるいは理解されたくないかのようなのだ。

　その大きな要因は、感情移入という、物語作品において一般的な鑑賞経路が基本的に断たれているということだ。キューブリック作品ががぜん面白く感じられてくるのは、非人間的な尺度で冷ややかに対象を眺めているような、彼の映画の離人症的まなざし（カメラの眼）を、鑑賞者が自然に受け入れられるときである。非人間的なるものの極北、まるで神のような視点と時間感覚で世界を眺める『2001年宇宙の旅』（*2001: A Space Odyssey,* 1968）が、キューブリックの代表作として事実上一人勝ちのような人気と評価を誇るのも、作品世界とキューブリックのまなざしが地続きで、多くの鑑賞者に違和感を覚えさせないからだろう。感情移入はここではお門違いなのだということは、

『2001年宇宙の旅』を見れば誰にでもおのずと了解されるのだ。ただこの作品の場合、各エピソード間の極端な飛躍にまったく説明が加えられないため、ストーリーがさっぱり理解できないという別の問題が生じるのだが。それでも、多くの人をして息を呑んでこの作品に見入らせたのは、その圧倒的な映像の力だった。要するに、人々を魅了するにしろ拒絶するにしろ、すべてはキューブリックの非人間的な冷たいまなざしに由来するのだ。

　『2001年宇宙の旅』は、作品世界と監督の資質の組み合わせが一般的にも受け入れられやすい、幸運な例であった。なぜ幸運かというと、その受け入れやすさを監督はおそらく意図していなかっただろうし、ということは、なぜ『2001年宇宙の旅』がその後の自作史において別格の扱いを受け、ほかの作品が〈そこまでではない〉ということになるのか、監督本人にも理解できなかっただろうからだ。それでも彼の作品は、そのとりつく島のなさにもかかわらず多くの鑑賞者を惹きつけ続けた。それはキューブリックが図らずも確立した天才だとか完璧主義者というイメージ、鑑賞者を置き去りにするような超然とした映画のたたずまいが、作り手と鑑賞者の力関係を逆転させたからかもしれない。[1] 似たようなことは、少数の特殊な鑑賞者をあてにしたアート映画であればめずらしいことではない。だがキューブリックは、巨大な予算を注ぎ込み、成功の度合いに差はあれそれを確実に回収し、ときには世界的に大ヒットするようなメジャー作品でそれを達成したのだ。[2]

　もともと雑誌『ルック』のカメラマン、フォトジャーナリストとして活動をスタートさせたキューブリックの完璧主義は、当然のことながら視覚的要素に最も注ぎ込まれた。彼は常に最新の技術を求めてアンテナを張り、必要とあれば独自に技術を開発させることさえあった。こうして彼は、対象を自分の狙いどおりに写し取ることに異常なまでの執念を燃やした。しかし彼の冷ややかなまなざしは、すべてを正確に写し取ることはできても、ただひとつ、人物の心情・心理を写すことができない。そもそも彼はそんなものに興味などなかったのだろう。もちろんキューブリック映画の登場人物にも感情はある。だがそれは、大きな状況に巻き込まれることで生じる欲望や怒りや恐怖といったもので、そこに個性というものはほとんど感じられない（ラファエル 174, 234, 238）。一見平凡な人間が思わぬ複雑な心情・心理を垣間見せるといったことは、キューブリック作品ではまず起こらないのだ。見た目や行

動、要するに外的表現＝その人物なのであり、目に見えるものがすべてと言ってもよい。

　非人間的と言えば彼の時間感覚もそうである。カメラマンから映画監督に転身したからには、そこには当然物語を語ること、そしてそのための（スチールカメラには欠けている）時間という要素への関心があったはずだ。[3] しかし彼にとっての時間は、ここでもまた同じことを繰り返すことになるが、登場人物の心情・心理を写すのに適した時間ではない。それは個人の意志や思いとは無縁に流れる時間だ。『2001年宇宙の旅』の宇宙的時間に関しては言うまでもない。たとえば『バリー・リンドン』（*Barry Lyndon,* 1975）は、主人公バリーの波乱の人生をたどる映画だが、彼の人生の転機はナレーションで淡々と説明され、どこか歴史的出来事を俯瞰しているような趣がある。キューブリック映画に常に流れているのは、抒情的時間ではなく叙事的時間だとでも言うべきだろうか。

　そんなキューブリックがなぜ、よりによって、夫婦間の愛とその動揺を扱ったいかにも心理主義的に思える小説の映画化を目論んだのか。ここには、監督の資質とテーマのあいだに齟齬があるのではないか。

　しかしキューブリックは、この映画化計画を20年以上も温めていたという。どうやらキューブリックとわれわれのあいだには、モノの見方にずれがあるらしい。意識するにせよしないにせよ、おそらく多くの人々がキューブリック映画に感じている違和感について考えることは、彼の映画の本質に通じる。ということは、このずれがとりわけ大きく思われる『アイズ・ワイド・シャット』（*Eyes Wide Shut,* 1999）は、彼の本質を考えるには格好の作品ということになる。

2　アルトゥア・シュニッツラーと『夢小説』

　『アイズ・ワイド・シャット』の原作となった『夢小説』（*Traumnovelle*）[4] の著者アルトゥア・シュニッツラー（Arthur Schnitzler）は、1862年にオーストリア（当時は多民族からなる巨大なオーストリア＝ハプスブルク帝国）の帝都ウィーンで生まれ、1931年に同じくウィーンで亡くなった（第一次世界大戦により帝国はすでに崩壊）。生粋のウィーン子と言ってよいが、父は当時帝国領だったハンガリーの出身（ちなみにキューブリックの家系も当時

ハプスブルク帝国領だったウクライナ南西部ガリツィア地方に端を発する）で、ウィーンで医学を学び、ウィーン総合病院に勤務する喉頭科の高名な医師となった。息子アルトゥアも医者となったが、早くから文学に手を染め、のちにはもっぱら小説家・劇作家として活動する。性愛や死といったイメージと強く結びつけられる、いわゆるウィーン世紀末を代表する作家であり、日本でも、やはり医者でもあった森鴎外が 1910 年前後に複数の作品を翻訳するなど、作家存命中から知られていた。

『夢小説』は、まず 1925 年に雑誌『ダーメ』に発表され、翌年に S・フィッシャー社から刊行された作者後期の作品。舞台はおそらく 1900 年前後のウィーン。5) 開業医フリードリーンとその妻アルベルティーネは、仮面舞踏会でそれぞれがくぐり抜けたアバンチュールの誘惑について語り合ったことをきっかけに嫉妬のさせ合い合戦になり、かつてデンマークの海岸で体験したことを告白し合う。どちらの場合も実際には何かが起こったわけではないが、ホテルに同宿していたデンマーク人将校に一言声をかけられていたら、夫も娘もなげうって従っただろうという妻の告白に、フリードリーンは静かな衝撃を受ける。

作品のメインは、妻の告白をきっかけにフリードリーンがさまざまな女たちを遍歴する話である。遍歴といってもすべてはわずか 48 時間ほどのあいだに起こることであり、しかも女たちとの関係はすべて未遂に終わる（そのあたりがいかにも夢に似ている）。亡くなった患者の看病疲れした娘、路上で声をかけてきた若い娼婦、貸衣装店の幼くて妖しい娘。

遍歴のクライマックスは秘密裡に郊外の邸宅で開かれているいかがわしい舞踏会である。フリードリーンは、ピアニストとして生計を立てている友人ナハティガルに再会し、彼が目隠しでピアノを弾かされるという舞踏会のことを知る。興味を掻き立てられたフリードリーンは、貸衣装店（ここで上述の娘に遭遇する）で黒い僧服と仮面を手に入れ、教えられた合言葉「デンマーク」を入り口で告げて舞踏会にもぐり込む。男たちが、仮面だけをつけた全裸の女性たちと踊り狂うその舞踏会で、彼は一人の女からすぐ立ち去るように、さもなければ身に危険が及ぶという警告を受ける。女に惹かれたフリードリーンは警告を無視するが、侵入が露見して尋問を受ける。そこで先ほどの女が再び現れ、身代わりとして自分がしかるべき罰を受けると宣言したこ

とで、フリードリーンは解放される。

　早朝帰宅すると、妻が悪夢でうなされている。夢のなかでの彼女は、多くの見知らぬカップルに混じって、例のデンマーク人と抱き合いながら、拷問を受ける夫を嘲笑っていたという。この夢は明らかに、フリードリーンの舞踏会での体験と対になっている。

　翌日フリードリーンは、女たちに再会するために前夜の遍歴を反復する。だがナハティガルはすでに宿から連れ去られ、女たちとも再会できないか、できてもそれは何の結果も生まない。舞踏会が開かれていたと思しき邸宅を発見するが、そこでは詮索無用という警告を受け取る。

　新聞で謎の女性の変死記事を目にした彼は、それが前夜彼を救った女ではないかと考え、病院の死体安置所で女の遺体と再会する。しかしそれが例の女かどうかわからないまま、すべては終わったのだという思いにとらわれる。自分が探し求めていたのは結局妻だったのだという思いとともに帰宅すると、眠る妻の横に、返却の際見当たらなかった仮面が置かれているのに気づき、夫は妻にすべてを告白し、夫婦は和解する。

3　『夢小説』の映画化

　『夢小説』の映画化はおそらくこのキューブリック監督作が唯一である。[6]キューブリックは『夢小説』の映画化権利をすでに 1971 年に取得しており、同年ワーナー・ブラザースは、同作の映画化をいったん発表していた。そのときには流れてしまった計画をキューブリックが放棄していなかったことが明らかになったのは 1995 年のことだった。作家フレデリック・ラファエルはその前年には脚本の執筆を依頼されている（ラファエル 11）。映画がようやく完成・公開にこぎつけたのは 1999 年なので、『夢小説』の映画化には少なく見積もっても 28 年ほどの歳月を要した。

　『夢小説』をキューブリックに紹介したのは、彼の 2 番目の妻ルース・ソボトカとも言われる（ヒューズ 332）。ソボトカはウィーン生まれアメリカ育ちのバレリーナであり多才なアーティストでもあった。自身の一族の出自といい、キューブリックは思いのほかハプスブルク帝国と縁が深い。彼女がキューブリックの伴侶だったのは、1955 年からの 2 年間であることを考えると、『夢小説』を彼は 28 年どころか 40 年以上も抱え続けていたことになる。

4 原作と映画の差異

　キューブリック作品に関しては多くの研究書があり論文がある。さらには
マニアックなファンによる分析（ときには行き過ぎた深読みを含め）がネット上などに大量に存在する。[7] ここではそのような深い沼に足を踏み入れることは避け、原作『夢小説』と考え合わせることで見えてくる『アイズ・ワイド・シャット』の特質に的を絞りたい。それは、『アイズ・ワイド・シャット』とは何であるかの解明ではなく、何でないかを指摘するにとどまるかもしれないが、非人間的で冷ややかなまなざしとそれが鑑賞者に与える違和感という、キューブリック作品の本質に触れることになるだろう。

　シュニッツラーの『夢小説』とキューブリックの『アイズ・ワイド・シャット』の両方を知れば、映画は意外と原作に忠実だ、という印象を抱く人が多いのではないだろうか。事実、脚本を担当した一人[8] であるラファエルは、原作からできるだけ逸脱しないようにとキューブリックから執拗に念を押されたことを報告している（ラファエル 131, 151, 192, 199, 238, 242）。

　もちろん大きな改変もある。舞台は 1900 年前後のウィーンから 1990 年代のニューヨークに、季節もカーニヴァル前の 2 月頃からクリスマスに移されている。また原作では、デンマークの海岸でのエピソードを夫も妻も告白するが、映画において、ケープ・コッドの海岸での出来事を告白するのは妻だけである。しかもそのきっかけは、女性を一個の独立した存在として見ない夫に対する妻の怒りであり、妻はその告白を、文字どおり夫にぶつけるといった趣である。夫は目に見えてショックを受け狼狽する。結果として、原作者シュニッツラーが心を砕いたであろう、夫と妻それぞれのエピソードの均衡したバランスはなくなり、夫ビル（トム・クルーズ）と妻アリス（ニコール・キッドマン）のダブル主演であることは確かだとしても、物語の重心は明らかに夫ビルに移っている。

5 種明かし

　だが何よりも大きな違いは、原作には登場しないマンディという女性の存在である。原作『夢小説』のフリードリーン同様に医者である主人公ビルは、患者ビクター・ジーグラーが自宅で開いたゴージャスなパーティー（原作冒頭の舞踏会に相当する）に妻アリスとともに招かれる。マンディは、パー

図1 『**アイズ・ワイド・シャット**』 ▶ 02:04:18

ティーの裏でジーグラーとセックスをしている最中にドラッグのオーバードーズで意識を失い、ビルの介抱を受ける女性である。その後、映画のクライマックスである儀式的乱交パーティーに侵入して尋問されるビルを、身代わりになって救った〈謎の女〉はこのマンディだったことが明らかになる。原作では舞踏会の謎が明かされることはついにないが、映画では、乱交パーティーの参加者だったジーグラーによってすべてが明確に説明される。

　『夢小説』でも『アイズ・ワイド・シャット』でも、最終的に夫は妻のもとに帰る。そういう意味では両作品ともに円環を描いて閉じる夫のオデッセイである。だが原作においては、夫が真に求めていたのは実は妻であった（Schnitzler 88）という一言が効いているので、シュニッツラーらしいドライなタッチであるとはいえ、ある種の夫婦愛の完成といった趣があった。一方そういうエクスキューズを持たない映画においては、同じように円環が閉じても、非常に現実的な妥協、夫婦長続きの秘訣とでも言うしかない結論しか残らない（「わたしたち大事なことをすぐにしなきゃダメ」「何を？」「ファック」 ▶ 2:33:30-2:33:44）。9)

　季節が2月からクリスマスに移されたのも、そのことと関係しているかもしれない。ラストシーン、夫の告白を受けた夫婦の話し合いが、ごった返すデパートのクリスマス玩具売場で、娘連れの状況で継続するというのは一見かなり奇妙だ（そこでの最後の台詞が、先ほどの「すぐにしなきゃいけない大事なこと」云々だからなおさらである）。しかしクリスマスとは、一時的ではあれ理想的な家族を実現する舞台装置と言えるだろう。この作品は、家族とは演じることで維持されるのだというドライな考えを、クリスマスの永遠化によって示そうとしているかのようだ。ビルが不審な男に尾行されてい

るシーンで、「STOP」と書かれた赤い交通標識が画面右に映り込んでいる。そこには、1月6日の公現節に家のドアに書かれるCMB（東方の三賢人カスパール、メルキオール、バルタザールのイニシャル）の三文字がスプレーで殴り書きされている（図1）。まるでクリスマスが終わり、年が明け三聖王がやって来る日を阻止しようとするかのように。

6 仮面

それにしても、『2001年宇宙の旅』を引き合いに出すまでもなく、説明することを極端に嫌うキューブリック（ラファエル 108, 223）が、秘密の乱交パーティーの実態と〈謎の女〉の正体という、原作があくまでも明かさなかった最大の謎を、あっけらかんと示すことに本当に納得していたのだろうか。

謎を謎のままに放置することは映画として致命的欠陥だと考えた脚本担当のラファエルは、ジーグラーによるなぞ解きが絶対に必要であるとキューブリックを説き伏せることに最終的に成功した（ラファエル 212-13）。しかしキューブリックにとって、脚本とは映像を生み出すためのたたき台にすぎず、映像によって彼は脚本を大きく乗り越えていく。実際エンドロールを注意深く眺めるとわかるのだが、マンディと〈謎の女〉は実はそれぞれ別の俳優が演じている（前者はアビゲイル・グッド、後者はジュリアン・デイヴィス）。もちろん観客はまず気づかない。だがとにかく〈謎の女〉＝マンディというジーグラーの説明は事実ではないのである。

きわめて知的で優れた作家であったラファエルの判断をキューブリックはおおいに尊重していた。そして彼の「物語に形を持たせたい」（ラファエル 212）という考えを、キューブリックは最終的に受け入れた。だがその時点でキューブリックには、〈謎の女〉にマンディとは別の俳優を当てるというアイディアがすでに閃いていたのかもしれない。ラファエルの意見を容れて、娯楽作としての映画に適切な改変をひとまず受け入れつつ、シュニッツラーからできるだけ逸脱しないという芸当をキューブリックは成し遂げた。実際に映画を見たラファエルは気づいていただろうか。

原作同様、夫が追い求めていたのは実は妻だったのだとするならば、〈謎の女〉をニコール・キッドマンが演じる手もあっただろうが、鑑賞者はおそらく気づくだろうし、これはこれで謎が謎ではなくなってしまう。ビルは最

図2 『**アイズ・ワイド・シャット**』 ▶ 01:27:48

終的にアリスにたどり着けばよく、〈謎の女〉もほかの女たち同様その前段階、いわばプレ・アリスでよいと考えれば、まったく別の俳優を起用するのはたしかによりよい解決だっただろう。

　あまりにも当然なことを言うが、ビルが〈謎の女〉の正体を見破れないのは、彼女が仮面を着けていたからだ。マンディが実は〈謎の女〉ではないということを観客が見破れないのも、また仮面のせいである。単純な視覚的事実に関して謎を謎のままにとどめることは、映画にはなかなか難しい。これが小説であれば、見えているはずのものが見えなかった、という主観的事実を言葉で押し通すことができる。しかしカメラで同じことをしようとすると、見えるはずなのに見えないことを、何らかのトリックによって視覚的に示す必要がある。ところがキューブリックは、対象をストレートに写す機械的で冷ややかなカメラの視線にしか興味がない。キューブリックにとって、見えるものは見えるのであり、謎とは端的に、画面に映っていないものにすぎない。しかし仮面という道具は、いや正確には、仮面を着けた人間は、画面のなかに明確に存在しながら謎であり続ける（図2）。

　だがその一方で、アイデンティティが失われるということは、その人物が他者から区別される一個の人間だというかけがえなさが失われることでもある。仮面によって謎と化した人間は、ある意味で謎ではなくなるのだ。登場人物の心情・心理に無関心なキューブリックにとって、仮面は、人間を謎にすると同時に人間から謎を奪う最高の小道具だっただろう。

7　心理ではなく症候

　キューブリックは明瞭に目に見えるものにしか興味がなく、そして人間の内面というものは目に見えない。第1節の最後に私は、「夫婦間の愛とその動揺を扱った、いかにも心理主義的に思える小説の映画化」をなぜキューブリックは長年温め続けたのか、それは一見彼にふさわしい題材ではないよう

に思える、というようなことを書いた。だがそれはおおまかなストーリーからの連想で、反射的に口をついて出た言葉だったと言わざるをえない。

　そもそも原作の『夢小説』も、そのテーマの割に心理的描写をあまり含まない。何事も起こらなかったとはいえ、別の異性に惹かれた体験を互いに告白し合った後であれば、心理的やり取りの描写がもっとあっても不思議ではないのだが、往診の依頼によって夫婦の会話は断ち切られ、夫は妻のもとを去ってさまざまな女性たちとの遍歴へと出発する。後半での妻の夢の告白に関しても同様だ。拷問を受ける自分を嘲笑いながらデンマーク人と抱き合っていたと語る妻に、夫は愛と憎悪の入り混じった複雑な衝動を抱えたまま、眠りに入る。その衝動は、結局彼を2周目の遍歴へと駆り立てるだけである。考えてみれば、登場人物の心理に無関心なキューブリックが、『夢小説』の心理的側面（仮にそれがあったとして）を映画化しようとするはずもないのである。

　フロイトがシュニッツラーを自らのドッペルゲンガーと呼んだことは有名だ（Freud 249）。精神分析家が長年の症例研究によって到達した人間理解に、自己探求というまったく別の経路から作家が到達したことに賛辞を呈したのだ。

　言わずもがなのことを言うようだが、精神分析の対象は心理ではない。精神分析が扱うのは、決して直接には知りえない無意識が形を変えて意識化・表面化したものとしての夢や神経症である。これを広い意味での症候と言ってもいいだろう。一方で心理とは、内面という謎の、多分に事後的な因果関係の説明だ。フランスの心理主義的な恋愛小説を考えればわかる。それは愛し合う者どうしの〈心の動き〉を繊細に、極端な場合はかなり論理的に描写し、説明する。しかしその内面なるものは、かなり人工的で芸術的な作りものだ。レーモン・ラディゲの『ドルジェル伯の舞踏会』に人々が感嘆するのは、その心理描写が真実だからではない。読者は、恋に落ちるまで、そして恋に落ちてからの二人の〈心の動き〉を、心理という因果関係によって見事に説明し尽くすその手際、言葉は悪いがつじつま合わせの見事さに感嘆するのだ。目に見えない内面で起こっている〈心の動き〉。これこそ心理であり、キューブリックの興味を惹かないものだった。『夢小説』の夫は自分が妻の告白からいかに大きな衝撃を受けたかを意識できておらず、衝撃の影響は、ただ遍

歴という可視的な行動として表れる。原作のこういう点に、表面化した症候にしか興味がないキューブリックは惹かれたのかもしれない。しかも彼は、フロイトと違って、それを解釈して見えない真相（深層）にたどり着こうなどと考えない。彼は目に見える症候をただただ冷ややかに写すだけである。夢も、目を閉じて見る（アイズ・ワイド・シャット）ある種視覚的体験ではあるだろう。だが夢を当事者が見た感触ともども再現することは難しく、キューブリックも、小説同様、そしてフロイト同様、夢の表現はあくまでもそれを見た者の語りにゆだねる。彼は、見たままの映像と言葉による説明で（ときにはその説明を省くことさえあるが）映画を作り上げる監督なのである。[10]

8 顔

『夢小説』では、夫フリードリーンは妻アルベルティーネの告白に対して目立った反応を示さなかった。もちろん彼が告白から受けた影響は実は大きく、だからこそ遍歴へと足を踏み出すことになるのだが。一方映画において、アリスの告白を聞いたビルはあからさまにショックを受ける。その様子は、身じろぎもせず上目遣いでアリスを注視するビルのバストショットを数回繰り返すことで示される（図3）（▶ 00:33:12 さらには▶ 00:33:57, 00:34:29, 00:35:23, 00:36:20）。だがビルの表情は、くりかえし執拗に写されるあいだもほとんど変化しない。そこに読み取れるのは、繊細な〈心の動き〉などではなくシンプルなショックである。ショックで文字どおり固まったそれは、まさに仮面とでも言うしかない。

　一応、ビルの硬直した心のなかで何が渦巻いていたのかを考えるうえで参考になるシーンはある。それはこの映画において、人物の内面が映像で示される数少ない例でもある。シーンとしては複数あるが中身は大同小異で、要するに、アリスと海軍将校のセックスをビルが妄想するのである。ビル当人にとっては強烈だろうが、内面描写というにはお粗末な、アリスの夢の内容などと比べてもあまりに単純で貧しいイメージだ。

　『アイズ・ワイド・シャット』における顔は要するに仮面であり、内面をのぞき込むことができる窓などではない。顔という仮面にできるのは、せいぜいシンプルな衝動を表現するくらいである。心理とはつまるところ物語

を紡ぐ因果関係のひとつであるが、心理の窓としての顔がほぼ存在しない『アイズ・ワイド・シャット』は、物語の因果関係的流れに乏しい。時折挿入される妄想、要するにビルの嫉妬に由来する衝動だけが、この物語の推進力と言っていい。ビルは

図3 『アイズ・ワイド・シャット』 ▶ 00:33:12

衝動的に遍歴に出たまま、さまざまな女と出会う。だが女たちのあいだにはもちろん何の関連もなく、それこそ夢のように次から次へと現れては、何の帰結ももたらさないまま消えていく。結局ビルは嫉妬という衝動だけを抱えて状況に巻き込まれていくのであり、その経緯にビルの個性はほぼ反映されない（そういう物語だからこそ、ラファエルは最大の種明かしで「物語に形を持たせたい」と主張したのだろう。それもキューブリックによって巧みにはぐらかされてしまうわけだが）。

　そもそもトム・クルーズが演じるビルは奇妙に無個性である。それは彼がほぼ全編にわたってどことなく緊張し、肩に力が入り、顔を硬直させているからだろうか。しゃべり方も始終どこか力んでいる。その様子に変化が生じるのが、まずはジーグラーによる種明かしを聞かされたときであり、最後には、眠る妻の枕元に仮面が置いてあるのを見て、泣き崩れすべてを告白する。仮面がはがれる瞬間と言いたいところだが、そこで表れるのも結局はショックや衝動的感情の噴出にとどまる。

　もうひとつ、アリスの顔にも触れておこう。うなされた夢の内容をアリスが物語った翌日、娘に勉強を教えるアリスをキッチンからビルがじっと眺めるシーンがある。まず徐々にズーム・アップされるビルの表情は、前述の硬直した表情のバリエーションである（▶ 01:53:55）。ビルの頭のなかに何が渦巻いているかは一目瞭

図4 『アイズ・ワイド・シャット』 ▶ 01:54:07

然なのだが、キューブリックはご丁寧にも、夢を語った昨夜のアリスの声を
ヴォイスオーヴァーで挿入する。説明を嫌うキューブリックはこういうとこ
ろで説明過多であり、それはシーンから謎めいた雰囲気を徹底的に消し去る。

　そしてそんなビルのまなざしに、眼鏡をかけたアリスのまなざしが応える。
その屈託のない表情からビルは何かを読み取ろうとするが、カメラが写すア
リスの、口角を極端に上げた笑顔もいかにも仮面である（図4）。11)

　ビルはそこに何も見出すことができなかっただろうが、より重要なのは、
このアリスの顔が、映画を見ている鑑賞者にはいっこうに謎めいたものに見
えないということだ。顔はただひたすらに顔なのだ。

　心理というものを信じていないキューブリックにとって、顔がただの仮面
であるのは当然のことだった。彼が『夢小説』の映画化にこれほど惹かれ続
けたのは、それが内面を扱う心理小説だったからではなく、表面化した症候
だけを扱う、いわば症候小説だったからだ。人間から内面という謎を完全に
奪い去る仮面の存在によって、小説への関心は増強されただろう。仮面は、
顔というものに対してキューブリックが以前から持ち続けていた考えを補強
するものにほかならなかった。

　何かを謎めいたものとして眺めることは主観的なことだ。機械的まなざし
が仮面を、そして顔をいくら執拗に映したところで謎は生まれない。『アイ
ズ・ワイド・シャット』をとりつく島がないと感じるとしたら、顔や仮面が、
ひたすらに単なる顔や仮面として映され、その奥に内面という謎があると感
じられないから、あるいはあるとしてもたいした謎として感じられないから
だろう。その違和感に足をすくわれることなく作品を楽しめる観客も、もち
ろん多いにちがいない。だが、人間の内面を描くことこそが肝要だという考
えにとらわれるあまり、登場人物に奥行きが感じられないことが躓きとなっ
てしまう観客がいることも容易に想像できる。キューブリックは表現者であ
り、彼は表現したいことを、おそらくこれ以上ないほど明瞭に表現している。
もし彼が表現を拒否しているかのような矛盾を感じるとしたら、映画は人間
を描くものだという類の思い込みが原因なのだ。仮面と非心理主義的表現に
よって、人間のアイデンティティを作品の対象としないという『夢小説』の
特質が、キューブリックを惹きつけ続けた。『アイズ・ワイド・シャット』
は、そのストーリーラインがいかにも人間を描いていそうだと予想させるた

めに、人間を描かないというキューブリックの本質がかえって際立つことになった。この乖離による躓きを克服したところから、『アイズ・ワイド・シャット』とは何なのかという探究は始まるのだろう。

註

1) 結果的にキューブリックの遺作となった本作の最後の台詞が、アリスの発する「ファック」だというのはあまりにも出来すぎた偶然と言わざるをえない。

2) 『アイズ・ワイド・シャット』は、公開された 1999 年に全世界で約 1 億 6000 万ドルを稼ぎ出し、キューブリック作品で最も成功した作品となった（ヒューズ 349）が、そこにはもちろん作品公開直前にキューブリックが急逝し、同作が彼の遺作になったということが大きく影響している。

3) とはいえキューブリックが『ルック』誌のために撮影し掲載されたのは、一般に組写真と呼ばれる、複数の写真でストーリーを描くものが多かった（ロブロット 25-27, 37-38）。

4) 日本語訳としては池内紀訳、池田香代子訳などがある（シュニッツラー［1990］; シュニッツラー［1999］）。

5) 作品発表は 1925 年だが、シュニッツラーは一気呵成に書き上げるタイプではなく、書いたものをしばらく寝かすことがほとんどだった。最終的に『夢小説』として完成する作品には 1907 年ごろ着手したと思われる。なおシュニッツラーは第一次世界大戦を生き延びたが、戦後の世界を描くことはついになかった。

6) 1930 年代にゲオルク・ヴィルヘルム・パプストが『夢小説』の映画化を計画し、シュニッツラー自身が脚本を作成した。とはいえサイレント映画であり、作者本人による脚本は監督によって拒否され、映画自体も実現しなかった（Kirchmann 190）。
   　『アイズ・ワイド・シャット』公開のほぼ 30 年前、1969 年にオーストリアで製作された映像があるが、これは 75 分程度のテレビ放映用作品である（https://www.filmarchiv.at/program/film/traumnovelle/）。なお YouTube で同作を見ることができる（2022 年 4 月現在）が、公式にアップロードされたものではないので具体的な言及は控えておく。

7) 『Room237』（2012, ロドニー・アッシャー監督）は、キューブリックの『シャイニング』（The Shining, 1980）に魅せられたさまざまな人々のシャイニング解釈を紹介するドキュメント映画である。ある者は、画面に映った小道具の分析から、この映画の真のテーマは白人によるアメリカ先住民虐殺の歴史だといい、ある者はナチスによるホロコーストを表しているのだという。挙句の果てには、アポロ 11 号による月面着陸の映像はでっちあげだという有名な陰謀論に、キューブリックが関わっていたことを証明するものだ、といったトンデモ説まで登場する。

8) キューブリック作品のほとんどには、脚本に監督本人もクレジットされてい

る。彼が脚本を他人に依頼しながら、その脚本家を徹底的に疲弊させつつ脚本を我がものにしていく興味深い過程とその理由（らしきもの）については、ラファエルが『アイズ・ワイド・オープン』で詳述しておりとても興味深い。

9) タイトルの「アイズ・ワイド・シャット」は、「結婚するまでは目を大きく開いて、だが結婚してからは半分目を閉じて」という英語の慣用表現をもじったものである。

10) 登場人物の台詞やヴォイスオーヴァーによる説明の多用は、非映画的だとして批判されることが多い。だが言葉による説明はキューブリックの本質に関わっているように思われる。キューブリック作品に感じられる違和感の源のひとつがここにある。

11) 顔を若干うつむけ、上目遣いで対象をにらみつけるキューブリック凝視（Kubrick stare あるいは Kubrick gaze）と言われるものがある。『シャイニング』のジャック（ジャック・ニコルソン）、『時計仕掛けのオレンジ』（*A Clockwork Orange,* 1971）のアレックス（マルコム・マクドウェル）、『フルメタル・ジャケット』（*Full Metal Jacket,* 1987）のレナード（ヴィンセント・ドノフリオ）が有名だ（**ロブロット 417**）。ここでのアリスの目つきも、そしてある程度はアリスを見つめるビルのそれも、いや映画前半、アリスの告白中くりかえし挿入されるビルの表情も、このキューブリック凝視のヴァリエーションと言っていいだろう。要するにキューブリック凝視とは仮面なのだ。ただしその仮面は何も隠していないか、隠しているとしてもいたってシンプルな衝動にすぎない。

　表情に乏しい（ということは心理に乏しい）本作において、唯一表情豊かなのは、ビルに怒りをぶつけ、海岸での出来事を告白し、夢を語るときのアリスだろう。アリスは公の場では眼鏡をはずし、家庭における妻あるいは母としては眼鏡をかけている。だが家庭の最深部である寝室で、豊かな表情を見せる上述のシーンではふたたび眼鏡をかけていない。最も印象的なのは、映画冒頭、パーティーから帰宅してビルに抱かれながら、アリスが鏡を見入るシーンである（図5）。

　このときのアリスは、社会的存在でも母でも、さらには妻でもなく、自分の内面を見つめる一個の孤独な存在である。このような存在は、キューブリック映画ではかなりめずらしい。

図5　**『アイズ・ワイド・シャット』** ▶ 00:20:47

ちなみに、アリスに鏡とくればルイス・キャロルの『鏡の国のアリス』が当然連想される。アリスが鏡を通って入った世界は、荒唐無稽であると同時に、チェスのルールが支配する世界でもあった。キューブリックは人間の内面を、そのような荒唐無稽と厳格な論

理が併存するものとして考えていたのかもしれない。キューブリックの趣味がチェスで、相当の腕前の持ち主だったことは有名である。

9　音楽劇『三文オペラ』の映画化

ゲオルク・ヴィルヘルム・パプスト監督『3文オペラ』（1931）

市川　明

1　『三文オペラ』の世界初演

　黄金の 1920 年代、ベルリンは世界演劇の首都だった。1927 年、人口 400 万人のベルリンには 49 の劇場と 3 つのオペラハウスがあった。さらに 3 つの大きなヴァリエテ（歌や踊り、手品や曲芸などを演じる演芸館）や 75 のカバレット（キャバレー、風刺寄席）が隆盛を極めた（Scheberra 6）。劇場では二人の巨匠、マックス・ラインハルトとレオポルト・イェスナーが、シェイクスピアやシラーなどの名作を意欲的な演出で手がけ、華やかな競演を繰り広げていた。「政治演劇」を掲げるエルヴィン・ピスカートアの新たな実験も注目を集めた。カール・ハインツ・マルティンやエーリヒ・エンゲルなど若手の演出家がきら星のように台頭し、ベルリンの演劇は「モダニズムのゆりかご」とも言うべき様相を呈していた。『夜打つ太鼓』（*Trommeln in der Nacht,* 1922）を書き、ミュンヒェン初演で名を上げたベルトルト・ブレヒト（Bertolt Brecht, 1898-1956）は、クライスト賞というごほうびを引っ提げて 1924 年にベルリンに乗り込んできた。

　ベルリンの「フリードリヒ通り」駅の北側をシュプレー川が流れている。この川にかかるヴァイデンダム橋を渡ったところにシフバウアーダム劇場（現在のベルリーナー・アンサンブル）がある。1906 年から 1925 年までこの劇場は娯楽演劇やオペレッタを演じる劇場だったが、1925 年以降、世界演劇の古典や現代の注目作品を演じる正統派路線に転じた。だが転換は功を

奏せず、観客も減り、話題にのぼることのない「小屋」になってしまった。劇場復興の大役をエルンスト・ヨーゼフ・アウフリヒトが担うことになった。俳優としては凡庸な彼だったが、演劇にかける情熱は人一倍強く、1928年3月に叔父から得た巨額の富で劇場を買い取り、経営者兼総監督となった。総監督に就任する1928/29年のシーズンの第一弾としてアウフリヒトが選んだのは、ブレヒトの『三文オペラ』（*Die Dreigroschenoper,* 1928）で、200年前にロンドンで大当たりをとったジョン・ゲイ（John Gay, 1685-1732）の『乞食オペラ』（*The Beggar's Opera,* 1728）の改作だった。[1] 実はこの段階で作品はまだ形をなしておらず、ブレヒトはクルト・ヴァイル（Kurt Weill, 1900-50）に作曲を依頼する。二人は1928年5月26日から6月4日まで南フランスのサン・シールに引きこもって集中的に仕事をした。ヴァイルの妻ロッテ・レニアは回想する。「二人は日夜、狂人のように働いた。書き、変更し、消し、新たに書き直した。仕事を休むのは数分間海辺に降りていくときだけだった」（Lenya-Weill 118-19）。劇作家と音楽家が、それぞれの作品の最初の、かつ重要な批判者であり、その場でテクストと音楽を統合する理想的な作業形態ができあがった。従属関係にないテクストと音楽の相互作用・共存が、バランスの取れた最高の音楽劇を生み出したと言っていい。

　上演まではごたごた続きだった。ポリー役のカローラ・ネーアーは、結核で臨終の床にあった夫の作家、クラブントを看取るためスイスの療養所へと向かい、急遽代役を立てなければならなかった。幸いカバレット俳優のローマ・バーンが4日間で台詞と歌を覚え、見事に穴を埋めた。ピーチャム役もペーター・ロレが病気で降板した後、ドレスデンの劇場からエーリヒ・ポントーを呼び寄せて事なきを得た。ブレヒトの妻ヘレーネ・ヴァイゲルが演じる女郎屋の女将コークスは、ヴァイゲルの提案で下半身不随の車椅子の女性として登場予定だったが、彼女自身が盲腸炎で入院したため、役自体が削除された。

　しかもピーチャム夫人を演じる有名なカバレット歌手、ローザ・ヴァレッティが〈セックスのとりこのバラード〉（以降、ソング、楽曲は〈　〉で表す）の卑猥な歌詞に感情を害し、この歌を歌うことを拒否したため、初演ではカットとなった。ルーシー役のカテ・キュールは声が低いため、高音域の〈ルーシーのアリア〉（第8場）が歌えず、この歌は舞台から消えた。上演時

間を短縮する必要に迫られ、〈ソロモン・ソング〉（第 7 場）は歌われないことになった。演劇、オペレッタ、カバレットなど異なったジャンルのパフォーマーが共演する（Knopf 201）この上演には期待と不安が同居していた。初演前日のゲネプロ（総稽古）は混乱のなか、明け方 6 時まで続いた。いったん解散したメンバーが正午ごろに戻り、最後の合わせが行われたとき、とてつもない怒号が鳴り響いた。娼婦ジェニーを演じるロッテ・レニアの名前がプログラムから抜け落ちていたため、夫のヴァイルが「舞台には立たせない」と激怒するハプニングだった（Aufricht 114）。レニアがなんとか夫をなだめ、上演にこぎつけた。

　こうして 1928 年 8 月 31 日、初日の幕が開いた。装置をカスパル・ネーアー、演出はエーリヒ・エンゲルが担当した。だが誰がこの日の成功を予想しただろうか。いちばんびっくりしたのは演じた当人たちだったろう。大道歌手を演じるクルト・ゲロン（ブラウンと二役）が〈ドスのメッキーのモリタート〉（〈マック・ザ・ナイフ〉）を歌い始めたとき、大成功は約束されたも同然だった。インドで戦友だった二人、盗賊の首領メッキーと警視総監タイガー・ブラウンが歌う〈大砲の歌〉に観客席は大いに沸いた。芝居が進むにつれて拍手は大きくなり、大歓声のうちに幕を閉じた。上演はモーツァルトの初期の軽歌劇を見るようでもあり、ウィーンの民衆歌劇やカバレットの滑稽さや風刺の風味も備えていた。劇評家イェーリングは「ユーモアと悲劇性が止揚された舞台」（Ihering 44）と絶賛した。ロッテ・レニアをはじめ、俳優たちは一夜にして有名になった。もちろんブレヒトやヴァイルともども。上演は一年以上、250 回に及ぶロングランとなり、黄金の 20 年代のベルリンに金字塔を打ち建てることになる。ベルリンの成功は、ミュンヒェン、ライプツィヒ、プラハ、リガへと伝播し、その後、全世界で空前のブームとなった。『三文オペラ』は 1930 年までに 18 の言語に翻訳され、ドイツ国内では 120 の劇場で 4200 回の上演を数えた（市川［2023］137-40）。

2　音楽劇『三文オペラ』のストーリーとナンバー

　『三文オペラ』は序幕と 3 幕 9 場からなり、場面は通し番号がつけられている。各場の冒頭に簡単なストーリーが記されており、上演ではそれがスライドで舞台上に映し出される。『三文オペラ』には 21 のナンバー（以下 No. 1、

No.2…のように表示）がある。

序幕

序曲 (No. 1) で序幕が始まる。場面は「ソーホーの年の市」。ト書きには、「乞食たちは物乞いをし、盗賊たちは盗みを働き、娼婦たちは売春をしている」とあり、乞食、盗賊、娼婦の 3 つの社会的集団が示される。大道歌手が歌う〈ドスのメッキーのモリタート〉(No. 2) では、盗賊の親分メッキーの殺人の数々が挙げられる。

第1幕

第 1 場：〈ピーチャムの朝の聖歌〉(No. 3) で始まる。ピーチャムは乞食会社の社長で、ロンドン中の乞食を管理・支配している。娘ポリーを玉の輿に乗せ、金儲けしようと考えているピーチャム夫妻は、娘の無断外泊の相手が仇敵メッキーだと知り、怒りをあらわにする。「おとなしく寝ているかわりに、夜遊びに出かける」娘を嘆く、〈かわりに・ソング〉(No. 4) を夫婦は歌う。

第 2 場：盗賊の親分であるメッキーとその子分たちが登場。メッキーは貴族の厩舎でポリーと結婚する。子分たちが盗んできた品々で準備が整い、結婚式が始まる。子分たちの〈貧乏人のための婚礼の歌〉(No. 5) の後、お礼にポリーが〈海賊ジェニーの歌〉(No. 6) を歌う。ロンドンの警視総監、タイガー・ブラウンが登場。植民地戦争時代のメッキーの戦友であり、その関係は今でも続いていた。二人は〈大砲の歌〉(No. 7) で気勢を上げる。ブラウンは女王の戴冠式の準備で退席する。やがて一同も去り、〈愛の歌〉(No. 8) で新郎新婦は用意された天蓋付きのベッドに入る。

第 3 場：ポリーは、〈バルバラ・ソング〉(No. 9) で両親に結婚の報告をする。ピーチャムはこの結婚が自分に経済的痛手を与えると考え、メッキーを告発し、絞首台に送る決意を固める。

〈第 1 の三文フィナーレ──人間関係の頼りなさについて〉(No. 10) でピーチャムは「誰だって善人でいたいだろう」、「でも世の中はそんなに甘くない」と娘を諭す。

第2幕

第 4 場：ポリーから危険を知らされたメッキーは、逃亡を決断する。別れ際にメッキーが〈メロドラム〉(No. 11) を口ずさみ、ポリーは独り、〈ポリー

の歌〉（No. 11a）[2]を歌う。幕間劇でピーチャム夫人は娼婦のジェニーに、「メッキーを密告すれば 10 シリングもらえる」とそそのかし、〈セックスのとりこのバラード〉（No. 12）を歌う。

第5場：メッキーは習性に従い、木曜日にターンブリッジの女郎屋に行く。ジェニーはメッキーを裏切り、警察に引き渡すよう仕組む。何も知らないメッキーは自分がジェニーのヒモで用心棒だったころを思い出し、〈ヒモのバラード〉（No. 13）を歌い、ジェニーも歌に加わる。メッキーは危険を知り、逃げようとするが警察に逮捕される。

第6場：オールドベイリーの監獄の独房。タイガー・ブラウンが登場し、親友の逮捕で良心の呵責に苦しむと述べる。メッキーは獄房内で、〈快適な生活のバラード〉（No. 14）を歌っている。ブラウンの娘で、メッキーの愛人であるルーシーが登場し、メッキーがポリーと結婚したことを責め立てる。ルーシーはポリーと鉢合わせし、〈嫉妬のデュエット〉（No. 15）が掛け合いで歌われる。ルーシーの助けでメッキーは逃亡する。

メッキーとジェニーが幕前で〈第2の三文フィナーレ〉（No. 16）を歌う。「まずは食うこと、道徳はその次」という有名なフレーズがリフレインされる。舞台裏から「人は何によって生きるのか」と問いかけられると、合唱が「人はみな、悪によってのみ生きる」と答える。

第3幕

第7場：ピーチャムが警視総監のブラウンに脅しをかける。メッキーを再逮捕しないのなら、ロンドンの乞食を総動員して女王の戴冠式のパレードを妨害すると。ブラウンはやむなくメッキーの逮捕命令を出す。ピーチャムはブラウンに〈人間の努力のいたらなさの歌〉（No. 17）を歌って聞かせる。幕間劇でジェニーが〈ソロモン・ソング〉（No. 18）を披露する。「賢者ソロモンはその賢さゆえに滅んだ。うらやましいのはそうした美徳がない人」。

第8場：ポリーがルーシーを訪問し、二人は仲直りする。

第9場：メッキーはまた女郎屋に現れ、ジェニーに密告され、再逮捕される。彼は絞首刑が確定し、死刑囚の独房にいる。賄賂のお金も調達できそうになく、死の恐怖に襲われたメッキーは〈墓穴からの叫び〉（No. 19）を歌う。「銀行強盗など、銀行の設立に比べればどうってことはない」と演説し、〈メッキーがすべての人に許しを請うバラード〉（No. 20 ヴァイルの楽譜では〈墓碑銘〉）

で別れを告げる。絞首台にメッキーが立つと、ピーチャムが観客に語りかける。「せめてオペラの中でぐらいは／正義よりは慈悲が下されるのをご覧あれ。／皆さんに喜んでもらいたいので／今から国王の馬上の使者を登場させます」（〈絞首台への道〉、No. 20a）。

〈第3の三文フィナーレ〉（No. 21）で芝居は大団円を迎える。国王の使者として、タイガー・ブラウンが馬にまたがり現れる。彼は告げる。「戴冠式のこの良き日に、女王はメッキーを恩赦された。彼を貴族となし、城と年金が与えられる」。すべてがハッピーエンドで、全員が合唱する。「不正をあまり追及するな。不正だって／やがては凍り付く。この世の冷たさゆえに。／考えてみろ、悲惨が響き渡るこの谷の／暗さとものすごい寒さを」。幕。

ヴァイルが契約していたウニヴェルザール出版社は『三文オペラ』によって一躍有名になった。1928 年にはブレヒト／ヴァイルの『三文オペラ』のスコアや『三文オペラのソング』（ピアノ譜）が出版され、音楽家のあいだでも注目を集めた。ソングは演劇とは切り離された形で多くの人に歌われ、広まった。

1930 年 12 月にベルリンのレコード会社、ウルトラホンが『三文オペラ』のソングを、それと結びついたブレヒトの歌詞とともに 4 枚のレコードのシリーズとして製作した。歌い、語るのは初演の俳優・歌手であるゲロン、ポントー、レニアで、音楽監督は初演と同じテオ・マックエーベンだった。中央に大きな U の銀文字、その上に半円形に ULTRAPHON と書かれた鮮やかな紺色のレーベルがブレヒト／ヴァイルを全世界に発信した。1929 年から 1931 年までに『三文オペラ』のソングのレコードは全部で 21 種類作られた。1931 年の映画化により、その人気は加速し、1933 年までに販売されたレコードは 130 種類にものぼる。

3　『三文オペラ』の映画化

1929 年、ベルリンには 363 の映画館があり、37 の映画会社が約 250 本にものぼる長編映画を製作していた。1933 年までのドイツ映画はベルリン映画だと言って差し支えない。トーキーの時代が始まっていた。1927 年 10 月 23 日、初のトーキー映画『ジャズ・シンガー』（*The Jazz Singer*）が、翌 1928

年には全編音声付きの長編映画『紐育の灯』（*Lights of New York*）（2本とも
ワーナー・ブラザース配給）がアメリカで生まれ、後者は公開第1週に4万
7000米ドルの収益を上げた。トーキーは戦争映画と音楽映画に大きな光を
与えた。ウーファ社の『嘆きの天使』（*Der blaue Engel*, 1930、ドイツ語と英語で
撮影）ではマルレーネ・ディートリヒが歌う主題歌「また恋したのよ」（Falling
in Love Again）もヒットした。

　初演の大成功を受け、1930年5月21日にネロ映画社はブレヒトの契約出
版社であるフェリックス・ブロッホ・エルベン社と1万マルクで『三文オペ
ラ』の映画化の契約を結んだ。台本、原稿料として、ヴァイルに7000マルク、
ブレヒトに1万マルクが支払われた。国際的な映画社であるトービスとワー
ナー・ブラザースが協力することになった。ネロ映画社はドイツ語版とフラ
ンス語版の『三文オペラ』を違ったキャストで撮ることを決めていた。まだ
吹き替えなどの技術が発達していなかった時代で、同じ時期に同じ撮影所で
2本の映画が製作される。早急に配役を決め、8月15日に撮影を開始する
と発表された。

　製作責任者を務めるネロ映画社のシーモア・ネーベンツァールは監督にゲ
オルク・ヴィルヘルム・パプスト（Georg Wilhelm Pabst, 1885-1967）を起用した。
パプストはもともと俳優、演出家だったが、1920年以降、映画に分野を転
じていた。彼の最初の成功はアスタ・ニールセンとグレタ・ガルボが出演す
る『喜びなき街』（*Die freudlose Gasse*, 1925）だった。第一次世界大戦後のウィー
ンの貧困層の生活苦を描いた社会ドラマで、資本家の株価操作なども出てく
る。未来都市を描いたフリッツ・ラングの『メトロポリス』（*Metropolis*, 1927）
とは、上流階級（上）と下層階級（下）の世界のコントラストや、金持ち（資
本家）と貧乏人（労働者）の対立が描かれている点で共通する。ラングが最
終場面に取り入れようとして果たせなかった「貧しい民衆の蜂起」をパプス
トが映像化していることも興味深い。

　ルイーゼ・ブルックス主演の『パンドラの箱』（*Die Büchse der Pandora*, 1929）
は高い評価を受け、サイレントの代表的監督としてパプストの名を不動のも
のにした。パプストは1930年の2月から5月にかけて、ネロ映画社のため
に初めてのトーキー『西部戦線1918年』（*Westfront 1918*, 1930）を作成した。
1918年の飢餓と大量の死を描いたもので、彼の4年間の収容所体験が反映

されている。この反戦映画の傑作で、彼は「赤のパプスト」と呼ばれるようになった。映画はヨーロッパの少なからぬ国々で、『西部戦線異状なし』（*All Quiet on the Western Front,* 1930）よりもヒットした。1931 年には『3 文オペラ』（*Die 3-Groschen-Oper,* 1931）[3]とラングのサイコスリラー映画『M』（*M,* 1931）が生まれた。『M』では犯罪者たちのシンジケートや乞食組合も登場し、『3 文オペラ』と類似する部分もある。

　ブレヒトは『三文オペラ』の成功を、映画のスクリーンでも試してみたいと考えていた。彼はかつての自分の思想的・政治的立場を軟弱だと感じており、内容の徹底的な改変を望んだ。初演の翌年に起きた世界恐慌で、社会的、経済的、政治的状況は大きく変化しており、改作が必要と考えたからだ。ネロ映画社はシナリオ制作に関してブレヒト、ヴァイルと契約を結んでいる。契約には、ブレヒトがカスパル・ネーアーとスラタン・ドゥドフとともに映画のシノプシス（あらすじ）を書き上げ、それをもとにレオ・ラニア（ブレヒトの希望で制作チームに入った）がシナリオを完成させるという条項も含まれていた。ブレヒトとヴァイルはシナリオと音楽について共同決定権を有し、問題があれば修正を要求できることを契約に明記させた。

　シナリオ制作は『西部戦線 1918 年』のシナリオを書いたレオ・ラニアと『パンドラの箱』のラディスラウス・ヴァイダが当たり、あとからモンタージュ理論や『映画の精神』（1930）で知られるベラ・バラージュが加わった。1930 年 8 月 3 日に、ブレヒトが口述し、ラニアが文書化したシノプシスが提出された。未完成で、分量は全体の 3 分の 1 程度だった。それは映画社側からは、自分たちのイメージとはほど遠い、演劇作品を映画に移し替えただけのもののように思われた。8 月 23 日、ネロ映画社はブレヒトに文書で、契約の破棄と今後の共同作業の拒否を伝えた。ブレヒトとヴァイルはこれを不服とし、上映差し止めを求める訴訟を起こした。10 月 17 日、20 日に法廷が開かれ、11 月 4 日に判決が出た。ブレヒトは敗訴で、ヴァイルは勝訴だった。ヴァイルには、「音楽はすべてヴァイルの作品を使用する。書き換えは許さない。楽器編成もヴァイルの指示に従う」ことが確認された。12 月 19 日にネロ社とブレヒトは和解。ブレヒトが異議申し立てを撤回し、ネロ映画社から契約破棄の賠償金として 1 万 6000 マルクがブレヒトに支払われ、示談が成立した。[4]

撮影は9月19日に開始し、法廷闘争中も続けられて、11月15日に終了した。映画『3文オペラ』(*Die 3-Groschen-Oper, 1931*) は1931年2月19日にベルリンのアトリウム映画館で封切られた。このドイツ語版の映画は5月3日にロンドン、5月17日にニューヨークで公開されている。同時に作られたフランス語版『三文オペラ』も検閲などで時間はとられたものの、6月8日にベルリンの同じ館で封切られ、11月13日にはパリでフランス初公開となった。

　補足すれば、ブレヒトは9月にシノプシス『こぶ　三文映画』(*Die Beule. Ein Dreigroschenfilm, 1930.* [GBA 19, 307-20] 以下、『こぶ』と略記) をネロ映画社に提出している。4部構成になっていて、第1部「ポリー・ピーチャムの愛と結婚」、第2部「乞食王の権力」、第3部「火遊び」、第4部「メッキー氏の馬上の使者」と、各部にもタイトルがつけられている。注釈によればブレヒトはこれらを字幕として映し出すつもりだったらしい。タイトルの「こぶ」は、ピーチャム乞食会社の乞食の一人がメッキー盗賊会社の盗賊たちの侵入を密告するが、盗賊の一人に殴られてこぶを作ったことから来ている。

　なお『こぶ』は部分的にパプストの映画に取り入れられている。ブレヒトの演劇（原作）とは違うシノプシスの部分で、パプストが取り上げたのは次のような箇所である。1.（ブレヒトは本文ではなく、注釈で記しているが）導入部で出演者全員が〈第2の三文フィナーレ〉を歌う。2. メッキーがポリーを見初め、盗賊の子分たちの準備で結婚式を挙げる第1部の筋の流れ。3. メッキーと盗賊集団（第1部）、ピーチャムと乞食集団（第2部）の紹介の順序。4. ルーシーの役を削除し、ジェニーとポリーがライバル関係にある。したがって監獄からメッキーを救うのもジェニーであること。これらはパプストの映画化を分析・評価する際に重要な指標となるだろう。

　パプストはトーキーを歓迎し、言葉と身振りのコラボに大きな可能性を見出していた。だが同時にサイレントの視覚的表現法、言葉なき図像の発展にも映像の美学を感じていた。演劇出身で、いくつか戯曲の演出も手掛けたパプストだが、「劇場では自分の芸術的意図を実現できないのではないか。舞台では特定の場所で起こることしか示せない。起こることだけでなく、出来事の背後にあるものを示し、意味を与えたい」と考えていた。「『三文オペラ』をどのように捉えているのか？　演劇的にか、純粋に視覚的にか？」と尋ね

られ、パプストは即答する。「もちろん純粋に視覚的にだ」と。ブレヒトが描こうとした戯画化の世界、笑いの世界から距離を置いて、パプストは現実を視覚的に捉える、シリアスな、批判的リアリズムの映画を求めていたと思われる。

4　叙事詩的演劇と映画のあいだ

　ブレヒト大全集（GBA）に掲載された『三文オペラ』には共同作業者としてエリーザベト・ハウプトマンとクルト・ヴァイルの名前が挙げられ、その下に「『三文オペラ』は叙事詩的演劇における一つの試みである」（GBA 2, 230）と記されている。ブレヒトが提唱する「叙事詩的演劇」とは、叙事詩と劇という二つのジャンルがクロスオーバーする演劇であり、叙事詩的（物語的）平面と劇的（身振り的）平面が関連付けあいながら場面を構成する演劇のことをいう。ブレヒト作品では、劇中のソングは劇を中断し、観客に筋を注釈し、登場人物の行動に批判を差し挟ませる詩的なメタテクストとして働く。『三文オペラ』ではソングは異化的、パロディー的機能を有しており、叙事詩的演劇に不可欠な要素となった。

　初演で、ブレヒトは演出のエンゲルの反対を押し切って、舞台奥の壇上に楽団を配置した。背景にはパイプオルガンのイミテーションが置かれ、その前でルイス・ルース楽団の七人のメンバーが演奏した。中央に音楽監督のマックエーベンがいて、ピアノを弾き、指揮を担当している。演奏時には舞台の天井からライトが下りてきて劇空間とは違った色の照明が当てられ、背景のスクリーンにはそれぞれのナンバーのタイトルが映し出された。

　映画『3文オペラ』で、成功しているのは大道歌手（エルンスト・ブッシュ）が歌う〈ドスのメッキーのモリタート〉の場面である。この大ヒットソングは初演時に即興で作られたものである。主演の二枚目俳優ハラルト・パウルゼンが自分の見せ場を作るために登場曲を書いてくれと要求したからだ。だがパウルゼンの声があまりに甘すぎて曲に合わないため、急遽、大道歌手の役を作り、タイガー・ブラウン役のクルト・ゲロンに歌わせることになった。ゲロンが棚ぼたでもらった歌は、以後、大道歌手の持ち歌となった。

　ブレヒトが生まれ、育ったアウクスブルクでは、毎年二度、春と晩夏に、プレラーと呼ばれる年の市が開かれた。特に彼を引きつけたのはベンケルゼ

図1 『3文オペラ』 ▶ 00:04:51

ンガーと呼ばれる大道歌手だった。細い柱に掛けられた大きな絵の一コマ一コマを棒で指し示しながら、戦争、災害、犯罪などのニュースをバラードに仕立て、手回しオルガンの伴奏で観衆に歌いかける。なかでも好まれたのは殺しを扱った歌でモリタートと呼ばれた。モルトタート（殺人）から来た言葉で、残酷な殺しの場面を生々しく写し出し、観衆を興奮の渦に巻き込んだ。

演劇では、序幕で独立したソングとして歌われる〈ドスのメッキーのモリタート〉だが、パプスト監督の映画では、メッキー（ルドルフ・フォルスター）とポリー（カローラ・ネーアー）の物語が付け加えられている。メッキーは通りかかった若い女性に惹かれ、女性と付き添いの母親を追って小さな広場にやってくる。出し物に集まる群衆。メッキーが観衆にまぎれて眺めるのは大道歌手の〈ドスのメッキーのモリタート〉で、自分のことが歌われている。「鮫は歯をむき出すが、メッキーはドスを隠し持つ」（図1）。歌手が過去形でメッキーの殺しの物語を歌い、絵が出来事を現在形のドラマとして浮かび上がらせる。さらに重要なことは絵から抜け出た主人公が、自分のドラマを眺め、その後モリタートの観衆である市民相手に絵と同じドラマを繰り返す。そしてそれを劇場・映画館の観客が見ることになる。幾重にも入れ子構造になった舞台がメタ平面を構成し、メタシアターを構築していく（市川 [2008] 13-19）。

映画では、広場とそれにつながる通りの左側には造船所の倉庫や事務所、アパートが立ち並び、右側は港で何艘もの船が停泊し、マストが林立している。2階のベランダで見物している人たちもいる。通りを忙しく行きかう人たちはここの住民や労働者である。古き時代のロンドンの臨港街の様子が壮大なスケールで見渡せる。

演劇では、序幕の〈ドスのメッキーのモリタート〉の後、第1場は乞食

王ピーチャムの話である。筋がスライドで映し出される。「人が日に日に非情になっていくので、それに対処するため実業家のJ・ピーチャムが店を開いた。そこではひどく貧乏な人たちが、ますます冷酷になっていく人の心を動かすような扮装をあてがわれている」。ピーチャムが登場し、〈ピーチャムの朝の聖歌〉を歌う。「起きろ、堕落したキリスト教徒よ！／罪深い暮らしを始めろ／悪党ぶりを見せてやれ／主の報いはいつか来る／［……］」。それからピーチャムは観客に向かって自己紹介をする。「何か新しいことをしなきゃいけません。同情を呼び覚ますのが私の商売でして、とても難しいのです。そりゃ何やかや人を感動させることはできますよ、いくらかはね。でも何度もやるともう効かなくなるんですよ［……］」。

　この〈聖歌〉でいきなり聖書のパロディーが出てくる。聖書は万人が知る書物であり、キリスト教社会の道徳は聖書をもとに成り立っている。キリスト教の根本思想は隣人愛であり、「敵を愛せ」という絶対的な愛だ。ピーチャムは「与えよ、さらば与えられん」と言うが、これはもちろん聖書の「求めよ、さらば与えられん」のもじりである。求めれば与えられる聖書の世界に対し、ブレヒトは現実の厳しさを皮肉っている。ブルジョア社会では、弱い者を「裸にし、襲い、絞め上げ、食らう」ことでしか、「悪によってしか」生きていけないことが示される。

　映画では、大道歌手が登場し、「皆さんはポリー・ピーチャムの結婚式に立ち会った。これから乞食王ピーチャムの力をお見せしよう。ロンドン一の貧しい男と自称しているが」と語る。『乞食オペラ』から唯一メロディーを受け継いだ〈朝の聖歌〉だが、シナリオではオルガン演奏で前場面からつながれ、ピーチャムによって歌われることになっていた。だがパプストはそれを採用せず歌なしとし、自己紹介の部分もカットした。建物にみすぼらしい身なりの乞食たちが杖をついて入っていく。壁には大きな文字で、「J・J・ピーチャム商会。恵まれぬ者に耳を閉ざすな」と書かれている。ピーチャム（フリッツ・ラスプ）が言う。「ロンドンの乞食で働くことを望むものは、ピーチャム商会に金を払い、許可を得なくてはならない」。

　廊下の右側には衣装や松葉杖などの道具が置かれ、貧困の5つのタイプを示した蝋人形が並んでいる。その上には、「与えよ、さらば与えられん」と書かれた横断幕が掲げられている。「無一文だ」と言うフィルチ（ヘルベ

ルト・グリューンバウム）に、ピーチャムは棒でこのモットーを示し、Cの
タイプを指定する。フィルチはピーチャム夫人から与えられた衣装と杖で鏡
の前に立つが、乞食仲間から笑いが起きる。「乞食」を演じる乞食が労働を
終えて戻ってくる。歩くのが困難なはずの彼らが松葉杖を置き、こちらへ歩
いてくる。盲目で左手が動かない乞食が、何度か瞬きして瞼をひっくり返す
と目がぱっちり開き、手の指もすぐに活発に動く。会話のない場面、「サイ
レント」な画面が支配的で、叙事詩的演劇と静かなリアリズム映画の「あい
だ」を感じさせるが、それでも双方に笑いはある。

　『三文オペラ』は正歌劇のようなアリアとレチタティーヴォ（叙唱）によ
る構成を持たない。ブレヒトは「俳優が普通の会話から無意識のうちに歌に
移っていくようなふりをすることほどいやらしいことはない」と言い、ヴァ
イルも「芝居の進行は、音楽を演じるために、中断されるか、もしくはもっ
ぱら歌われる地点に導かれる」と主張する。ブレヒトとヴァイルはヘンデル
やワーグナーの「歌い続ける」正歌劇を否定し、歌と台詞を完全に分離する。
『三文オペラ』ではすべてのソングが独立した存在であり、どこにでも移し
替えられる稼働的な機能を持っている。たとえば〈バルバラ・ソング〉（別
名〈イエス・ノー・ソング〉）では、バルバラは言い寄る多くの男性に「ノー」
と返答してきたが、あの「礼儀知らずの男」には「ノー」と言えなかった、
と歌う。演劇では、結婚式を終えて朝帰りしたポリーが両親に歌って聞かせ
る歌で、結婚の報告となる。映画では、ポリーが結婚式の余興に（演劇では、
〈海賊ジェニーの歌〉）この歌を歌う。それはポリーの結婚の誓いである。

　だが映画人パプストにとって、映画のソングは作品のストーリーに深く埋
め込まれた、自然なものでなければならなかった。〈ピーチャムの朝の聖歌〉
を採用しなかったこともわかる。映画では、冒頭の字幕部分の〈第2の三
文フィナーレ〉と、結婚式の余興の歌（〈バルバラ・ソング〉、〈貧乏人のた
めの婚礼の歌〉）や大道歌手の歌う歌（〈ドスのメッキーのモリタート〉、〈人
間の努力のいたらなさの歌〉）は抵抗なく使えるだろう。だがそのほかのソン
グは極めて限定されている。音楽劇『三文オペラ』のナンバーは No. 21
まであり、No, 11 と 20 にはそれぞれ 11a, 20a が付いているので、正確には
23 曲だ。そのうち映画『3 文オペラ』で使われたソングは、先に挙げた 5
曲以外に、〈愛の歌〉、〈海賊ジェニーの歌〉、〈大砲の歌〉（使用順）の 3 曲、

計 8 曲である。なお〈快適な生活のバラード〉と〈ヒモのバラード〉は演奏のみで使用されている。音楽映画として見た場合、物足りなさを感じる人は少なからずいるだろう。

『三文オペラ』の世界初演で舞台美術を担当したカスパル・ネーアーはブレヒトの言う「演劇の文書化」（GBA 24, 58）を念頭に置いて、各場面の冒頭でタイトルや筋をスライドで投影した。たとえば序幕では「ドスのメッキーのモリタート」、第 2 場では「ソーホーのど真ん中で盗賊のドスのメッキーは乞食王ピーチャムの娘ポリーと結婚式を挙げる」といった具合に。観客はあらかじめストーリーを知ったうえで、判断を加えながら演劇を見ることができる。

映画では、それに代わり大道歌手が観客に向かって口上と歌でコメントする。大道歌手は 5 回登場する。1、3、5 回目は歌手として、2、4 回目は語り手として。いずれも少し高くなった細い側道の欄干から、出来事を観察し、解説する。欄干の下には、〈モリタート〉の場面同様、手回しオルガンを弾く女性がいる。もちろんブレヒトの推奨するような「演劇の文書化」＝「スライドの字幕投影」も可能だが、トーキーの監督としてパプストはインタータイトル（中間字幕）を拒んだ。

5　映画『3 文オペラ』

映画は、〈第 2 の三文フィナーレ〉で始まる。歌が流れ、タイトル、監督、キャスト、スタッフが字幕で順次紹介される。歌では、「まずは食うこと、道徳はその次」という有名なフレーズがリフレインされる。「生きるためには――人をだまし、痛めつけ、その顔にツバを吐く。他に生きる途はない」（▶ 00:01:11-00:01:29）。原作者の訴えたいメッセージを導入部で発信する強烈な出だしとなっている。

パプストが使用していたシノプシスでは、「蝋人形館にいる『三文オペラ』の登場人物。重い鎖で打たれ、深い暗闇から昇ってくる。響き渡る合唱。一つの歌節『まずは食うこと、道徳はその次』。蝋人形の陳列場は再び沈む。暗転」（Casparius 385）とある。この最初の場面はドイツ語版にはなく、フランス語版でのみ見ることができる（片方の版にしかない場面はここだけ）。

注目に値するのは、字幕のキャスト紹介で主人公メッキーの次にポリーが

図2 『3文オペラ』 ▶ 00:06:35

来ていることだ。1963年のヴォルフガング・シュタウテ監督の映画『三文オペラ』では、メッキーの次にジェニーが来る。この二役を演じるスター、クルト・ユルゲンスとヒルデガルト・クネフを先頭に置こうとしたのだろう。これも興味深いのだが、ブレヒト大全集では、ピーチャム、ピーチャム夫人、ポリー、メッキーの順になっており、日本語の翻訳もすべてそれに倣っている。

　メッキーとポリーの物語が始まる。まずイケメンで痩せ型のメッキーが登場する。シルクハット、スーツにネクタイの身なりにステッキを持った紳士は、女性を次々に口説き落とす名うてのドン・ファンだ。ここにも盗賊の首領に対して観客が抱くイメージを破る異化がある。「泥棒はブルジョアであり、ブルジョアはそれ以上に泥棒だ」という作者のメッセージの出発点である。

　ジェニー（ロッテ・レニア）に送られ女郎屋から出てきたメッキーだが、すぐに窓が開き、娼婦から忘れ物の白い手袋が渡される。次の窓からはステッキが（シナリオではステッキ、手袋の順だったが、パプストが順序を逆にした）。受け取る際に、ステッキが仕込み杖になっていて、中にドスが隠されていることがわかる。〈モリタート〉の歌詞どおりに。パプスト監督の映像のキーワードである「窓」が効果を発揮している。

　この後、先に述べた大道歌手の〈ドスのメッキーのモリタート〉のシーンが来る。女性はポリー・ピーチャムといい、ロンドンの乞食王ピーチャムの娘である。ポリーは母親のピーチャム夫人（ヴァレスカ・ゲルト）と一緒に洋品店の前にやってきて、ショーウィンドーのウェディングドレス姿のマネキンを見つめる。窓が反射して、マネキンの隣にメッキーの姿が映し出される（図2）。花嫁姿の自分とメッキーを想像して微笑むポリーだが、自分の横にメッキーがいることに気づき、恥ずかし気に母親を引っ張り去る。同じ年

に作られたフリッツ・ラング監督の『M』が思い浮かぶ。少女をつけ狙い、殺害する男が、ショーウィンドーの光るナイフを物欲しげに眺めるが、そこに映し出された少女の姿によって殺人の欲望に駆られる。ウィンドー・ディスプレーが両方の映画で使われている。

　メッキーは烏賊ホテルに二人を招待し、二人はついてくる。ドアを開けると階段を下りたところに酒場とダンスホールがあり、シミーダンスのテンポの〈快適な生活のバラード〉が流れている。演劇では、メッキーが監獄で歌う歌だが、映画では、器楽演奏のダンス音楽になっている。メッキーはテーブルの先客（彼の子分だが）をにらんで引き取らせ、母娘を席に案内する。乾杯。ダンスに興じる母親。テーブルで見つめあうポリーとメッキー。大きなガラス窓で仕切られた向こうの部屋に子分たちはいる。メッキーは今晩中の結婚を決断、ステッキで窓をたたいて子分を呼びよせ、式の準備を命じる。その後、一通の招待状を子分に託す。届けねばならない招待状のあて名を見た子分は仰天のあまり、帽子が頭上に飛び上がる。「任せる」（Übergeben）の一言で招待状は次々と隣の仲間に回される。最後に大写しされた宛名はロンドンの警視総監、タイガー・ブラウン。子分たちは自分たちのボスが警察のボスと親しいことに驚いたのだ。

　主人公メッキーの声はほとんど聞こえてこないし、会話もない。映画では、ソフトなドン・ファンである盗賊団のボスの魅力が、メッキー役のフォルスターによってうまく表現されている。演劇出身で 1919 年以来、サイレント映画に出演していたフォルスターは、最初のトーキーとなったこの映画で大げさな身振りは避けている。彼の視線、ちょっとした指示が各場面を作り上げていく。次のショットでは、ウェディングドレスをはぎ取られたショーウィンドーのマネキンとそのドレスを持って路地から現れる子分が、続いて大きな柱時計を背負う子分とそれを追う警官が映し出される。これがパプスト監督の大切にする「（サイレントの）視覚的表現法」なのか。

　メッキーとポリーの結婚式は、『乞食オペラ』にはないブレヒトの独創である。『こぶ』では、結婚式は演劇よりもはるかに華やかで、一つの社会的事件になっている。メッキーは結婚式をサマセットシャイア公爵の厩舎で挙行する。上流の名士、著名なゲストが招かれ、警視総監のタイガー・ブラウンも列席している。盗賊たちが盗んできた王朝時代の高級な家具や財宝に囲

まれ、式は進行する。盗賊とブルジョアの結びつきをブレヒトは最初に示したかったのであろう。

パプストはブレヒトの動きにストップをかける。三人の秀逸な作家によるシナリオは 88 景からなるが、そこに書かれた結婚式の場所である「厩舎」（Stall, Stallung, Stallungen）を、6 回にわたって「倉庫」（Speicher）と手書きで修正し、下線や感嘆符を付けている（Casparius 279, 290, 308, 327, 333）。映画では、結婚式はテムズ川の運河沿いにある造船所の第 3 倉庫で行われる。参列者は演劇と同じく、牧師（ヘルマン・ティミッヒ）とタイガー・ブラウン（ラインホルト・シュンツェル）、それに式の準備をしたメッキーの子分たちだけである。ブラウンはポリーがピーチャムの娘であることを知り驚くが、執務のため早々に退席する。演劇では、メッキーとブラウンの〈大砲の歌〉が歌われるが、映画では、ここでは披露されない。メッキーとポリーは倉庫（結婚式の会場）を出て、運河に停泊する船上でデュエットする。船に寄せる波や高くそびえるマストを背景に、ソーホーのおぼろな月影を見ながらの〈愛の歌〉。愛の進行には「一つか二つの月で充分だ」（GBA 19, 308）とするブレヒトのシニカルな注釈をはねのけて。

「乞食王ピーチャムの力を示す」場面が始まる。最初にメッキーの世界が、続いてピーチャムの世界が紹介されるが、これは演劇とは順序が逆である。冒頭部分のピーチャムと乞食の関係や仕事の様子についてはすでに述べた。盗賊団の親分メッキーが子分の悪行を自分の手柄とし、盗品の上がりを巻き上げるのは、乞食会社社長のピーチャムが乞食からショバ代や衣装代などで利益をピンハネするのと同じである。その収奪は半端ではない。二人とも立派な資本家なのだ。

「窓」と並んでパプストの映像のキーワードである「階段」がここでも出てくる。ピーチャム夫妻は階段を上り、ポリーの部屋をのぞくが寝床は空っぽだった。結婚式を終え朝帰りのポリーに、父親はメッキーとの結婚への怒りをぶちまける。夫妻は階段で、「メッキーを逮捕するよう警察に圧力をかける」相談をし、ポリーは心配する。ピーチャム夫妻は早速、警視総監のブラウンを訪ね、メッキーを絞首刑にしないと、2000 人の乞食・浮浪者を動員し女王の戴冠式のパレードをつぶすと脅す。最初は余裕のブラウンだったが、しだいに弱気になる。ブラウンを演じるシュンツェルの鼻声が、ピーチャ

ムとメッキーのあいだで揺れ動く警視総監を巧みに表現している。彼は強大な権力者ではなく、弱虫おじさんなのだ。

女郎屋にいるメッキーが逮捕寸前で逃亡したとき、ピーチャム夫人は店に飛んで帰り夫にこのことを告げる。ピーチャムは階段を登り切ったいちばん高い場所から夫人を見下ろし叫ぶ。「女ではなく、ブラウンが彼の友人をまた逃がしたのだ。」ピーチャムはブラウンへの威嚇を実行し、乞食を総動員する最初の命令を下す。高く組まれた階段の踊り場。そして下からはるか上を見上げるカメラのアングル。監督、舞台装置家のアンドレイ・アンドレーエフ、カメラマンのフリッツ・アルノ・ワーグナーの密接な共同作業が生んだ成果である。ピーチャム役のラスプも演劇出身だが、ここでも派手な動きはしていない。彼はメッキー役のフォルスターと同じことを言っている。「控えめな表現、抑えた演技が必要だ」と。

映画には三人のブレヒト俳優（ブレヒトが愛し、重用した俳優）が出演している。大道歌手を演じるエルンスト・ブッシュとジェニー役のロッテ・レニア、ポリー役のカローラ・ネーアーである。三人とも『三文オペラ』の世界初演に出演している（正確にはネーアーは夫の死で初演の舞台には立てなかったが、1929年5月にポリー役で復帰している）。レニアは同じジェニー役で、ブッシュは看守スミス役で初演の舞台に立った。ブッシュはブレヒトとエルンスト・オトヴァルトがシナリオを書き、ドゥドフが監督をした『クーレ・ヴァンペ』（*Kuhle Wampe*, 1932）にも出演している。

シフバウアーダム劇場のアウフリヒトによれば、「ブレヒトは最初からポリー役はカローラ・ネーアー」と決めていた。ロッテ・レニアと並んでブレヒトのテクストとヴァイルのソングをいちばん理解している俳優だったからである。レニアは、「恐るべき音感」と夫ヴァイルが驚嘆するほどの才能の持ち主で、〈海賊ジェニーの歌〉はヴァイルの主張どおり、映画では彼女に与えられた（フランス語版ではベルリン・キャバレーのスター、マルゴ・リョンが歌うことを製作者たちは決めていた）。初演ではメッキー役のパウルゼンとの二重唱〈ヒモのバラード〉だけだったが、レニアは大きな飛躍を遂げる。その歌はレコードでヒットし、映画でさらに有名になった。ブレヒトとヴァイルの音楽劇の人気が長続きしたのはレニアのおかげだと言われている。

二人の女優は映画の冒頭で出会って（「すれ違って」）いるが、ネーアーが演じるポリーのはにかんだ気取りと澄んだまなざし、レニアが演じる娼婦ジェニーの奔放なふるまいと尊大な口のきき方、二人の姿は対照的だ。その後の主役級の活躍を順に見てみよう。

　ポリーは男性社会の偏見・差別を乗り越えて実業家として躍進する。これは演劇にはない新しい展開だ。メッキーのオフィスは地下室にあり、親分は階段に立ち、下の部屋の子分にその日の家宅侵入の段取りをつけている。そこへポリーが息を切らせて階段を駆け下りてくる。ポリーは夫に逮捕の危険を知らせ、一時期ロンドンを離れるよう警告する。あわせてターンブリッジの娼婦のところに行かないように言う。「銀行の頭取ならもちろんもっと安らかに、静かに暮らせると思う」とメッキーが言うと、ポリーが返す。「もし銀行を買い取ることができるのなら、どうして銀行に侵入しないといけないの？」メッキーは、「妻にビジネスを委ねる」と子分に告げ、逃げ去る。ポリーは盗賊の一団に「これから指揮はわたしが取る」と宣言する。「女で大丈夫かな？」と笑う盗賊の一人に決然と平手打ちを食らわせ、新しい女ボスは彼らの尊敬を得る。

　ジェニー役のレニアの二度目の登場。ヴィクトリア朝風の女郎屋。娼婦がハルモニウムで〈ひものバラード〉を弾いている。トランプのひとり遊び（ソリティアー）に興じるジェニー。「お客さんだよ」と言われ、彼女は黒のストッキングを伸ばし、外に出る。ピーチャム夫人がいて、ポリーとメッキーの結婚を伝えると、ジェニーは一瞬悲しそうな顔をする。夫人から渡された密告の報酬を、彼女はスカートをあげ、ソックスのなかに押し込む。メッキーは習性どおり木曜日に女郎屋にやってくる。彼は木曜日に捕まり、金曜日に処刑される（ことになっている）。ちょうどキリストが木曜に捕らわれ、金曜に処刑されたように。キリストは弟子のユダに銀貨30枚で売られるが、メッキーの密告も娼婦ジェニーが10シリングのお金と引き替えに行う。

　ジェニーは窓によりかかり、不動の姿勢で〈海賊ジェニーの歌〉を歌う。瞳は半ば閉ざされ、悲しそうな微笑をときどき浮かべながら。歌は次のようなものである。みんなに笑いものにされていたホテル酒場の皿洗い娘ジェニーは、実は海賊の花嫁である。彼女の手引きで乗り込んだ海賊が町を占拠すると、日ごろ彼女をさげすんでいたホテルの常連客はすべて首をはねられ

てしまう。海賊をメッキーの盗賊一味に、皿洗い娘をジェニーに重ねることもでき、ルンペン・プロレタリアートの逆襲的な意味合いを持つ歌のように感じられる。エルンスト・ブロッホはこの歌を「しいたげられたものの復讐の夢」と解釈して、革命的だと評価している（岩淵／早崎 77）。歌い終えたジェニーが窓を開けると下には警官と夫人が張っている。警官が踏み込むが、最後の瞬間にジェニーは後悔し、メッキーを逃がす。屋根伝いに逃亡するメッキーだが、彼を呼び寄せた女性とのアヴァンチュールの後、逮捕される。

大道歌手が筋を中断し、「愛妻ポリーの賢明さ」によって、事態は予期せぬ方向に進むと知らせる。ポリーが議長を務める銀行の最初の役員会の様子が示される。中央のポリーは演説のなかで、「銀行強盗は簡単だけれど、銀行を友好的に買収することも可能だ」と言い、合法的なビジネスの道について方針を説明する。おとなしくしとやかな感じだったポリーは、明るくてきぱきと仕事を処理していく。今や銀行の頭取、あるいはメッキー不在の間の頭取代行なのだ。

大道歌手が〈人間の努力の足りなさの歌〉の2番を歌う。ジェニーは逮捕されたメッキーを救出する。演劇ではルーシーの仕事だが、映画ではルーシーが登場しないので、ジェニーが実行する。ジェニーが監獄の格子越しに看守のスミス（ウラジーミル・ソコロフ。フランス語版も同じ）を抱きしめ、注意を自分のほうに引きつけてメッキーを逃がす。ほとんど同時にポリーが委託した保釈金が届き、それはタイガー・ブラウンに渡る。ジェニーとポリーはずっと恋のライバルなのだ。メッキーはジェニーの助けで逃亡に成功するのだが、ポリーが用意した保釈金と銀行業への転職が新たな逮捕から彼を守る。演劇では、メッキーの救済は国王の馬に乗った使者によってのみ可能だったのに。

ピーチャムのオフィスは蜂起の参謀本部のようである。乞食王が命令を発し、激励の演説をする。彼がアジる姿は大きな影とともに映し出される。勢ぞろいした乞食たちにプラカードが配られ、みんな次々に路上に出ていく。女王の戴冠式のパレードに合わせ、1432人の乞食がデモ行進に参加する。ピーチャム夫人が大慌てで持ってきた新聞には「メッキーが銀行の頭取に就任した」ことが書かれている。ピーチャムは路上に飛び出し、何度も「引き返せ」と叫び、デモ隊に立ちはだかるが無駄だった。古きロンドンの臨港街

図3 『3文オペラ』 ▶ 01:40:26

図4 『3文オペラ』 ▶ 01:40:29

の曲がりくねった街路を、革命的なスローガンが書かれたプラカードを持ち、乞食の行列が前進していく。馬車で戴冠式に向かう女王と、デモ隊が鉢合わせし、対峙する光景は圧巻だ。「貧困」（Elend）というプラカードを掲げた民衆の顔が目に入ると、女王はすさまじい形相で彼らをにらみ返す（図3、図4）。笑いのテーマからは離れていくのだが、映画は、社会矛盾を強烈に打ち出すものとなっている。

かつては飛行船の格納庫だったベルリン、シュターケンの巨大な敷地内にある撮影所。写真家のハンス・G・カスパリウスは 1000 枚以上の撮影現場の写真を残している（Casparius 283-384）。[5] 古きイギリスを抜群のリアルさで再現してみせた装置家のアンドレーエフ。高いやぐらからのワイドショットや、時にはローアングルでカメラを回し続けた撮影のワーグナー。そして乞食のデモには本物の乞食・浮浪者もエキストラとして参加している。彼らの力が凝縮された場面である。

1935 年 1 月、画家のジョージ・グロスへの手紙でブレヒトは「『三文オペラ』／主題──盗賊はブルジョワである」（GBA 28, 484）と書いている。ブレヒトは資本主義の象徴として銀行を考えており、銀行（＝資本主義）批判がこの作品の根底にある。演劇では、メッキーは最終場で、〈すべての人に許しを請うバラード〉を歌う前に、辞世の句を披露する。「大企業の背後

には銀行が控えております。［……］銀行強盗など、銀行の設立に比べればどうってことはありません」と。メッキーは銀行業への転身を告げているが、まだ実現していない。これに対し映画では、「犯罪者たちはブルジョアのコピーであり、彼らはもはや銀行を襲撃する必要はなく、合法的な方法で銀行を買い取れる」ことを、早い段階でみな認識し、すでに銀行家に転身している、あるいは転身しようとしている。

　演劇と映画では、最終場面はまったく違っている。演劇の最終場面〈第3の三文フィナーレ〉では、馬上の使者（ブラウン）がやってきて絞首台のメッキーを救済するデウス・エクス・マキーナ（機械仕掛けの神）的解決が用意されている。馬上の使者のレチタティーヴォと、「救われた、救われた！」と喜ぶメッキーとポリーのアリア、そしてピーチャム夫妻のハッピーエンドの宣告が続く。歌詞がスライドで映し出され、全員がオルガンの伴奏で合唱し、幕となる。ここでは優れた音楽性で正歌劇的な雰囲気を醸し出しながら、ワーグナー・オペラに見られる救済のパターンを滑稽化・パロディー化している。

　映画の最終場面は、再び銀行のなか。帰ってきた頭取のメッキーがポリーと愛を確認する。路上の民衆の叫びに、メッキーは窓のシャッターを下ろせと命令する。窓を破り、侵入し続けたメッキーが初めて防備する。

　警視総監のポストを失ったタイガー・ブラウンは迷える「馬上の使者」として街路をさまよう。引き寄せられるように銀行に入りこんだブラウンを、メッキーはビジネス・パートナーとして迎え入れる。ブラウンは先ほど預かったメッキーの保釈金を出資金として手渡す。かつての「戦友」は「階級の友」となる。メッキーとブラウンは自分たちの友情を称え、新しい人生の「行軍」を祝って〈大砲の歌〉を歌う。フォックストロットのテンポの歌は映画に彩を添えている。最後にピーチャムが「貧しい男」の姿のまま現れ、メッキーに「あんたのお金と私の経験で大事業を起こそう」と提案する。メッキーとピーチャムは、無産階級という共通の敵を確認し、仲間になる。

　『三文オペラ』の世界初演から1年後の1929年10月、ニューヨーク株式市場の株価が暴落し、世界恐慌が起こった。ドイツでも工場の閉鎖は日常茶飯事で、銀行が突然倒産したりした。1931年1月、ドイツには500万の失業者がおり、翌年10月には750万人に膨れ上がった。映画関係者のエルフ

リーデ・フィッシンガーは証言する。「10 歩も歩かないうちに捕まり、お金をせびられました。状況はほんとうにひどいものでした。私たちは演劇・映画産業の拠点である［ベルリンの］フリードリヒ通りに住んでいたのですが、そこでは乞食と娼婦が路上に列をなしていました」（Spoto 103）。盗賊と乞食と娼婦の物語である『三文オペラ』、アウトサイダーたちが繰り広げる破天荒な行為に観客席は大いに沸いた。演劇『三文オペラ』も映画『3文オペラ』も、政治家・官僚の腐敗や社会的な不平等に対する批判的・反抗的なエンターテインメントとして、当時まだ平穏だった劇場や映画館で人気を博した。CD からブレヒトの歌う〈ドスのメッキーのモリタート〉が流れてきた。1929 年に収録されたものだ。しわがれ声の巻き舌で歌うその歌声は、いつまでも耳元から離れない。

註

1) エリーザベト・ハウプトマンがブレヒトのために『乞食オペラ』を入手し、1927 年初めにドイツ語訳を完成、これをもとに改作がなされた。
2) No. 11, No. 11a はブレヒト大全集には載せられていない。ヴァイルの楽譜とデュームリングの研究書（Dümling 186-87）には両方が掲載。ズーアカンプ社の『三文オペラ』BasisBibliothek 版（1928 年の初演版）には No. 11a のみ掲載され、No. 11 はメッキーの台詞として掲載されている。
3)「三文」の「三」に原作の drei ではなくアラビア数字の 3 が使われていることから、本章では、パプストの映画には、一般に使われている『三文オペラ』ではなく『3 文オペラ』という表記を用いる。
4) ブレヒトは、一人の作家が映画化にあたって自分の考えを述べることを拒否された出来事を、『三文訴訟──ひとつの社会学的実験』（*Der Dreigroschenprozeß. Ein soziologisches Experiment,* 1931）（GBA 21, 448-514）に記している。
5) 始まったばかりのトーキーの時代の貴重な記録で、カスパリウスは写真集としての出版を考えた。だがナチスが政権を取り、『3 文オペラ』の上映は禁止、彼はロンドンに亡命し、夢は実現しなかった。

10 ファスビンダーにおける文学映画化の特殊性

ライナー・ヴェルナー・ファスビンダー監督『ベルリン・アレクサンダー広場』(1979-80) を例に

渋谷哲也

1 脚色映画と原作の関係

　脚色作品はどうしても原作を基準に評価されがちだが、そもそも芸術は先行する諸芸術との影響関係のなかで固有の作品となるものだ。神話や古典悲劇のモティーフに基づく小説・絵画・音楽などがオリジナリティの欠如だと貶められることはない。また演劇やオペラでは大胆に時代や設定を変更して演出されることが少なくない。ただその際には台詞の言葉や楽曲がオリジナルのまま用いられるのが通例であり、そこにテクストの同一性が保証される。だが映画化の場合には原作テクストや筋書きに関して大幅に変更されることが多いため、オリジナルとの関係性は一筋縄ではいかない。

　一般的に文学作品の映画化はテクストから映像という異なるメディアへの変換であり、言語表現を視覚的表現へと創造的に変更することが不可避だと考えられる。遅れてきた芸術である映画は文学・演劇など先行芸術より下位に位置付けられてきたが、20世紀中盤以降映画が自律した芸術として広く認められるようになると、今度は原作に依存しない作品こそが映画の芸術性を証明するものだとみなされる事態が生まれた。映画研究者トーマス・エルセッサーは、戦後のニュー・ジャーマン・シネマを支えた助成金制度において文学作品の映画化が優遇されたのは、映画的なアイデアではなく文学的な価値の高さゆえの評価であったことを指摘している。そうした旧来の価値判断に対して映画人たちは「小説、戯曲、歴史劇の映画化は映画的ではないと

非難し、［……］文学テクストへの裏切りであるがゆえに脚色行為を拒否する」（Elsaesser 59）という映画製作の実態からかけ離れたきわめて闘争的な主張を展開した。この両者の視点それぞれに脚色作品が映画の芸術的劣位を示すと考える共通の傾向があることは見逃せない。

　映画が有名な原作小説を用いるのはもちろん商業的な意味もある。原作の知名度は映画の宣伝価値を高めるが、既知の原作のイメージが広く浸透している場合、それを改変することは多くの観客を落胆させるだろう。そのなかで歴史的名作とみなされるものは原作との比較を越えて映画独自の評価を確立した作品ということになる。たとえばサイレント期のドイツ映画では、フリードリヒ・ヴィルヘルム・ムルナウが多くの文学作品を映画化してきた。とりわけブラム・ストーカーの小説『吸血鬼ドラキュラ』（1897）を『吸血鬼ノスフェラトゥ』（*Nosferatu*,1922）として映画化し、[1] その後もハウプトマン原作の『ファントム』（*Phantom*, 1922）、モリエール原作の『タルチュフ』（*Tartüff*, 1925）、ゲーテおよび民間伝承による『ファウスト』（*Faust*, 1926）など文学的名作に基づくサイレント映画を次々に生み出している。またフリッツ・ラングはきわめて多岐にわたるジャンルの文学作品を映画化した。『ドクトル・マブゼ』（*Dr. Mabuse, der Spieler*, 1922）はルクセンブルクの作家ノルベール・ジャックによる同名の大衆的犯罪小説（1920）の映画化であり、続く『ニーベルンゲン』二部作（*Die Nibelungen*, 1924）は中世ドイツの叙事詩『ニーベルンゲンの歌』に基づいている。そして SF 大作『メトロポリス』（*Metropolis*, 1927）は 1924 年に発表されたテア・フォン・ハルブの同名小説に基づく。当時ラングの妻だったフォン・ハルブは脚本家としてラング監督作の大半でシナリオを執筆した。

　サイレント映画は音声言語が使えないからこそ映像表現が目覚ましく発達した。視覚的芸術の革新的な美学にいち早く注目したのが初期の映画理論家ベラ・バラージュの『視覚的人間』（1924）である。だが 1920 年代末に音声が導入されると、映画はふたたび言語表現にとらわれることになった。改めて映画は撮影された演劇に堕すのかという問題に直面した。原作テクストのイメージ喚起力が強い場合、映像への置き換えはかなり困難なものになるだろう。たとえばフランツ・カフカの小説のように幻想的かつ具象的なイメージ性を有するテクストはどのように映像に置き換えうるのか。カフカの

映画化として現在まで知られる作品は、どれも作家性の強い監督たちによるものばかりだ。たとえばオーソン・ウェルズ（『審判』（*The Trial*, 1962））、ジャン＝マリー・ストローブとダニエル・ユイレ（『失踪者』、映画題名『階級関係』（*Klassenverhältnisse*, 1984））、ミヒャエル・ハネケ（『城』（*Das Schloß*, 1997））、ヴァレーリー・フォーキン（『変身』（*Превращение*, 2002））、アニメーションの山村浩二（『田舎医者』（2007））など、それぞれに個性的な映像表現が際立つが、いわゆるカフカ的不条理の世界観と切り離して映画を鑑賞することは難しい。つまり脚色とはテクストを映像へと変換する技法の問題だけでなく、原作の受容史の一部として考察されるべきものなのだ。前述した映画が「カフカ的でない」と批判される場合は、映像表現の独自性だけでなくカフカのテクストをどのように解釈しているかも問題となる。たとえばストローブ＝ユイレの映画化は、カフカのテクストを忠実に台詞として取り入れつつ特殊な映像効果を用いずにイメージの強度を獲得している稀有な事例となっている。[2)]

あらゆるテクストはすでに書かれたテクストとの関係性のなかにあり、同時に個別の様式と構造を備えて独立している。反復や引用はその都度新たなコンテクストを生起させる。たとえ原作テクストを映画の台詞に忠実に引用したとしても、それが同一のテクストだとは言えない。そこには映画の作り手による原作への態度が不可避に書き込まれるからだ。脚色であることとオリジナリティを持つことは互いに排除し合う要因ではない。

そこで独自の作家性を示しながらも文学作品の映画化を多く手がけてきた監督ライナー・ヴェルナー・ファスビンダー（Rainer Werner Fassbinder, 1945-82）に注目してみたい。彼はニュー・ジャーマン・シネマの代表者であると同時に演劇においても際立った才能を示した人物である。劇作家としてのファスビンダーはゲーテや古代ギリシャ悲劇の翻案戯曲を執筆しただけでなく、演出家としてイプセンやチェーホフなどさまざまな名作の舞台演出も手掛けた。こうした演劇活動を基盤としてファスビンダーは映画においても既存の文学作品をユニークな方法で脚色した。そのファスビンダーが自身の創作活動の中心的な位置を占める作品としてアルフレート・デーブリーン（Alfred Döblin, 1878-1957）の小説『ベルリン・アレクサンダー広場』（1929）を挙げているのだが、ファスビンダーはこの小説から全編 15 時間におよぶ

連続テレビ映画を製作している。そこでファスビンダーの脚色技法一般について概観した後、映画化された『ベルリン・アレクサンダー広場』（*Berlin Alexanderplatz*, 1979-80）の独自性について考察を進めてみたい。

2　ファスビンダーの脚色作品

　ファスビンダーの作品はオリジナル脚本であっても既存の文学・演劇・歌曲・ニュースなどさまざまなテクスト、さらに映画、音楽、絵画などの多様なメディアを自由に引用してポストモダン的なコラージュの織物を構築している。自身の創作物でないものを自在に加工し再利用する態度はいわば「セカンドハンド」の美学と呼べるものだが、その引用が表層的な要因のみならず作品の精神と言うべき深層構造にも及んでいるのがファスビンダーの興味深いところだ。後述するように彼の創作活動の原点には『ベルリン・アレクサンダー広場』という既存の小説作品が位置するとしたら、彼にとって「セカンドハンド」は作家性の根幹をなす特性と呼べるのではないだろうか。

　1945年生まれのファスビンダーは、フランスのヌーヴェル・ヴァーグの影響下で新しい作家映画を実践したニュー・シネマ世代の監督である。映画産業が斜陽化した50年代半ば以降、映画を志す若者たちは撮影所に属することなく劇場やシネマテークで映画を観ながら独自に映画作りのノウハウを身につけた。戦後西ドイツではヌーヴェル・ヴァーグの出現から約10年後の60年代後半から末にかけてユニークな映画作家が次々と頭角を現し、のちにニュー・ジャーマン・シネマとして知られるようになった。そのなかでファスビンダーの才能はたちまち注目されてカンヌ映画祭や各地の映画祭で受賞を重ね、やがてテレビ局や大手プロダクションによるメジャー作品の監督を手掛けるにいたる。だが製作規模の大小にかかわらずファスビンダーはニュー・シネマの挑発的精神を忘れることなく独自の様式的演出を貫いた。ファスビンダーによるきわめて人工的な俳優の身ぶりや撮影・照明技法はハリウッド黄金期に学んだものであり、それがアンダーグラウンド演劇の過激なパフォーマンスの手法と混合体をなす。こうした大衆性と実験性の折衷的様式ゆえに、1970年代の抵抗文化であるニュー・ジャーマン・シネマのなかでファスビンダー映画はむしろ旧い世代の映画文化との連続性を意識させる。[3]

演劇人でもあったファスビンダーは自他作を問わず多くの戯曲を映像化した。彼は俳優にシナリオどおり台詞を発話させ、60〜70年代ニュー・シネマに特徴的だった一見即興的でナチュラルな演技や演出とは対極的なスタイルを取っている。自作戯曲の映画化である『出稼ぎ野郎』（*Katzelmacher,* 1969）や『ペトラ・フォン・カントの苦い涙』（*Die bitteren Tränen der Petra von Kant,* 1972）では戯曲の台詞をそのまま台詞としているが、画面構成やカット割りにおいては紛うことなき映画的な空間を成立させる。またテレビ放映用にスタジオ収録された演劇作品として、カルロ・ゴルドーニの『コーヒー店』の改作（*Das Kaffeehaus,* 1970）、自作戯曲『ブレーメンの自由』（*Bremer Freiheit: Frau Geesche Gottfried - Ein bürgerliches Trauerspiel,* 1972）、イプセンの『人形の家』を基にした『ノラ・ヘルマー』（*Nora Helmer,* 1974）、クレア・ブース・ルースの『女たち』による『ニューヨークの女たち』（*Frauen in New York,* 1977）などは、セット上演の形態を取りながら単なる舞台の記録撮影に堕すことのないダイナミックな撮影効果を備えた作品となっている。

　忘れられた作家だったマリールイーゼ・フライサーの1920年代の戯曲『インゴルシュタットの工兵隊』をファスビンダーは劇団で舞台化し、のちに同名で映画化（*Pioniere in Ingolstadt,* 1970）を行った。また彼と同世代の作家フランツ・クサーヴァー・クレッツの『獣道』（1971）の映画化（*Wildwechsel,* 1972）も手掛けている。これらの作品はドイツ南部の地方都市を舞台にした民衆劇であり、作中に提示される民衆性は閉鎖的で抑圧的な人間関係を露呈させるものとなっている。どちらのドラマでも素朴な若者たちの恋愛願望が保守的な風潮や性的暴力によって潰されてゆく。こうした愛と搾取の絡み合うネガティヴな関係性はファスビンダーの全作品に通底する主題である。

　民衆劇というキーワードはドイツ映画では独自の意味合いを持っている。ナチス時代と戦争の暗い過去から目を背けるように1950年代西ドイツでは地方の牧歌的な生活を賛美した「郷土映画」が量産された。その欺瞞的傾向に対抗した戦後世代たちは批判的な「新しい郷土映画」を発表した。ペーター・フライシュマン監督『下部バヴァリアの人間狩り』（*Jagdszenen aus Niederbayern,* 1969）が代表例だが、クレッツやフライサーの民衆劇を取り上げたファスビンダーもこの系譜のなかにある。しかもファスビンダーは大都市ミュンヒェンにおいても地方と同様偏狭で抑圧的な構造が支配することを『出稼ぎ野郎』

で示した。彼の映画には学生運動で路上をデモする若者たちは登場せず、皆が自らの日常に閉じこもっている。俳優はミュンヒェン方言に基づく人工的な台詞を棒読み風に朗唱し、まるで感情が麻痺したような非人間性が際立つことになる。

　当初は映画マニア的で実験的だったファスビンダーは、70 年代初頭にハリウッドメロドラマの名手ダグラス・サーク監督の映画と出会い、幅広い大衆向けのメロドラマに開眼したとされる。だがファスビンダーはそれ以前から古典演劇や民衆劇と接点があり、むしろ彼が本来馴染んでいたチェーホフやイプセンや民衆劇の市民社会批判をより現代的に描く手段としてハリウッドメロドラマや女性映画といったジャンルが見出されたと言えよう。

　ファスビンダーの映画化した小説ジャンルは多岐に渡っている。19 世紀末のリアリズム小説の代表作として知られるテオドーア・フォンターネの『エフィ・ブリースト』（1894）を映画化した『フォンターネ　エフィ・ブリースト』（*Fontane Effi Briest,* 1974）は、ダグラス・サークとの邂逅後のファスビンダーのフィルモグラフィにおけるいわば中間決算として生み出された大作である。また同時期にダニエル・F・ガロイの SF 小説『模造世界』（1964）を映画化した『あやつり糸の世界』（*Welt am Draht,* 1973）は幅広い視聴者層に向けたテレビ映画として製作された。その後時期を置いて、ウラジーミル・ナボコフが 1930 年代ベルリン亡命中に執筆した小説『絶望』（1934）を映画化した『デスペア──光への旅』（*Despair — Eine Reise ins Licht,* 1977）はファスビンダー初の英語台本による映画化であり、4) 国際的な製作体制によって作られた。オスカー・マリア・グラーフの郷土小説の映画化『哀れなボルヴィーザー』（*Bolwieser,* 1977）はテレビ用と劇場用の二つのバージョンが製作された。その後ファスビンダー念願の企画『ベルリン・アレクサンダー広場』の映画化が実現する。本作については本章の後半で詳しく取り上げたい。そして遺作『ケレル』（*Querelle,* 1982）はジャン・ジュネの小説『ブレストの乱暴者』（1947）を国際的スターキャストにより映画化したものだ。以上を総合するとファスビンダーの脚色映画は彼のフィルモグラフィの 3 分の 1 に達する。

　ニュー・ジャーマン・シネマの監督は同時代のドイツ文学とともに政治的文脈で再評価された古典作家の作品を好んで映画化した。前者の例ではマルガレーテ・フォン・トロッタとフォルカー・シュレンドルフの共同監督に

よるハインリヒ・ベル原作の『カタリーナ・ブルームの失われた名誉』（*Die verlorene Ehre der Katharina Blum,* 1975）、シュレンドルフ監督によるギュンター・グラス原作の『ブリキの太鼓』（*Die Blechtrommel,* 1979）が挙げられる。ヴィム・ヴェンダースは作家ペーター・ハントケと長年にわたる共同作業を行っており、ハントケの小説『ゴールキーパーの不安』（1970）を映画化（*Die Angst des Tormanns beim Elfmeter,* 1972）した後、彼のシナリオ提供により映画『まわり道』（*Falsche Bewegung,* 1975）、『ベルリン・天使の詩』（*Der Himmel über Berlin,* 1987）を監督した。『アランフエスの麗しき日々』（*Les beaux jours d'Aranjuez,* 2016）はハントケの同名戯曲の映画化である。また数多く映画化された古典作家として19世紀の激動の時代を生きた作家ハインリヒ・フォン・クライストやゲオルク・ビューヒナーの作品があり、シュレンドルフ、ハンス＝ユルゲン・ジーバーベルク、ヴェルナー・ヘルツォーク、ヘルマ・ザンダース＝ブラームスらによって映画化されている。

　名作文学の映画化は戦後ヨーロッパのいわゆるアート映画において顕著な傾向であった。ルキノ・ヴィスコンティやイングマール・ベルイマンの映画、各国のカフカ作品の映画化などが即座に思い出される。だがニュー・シネマ運動のなかで文学との関連性はきわめて両義的だった。映画の価値は映像表現にあり、たとえばヌーヴェル・ヴァーグが巨匠として崇拝した映画監督はスリラーの巨匠ヒッチコックや幅広いジャンル映画の大家ハワード・ホークスやジャン・ルノワールである。こうした巨匠たちも原作小説の脚色映画を数多く手掛けてきたが、映画の評価は原作の文学的価値から切り離された映画独自の次元で行われる。いわゆる文学的なものの低評価の傾向について、エルセッサーは背景にある錯綜した心理を考察する。「文学の映画化がこうも反感を持って扱われる理由は、独自性や個人的なヴィジョンという作家映画の思想において決定的な概念が実は優れて文学的な規範であるからだ。その規範は映画という芸術的かつ大衆的なメディアの評価には不適切なものだ」（Elsaesser 160）。映画独自の作家性を称揚する態度には、大衆メディアとしての映画のアイデンティティの誇示とともに、映画の芸術性を担保するものとして高尚文学が呼び出されることに対するシネアストの忌避の念が秘められている。ところがニュー・ジャーマン・シネマの革新性において、とりわけファスビンダーの飽くなき文学脚色行為を見るならば、実際には文学

と映画の関連を考察するほうがずっと実りある考察をもたらしうるだろう。オリジナリティや作家性という概念は 19 世紀の天才美学に基づくものだが、その発想を現代の間テクスト性の文脈で読みなおす契機をファスビンダーは与えてくれる。

　興味深いことにファスビンダーが原作にした文学作品は、ほかのニュー・ジャーマン・シネマの監督たちの選定基準とかなり異なっている。『エフィ・ブリースト』や『ベルリン・アレクサンダー広場』はドイツ語圏では著名な小説であるとはいえ、1970 年代のニュー・シネマが好んで取り上げるようなアクチュアルな政治的テーマを含むものとは言い難い。またナボコフやジュネの小説も独自の言語表現の際立つ作品であり、その意味ではストーリー展開やアクション性を重視するような従来の意味での映画化に適した題材ではない。だとするとファスビンダーの原作テクストとの関わりはどういうものなのか。

　ファスビンダーの脚色映画ではさまざまな名作文学のテクストが台詞およびナレーションの形で忠実に引用されることが多い。たとえば『ベルリン・アレクサンダー広場』は、ヴァイマル期のベルリンに溢れるさまざまな声をコラージュして大都市のポリフォニーを再現した画期的な都市小説であるが、ファスビンダーはその複雑な描写を原作テクストの朗読で聞かせた。このナレーションを背景に主要人物たちのドラマが原作に忠実に展開する。スーザン・ソンタグはこの映画化を評したエッセイ「小説から映画へ、ファスビンダーの『ベルリン・アレクサンダー広場』」のなかで、「実質的に、一冊の小説全体を映画化してしまうものだ。いや、それ以上に偉大な小説から、それに忠実な、偉大な映画を製作してしまう」（ソンタグ 192）と評している。この忠実さの表現のために文学的テクストとファスビンダー映画の様式性が一つの作品へと統合されていることが重要である。そこでファスビンダーのユニークな映画手法を考察するために、彼において原作の脚色行為がどのような意味を持つのかを考える必要がある。

3　ファスビンダーの脚色方法論

　ファスビンダーの映画手法を考察するための要因として、若き日の彼がジャン＝マリー・ストローブ演出の舞台を経験していることは見過ごせない。

フランス出身のストローブは 1950 年代にアルジェリア戦争の兵役を忌避してドイツに逃れ、60 年代以降に妻ダニエル・ユイレと共同できわめて先鋭的な映画製作を行った人物として知られている。彼らの映画はすべて原作や歴史資料に基づくものだが一般的な文芸映画とはまったく異なった演出を特徴とする。映像はきわめてダイナミックかつ厳密に構成され、そのなかで俳優は既存の文学テクストをひたすら朗唱する。それが撮影された演劇ではなく研ぎ澄まされた映像音声的表現によって映画そのものとしか呼べない世界となる。ストローブ＝ユイレの映画はヌーヴェル・ヴァーグの映画愛と文学への傾倒が究極の形で実践されたものだと言える。そのストローブが 60 年代末に滞在したミュンヒェンでフェルディナント・ブルックナーの戯曲『青年の病気』(1928) の舞台上演を演出し、そこには若きファスビンダーが劇団の仲間たちとともに出演している。[5] ストローブの稽古の方法に強い感銘を受けたファスビンダーは以下のように述べる。

> 『青年の病気』はストローブが手を入れたものだ。戯曲を改作するやり方は通常とまったく違っていた。彼はつまらないと思った箇所をすべて削除し、最後に残ったのは 10 分間だけで、とはいえそれは独創的で、ただし多くの〈そして〉と〈または〉と〈でも〉があった。それから彼は、行間に起こる出来事、つまり彼が削除した箇所を再びその骨組みのなかに演出によって取り入れようとした。それと似たやり方で僕は『出稼ぎ野郎』の戯曲のスタイルに内包されているものを獲得しようと試みた。(Fischer 65)

　長編の戯曲『青年の病気』を 10 分間に圧縮したことによって空いた上演時間を埋めるために、ファスビンダーは自ら戯曲『出稼ぎ野郎』を執筆し『青年の病気』と二本立てで上演した。ストローブによる脚色法の影響下でファスビンダーは最初の自作演出を手掛けたのである。さらにファスビンダーはストローブの演技指導についても語っている。

> ストローブで経験したことは、奇妙な真面目さとでもいうもので、彼はその真面目さをもって仕事や人々と関わっていて、僕にはそれだけで魅

力的だった。彼は場面を演じさせて、それから〈君らは今の自分をどうだったと思う？〉と言った。これはとても正しいことだった。自分がやったことに対する態度を正しく築いていかねばならない。そうすることで演じている時に自分自身を観察する技術を高め、役柄と自分自身を完全に一体化させるのではなく、距離を生み出した。(Fischer 280-81)

俳優と役柄を切り離す演技法はベルトルト・ブレヒトの異化の手法の根幹をなすものである。ブレヒト主義者を自認するストローブはこれを貫徹した。ファスビンダーにとってストローブの演出との出会いは、戦後ドイツ演劇およびニュー・ジャーマン・シネマに絶大な影響を与えたブレヒトの理論と取り組むきっかけとなった。だがファスビンダー自身がブレヒトからの影響をほとんど語っておらず、だとするとストローブを介した叙事的演劇との邂逅はなおさらファスビンダーの批判的な演出法にとって重要な意味を持つ。

1960年代の反権威的な風潮のなかでは、舞台の演出家が俳優の自発性を認めないことは独裁的であると批判され、複数の人物が演出を手掛けたり劇団員全体の討議で舞台を作り上げていく共同制作のスタイルが模索されていた。だがストローブは俳優のなかに入り仲間として関係を築くタイプの演出家ではなく、その点にもファスビンダーは強い印象を受けている。

ストローブがやったことは僕自身が演出でやっていることとまったく同じだ。彼は座って演出する。議論はまったくない。なのにそれが急にファシスト的には見えなくなった。そうなったことで、僕たちのアンサンブルはこのやり方でも肯定的な結果が出ることを学んだ。誰かがある物事をどう思うか、会話や議論をしなくても自分でじっくり熟考したものであれば、個々の人物が行うことに全員が同様に関与することが必ずある。それを行っている人間だけのものじゃない。(Fischer 189)

ストローブは舞台だけでなく映画の演出でも長期間のリハーサルを重ねる。だがファスビンダーの演出は舞台であれ映画であれ稽古時間を取らずに急速なスピードで本番や撮影を迎える。この点でファスビンダーはストローブの方法論とは正反対で、むしろ自身のアイデアによって他人を操る支配的

な傾向を見せる。一方リハーサルを排することにより俳優が役柄を同一化するための時間が与えられない。ストローブとは対極的な手法によってファスビンダーは俳優が登場人物の心理と重なり合う余地を与えない異化的演出を実現した。それにより演技の洗練や完成度が犠牲になることがあるのは確かだ。また撮影・照明などの技術的なミスが起こる確率も高くなる。だが技術的な粗野さは入念なリハーサルを特徴とする旧来のメジャー映画への抵抗としてニュー・シネマの特徴をなすものでもある。フランスの先駆者ヌーヴェル・ヴァーグのインパクトは若者が仲間たちと路上でカメラを構えて自由に映画を撮影するという解放的なスタイルにあった。そこではシナリオさえ存在しないこともある。その一方でストローブの方法論は黄金期の撮影所スタイルを低予算と身近な仲間たちで実践しようとする前衛とアナクロニズムを融合する実験と言うことができる。

　ファスビンダーはこの対極的な影響下でどのように映画とシナリオの関係性に向かい合ったのか。以下は小説の忠実な映画化とみなされる『フォンターネ　エフィ・ブリースト』についてのインタヴューにおいて、文学の映画化とは何かと問いかけられた際のファスビンダーの答えである。

　　僕はそんなものをほとんど知らない。ストローブの『妥協せざる人々（和解せず）』（1965）は知っている。僕にとってはこれこそが文学の映画化を行おうとする試みだ。文学が映画の本当の主題にならなくてはいけない。（Töteberg 243）

　　完成した映画からこれは小説だとはっきりわかるべきだ。そして小説において重要なのは、語られている物語ではなくて、どのように語っているかということだ。これまでの『エフィ・ブリースト』の映画化では小説の時代とフォンターネによる時代の見方はほとんど提示されてこなかった。僕はその点が逆だと思っていて、この物語は過去の人物によって語られたものであると常に感じさせなくてはならないと思う。（Töteberg 244）

ここには原作小説と脚色のあいだにも異化された関係性が築かれるべきとい

う主張が見て取れる。原作と映画化は一体化を目指してはならず、むしろ映画の根底には先行する他者のテクストがあるという二重性を観客に意識させねばならない。俳優が役柄と同一化しないのと同様、対話はその場で偶発的に生起する出来事ではなく、既存のテクストの再現であることを示すのだ。[6]

　この文学重視の考え方をさらに明確に語っているのが、ファスビンダーの遺作となった『ケレル』についての覚書である。

> 文学の映画化が正当化されるのは世間の考え方とは逆であって、あるメディア（文学）から別のメディア（映画）へとできる限り精神に忠実な翻訳を行うことでは絶対にない。文学作品に映画を通じて関わる意義とは、たとえば文学が読者に想起させるイメージを最大限に満たすことではない。
>
> 　そんな要求自体が馬鹿げてはいないだろうか。なぜならどんな読者もそれぞれの本を自分自身の現実において読み、その本からいくらでも多様な空想やイメージが喚起されるからだ。その数は読者と同じだけある。文学作品には最終的かつ客観的なリアリティは存在しない。だから文学と関わりあう映画が意図すべきことは、その詩人のイメージの世界をそれとは別の空想力で最終的に埋めて一致させることではない。[……]
>
> 　映画の空想力を一瞬たりとも普遍化しようとしてはならず、あらゆる局面においてすでに形成された芸術と関わりあう可能性を示さなくてはならない。ただそれだけ、つまり文学と言語について問うことや内容および詩人の態度を検証するという明白な態度をもって、文学作品に対して個人的なものと認識しうる想像力を用いること、そして決して文学を満足させようと試みないことで、文学の映画化は正当なものとなる。
>
> （Töteberg 244）

文学の映画化が言語表現を映像に変換する作業ではないとするファスビンダーの見解は、彼のオリジナル脚本の映像化でも同様の帰結をもたらす。彼の映画では様式化された台詞回しや身ぶりが特徴的だ。俳優は常に自分のものではない言葉や振り付けを再現する道具であり、映画そのものが引用の集積となる。たとえばギャング映画の模倣はシネアストによるフィルム・ノワー

ルへの憧憬にほかならない。だがメジャーと違ってコントロールされきって
いないニュー・シネマ的創作は、日常的なロケ現場で素人俳優が演じるとい
うリアルな身体と空間性の記録映像であることも隠さない。ファスビンダー
の方法論は全盛期ハリウッドとそれに対するヌーヴェル・ヴァーグやスト
ローブの応答という二重の影響を受け、そこに戦後ドイツ映画界に生きる彼
自身の省察を重ねている。オリジナルでなく模倣であることを露呈させる物
語世界は、ファスビンダーの個人的な映画愛を明示する態度であるだけでな
く、映画メディアへの観客の過剰な同一化を妨げる意図も見て取ることもで
きる。ナチス時代の映像プロパガンダによりドイツ映画の伝統が破壊された
ことで、戦後ドイツは自身の映像文化を誇ることができないという若い世代
の批判が表明されている。

　ファスビンダーの具体的な手法に話を戻せば、原作と映像を意図的に切り
離す奇抜な演出法が目立っている。『ベルリン・アレクサンダー広場』では
小説テクストがナレーションで朗読される際に、語られる情景描写と画面の
映像が敢えて一致しないことがある。たとえば第2話では、小説から取ら
れたナレーションは路面電車の走る日中の路上の光景を描写し、俳優たち
の行動はナレーションで描写されるとおりに進む。しかしこのシーンが演
じられる場所は暗い地下鉄駅のホールであり、外景描写が明らかに食い違
う。観客は言葉とイメージのずれのせいで混乱するだろう。こうした技法
はブレヒトが演劇において観客の覚醒を促すために用いた演劇の「文学化」
（Literarisierung）のヴァリエーションだと見ることができる。挿入字幕や場
面と直接関係のないナレーションが割り込むことでドラマの流れを寸断する
ブレヒトの手法は、直接的な演技よりも読まれる文学テクストを優位なもの
とする。

　ただしファスビンダーが映像を否定する監督でないことは強調しておかね
ばならない。『ベルリン・アレクサンダー広場』でも多彩な視覚的演出によ
り観客は映画そのものを堪能できる。とりわけ移動撮影や鏡の多用、扉や格
子越しに映して人物を枠取りする画面構成など技巧的な撮影が目立つ。そこ
にナレーションとのズレや演出の人工性・作為性が際立つために観客は映像
とのあいだに距離感を感じざるをえない。ファスビンダーにおいて映画が現
実の写像でないことは自明であり、そこで語られる台詞も他者の作り出した

人工的な言語を引用する俳優の声なのだ。

　ではファスビンダーの「セカンドハンド」の美学は、原作小説の脚色であることがはっきり示される場合どのような様相を呈するのか。以下にファスビンダーの集大成的作品とも言える『ベルリン・アレクサンダー広場』の事例で考察してみたい。

4　ファスビンダーの読む『ベルリン・アレクサンダー広場』

　ゴダールやトリュフォーなどヌーヴェル・ヴァーグの映画作家たちが書物への偏愛を本の朗読やページの可視化によって示したことは知られている。だがファスビンダーはそうした書物愛をエピソード化するのではなく映画全体へと押し広げた。つまり映画が小説へのオマージュであると同時に小説が映画の基盤をなす構成要素となる。

　ファスビンダーは『ベルリン・アレクサンダー広場』の映画化に際して「人間の都市とその魂」と題したエッセイを発表している。[7] そこで彼はこの小説を 10 代の頃に読んで強い衝撃を受けたと語っただけでなく、その後の自身の人生と創作の根本に関わる重大な経験であったことを吐露した。それほどの影響力を持った作品を今度は自覚的に脚色作品としたのが映画版『ベルリン・アレクサンダー広場』である。

　この映画化は原作に書き込まれたヴァイマル末期のドイツ社会を描くものだが、そこには戦後ドイツを生きたファスビンダーによる過去へのまなざしが含まれる。原作のテクストを一字一句忠実に引用するのはファスビンダーの声であり、何より観客が受け取る映像と音声はファスビンダーが演出した映画なのだ。

　まずこの映画化の製作背景を概説しよう。本作は 1979〜80 年にかけて撮影され、80 年の年末に放映された連続テレビ映画である。ファスビンダーはキャリアの早い段階からテレビの視聴者数が映画館の観客よりも桁違いに多いため社会的影響が大きいことを重要視していた。彼はテレビ用に製作する映画やドラマを大衆に理解しやすい平易なストーリー展開を持つものにした。とはいえそこで描かれるのは外国人差別、女性嫌悪、社会的マイノリティへの偏見などきわめて挑発的なテーマが多い。

　こうした事情を考えると、『ベルリン・アレクサンダー広場』の原作小説

は殺人や姦通など目を引く三面記事的トピックが多いものの平易な物語文学とは言い難い。当初ファスビンダーはテレビ版と劇場版を同時進行で別々に製作する予定だったが実現せず、テレビ版のみが作られることになり、当時の西ドイツのテレビ業界で最大の予算を得て全13話とエピローグからなる本編が完成された。ファスビンダーはテレビでは異例の凝った演出を盛り込み、結果として平易なストーリー展開の各話の後にきわめて複雑な構造を持つエピローグを置くという大胆な構成に仕上げている。また多くのテレビドラマ制作とは異なり全編の完成後に放映が開始されたため、途中の視聴者の反響によって作品の内容が変更されることはなかった。

　初放映時から半世紀近く経った21世紀現在の目でファスビンダーの映画化を見ると、技術面でも内容面でも当時のテレビ放映の限界に挑戦する大胆さがはっきりわかる。大筋ではデーブリーンのストーリーラインに依拠しつつ、ファスビンダーの主要テーマである愛と搾取の依存的関係を前面に押し出し、そこにナチス前夜という原作の時代設定を反映させながら戦後社会とも通底する性差別・人種への偏見・階級闘争などの問題意識を浮き彫りにする。しかもこの混淆とした価値観を内包する内容を数名の主要人物を際立たせながら敢えて通俗的なメロドラマの装いで提示しているのだ。

　ここでデーブリーンの小説『ベルリン・アレクサンダー広場』の内容を簡単に要約する。舞台は1920年代末ドイツのベルリンである。第一次世界大戦敗戦の痛手で社会も人々の心も不安定を極めていた時代、失業者があふれ犯罪が横行しナチスと共産主義者の対立も日々過激さを増していた。その一方でベルリンはヨーロッパ有数のメトロポールとなって爛熟した文化が花開いた。そんな激動の時代を生きる一人の普通の男フランツ・ビーバーコップがたどる受難の物語である。

　フランツ・ビーバーコップは元荷物運搬人だったが恋人を諍いのなかで撲殺してしまい服役していた。物語は彼が4年の刑期を終えてテーゲル刑務所から釈放される日に始まる。彼は外の世界に不安を感じながらも真っ当に生きようと試みるが、そんな彼をさまざまな災難や犯罪への誘惑が襲う。あるとき飲み屋でラインホルトという吃音の男と知り合い、フランツは彼に不思議な親密さを感じるが、ラインホルトは盗品故買の犯罪一味に属し、迂闊に彼に同行したフランツは犯行に巻き込まれてしまう。犯行後の逃走車で犯罪

行為をなじるフランツに腹を立てたラインホルトはフランツを車から突き落とし、フランツはそのケガで右腕を失う。その後フランツは旧知の友人から高級娼婦ミーツェを紹介され、二人は分かちがたい恋人関係を築く。だがラインホルトがその仲に干渉し、彼はミーツェを森に誘い出して殺害する。不思議な絆で結ばれたフランツとラインホルトはミーツェ殺害の共犯とされるが、これを契機にフランツの世界は崩壊し、精神病院に収容されて過去と幻想の世界をさまよいながら十字架上で象徴的な死を迎えた後、実際には治療を受けて回復したフランツは一人生き続けてゆく。だが時代は次なる戦争の足音を響かせ始めていた。

　以上の要約は主要人物の行動に即したものだが、むしろこの小説の大半を構成するのは大都市ベルリンにあふれるさまざまな事象や言葉のモンタージュである。交通標識が図示され、ラジオのニュースや路上の会話などが文字化される。そこに歴史的な位相も交差する。聖書からの引用で未曽有の繁栄を見たベルリンと太古のバビロニアが重ね合わされ、この多面的なテクストが折り重なるなかにフランツ、ラインホルト、ミーツェといった人物が断続的に登場し彼らの関係性のドラマがエピソード風に展開する。

　モンタージュは映画によって独自の発展を遂げた技法である。大都会の目くるめく印象を細かいカットの積み重ねで映像化した試みといえば、デーブリーンの小説と同時代のヴァルター・ルットマン監督によるサイレント映画『伯林　大都会交響楽』（*Berlin. Die Sinfonie der Großstadt, 1927*）がたちまち思い出される。また 1931 年のフィル・ユッツィ監督による『ベルリン・アレクサンダー広場』の最初の映画化では、冒頭出所したフランツが乗る路面電車から見えるベルリン市街のモンタージュが際立った見せ場を形成する。ただし本筋が始まるとスタジオ撮影が中心となり、俳優たちが演じる通常のドラマとなる。

　ファスビンダーの映画化は東西ドイツが分断された時代ということもあり、ベルリンの風景をロケーションで取り入れることはほとんど叶わなかった。1920 年代の風俗を記録した写真の数々が 1〜13 話のタイトルバックに使用されるのみである。大部分がミュンヒェンのスタジオに建設されたオープンセットで撮影され、場面の大半はアパートや酒場などの室内で展開される。一方音声については小説に描かれたさまざまな街の声を縦横に取り入れ

ている。部屋のなかで鳴っているラジオ、街頭の演説、酒場の人々の会話、そしてファスビンダー本人のナレーションによる小説テクストの朗読がドラマの背景で絶えず交錯する。映像の連続性とは対照的に、音声のモンタージュが大都市の生活感を示す重要な要素となっている。

　ファスビンダーは初めてこの小説を読んだときからフランツとラインホルトの関係性に強く魅了されていた。この二人の男たちのあいだには性愛的なものではない純粋な愛があるとすら述べている（Fassbinder 83）。だがそれは社会から切り離されたユートピア的な関係であり、言葉ですら明言されえない何かだというのだ。こうしたロマンティックな愛への言及は、ファスビンダーがいつも描く恋愛関係が常に支配や搾取の手段としてネガティヴに描かれることの裏面をなすいわば非現実的な憧憬だと言える。だとすると登場人物たちの犯罪行為や裏切りなど現実的なドラマ展開はこの作品の本質から隔たった表層的な要素にすぎなくなるだろう。たとえばかつて殺人を犯したフランツのなかにある罪の意識や、彼とラインホルトとミーツェとのあいだで生まれる三角関係は物語の装飾でしかない。ファスビンダーは映像化されたドラマの表層と原作テクストの描写との齟齬を演出することで、物語の無意識的な深層を示唆しようとしたのだろうか。それはファスビンダーが注目した男性同士の深い絆だけではなく、物語世界の愛憎と暴力関係の渦巻く現実に対する別の世界の希求であるとも解釈できる。こうした価値観には戦後生まれの 68 年世代に共通する社会変革への希望を見出すことも可能だ。

　テクストと映像の微妙な齟齬の一例を示そう。物語中盤ラインホルトのせいで右腕を失ったフランツは、それでもラインホルトに対する恨みや怒りの念を直接ぶつけることがない。原作では事故で右腕を失ったフランツが、その後初めてラインホルトのもとを訪れる場面がある。そこではフランツとラインホルトの描写は原作も映画化もきわめて両義的だ。すなわち両者のあいだには敵対的な警戒心と不思議な絆の存在が暗示されるのだ。

　映画では第 9 話に収録されたこの再会の場面では、原作小説の当該箇所の台詞を忠実に引用しつつ、最後の部分は映画オリジナルの台詞と演出でファスビンダー独自の解釈による両者の関係性が示される。まず原作の箇所を以下に示してみたい。フランツの上着の右袖が空っぽであることに耐えられないラインホルトは、上着の袖に布を詰め込んで腕がないことをカムフラー

ジュしようとするがうまくいかない。
フランツは穏やかに笑ってラインホル
トが行動するに任せる。その後ライン
ホルトは以下のように言葉をかける。

「おれは障がい者がきらいでね、
障がい者なんていうのはおれにい
わせりゃものの役に立たん人間の
ことなんだ。障がい者を見るとつ

図1 『ベルリン・アレクサンダー広場』
第9話 ▶ 00:26:45

い口に出るよ、そんなことならいっそうくたばっちまえってね。」
　フランツのほうはじっと聞きいってなんどもうなずく。ふるえがその
気もないのにからだのなかを駆けていく。かれはアレックスのどこかで
押し込み強盗の現場にいる、なにもかも彼から消え失せてしまう、こい
つはあの事故と関係があるにちがいない、神経だ、とにかく様子をみよ
う。しかしさらにぴりぴりとふるえつづける。立て、進め、おりろ、あ
ばよラインホルト、おれはとっといかなきゃならない、しっかりした
足どりで、右、左、右、左、チンダラダ。(デーブリーン 346)

　原作を読む限り、この場面のフランツとラインホルトのあいだに親愛の感
情は読み取りづらい。フランツは内心のふるえを止められず最終的に逃げ出
してしまう。ラインホルトも相手への気遣いをまったく示さず独善的な言動
をするだけだ。ところがこの場面を演出したファスビンダーは、ラインホル
トの最後の言葉に原作から逸脱する台詞を書き加えた。「障がい者は死んだ
ほうがいい」と言い放つラインホルトの冷酷な言葉はきわめて穏やかな語調
で繰り出され、それに対してフランツは言葉でラインホルトの意見に同調し、
「ああ、俺もお前と同じ意見だ。障がい者は役に立たない。いっそ死んだほ
うがいい」とつぶやく。しかもこの場面ではラインホルトの座っている場所
の前に置かれた椅子にフランツが腰かけ、フランツとラインホルトが横並び
で画面に捉えられる。小説でのラインホルトの言葉を契機にフランツの意識
の流れが自分の右腕を失くした現場へとスライドする描写は回想シーンとし
て効果的に映像化できるはずだが、ファスビンダーはそれを映像に変換する

ことなく、むしろ二人のあいだの不思議な調和を感じさせる場面に置き換えた。この場面は最後までフランツが室内に座ったままで、むしろラインホルトが席を立って自分のベッドに一人横になる。あたかも二人は互いの存在を許容し合いながら思考や感覚がつながっているかのごとくである（図1）。だが原作同様に二人の関係はそれ以上の親密さへと踏み越えることはない。このように各々の場面と人物描写にファスビンダー自身のロマンティックな関係性とそれを遮る社会的な障壁が暗示されるのである。

　ファスビンダーは原作のテクストが沈黙して語らない男同士の絆については曖昧に示すにとどめているが、[8] そこに隠されたものは意味ありげな間合いなどで強調されている。さまざまな声や文字の織物と装飾的なセット美術や照明などで充溢する映画の表層を突き抜けて、ファスビンダーの見据える物語の要点はその先にあることを感知させる。ファスビンダーの『ベルリン・アレクサンダー広場』が「セカンドハンド」でありながらオリジナリティを獲得するのは、テクストの引用という表層を越えたところに暗示される寓意ゆえだと言える。

　映画作家が映像から何かを隠そうとする行為の異様さは、本作の初放映の事情を見るとさらに際立つ。本作は16ミリフィルムで撮影されているため、35ミリフィルムが基本の劇場映画より画質が劣る。ところがファスビンダーはこの映画を放映する際に画面をわざと暗く現像させた。1980年当時のブラウン管テレビは解像度が低く、しかもモノクロ受像機も多かったため、暗いシーンではほとんど細部の見えない状態だった。テレビ局プロデューサーは実際にテレビ受信機に映る映像をファスビンダーに見せて画面を明るくするよう説得を試みたが、ファスビンダーはその意志を決して曲げず、暗い画面のままで放映した。[9]

　ファスビンダーはテレビというメディアの影響力にやはり警戒心を持っていたのだろうか。そして彼自身が原作から読み取った同性愛的テーマは幅広い大衆には届かないものだと諦めていたのか。だが映画『ベルリン・アレクサンダー広場』を撮影した16ミリフィルムにはずっと豊かなディテールが映り込んでいたことが2006年のデジタルリマスター化の作業によって明らかになった。リマスター作業は撮影監督のシュヴァルツェンベルガーが監修し、画面構成の細部までクリアに視聴できる状態になっている。このバー

ジョンを視聴する観客はファスビンダーがこれまで暗さのなかに隠してきた深層を画面から感知することがより容易になるのだろうか。この映画はまさにファスビンダーという類まれな映画作家が自身の生涯をかけて見せつつ隠してきた作家性の矛盾した限界点を指し示す作品なのかもしれない。

5　結びにかえて　新たな映画化『ベルリン・アレクサンダープラッツ』

　脚色作品として見ればファスビンダーの映画『ベルリン・アレクサンダー広場』はたしかにデーブリーンの原作小説に従属している。だが映画化という行為は基盤となるテクストや社会に対する映画作家の創造的な批評やコメントでもありうる。ヌーヴェル・ヴァーグのゴダール、トリュフォーが映画製作現場を舞台として『軽蔑』（*Le mépris,* 1963）や『アメリカの夜』（*La nuit américaine,* 1973）で作ったメタ構造的な映画の延長線上にファスビンダーの映画化作品を置くことができる。つまり映画とは何かという問いを投げかけるために文学という触媒が機能するのだ。その観点から原作小説における都市の表象や、歴史コンテクストの重層化といったテクストに顕在する要因だけでなく、登場人物の描写のなかに潜在している感性的な位相への注目は、ニュー・ジャーマン・シネマがナチスドイツを生み出した自国文化に対して過剰に政治的文脈を強調しがちであった傾向に反して新しい読みの可能性を示唆する。ファスビンダーとジェンダー・セクシュアリティの問いについてここでは深入りしないが、映画監督の作家性を掘り下げる試みにおいても原作と映画化の対応関係を基盤にしうることは注目すべきだろう。

　さて2020年、この大都市小説の新たな映画化が発表された。監督ブルハン・クルバニ（Burhan Qurbani, 1980- ）はアフガニスタンからの難民を両親に持つドイツ生まれの監督である。彼はファスビンダー映画への愛着でなくむしろ原作小説への関心から『ベルリン・アレクサンダープラッツ』を映画化したと述べているが、[10)]その際にいくつかのきわめて大胆な変換を行った。まず舞台を21世紀現代のベルリンにしたこと、そして主人公フランツをアフリカ出身の難民青年にしたことである。その一方で主要人物の関係性はそのまま継承され、ラインホルト、ミーツェラの登場人物の設定はほぼ原作をなぞっている。また都市と人物をめぐってさまざまな声や場面がモンタージュされる構造は原作にきわめて近い。ただここにはファスビンダー版のような

登場人物への個人的な思い入れは感じられない。むしろ本作では現在の都市ベルリンを主役とする点に原作小説への忠実さを見て取ることができる。それは小説発表から90年後のドイツの首都の姿であり、その都市の住人は肌の色もセクシュアリティも多様で混沌とした集合体である。その隠微さを隠すことなく人種・ジェンダー・セクシュアリティの多様さを開示するのがクルバニ監督の作家性の表現でもある。このように脚色映画はその都度の映画監督の創造性の源泉として読み解くべきなのかもしれない。

註

1) ただし本作はストーカーの原作小説の映画化権を取得せずに無断で製作されたため、人物名や設定などかなり変更が加えられている。

2) カフカの映画化について、1980年代までの映画化を対象とはしているが、原作者と映画化の関係の概要を提示してくれる文献として『アメリカ』(映画パンフレット)を挙げておきたい。

3) ファスビンダーは1950年代ドイツの流行歌を使用したり、過去のスター俳優を重要な役に起用することが多い。彼の親世代の文化を意図的に強調する。それが後年の近現代ドイツ史の批判的再構築である『マリア・ブラウンの結婚』(*Die Ehe der Maria Braun,* 1979)、『ベルリン・アレクサンダー広場』、『ローラ』(*Lola,* 1981)などの映画に結実したと言える。

4) 脚本執筆はトム・ストッパードである。また本作は脚本で初めてファスビンダー以外の人物名が単独でクレジットされた作品となった。

5) ストローブ＝ユイレの短編映画『花婿、女優そしてヒモ』(*Der Bräutigam, die Komödiantin und der Zuhälter,* 1968)の中盤に、10分間の舞台上演の全編が収録されている。

6) ストローブ＝ユイレの『妥協せざる人々（和解せず）』(*Nicht versöhnt oder Es hilft nur Gewalt, wo Gewalt herrscht*)の冒頭には、この映画のモットーとしてブレヒトから取られたとされる以下の文章が登場する。「即興演技の印象を与えようとするのではなく、俳優は真に行っていることを示すべきだ、すなわち引用しているということ」(Anstatt den Eindruck hervorrufen zu wollen, er improvisiere, soll der Schauspieler lieber zeigen, was die Wahrheit ist: er zitiert.)。

7) このエッセイの翻訳は以下を参照のこと。**ファスビンダー 102-14**。

8) 映画化の1〜13話では原作小説の曖昧な関係性が踏襲されているが、エピローグの幻想的場面はファスビンダー自身の脚色が強く出ている。ボクシングのリングで闘い合うフランツとラインホルトの場面では、フランツがラインホルトの口に接吻しラインホルトに倒されるという結果を迎える。二人の男の性愛的な関係性が明示される唯一の場面となっている。

9) 撮影監督クサーヴァー・シュヴァルツェンベルガーは後年のインタヴューで、ファスビンダーが画面が暗すぎると言われることにいら立ち、逆にもっと暗い画面を作ろうとしたと証言している。撮影監督にとっては何が映っているかほとんど認識できない画面を撮ったことは自身のミスだったと結論づける（Töteberg 391）。

10) クルバニ監督が『ベルリン・アレクサンダー広場』をどう読んだかはキネマ旬報のインタヴュー（**クルバニ／渋谷** 130）を参照のこと。

11 映画化とリメイクの力学

ケストナー児童文学の映画化にみる社会学

山本佳樹

　映画ほどアダプテーションが創作原理として定着している芸術形式はまれであろう。文学作品の映画化や映画作品のリメイクは日常茶飯事であるし、同じ文学作品が何度も映画化されることもある。文学作品の映画化は映画の最初期から行なわれ、映画研究においても長年にわたってその重要性が認識されてきたが、従来の研究のほとんどが個々の映画化についてのケーススタディであるか比較メディア論的な見地によるものであり、まだまだ開拓の余地が豊かに残っている分野であると言える。

　そこで本章では、視点を少し変えて、どのような時代にどのような文学作品がどのような意図でどのように映画化されたか、という問題に焦点を合わせる。映画は多大な資金を投じて製作される商品であり、興行的な面を無視することは難しい。ジークフリート・クラカウアーの有名なテーゼのとおり、映画は「他の芸術媒体よりもより直接的な方法で、その国民の心理状態を反映している」（**クラカウアー** 7）のである。それゆえ、映画の題材の選択にあたっては、プロパガンダや啓蒙的な目的が明瞭でない場合でも、その時代の政治・社会状況や国民心理がなんらかのかたちで反映されていると考えられる。ここでは、映画アダプテーションという現象の持つ、こうした映画社会学的な側面に光を当ててみたい。

　この目論見に格好の事例を提供してくれるのが、エーリヒ・ケストナー（Erich Kästner, 1899-1974）の児童文学の映画化である。なかでも代表的な四

つの作品『エーミールと探偵たち』(*Emil und die Detektive*, 1929)、『点子ちゃん
とアントン』(*Pünktchen und Anton*, 1931)、『飛ぶ教室』(*Das fliegende Klassenzimmer*, 1933)、『ふたりのロッテ』(*Das doppelte Lottchen*, 1949) のドイツでの映画化には、
2度の目立った波がある。まず、1950年代のいわゆるアーデナウアー時代
の西ドイツで、この4作品は次々に映画化された(『ふたりのロッテ』1950
年、『点子ちゃんとアントン』1953年、『飛ぶ教室』1954年、『エーミール
と探偵たち』1954年)。その後、ドイツ再統一からしばらくして、この4作
品はまたもや続けて映画化されることになった(『ふたりのロッテ』1994年、
『点子ちゃんとアントン』1999年、『エーミールと探偵たち』2001年、『飛
ぶ教室』2003年)。ケストナー児童文学の1950年代の映画化ブームについて、
ザビーネ・ハーケは、戦後の混乱期の後で、伝統的な家族の価値観や保守的
な社会政策の肯定に役立つものであった(ハーケ172)、と述べている。再統
一後の混乱期における映画化ブームの再来にも、類似のことがあてはまるか
もしれない。ここでは、この2度のブームを中心に、ケストナーの児童文学
の映画化とその都度の時代背景との関係を素描してみたい。

1　ケストナーと映画

　ケストナーと映画との関わりは深い。多くの人にメッセージを伝えるため
に、有名になるために、お金を稼ぐために、脚本家として、批評家として、
ケストナーは映画と関わった。ナチス時代には、映画は生き延びる助けにも
なった。まずは、ケストナーと映画との関係を概観しておこう。[1]

　1931年にケストナーは、『むかつく奴』(*Das Ekel*, 1931、フランツ・ヴェンツラー
ほか監督) など、いくつかの映画脚本を手掛けている。そのうちの一つが自
作の『エーミールと探偵たち』の映画化であった。当初、ケストナーと友人
エメリヒ・プレスブルガーが脚本を手掛けたが、その後何人かの手が加わり、
最終的にはビリー・ワイルダーの名前だけがクレジットに記載された。[2] こ
のウーファ映画『エーミールと探偵たち』(1931、ゲルハルト・ランプレヒト監督。
日本公開時の邦題は『少年探偵団』)[3] は大ヒットし、ドイツのみならずイギリ
スやアメリカでも成功を収めた。[4]

　順風満帆に見えたケストナーだったが、1933年にナチスが政権を握ると、
ケストナーの本も焚書の対象となり、[5] ケストナーは執筆禁止令を受ける。

宣伝省が外貨獲得のために外国での出版をケストナーに認めると、彼はすぐに『雪の中の三人男』（*Drei Männer im Schnee*, 1934）をスイスで出版した。ハリウッドメジャーの一つ MGM がこの小説の映画化の権利を買い、1938 年に『三人の楽園』（*Paradise for Three*）の題名で映画化している（監督はエドワード・バゼル）。[6]

1942 年、ケストナーはウーファ 25 周年記念映画の脚本の執筆を依頼される（**クライマイアー 583**）。ウーファの記念映画は国威発揚にうってつけの機会であり、絶対に失敗が許されない企画であった。そのため、ナチスに抵抗し続けていたとはいえ、作家としてのその実力を認めざるをえないケストナーに白羽の矢が立ったのだろう。ケストナーはベルトルト・ビュルガーの偽名で「ほら男爵の冒険」の題材に基づく脚本を書き、そこにはナチへの風刺ととれるような台詞もこっそり織りまぜた（**コードン 229-30**）。試写を見たヒトラーは、ベルトルト・ビュルガーがケストナーだと知ると激怒して、その名前をクレジットから外させた（**コードン 229**）。しかし映画自体は禁止にならず、当時としては破格の 660 万マルクの製作費をつぎ込み、ヴェネツィアでロケを行うなど 8 か月の撮影期間をかけた、スター総出演のカラー大作『ほら男爵の冒険』（*Münchhausen*, 1943、ヨーゼフ・フォン・バキ監督）は、1943 年 3 月 3 日のウーファ・パラスト・アム・ツォーでの豪華なプレミアに喝采をもって迎えられた。[7] その後もケストナーは『ささやかな国境往来』（*Der kleine Grenzverkehr*, 1943、ハンス・デッペ監督）[8] などの脚本に携わったが、1943 年 1 月 14 日、ケストナーに再び執筆禁止令が出され、映画の脚本を書くことも禁じられてしまう。

1945 年 3 月、『ほら男爵の冒険』で知り合ったウーファのプロデューサー、エーバーハルト・シュミットの助けで、ケストナーは、戦火の迫るベルリンを逃れ、映画の撮影隊に紛れてチロル地方のマイアーホーフェン（オーストリア併合後はドイツ領になっていた）に赴くことになる（**ケストナー 65-66**）。[9] シュミットは、ウーファのスタッフや俳優たちの命を守るために、映画のロケと称して、空爆にさらされている大都市から彼らを疎開させていたのである。こうしてケストナーは、1945 年 5 月 8 日の終戦を、アルプスの美しい渓谷で迎えることになった（**ケストナー 151-52**）。

1945 年以降、ケストナーと映画との関わりは、おもに映画の原作者とし

てのものになる。インゴ・トルノフによれば、ケストナーが脚本を書いた映画は 11 本あり、そのうち 8 本が自作の映画化である。また、ケストナーの原作に基づくが、ケストナー自身は製作に関わっていない映画が、1998 年の時点で、11 か国にわたって 37 本存在するという（Tornow 132-33）。それからすでに 25 年近く経過しているので、その数はさらに増えており、大手映画データベース IMDb で脚本家および原作者としてのケストナーを検索すると、公開前のものも含めて 85 件がヒットする（IMDb）。2021 年には長編小説『ファービアン──あるモラリストの物語』（*Fabian. Die Geschichte eines Moralisten,* 1931）の映画化作品『さよなら、ベルリン またはファビアンの選択について』（*Fabian oder Der Gang vor die Hunde,* 2021、ドミニク・グラフ監督）が製作され、[10] 日本でも公開されて話題を呼んだ。

2　1950 年代のケストナー児童文学映画化ブーム

　1950 年 11 月 27 日、映画『ふたりのロッテ』（1950、ヨーゼフ・フォン・バキ監督。日本公開時の邦題は『双子（ふたり）のロッテ』）がプレミアを迎えた。ケストナーに関係する戦後最初の映画であった。『ふたりのロッテ』と映画との関係は単純ではない。ナチによる執筆禁止中の 1937 年、ケストナーはほぼ同じ題材の映画草案「瓜ふたつ」（Zum Verwechseln ähnlich）を、シャーリー・テンプルの一人二役という提案とともに、20 世紀フォックスに送っている（Doderer 19）。採用されないとみると、ケストナーはさらに手を加えて「大きな秘密」（Das große Geheimnis）というシナリオに仕上げ、『ほら男爵の冒険』の監督であるヨーゼフ・フォン・バキに映画化をもちかけた。このときこの企画が成立しなかったのは、直後にケストナーが再び全面的に執筆を禁じられたためとみられる（Schmid 56, 61）。終戦から一息ついた 1949 年、ケストナーは児童文学『ふたりのロッテ』を発表し、翌年、映画が公開された。製作会社は『エーミールと探偵たち』映画化（1931 年）の際の製作主任ギュンター・シュターペンホルストが設立したカールトン映画社、監督はフォン・バキであった。

　このように、『ふたりのロッテ』はもともと映画になることが想定されており、書籍が先行して発売されてから映画製作にとりかかったのは、メディアミックスによる販売上の戦略だった可能性もある。小説はシナリオと同

様に現在形で書かれており、両者のテクスト間の差異も小さい（Schmid 57）。ケストナー自身の脚本に基づくうえに、作家本人が語り手として映画に姿を現して直接に、また、オフの声で、小説と同じ言葉を語るため、1950 年の映画『ふたりのロッテ』は、ケストナー児童文学関係の映画中、原作に最も近い印象を与える。しかし、この場合、そもそも原作とか映画化とかいう概念があてはまるだろうか。それはともかく、子ども向けの映画で両親の離婚を扱うことへの非難はあったが、応募した 120 組の双子たちから選ばれた主役のギュンター姉妹は生き生きとした演技を見せ、観客の評判は上々で、興行的にも大成功となった。この映画は、この年に始まったドイツ映画賞の作品賞、監督賞、脚本賞に輝いている（ハヌシュク 433）。

　1953 年にはケストナー児童文学関係のドイツ語圏で 3 本目の映画が誕生した。1931 年に書かれた『点子ちゃんとアントン』の映画化作品（トーマス・エンゲル監督）である。1930 年代初頭にケストナーは『点子ちゃんとアントン』の映画用脚本を書き、何人かの映画監督に映画化を打診していたらしい。そのうちの一人がエーリヒ・エンゲルであったが、その息子トーマス・エンゲルが戦後にこの作品を映画化することになったのである。ケストナーが自ら執筆した脚本は採用されず、エンゲル監督とマリア・フォン・デア・オステン＝ザッケンが脚本を書き直した。立腹したケストナーはこの映画の製作には一切関わらなかった。[11] 1930 年代の原作を 1950 年代の現代に移したこともあって、設定のうえで原作と比べていくつか重要な変更点がある。たとえば、アントンは（靴ひもを売るのではなく）カフェで（病気療養中の母親が失業しないように、母親の代わりに）働いている／点子ちゃんのマッチ売りは（家庭教師といっしょではなく）単独で、アントンのため／アントンの母親が怒るのは息子が（自分の誕生日を忘れたからではなく）店のお金を盗んだと誤解したから、などが挙げられる。また、原作にない場面として、点子ちゃんが母親と動物園に行くエピソードがある。母親はそこで若い恋人（原作にはいない人物）と逢引きをし、点子ちゃんは寂しい思いをするのである。全体に、点子ちゃんと母親との関係を強調する変更が多い（Schmid 104-05）。

　続いて 1954 年 9 月には 1933 年の児童文学『飛ぶ教室』の映画化作品（クルト・ホフマン監督）が製作された。ケストナーは本の出版後すぐに映画化を望んでおり、ギュンター・シュターペンホルストに相談していたとい

う（Schmid 93）。およそ 20 年後、『ふたりのロッテ』を製作したシュターペンホルストのカールトン映画社で、『飛ぶ教室』の映画化が実現した。監督のクルト・ホフマンのためにケストナーは 1943 年の『妻をよろしく』（*Ich vertraue dir meine Frau an*）で脚本を書いており、ケストナーにとっては気心の知れた仲間との楽しい仕事となった。脚本も自分で書き、語り手として作家本人が映画に登場する『ふたりのロッテ』のスタイルで、「禁煙さん」に若い看護師の恋人ができる以外は、ほぼ原作の内容に忠実な映画化である。

1931 年版の映画が伝説的な成功を収めた『エーミールと探偵たち』には、1954 年 10 月にドイツでの 2 度目の映画化作品（1954、ロベルト・A・シュテムレ監督。日本公開時の邦題は『エミールと少年探偵団』）が誕生した。ケストナーは製作にほとんど関わらなかったが、子どもたちの追跡を窓から見て植木鉢を投げ落とす男性として、カメオ出演している。ビリー・ワイルダーの名前がクレジットに出てくるように、1954 年版は 1931 年版のリメイクでもある。原作になくて 1931 年版にあるいくつかの設定、たとえば、エーミールが泥棒グルントアイスのホテルの部屋に忍び込み、ベッドの下に隠れるスリリングな場面／ディーンスタークが犬を連れていること／ポニーをめぐるエーミールとグスタフのライバル関係、などは、1954 年版でも（最初の二つは後の 2001 年版でも）踏襲されている。1954 年版の独自な点は、冒頭部のエーミールのいたずらがアザラシの赤ちゃんを海に逃がすという比較的大がかりなものであること、グルントアイスの悪党仲間が登場することなどで、アクション面が強化されている。また、1931 年版と比べると、子どもたちの群れのなかに女の子たちが混じっていること、子どもたちの多くが自転車やスケートボードに乗っていることなどが目につく。ケストナー映画としては初めてカラーで撮られた作品ではあったが、1931 年版の魅力の一つであった、田舎から出てきたエーミールの目に映る、めくるめく大都市ベルリンの躍動の表現は、残念ながら影を潜めている。

1950 年代のケストナー児童文学の映画化ブームのうち最初の 3 本は、もともとは 1930 年代に構想された企画が、ナチスの支配と戦争によって中断され、戦後の安定期にようやく成立したものとみなすことができる。また、1954 年版の『エーミールと探偵たち』については、1950 年代における 1930 年代の初期トーキーのリメイクブームの流れに属する作品でもある。した

がって、1950年代に特にケストナーの児童文学が求められたのだ、と安易な結論を出すことはできない。[12] だがもちろん、ケストナー児童文学の映画化が、1950年代の西ドイツに支配的であった保守的な政治風潮や小市民的な嗜好に合致していたことも事実であろう。親と子の愛情と絆の大切さというケストナー児童文学のテーマは、この時期のケストナー映画のいずれにもしっかりと刻印されており、子どものための映画というより、家族のための映画となっていた（Schmid 60）。

　四つの映画に共通するもう一つの特徴は、非政治性である。たとえば、1954年版の『エーミールと探偵たち』においては、ベルリンの壁がまだなかった時代にせよ、西ドイツの町から陸の孤島であった西ベルリンにやってきたエーミールは、ドイツ領域通過列車という特殊な列車に乗ってきたはずなのに、東西分割にはほとんど触れられることがない。1931年版ではまだ無傷だったカイザーヴィルヘルム教会が廃墟となり、子どもたちの基地に使われていることが、戦争の傷跡をかろうじて伝えている程度である。

3　再統一後のケストナー児童文学映画化ブーム

　ミュンヒェンのプロデューサー、ペーター・ツェンクは、1986年に設立したルナリス映画社のために、ドイツ再統一直前の1989年にケストナー児童文学の映画化権を獲得していた（Schmid 66）。大手バヴァリア映画社との提携のもと、最初の映画化作品として『ふたりのロッテ』が選ばれ、監督は『秋のミルク』（*Herbstmilch,* 1989）、『スターリングラード』（*Stalingrad,* 1993）などでドイツ史に取り組んでいたヨーゼフ・フィルスマイアー（ハーケ317）に決定した。ツェンクの手になる第1作『ふたりのロッテ』（*Charlie & Louise – Das doppelte Lottchen*）は1994年に完成し、63万人の観客を動員するまずまずのヒットとなり、バイエルン映画賞のプロデューサー賞などを受賞した。[13]

　50年ないしは70年近く前の原作を現代の舞台に移すということもあって、再統一後のケストナー児童文学映画は、1950年代の映画と比べて、原作の設定にかなり手が加えられている場合が多い。さらに、2度目、3度目の映画化ということで、それまでの映画のリメイクともなり、リメイクとは「信頼性（反復）と新規性（革新）を伝える」（Simonet 155）ものとされるように、独自性を打ち出そうとする面もある。結論から言えば、原作やそれまで

の映画化作品と比較しての、ツェンクの製作による再統一後のケストナー児童文学映画化の特徴は、ジェンダーに関わる変更（〈ジェンダー〉）、多民族国家となったドイツの状況への示唆（〈多民族〉）、スペクタクル要素の強調・追加（〈スペクタクル〉）、音楽の役割の拡大（〈音楽〉）、の４点にまとめられるだろう。フィルスマイアーの『ふたりのロッテ』（1994 年版）においても、四つの点をそれぞれ以下のように指摘できる。〈ジェンダー〉：離婚の理由。作曲家の父親だけでなく、学位取得を目指す母親のほうも忙しくしていて時間がない／離婚後、父親だけでなく、母親にも恋人がいる（会社の上司。再婚を考えている）／母親のほうが父親より稼ぎが多く裕福／サマースクールには女子生徒だけでなく、男子生徒もいる。〈多民族〉：父親の友人で犬を連れているのはトルコ人（アリ）。〈スペクタクル〉：列車を急停車させる（最初はルイーゼ、最後は父親）／両親の再婚が難しいと知ると、双子の姉妹はスコットランドの灯台に立てこもり、嵐に遭って、両親による救出劇が行われる。〈音楽〉：父親がかつて作曲した曲がカセットテープに録音されて、ストーリー展開上重要な役割を担う。

　〈ジェンダー〉に関して、とりわけ広告代理店で成功しているキャリアウーマンの母親は、再統一直後に流行した、若くて魅力的な専門職の人々の仕事や恋愛を描く「関係コメディ」（Schmid 77; ハーケ 295-99）[14]）に出てくるような人物であり、原作や 1950 年版と比較して、両親の生き方の問題に対しても同時代の観客の共感を得ようとしていることがわかる。とはいえ、最終的に両親が和解して４人で暮らすことになるハッピーエンドには手が加えられず、親子の愛情というケストナーの根本的なテーマは保たれている。そして、1950 年版と同様に、1994 年版も非政治的である。父親はベルリン、母親はハンブルクに住んでいる（原作ではそれぞれウィーンとミュンヒェン）。どちらかを東からの逃亡者にして、再統一によって初めて姉妹が巡りあうことになる、という設定も可能であったように思われるが、東西分断や再統一を感じさせるようなものは映画ではほとんど見当たらない。

　ツェンクは、共同プロデューサーにバヴァリア映画社のウシ・ライヒを迎え、1999 年のケストナー生誕 100 周年に合わせて、次なる映画化にとりかかった。監督は、『ビヨンド・サイレンス』（*Jenseits der Stille,* 1996）で多感な少女を見事に描いたカロリーネ・リンクが担当した。リンクは『点子ちゃんと

アントン』と『エーミールと探偵たち』のどちらを映画化したいかと尋ねられて、完成度の高い1931年版のある後者を避けて、『点子ちゃんとアントン』を選んだという（Schmid 132）。1999年2月にプレミアを迎えた『点子ちゃんとアントン』(1999年版)は、『ふたりのロッテ』(1994年版)を大きく上回る170万人の観客を集める大ヒットとなり、ドイツ映画賞の音楽賞、バイエルン映画賞の児童映画賞などを受賞した。

　『点子ちゃんとアントン』(1999年版)の特徴を先述の4点に即して整理すると、以下のようになる。〈ジェンダー〉：点子ちゃんの母親は社交だけに夢中なのではなく、世界の貧困児童を援助する運動家として世界を飛びまわっている／アントンの父は生きている／学校は共学で点子ちゃんとアントンは同じ学校に通っている。〈多民族〉：点子ちゃんの養育係はフランス人オーペアガールのローレンス／ローレンスの恋人はイタリア人。〈スペクタクル〉：12歳のアントンはアイスクリーム店の車を自分で運転して父親に会いに行こうとする。警察が出動してヘリコプターでそれを追う。〈音楽〉：点子ちゃんは夜の路上で、マッチを売るのではなく、歌のパフォーマンスをする／ローレンスと太っちょのベルタは家でミュージカルのように歌を披露する。

　ケストナー児童文学特有の、母親思いで勇気がある非の打ちどころのない少年主人公の一人であるアントンは、この映画では、母親思いという点では変わらないが、出来心で金のライターを盗んだり、無免許で車を運転したりする、やや衝動的な性格を与えられている。また、点子ちゃんの母親も、家を空けてばかりいるのは有名なボランティア活動家だからということになっているが、点子ちゃんからその偽善性を非難される。男に利用されるだけの滑稽な養育係アンダハトは、1999年版ではフランス人オーペアガールになり、男運が悪い点は同じだが、点子ちゃんとも友情で結ばれる魅力的な人物になっている。このように、人物造形において単純化が回避されており、善悪の境が曖昧にされることで、原作や1953年版の古臭く感じられかねない道徳臭が取り除かれている。なお、点子ちゃんと両親とアントンと母親が1台の車で出かけるラストシーンは、1953年版を踏襲したものである。

　ツェンクとライヒは次なる企画にとりかかり、リンクに続いて女性監督のフランツィスカ・ブーフを起用した。ブーフは脚本も書いて、『エーミールと探偵たち』のドイツでの3度目の劇場映画化が実現した。2001年2月に

完成したこの映画はまたもや大ヒットとなり、180万人の観客を動員して、バイエルン映画賞の脚本賞などを受賞した。

『エーミールと探偵たち』（2001年版）についても同様に、特徴を4点にまとめてみよう。〈ジェンダー〉：エーミールとふたりで暮らしているのは母親ではなく父親／母親は新しい恋人と裕福に暮らしており、エーミールに養育費を送ってくる／グスタフとポニーの役割が交換されている／子どもたちのリーダーは少女のポニーであり、ポニーは行動力においてずばぬけている／子どもたちの群れはもちろん、「探偵たち」のなかにも女の子がいる。〈多民族〉：子どもたちのエスニシティは多様で、たとえば、学校友だちのハソウナはアフリカ系、エーミールに扮してフンメル家に泊まるジプシーはルーマニアのロマ、ケバブはトルコ人。〈スペクタクル〉：エーミールの父親の交通事故／古着コンテナから服を盗もうとして警察に追われるエーミールとハソウナ／ホテルの窓から壁づたいに自室に戻るグルントアイス／列車での追跡劇／誘拐されるポニー。〈音楽〉：ポニーが仲間を集めるとき、ヒップホップ調のポニーのテーマ曲が流れる。

『エーミールと探偵たち』（2001年版）で特に目を引くのは〈ジェンダー〉であり、ジェンダーの逆転とも言えるほどの大幅な変更が行われている。ポニーの役割が高まったことで男女のバランスがとれ、現代の観客に受け入れやすくなったと言える。また、〈多民族〉についても、本章で扱う映画化作品のなかで最も顕著である。多民族国家となった再統一ドイツにふさわしく、子どもたちのエスニシティはさまざまだが、彼らは国籍や民族を軽々と超えて友情を結び、団結し、助け合う。それは理想の多文化共生モデルとなっている。このように、時代に合わせてさまざまな変更が施されてはいるが、エーミールの冒険がすべて父親（原作やそれまでの映画化作品では母親）への愛情に発するものである点では、この映画もやはり親思いの主人公を中心とするケストナー児童文学の世界観に忠実だと言える。また、まるでベルリン観光案内であるかのようにブランデンブルク門や博物館島などの名所が映されるのは、ベルリン復興への賛歌であると同時に、15) 古きよきベルリンの肖像をフィルムに焼きつけた1931年版へのオマージュなのかもしれない。クライマックスで子どもたちが追跡を始めるとき、1954年版を含めた三つの版の構図は類似しており、グルントアイスは画面を右から左に逃げる（図1、

図1 『エーミールと探偵たち』（1931年版）
▶ 00:57:05

図2 『エーミールと探偵たち』（1954年版）
▶ 01:13:23

図3 『エーミールと探偵たち』（2001年版）
▶ 01:32:36

図2、図3）。[16] これも1931年版が模範になったものと思われるが、同時に先に指摘した時代による変化も見て取れる。1931年版（図1）では子どもたちはほとんどが男の子で、服装も似通っている。1954年版（図2）では女の子が混じるようになり、2001年版（図3）では男女比はほぼ同じで、エスニシティの多様さを感じさせる集団になっている。悪党グルントアイスの風采も、1931年版と1954年版では原作どおり山高帽をかぶり、紳士然とした服装だが、2001年版になると無帽で革ジャン姿になる。リメイクにおける「反復」と「革新」を示す例だと言えよう。

ツェンクとライヒによるケストナー児童文学の映画化の最後を飾ったのは、『飛ぶ教室』である。[17] 監督にはテレビ映画で活躍していたトミー・ヴィーガントが抜擢された。『飛ぶ教室』には、先述した1954年版の後、1973年にカラーによる映画化（監督はヴェルナー・ヤーコプス）があり、これが3度目の劇場

映画化であった。[18] 2003 年 1 月に封切られると好調な出足を見せ、200 万人の観客を動員して、再統一後のケストナー児童文学シリーズ中、興行的に最も成功した作品となった。

『飛ぶ教室』（2003 年版）についても、四つの観点から特徴を取り出してみよう。〈ジェンダー〉：学校は共学／主人公の少年たち（寄宿生）と対立する通学生側のリーダーはモナという女子生徒。〈多民族〉：特になし。〈スペクタクル〉モナが服を万引きして逃げる場面／劇の練習中の火災。〈音楽〉：主人公たちはライプツィヒ聖トーマス教会の少年合唱団に属している／ベク先生と禁煙さんが学生時代に書いた（原作や 1973 年版ではヨナタンが書く）「飛ぶ教室」は、いわゆる戯曲ではなくミュージカル／少年たちはクリスマス会の舞台で「飛ぶ教室」ではなくラップ音楽を披露する。

〈多民族〉がない代わりに、『飛ぶ教室』（2003 年版）では、珍しく東西分断について言及されている。舞台は旧東ドイツのライプツィヒに設定されており、ベク先生が禁煙さんの消息をずっと知らなかったのは、禁煙さんが西へ逃亡したためである。また、この映画では、貧しい両親を持つマルティンの比重が低くなり、親子の愛情というケストナーのテーマはやや後退している感がある。むしろ両親に捨てられたヨナタンが主人公となって、彼とモナとの淡い恋心が前面に出ている。

再統一後のケストナー児童文学映画化ブームの仕掛け人はペーター・ツェンクであり、彼はおそらく 1999 年のケストナー生誕 100 周年を見越して、事前に映画化の権利を取得していたのであろう。だから、再統一後のケストナー児童文学映画化ブームも、けっして自然発生的なものではない。だが、映画化作品はいずれも興行的に成功し、ツェンクの先見の明を証明することになったのであり、そこにはある程度、時代精神との共鳴があったことは否定できないであろう。再統一後の映画化には、これまでの記述で枠組みとした四つの特徴が認められる。〈ジェンダー〉と〈多民族〉、すなわち、ジェンダーに関わる変更、および、多民族国家となったドイツの状況への示唆は、半世紀近く前の題材を現代のドイツに適合させ、観客にジェンダーやエスニシティに関する差別を感じさせないための、いわばアップデートであろう。〈スペクタクル〉と〈音楽〉、すなわち、スペクタクル要素の強調・追加、および、音楽の役割の拡大は、娯楽性を高め、ポップな感覚をもたらすための

工夫だと言える。全体に非政治的な作品群であるが、そのなかで『飛ぶ教室』（2003年版）が、東西分断の歴史に触れ、親子の愛情というケストナー児童文学の核心をいくらか薄めてみせたことは興味深い。

　以上に見てきたように、1950年代のケストナー児童文学映画化ブームは、ナチスの支配と戦争によって中断されていた映画化の再開であったし、再統一後のケストナー児童文学映画化ブームは、ひとりの嗅覚の鋭いプロデューサーによって仕掛けられたものであった。その成立事情を見ると、いずれのブームも、時代の要請に直接反応して生じたものとは言い難い。しかし、戦後の混乱期と再統一後の混乱期に、こうした作品がいずれもその時代の観客に歓迎され、ヒットしたことは事実であるし、そうでなければ連続して製作されることもなかっただろう。これらの作品には、混乱の時代に人を安心させ、楽しませる何かがあったはずである。それは、ケストナーが考え出したプロットの抜群の面白さであると同時に、家族、とりわけ親子の愛情であり、子どもがいかに親の愛情を必要としているか、という保守的で市民的な、しかしまた普遍的な道徳だと言えよう。ケストナーの児童文学は、その都度の時代のモードや問題をたっぷり盛り込みつつ、飽きさせないストーリーのなかに変わらない価値観を提示できる、魔法の器のようである。

　だが、もう少し懐疑的に見れば、ジェンダーやエスニシティが多様になっても変わらないその価値観とは、本当に普遍的なものだろうか。不安定な時代に亡霊のように蘇るそれは、あくまでも古きよきドイツで育まれた価値観にすぎないのではないか。ケストナーのある種の保守性が、多様性や変化を嫌う心情と共振して、懐かしく心地よいものと感じられているのではないか。そのようにも思えてくる。そう考えると、2001年版の『エーミールと探偵たち』において、中心的な役割を果たすエーミールとポニーが血統的にもゲルマン系のドイツ人であり、古着を盗んだり偽の運転免許書を手に入れたりするようにそそのかすハソウナや、作り話が得意な（＝嘘つき）のジプシーが外国人、という設定になっていることは、なかなか罪深いのかもしれない。

註

1) ケストナーと映画のかかわり全般については、Tornow, Anz, Schmid（18-23）を参照した。

2) ケストナーはワイルダーによる改変が気に入らず、『カリガリ博士』（*Das Cabinet des Doktor Caligari,* 1920、ローベルト・ヴィーネ監督）の脚本家であるカール・マイアーなども参加して、さらに手が加えられた。この経緯については Jatho に詳しい。

3) 本章では、原作の題名と同一である場合には、映画の原題を記載しなかった。また、邦題がある場合はそれを利用するのが通例だが、同一の原作の映画化作品であることを明示するために、以下の記述では、たとえば『少年探偵団』という邦題を用いず、『エーミールと探偵たち』（1931 年版）などとした。

4) 『エーミールと探偵たち』の続編として書かれた『エーミールと三人のふたご』（*Emil und die drei Zwillinge,* 1935）では、『エーミールと探偵たち』が映画化されたことになっており、その映画がストーリー展開のうえで重要な役割を果たす。もちろんケストナーは 1931 年版の映画を念頭に置いていたであろう。

5) 『エーミールと探偵たち』だけは禁止されなかったという（コードン 181）。

6) この小説は、ドイツ語圏では、オーストリアで 1955 年にクルト・ホフマン監督によって映画化された。クレジットはされていないが、ケストナーが語り手として声の出演をしている。

7) 『ほら男爵の冒険』は日本で DVD が発売されている数少ないナチス時代のドイツ映画の一つである（『ほら男爵の冒険』、ジュネス企画、2005 年）。なお、三谷幸喜による 2011 年の演劇『国民の映画』では、1941 年に理想の映画を作るためにゲッベルス邸に集められた大臣やスターや監督たちに混じって、執筆禁止中のケストナーもいるという設定になっており、ケストナーと『ほら男爵の冒険』との関わりを念頭に置いたもののように思われる。

8) 小説版の邦題は『一杯の珈琲から』（小松太郎訳、創元推理文庫、1975 年）である。

9) このとき製作中ということになっていた映画は『失われた顔』（*Das verlorene Gesicht*）という題名だった（ケストナー 74）。なお、第二次世界大戦末期には、多くのドイツの映画人が、戦火を逃れてこうした山岳地方や田園地方で映画を撮影した（クライマイアー 625）。

10) この小説は 1980 年に映画化されており（『ファービアン』*Fabian,* 1980、ロルフ・グレム監督）、2 度目の映画化であった。

11) ケストナーの脚本は子ども向きであったが、映画会社のほうでは大人にもアピールできるような家族向き映画を望んでいたことが、トラブルの原因だったという（Schmid 94）。

12) 1950 年代半ばには、『ガソリン・ボーイ三人組』（*Die Drei von der Tankstelle,* 1930、ヴィルヘルム・ティーレ監督）、『会議は踊る』（*Der Kongress tanzt,* 1931、エリック・シャレル監督）などの 1930 年代初頭の初期トーキーの名作が次々にリメイクされた（例

に挙げた2作のリメイクはいずれも1955年）。このリメイクブームの背景にあったのは、まだ経済基盤が弱かった映画会社のリスク回避であった（Schmid 32）。

13)『ふたりのロッテ』は、これまでに世界各国で何度も映画化されており、そこには美空ひばりが一人二役を演じた『ひばりの子守歌』（1951、島耕二監督）も含まれている。

14) 映画の終盤で、嵐のなかスコットランドの灯台に立てこもった双子を救出するとき、頼りになるのは父親であり、伝統的な男性性が復活する。これも「関係コメディ」の一つのパターンである（ハーケ 296）。

15) グルントアイスが宿泊し、スペクタクルの一つの舞台になるのが、1997年に再建され、営業を再開したばかりだったホテル・アドロン（現在の正式名称はホテル・アドロン・ケンピンスキー・ベルリン）であることも、同様の文脈で捉えられるだろう。戦前のホテル・アドロンは、内外の政治・文化の要人を迎えるベルリンを代表する社交場だったが、1945年に焼失していた。ちなみに、戦前のドイツ最大の映画会社ウーファの創立記念パーティーも、1917年12月にこのホテルで開催されている（クライマイアー 57）。再統一後にこのホテルが再建されたことは、古きよきベルリンの復活を象徴する出来事であった。

16) ジアネッティによれば、画面を右から左へ横切る動きは観客に緊張と不快感を与え、悪役はしばしばこの向きに動く（ジアネッティ 108-09）。

17) ツェンクはその後、『ふたりのロッテ』のアニメ版（2007、トビー・ゲンケル監督）を製作している。

18) カロリーナ・ヘルスゴード監督によってドイツで4度目の『飛ぶ教室』の劇場映画化作品が製作され、2023年10月に公開された。

＊本章は、「ケストナー児童文学の映画化にみる社会学──1950年代と再統一後の2度のブームを中心に」（『「文化」の解読（17）──移動と衝突の文化現象』大阪大学大学院言語文化研究科、2016年、31-40頁）に加筆修正を施したものである。

12 トランジット空間に生きる人々

クリスティアン・ペツォルト監督『未来を乗り換えた男』（2018）

香月恵里

---

1 はじめに

　本章では、アンナ・ゼーガース（Anna Seghers, 1900-83）による長編小説『トランジット』（*Transit*, 1944）、そしてこの作品に着想を得て自由な解釈を行ったクリスティアン・ペツォルト（Christian Petzold, 1960- ）による 2018 年の映画『未来を乗り換えた男』（*Transit*, 2018）を扱う。ペツォルト監督はゼーガースの原作から、異なるメッセージを持つ映画を作り上げた。監督はゼーガースの作品のどこに魅力を感じたのか、そしてそのアダプテーションで何を伝えたかったのかを考えてみたい。

　マインツで教養ある豊かな市民階級の家に生まれたゼーガースは、1928年にドイツ共産党に入党、同年に『聖バルバラの漁民一揆』でクライスト賞を受賞し、本格的に作家活動を始めた。抑圧された人々の戦いを描くという彼女の文学の主題は生涯を通じて変わらない。1933 年、ナチスの政権掌握とともに共産党員かつユダヤ人でもあったため出版禁止となり、秘密国家警察（ゲシュタポ）から逃れてスイスを経由し、フランスへと渡った。しかし1940 年ドイツはフランスに侵攻、北部はナチの傀儡政権であるヴィシー・フランスとなった。夫がル・ヴェルネ収容所に抑留された後、ゼーガースは子ども二人を連れて非占領地区だった南仏の小村に移動し、壮絶な生活苦に耐えながら夫の解放のために尽力した。その後ドイツ軍がさらに南進し、危険が迫ると、マルセイユへ向かい、海外へ出港できる日を待ちながら、必要

な書類をそろえるため東奔西走する。カフカ的な不条理の支配するお役所仕事に翻弄される難民たちの姿は作品にも詳しく描写されている。出国のため乗船券を入手するのも非常に困難であり、困窮した避難民の一部はマルセイユからピレネー山脈を越えて非合法にスペインに渡り、さらにポルトガルまで行ってリスボンから乗船する、という方法を取った。こうしたルートをたどったヴァルター・ベンヤミンが国境の町で服毒自殺したのは 1940 年 9 月 26 日のことである。

　1941 年 3 月 24 日にようやく出航した一家は、オラン（アルジェリア）、カサブランカ（モロッコ）、サント・ドミンゴ（ドミニカ）を経由してニューヨークに着くが、上陸は許されず、さらにキューバを経由して、半年以上も経った秋にようやくメキシコに到着した。メキシコでも反ナチ運動に邁進した彼女は戦後、東ドイツに定住することを選び、ドイツ民主共和国作家同盟議長として活躍した。

2　ゼーガースの『トランジット』

　まず、ゼーガースによる原作の内容を概観しておこう。物語は、ゼーガース自身がフランスで体験した難民生活に基づいており、ここに書かれているエピソードはほとんど彼女自身が体験した、あるいは見聞きした実話に基づいているという（Bock 160）。物語は「わたし」がマルセイユのカフェで偶然同席した客に向かって語りかけるという形式を取っている。

　突撃隊員を殴ったためにドイツで強制収容所に入れられた 27 歳のドイツ人組立工「わたし」は、ライン川を泳ぎ渡ってフランスに逃亡したものの、今度はドイツ軍のフランス侵攻により敵国人としてルーアン近郊の収容所に入れられる。ドイツ軍の爆撃後そこを脱出した彼は、パリで収容所仲間のパウルに会い、作家のヴァイデルに二通の郵便を届けるよう依頼される。しかし「わたし」がパリのホテルにヴァイデルを訪問すると、彼はすでに自殺していた。ホテルの女主人から押しつけられた故人のカバンを開けてみると、そこに入っていたのは、未完成の遺稿、出版を断る旨の出版社からの手紙、そして、彼の妻からの、「二人の生活は終わった」と告げる別れの手紙であった。ヴァイデルは絶望のなかで孤独に死んだのだった。しかし、パウルから託された郵便を開けてみると、それはメキシコに入国を認めるというヴィザ

と、彼を捨てたはずの妻からの「今すぐにマルセイユの私のところに来てほしい」という復縁を求める手紙だった。

「わたし」は、かつてつかの間の恋人だったフランス女性イヴォンヌの家族、ビネ家に厄介になる。しかし何の身分証も持たない「わたし」はドイツ軍の侵攻により、いっそう危険が迫っていることを知り、ビネ家の息子たちと南へ向かい、その途上、イヴォンヌの夫の計らいでザイドラーという名の載った避難民証明書を手に入れる。その後、彼が一人でようやくたどり着いた港町マルセイユには、生き延びるための書類を求めて難民たちが押し寄せていた。メキシコ領事館でヴァイデルの遺品を引き渡そうとする「わたし」は、領事の勘違いからヴァイデル本人と間違えられ、最初は戸惑うものの、生き残りのためにヴァイデル名義の書類を利用して死んだ作家になりすまし、ザイドラー、筆名ヴァイデルという二重の偽名で生きることになる。彼の本名は最後まで明かされることはない。

マルセイユにはビネ家の息子の一人が恋人クローディーヌとその幼い息子と三人で暮らしており、「わたし」はこの一家に親しく出入りするようになる。特にクローディーヌの息子に「わたし」は強く惹かれ、父親のような愛情を感じる。一方、「わたし」は町中で、そして退屈な時間を過ごすカフェで、誰かを一心に探す、謎めいた美しい女性に何度も遭遇し、彼女に強く惹かれるようになる。

クローディーヌの息子の病気をきっかけに、「わたし」は一人のドイツ人医師と知り合いになる。彼はメキシコで働くためにマルセイユで船を待っているのであるが、恋人がどうしてもマルセイユを離れたくないというので出発できないのだと語る。その恋人とは、「わたし」がたびたび遭遇したあの若い女性だった。彼女はマリーという名で、マルセイユに来ているはずの夫を探しているという。彼女と親しく話すうちに、その夫とは自殺した作家ヴァイデルであることが明らかになるが、「わたし」はマリーを手に入れるまで真実を伏せておくことに決める。

やっと出航する気になったマリーのため、「わたし」はあらゆるつてを使ってようやくマリーと自分（偽のヴァイデル）のトランジット（通過査証）やヴィザを取りそろえる。しかし、出発の直前になって、マリーが愛しているのは医者でも自分でもなく、夫ヴァイデルであることを悟った「わたし」は、

苦労して入手した乗船券を売り、マルセイユにとどまることを選ぶ。郊外の桃農園での仕事に就いた「わたし」はフランスに定住し、もしナチが攻めてきたらフランスの労働者とともに戦うのだと心を決めている。その後しばらくして、マルセイユの町を再訪した「わたし」は、マリーたちの乗った船が機雷に衝突して沈没した、という噂を聞くが、マリーとのはかない恋愛はもはや彼にとって遠い思い出でしかない。

　こうしてあらすじを書くと「わたし」とマリーとの恋愛が中心のメロドラマのような印象であるが、多くのページを割かれているのは、「わたし」同様ヴィザやトランジットを求めてホテルで、あるいは領事館の待合室で日々を過ごす「トランジット仲間」の身の上話であり、クローディーヌやその息子との友情である。この息子は、親しくなったドイツ人医師も、「わたし」も、所詮は自分たちの元を去って行くいっときの知人にすぎないと悲しむが、「わたし」は最終的にこの少年と、また同時にフランス民衆のもとに残ることを決意する。

　この物語を貫くテーマは、「人を見捨てないこと」（Nicht-Im-Stich-Lassen）である。「見捨てない」というテーマを体現するのは、「わたし」の収容所仲間であり、スペイン内戦で片足を失った不屈の闘士ハインツである。仲間たちはこの男を担いで収容所を脱出し、無事にロアール川を渡る。「わたし」は収容所にいるときからハインツに強く惹かれており、マルセイユで思いがけず彼に再会できたことを喜ぶ。ハインツに対する「わたし」の憧憬は、マリーや、あるいはマルセイユでつかの間関係を結ぶ恋人に対する男女間の愛情よりも純粋で一途なものである。ハインツの持つ強烈な魅力の源泉とは、「無条件の、当時わたしには意味のない退屈なものに思えた誠実さ、わたしには守り通せないように思えた義理堅さ、わたしには子どもじみた無意味なものに思えた不抜の信念」（Seghers 83)[1]である。また、ハインツは自分を見捨てない仲間の存在を信じている。「わたし」は語る。

　　この人間の力がどこにあるか、突然わたしにはわかりました。わたしたち皆が、天は自ら助くる者を助くということを身を持って学び取っていた時も、この人物は、どんな瞬間にも、お先真っ暗な時にも、自分はけっしてひとりぼっちではないということを確信していたのです。たとえど

こにいようと、自分は早晩志を同じくする人間にぶつかるにちがいない
と［……］。(Seghers 154)

どんな状況にあっても決して孤独ではないと信じること、自分を助けてくれ
る人間の存在を確信していること、こうした信念がハインツという人間を魅
力的にしている。「わたし」は苦労して手に入れたポルトガルへ向かう船の
切符を喜んでハインツに譲渡し、物語の最後近くで、彼が無事にアメリカに
到着したという伝言を聞いて幸福を感じるのである。[2]

3 ペツォルトの「トランジット三部作」

　ペツォルトによる『トランジット』のアダプテーション、映画『未来を乗
り換えた男』は、舞台を現代のフランスに移して撮影されている。主人公は
ドイツからの逃亡者であること、ファシストが南下しつつあり、まもなくマ
ルセイユも支配下に入るという状況は 1940 年のフランスのものであるが、
この時代を意識させるものは、「ドイツ帝国」(Deutsches Reich) と書かれ
たヴァイデルのパスポート（▶ 00:05:08）などわずかであり、ナチについて
は「ファシスト」という、一般的用語が使われている。映画では「ゲオルク」
という名前を与えられている主人公（フランツ・ロゴフスキ）が警察の手入
れから逃げ回るパリの街並みはグラフィティーで埋め尽くされ、舞台が現代
ヨーロッパにほかならないことを強く印象づけている（図1）。
　原作において最も魅力的な人物ハインツは、映画では早い段階で惨めな死
に方をする。ゲオルクは、反ファシスト活動の仲間と思われる片足で瀕死の
男「ハインツ」（ロナルト・ククリエス）をマルセイユの家族のところへ連
れて行くという任務を託される。列車の貨物室に忍び込んでなんとかマルセ
イユに到着するも、ハインツは怪我が炎症を起こしたため、すでに死亡して
いる。ゲオルクは死んだハインツが貨物車から放り出されるのを見た後マル
セイユの町へと一人向かい、物語が始まる。[3]そこで誰かを一心に探す美し
い女性マリー（パウラ・ベーア）と偶然出会い、彼女が実は死んだ作家の妻
であることが後で明らかになる、また彼女には新しい恋人がいる、という原
作の設定は映画でも保たれている。また、主人公が南の異国から来た女性と
その幼い息子に出会い、この息子に父親のような愛情を抱くというストー

リーも原作のままであるが、後述するように、この関係は唐突な終わりを迎えることになる。また、映画のゲオルクがフランスに残った後どうなるかという結末は、オープン・

図1　『未来を乗り換えた男』　▶ 00:08:10

エンドのままである。ペツォルトは、ゼーガースが伝える「人を見捨てない」ことの偉大さ、仲間との連帯が今日の状況においては不可能であることをわれわれにあらかじめ伝えているようにも思える。では、ペツォルトは原作のどこに魅力を感じて映画化しようとしたのだろうか。

　ペツォルトは、多くの映画人を輩出している映画テレビ・アカデミー・ベルリンで学び、師でもあるハルーン・ファロッキとともに多くの映画を製作し、商業的にも成功を収めている。この『未来を乗り換えた男』は、前作『東ベルリンから来た女』(*Barbara*, 2012)、『あの日のように抱きしめて』(*Phoenix*, 2014) とともに、〈トランジット三部作〉とも言える作品群をなしている。『東ベルリンから来た女』は、1980 年の東ドイツを舞台とし、西側に住む恋人と暮らすために出国申請をして当局ににらまれ、ベルリンの一流病院から僻地へと左遷された医師バルバラ（ニーナ・ホス）を主人公としている。『あの日のように抱きしめて』は、第二次世界大戦終結後、顔に大怪我をして強制収容所から生還し、手術によって元どおりの顔を取り戻したユダヤ人女性ネリー（ニーナ・ホス）の物語である。彼女は夫を探し出すものの、夫はネリーを死んだ妻に酷似した別の女性と勘違いし、彼女を利用して元妻＝ネリーの遺産を手に入れようとする、というストーリーである。バルバラは旧東ドイツから西ドイツへの移住の過程にあり、ネリーはナチ政権下のドイツから戦後西ドイツに戻ってきたという点で、二人の女性は二つの世界の中間にいる状態にある。なおかつ、ネリーに顕著に見られるように、自己のアイデンティティを喪失している。彼女らにとって、自分が所属していた共同体はもはや存在せず、新しい共同体に入っていけるかどうかは未だ定かでない。この二作でドイツの暗い過去に生きる人々を描いたペツォルトは、今度はフランスを舞台にして、ドイツがヨーロッパにもたらした混乱に翻弄され

る人々を扱った。

　ゲオルクはファシストによって故郷を追われ、たどり着いたヨーロッパの西の端、マルセイユは「出発する気でいることを証明できる場合のみ、いっとき滞在が許される」（Seghers 52）（▶ 00:24:01-00:24:08）という不条理が支配するかりそめの居場所でしかない。そこは本来の意味での「トランジット」すなわち通過地点であり、そこから先にいかなる道が通じているのかは誰にも定かでない。ゼーガースもまた、原作のなかで「トランジット的な」（transitär）という形容詞を作り、「あてにならない」、「かりそめの」という意味で使っている。もっとも、ゼーガースにあっては、苦境のなかにあっても「人が互いに見捨てないということ、これがこの、疑わしくも空虚な、言ってみれば transitär な状況のなかで、疑わしくもなく、空虚でもなく、transitär でもないこと」（Seghers 182）なのであるが、社会主義が重んじる連帯という概念がもはや価値を持たなくなった状況では、それは、「疑わしくも空虚」なものにとどまるしかない。

4　「非一場所」をさまよう幽霊たち

　映画の主人公ゲオルクはドイツからやって来た流れ者である。われわれは彼がドイツのどこで生まれ、過去に何をしてきたのか、ほとんど知ることはできない。彼は孤独である。難民ゆえに仕事もなく、原作とは違ってマルセイユに集う難民の仲間たちと長いおしゃべりをすることもない。くつろぐ場所といえば、性悪な女将が支配する殺風景なホテルの部屋と、暇をつぶすだけのカフェ、モン・ヴェルトゥーだけである。彼は結局、他人との永続的な関係を築くこともできなければ、そこで新しいアイデンティティを構築することもできない。そうした、もう存在しない過去と、まだ来ない未来にはさまれた、かりそめの空間を、ペツォルトは〈トランジット領域〉（transit zones）、あるいはフランスの人類学者マルク・オジェの用語を借りて〈非一場所〉（no-place）と呼んでいる（Abel 16,17）。

　人類学における〈場所〉とは、「アイデンティティーの場、関係の場、歴史の場であろうとする」場であるとオジェは言う（オジェ 74）。人は〈場所〉で過去を過ごし、アイデンティティを築き、他人と有機的な関係を持ち、成長する。これは伝統的な共同体のなかで人生のほとんどを過ごす人間の住む

空間である。一方で「ア
イデンティティーを構築
するとも、関係を結ぶと
も、歴史をそなえるとも
定義することのできな
い」（オジェ108）空間が
〈非−場所〉である。そ

図2　『未来を乗り換えた男』　▶ 00:18:41

れは、典型的には旅の途上にある人間が身を置く空間であろう。また、グローバル化が進み、人々のモビリティが高くなった現代社会では、人間は隣人と濃密な関係を築く間もなく次の生活圏へと自ら移動し、あるいは意に反して移動させられる。オジェは、近代の社会（スーパーモダニティ）が数々の〈非−場所〉を生む、と言い、その一つに難民キャンプを挙げている。

> 「非−場所」とは、人や財を加速して循環させるための設備（高速道路、立体交差、空港）でもあるし、交通手段そのものでもあるし、あるいは巨大商業センターや世界の難民が一時的といいながら長期間にわたってつめこまれるキャンプである。（オジェ 52）

難民にとってのマルセイユは、「だれもが〈どこへ？〉と聞くだけで、〈どこから？〉とは聞かない町」（Seghers 241）すなわち、過去を問われない人々が長続きする人間関係を結ぶことなく集まって「孤独な一過性をうみだす」（オジェ 122）〈非−場所〉である。また、ここに定住している市民にとって、難民は自分たちの共同体には属すことがない異分子のままである。マルセイユに到着し、季節風に凍えながら途方に暮れた様子で観光スポット、ジョリエット地区の案内版に見入る難民ゲオルクの周りを、住民たちが通り過ぎていく。ヴォイスオーヴァーが「だれも彼を見ない。それは恐ろしいことだ［……］最も恐ろしいことは、存在を無視されること」（▶ 00:18:37-00:18:48）と伝える。彼を捉える監視カメラの白黒の映像（図2）は、彼が厄介者、あるいは犯罪者として認識される存在にすぎないことを示している（Böcking 54）。ゾンビがショッピングセンターを襲う映画の話をするカフェのバーテンダー（マティアス・ブラント）に向かってゲオルクは、「死人だって買い

物しないとね」（▶ 00:32:44-00:32:52）と答える。彼は、自分たち難民がすでにこの世に〈場所〉を持たない存在であることを認識している。

　ペツォルトは、こうした〈非−場所〉をさまよう人々を、〈幽霊〉（Gespenster, ghost）と表現する。

> 思うに、幽霊というのは恐怖についてだけではなく、むしろ、時代と場所からこうしてこぼれ落ちているということ、もはやどこにも所属していないこと、つまり、境界領域にいて雇用もされておらず、愛されない子どもであることもそうですが、──そうした人々は自分を幽霊であると感じているのです。（Fisher 163）

ヴァイデルの未完の遺稿のなかには、カフカの「掟の前」の変奏と思われる寓話がある。地獄へと出頭命令を受け、何年も待ち続けている男の物語である。いつ出頭できるのかと問う男は「旦那、あなたはもうすでに地獄にいるのですよ」（▶ 01:13:24-01:13:58）と告げられる。[4] 男は生と死の境界線上をさまよう浮かばれない霊である。アメリカ領事館で、死んだヴァイデルの遺作を自分の作品と偽ってこの物語を語るゲオルクは、この寓話に、「永遠の待機状態」という地獄にいる、半ば死者と化した自らの姿を見出しているのである。

5　現代の難民問題

　マルコ・アベルが指摘するように、ペツォルトの映画は、意に反して移動を強いられている人々を扱うものである（Abel 4）。2008 年に行われたアベルとのインタヴューでペツォルトは、1980 年代に台頭したネオ・リベラリズムによって高いモビリティが要求されるようになり、それに順応できない人々はどこに行けばいいのかわからないでいる、と今日の状態を述べている。

> 彼ら［そうした人々］はトランジット空間にとどまるのです。そこは、一方では無が出現する場所で、他方では過去に存在していたものへと帰ることが不可能なトランジット領域なのです。そうした空間が私に興味を覚えさせます。（Abel 16）

原作では 1940 年代のマルセイユがまさしく難民にとっての「トランジット空間」であった。現代において「意に反して移動を強いられている」難民は逆に南ヨーロッパへと向かっている。2015 年は、ヨーロッパの難民危機が最も高まった年であった。映画撮影のため最初にフランスを訪れたとき、ペツォルトはちょうど、「カレーのジャングル」と呼ばれる、何千人もの難民が橋の下に暮らす難民キャンプが撤去されるのを目撃したという（LaGambina）。映画は、こうした現在の難民の状況を直接に描くものではないが、ヨーロッパの歴史が難民の歴史であることを観る者に意識させる。

　映画のなかで、現代の難民問題を直接に体現するのは、マルセイユに住む不法移民、メリッサ（マリアム・ザリー）とその幼い息子ドリス（リリエン・バットマン）で、この母子は原作でのクローディーヌとその息子に対応している。クローディーヌがマダガスカルからの移民とされていたのに対し、メリッサはマグレブ（北アフリカ）からの移民であり、彼らの住居があるのは、アルジェリア独立戦争（1954-62 年）の後、移民たちが住むマルセイユのマグレブ地区だと思われる。彼らはまた、亡くなったハインツの家族で、メリッサは聾唖者であるという設定になっている。

　ゲオルクとドリス少年はサッカーを通じて親しくなり、少年はゲオルクのなかに父親を求める。メリッサは最初、流れ者ゲオルクに対し、警戒心をあらわにした表情を見せ、息子と彼が親しくなるのを快く思っていないことは明らかである。

　メリッサが仕事で留守中、喘息で寝ているドリスを訪ねたゲオルクが経歴を生かして壊れたラジオを修理し、偶然流れてきた曲を聴いてドイツ語の歌を歌う場面は、この映画のなかで最も美しいシーンである。郷愁を誘うようなオルガンが演奏するのは、かつてゲオルクが母親に歌ってもらった曲である。帰宅したメリッサに息子は状況を手話で説明し、ゲオルクが「ラジオ・テレビ専門の技術者」として教育を受けたことを、手話で母親に伝える。メリッサはその歌をもう一度歌うように促す。歌は、夕方になって明かりが灯り、動物も人間も家に帰る情景を歌う、ハンス・ディーター＝ヒュッシュによる「夕べの歌」（Abendlied）である。歌うゲオルクの顔を見ているうちに、メリッサの表情は次第にやわらぎ、その顔には微笑みに似たものさえ浮かぶ

図3 『未来を乗り換えた男』 ▶ 00:41:03

（図3）。聾唖者であるはずの彼女が見て取ったのは、ゲオルクが過去と故郷と、生業を持つ人間であるという事実である。一瞬の間、ドイツからの逃亡者ゲオルクと、北アフリカから来た不法移民親子のあいだに親愛の情が生まれる。

　しかし、三人のあいだに成立した疑似家族的な絆は、外的な状況によって否応なく引き裂かれる。ドリスを待たせてアメリカ大使館から出てきたゲオルクに対し、ドリスは深い落胆を覚える。ゲオルクはいずれ自分を捨ててマルセイユを出て行くことを再認識するからだ。どうしてメキシコに行かなければならないのかを説明しようとするゲオルクを罵倒して家へ帰ったドリスは、結局ゲオルクと和解することがないままで、母子は彼の前から決定的に姿を消してしまう。原作とは違い、難民である三人が家族的な絆で結ばれることはない。

　メリッサのアパートを訪ねるゲオルクを迎えるのは、二人に代わっていつの間にかそこに住み着いている人々である（図4）。それほど広くはないはずの住居に、アフリカ系と思われる八人以上が潜み、洗濯物が干してある部屋から訪問者を不安そうに見るこの光景は、現在のヨーロッパ難民危機においていわゆる「地中海ルート」でヨーロッパに渡航してくる人々を想起させる。このアパートは、ペツォルトの言葉で言えば「過去とわれわれの時代とのあいだにあるドア」（Lazic 8）であり、1940年代の、1960年代の、そして21世紀の難民たちが交差する空間なのだ。

図4 『未来を乗り換えた男』 ▶ 01:19:58

ペツォルトは、自分がこうした空間に惹かれる理由について、彼が育った環境に言及している。東側からの移民という背景を持つ両親のもとに生まれたペツォルトは、「ト

レーラーパークのような」「トランジットの場」で育ち、自分は「難民の子ども」だったと語る（Fisher 7, 148）。また、インタヴューでメリッサを聾唖者とした理由を問われて、ドリスは子どもでありながら手話を使って母と他者との意思疎通を助けなくてはならない立場であり、戦時下の子どもの「失われた子ども時代」を表現している、と答えている（Film at Licoln Center）。映画の冒頭でも、パリで警察の手入れから仲間のアジトと思われる部屋に帰って来たゲオルクと両親との会話を、不安そうに聞いている幼い少年の姿が何度か単独で映されている（▶ 00:09:41; 00:09:57）。こうしたシーンは、ペツォルトにとって難民の苦境が単なる社会事象ではなく、自分のアイデンティティから発した切実な問題であることを示している。

6　過去と現在の重層性

　ゼーガースの原作には、およそ十人もの「トランジット仲間」が登場し、ある者は海外への逃亡をあきらめて故郷に戻り、ある者は無事に出航する。映画ではそれは二人の人物に絞られている。一人はトランジットを求めて奔走するものの、不幸な勘違いによってショック死する音楽家の老人（ユストゥス・フォン・ドホナーニ）であり、もう一人はホテルの隣人である、二匹の犬を連れたユダヤ人女性（バルバラ・アウア）である。この女性は、アメリカに逃亡した裕福なユダヤ人夫婦がヨーロッパに残した犬を無事にアメリカに届けるという約束のもとで身元を保証してもらい、自分もアメリカに渡ろうとしている。原作と異なり、この女性は建築家という職業を持っている。

　和解もできないままでドリス母子が突然姿を消したことにショックを受けたゲオルクは、通りかかったレストランで偶然この女性に会い、食事に招待される。二人はシャンパンで乾杯し、ともに散歩する。建築家である彼女は、旧市街のパニエ地区と要塞を結ぶ橋を作った建築家ルディー・リチョッティについてゲオルクに語り、それゆえに自分はマルセイユに惹きつけられたのだと言う。

　リチョッティとは、1952 年生まれで、イタリアの血統を持つアルジェリア出身のフランス人建築家である。マルセイユが欧州文化都市となった2013 年に開館した MuCEM（ヨーロッパ・地中海文明博物館）の建築家として名高い。この美術館は、「地中海世界とそれ以外の世界で何世紀にもわ

図5 『未来を乗り換えた男』 ▶ 01:22:18

たって維持されてきた関係を掘り下げ」「文明間で交わされる対話、合流、交換を推進」し「記憶（植民地支配の歴史、今なお深い根をおろす過去の紛争……）にまつわる研究に寄与し、文化、帰属集団、あるいは習俗（宗教、食習慣、服装、音楽……）の違いを調査する」ことをその使命としている（france fr.）。二人が歩くのは、17世紀のサン・ジャン要塞と、博物館の屋上テラスを結ぶ空中通路であろう（図5）。この散歩でゲオルクはひとときの解放感を覚え、「この瞬間、気分が落ち着き［……］マリーのことを忘れ、一切が静かで明るくなる」（▶ 01:22:54-01:23:00）。それだけに、直後にこの女性が要塞から投身自殺するのは、映画のなかで最も衝撃的な場面である。目の前に MuCEM が見える高台から唐突に身を投げるこの女性の死は、「第二次世界大戦以降の汎ヨーロッパ的アイデンティティの証」であり、「「要塞としてのヨーロッパ」という精神性に対する別の道を提案する」（Böcking 56）この博物館の意図がいまだ実現されていないことを意味するのかもしれない。

7　凍結されたままの終わり

　原作は、「わたし」がカフェで出会った人物を相手に、自分がマルセイユで経験したことを語るという形式となっている。「わたし」は、相手を退屈させるのを恐れながらも、「一度、一切を話してしまいたいんですよ、最初から最後まで」（Seghers 6）という欲求に駆り立てられている。彼が物語を始める時点ですでに、語られる内容は「最後まで」進んでおり、決着している。読者は「わたし」が無事に難局を切り抜け、生き延びたことを知っている。それゆえ、彼の語る内容がどんなに悲惨なエピソードに満ちていようと、物語には一種の軽やかさがある。なぜなら、「語られることは片付いたこと」（Seghers 230）だからだ。

　他方、映画においては、ヴォイスオーヴァーがゲオルクの状況や心情を説明する役割を果たしているが、語っているのは誰なのか、最初は定かでない。

途中の「この日、彼は初めて私の店に来た」（▶ 00:32:22-00:32:24）というヴォイスオーヴァーにいたって初めて、声の主がカフェ、モン・ヴェルトゥーのバーテンダーで

図6 『未来を乗り換えた男』 ▶ 01:37:30

あることがわかるものの、彼の語りはゲオルクから聞いた話を伝えているというよりも、その時々のゲオルクの状況を全知の語り手が説明しているような印象を与える。したがって、映画のなかでゲオルクの物語は完結することがない。町にはファシストの手がすでに伸び、残る逃走手段は、ピレネーを越えることだけ、という絶体絶命の状況のなかで物語は進行し、終わる。最後の場面は、カフェの椅子に座ったままのゲオルクのアップである。ドアが開き、足音がする。その主を振り返って見るゲオルクの顔にはかすかに喜びの表情が浮かぶようにも見える。しかし、彼がそこに認めるのがマリーである可能性は、船会社の社員の言明によって否定されている。ゲオルクの顔を斜め下から捉える最後のフリーズ・フレームのショット（図6）は、マルセイユのカフェという空間に閉じ込められたまま凍結している彼の状況を写し取っている。彼は先に述べたヴァイデルの遺作にある「待つ男」のままなのだ。映画の最後にはトーキング・ヘッズによる歌「どこにも行きつかない道」（Road to Nowhere）が「過去と未来の間で、無力と恐怖感にとらわれて麻痺の状態で宙吊りになった」（Landwehr 12）出口なしのゲオルクを象徴するかのように流れる。

8 発展小説としての〈トランジット三部作〉

ゼーガースの原作では、「わたし」はフランスにとどまって労働者となり、もし一旦ことあればフランスの仲間とともにファシストと戦うことを決意している。ゼーガースはもともと別の結末を用意しており、最後の2ページは印刷直前に差し替えられたのだという。[5] ゼーガースが本来考えていた結末がどのようなものであったかはわからないが、自分自身がアメリカへ、あるいはメキシコへの亡命を強く望み、それを叶えたのに、作品の主人公をフラ

ンスに残る反ファシストとすることに、ゼーガースは良心の呵責を覚えたの
かもしれない。しかし、「人を見捨てる」、あるいはその反対の、「人を見捨
てない」という言い回しが頻出するこの原作の強いメッセージから考えて、
主人公の身の処し方としてはこれ以外には考えられない。ゼーガースの評伝
を書いたノイゲバウアーは次のように述べる。

> この小説のタイトルは二重の意味を持っている。トランジットと
> は、ある国を通過してよいという許可を意味するだけではない。同時
> に、ある人間が生の新たな段階へと移行することを意味する。このプロ
> セスが主人公、ドイツ人組立工ザイドラーにおいて実現するのである。
> (Neugebauer 69)

彼がフランスを出ようとしないのは、彼が「この短期間に別の人間になっ
たからであり、彼の個人的状況がフランスを離れないことを要求した」
(Neugebauer 69) からにほかならない。

ゼーガースはこの小説を、マルセイユから出港する船のなかで思いつき、
メキシコで書き始めたという。フランスで、収容所に入れられた夫の身を
案じながら想像を絶する苦労をしつつ子どもたちを育て、出国のために奔走
していたゼーガースは、子どもたちを寝かしつけるためによくローマやギリ
シャの港の物語を語って聞かせていたと息子は回想している (Petzold)。マ
ルセイユでの経験を物語にすることによって彼女は恐ろしい体験から距離を
取り、心の平安を取り戻そうとしたのだろう。物語ることは癒すことでもあ
る。語り手を若い男性労働者としたのは、自分の体験から距離を取り、それ
を客観的な作品にするという目的のためであろう。

一方、映画はどこにも行きつかない難民たちの物語である。原作とは異な
り、映画に登場する「トランジット仲間」の誰一人として目的地に到達する
ことはない。英雄ハインツはアメリカに渡るどころか早々に死亡、犬を連れ
た女性は自死、マリーと医師の乗った船の沈没は原作では単なる「噂」でし
かなく、物語の最初にあらかじめ読者に知らされているのに対し、映画では
船の沈没は最後近くに、しかも船会社の人間の証言によって全員の死亡が確
実なこととされ、ゲオルクの受けた衝撃が強調されている。

ペツォルト監督はあるインタヴューで次のように言っている。

「トランジット」という言葉はわれわれ［ファロッキとペツォルト］が作り上げたすべての映画について当てはまります。それはそもそも発展小説（Entwicklungsromane）で、人物たちは移行状態（Übergänge）のなかにいるのです。（Rodek）

西への逃亡をやめて東ドイツの田舎の病院で医師として働くことを決める『東ベルリンから来た女』のバルバラ、また、不実な夫と訣別し、おそらく戦後の新しいドイツでの生活に入っていく『あの日のように抱きしめて』のネリー、この二人の女性は確かに、「移行状態」を経て別の形の自分を見出すことに成功している。彼女たちと比べると、また、ゼーガースの原作のなかの「わたし」と比べても、ゲオルクは「生の新たな段階へと移行すること」ができないままであるように思える。『東ベルリンから来た女』のバルバラは、西側へ逃亡して恋人と暮らすという当初の計画を中止し、教育施設で虐待される少女に西へ行くチャンスを譲る。意に沿わない場所であったはずの僻地の病院を自分の居場所と定め、そこで職業を全うすることを決意するこの女性は、他人に乗船券を譲り、反ファシストとしての自己を確立した原作『トランジット』の「わたし」に近い。また、ヴァイデルという別人になりすまして警察の手入れを逃れ、マリーに対しても最後まで本当のことを言わないゲオルクは、本当の妻であることを隠したままで夫に近づき、その愛を探ろうとする『あの日のように抱きしめて』のネリー同様、偽のアイデンティティによって愛する人間に接近しようとしている。違うのは、ゲオルクがマリーに対して最後まで真実を明かさないことである。では、この映画のゲオルクは、どのような存在に向かっての移行状態にあるのだろうか。

9　死者の力

　死者であるヴァイデル、彼を思う妻マリー、そしてマリーをめぐる二人の人間というこの四角関係を、ゼーガースはフランスでの難民生活のあいだに好んで読んだラシーヌの戯曲『アンドロマック』から借用した（Bock 160）。フリードリヒ・アルブレヒトは、『トランジット』について、この小説を「死

者の力についての物語」として読むことも可能だと述べている。主な登場人物を動かしているのは冒頭に死んだ作家ヴァイデルだからである（Albrecht 249）。

　マルセイユに向かう列車のなかでゲオルクは、退屈のあまり読みはじめたヴァイデルの遺稿となった小説に思わず惹きつけられる。それは「奇妙な人物たちが［……］邪悪で不透明な事態に巻き込まれ、それに抵抗する」物語で、「そのなかの一人が彼自身に似ている」（▶ 00:14:26-00:14:43）と彼は感じる。ランドウェーアは、ヴァイデルの遺作の内容は映画全体のなかで入れ子構造（mise-en-abyme）を成しており、それはドイツの教養小説（Bildungsroman）に特徴的なことだと述べている（Landwehr 14）。つまり、ゲオルクが読むこの物語は、マルセイユに集う「奇妙な人々」の物語であり、その登場人物の一人がゲオルクであると解釈できるということだ。その証拠となるのは、前述した、「待つ男」の寓話である。映画の最後にゲオルクがこの遺稿をヴォイスオーヴァーの主へ託すことによって、ヴァイデルの手になるゲオルクの物語が次の読者へと手渡される可能性が開かれる。

　原作にも、映画にも登場することはない死者ヴァイデルのモデルは医師で作家のエルンスト・ヴァイス（Ernst Weiß, 1882-1940）であることを、ゼーガースは明言している。1940 年、パリのカフェでゼーガースは偶然ヴァイスと会った。「独りぼっち」(mutterseelenallein)（Bock 164）であった彼はゼーガースに自分のことについて熱心に語ったという。その後、ドイツ軍進軍に伴う混乱のなか、パリを離れるとき、ゼーガースはヴァイスに会いに行こうとする。1972 年に彼女は次のように回想している。

> ［パリを離れる］その前に、自分でもなぜそんな考えが浮かんだのかわからないのですが、エルンスト・ヴァイスに会わなくてはならないのでは、と自問したのです。彼のような人はきっと、どうすればいいかわからないでいるでしょう。（Bock 96）

ヴァイスの滞在しているホテルに行ったゼーガースは、彼の自殺を知らされる。二人の友人がヴァイスを車に同乗させていっしょに避難すると約束したのに、友人は混乱のなかでその約束を果たさなかったのである。[6] ゼーガー

スはある読者からの手紙に答えて、「わたしたちはエルンスト・ヴァイスに対して申し訳ないという気持ちを持っているから、あなたに詳細を書いているのです」（Bock 96）と言っている。孤独のうちに友人からも見捨てられて死んだヴァイスを中空の中心とする三人の運命を描くこの小説によって、ゼーガースは見捨てられた男を忘却から救いたかったのではないだろうか。

　小説『トランジット』の終わり近く、マリーと医師の渡航が整い、一人だけになった「わたし」は、今こそ自分が死者に最も近い人間になったことを悟り、初めて死者に思いを馳せる。

> というのも、突然、どうして今になってなのかはわからないんですが、生きているときには一度も会ったことのない死んだあの男を悼む気持ちに捉えられたんですよ。わたしたちは一緒に取り残されたわけです。あの男とわたしはね。それに、彼のことを悲しむ人間は誰もいなかったんですよ。この戦争と裏切りに揺れる国には。あの男の最後に立ち会ってやれる人間といえば、旧港の宿屋にいるわたししかいなかったわけです。彼の妻を、他の男と取り合いしていたこのわたししかね。（Seghers 292）

　映画の終盤、マリーとともに乗船する前夜、ホテルの部屋で、もともとヴァイデルのものであった身分証をゲオルクは眺め、もう一度死者のことを思い出す。もしかしたら、ゲオルクにマリーと同じ船に乗ることをためらわせ、マルセイユにとどまらせたのは、死者の力だったのかもしれない。ともかく、ゲオルクは船に乗らないという選択によって、死を免れた。彼に残された道は、危険なピレネーを越えてスペインに行くか、あるいはファシストの手入れによって再度収容所送りになるかであろう。ペツォルトはゲオルクの物語の結末を開かれたままにしている。主人公の今後についての明るい材料は多くない。それでも、最後のショットのゲオルクの表情から、彼が少なくとも絶望してはいないことが読み取れるのではないだろうか。

10　最後に

　ゼーガースは 1940 年代のマルセイユという具体的な時代と場所を設定して『トランジット』を書き、自分の体験した想像を絶する苦労を客観的に眺

めようとした。一方、過去の作品で、安い賃金労働に従事させられる孤児（『幽霊』（*Gespenster*, 2005））、機械の一部と化して働く移民労働者（『イェリヒョー』（*Jerichow*, 2008））など、現代のグローバリズムやネオ・リベラリズムが生み出す過酷な環境にいる人々を扱ってきたペツォルトは、『トランジット』に登場する難民に、〈非－場所〉をさまよう現代人を重ねて見た。『未来を乗り換えた男』は、「二重露出」の手法を使って、過去と現在を「永遠の浮遊状態、何かチラチラするもの」（Emcke）のなかにとどめようとする試みである。

　冷戦は終結し、ヨーロッパは一つになった。しかし、グローバリズムによって狭くなった地球上を、貧しい地域から豊かな西ヨーロッパに向かって労働力が移動し、他方ではこうした状況に危機感を覚え、特定の〈場〉や民族にこだわるナショナリズムが台頭している。そしてアフガニスタンから、シリアから、アフリカから、ウクライナから、人々が戦火や迫害を逃れて大量に移動している。現在、世界の難民は1億人を超えた。エドワード・サイードが言うように、「私たちの時代——近代戦、帝国主義、そして全体主義的支配者たちのなかば神学的な野望からなる時代——は、まさに難民の時代、居場所を追われた民の大移住時代なのである」（サイード 175）。ペツォルトはこうした故郷喪失者の物語を 1940 年のマルセイユに重ねてみせるのである。

註

1) 『トランジット』からの翻訳に際しては、藤本淳雄の翻訳（中央公論社、1971 年）を参考にした。

2) 「見捨てない」というテーマにゼーガースが惹きつけられたのは、1939 年 8 月の、ヒトラーとスターリンのあいだで締結された独ソ不可侵条約がきっかけである。これは共産主義者にとって大変な衝撃であり、彼らが信じていたソ連による裏切り行為であった。ゼーガースたち共産主義者やユダヤ人はナチの手を逃れるためにフランスへと逃げるしかなかった（Hilzinger 52-54）。また、この小説の表層下には、ドイツに残された母親を助けることができなかったというゼーガースの悔恨があるという指摘もある（Romero 381）。

3) 映画では、貨物車のなかでハインツが死ぬエピソード以前に、ゲオルクはハインツを見捨てている。冒頭のパリのカフェの場面で、パリから逃げる手段があるが、ハインツを連れて逃げるか、とパウルに訊かれたゲオルクは、その気はない、一人で逃げる、と即答しているからだ。車にはあと一人分の座席しかないのである（▶ 00:02:32-00:02:40）。

4) ゼーガースの原作では、トランジット獲得をめぐる騒ぎに嫌気がさして、危険を承

知でドイツに帰国することを選ぶ難民仲間のユダヤ人が語る物語ということになっている（Seghers 223）。

5) 息子の回想によれば、『トランジット』の結末について悩んだゼーガースは息子に相談し、息子のアドヴァイスに従って書き換えたのだという（Hilzinger 180）。

6) 原作『トランジット』でも、ヴァイデルの作家仲間である男が彼を車に同乗させてやるという約束を破り、ヴァイデルはパリに取り残されたことになっている。「見捨て屋」（Im-Stich-Lasser）と呼ばれるこの男は、「わたし」がキャンセルした船の乗船券を賄賂を使って入手し、沈没する船に乗る。この男の運命も「人を見捨てない」というゼーガースのメッセージを強めている。

13　アフリカ版『老貴婦人の訪問』

ジブリル・ジオップ・マンベティ監督『ハイエナ』（1992）

増本浩子

1　原作とその受容

　喜劇『老貴婦人の訪問』（*Der Besuch der alten Dame,* 1956）は、スイスのドイツ語作家フリードリヒ・デュレンマット（Friedrich Dürrenmatt, 1921-90）の代表作である。この戯曲の大ヒットによって、デュレンマットは劇作家としての世界的な名声を確立した。チューリヒ劇場での初演（演出オスカー・ヴェルターリン）が大成功を収めた後、世界各地で上演され、西側の情報をシャットアウトしていたソ連においてすら、銀行の国スイスから発信されたお金の誘惑の物語ということで、資本主義批判に格好の芝居としてもてはやされた。[1]　今日にいたるまで世界中で上演され続けているこの戯曲は、1959 年に西ドイツ・南西ドイツ放送によってテレビ映画（ルートヴィヒ・クレーマー監督）が製作されたのを皮切りに何度も映画化され、オペラ版やミュージカル版も存在する。[2] ソ連でもペレストロイカ期に、『貴婦人の訪問』（*Визит дамы,* 1989）というタイトルでテレビ映画が製作されている（ミハイル・カザコフ監督）。

　原作は、かつては「文化都市」（Dürrenmatt 14; デュレンマット 10）として栄えたものの、今は落ちぶれて破産寸前のギュレンの町に、「老貴婦人」クレール・ツァハナシアンが帰ってくる場面から始まる。クレールは 17 歳のときに恋人アルフレート・イルの子どもを妊娠するが、裏切られて故郷を追われ、娼婦に身を落とした過去を持つ。そのクレールが自分を捨てたイルに復讐すべく、45 年後に世界的大富豪となって故郷の町に戻ってきたのだ。彼

女は貧困にあえぐギュレン市民に、大金と引き換えにイルの殺害を要求する。「ヒューマニズムの名において」（Dürrenmatt 50; デュレンマット 50）いったんはその提案を拒絶したギュレン市民だが、大金を手にする誘惑には勝てず、しだいにツケで高級品を買うようになる。そして最終的には、「お金のためではなく——正義のため」（Dürrenmatt 126; デュレンマット 137）と称して集団で、実際に誰が手を下したのかはわからないやり方でイルを殺害する。医者は厳かに、イルが心臓麻痺で死亡したことを宣言する。

　そもそも若かりし頃のイルがクレールを捨てたのは、小金持ちの雑貨屋の娘と結婚するためだった。おなかの子の父親がイルであることを認めさせるためにクレールが起こした認知請求の訴訟で、イルは二人の男を買収し、偽証させていた。クレールは偽証した男たちと当時の裁判官を連れて故郷に帰り、町の人々にことの真相を明らかにしたうえで「正義を買いたい」（Dürrenmatt 45; デュレンマット 44）と申し出たのだ。正義はお金で買えるものではないという市長の主張を、クレールはこの世にお金で買えないものはないとつっぱねる。その言葉どおり、かつてイルをとらえていたのと同じ金銭欲が人々を殺人へと駆り立てる。

　この戯曲を映画化した作品のなかでおそらく最も有名なベルンハルト・ヴィッキ（Bernhard Wicki, 1919-2000）監督の『訪れ』（*The Visit*, 1964）では、原作のクレールに当たるカーラ・ザカナシアン役にイングリッド・バーグマン、イルに当たるサージ・ミラー（一見まったく異なる名前だが、Miller のなかに Ill が潜んでいる）役にアンソニー・クインという大物俳優が起用された。この作品では結末が大きく変更されて、ギュレン市民がサージに死刑判決を下し、それを執行しようとするその瞬間に、カーラが処刑を中止させ、大金を町に寄付して立ち去る。ヴィッキ監督は晩年のインタヴューで、アメリカの観客向けの映画なのだからイルを殺してはならないと、プロデューサーが最初から決めていたと回想している（Wicki 83）。デュレンマットは原作者の了解なしになされたこの変更を「まったくのナンセンス」（Gmür 87）としながらも、ハリウッド映画なのだから仕方がないと諦めている。

　多くの批評家がこの結末をハリウッド映画らしいハッピーエンドとみなしているのに対して、ヴェーバーは必ずしもハッピーエンドとは限らないと主張している（Weber 221）。なぜなら、サージはギュレンにとどまって、一度

は自分を殺そうとした人々とともに暮らしていかなければならず、またギュレン市民も、生き延びたサージの姿を目にするたびに自分たちが金目当てで殺人を犯そうとしたことを思い出さざるをえなくなり、それが「起こりうる最悪の方向転換」[3] となっているから、というのがヴェーバーの解釈である。ハッピーエンドと解釈するかどうかはさておき、ヴィッキ監督作品では原作の設定よりもはるかに若くて美しいカーラがサージをまだ愛しており、原作にはない熱烈なキスシーン（▶ 01:27:56-01:29:25）が描かれるのも、やはりハリウッド映画ならではの展開だろう。

2 作品の舞台：スイスからセネガルへ

原作の舞台となる小都市ギュレンは、ヨーロッパのどこかにある架空の町である。[4] しかし、Güllen というドイツ文字を使った表記や、作者がスイス出身であること、ハンブルク・ナポリ間を走る列車がこの町を通過するという位置関係などから、やはりスイスの小都市という印象が強い。特に、クレールから多額の寄付金を受け取ることを決め、イルの処刑を決定する「市民集会」（Gemeindeversammlung）（Dürrenmatt 106; デュレンマット 115）は、スイス直接民主主義の象徴とも言えるランツゲマインデ（Landsgemeinde）を思わせる。日本ではしばしば「青空議会」として紹介されるこの集会は、年に一度、政治の最重要事項を審議するために有権者全員が州の首都の広場に集まり、挙手で採決するという伝統行事である。原作でギュレンの男性だけが集会に参加できる設定になっているのも、女性参政権の導入が非常に遅れたスイスを連想させる。[5]

デュレンマットは晩年に発表した回想記のなかで、「月蝕」（"Mondfinsternis," 1981）という短編小説の構想がこの戯曲のもとになっていることを明かしている。大金を払って故郷の人々に人殺しをさせるというプロットはほぼ同じだが、戯曲がヨーロッパのどこにあるのか特定できない町を舞台としているのに対して、小説ははっきりとスイスの農村で繰り広げられる。スイスの農村と聞いて読者がまず思い浮かべるのは、美しいアルプスの風景と、そこで暮らす善良で敬虔な人々の素朴でのどかな生活という、『アルプスの少女ハイジ』的なイメージだろう。しかし、デュレンマットが描くスイスの農村はそのような牧歌的イメージとはほど遠い。「月蝕」に登場する村人たちには

信仰心のかけらもなく、大金を得るためなら人を殺すことなどなんとも思っていない。この小説でデュレンマットが批判しているのは、あきらかにスイスの拝金主義である。

　この小説が『老貴婦人の訪問』という戯曲になり、舞台がヨーロッパのどこかの町とされることによって、拝金主義はスイスのみならずヨーロッパのどこでも見られる現象という設定に切り替わった。ハリウッド映画の『訪れ』も、舞台はヨーロッパの架空の小都市ガレン（Guellen）である。[6] セネガル出身のジブリル・ジオップ・マンベティ（Djibril Diop Mambéty, 1945-98）監督はそれを大胆にもアフリカに移動させて、『ハイエナ』（*Hyènes,* 1992）を製作した。

　『ハイエナ』の舞台は、マンベティ監督の生まれ故郷コロバン（セネガルの首都ダカールの一地区）である。俳優たちはほぼ全員セネガル人で、公用語のフランス語ではなく、セネガルで広く通用する超民族語のウォロフ語を使っている。登場人物の名前もセネガル風に変更されて、クレール・ツァハナシアンはリンゲール・ラマトゥ（アミ・ディアカテ）、[7] アルフレート・イルはドラマン・ドラメ（マンスール・ディオッフ）となっている。プロットやひとつひとつの場面、登場人物の台詞は驚くほど原作に忠実であるにもかかわらず、舞台が実在するアフリカの町となったことによって、原作にはない新たな視点が付け加わった。すなわち、ポスト植民地主義時代のアフリカに外国資本がもたらしたものを描くという視点である。アフリカ映画研究者のウカダイクは、『ハイエナ』は「1960年代以降アフリカを覆いつくした経済崩壊、腐敗、消費文化を悲しい気持ちで思い出させる」（Ukadike 140）と述べている。本論では、『ハイエナ』がこのような問題をどのように表現しているかを詳しく見ながら、作品の舞台がアフリカであることの意味について考える。

3　経済的物質主義

　原作のイルは、妻の実家の家業を引き継いで、雑貨や食料品を売る小さな店を営んでいる。殺人を条件に大金を約束されたギュレンの人々がイルの店に来て高級品をツケで買い始め、イルはクレールの提案を退けた人々の決心が固いものではないことを知る。金銭欲の虜となったギュレン市民が密かに

結託していることを示すかのように、そろって新しい黄色い靴をはいていることに気づいたとき、イルの不安は頂点に達する。

『ハイエナ』でもドラマンは小さな食料品店を経営しており、老貴婦人ラマトゥの提案の後、人々がドラマンの店で高価な品物をツケで買い始めるさまが描かれる（▶00:42:37-00:48:00）。店に来た人々がそろって新しい黄色い靴をはいているのに気づいたドラマンが逆上するのも原作どおりだが（▶00:48:08-00:49:35）、鮮やかな黄色い靴をはいた人々の足元のクロースアップは非常にインパクトの強い映像となっている。ラマトゥが帰郷するまで、ドラマンの店を訪れる人々はほとんど裸足だったからだ。何かはいているとしても、それはごく粗末なサンダルのようなものでしかない。ただ靴を新調したにすぎない原作とは違って、コロバンの人々がまっさらな黄色いブーツをはいた姿は、それまでの裸足と激しいコントラストをなしている。ちなみに、汎アフリカ色とされる赤・黄・緑の組み合わせはセネガルの国旗にも使われているが、黄色は富と繁栄の色である。

原作で、殺人を犯すくらいなら貧しいままのほうがましと主張する市長の、「ここはまだヨーロッパなのです」（Dürrenmatt 50; デュレンマット 50）という台詞は、『ハイエナ』では「ここはまだアフリカなのです」（▶00:40:49）という台詞に入れ替わる。だが、この言葉は外国からもたらされた大量のモノを前に、あっけなく撤回される。それが最もよく表れているのは、原作にはないカーニバルのシーンである。コロバンの人々は移動遊園地でさまざまなアトラクションを楽しみ、ラマトゥからの贈り物だという、トラック2台分の家電製品を受け取って喜ぶ（▶01:02:49-01:06:27）。人々の前にずらりと並べられた製品は「すべて外国製」（▶01:03:40）である。何でも欲しいものをあげると言われた市長夫人がテレビと冷蔵庫、洗濯機、扇風機を選ぶと、ドラマンの妻さえも物欲には勝てず、「残りは全部もらっていくわ！」と叫ぶ（▶01:05:53-01:06:06）。彼女は夫の命よりも家電製品を選んだのだ。カーニバルの翌日、店に扇風機を何台も置きながら、妻は機嫌よく歌を歌っている。彼女は画家が持ち込んだドラマンの肖像画をツケで買うことにして、「ドラマンも年だし、いつ何があるかわからないからね」と言う（▶01:15:37-01:16:30）。

マンベティ監督によると、カーニバルの移動遊園地のシーンは、フラン

ス共産党が毎年パリで開催しているカーニバルの借用である（Ukadike 144）。したがって、このシーンではコロバンの人々が旧宗主国から持ち込まれたモノで楽しみ、ラマトゥが外国から運ばせたモノをもらって喜ぶ様子が描かれていることになる。そして、その輸入品が人々の暮らしを変え、人々の心も変えていく。

　家電製品が印象的に使われているシーンがもうひとつある。コロバンの人々に殺されると思い、パニックに陥ったドラマンが警察や市長のところに駆け込むが相手にしてもらえず、教会に行くシーンである。そこにはソニーのカラーテレビが置いてあり、アフリカの飢える人々の様子が映し出されている。それを見て、ドラマンは涙を流す（▶ 01:00:52-01:01:33）。先進国から持ち込まれたモノとアフリカが抱える問題との関連が象徴的に示されている場面と言えるだろう。しかし、この教会もドラマンに救いをもたらしはしない。ここも物質主義に侵されており、ドラマンの目の前で新しい豪華なシャンデリアが取り付けられる（▶ 01:02:22-01:02:49）。

4　動物のモティーフ

　『ハイエナ』には象やシマウマなど、アフリカの動物を写したショットがプロットとは必ずしも直接関係しないまま、いくつもはさみ込まれている。それが作品全体にいかにもアフリカらしい雰囲気をかもしだしているのだが、実は原作でも動物のモティーフは重要な役割を果たしていて、若い恋人同士だったイルとクレールは、互いに「山猫ちゃん」、「黒豹」（Dürrenmatt 26; デュレンマット 23）と呼び合っていた。帰郷に際してクレールが連れてきた黒ヒョウが檻から脱走して撃ち殺されると、イルは殺された黒ヒョウと自分とを重ね合わせて震え上がる。

　同様に『ハイエナ』においても、動物はただ単にアフリカらしい小道具として使われているわけではなく、比喩的な意味を持っている。まず、タイトルにも使われている（複数形の）ハイエナは、貪欲な人々を表していると考えられる。夜のうちに列車に乗ってエチオピアに逃げようとするドラマンに群がるコロバンの人々の姿に、夜行性のハイエナの姿が重ね合わされる（▶ 01:06:34-01:10:03）。ラマトゥが約束したカネに群がるコロバンの人々がハイエナとして描かれていると解釈できるだろう。マンベティ監督はウカダイク

図1 『ハイエナ』 ▶ 01:37:19

によるインタヴューで、ハイエナは「アフリカの動物」であり、「人間のカリカチュア」（Ukadike 148）でもあると述べているので、より広く、ポスト植民地主義時代のアフリカ人の比喩として使われていると理解することもできるだろう。ドラマンの店先につながれた猿も（▶ 00:48:54）、飼い馴らされてしまった野生動物として、ヨーロッパに隷属させられてしまったアフリカの人々を連想させる。

　終盤でドラマンを殺すコロバンの人々は、ハイエナではなくアフリカ水牛の姿で描かれる（図1）。それはおそらく、マンベティ監督にとって、ハイエナは積極的に狩りをする動物ではないからだろう。

> ハイエナはほとんど殺すことがない。ハイエナと近しい関係にあるのはハゲタカである。ハイエナはほかの動物の病気の匂いを嗅ぎ分け、それを感じることができる。いったん嗅ぎ分けると、病気のライオンの後を、必要とあらばその季節のあいだじゅう、ずっとついて回る。距離を保ちながら、サヘル全域を駆け巡る。そして夕暮れ時にその死体にかじりつく。悠々と。（Mambéty 92）

ハイエナとして描かれるコロバンの人々は、ドラマンの弱みにつけこんで、彼が死ぬのを待っている人々ということになる。

　ドラマンを処刑する場面では、コロバンの人々は水牛の角を模したかつらを着けて、水牛に変装している。人々が身に着けている服装とかつらの意味を尋ねるインタヴュアーに対して、マンベティ監督は次のように答えている。

> コロバンの人々は米袋に身を包んでいます。彼らは空腹で、ドラマン・ドラメを食べる気でいます。誰も殺人の責任を負いたくないから、みんな変装しているのです。つまり、彼らに共通しているのは臆病だということなのです。一人一人が手を汚さないためには、全員が汚れる必要

があり、共同体の罪を共有する必要がある。だから、コロバンの人々は動物になるのです。かつらによって彼らは水牛になるのです。彼らのなかに残っている唯一の人間的なものは欲です。（Ukadike 147-48）8)

図2 『ハイエナ』 ▶00:31:17

　ドラマンの処刑のシーンには司祭の姿もあり、神々に犠牲を捧げる宗教的儀式のようにも見える。この作品には、水牛が生贄として屠殺されるシーンもあるので（▶00:32:40-00:32:50; 00:41:39-00:42:03）、水牛と犠牲のモティーフは深く結びついていると言えるだろう。ドラマンを殺した（食べた）人々が立ち去った後には、ドラマンが着ていた服だけが残される（▶01:41:06-01:41:53）。

　米袋を着た貧しい人々の姿は、アメリカ風にカウボーイハットをかぶってラマトゥを歓迎する市長の派手な姿（図2）とは対照的である。衣装にお金をかけなくてもアフリカの美しさを映像に残すことができるというマンベティ監督の信念は、巨額の資金を投入するハリウッド映画へのアンチテーゼとなっている。9) 実際にこの作品では、果てしなく広がる乾燥した大地とそこで生きる多様な動物たち、白い砂とコントラストをなす紺碧の海など、アフリカの豊かな自然が美しく映し出されている。

　マンベティ監督には長編映画3部作「権力と愚かさについて」の構想があったが、監督の死去により第2作までしか完成させられなかった。その第2作が『ハイエナ』で、第1作は『トゥキ・ブゥキ／ハイエナの旅』（*Touki Bouki. The Journey of the Hyena*, 1973）である。水牛の角のついたバイクを駆る牛飼いモリーと女子学生アンタはダカールで出会う。彼らはパリを夢見て、盗んだ金でフランス行きの船の切符を買う。ダカール港でアンタが乗船したとき、モリーは突然、自分と故郷との絆を断ち切れなくなり、牛の角のついたバイクを探しに狂ったように走り出す。見つけたバイクは事故で大破していた。それを呆然と見つめるモリーを残して、アンタだけが出航する。

ハイエナはここでもモノとカネに惹かれるアフリカ人の比喩として使われている。水牛もふたつの作品に共通して見られるモティーフである。裏切られたラマトゥがセネガルを後にして向かった先がどこなのか、映画では語られていないが、『ハイエナ』を『トゥキ・ブッキ』の延長線上に位置づけるなら、やはりフランスということになるだろう。フランスで大富豪となったラマトゥがコロバンにもたらす富は、外国資本である。[10]

集団で殺人を犯す事態を避けたい教師と医者はラマトゥに、コロバンの土地を買い、工場や地下資源に投資するという形で町の経済を救うよう懇願するが、ラマトゥはすでにコロバンをすっかり買い取ってしまっていることを明かす（▶ 01:11:58-01:15:22）。コロバンはすでにその土地に住む人々のものではなくなっていたのだ。この展開も実は原作どおりで、原作でもクレールは交渉にやって来た教師と医者に対して、ギュレンの町のすべてがすでに自分のものになっていることを明かす。それは町の経済をわざと停滞させ、人々を破産に追い込むためだった。人々が貧困にあえいでいれば、誘惑に負けて自分との取引に応じるだろうという計算がそこにある。それに対して、『ハイエナ』でラマトゥがコロバンを外国資本で買い取る行為には、植民地状態を脱した後も旧宗主国をはじめとする先進国に経済的に依存せざるをえない状態が続いているアフリカ諸国の現実が重なって見える。

ドラマンが殺された後、コロバンにはラマトゥが約束した大金が転がり込む。つまり、コロバンに多額の外国資本が投入されるのである。だからこそ、処刑のシーンの後には巨大なブルドーザーがアフリカの大地を掘り返すシーンが続くのだ。ブルドーザーは自然を破壊し、都市を建設していくことになる。高層ビルが立ち並ぶショットの後、キャタピラーの無残な跡が残った大

図3 『ハイエナ』 ▶ 01:43:11

図4 『ハイエナ』 ▶ 01:40:24

地に立つバオバブの木が映し出されてこの作品は終わる（図3）。作品の冒頭で悠々と歩む象の群れが踏みしめていたアフリカの大地は、ブルドーザーに蹂躙されたのである。アフリカのシンボルとも言えるバオバブの木も、遅かれ早かれ切り倒されてしまうだろう。

　だが、コロバンに外国資本をもたらしたラマトゥ自身は（カウボーイハットに蝶ネクタイのコロバン市長とは対照的に）最初から最後までヨーロッパ風の衣装を身に着けることはなく、あくまでもアフリカ人として威厳ある姿を見せている（図4）。したがって、この映画ではポスト植民地主義時代の問題がアフリカ人自身にも責任のあるものとして描かれていると解釈することもできる。

5　正義について

　『ハイエナ』にはひとりだけセネガル人ではない俳優が登場して、異彩を放っている。しかもそれは日本人である。日本人女性がボディーガードとしてラマトゥに付き従い、海辺では日本語の詩と小説の一部を読んで聞かせる。単に着付けを間違っただけなのかもしれないが、着物が左前になっているのが不吉だ（図5）。

　この映画に日本人が登場することについて、マンベティ監督は次のように語っている。

　　彼女がアジア人であるということが重要なのではありません。重要なのは、コロバンの誰もが――どこにいても誰でも――西洋、アフリカ、そして日出ずる国をも含む権力のシステムのなかで生きているということです。この女性が登場して朗読するシーンがありますが、彼女が読んでいるのは人生の虚栄、復讐の虚栄についての文章です。これは完全に普遍的なテーマです。私の目標は、アフリカ大陸の映画、国境を越える映画を作ることでした。『ハイエナ』

図5　『ハイエナ』　▶01:29:18

をより大陸らしいものにするために、ケニアのマサイ族から象を、ウガンダからハイエナを、セネガルから人々を借りてきました。そして、この作品をグローバルなものにするために、日本からひとりの人を、パリで毎年行われるフランス共産党の「ヒューマニティ・カーニバル」からカーニバルのシーンを借用しました。これらはすべて視野を広げ、この映画を普遍的なものにするためのものです。この映画は人間ドラマを描いているのです。私の仕事は、人類の敵がお金と国際通貨基金と世界銀行であることを明らかにすることでした。私の狙いは明確だと思います。（Ukadike 144）

つまり、マンベティ監督の意図としては、『ハイエナ』は『老貴婦人の訪問』のアフリカ版を製作するのみならず、アフリカの枠を超えて普遍的な問題を提示することなのだ。たしかに、モノとカネに振り回されているのはアフリカの人たちだけではない。監督の指摘どおり、物質主義と拝金主義はいまや世界じゅうで見られる現象である。

　デュレンマットの原作を経済的物質主義批判の戯曲とみなす場合、『ハイエナ』はよくできたアフリカ版アダプテーションだと言えるだろう。だが、実はこの戯曲にはもうひとつ重要なテーマがある。「正義」（Gerechtigkeit）である。

　「正義」の概念は法（Recht）と密接に関連している。クレールは正義を求めているが、そもそも彼女に対して不正が行われたのが法廷だったことに注意しなければならないだろう。偽証によって不当な判決が下されたことをクレールは正義の喪失と捉え、その回復を求めているのだ。裁判から45年も経って真相を暴露されたイルは、時効を主張する（Dürrenmatt 48; デュレンマット 49）。ギュレン市民がツケで高級品を買い始めたとき、イルが警察に駆け込んでクレールを逮捕するように訴えるのも、クレールの行為が法律上、殺人教唆に当たると考えているからだ（Dürrenmatt 61-62; デュレンマット 62-64）。さらに、クレールから巨額の寄付を受け取るかどうかも、市民集会で民主主義的な手続きをとって決定される。すべて法治国家ならではの成り行きである。

　クレールが法律によらず、私的に制裁を加えようとしていることも、ギュ

レン市民を動揺させる一因ではあるのだが、彼らが悩むのは、クレールが求めている行動がただ単に刑法に抵触するだけでなく、キリスト教的倫理観にも反している点である（汝、殺すなかれ）。周知のとおり、「正義」の概念は実定法のみならず、自然法にも関係している。そのため、「正義」を買いたいと申し出るクレールに対して、ギュレン市長はキリスト教的倫理観に言及する。すなわち、市長は先にも引用した「ここはまだヨーロッパなのです」という言葉に続けて、「私たちは異教徒でもありません」（Dürrenmatt 50; デュレンマット 50）と述べて、クレールの提案を拒絶するのである。提案を受け入れるには、それが「正義」に叶ったものでなければならない。それゆえに、市民集会で教師が、自分たちが金を受け取るのは「正義のため」であることを強調する演説をするのだ（このようなスコラ的議論がそもそも非常にヨーロッパ的である）。町の有力者は市民集会開催にいたるまでにも、クレールに寄付ではなく投資をもちかけたり、イルに自殺を勧めたり、自分たちの手で殺人を犯す事態を回避する努力をしている。

　法治主義とキリスト教的倫理観は、原作では「ヨーロッパの原則」（Dürrenmatt 88; デュレンマット 93）と言い換えられている。デュレンマットがこの作品で「正義」に関わる議論の前提にしているのは、明らかに「ヨーロッパの価値」（Dürrenmatt 121; デュレンマット 133）である。デュレンマットはそれが現代のヨーロッパでお題目だけになっていないか、本当に正しく機能しているかどうかを問うているのだ。だからこそ、デュレンマットは作品の舞台をヨーロッパの町と限定しているのだと考えられる。

　そのため、マンベティ監督が「ここはまだヨーロッパなのです」という台詞を機械的に「ここはまだアフリカなのです」と言い換えるとき、それは具体的には何を意味しているのか、という疑問がわいてくる。「私たちは異教徒でもありません」に代わるコロバン市長の言葉は、「干ばつも私たちを野蛮人にはしません」（▶ 00:40:52-00:40:54）である。だが、人々に「野蛮人」（具体的には人殺し）にならないよう踏みとどまらせる「アフリカ的原則」とはいったい何なのかが、この映画では十分には描かれていないのではないだろうか。マンベティ監督としては、「ここは欧米のように資本主義によって堕落しきった社会ではない、なにしろアフリカなのだから」という意味で「ここはまだアフリカなのです」という台詞を使っただけなのかもしれないのだ

が、原作を知る者には違和感がある。

　デュレンマットがギュレン市長に「ここはまだヨーロッパなのです」と言わせたとき、それは「ここはアジアではない」あるいは「ここはアフリカではない」等々と同義だったはずだ。殺されることを怖れたドラマンが、救いを求めて足を踏み入れる場所には黒いマリア像とおぼしき聖像が置いてあり（▶ 01:01:22）、カトリック教会のように見えるだけに（テクルール王国時代にイスラム化したセネガルでは、人口の9割以上がイスラム教徒である）、ヨーロッパからの輸入品ではない「アフリカ的原則」、アフリカ独自の価値とは何なのかが、ますますわかりにくくなっているように思われる。

註

1) デュレンマットが劇作家として最も活躍した1950年代から60年代にかけての時代は、ちょうどソ連の「雪解け」期にあたる（スターリンの死後、フルシチョフがスターリン批判を行った1956年から約10年間、ソ連では言論の自由の規制が一時的に弱まった）。この時期に、共産主義には批判的だったデュレンマットもソ連でさかんに翻訳され、最初に出版されたのが『老貴婦人の訪問』だった（Weber et al. 381）。

2) オペラの脚本はデュレンマット自身によって書かれ、ゴットフリート・フォン・アイネムの作曲で1971年にウィーンで初演された。ミュージカルには、2001年にシカゴで初演された英語版（*The Visit,* 脚本テレンス・マクナリー、作曲ジョン・カンダー）と、2013年にスイスのトゥーンで初演されたドイツ語版（*Der Besuch der alten Dame,* 脚本クリスティアン・シュトルペック、作曲モーリッツ・シュナイダー／マイケル・リード）がある。

3) デュレンマット特有の作劇上の仕掛けで、計画的に行動していた人物が偶然によって目的とは正反対の状況、つまりまさに避けようとしていた事態に陥ってしまう、その転換点を指す。デュレンマットはこれがソポクレスの『オイディプス王』に由来するものであることを示唆している。デュレンマットは古代ギリシャ演劇を念頭に置いて演劇論を展開することが多く、『老貴婦人の訪問』もコロス（合唱隊）を登場させるなど、古典的なギリシャ悲劇の形式を踏襲している。

4) デュレンマット自身がこの戯曲に付けた注で、「『老貴婦人の訪問』は中央ヨーロッパのどこかにある小さな町で起きる物語である」（Dürrenmatt 141）と述べている。

5) スイスで女性参政権が認められたのは意外なほど遅く、連邦レベルでは1971年のことだった。つまり戯曲『老貴婦人の訪問』の初演当時、スイスでは女性参政権がまだ認められていなかったのである。州レベルでは、1990年にアッペンツェル・インナーローデン準州で女性参政権が認められて、ようやく全州で女性参政

権が認められるようになった。

6) ただし、貴婦人歓迎の横断幕にキリル文字が使われていて（▶ 00:08:16-00:08:24）、東ヨーロッパであることがほのめかされている（「サージ」という名前もドイツ語吹き替えでは「セルゲイ」とロシア風になっている）。逆にソ連映画では西ヨーロッパのどこかにある町ギュレン（Gullen）が舞台で、町のあちこちにラテン文字の看板が掛かっており、クレールもアメリカ帰りという設定になっている。いずれも冷戦時代に製作された映画らしく、それぞれ相手陣営で起きた物語として語られているわけである。また、2000 年にベルリンのドイツ劇場で上演された『老貴婦人の訪問』（トーマス・ラングホフ演出）は、舞台をドイツ統一前後の東ベルリンに設定していた。市川は、この演出によってクレールの復讐計画がこの町の「資本主義による計画的な乗っ取り」（市川 660）として描かれることになり、それはまさにドイツ統一がやったことと同じだったと指摘している。市川によれば、資本の投入によって町が変貌して高層ビルが立ち並び、店に物があふれる様子は実際に「東ドイツの人たちが、統一後、体験したこと」（市川 660）だった。

7) マンベティ監督によると、「リンゲール」には「唯一の女王」という意味があり、「ラマトゥ」は伝説の鳥で、殺すと必ず罰が下されるという（Mambéty 92）。監督が暮らしていたダカール港湾地区の娼婦街に毎週金曜日に現れては人々にごちそうを振る舞う女性がいて、その女性につけられたあだ名が「リンゲール・ラマトゥ」だった。

8) 白昼に行われる処刑のシーンと、夜行列車に乗ろうとするドラマンに人々が群がるシーンは、ドラマンを取り囲むようにして人々が立つ位置関係や、リーダー格の市民が言う言葉を残りの人々が繰り返すという構成など、非常によく似たシーンである。夜行列車のシーンでも、ほとんどの人が米袋を着ている。

9) 「『ハイエナ』は全世界に向けて人間の物語を伝えていますが、私はこの映画を作るにあたって、アフリカの美しさに敬意を表したいと思いました。私にとって、その美しさの一部は、アフリカで映画を作ることがそれほど難しくないという事実です。映画の終盤でコロバンの人々が身に着けている米袋にはお金はかかりませんでした。製作のための機材が少し高かっただけなのです。私は映画を作る仕組みを神秘化するのをやめたい、特に経済的な側面をわかりやすくしたいと強く願っています。アフリカには映画、つまり映像が豊富にあります。ハリウッドがいくらお金をかけても、この映画は作れないでしょう」（Ukadike 144）。マンベティ監督は『ハイエナ』で演じている俳優たちがプロではないことも示唆している。スター俳優を使ったハリウッド映画『訪れ』のキャスティングとは対照的である。

10) 一方原作では、クレールが向かった先はハンブルクの売春宿で（ハンブルクには世界的に有名な歓楽街がある）、アルメニアの石油王に見初められて大富豪になる。

14 オスカルはなぜ子どものまま、成長しなかったのか？

フォルカー・シュレンドルフ監督『ブリキの太鼓』（1979）：
文学と映画の対話

依岡隆児

1 はじめに

『ブリキの太鼓』（*Die Blechtrommel*, 1959）の主人公であるオスカルが、三歳で成長を止めたことはよく知られているが、小説の語り手オスカルは子どもではない。オスカルは戦後になってから成長していたのだが、映画ではそれを描いていなかったのだ。したがって、本当のオスカルは映画のダーフィト少年のイメージ（図1）とはずいぶんと異なるはずである。実際、同じギュンター・グラス（Günter Grass, 1927-2015）の小説『女ねずみ』（*Die Rättin*, 1986）のテレビドラマ（ARTE, 1997）ではオスカルは背中の曲がった小男となって再登場していたのだが、残念ながら、こちらの作品はさほど知られていない。

映画『ブリキの太鼓』（*Die Blechtrommel*, 1979）の公開当初の一般的評価は、「映画は原作を超えた」、もしくは「原作を台なしにした」、「グロテスクリアリズムが希釈された」と、賛否両論だった（瀬川／松山／奥村 151）。[1] 饒舌な原作をダイジェスト的ではあるが、わかりやすくまとめた手腕は、高く評価されるべきとはい

図1 『ブリキの太鼓』 ▶ 00:16:02

え、たしかに一般に思われているほど原作に忠実な映画だったとは言えない。ところが、カンヌ映画祭でのパルム・ドールとアカデミー賞外国映画賞を受賞し、映画のほうがその後、ある意味でスタンダードとなってしまった。1999 年のグラスへのノーベル文学賞決定にあたってアカデミー会員たちが映画を見て概略を知ったとも言われたほどだ。長大な小説の読書は敬遠される一方で、映画のオスカルが子どもの姿で独り歩きしはじめていたのである。

　このオスカルを成長させなかった『ブリキの太鼓』の映画化は、一方で、原作者が積極的に製作に関わったという点で興味深いアダプテーションの事例でもある。フォルカー・シュレンドルフ（Volker Schlöndorff, 1939- ）が監督した映画『ブリキの太鼓』における原作者グラスの製作への関与の仕方は稀有である。先行研究では映画分析はあるし、作家グラスの映画製作協力をインターメディアの観点から小説要素の映画への応用として論じるもの（Matrinec; Hoestery）やグラスの映画技法の応用を論じるもの（Auffenberg; Gerstenberg）はあるが、映画技法や文学技法の相互影響関係を論じてはいても、いずれも作家と映画監督の対話・協働という関係性をテーマにするものではない。だが、『ブリキの太鼓』の映画化は単に文学の映画へのアダプテーションであるにとどまらず、文学自体の複合性についても再考を促すとともに、その文学と映画の対話的協働のあり方こそが映画の新しい可能性を示唆するものでもある。グラスの映画への関与のみならず、シュレンドルフのグラスに対する関係には映画としての自己主張も見られるが、従来こうした対話的関係については取り上げられてこなかった。そこで本論では、『ブリキの太鼓』の映画化における、原作者グラスと映画監督シュレンドルフの、こうした対立も含んだ「対話」のあり方に注目してみようと思う。[2]

2　映画化の経緯

　小説『ブリキの太鼓』の映画化は、小説刊行から 20 年が過ぎて、やっと 1979 年に実現した。アンジェイ・ワイダも映画化しようとしていたが（Schlöndorff 52）、最終的にはシュレンドルフに決まった。グラス自身に選ばれたわけではないが、シュレンドルフは結果的に彼に気に入られている。バイエルン放送の 1978 年 10 月 6 日のインタヴューで、グラスはシュレンド

ルフについて「自分の美学で、映画作りの美学で、素材をアダプテーション
する力と想像力を持っている」として、「作家のシンタックスや双対文構造
（Periodenbau）をカメラの光学（Optik）に変換することができる」と述べ
ていて（Schlöndorff 24）、シュレンドルフの、文学特有の構造を映画作りの「美
学」と技術に移して製作する能力を評価していたのである。グラスはまた別
のインタヴューでは、シュレンドルフとは互いに職人のように話すことがで
き、互いを批判しながら互いの話をしっかりと受けとめられるとも述べてい
る（Grass [1987] 321）。このように、作家主義とは一線を画するシュレンド
ルフの職人性に信頼を寄せていたグラスは、自身の美学を持ちつつ互いに批
判し合える関係を築けて、自分と対等に対話できると、シュレンドルフのこ
とを見ていたのである。

　ドイツ的なものへの嫌悪を抱いていたシュレンドルフは、1956 年以来十
年間フランスで生活しフランス映画を学んできたが、ドイツに戻ると、『テ
ルレスの青春』（*Der junge Törless*, 1965/66）で成功し、ニュー・ジャーマン・シ
ネマの旗手の一人に数えられた。1975 年にはハインリヒ・ベルの『カタリー
ナ・ブルームの失われた名誉』（*Die verlorene Ehre der Katharina Blum*, 1975、共同監
督）の映画化で権威主義的で体制に迎合しやすいドイツ性と対決したが、保
守系の新聞・雑誌や CDU/CSU（キリスト教民主・社会同盟）などからはテ
ロのシンパとみなされていた。実際、『ブリキの太鼓』製作中に自宅からピ
ストルが見つかり、マスコミからバッシングにあっている（Schlöndorff 41）。
1978 年公開の『秋のドイツ』（*Deutschland im Herbst*）では共同監督となった。
その後ニコラス・ボルン原作の『偽造』（*Die Fälschung*, 1981）を映画化し、『ス
ワンの恋』（*Un Amour de Swann*, 1983）でプルースト作品に挑戦するなど、問
題性のある文学作品の映画化を次々と手がけてきたが、『ブリキの太鼓』の
映画化においてはことに難航をきわめた。

　シュレンドルフ『「ブリキの太鼓」撮影日記』には、1977 年に製作者のザ
イツとともにはじめて彼がグラスを訪問したときのことが、こう述べられて
いる。

　　6 月 30 日／フランツ・ザイツとともにはじめてギュンター・グラスを
　　訪問。彼は私たちに脂で煮たレンズ豆鍋を料理してくれた。［……］活

発な会話にもかかわらず、私たちは相変わらずよそよそしい。私はこの企画の大きさのあまり、パニックになり、作家に対して不安を抱いていた。本のなかでは思い思いに読まれているものが、彼には生きた現実なのだ。

映画は演出された文学であってはいけない。小説はもはや書かれることはない。ただ物語が自分のなかに生きられたものとしてせめぎあっていて、グラスが自分はそれを伝えなくてはならないのだという主張に対して書いているばかりではないのは、確かである。映画の場合、この内的エネルギーはどこからくるのだろうか？（Schlöndorff 39）

このように、グラスとのあいだに「よそよしさ」を感じて当初、シュレンドルフは作家を前にして「パニック」になり、不安感を抱いていた。その前に監督した『カタリーナ・ブルームの失われた名誉』の原作者、ハインリヒ・ベルのような、自分を多くの作中人物に割り振るタイプの作家とは違って（Schlöndorff 39）、グラスが単に主張を伝えるばかりでなく、自分の複雑なイメージが混在する物語世界を表現することに妥協しない人間であると、最初から認識していた。小説の「物語」は今も生きていて作家のなかで「せめぎあって」いる。この作家グラスという大きな「エネルギー」に映画人としてどう対抗するかという課題がシュレンドルフに突きつけられたのである。

映画『ブリキの太鼓』は、1978 年 7 月に、脚本作りから始まった。過激派条例で若者たちが批判意識を抑え、内向化していく時期である。『カタリーナ・ブルームの失われた名誉』の後で、折りしも彼は「テロのシンパ」とみなされて、右寄りのマスコミから攻撃されていたが、彼自身、1974 年から78 年まで SPD（ドイツ社会民主党）内の映画振興協会の代表も務めていた。こうしたシュレンドルフのイデオロギー性や時代への批判的態度は『ブリキの太鼓』映画化においても当然認められる。戦争はヒトラーのナチスが犯した犯罪であり、自分たちはそれに巻き込まれただけだとする戦前・戦中のときから変わらぬ小市民性（小児性）や自分たちが被害者であるとともに加害者でもあった戦争の記憶に対する批判意識もあるし、小説では扱いが弱いとされたユダヤ人の描き方などではマイノリティの取り上げ方に現代的意義づけもなされていただろう。小説が出た 1950 年代の復古主義から映画製作

がなされた70年代における市民社会の保守化へと、批判の対象がスライドしていた部分もあったはずだ。

3　オスカルはなぜ成長しなかったのか?

　それでは、なぜ映画では戦後の時期を描かずオスカルは子どものままだったのだろうか。小説と映画との違いに注目しながら見ていきたい。小説『ブリキの太鼓』は、ダンツィヒ(現ポーランド領グダニスク)を舞台に、戦前とナチズムの時代、そして舞台を西ドイツに移して復古的風潮の戦後を、三歳で成長を止めたがその後成長する男の視点で描く。そのため、いまや三十歳になろうとする精神病院の患者が半生を語るという「枠物語」となっている。[3]

　ダンツィヒの雑貨商の息子として生まれたオスカルは、生まれながらにして頭脳明晰で、自らの意志で三歳のときに成長を止めて世界に背を向ける。外の世界に対しては、ガラスを割る声で対抗しながら、母とその従兄弟の関係を見つめているばかりか、社会へのナチズムの浸透とその結果としてのユダヤ人迫害や戦争の悲惨さを目撃し、さらに、多くの知人や肉親の死に立ち会うことになった。戦時中は、リリパット団に入り慰問旅行に出て、やがて戦後を迎えると成長を再開し、人々を幼年時に連れ戻す太鼓叩き興行で成金にのしあがる。しかし、偶然、看護師殺害事件に巻き込まれ、逃亡を試みるも、最後にはパリで逮捕されてしまう。

　こうした内容の『ブリキの太鼓』は、ピカレスク小説の伝統に位置づけられるとともに、「あてにならない語り」を援用した、反教養小説であるともされる。オスカルは生まれたときから精神的に完成していて、少なくとも戦争が終わるまで成長しないという設定になってるからだ。パスティーシュも多用している。オスカルの出産シーンではゲーテの『詩と真実』の冒頭をもじり、『西東詩集』の「死して成れ」をオスラム製電球の宣伝文句にかけているし、第3部のオスカルが殺人容疑で逃走するシーンは推理小説やサスペンス小説ばりの文体だ。オスカルが幼子イエスに成りすますシーンは聖書のパロディである。また「水晶の夜」のシーンはメルヒェンの語り出し「昔々あるところに」のリフレインを使うなど、多彩な文体を駆使していることもこの小説の特徴である。

なかでも、オスカルという子どもの視点から歴史を見るという趣向はこの小説の最もユニークな点であり、ナチスの示威集会（図2）や郵便局攻防戦の場面で効果的に使われている。下から見上げる子どものまなざしは、その前では大人たちは自ら

図2　『ブリキの太鼓』 ▶ 00:54:30

をさらけ出さずにはいないため、戦前から戦後まで変わらなかった小市民たちの赤裸々な姿を批判的に映し出すことができたのである。

　では、映画ではどうか。配役はオスカルの父役がマリオ・アドルフ、母役は『カタリーナ・ブルームの失われた名誉』で主役を演じたアンゲラ・ヴィンクラー、オスカル役は同じく出演者で八百屋のグレフ役だったハインツ・ベンネントの息子ダーフィトである。ダーフィトは、たまたまハインツの知り合いから彼のことを聞いたシュレンドルフによって抜擢された。というのも、ダーフィトの目に強い印象を受けるとともに、当初より「侏儒の映画」にはしたくないと思っていたシュレンドルフは、オスカルが「侏儒」ではなく子どもの姿であることにこだわっていたからである（Schlöndorff 43）。これはグラスの意向にも沿うものだった（Schlöndorff 24）。ダーフィトは撮影当時11〜12歳だったが、彼自身も成長が止まっていた。シュレンドルフはまたオスカルは子どものパースペクティブで見るべきとも考えていた（Schlöndorff 25）。この配役が映画の成否のカギだったが、公開当初からダーフィト少年は素人だが秀逸と、高く評価された（Blumenberg 207-08）。伯父のヤン役はポーランド人俳優ダニエル・オルブリフスキー、ユダヤ人の玩具屋マルクス役はフランスの歌手シャルル・アズナブールである。アズナブールはグラスの小説を読んでいて、出演したがっていたが（Schlöndorff 53）、それは彼自身がアルメニア系移民の一家の出身だったことも、この映画出演へのこだわりの理由であっただろう。一方、彼の存在は映画において原作では弱いとされたユダヤの問題を相補的に強調することに一役買ったという見方もある。[4]

　それでは、シュレンドルフとグラスの共著『映画「ブリキの太鼓」』（Schlöndorff and Grass）を参照しつつ、公開時版映画（DVD）[5]を具体的に見

ていこう。この本を見ると、グラスが小説の映画化を求めておらず、映画のための原作の改編についてはグラスとシュレンドルフ双方の意向が働いていたことがわかる。映画の上映時間のために大幅な短縮・カットをせざるをえなかったことは当然ながら、映画化にあたっての原作からの改編のポイントとしては、子どものオスカルの語りという「枠」の設定をはじめ、映画的図式化・単純化、なかでもオスカルの家族、特に母との関係をより焦点化するために脇役・脇筋を短縮・カットした点と、同時進行表現の工夫、物語の「説明」になっている箇所をカットしたことが挙げられるだろう。

まず 1899 年から第一次世界大戦、ダンツィヒが国際連盟管轄下にあった時期では、カシュバイのジャガイモ畑での祖父と祖母との出会いというオスカルの前史から始まり、オスカル誕生、三歳の誕生日の祝いと階段落ちを扱っている。祖父ヨーゼフのエピソードはアイリスを使ってサイレント映画風に描かれる（▶ 00:06:20-00:06:55）。

ダンツィヒの市場のシーンも小説の異なる章から引き出して映画のなかでは時間的に前後するものとして提示しているし、ケレケスが言うように、祖母が市場に座ったまま歳をとっていくところもアイリスで時間の経過を示し（▶ 00:07:10-00:07:18）（Kerekes 50）、ダイジェスト的にオスカル前史をまとめている。オスカルの出産シーンでは、ローアングルで彼の視線を表し、そのまなざしが映画の視点となることを明らかにしている。実際、オスカルのクロースアップの後にカメラを 180 度回転させ、[6] 彼の視点（視点ショット）に変わったことを示している（▶ 00:11:30-00:11:47）。

次に、1920 年代の小学校入学から始まり母と伯父の関係を垣間見るオスカルの幼少期は、ナチスによるダンツィヒの町中の行進にトマトや石が投げつけられるなど、まだナチズムが受け入れられていない時代を描いているが、ヒトラーが市街を凱旋する最後のシーンは、その水平にあげた手を映すだけで、軍事体制に染まりつつあるダンツィヒの様子を描いている。

1930 年代のナチスが浸透してきて徐々に軍事体制になっていく時期には、サーカス見学でのベブラとの出会い、ナチスの日曜日の示威集会、聖金曜日のシーンがある。ただ、後述するように、母の不倫に対する「抗議」がオスカルの行為の原因であるという描き方になっていて、原作に比べるとかなり単純化している。

母アグネスの死と水晶の夜における玩具屋マルクスの死が扱われる戦争前から開戦にいたる時期では、オスカルとマリアの恋も扱われる一方で、市街地での戦闘が描かれる。ポーランド郵便局攻防戦のシークェンス（▶ 01:23:50-01:34:20）では、海水浴に向かう市民たちの日常と戦車の行軍を交互に映して、平和のなかで突如始まる戦闘の状況を効果的に描いている。ただ、ここでも脇役たちはかなり省略されている。オスカルの友人である沖仲士ヘルベルトの死にいたるエピソード（「ニオベー」の章）も取り上げられなかった。

　父とマリアとの再婚とオスカルがリリパット団に加わり、戦地慰問活動を行う戦時下の時期では、彼がその首領となった少年ギャング団の「塵払い団」のエピソードは省略され、宗教のモティーフも十分には出せていない。撮影されていたノルマンディでの尼僧の昇天シーンも削除された。

　オスカルの帰郷とダンツィヒ占領という戦争末期のシーンでは、父マツェラートが死に、オスカルが成長再開の後に故郷を後にしていくまでが描かれる。ただ、撮影されていた八百屋のグレフの「バランスのとれた」死がカットされ、強制収容所の生き残りのファインゴルトとその「見えない家族たち」の扱いも小さく、よほど注意して見ないと見過ごされてしまう。

　このように、公開時には映画は 142 分で普通の映画に較べるとかなり長かったとはいえ、多くの省略を試みていた。だが、原作からの最も大きな変更点は、原作の第 2 部までしか描いていない（第二次世界大戦後をカットした）点と語り手を三十歳の精神病院の患者から子どもに変えている点である。この語り手の変更がオスカルを成長させなかった主たる理由であるが、それはまた、戦後は成長して背中の曲がった男になるというオスカルの身体的変化が映像化のうえで問題になるためでもある。この子どもの語りを枠にしたところに映画化の限界とともに戦略があったのである。

　一方、こうした映画的単純化を追求するあまり、小説の重要な設定がわかりにくくなってもいる。たとえば、ヤン・ブロンスキー役のダニエル・オルブリフスキーについては、演技がポーランドへの愛国心を主張しすぎているように思えたため、監督もグラスも不満だった（Schlöndorff 91）。オスカルの母の従兄弟ヤンがスラブ系少数民族のカシューブ人であるにもかかわらず、ナチスの示威運動に出かけるマツェラートにドイツ側につくように助言

される際にきっぱりと「私はポーランド人だ！」というシーン（▶00:50:38-00:51:00）は、原作にはないが、映画的に二人の微妙な関係をわかりやすく示している。ただ、ここではヤンが「ポーランド人」であることを誇りにしているような印象を与えるが、実際のところは、カシューブ人であるヤンは純粋なポーランド人でもドイツ人でもない。映画のなかではヤンがこう言うのはナチス党員になったマツェラートへの抗議のためであったのに、彼は断固としたポーランド愛国主義者のように見えてしまう。しかしながら、ヤンはのちのポーランド郵便局の戦闘にはいやいや参加したにすぎなかったのだ。これも映画的単純化のせいであると言える。

　グラスはロケ地に役案内を書いて持ってきていたため、シュレンドルフたちはそうした小説世界の背景を映画に持ち込もうとするが、映画の時間的制約があってむずかしい。シュレンドルフは、そこで映画の画面のなかにあってそうした同時進行的展開を取り込むことを考えたのだが（Schlöndorff 72）、思いどおりに映像化できたとは言えない。たとえば、オットー・ザンダー演じるトランペット吹きのマインの描き方にもそれが見られる。オスカルたちが通りでガラス割りの悪戯をしているとき、アパートの上階から顔を出したマインが黒猫を肩にのせて、「インターナショナル」をトランペットで吹いている（▶00:31:46-00:31:55）。ところが、その後の母アグネスの死に際してはナチスの腕章をつけて突撃隊員の制服で登場し（▶01:12:34-01:12:44）、さらにアグネスの埋葬ではユダヤ人マルクスを墓地からつまみ出している（▶01:14:45-01:16:46）。映画ではマインの猫殺しの事件も扱われず、共産主義者から突撃隊員になり、その後、武装親衛隊に引き継がれる防郷団に入ったという「転向」のいきさつが省略されているから、彼が登場する意味がわかりにくくなっているのだ。一方、八百屋のグレフについての表現はさらに混乱している。少年愛嗜好があることは背後のダビデ像や壁に貼ったポスターで示されているのに（▶00:23:52-00:24:12）、その前でグレフの妻に「グレフは少女よりも少年が好きなのよ」と言わせてしまっている。結果的には映像を言葉で説明していたこのシーンはカットされたが、こうした脇役・脇筋はカットせずに一つの画面に入れ込もうとするあまり、盛り込みすぎという印象を与えている。「ラスプーチンとABC」の章のアグネスとパン屋のシェフラー夫人のエロティックなシーンは、撮影されていたがカットしたため、夫人と

オスカルとの関係もよくわからないものになっているし、オスカルの教養がゲーテとラスプーチンとの相補的関係でとらえられることもない。一方、ハイラント老人やシュガー・レオについては人物紹介はないが町の変人としてオスカルと通じ合うも

図3 『ブリキの太鼓』 ▶ 00:10:14

のがあり、映像のなかでは十分に存在感を示している。

　1920年における港の市場のマツェラートとアグネス、ヤンが散歩するシーン（▶ 00:10:00-00:10:22）は、カシューブ人とドイツ人の関係を、マツェラートの両隣でアグネスとヤンが背後で手をつないでいる三角関係によって示し（図3）、祖母（カシューブ人）のまなざしが、この関係をアイロニーによって照らし出している。マツェラートはアグネスの腕を取るが、背後では彼女はヤンの手を探しつかんでおり、ここではたしかにアグネスとヤンの明らかな、そしてそれにもかかわらず秘密の関係が示されているが（Kerekes 54）、このシーンは小説にはない。小説のほうでは、オスカルは自らの誕生以前からのこの三角関係が自分を生み出したことを平然ととらえていたのだが、映画ではそれを映像としてあえてメロドラマ風にしたと考えられる。

　この母の不倫関係の点については、この映画を「ピカレスク・シネマ」と呼ぶ扇田昭彦は、オスカルの「ピカロとしての積極的行動面よりも、正義派的な被害者としての描写にこの映画はいささか傾きすぎているのではないか」と疑問を呈している。劇場の窓ガラスをすべて割ってしまうシーンも、「母の不倫への抗議というセンチメンタルな受動的動機以上に、原作の小説のこの場面に『理由もなく強いられたわけでもないのに』と明確にあるように、むしろ攪乱的悪ふざけの魅力に一歩踏み込んだ積極的行為」として描けたはずだ（扇田93）というが、たしかにオスカルの破壊的衝動はもっぱら母親の不倫への抗議によるものだったとは言えない。しかし、そればかりかオスカルの内省的な語りも映画では犠牲にされている。箪笥のなかでの夢想は自らの存在を見つめ直すことになる重要なエピソードだが、映画では省略されている。母が死ぬ誘因となる馬の首によるウナギ漁のシークェンス（▶

00:57:26-01:00:21）も、小説では戦争で太ったウナギの旺盛な生命力に現実世界の弱肉強食の連鎖を垣間見て、自らもその一部と化しているとみる母アグネスの内省が働いていたのが、映画では不倫のあげく妊娠したことへの罪悪感・後悔のためという家庭的事情に狭小化されている。また、母の死に際しても、魚をむさぼり食う娘をいさめる台詞で、祖母の口からアグネスが妊娠していることを明らかにしている。このことは、小説では祖母の言葉ではなくマツェラートが、妊娠していてもかまわない、誰の子であっても、と口にしているに過ぎなかったものを、映画ではこのように妊娠が母の死の原因であると明示しているのである。

　このような単純化や図式化へのこだわりは、シュレンドルフのバランス感覚のたまものだった。しかし、それだけでは小説の非合理的で情動がぶつかり合う世界は表現しきれない。子どもか大人か、ドイツ人かポーランド人か、戦争加害者か被害者かという単純な二元論では、その世界はとらえきれない。映画製作の過程で、シュレンドルフは原作者であるグラスからの「介入」（粉川 94）にさらされ、こうした映像表現上のバランス感覚を揺さぶられる。二人は対話を重ねながら、さらに新しい表現を模索していくことになる。

4　グラスの「介入」とシュレンドルフの「反抗」

　映画では小説の第3部の省略と語りの変更によってオスカルを成長させなかったが、それはシュレンドルフが自作の映画作品について、原作どおりではなく、別の独立した作品としてとらえていたためである。またグラスもシュレンドルフに映画のやり方を貫くことを認めていた。グラスによるシュレンドルフの評価は、「私がシュレンドルフに好感を抱くのは、彼が『ブリキの太鼓』を映画化しなかったということです。彼は語りのポジションを本質的に変え、本におけるよりずっと単純に映画的に作り、それゆえまったく別の光学にたどり着きました。これが私には面白かったのです。私には馴染みだがすでに疎遠になった素材が別の才能によってあらたに見られるということが。シュレンドルフは私に反感を持たせるようなことをしませんでした」（Grass [1987] 321）というもので、シュレンドルフとの共同作業のあり方を肯定的にとらえていた。グラスは小説の忠実な映画化を望んでいたのではなく、シュレンドルフが映画の「光学」で製作することを、むしろ評価し

ていたのである。グラスはシュレンドルフに失望することなく、そればかり
か20年前の自作の小説を、映画というメディアによって別の視点から見直
すことができたのである。一方で、シュレンドルフはその器用さと物分かり
のよさに反して、グラスの言うことを唯々諾々と受け入れていたわけではな
い。作家に恐れを抱きながらも、ときに反抗を試み、自己主張を押し通して
もいたのである。

　グラスが行ったのは、映画構想段階での脚本チェックや、ロケ地訪問と対
話シーンのシナリオ作成へのアドバイスなどであるが、当初、シュレンドル
フはこの原作者の「介入」に対し、とまどいを覚えていた。

　シュレンドルフは最初の脚本を読んだグラスに「プロテスタント的でデカ
ルト風だ」と批判されている。図式的すぎる点を指摘され、より「強固なリ
アリズム」とともに「非合理的なもの」、あるいは「ファンタジー」を求め
られたのである（Schlöndorff 49）。

　それに対して、シュレンドルフが翌1978年5月14日にグラスのもとを
一年ぶりに訪問し、改稿した脚本を見せたときには、それはグラスの要望に
より応えるものになっていた。今度のは「もっとカトリック的になり、あま
り合理主義的ではなくなって」（Schlöndorff 52）いたのである。こうして二人
は「対話部分の書き直しを楽しみながら」（Schlöndorff 52）、作家と映画人と
の「対話」も始めていったのであるが、これも一筋縄にはいかない。

　1979年2月24日には、シュレンドルフはとうとうグラスに試写を見せて
いる。

　　「二時間半にするつもりだったのですか？」と、灯りが再びついたとき、
　　彼は最初に尋ねた。「パンパンに詰め込みましたね……。私は本のこと
　　は忘れて、ひとつの映画を見ていましたよ。これはリアリスティックな
　　メルヒェンと呼びたい」。

　　　大西洋での尼さんの昇天はなくてもいいし、同様に八百屋のグレフの
　　死もいらないと彼は言う。グラスが言うには、映画の終わりには死者が
　　多すぎる。そしてそのことがマツェラートの死を先取りしながら、弱め
　　ているという。（Schlöndorff 121）

このように、グラスは最初の試写を見て、本を忘れてひとつの映画を見ていたと述べる一方で、「パンパンに詰め込」んでいるとして、さらにカットすることを示唆している。シュレンドルフは特に後半の「死者」が多すぎる点が効果を弱めているとの批判を受けて、尼たちの昇天もグレフの自殺も、実際に公開時版ではカットしている。ここからは、グラスが一貫して映画としてこれを見ようとしていたことと、シーンのカットが単に時間的制約のためばかりではなく、映画的効果を考慮してのことだったことがわかる。ディレクターズカット版はこうしたシーンを復活させているが、やはり公開時のバージョンに較べて冗長で説明しすぎている。撮影されたのに編集でカットされたシーンも、物語の「説明」になっている箇所だったとも言える。たとえば、オスカルがヤンに「自分と同じ青い目だ」というシーンは、自分がヤンの実の子であると思っていることを伝えようとしているが、ここも言葉で説明しすぎているためかカットされている。

　しかし、シュレンドルフもグラスの「介入」が自分の文学を強制しようとしているのではないことを理解し、やがて原作者の意向に反しても自らの映画手法を押し通せるようになる。映画のために小説の多層的構成や複雑な人物造形はカット・短縮することが必要だとシュレンドルフは考えていた。たとえば、戦時中に母を亡くしたオスカルを施設に引き取ろうとする役人にマツェラートが強く抵抗して施設に行かせなかったシーンもカットさせた。マツェラート役を演じたマリオ・アドルフはこのシーンがお気に入りだったと回想『天と地と』（*Himmel und Erde. Unordentliche Erinnerungen [2004]*, 2005）で述べているし、グラスも試写で見て気に入っていて、このシーンは「アルフレート・マツェラートの唯一の偉大なる瞬間である」とまで述べていたが、シュレンドルフからは、カットしたのはそういう施設が 1944 年時点にはドイツには存在しなかったためだと説明される。二人の抗議にもかかわらず、結局このシーンは公開時にはカットされた（Neumann 646）。[7] 小説では父親のマツェラートの人物像は単なる喜劇的存在ではなく、料理好きで妻を一途に愛する陽気な男であり、子どもをかわいがる人の好さを有していると設定されていたのに、オスカルを施設に入れることに反対するというこのシーンがなくなると、すぐにナチス党員になるといった、彼のもっぱら日和見主義的な特性が際立つこととなる。にもかかわらず、シュレンドルフがこのシーン

を、グラスの意向に背き本来の
マツェラートが持つ多面性を犠
牲にしてまでも、あえてカット
したのは、むしろ映画的単純化
原理のゆえであろう。あるいは、
ケレケスが述べるように、シュ
レンドルフは父子関係よりは母
子関係により重点を置いていた

図4 『ブリキの太鼓』▶ 00:01:44

ためとも言えるかもしれない（Kerekes 72）。

　先述のように、インタヴューでグラスは、シュレンドルフは小説をよりシ
ンプルに映画的にしてくれ、慣れ親しんでいるがすでに自分から遠い存在に
なっている題材を別の才能が新しい目で見させてくれたことに興味をひかれ
たと述べていることからも（Grass [1987] 321）、自分の強烈な表現世界を客
観視しつつ、別の視点から文学表現に潜在していたものを照らし出す点に
映画化の意義を見ていた。その点では、グラスはシュレンドルフの映画化
によっていい意味で裏切られていたとも言える。たとえば、映画では祖母と
母とのつながりとともにカシューブ人の土着性を強調し、歴史のなかで時間
的な一貫性を与えている。最後のシーンで西側に逃れるオスカルたちを見送
る祖母の表情のクロースアップ（▶ 02:17:58-02:18:13）と列車が通り過ぎる傍
らで十年一日がごとく農婦が作業する畑のロング・ショットの長回しは、時
代の変転と戦争や民族主義的イデオロギーの暴走を、土着性と周縁性によっ
て相対化することを、映像として可能にしている。音楽においてもこの点は
強調されている。音楽はフランス人で映画音楽の巨匠モーリス・ジャール
をアメリカから招聘し担当させたが、彼は暗示と対比を効果的に使ってい
る。ポーランド郵便局襲撃事件の戦闘シーンには静かなピアノの曲を流しつ
つ、ときおり砲撃の切り裂くような音響を使っている（▶ 01:27:58-01:34:34）。
オープニングのカシュバイ地方のジャガイモ畑シーンでの音楽（▶ 00:02:00-
00:05:20）は母の葬儀後の会食シーン（▶ 01:18:13-01:21:24）でも流してい
て、ここではまたヴィンツェント大伯父に民謡を歌わせている（▶ 01:19:26-
01:19:54）。さらに最後の別れとその後の西方へと列車が延々と走っていくシー
ンでも同じ音楽を響かせている（▶ 02:17:45-02:21:33）。音楽においても、最

初の祖母が座るジャガイモ畑のシーン（図4）は、最後のシーンで祖母らしき女性が作業しているジャガイモ畑で反復され（▶02:18:29-02:21:20）、変化していく時代と土地に根付いて変化しない人間を対比し、土着性とマイノリティ性というテーマを際立たせているのだ。

このように、映画では原作以上に「枠」にこだわっていることがわかる。ほかにも、子どものオスカルのヴォイスオーヴァーが物語の枠になっていることや、ダンツィヒの市場で娘アグネスをめぐる三角関係を見るシーンやオスカルらが列車で西側に逃げるのを見るシーンにおける祖母のクロースアップの再三にわたる使用など、こうした枠の設定が随所に見られる。[8] 祖母の顔のアップは深い感情を示しつつ歴史を映す定点となり、共和国からナチス、そしてソ連軍の侵攻といった時代に翻弄され、イデオロギーに振り回される社会やそのなかでしたたかに生きる人々のあり様を照らし出している。このクロースアップは原作にはない映画ならではの表現となっている。当然、そこには映画が作られた1970年代のテロの季節から内向性と新保守主義へといとも簡単に変化する時代への批判意識も込められていただろう。

このように、シュレンドルフは作家との対話的関係を築きながら小説の世界をより映画的にとらえ直そうとしていたのである。彼はグラスより12歳若く、終戦のときに6歳である。シュレンドルフにはグラスのように従軍したといった体験がない点では、戦争へのリアリティはなかった。そもそもシュレンドルフは当時、小説『ブリキの太鼓』を読んでおらず、映画化が決まってのち、1977年4月23日になってやっとそれを読んでいる（Schlöndorff 37）。

それゆえ、シュレンドルフは小説の内的世界に別の新しい光を当て、グラスという作家の「現実」というより、自分自身の映画の「現実」を追求していくことができたのである。自らも戦後世代であるゆえに、ポーランド郵便局襲撃シーンで挿入される当時の音源のままのラジオニュース（▶01:26:10-01:26:47）で若い世代の観客に対し、歴史的背景を理解させようとしたが、同時にそれは異メディアによる物語世界の相対化によって歴史性を担保してもいたのだ。シュレンドルフはこの映画がスクリーンに映し出された文学などではなく、小説に新しい解釈を加えながら、新しい時代に位置づけられる独創的な映像作品になることを目指したのである。

一方、グラスのほうにも、こうしたシュレンドルフを受け入れる素地があった。映画風のフラッシュバックや繰り返しによる回想の挿入はグラスの小説の語りの特徴でもあるが、シュレンドルフもそれに気づき、グラスへの 1978 年 1 月 22 日の手紙で、小説を映画人として読んだとき、それぞれの場面が映画的構成としてとらえやすかったと述べている（Neumann 264）。グラスの小説で一時に多くの出来事を並行して進展させる同時進行表現がとりわけ映画的にできていることに、彼は驚いていたのである。グラスにおけるこうした映画的手法について、アオッフェンベルクはこう述べる。

> デーブリーンにこそ、グラスの映画的語りの源は見てとれる。［……］デーブリーンは 1913 年にすでにこう書いていた。［……］映画のスタイルは、現代生活における出来事の急激な連続と、同時にまた、出来事の多様性の同時進行を暗示するスタイルであると。［……］このデーブリーンのポジションに、グラスは本質的に連なっている。彼にとっても映画というメディアは、複雑な現実を芸術的に模写するための適切な手段なのである。（Auffenberg 149）

これによると、グラスが小説にも同時進行という映画的手法（並行モンタージュ）を取り入れたのは、彼の文学の師であるアルフレート・デーブリーンの手法の影響である。それゆえ、グラスの小説自体がもともと映画的だったとも言える。実際、デーブリーンから映画的技法を学んだとされる作家グラスは、こうした手法を小説『ブリキの太鼓』においても活用し、出来事の同時進行性を表現していたのだ。[9]

　そもそも、グラスはほかのディシプリンを積極的に取り入れて創作活動を展開してきた。造形芸術家でもあるグラスは小説を書くとき、同じテーマやモティーフを詩にしたり、スケッチにしたり、版画や彫刻にしたりしている。こうした創作のあり方が小説創作にもフィードバックされ、小説のなかに映画的要素も取り入れさせたのである。『ブリキの太鼓』の映画化において、彼がことさら映画の「文学化」を望まなかったゆえんである。『ブリキの太鼓』映画化以降の作品についても、1984 年のヴェネチア映画祭で審査員を務めたときのインタヴューで、グラスは『頭脳出産』（*Kopfgeburten oder Die*

Deutschen sterben aus, 1980）の文体も映画的な書き方に規定されていたと述べていた（Grass [1987] 322）。また『女ねずみ』はテレビドラマとして映像化され、先述したように、私たちに成長したオスカルの姿を見せてくれるが、さらにクロースアップを効果的に採用した『鈴蛙の呼び声』（*Unkenrufe,* 1992）も映画化（2005、ロベルト・グリンスキ監督）されている。

このように自ら異なるメディアを取り入れてきたグラスは、それゆえ、『ブリキの太鼓』においても頑固に自らの文学世界を守ろうとしたのではない。それどころか、グラスに映画化する気にさせたのがシュレンドルフであったとすれば、「対話」を通してシュレンドルフの反抗を挑発し、映画人としての自己主張を引き出したのは、ほかならぬグラスだったのである。

5　おわりに

以上、本論は『ブリキの太鼓』の映画化について、文学と映画との対話という観点から見てきた。

シュレンドルフという対話の相手を得、グラスは『ブリキの太鼓』の映画化を独立した「映画」の製作と見て、映画のディシプリンを尊重して協力していたのであり、自作の忠実な再現など求めてはいなかった。それに対して、シュレンドルフはグラスとの対話のなかで映画的原理に則って、子どものまま成長しないオスカルという小説にはない枠を設定し、単純化を大胆に行った。そのため、原作とは異なり主人公オスカルに成長を認めないがゆえに、内省の機会を十分に与えないことにもなった。説明的なシーンはカットし、人物造形も単純化している。だが、そのおかげで映画として独り立ちすることができたとも言える。映画的特性を生かして、同時進行的表現を工夫し、オスカルの祖母のまなざしや反復されるジャガイモ畑のロング・ショットが土着性やマイノリティ性を焦点化しつつ、ナチズムの時代、ならびに戦後のテロとその反動の時代とを俯瞰しつつ等しく照らし出してもいたのである。

グラスとシュレンドルフはこの『ブリキの太鼓』製作での関わりを機に、その対抗的で創造的な協力関係をその後も続けていった。シュレンドルフはグラスに『頭脳出産』の共同脚本を頼まれ、舞台となるアジアへの旅行までともにしている。これは映画という形では実現しなかったが、脚本や映画製作者の資料ではなくて、小説の形式をとり、最終的には本になった。さらに、

シュレンドルフは 2015 年のグラスの死に際して、哀悼を捧げたが、その追悼文で、戦後を扱う映画として『ブリキの太鼓第 2 部』を構想し、二人で脚本を 18 稿まで練っていたことを明かしている。これは、成長したオスカルを登場させることになるはずだったが、「興行的に十分ではない」ため映画化にはいたらなかったという（Neumann 837）。しかしながら、『ブリキの太鼓』の映画化以降も、二人の対話のなかではオスカルはずっと生き続けていたのである。むろんその姿は、いつまでも三歳の子どもであるわけにはいかなかったが。

註

1) ドイツでの公開当初の映画評としては、『フランクフルト新聞』（FAZ）（1979 年 4 月 28 日）での映画は原作のラジカルさがなくなったと批判的なものや、『南ドイツ新聞』（SDZ）（1979 年 5 月 4 日）でのうまく映像言語をみつけているという好意的なものとがあった（Neis 86-90）。日本では『キネマ旬報』で 1981 年度外国映画の第 1 位に選ばれるなど、好評価だった。
2) すでに拙稿（依岡）でグラス自身の異分野協働的な創作のあり方については詳述しているので、本論ではグラスとシュレンドルフ双方による対抗的な「対話」に、より注目して述べている。
3) 小説『ブリキの太鼓』の底本としては以下の版を用いた（Grass [2020]）。
4) ヘステリーはグラスが小説でユダヤ人や強制収容所問題の弱さを批判されてきたことに対して、映画においておもちゃ屋マルクスの強調によってその補完を試みたと分析している（Hoestery）。
5) ディレクターズカット版のブルーレイが出ている（角川書店、2012 年）。
6) 「オスカルが見るものを私たちは映画に撮らなくてはならない。彼は私たちの立脚点であり、客観的な歴史の語りではない」というシュレンドルフの言葉を引き、オスカルはアナーキーな人物で、映画でも小説でもクロック（刻時装置）として機能しているとする説もある（Anonym 6）。
7) ただし、2010 年のブルーレイ・ディレクターズカット版では、このシーンは復活している。そのほかに、ラスプーチンの供宴のシーンとファインゴルト登場シーンも復活を遂げている。
8) この「枠」へのこだわりについては、大江健三郎も言及している。映画で最初と最後にカシュバイのジャガイモ畑のシーンを出すという「枠組」を指摘して、映画的構造で小説世界を照らし出しているとの見方を示している。さらに大江はここではナレーションがオスカルの子どもの声だった点に驚いていて、映画的「変形」を指摘している（大江）。一方、小説でのモノへのこだわりは物語の明瞭な展開や図式化を阻害するために、映画では十分には描けなかった。モノへのオブセッションは

たしかにグラス文学の特徴なのだが、映画ではウナギ捕りシーンのほかは十分に描けているとは言えない（**澁澤** 21）。家族のアルバムやヘルベルトの背中の傷痕、蟻の行列、ニオベー像などは取り上げられなかった。

9) この同時進行性とも関わるが、グラスの作品でよく見られる時間の流れの中断という手法も、映画的と見ることができる。ゲルステンベルクは、映画（テレビ）の中断的スタイル、時間的・空間的継続性の中断を「不規則的性格」と呼んで、文章においては、不完全な文章、短縮語、列挙、引用、括弧、ハイフン、省略、コロンを映画的手法と考えていた。そして、グラス作品において中断的語りといった映画的手法が言語的手法と対応していることを指摘している（Gerstenberg 118）。

15 分断が消滅する映像的瞬間

コンラート・ヴォルフ監督『引き裂かれた空』（1964）

宮崎麻子

　1961 年 8 月 13 日に建設が始まったベルリンの壁は、当時のドイツ民主共和国（以下「東ドイツ」）の公式見解においては、西側に残存するファシズムおよび帝国主義の流入を防ぐための「防護壁」であるとされた。だが実際には、西側に移住していく東ドイツ市民の増加、すなわち自国民の人口流出を食い止めることが目的であった。公式見解と実態とは乖離しており、体制に忠実な市民でさえもそのことに気づかざるをえなかったという（Feinstein 122）。本論ではこのようなふたつの正反対の意味を抱えたベルリンの壁というモティーフが作品のなかでいかに登場しているか、あるいは隠され、変形されているかという観点を中心にして小説『引き裂かれた空』（*Der geteilte Himmel*, 1963)[1] と同名の映画（1964）を見ていく。映画を注視すると、主人公と恋人のあいだに柱が映るなど、二人を分断するような線が入り込む構図が何度も瞬間的に現れ、小説にはない独自の仕方で壁をめぐる比喩的なモティーフが展開していることが見て取れる。そうした映像の登場の仕方と意味について、当時の政治的言説との関係を見ながら考察していきたい。

1 小説のなかの 3 つの物語：悲恋の物語、治癒の物語、社会主義ヒロインの成長物語

　作家クリスタ・ヴォルフ（Christa Wolf, 1929-2011）が小説『引き裂かれた空』を書いたのは、1960 年から 1962 年にかけてのようだ（Wolf [2008] 30,

39, 51）。小説のなかの物語も概ね同時代で、1959 年秋から 1961 年 11 月にかけての約 2 年間が主要な舞台となっている。ベルリンの壁建設は、小説のなかで直接は言及されない。しかし短いプロローグの後、小説の第 1 章はこんな一文で始まる。「1961 年のあの 8 月の最後の数日のうちに、町はずれの病院の小さな病室で少女リタ・ザイデルは目覚めた」（Wolf [1999] 13）。——時間設定が初めて示される一文で「あの」とくれば、そこに直接書かれていない出来事が参照されることとなり、あのベルリンの壁が建設されたあの 8 月のことだと読者は思い起こすよう促される。[2] 壁建設という出来事は、直接言及されなくてもこの小説の内容にはじめから深く関連している。

この小説では、現在の物語と回想される過去の物語とが交互に語られ、同時に進行する。現在の物語は、リタが 8 月末に病院で意識を取り戻すところから始まる、覚醒と治癒の物語である。3 週間前に恋人マンフレートと別れたリタは失意のなか、車両工場で 2 台の車両に挟まれそうになって意識を失ったのだ。小説全体では 3 人称の語りが支配的であるが、自分が失神したことをリタが思い出すこの場面では「車両は私めがけてやってくる」（Wolf [1999] 16）と 1 人称の文に切り替わり、主観的な回想であることが強調される。そのため本当に車両が走行していたのかどうか、客観的にはわからない。この目覚めの場面を起点として、リタがショックから回復していくプロセスが断続的に語られていく。現在の物語は 30 章に分かれた小説のすべての章で言及されるわけではないが、多くの章の開始部分で語られており、第 6 章冒頭では病院からサナトリウムへと転院するなど、リタの治癒が示されていく。転院から数か月後、小説の終盤で彼女は退院にいたる。

回想される過去の物語は、マンフレートとの出会いから別れまでの悲恋の物語であり、各章において多くの分量を占めている。主人公リタは 5 歳のときにチェコ在住のドイツ系住民として第二次世界大戦の終戦を迎えた。ドイツ領でなくなった故郷を追われ、母とともにたどりついた先は、叔母のいるドイツの村であった。その村で母と叔母のもとで育ったリタは、17 歳のころに保険会社の事務員となったが、単調な日常に退屈していた。それが一変したのは 2 年前（つまり 1959 年）、19 歳のときである。リタは村を訪れた年上の化学者マンフレートとダンスで意気投合し、交際を始める。ほぼ同時に彼女は学校教員養成講座の教員シュヴァルツェンバッハに勧誘され、教師

の進路を歩み始める。そこで彼女はマンフレートの住む近郊の都市に引っ越し、教員養成講座に通う。この都市は細部の描写からハレであることがうかがえるが、「その街」と表記され、社会主義社会の工業都市の一例として匿名化されている。マンフレートの実家の屋根裏部屋で二人は同居する。しばらく交際が進展するものの、幸せな日々は長くは続かない。マンフレートは同居する両親との関係が悪く、特に父を憎んでいる。また彼は化学の博士号を取得しても研究所のコミュニティに溶け込めない。開発に携わった機器がある企業に却下されたことをきっかけに、彼は東ドイツ社会での暮らしに希望を持てなくなってしまう。そして学会で西ベルリンに行ったきり帰ってこない。彼は西ドイツで働くことを決心したのだ。リタはマンフレートに会いに電車で西ベルリンに行く。西ベルリンでの二人の対話は詳しく語られ、小説終盤のクライマックスを成す。二人がそれぞれ生きていこうとする国の選択は相容れない。行く前からわかっていたその事実が確認され、リタは彼と別れる決断を下し、一人で東ドイツに帰る。

　二人が最後に会ったその日は、小説では「8月最初の日曜日」とされている。この数か月前にリタたちはガガーリンの宇宙飛行のニュースに接しており、1961 年であることは明示（ないし強調）されている。カレンダーで見るとその年の「8月最初の日曜日」は、8月6日にあたる。その数週間後の8月下旬にリタは車両工場で失神するのだ。8月13日にベルリンの壁建設が始まったという歴史的出来事は、はっきりとは語られないままに（Wolf [1999] 248）、過去の恋愛物語と現在の治癒の物語とを隔てている。

　過去の物語と現在の物語との両方を、社会主義者としてのリタの成長物語が覆っていく。マンフレートとの交際開始とほぼ同時に教員養成講座に通い始めたことが、その第一歩である。さらにリタは休暇期間に車両工場で働き、車両の窓枠を作る作業班に入る。ほかの工員は男性しかいない。学校と工場の両方で、彼女は良心的な社会主義者である年長の男性たちに感化されていく。リタとマンフレートは同居して親密さを増すにもかかわらず、イデオロギーの面で互いに離れていく。結局マンフレートは西に逃亡するのだが、そのようなことをしでかす男と別れることによって、リタは社会主義社会を自ら選び取る主体となる。西に逃げる男マンフレートは好感の持てない人物として描かれており、たとえば「彼は嘲るような調子で言った」といった描写

がくりかえし付されている。彼の家庭をめぐる設定も見逃せない。マンフレートの父は東ドイツ時代に社会主義統一党の党員へと鞍替えした元ナチ党員であり、日和見主義的な人物として描かれている。文学研究者ヘルによれば、社会主義文学の主人公リタは、マンフレート（およびその家族）と別れることによって、ナチ的なものの系譜と縁を切り、反ファシズム闘士という、東ドイツにおける正統的な社会主義者の系譜に連なることができる。リタが頼り尊敬するのは、教員養成講座のシュヴァルツェンバッハ、車両工場のベテラン工員メーターナーゲル、そして若き工場長ヴェントラントの3人で、社会主義社会の進歩のために努力する男性ばかりだ。子どもの頃に戦争のため実の父親と生き別れたリタにとって、こうした先輩男性たちは象徴的な意味での父親となっている、とヘルは指摘している。そのような社会主義者の〈代理父〉を求める主人公はこの時期の東ドイツ文学に度々登場しているという（Hell 105-09）。リタが頼る年長の男性3人にはみな子どもがいるが、若き工場長ヴェントラントは離婚したシングルファーザーで、リタの新しいパートナーになる可能性がいくつかの場面で示唆されている。西に逃げた男と決別し、工場を支える上司（たち）を選ぶ社会主義ヒロイン。その成長物語には、男性優位社会に順応するプロセスもさりげなく組み込まれているのだ。

2　小説に保存されたベルリンの壁の二義性

　現在と過去を往来する複雑な時間構造や人称の揺れが見られる点は社会主義小説として典型的ではないものの、『引き裂かれた空』の筋と設定は、当時の東ドイツの文化政策にかなり適応している。1950年代までは、戦前・戦中の共産主義者がファシズムと闘うといった物語が、東ドイツの正当性を担保する建国神話として重要性を持っていた。だが1960年頃から社会主義社会への個人の統合をめぐる物語が重要性を持つようになり、「到着文学」と呼ばれる小説群が登場した。社会主義の日常への「到着」という意味であり、この小説もその文脈に合致している。また1959年には、文化政策「ビターフェルト路線」が掲げられている。詩人・芸術家は工場や農場など生産の現場に入り、逆に工場や農家の労働者は詩作や芸術活動を始めるべしという政策である。『引き裂かれた空』で車両工場の様子が詳しく描写されるの

は、この路線に沿って駆け出し作家クリスタ・ヴォルフがハレのアメンドルフ車両工場に何か月も通った成果なのだ（彼女は 1959 年から 1962 年にかけてハレに住んでいた）。

　小説『引き裂かれた空』は大きな反響を呼び、東ドイツでは例外的な規模のベストセラーとなり（Magenau 140）、3) 多くの批評が書かれた。批評には賛否両論が混じっていたものの、基本的にこの作品は称賛されるべきものだという党のお墨付きがあったうえでの展開である。『引き裂かれた空』は党の路線に沿った小説として受容され、ヴォルフはハインリヒ・マン賞を受賞し、党中央委員会の委員候補にもなった。

　党公認の文学雑誌には、恋人よりも東ドイツを選択したリタの決断を称賛する批評が掲載されている（Dahlke; Geisthardt; Schlenstedt）。批評家たちは「東ドイツこそ生きる意味のある場所なのだ」といった体制寄りの文言を評論文のなかに登場させつつ、リタの決断の正当性を主張する。このように東ドイツの文学界には、ベルリンの壁の存在意義を肯定する言説がたしかに流通していた。ある伝記によれば、クリスタ・ヴォルフも 1961 年から 1965 年頃までは、冷戦が戦争に発展しかねない緊迫した状況下では「防護壁」も必要だとする立場を取っていたという（Magenau 135-36）。

　小説『引き裂かれた空』は、このような言論状況のなかで成立し、受容されたテクストである。前節で述べたように、西に逃亡するマンフレートがネガティヴに描写されるなど、ベルリンの壁を「防護壁」とするような公式の意味体系はこのテクストにもたしかに入り込んでいる。だが三つの物語が折り重なるこのテクストは、体制寄りの物語に回収されることもまた拒んでいる。このことについて少し立ち止まって考えよう。

　〈東西に別れるカップルの悲劇〉という観点を中心にこの小説を見ると、小説の筋は壁建設を批判するものに見える。8 月 6 日に西ベルリンでマンフレートと別れたリタは、その 3 週間後に倒れる。時系列からして、8 月 13 日の壁建設がリタの絶望を深め、自殺未遂につながったという解釈が導かれる。たしかに、壁建設によって東西ベルリンを簡単に行き来することはできなくなり、二人の離別はより決定的になったと言えるかもしれない。だが、文学研究者クロッケが言うように、リタとマンフレートは壁建設より前に完全に別れていた。そのことをふまえれば、壁建設を自殺未遂の誘因とみなす

解釈は、描かれていない出来事（壁建設）に過剰な意味を読み込む行為となるだろう。

　一方、当時の体制寄りの解釈の枠組みでは、マンフレートとの決別は痛みをもたらす経験ではあるものの、リタが東ドイツを主体的に選択し、確信的社会主義者へと前進するステップでもある。壁建設は、ナチ的なものの系譜（を引きずっているマンフレート）からリタが決別したことを決定づけており、肯定的意味さえ持つ（まさに「防護壁」である）。だがこの方向で物語を理解しようとすると、リタがふたつの車両のあいだに横たわり失神した理由、特にそれが壁建設の翌週頃だというタイミングの意味が、わからなくなる。このことに整合性をつけようとする論者クロッケは、リタが反ファシスト闘士のような高潔な身体性を獲得するために、殉教者のように痛みを乗り越えるプロセスを自ら招き寄せたと解釈する。車両工場での出来事は、自殺ではなく、克服プロセスを必要とするがゆえの無意識の「自己襲撃」と呼ぶべき行為だというのだ（Klocke 102）。政治的要請としてそうしたプロセスが社会主義小説に組み込まれる理屈や効果はわかるが、物語内部においてリタが痛みを乗り越えたのは結果論である。痛みの克服のために登場人物が自ら失神する、という解釈にはやはり無理が伴うように思われる。

　結局のところどちらの解釈の路線も、突き詰めると不自然な部分が生じてくる。そしてそれゆえに、どちらの方向の解釈可能性も否定されない。ふたつの異なる意味の方向性が、微妙な均衡のなかに保たれているのである。ポジティヴな成長物語が物語全体を束ねつつも、8月13日の壁建設の直後に自殺未遂が起こるというタイミングゆえに、ベルリンの壁をめぐる否定的な意味はやはり払拭されない。この小説の陰鬱なタイトルもまた、成長物語の筋に回収されない要素の重さを示唆している。こうして考えると『引き裂かれた空』という題名は、分断の否定的な意味を示すにとどまらず、また別のレヴェルで、このテクストの構造をも暗示しているように思われてくる。つまり、この小説はふたつの意味の方向へと引き裂かれているテクストであると。

3　1964 年の映画の成功と、その後の受容

　作家クリスタ・ヴォルフと同様、映画監督コンラート・ヴォルフ（Konrad

Wolf, 1925-82）もまた、東ドイツ文化史において最も重要な創作者の一人である。1964 年に公開された映画『引き裂かれた空』は、まだキャリアが浅かった頃の二人が協同して製作した DEFA（国営映画会社デーファ）の映画であり、原作者クリスタ・ヴォルフは脚本を担当した（コンラートも苗字が同じなのは偶然で、脚本の共同担当者の一人ゲアハルト・ヴォルフがクリスタの夫である）。

クリスタ・ヴォルフが小説執筆の際に取材したアメンドルフ国営車両工場が映画撮影でも使われ、ハレの街の広場や塔なども映し出されている。映画の筋は小説にかなり忠実である。冒頭近くで画面の左半分に病床のリタが映り、右半分にマンフレートと出会ったときの光景、つまり病床でリタが思い出す過去の場面が並置される。このモンタージュの構図によって、ふたつの時間軸の並存が示される。その後は画面の分割はなくなるものの、時間軸が行ったり来たりと転換することで、療養中のリタがマンフレートとの交際を回想するという小説の構造が再現されていく。

頻繁な場面転換や時間軸の入れ替わりは、当時国際的に広まり始めた編集技術であるフラッシュバックやジャンプカットの使用によって実現された。建築物を低い位置から鋭角的に捉えたり、広場を上空から見下ろすように捉えたりするショットをはじめ、芸術性の高い撮影・編集技術が用いられ、国際的な芸術映画の潮流と呼応している（Feinstein 118; Austin 2）。ソ連・東欧の映画、イタリアのネオレアリズモ、フランスのヌーヴェル・ヴァーグの影響を受けたこうした撮影・編集技法は、同時期の複数の DEFA 映画に見られ、『引き裂かれた空』もその流れにある（Elsaesser and Wedel 17-18）。監督は、西ドイツの映画研究者らとのインタヴューでそうした潮流から受けた影響を説明している（Gregor and Ungureit 336）。

国際的潮流と呼応する美学的スタイルは、東ドイツの公式路線である社会主義リアリズムにそぐわないものであったが（Berghahn 565）、小説と同じくこの映画もまた、当初は文化官僚たちに肯定された。公開直前の 1964 年 6 月にベルリン芸術アカデミーでこの映画についての議論が行われた際の記録には、芸術スタイルを危険視するような発言は出てこない（Deutsche Akademie der Künste zu Berlin）。映画研究者ベルクハーンは、このとき文化官僚たちは映画に備わっている体制批判的要素に目をつぶったか、またはそれ

を認識できなかったのだとしている（Berghahn 573）。映画が封切られた後の週間新聞『日曜日』42 号（Sonntag, 1964 年 10 月 18 日）には、ある読者からの投書という形でこの映画の難解さに対する苦情が示されている。だがこれには「編集部の見解と一致するものではない」という但し書きが添えられ、同じ紙面には、観客に思考を促す作品こそ新しい芸術の意義であるとして映画を擁護する批評も掲載されている。

　もしこの映画の完成が一年遅かったなら、おそらく公開は阻止されたにちがいない（Berghahn 573）。1965 年にも西側の芸術潮流と呼応する映画がいくつも撮影されたのだが、それらは 12 月の党中央委員会で次々に上映禁止になった。この 1965 年 12 月の厳しい検閲は東ドイツ文化史の一大事件として知られている。『引き裂かれた空』はその対象にはならなかったものの、かといって許容されつづけたわけでもないようだ。網羅的な情報は見つからないが、この映画の上映が 1970 年には認可されなかったことを示す書類の画像が、あるウェブサイトで紹介されている（filmportal.de）。これは上映許可の延長申請を却下する書類であり、却下の理由は、西側への逃亡の描写が描かれていることだとある。

　美的スタイル、そして西に逃げる人物の登場という 2 点のほかにも、研究者・批評家は、この映画に体制批判的な要素を見出してきた。たとえばリタがトラウマを負っている点が原作小説よりも強調されているとして、そこにこの映画の批判性を見て取る解釈がある（Byg 105-06; Berghahn 563）。登場人物をめぐる危機の描写がベルリンの壁を暗に批判することになっているとする見解もそれに近い（Heiduschke 45）。また、アウトサイダー的人物（マンフレート）を排除してしまう狭量な社会として東ドイツが批判的に描かれている、という見解もある（Kühnel 37-38）。これらの見解は主に冷戦終了後に示されたものであり、英語圏の研究者によるものが多い。ベルリンの壁が自由を抑圧するものだという西側世界の歴史観に合うような東ドイツ映画とその解釈が見出されていく、というメカニズムが作動している側面もあるかもしれない。東ドイツでの公的な議論において体制寄りの物語がまさに同じ映画に見出されていたことと、それは表裏一体のように思われる。受容者（批評家）が自分の属する社会の規範に合致するような要素を対象作品に見出す傾向があることには、留意が必要だろう。だがしかし、小説と映画とを比較

すれば、同じ文脈のなかにあっても小説よりも映画のほうに批判的要素を多く読み込めることは確かであるように思われる。先に見たように小説もベルリンの壁建設をめぐるふたつの意味の方向性を含み持っていたが、映画のほうではその二義性、あるいは隠されるべき否定的なほうの意味がより強くなっているのだ。

というわけで、本論でこれから示す映画の分析もまた、ベルリンの壁に対する批判的要素を見出すタイプの解釈の系譜に連なっていく。しかし上記に挙げた先行研究とは対照的に、以下で注目したいのは、危機的状況や主人公のトラウマといったネガティヴな要素に基づく批判性ではなく、分断を超えるポジティヴなイメージの出現についてである。それは視覚的にのみ見出される点に特徴がある。

4　リタとマンフレートのあいだの分断線

小説でも映画でも、東西のイデオロギー対立は緊張感をもって描かれている。西ベルリンでリタは、「同じ言語を話しているにもかかわらず、すっかり異国だ」と感じる。こうした東西の分断、リタとマンフレートの亀裂を念頭に置くと、映像のなかで二人のあいだに繰り返し線が現れることに強い意味が伴ってくる。二人のあいだには頻繁に柱、壁、窓枠などが映り込む。それらは、実際には撮影されていないベルリンの壁の、視覚的な代理物として捉えられるのではないだろうか。

たとえば二人の別離が決定的になる西ベルリンでの昼食の場面。二人はクーダム通りの有名店クランツラーに入るが会話は弾まず、空気は重い。テーブルに向かい合って座る二人を横から捉えるショットが長く続く。テーブルの向こうには幾何学模様の装飾のついた柱がある。リタとマンフレートのあいだに太い線を引くように、柱が映り込む（図1）。

画面のなかで二人のあいだを隔てるように太い柱が位置するこのショットは、ベルリンの地図を模式的に表した図のようである。左側、つまり

図1　『引き裂かれた空』 ▶ 01:39:35

西ベルリンにマンフレート、そして右側、つまり東に位置するリタ。そして
そのあいだに縦に走るベルリンの壁。

　こうして見ると、映画全体を通じてさまざまなショットにおいて、二人の
左右の位置関係が逆である場合においてさえも、二人のあいだに映り込む柱、
壁、窓枠などが、ベルリンの壁の代替物のように見えてくる。

5　分断線をまたぎ、ベルリンの壁を超えるリタ

　リタとマンフレートが同居を始めてすぐの頃、二人は彼の両親と4人で
夕食を囲む。その席で、マン
フレートと父親が口論し険悪
なムードに陥り、マンフレー
トは家を飛び出す。リタは彼
を追い、二人はハレの街を歩
く。歩きながら彼は両親のこ
とや自分の生い立ちを語る。
二人が坂道のふもとの曲がり
角で立ち止まったとき、二人
のあいだに黒い壁の端が映り
込む。ちょうど、向かいあう
二人のあいだに線を引くよう
に（図2）。

図2　『引き裂かれた空』 ▶ 00:18:37

図3　『引き裂かれた空』 ▶ 00:52:10

　画面の右奥から手前にやっ
てきて、このように立ち止まって話した後、二人は画面左奥へとゆるい坂道
を上がっていく。立ち止まっているあいだは二人のあいだを黒い壁が隔てて
いるが、リタはそれを通り越し、超えていく。二人のあいだの分断線をベル
リンの壁の代理物として捉えるなら、リタは映像のなかでさりげなく東西の
壁を超えていることになる。

　リタが分断線を超える印象的な場面がもう一つある。雨の夜の屋根裏部屋
でのことだ。将来への不安を抱えるマンフレートは悪夢を見たと語る。道が
洪水であふれてしまい自分たちは小舟に乗っているのだが、周囲の建物が水
没していくという夢だ。リタはそれを聞いてランプを手に持ち、窓辺に立つ。

窓を少し開けてからランプを揺らし、このランプが灯台の光のように溺れそうな人の道しるべになる、と話すリタ。このあいだ、室内で二人を捉えるカメラと、窓の外から（室内の）二人を捉えるカメラとが交互に入れ替わる。マンフレートがリタの横にすっと並ぶと窓の外からのショットになり、すると窓辺にたたずむ二人のあいだにちょうど窓枠が映り込む。窓枠の棒が、画面のなかで二人を分断する縦の線として現れる（図3）。

リタが掲げたランプをマンフレートが手に取り、さらに次の瞬間、リタはマンフレートに近づき、彼に寄りかかる。そのときリタは、画面の左から右へと移動し、窓枠を超え、横切っていく。こうして分断線を超えるリタは、比喩的にベルリンの壁をも超えているのではないか。

この場面のエピソードの展開、そして会話の台詞は小説にかなり忠実であるが（Wolf [1999] 110）、リタが窓枠の縦の線を超えて動くのは映画だけである。

6 歩道橋、川の橋、アウトバーン橋

境界を超えたり、またいだり、渡ったりするイメージは、映画を通して反復、変奏されていく。橋もまたこの系列のモティーフだ。

たとえば映画の冒頭近く、二人が知り合って間もない冬。リタの住む村で、クリスマスの飾りつけがなされた商店の前で二人は会話している。そのとき電柱がちょうど二人のあいだに映り込む。あたかも二人のあいだに線を引くように。ここで注目したいのは、さらに奥の背景に歩道橋も映っていることである。歩道橋は電柱の後ろで、電柱をまたいでいる。つまり画面のなかに分断線が出現すると同時に、歩道橋がその分断を越える可能性を示唆するのだ（図4）。

村の歩道橋はその後もう一度現れる。さらにハレの街のザーレ川に架かる橋も、二度登場する。ザーレ川の橋を二人がともに渡る場面は、橋の上の二人をカメラが下から見上げるようにして捉える

図4 『引き裂かれた空』 ▶ 00:04:59

ショットによって強調されている。

　村の歩道橋、そしてザーレ川の橋。それぞれ二度ずつ登場し、偶然映り込んだ背景などではありえないモティーフとして、橋の重要性が増幅されていく。そしてさらなる頻度で強い視覚的印象を残す橋がこの映画にはある。リタの実家らしき一軒家の背後にある、大きな橋である。監督のインタヴューや二次文献では「アウトバーン橋」と呼ばれる。石積みの眼鏡橋を延長したローマの水道橋のような形状をしている。

　映画における現在時のリタ、つまり療養し回復していくリタは、このアウトバーン橋の近くにある母親の家に滞在している。これは小説とは異なる設定である。さてここで、社会主義ヒロインとしてのリタの成長物語に年長の男性たちへの従属のプロセスも組み込まれていたことを思い出そう（本章第1節）。小説では、療養中のリタはまず病院、次にサナトリウムに入院していた。医療機関という社会制度、そしてそこで働く男性医師の管理下に置かれ、ヒロインが父権的社会に統合されていく過程が療養中にさえ進行していた。母のいる村は、そういった「街」の社会（工場や学校）に対するオルタナティブ空間という性質を持っているが（Hell 175）、小説のリタはこの村にたまに短期間帰省するだけである。それに対し映画では、長期の療養中ずっとリタは村に滞在する。冒頭で彼女の寝室に一度だけ初老の男性医師が往診に来るものの、すぐに退散する。母親も訪問医師も、リタの身に起こったことを知ろうとしない。ここではリタは制度的管理の対象から外れている。村の風景が映る際に女性の声のナレーションが入ることが何度もあり、オルタナティブ空間の性質が強化されている。ここにあるアウトバーン橋はただの橋ではない。制度から外れた場所で、社会的現実から離脱していく志向を帯びたユートピア的な橋なのだ。

　回想シーンから現在時へと戻るたびにこの村の家が遠景で示されるため、視聴者にとっては村の風景が時間軸の転換の標識となる。家、その背後に草むら、そして奥に大きなアウトバーン橋。遠景から画面が切り替わり、この橋がさまざまな構図で撮影される。はじめの頃ベッドに伏せっていたリタは、やがて屋外に出てこの橋を背にして映ったり、さらに橋の上を歩いたりもする。

　コンラート・ヴォルフの映画作品において橋や道のモティーフはしばしば

現れ、分断と結合の両義性を体現している、という指摘がある（Kühnel 33）。映画『引き裂かれた空』におけるアウトバーン橋もその一環と言えると同時に、ベルリンの壁との関連性を特に強く持った独自の視覚的モティーフと捉えられるだろう。川辺から見上げるようなショットにおいてはそびえたつ高さと石造りの堅牢さが強調され、超えることができない壁のイメージが重なる。まさにその橋を、回復の進んだリタが渡る。まずロング・ショットで橋が横から映り、橋の上を小さな人影が歩いている様子が示される。次に映像が切り替わり、今度は橋の上の道路が撮影され、カメラに向かって歩くリタが正面から映される。車道の端の歩道を歩くリタが、だんだん大きくなる。この瞬間リタは壁の上を歩き、ベルリンの壁に象徴される政治的分断を超えていく。

7　引き裂かれていない空

　分断線を超えるイメージを映像のなかに見出してきた私たちにとって最もスペクタクル的な瞬間は、ハルツ山地へのドライブ旅行の場面にほかならない。マンフレートが運転する車で出発するシーンは、小説においても映画においても、恋人たちの交際が最も高揚する時点である。博士号を取得したばかりで上機嫌のマンフレートを、リタは「ほやほやの博士さん」と呼び、助手席で「もっと早く！　もっと！」とはしゃぐ。映画のカメラはオープンカーに乗る二人を正面から捉える。フロントガラスの真ん中に、太い窓枠が縦に走っている（図5）。

図5　『**引き裂かれた空**』▶ 00:29:56

図6　『**引き裂かれた空**』▶ 00:30:04

　二人の交際が順調なタイミングに分断線が現れてしまい、行く末を視覚的に予告しているかのようだ。だが、いったんショットが切り替わ

り、再び二人が前方から映されるとき、驚くべきことにフロントガラスはなくなっている。ワイパーも窓枠もない（図6）。

　ハンドルを握るマンフレートと笑うリタ。分断線が消え、フロントガラスなしの状態で二人が映っているのは数秒間にすぎない。あったはずの壁が消えたかのようなユートピア的な数秒間だ。二人の身体のほかは、車のハンドルと背後の木々しか画面には映らない。この数秒間、二人は引き裂かれていない空のなかを走る。

　ベルリンの壁が「防護壁」などではなく、暴力的な国家体制を体現しており、人々を分断するという認識があってこそ、分断線が超えられたり消えたりする映像が、意味を持つ。映画『引き裂かれた空』はベルリンの壁建設をこのようにして間接的・潜在的に批判する。小説にも批判的視点は潜在していたが、壁建設がリタの自殺未遂直前というタイミングからくる不穏さ、題名が暗示する分断のイメージといった、より消極的な潜在の仕方であった。映画において独自の救済的イメージが断片的にせよ登場しえたのは、映像表現の幅が、フラッシュバックやモンタージュなどの技法によって広がったからこそだろう。引き裂かれていない空を走るこの数秒間の映像において、「分割する、分断する」という意味の動詞 teilen のもう一つの意味、つまり「分け合う、分かち合う、共にする」という意味が浮上してくる。「引き裂かれた空」は「共有された空」にもなれることが、視覚的に示されるのだ。

8　ベルリンの壁に対して批判的な芸術表現とその歴史的条件

　映画『引き裂かれた空』における分断線の乗り越えや消滅は、言葉で説明されることがないまま、そして作中人物に意識されることもないまま、映像のなかで起こっている。橋以外のイメージに関しては、映画をずいぶん注意深く観なければ認識しにくい。フロントガラスが取り払われるのも、リタが窓枠や柱の前を通り過ぎるのも一瞬の出来事であるし、それぞれの場面ではたいていリタとマンフレートが会話を繰り広げている。会話の内容を追うことに集中して鑑賞していれば、歩道橋が柱の背後に映っていることや、その柱の前をリタが通り過ぎることに初見で気づく観客は多くないだろう。そこに比喩的な意味を読み込むのはさらに難しい。そもそも前述のようにこの映画は、時間軸を行ったり来たりする複雑な構成の映画であり、難解すぎると

いう苦情が新聞に載ったほどなのだ。

　映像モティーフの読み取りの難しさは、1960年代に東ドイツにおける壁建設を批判することの困難さと呼応しているように思われる。このことを考察するにあたり、1964年にコンラート・ヴォルフ監督が西ドイツの映画研究者によるインタヴューで行った発言を紹介したい。

　インタヴューは長いもので、製作過程や製作チーム内の分担などについてさまざまな質問にヴォルフ監督は答えている。前述のように、外国の映画から受けた影響も話題になっている。検閲についての肯定的な発言もあり、コンラート・ヴォルフ監督が社会主義統一党の党員としての立場を背負っていることも感じられる。さて、インタヴュアーは『引き裂かれた空』における、橋をはじめとするいくつかの視覚的モティーフについて質問する。それらの比喩としての性質について問われたヴォルフ監督は次のように語る。

> **ヴォルフ：**［……］現地をめぐっているあいだに、アウトバーン橋というモティーフにたどりつきました。この橋も、さらに屋根裏部屋などのほかのモティーフに関しても同様なのですが（もっとも屋根裏部屋は、橋とは違って原作にすでにあったものですが）、私はこうしたモティーフを通じて、観客たちに、常に意識はされなくても感情に訴えかけるような連想を喚起しようとしました。ですが、そうなるとそうした場面に壮大な意味を読み込む人々が出てくるという危険も生じてしまいます。たとえば『引き裂かれた空』の格子窓［ハレでリタが同居するマンフレートの屋根裏部屋にある窓］については、大げさな推測がなされています。格子窓は引き裂かれた空を象徴しているのだとか、十字架に磔にされる者を象徴的に示しているのだとかいった意見があるのです。後者の意見は、西ベルリンにおけるマンフレートの住居にも格子状の窓枠が再登場するために出てきた意見です。私としては、連想を誘うイメージ群によって観客に具体的な解釈を挑発するよりも、むしろ観客たちの無意識にエネルギーを与えていきたいと思っているのですが。(Gregor and Ungureit 320)

彼の発言を字義どおり捉えると、本論で行った映像モティーフの読み取りは、

「大げさ」で「危険」なものとなるかもしれない。もちろん作者にどう思われようとも、私たちの解釈はそれとして成立する。それでもここで監督の発言を紹介するのは、インタヴューの記録に彼の発言の不安定さが見て取れ、それが小説や映画における壁の表象の問題と地続きに思われ、注目に値するからである。

　まず、映画にくりかえしリタとマンフレートのあいだの分断線が登場していたことに鑑みれば、「具体的な解釈を挑発」するつもりがないという発言は、割り引いて捉えるべきではないかという疑いが湧く。彼の発言を字義どおり捉えるべきかどうか怪しく思われてくる。発言内部の連関にも奇妙さがある。「常に意識はされなくても感情に訴えかけるような連想を喚起しようとした」と彼は言うが、それはどのような連想なのか。「観客たちの無意識」に与える「エネルギー」とは、どのようなものか。これらは説明されない。説明したらそれは「無意識」のものではなくなってしまう。伝えたいことは具体的には語らない、という屈折した態度が示されている。一方でヴォルフ監督は、映像モティーフの「壮大な意味」や「大げさな推測」、つまり、「危険」な解釈の例については（他人の意見として）ずいぶん具体的に紹介している。そのなかの、格子窓を「引き裂かれた空」の象徴とする解釈は本論の分析と似ていて、本論ではその窓枠の前をリタが横切る点に注目した（図3の窓枠は遠景で撮影されると格子状になっている）。ヴォルフ監督はさらに、格子の十字が磔刑を連想させるという考えにも言及している。ハレの場面とベルリンの場面の両方において窓のモティーフが対応しているということも付け加えている。これらをわざわざ説明していることからは、そういった「危険」で「具体的」な解釈を、実は部分的には彼も支持しているのではないかという疑いが湧く。とはいえ、「実は」なにか確固たる真意が裏に存在すると決めつけることもまたできない。

　同じように、映画における分断線の越境や消滅の映像が、ベルリンの壁建設を批判するために製作者（監督？　カメラマン？　チーム？）によって意図的に埋め込まれたのか、それならばどのような検閲を想定したうえでのことなのか、といったことも（少なくとも入手された記録からは）決定することはできない。そうすることは本論の最終目的でもない。ここまでの観察のなかで確認できたのは、小説、映画、インタヴュー記録、これらすべてのテ

クストにおいてベルリンの壁の意味づけをめぐる矛盾、そしてそれを言葉で直接は言えないという緊張感が刻印されている、という事態である。この緊張した言論状況が、分断線の越境と消滅の可能性を視覚的にだけ示すような映像を登場せしめたのだ。

本論で映画『引き裂かれた空』の非言語的要素を言語化し、映像モティーフの「具体的な解釈」を試みることができたのは、それが「危険」とされる政治的文脈に私たちが置かれていないからであろう。また本論の分析は、一瞬で過ぎ去っていくイメージを DVD とコンピュータで何度も一時停止して確認できたという技術的要素にも支えられている。私たちが見出した映像は、当時もスクリーンに映っていた。だがそれをめぐる認識も、そのインパクトも、東ドイツ時代の映画館においてと、現在の（たとえば日本の）コンピュータ画面においてとでは異なる。映画館の観客が比喩的な意味を容易には認識しづらいような映像の形式とその内容とは不可分だったのであり、東ドイツにおいてこの映像は、たとえはっきりとは認識されなくとも、あるいはだからこそ、大きなインパクトを潜在的に宿しながら流通した。

東ドイツの検閲や統制の厳しさは時期によって細かく変化したが、大まかな傾向としては 1970 年に「自由化」路線が導入された頃から、「現実の社会主義」に対して批判的な芸術表現が増えていった。クリスタ・ヴォルフが小説『引き裂かれた空』の成功によって党の幹部候補となっていたのは 1965 年までの数年間にすぎない。1965 年の会議で厳格な検閲に対して異議を唱えたことをきっかけに、彼女は体制と距離を取る批判的作家となっていき、出版部数の制限や国家保安省による監視といった抑圧・妨害を受けながら執筆することになった。そのなかでクリスタ・ヴォルフは東ドイツの体制だけでなく、ヨーロッパ文明に関する（特にその男性支配に関する）批判的思考を発展させ、ギリシャ神話を題材にとった小説『カサンドラ』(1983)などでそれを寓話的に提示していく。

1970 年代から 1980 年代にかけて検閲との軋轢のなかで批判的表現を発展させた作家はクリスタ・ヴォルフに限らない。「現実の社会主義」への懐疑は、東ドイツ後期の文学のなかで一大潮流を成した。1980 年代には非公式の領域で創作活動を展開する若い作家や芸術家たちも登場した。無認可の印刷機を密輸入などによって入手し、雑誌を印刷・配布し、都市の空き家で朗読会

を開くなど、検閲を無視した創作活動が行われたのである。そうしたところでは、「壁」や「国境」といった単語が詩のなかで言葉遊びの素材となったり、境界を超えるというテーマの比喩表現が発達したりした（Leeder 20-28; 宮崎 43-44, 64）。

　映画『引き裂かれた空』は、そのようなさまざまな（公式・非公式の両領域における）体制批判的な表現が発展する時期よりも前に、その先駆けとなるような表現を、非言語の映像モティーフという回路によって含み持っていた。国営映画会社のなかのチームで製作される映画という、公式文化のただなかで。1960 年代の社会において壁建設の意味づけをめぐる矛盾と緊張感があまりに大きかったために、その回路が拓かれたのだ。

註

1) 日本語訳としては井上正蔵の訳（**ヴォルフ**）があるが、本章では筆者自身の訳を用いた。
2) 原文では In jenen letzten Augusttagen とあり、指示機能を強く持つ「あの」(jenen) という語が使用されている。
3) 1963 年 5 月に小説が出版されてすぐに売り切れとなり、最初の 1 年間で初版を 16 万部印刷したという。当時、初版は通常は 1 万部から 1 万 2000 部、スター作家の場合でも 2 万部から 3 万部であった（Magenau 140）。

16　ブロッホは何を見たか

ヴィム・ヴェンダース監督『ゴールキーパーの不安』（1972）

山本佳樹

　ペーター・ハントケ（Peter Handke, 1942- ）とヴィム・ヴェンダース（Wim Wenders, 1945- ）といえば、天使ダミエルを演じるブルーノ・ガンツが朗読する「子どもが子どもだったころ［……］」（Als das Kind Kind war, [...]）というハントケの詩のリフレインが耳に残る映画『ベルリン・天使の詩』（*Der Himmel über Berlin*, 1987）がまず想起されるだろう。ヴェンダースがまだミュンヒェン映画テレビ大学の学生だったころに『三枚のアメリカのLP』（*3 Amerikanische LP's*, 1969）で始まった二人の共同作業は、『ゴールキーパーの不安』（*Die Angst des Tormanns beim Elfmeter*, 1972）、『まわり道』（*Falsche Bewegung*, 1975）を経て、『ベルリン・天使の詩』で頂点を迎えた。[1] 2016 年にはハントケの戯曲をヴェンダースが映画化した『アランフエスの麗しき日々』（*Les beaux jours d'Aranjuez*）が公開され、久々のコンビ復活が話題を呼んだことも記憶に新しい。2019 年のノーベル文学賞受賞によって、日本でのハントケの認知度もより高まっているだろう。

　この二人を結びつけているのは、アメリカのロック・ミュージックへの傾倒といった体験の重なりだけではなく、芸術に対する問題意識の共通性でもある。瀬川裕司がそれを的確にまとめているので、やや長くなるが引用しておこう。

　誤解を恐れずにまとめてしまうなら、ハントケとヴェンダースに共通す

る姿勢、それは前者にとっては言葉、後者にとっては映像それ自体を疑ってかかり、旧来の作品において圧倒的な優位を誇っていた〈物語〉の虚偽をあばき、それと同時に、自らの体験を重視し、独自の主観的世界の構築する可能性を模索することである。

　そのためには、最初に文学および映画というメディアについて深く考察し、構成要素を解体し、それぞれの機能を吟味しなければならない。ハントケの場合、それは〈現実〉に対する言葉の作用の本質を明らかにする作業から開始され、ヴェンダースの場合は、作為的なカメラの操作を否定し、長回しにこだわって〈編集によって生み出される嘘〉を可能なかぎり排斥していくという根本的方針として現れたことはよく知られているだろう。(瀬川 256)

メディアそのものへの省察に立脚するこの二人の芸術家が試みた共同作業は、文学作品の映画化、文学と映画というテーマのための豊かな鉱脈だと言えよう。本論は、ヴェンダースの商業映画デビュー作となった『ゴールキーパーの不安』を取り上げ、ハントケの原作小説との間テクスト的関係に目を配りながら、とりわけ映画メディアに特有の、視点や視覚的認識といった問題に光を当ててみたい。

1　ふたつの『不安』[2]

　ペーター・ハントケの小説『不安 ペナルティキックを受けるゴールキーパーの……』(1970) は、出版されるやいなやベストセラーとなり、国際的にも注目を集めた(Nägele and Voris 45)。元ゴールキーパーの主人公ヨーゼフ・ブロッホが、ウィーンの映画館の窓口嬢と一夜をともにした翌朝、わけもなく彼女を絞殺し、旧ユーゴスラヴィアとの国境付近の村でバーを開業している旧知の女性を訪ねる、というおおまかなプロットは認められるものの、この小説の主眼はブロッホが「現実の意味関連というものをつかめなくなっている」(平子 124) ことを示す点にあった。言葉と現実世界の乖離に苦しむ彼の分裂症的な精神状態[3]は、「みなが意味を断片的に受け取り、消費し、組み合わせるだけの、表層的世界」(平子 136) のなかで世界の意味を見渡せなくなった現代人の心性の比喩でもあった。

すでにハントケと親交のあったヴェンダースは、この小説を草稿段階で見せてもらっていた。「その時、私は、これは映画を観ているように読めると思いました。つまり、ひとつひとつのセンテンスがひとつのカットとして読める、ということです」（ラオ 36）。この話をハントケにすると、「彼は冗談半分に、だったら君がこの小説を映画にすればいいじゃないか、と言いました」（ラオ 36-38）というのが、事の始まりのようである。また、ある対談では、ヴェンダースは映画化の動機について次のように語っている。

> ある文章がどのように次の文章に受け継がれていくか、そこに存在する厳密さこそが、私にこの映画を作りたい、それもこの小説と似たやり方で作りたいという気を起こさせたものだ。つまりハントケの文章と同じような仕方で連続する映像、即ち、ひとつひとつがピタリと決まって、原作に劣らない厳密さを保っているような映像で撮りたいと思ったのだ。（ヴェンダース 18）

そして、そのためには、「アメリカ映画で慣れ親しみそこで知り得た」（ヴェンダース 18）精巧さが必要だった、としている。たしかに『ゴールキーパーの不安』という映画は、たとえ一般の観客には難解に映ったとしても、ヴェンダースの学生時代の作品のような実験的性格は薄れ、アメリカ映画への接近を感じさせる。だがまたそうすることで、ヴェンダースは「私自身の視点とアメリカ映画へのコンプレックスとの葛藤」（梅本ほか 40）を味わうことにもなった。

　脚本を書くにあたって、ヴェンダースは「少しもカットしたりはせず、小説をあるがままの形で使った」（ラオ 38）としているが、出版された原作小説と完成した映画とを並べてみれば、映画に収められていない要素や、映画が変更したり新たに付け加えたりした要素は少なくない。後者の要素を中心に、ふたつの『不安』のいくつかの相違点を指摘しておこう。

　まず目立つ相違は冒頭部である。原作のブロッホは元ゴールキーパーだが現在は機械組み立て工をしており、仕事をくびにされたと思って建築現場を去り、タクシーでウィーンの街に出ていく。こうした内容が、主人公の感覚をなぞるように、印象的な文章で書かれている。

機械組み立て工ヨーゼフ・ブロッホ、むかしはサッカーのゴールキーパー
として鳴らした男だが、彼が或る朝仕事に出てゆくと、きみはくびだよ
と、と告げられた。というより実は、折から労働者たちが宿泊している
現場小屋の戸口に彼が姿をみせたとき、ただ現場監督が軽食から目をあ
げたという事実を、ブロッホはそのような通告と解し、建築現場を立ち
去ったのである。街路に出て彼は腕をあげたが、通りがかった車は——
ブロッホは決してタクシーを呼ぶため腕をあげたのではなかった——タ
クシーではなかった。結局、目の前で急ブレーキの音を聞くと、ブロッ
ホはくるっと背を向ける……ところがうしろに止まったのはタクシー
だったので、運転手が悪態をつく。ブロッホはふたたび向き直って車に
乗り込み、ナッシュ広場まで走らせた。（Handke［1972］7; ハントケ 5-6）

現場監督が目をあげる仕草とブロッホの解釈、通りでブロッホが腕をあげる
動作とタクシーの運転手の解釈、そのあいだにはいずれも乖離がある。彼が
外界よりも自分の意識に集中し、現実世界との接触を失って、言葉と事物と
の世間的な結びつきから疎外されていることを、この書き出しは簡潔に表現
していると言えるだろう。
　一方、映画はサッカーの試合中のスタジアムから始まる。ブロッホ（アル
トゥール・ブラウス）は現役のゴールキーパーであり、オフサイドの判定で
審判に文句をつけたことで退場となり、路面電車でウィーンの街に出ていく。
原作小説の巻頭に置かれたエピグラム「ゴールキーパーはボールがラインを
越えてころがるのを見ていた……」[4]（Handke［1972］5; ハントケ 3）を映像化
したものとも考えられるが（Malaguti 98）、それでも機械組み立て工としての
ブロッホの解雇を描いていないことにはちがいがない。いずれにせよ、映画
の最後の場面もサッカーのスタジアムであるため（この点は原作も同様であ
る）、これによって「サッカー場→ウィーンに滞在→バスの旅→国境の村に
滞在→サッカー場」というシンメトリカルな、あるいは、円環的な構造が生
まれる（Köster 146; Brady and Leal 125; Malaguti 105）。タイトルがかぶさる映
画の最初の実写ショットと、エンディング・クレジットがかぶさる映画の最
終ショットとが、いずれもスタジアムの俯瞰ショットであることも、その照

応性を補強している。

　次に、映画にはアルフレッド・ヒッチコックの影響が見て取れる。ヴェン
ダース自身が挙げている『めまい』（*Vertigo*, 1958）と『バルカン超特急』（*The Lady Vanishes*, 1938）[5] のほかにも、畑の上を低空飛行する飛行機（▶ 00:52:08-00:52:24）は間違いなく『北北西に進路を取れ』（*North by Northwest*, 1959）の引用であろうし、机の上に置き忘れたコインへのクロースアップ（▶ 00:29:37-00:29:38）は『汚名』（*Notorious*, 1946）におけるワイン倉庫の鍵へのクロースアップを連想させる。ヴェンダース自身のカメオ出演（▶ 00:31:25-00:31:29）も、ヒッチコックへの目配せと言えよう。

　さらに映画には、ヴェンダースが愛読していたパトリシア・ハイスミスへのひそかな言及がある（Malaguti 96-97, 109）。ブロッホが２度目にウィーンの映画館に行き、見終わってから窓口嬢（エリカ・プルハール）を待っているとき、次回上映作として映画館の看板を飾っているのは "DAS ZITTERN DES FAELSCHERS" という文字であり、これはハイスミスの小説『変身の恐怖』（*The Tremor of Forgery*, 1969）のドイツ語題名なのである。ところが、この小説はこの時点では映画化されていなかった。[6] ヴェンダースは架空の映画を自作に登場させたわけだが、そのうち自分で映画化したいと考えていたようである（梅本ほか 115）。もし実現すれば、自作の先行引用が成立するところであった。なお、周知のように、のちにヴェンダースは、ハイスミスの原作にもとづいて『アメリカの友人』（*Der amerikanische Freund*, 1977）を撮ることになる。

　また、原作では、ブロッホはウィーン市内に住む別れた妻に何度か電話をかけてお金を無心したりしているが、映画では、彼女の影はすっかり消されている。さらに細かな点では、ブロッホに絞殺される映画館の窓口嬢の名前が、原作のゲルダから映画ではグローリアに変更されている。これについては、ヴァン・モリソン[7] の 1964 年のヒット曲（レコードはグループ名のゼム（Them）名義）の題名に由来するという説があり、この曲の一節でグローリアの綴りがＧ・Ｌ・Ｏ・Ｒ・Ｉ・Ａとアルファベットで歌われることは、映画のグローリアが自分の名前を名乗り、綴りをブロッホに教える場面（▶ 00:22:50-00:22:54）とも符合する（Köster 156）。なお、この曲「グローリア」（Gloria）は、バーでブロッホが地元の男たちと喧嘩になる場面で、ジューク

ボックスから流れている（▶ 01:17:19-01:19:50）。[8] その名前の女性を殺したブロッホの深層心理を刺激するかのように、〈グローリア〉と歌うリフレインが大音量で鳴り響くのである。

2　視点の問題

原作小説が描くブロッホと言語との困難な関係は、映画においてもいくつかの嚙みあわない会話として再現されている。[9] また、ウィーンの街の最初のショットが、ヴィトゲンシュタイン・ハウスの前を通過する路面電車の映像であることは（▶ 00:02:59-00:03:08）、この哲学者が提唱した言語ゲーム理論をほのめかす(Köster 146)。だが、ブロッホの自我とまわりの世界との乖離、彼の分裂症的な感覚は、映画では主に視点の問題として現れる。それを手法により3種類に分類し、それぞれ検討してみよう。

2-1　はぐらかされる視点ショット [10]

ウィーンのホテルでの朝食。雑誌をめくるブロッホをカメラはゆっくりと右に移動しながらチェストショットで捉える（▶ 00:08:31-00:08:45）。このショットの最後で、外の物音に反応したブロッホは画面の左側を見る。すると食堂の窓に向けられた固定ショットに替わる（▶ 00:08:45-00:08:57）。その窓から、（おそらくさきほどまで隣のテーブルにすわっていたアメリカ人夫妻が乗った）白い車が出発するのが見える。ショットのつながりからすれば、これはブロッホが見たものを映した視点ショットだと思われる。ところが同一ショットの最後に、その窓から、ブロッホ自身が右から左に横切る姿が見られるのである。

旧知の女性ヘルタ（カイ・フィッシャー）が経営する国境の村のバーで、ブロッホはトランプのひとり遊びをしている（▶ 01:06:47-01:06:58）。カードを床に落としたので、拾おうとして手を伸ばした彼は、前方を見る。ここでショットが替わり、床にすわったヘルタの4歳の娘が、身をかがめたブロッホの視点に対応するようなローポジションで映される（▶ 01:06:58-01:07:02）。このショットは典型的な視点ショットと言えるだろう。再びブロッホのショットに戻り、彼はカードを拾い上げてトランプ遊びを再開する（▶ 01:07:02-01:07:09）。するとまたショットが替わり、さきほどと同じローポジ

ションからの同じフレーミングで娘が映される（▶ 01:07:19-01:07:23）。だが、明らかにもう彼はその娘を見ていないのだ。さきほどの視点ショットが本当にそうだったのか、疑わしくなってくる。

　視点ショットは編集によって相対的に意味づけられるものであり、古典的ハリウッド映画における約束事の産物である。ヴェンダースはそれに批判的に違反しているわけだが、こうした文法破りはすでにヌーヴェル・ヴァーグの映画作家たちの常套手段であった。それでも、ここでヴェンダースがしていることに意味があるのは、はぐらかされる視点ショットが、「できるだけ何も知覚しないようにしていた」（Handke [1972] 7; ハントケ 6）ブロッホの外界とのかかわり方に呼応しているからだろう。彼は自分の見たものを意味体系のなかに組み入れることができないのである。

2-2　クロースアップ

　グローリアを絞殺する朝のシークェンス（▶ 00:19:00-00:29:38）には、静物ショットとクロースアップが印象的に使用されている。第 1 ショットでは、緑のプラスチックの鉢に入れられた観葉植物がクロースアップで中央に配置され、左にも観葉植物、奥中央にはレコードプレーヤー、その右にテレビが見える（図1）（▶ 00:19:00-00:19:03）。11) これと同じ構図のショットが、殺人の後、ブロッホが目を覚ました際にも、再び挿入されることになる（▶ 00:28:07-00:28:09）。第 2 ショットでは、レースのカーテンの手前、画面右下に、サボテンの鉢が見える（▶ 00:19:03-00:19:06）。第 3 ショットでは、目を覚ましてベッドにすわったブロッホが画面左にロング・ショットで示される。こ

図1　『ゴールキーパーの不安』 ▶ 00:19:02

こまでが背景に流れる飛行機の音でつながれているが、先のふたつのショットがブロッホの視点ショットだという感じは弱い。むしろ事物そのものの存在感が強く、ブロッホを圧迫しているかのようである。12)

　シャッターのすき間から飛

行場がすぐ近くにあることを確認したブロッホは、シャワーを浴びることにする。殺人とシャワーといえばヒッチコック監督の『サイコ』（*Psycho,* 1960）が頭をよぎるが、このシャワーのショットは、目を閉じた彼の顔が画面に収まりきらない超クロースアップになるまで接近しながら 20 秒間続く（▶ 00:19:47-00:20:06）。その後、起き出してきたグローリアとともに、ブロッホは赤いクロスのかかった食卓で朝食を摂ることになる。会話の途中からカメラは二人の顔のクロースアップを交互に撮り始める（▶ 00:22:52-00:25:13）。向かい合わせにすわった対話場面で用いられる常套的なショット＝切り返しショットのはずだが、それが通常と異なり、妙に不安定な気分をもたらすのは、ひとつには、180 度システムが守られているとはいえ、ほぼ横向きのショットが多いためであり、もうひとつには、ヴェルナー・ケスターが指摘するように、それぞれの顔をクロースアップで捉えたカメラが常にゆっくりとぎこちなく動くためである（Köster 159）。これは、先に触れた静物ショットが固定カメラで撮られていたのとは対照的であり、不自然なカメラの動きが被写体そのものを異化してしまう。

　クロースアップは、一般的に、登場人物の表情であれ、事物であれ、何らかのものに観客の注意を促し概念化するショットである。しかし、この場面でのクロースアップは、「映像領域の断片化と意味化」が同時に生じる「言語のゼロ段階」（Köster 153）として、ブロッホと世界との関係の表現となっている。

2-3　特異なアングル

　この映画には特異なアングルを採用したショットがふたつある。

　ひとつは、ヘリコプターで撮影されたブルゲンラントの空中ショットである（▶ 01:02:34-01:03:12）。ブルゲンラントはブロッホが滞在している村がある州で、ハンガリーとの国境が近い。[13)] 画面は暗く、夜に近い雰囲気で、ユルゲン・クニーパーによる半音が上下・反復するテーマ曲が不安を煽るようなアレンジをされて流れている。続くショットで、ベッドに横になって目を開けているブロッホが映されるので、この空中ショットをこのとき彼の脳裏に浮かんでいたビジョンだとみなすことは可能だろう。サスペンス映画という枠組みで考えれば、捜査から逃れて国境を越えることと、その危険性につ

図2 『ゴールキーパーの不安』▶ 01:32:51

いて思案をめぐらせている、という解釈も成り立ちそうである。実は、原作にも「空中撮影」（Luftaufnahmen）という言葉が出てくる。それは次の一節である。

ブロッホはかなり酔っていた。すべての対象が彼の手の届かぬ所にあるかのようだ。彼は先ほどからの出来事にずっと遠く離れていたので、彼自身は、自分の見たもの聞いたものの現場には、まったく姿を現さない。空中撮影みたいだ！　と彼は考えた。（Handke [1972] 72; ハントケ 101）

　場面は異なるし、比喩的に使われた言葉ではあるが、ひょっとするとヴェンダースはこの部分にヒントを得て、実際に空中ショットを撮影し、映画に挿入したのだろうか。卒業製作映画『都市の夏』（*Summer in the City. Dedicated to the Kinks,* 1970）にすでに含まれていたパノラマ的な空中撮影は、この後、『都会のアリス』（*Alice in den Städten,* 1973）の最終ショットや『まわり道』の冒頭ショットなどによって、ヴェンダース映画のトレードマークとなっていく（Grab 122-24）。

　もうひとつは、国境の村のホテルのベッドに座るブロッホを真上から撮ったショットである（図2）（▶ 01:32:50-01:32:53）。これまた場面や状況は違うが、マーティン・ブレイディとジョアンヌ・リールは、このショットと原作の「とっさには、なんだか自分が自分自身のなかから脱げ落ちたような気がした」（Handke [1972] 74; ハントケ 103）という文との関連を指摘している（Brady and Leal 134）。分裂し脱身体化した自分が自分自身の身体を見下ろしている、と考えれば、この映画においてはこのショットこそが真の視点ショットだと言えるかもしれない。

3　ブロッホは子どもの死体を見たか

　国境の村で人々の関心を集めているのは、数日前から行方不明になっている言葉の不自由な子どもである。村に着いた翌朝、ブロッホは朝食時にホテルのメイド（リープガルト・シュヴァルツ）からその話を聞く。ブロッホが毎日手にする新聞には、ウィーンの映画館窓口嬢殺害事件とこの村の子どもの行方不明事件とが並行するように報道され、捜査の進展が伝えられる。原作においては、ブロッホが常に新聞を求めて読むことは、言語と現実との自明な結合の感覚を失った彼の行動の特徴のひとつであるが、映画ではその点はわかりづらく、警察の捜査状況を観客に知らせてサスペンス映画の構図を保つことがその主な機能となっている。[14)]

　ある日、理髪店に行ったブロッホは、ヘルタのバーに向かう途中で道を逸れ、川沿いを歩く。そして、少なくとも原作では、川に浮かぶ子どもの死体を発見する。それは次のように書かれている。

> 視野をはずれた辺りに、じっと水面を見おろしているブロッホの心を乱しはじめる何かがあった。彼はそれが目のせいであるかと瞬きしたが、しかしそちらの方へは目を向けない。だんだんその何かが彼の視界のなかへ入り込んできた。ひとときそれを見ていたが、何であるか知覚することはない。彼の全意識がひとつの盲点であるかのようだ。すると、たとえばコメディ映画のなかで、誰かが何気なしに荷箱を開けたままぺらぺらしゃべり続けているうち、やがて急に話をやめ、あわてて荷箱のところへ駆け戻る、とでもいうように、彼は見おろす水のなかに子どもの死体を見つけた。（Handke [1972] 65-66; ハントケ 91）

　映画では、この一節に対応するシークェンスは5つのショットから構成されている。第1ショットは、木に実った林檎のクロースアップである（図3）（▶ 01:05:57-01:06:01）。第2ショットでは、木の橋の上から川面を見下ろすブロッホがロング・ショットで捉えられる（▶ 01:06:01-01:06:05）。第3ショットは、同じ姿勢のブロッホのウエストショットとなり（図4）、カメラは彼を中心にゆっくりと時計回りに動く（▶ 01:06:05-01:06:27）。このショットの最後で、それまで続いていたギターによる明るめの曲[15)]が終わると、弦楽器

図3 『ゴールキーパーの不安』 ▶ 01:05:58

図4 『ゴールキーパーの不安』 ▶ 01:06:06

図5 『ゴールキーパーの不安』 ▶ 01:06:28

のスフォルツァンドとトレモロによる不気味な不協和音とともに始まる第4ショットは、見下ろされた川面を捉える映像であり（図5）、カメラはゆっくりと右に動く（▶ 01:06:27-01:06:33）。第5ショットは、ブロッホの映像に戻り、列車の走行音で我に返った彼はその場を立ち去る（▶ 01:06:33-01:06:37）。

　原作から切り離してこの映画を鑑賞したとすれば、観客はここでブロッホが子どもの死体を見たと思うだろうか。それはかなり難しいだろう。ブロッホが川面を見下ろす第3ショットに続く第4ショットは、ショットのつながりから、彼が見たものを示した視点ショットと考えられるが、そもそも子どもの死体がどこにあるのかよくわからないのである。筆者は、DVDで繰り返し見直し、さらに静止画にして見てようやく、図5の左下に浮かぶ白っぽいものがそうかもしれない、と気づいた（おそらく頭を画面の下方に向けてうつ伏せになり、白いシャツと黒いズボンを身につけている）。しかも、輪郭が定かでないうえに、もともと画面の中央ではなく左下にあって注意を引きにくいこの物体は、カメラが右に移動することで、ショットの最後には画面から消えてしまう（Malaguti 162）。目に映ってはい

たが意識に入り込んでいな
かったものを不意に認識する
瞬間を描いたテクストの映像
化とはいえ、「彼は見おろす
水のなかに子どもの死体を見
つけた」とする原作と、普通
にしていればまず死体に気づ
かないであろう映画の表現と
のあいだには、大きな差があ
るように思われる。[16)]

図6 『ゴールキーパーの不安』 ▶ 00:28:02

　映画のブロッホが子どもの死体を見た、と思うかどうかは、原作との間テクスト的関係にある程度依存していると言えるだろう。ただし、映画自体にも、いわば見えない死体を見させるための仕掛けが施されている。それは前述したシンメトリカルな構造である。サッカーの試合を冒頭に置いたことによって生じるこの構造において、「バスの旅」をはさむ「ウィーンに滞在」と「国境の村に滞在」の部分には、多くの対応物が認められる。たとえば、a) 喧嘩（ウィーンで二人組の男に絡まれる（▶ 00:13:58-00:14:33）／ヘルタの酒場の外で3人の男たちに殴られる（▶ 00:18:20-00:20:03））、b) 飛行機（グローリアの部屋のシャッター越しに見た飛行機の着陸（▶ 00:26:25-00:26:29）／畑を低空飛行する飛行機（▶ 00:52:08-00:52:24））、c) 郵便飛行機への言及（グローリアの口から（▶ 00:22:21-00:22:24）／税関吏の口から（▶ 01:30:52-01:30:53））、d) 開くバスのドア（グローリアを追いかけて乗ったバス（▶ 00:16:34-00:16:43）／村のバス停に止まったバス（▶ 01:34:58-01:35:01））などなど。[17)] まるで、数字は2から数えるようにしている、というブロッホの信条（▶ 00:57:42-00:58:19）（Handke ［1972］48; ハントケ 65-67）に合わせるかのように、さまざまなものが対になっているのだ。そうだとすれば、たしかに映像化されていたグローリアの死体（図6）——とはいえ、ブロッホの背後の画面左上にその体の一部が見えるだけだが——の対応物が、「国境の村に滞在」の部分に存在してもおかしくはない。それはもちろん、行方不明の子どもの死体である。

　グローリアの死体と橋の上から川を見下ろす場面とを結びつけることを促

す要素が、さらにふたつある。ひとつは音楽である。先に触れた、川面を映すショット（図5の場面）で流れる不気味な不協和音は、ティーカップなどについた指紋をふき取った後、グローリアの部屋の食卓に置き忘れたアメリカのコインを示すショットで使われたもの（▶ 00:29:37-00:29:38）と同じである。[18] なにか特別なことがあるのではないかと、観客に思わせるような効果がある。

　もうひとつは林檎のクロースアップ（図3）である。ヴェンダース自身は、このショットについて、編集のペーター・プルツィゴッダの勧めで挿入したものであり、「物語のコンテクストからは完全にはずれていて、一種秘密めいたものを作り出して」（ヴェンダース 215）いる、と説明している。聖書的な象徴として、記号論的楽園からの追放というハントケ的なテーマに引き寄せて解釈する論者もあるが（Köster 161）、ここでは別の読みを提出してみたい。この林檎のショットは、グローリアの部屋での観葉植物の鉢のショット（図1）の対応物とみなすことができるのではないだろうか。たしかに、自然のなかの赤い林檎は、薄暗い部屋のなかに押し込められたプラスチックの鉢とは正反対と言ってもよいような、開放的な美しさに輝いている。しかし、画面の中心を静物が占める構図の類似が、あの鉢のショットのことを思い出させる。グローリアの死体が映された図6のショットに続くショットは、図1と同じ構図の鉢のショットであった。林檎のショットは、川辺のシークェンスとウィーンでの殺人の部屋のシークェンスとを結び合わせるのである。

　こうして、図5の左下の子どもの死体は、原作の知識を持ち、映画の構造と音楽との示唆に方向づけられた特定の推理をした観客には見えることになる。見えるはず、見たい、と思う者だけが、想像の目を借りて、見えるはずの、見たいものをそこに見るのである。そしてその気になれば、見たいものは画面にないわけではない。だが最初からそれができる観客はまれであろう。切り返しショットと結びついた視点ショットから、それが指し示す意味を汲みとれないでいるわれわれは、言葉と現実との結びつきを見失い、そこから自明のごとく意味を汲みとれなくなったブロッホと、どこか似ていないだろうか。ハントケの言語の問題を見ることの問題に置き換えたヴェンダースの『ゴールキーパーの不安』は、原作と間テクスト的に戯れながら、映画を見てその意味を理解するということの自明性に疑問を投げかけるのだ。

註

1) また、ハントケが自作を映画化した『左利きの女』（*Die linkshändige Frau*, 1977）と『不在』（*Die Abwesenheit*, 1992）に、ヴェンダースはプロデューサーという形で協力している。

2) 出版されている訳書名が『不安 ペナルティキックを受けるゴールキーパーの……』（羽白幸雄訳）、映画の邦題が『ゴールキーパーの不安』であるので、このような書き方にした。なお、原題は小説も映画も同じである。

3) ハントケ自身が、『テクスト＋クリティーク』誌の編集者に宛てた手紙で、クラウス・コンラート（Klaus Conrad）の『分裂病のはじまり 妄想のゲシュタルト分析の試み』（*Die beginnende Schizophrenie. Versuch einer Gestaltanalyse des Wahns*, 1958）から精神分裂症者の症例を引用しつつ、事物が言語化されて命令や禁止になっていくという、この物語の原理を説明している。ただし、この小説での主人公であるゴールキーパーの場合には、それを精神病という病気としてではなく、人生に普通に起こることとして描いたという（Handke [1969] 3）。

4) 羽白訳を借用した（以下でも原則として羽白訳を借用するが、筆者が若干手を加えた場合もある）。

5) 「主人公が目覚めて椅子にかかっている上着を見るショットでは、ヒッチコックが［『めまい』の］有名な塔のショットで使ったのと同じテクニックを使った。即ち、ズームを後ろに引きながらカメラを前方に進めたのだ。ブロッホがバスのなかで観察する老婦人に関して言えば、それは『バルカン超特急』から直接取られたものだ」（ヴェンダース 216）。前者は、ごく短いショットだが、▶ 01:03:17-01:03:19 を指しているのであろう。

6) 1993 年にペーター・ゲーデル監督によって『チュニスへの旅』（*Trip nach Tunis*）という題名で映画化されている。

7) ハントケとヴェンダースの最初の共同製作映画『三枚のアメリカの LP』で選ばれた LP の 1 枚はヴァン・モリソンの『アストラル・ウィークス』（*Astral Weeks*, 1968）であり、かけられた曲は「スリム・スロー・スライダー」（Slim Slow Slider）である。ちなみに、モリソンは 1998 年に『ベルリン・天使の詩』のハントケの詩を英訳して曲をつけ、「子どもであることの歌」（Song of Being a Child）という題名で発表している。

8) ヴェンダースによれば、『ゴールキーパーの不安』は使用曲の著作権処理が不十分であったことから、長年にわたって再上映ができない状態が続いていた。その問題を解決するために、2014 年のデジタル修復にあたって、一部の曲を除いてこの映画のために作曲・演奏された曲と差し替えられたという（Wim Wenders Stiftung）。「グローリア」は差し替えられなかった曲のひとつであり、この点からも作中でのその重要性がうかがい知れるだろう。なお、『ゴールキーパーの不安』のデジタル修復版は、2022 年 4 月に日本でもブルーレイとして発売されたが、本章ではオリジナルと言える旧版の DVD をテクストとして使用した。

9) たとえば、グローリアとの朝食時の会話など。なお、映画用のダイアローグの執筆にはハントケも協力しており、エンディング・クレジットにそれが明記されている。

10) 以下のふたつの例については、ブレイディとリールも指摘している（Brady and Leal 135, 152）。

11) のちにヴェンダースが小津安二郎にオマージュを捧げることもあり、『晩春』（1949）の「壺のショット」との関連を考えたくなるが、ヴェンダースによれば、小津を見始めたのは『ゴールキーパーの不安』製作後のことだという（**梅本ほか44**）。

12) たとえば原作小説の以下の一節に対応しているだろう。「ブロッホはいらだってきた。一方で、目を開けていれば周囲からのこの圧迫感、他方で、目を閉じていれば、周囲のいろいろなものを表す言葉からの、なおさらにひどいこの圧迫感！」（Handke [1972] 20; ハントケ 24）。

13) 原作の国境付近の村のモデルになったのは、1968 年 9 月にハントケが滞在した、南ブルゲンラントのノイマルクト・アン・デア・ラープという村である。映画の撮影もブルゲンラントで行なわれた（Kepplinger-Prinz）。

14) 行きずりの殺人を犯した男がゆるやかに逃走しながら頻繁に新聞を手に取って自分についての記事を見る、という行動は、ジャン＝リュック・ゴダール監督の『勝手にしやがれ』（*À bout de souffle,* 1960）も想起させる。

15) この曲が最初に流れるのは、ブロッホがウィーンで最初にホテルに入る場面（▶ 00:04:06-00:04:40）である。メインテーマと同じコード進行であり、たとえば、グローリアとの朝食の場面（▶ 00:24:18-00:24:56）では、メインテーマの伴奏となっている。

16) 筆者は 2022 年 5 月 2 日に京都の映画館・出町座でデジタル修復版（註 8 参照）の上映を見たが、デジタル修復版では、全体に色調が鮮やかになったこともあり、映画館の大きなスクリーンであれば、子どもの死体はたやすく認められるようにも思えた。しかしそれは、その位置を筆者が知っていて、そこを意識して見ていたからであろう。上映の後で行われた渋谷哲也氏のトークイベントでの質疑を拝聴した感触では、ほとんどの人は子どもの死体に気づいていなかったようである。

17) ここに挙げた例は、すべて何らかのかたちで原作に源泉が存在する。その意味では、サッカーの試合を冒頭に置くことで、原作に内在するシンメトリカルな構造が顕在化した、と言ったほうがよさそうである。なお、映画オリジナルの要素としては、たとえば、ブロッホが人の部屋の壁にかかっているものを整えること（グローリアの部屋の絵の傾きを直す（▶ 00:20:15-00:20:16）、ヘルタの台所の時計をあわせる（（▶ 00:56:48-00:56:53））がある。

18) この不協和音は映画のなかで 3 度使用されている。上記の 2 回のほか、あと 1 回は、国境の村に着いた翌朝、雑貨店でシャツなどを買ったブロッホが、店の窓越しに、警察の車が通りすぎるのを見たとき（（▶ 00:42:41-00:42:48）である。

＊本章は、「ブロッホは何を見たか——ヴィム・ヴェンダースの『ゴールキーパーの不安』とペーター・ハントケの原作小説」（『「文化」の解読（22）——文化とイデオロギー』大阪大学大学院言語文化研究科、2022 年、11-21 頁）に加筆修正を施したものである。

17 ピアノ教授に一本の赤い薔薇は手渡されない

ミヒャエル・ハネケ監督『ピアニスト』（2001）

中込啓子

---

1 はじめに

映画『ピアニスト』（*Die Klavierspielerin / La Pianiste*, 2001）はオーストリア／フランス合作、上映時間は 132 分である。2001 年のカンヌ映画祭で、最優秀賞（グランプリ）、最優秀主演女優賞、最優秀主演男優賞が授与された。ミヒャエル・ハネケ（Michael Haneke, 1942- ）監督は 2005 年に『隠された記憶』（*Caché*）で、最優秀監督賞を受賞した。原作のベストセラー小説『ピアニスト』（*Die Klavierspielerin*, 1983）の著者エルフリーデ・イェリネク（Elfriede Jelinek, 1946- ）はオーストリア、ドイツで 23 の文学賞を受賞後、2004 年に代表作『死者の子供たち』（*Die Kinder der Toten*, 1995）[1] や小説と映画脚本、数多くの演劇脚本と政治関連の評論で、ノーベル文学賞を受賞した。

ハネケ監督の生誕地はドイツのミュンヒェン、父親はドイツ人俳優・演出家、母親はオーストリア人の舞台女優である。オーストリアのウィーンの南 50 キロに位置するウィーナー・ノイシュタットの母方の伯母のもとで育ち、ウィーン大学で哲学を学ぶ。監督はドイツのバーデンバーデンにおける劇場舞台演出家としてキャリアを開始し、テレビ会社の脚本を選ぶ仕事〈ドラマトゥルク〉の後、南西ドイツ放送局（SWF）で最初のテレビ映画『その後に……』（*Und was kommt danach ...*, 1974）や、オーストリアの詩人・作家インゲボルク・バッハマン（Ingeborg Bachmann, 1926-73）の短編小説『湖へ通じる三本の道』（*Drei Wege zum See*, 1972）の脚色・製作など 10 本を製作後、1989 年『セ

ブンス・コンチネント』（*Der siebente Kontinent,* 1989）で映画監督デビューした（ハネケ／スィユタ／ルイエ 18-176）。

　ミヒャエル・ハネケ監督の母語はドイツ語であり、脚本を監督は当然ドイツ語で書いた。しかし主演女優イザベル・ユペールと主演男優ブノワ・マジメル、そして準主役の母親役アニー・ジラルドの三人はいずれもフランス人であり、「それ以外の人物は、オーストリア語かドイツ語のキャストにしました」と語るハネケ監督は、標準フランス語が堪能だ。「ドイツ語版の脚本が完成するとともに、フランス語話者の俳優のためにフランス語に翻訳されました。撮影中、私は二つの版を参照していました。ドイツ語版の脚本の左頁にフランス語版の台本を載せてね」（ハネケ／スィユタ／ルイエ 276）と、監督は疑問が生じた際の確認目的の手段も明らかにする。そのうえで監督は、ピアノ教授エリカ・コーフート役のユペールと、女子生徒アンナ・ショーバー（アンナ・シガルヴィッチ）の教育熱心な母親ショーバー夫人役であるハンブルク生まれのズザンネ・ロータ（1960-2012）とが二度、ウィーンの道端で短く話すシーンと、エリカの教室で怪我をした娘の将来を話し合うシーンとでは、それぞれに自分の母語で演技をさせる、という独自の演出をした。その結果「フランス語版とドイツ語版では、どちらか片方の声を吹き替えなければなりませんでした」（ハネケ／スィユタ／ルイエ 274）と語る。映画は音声的には、台詞の大部分がフランス語になるので、フランス語版が監督にとっては最良だが、ドイツ語版では二人の女優と一人の男優とがレヴェルの高い、上手な吹き替えを行なって、監督は満足している（ハネケ／スィユタ／ルイエ 276）。注意して映像を観ると、独仏語双方の映画で、フランス語版であっても、学生がピアノの実技試験を受ける際に審査員の一人エリカ・コーフートが査定調書にいたずら書きをしているクロースアップのシーン（▶ 00:34:03-00:34:18）では、ドイツ語で、審査員用査定調書（Prüfungsprotokoll）と書かれ、試験時に弾く 4 曲を「部分」（Teil）だけ弾く、という印刷文字が読み取れる。店舗の客への注意書きの文章などにも、ドイツ語の文章が映っている。この事実は、ドイツ語版の映画が本来のバージョンであることを明示している。

　オーストリア育ちの監督の母語は「ドイツ語」だが、「オーストリア語」という言葉も使っている。ドイツ語は主にドイツ、オーストリア、リヒテンシュタイン、そしてスイスで、文法や発音などの多少の違いはあるが、公

用語として使用されている。いわゆる「ドイツ語圏」の国々だ。

　エルフリーデ・イェリネクの原作小説タイトルの *Die Klavierspielerin* の意味は、ハネケ監督によれば厳密には「ピアノを弾く人（の女性形）」であり、ピアノの演奏をする才能の範囲に限界があることを示す。日本では 2002 年 2 月 2 日から数か月間フランス語版『ピアニスト』（*La Pianiste*）が、当時存在した配給会社「日本ヘラルド映画」により上映された。ハネケ監督と長期間対談をした二人のフランス人によれば、フランス語の Pianiste という言葉には、上記ドイツ語タイトルのような、ピアノ演奏能力の有無の区別はない（**ハネケ／スィユタ／ルイエ** 278）。ドイツ語原作の日本語翻訳本も映画館に同時に置かれたが、タイトルは『ピアニスト』だ。ドイツ語の原作小説中では、この一語にハネケ監督と同じ区別がなされている。主人公エリカはピアノ演奏家であり、音楽大学でピアノ教授になることはできたが、コンサート・ピアニストにはなれなかった。イェリネクはコンサート・ピアニストだけを "die Pianistin" と書いている（**イェリネク** 47; Jelinek [2001] 30-31）。

　イェリネクはオーストリア・アルプス山中のシュタイアーマルク州ミュルツツーシュラークの生まれ、戦後すぐの幼児期に生地の家に 4 歳まで住み、その後は父親が建てたウィーンの家で暮らし、生粋のウィーンっ子と自負する。特筆すべきは、イェリネクが自身の小説としては珍しく、この映画の原作小説を著者みずからの家族、特に母親を良くも悪くも意図的にモデルとして創作したことだ（Jelinek et al. 36）。モデルとなった実の母親イローナ・イェリネクは、大学教育を 6 学期受けた女性で、第二次世界大戦中からジーメンスに勤めて、家計を助けた。1938 年ナチスのオーストリア合併の時期に、機転の利くイローナは、ユダヤ系の夫フリードリヒ・イェリネクに、経済的理由でウィーン工科大学への入学が遅れたため、いまなお在籍中だとの書類を必ず持っているようにと、入念な策略と戦術を助言し、夫は卒業試験に無事に主席で合格できた（Jelinek et. al. 16-17）。戦後は戦争の加担者だった思いから父親は病気がちで、数回療養所に入院し、ウィーンの国立アム・シュタインホーフ病院で亡くなった。母親は、娘エルフリーデを将来ピアニストや音楽家にしたい一心で、娘に 4 歳からバレエ、7 歳からピアノその他の楽器を習わせた。イェリネクは大学進学のための、小学校 5 年生から入学する中学・高校「ギムナジウム」では優等生、そのうえ 1960 年に 13 歳で名門音

楽大学ウィーン・コンセルヴァトリウムのオルガン部門の入学試験にも見事合格し、最年少の学生となり、レオポルト・マルクシュタイナー教授のもとで自立したオルガニストになるべく教育を受けた。14歳でピアノ部門にも合格する。イェリネクはオルガン演奏のほうを好む(Jelinek et al. 71)。1971年、当時の市立ウィーン・コンセルヴァトリウム（のちにウィーン市の財政難で「私立」となった）でオルガンの卒業試験を優秀な成績で終える。バッハから前衛派の音楽家のオリヴィエ・メシアンの曲までを好んで弾くオルガニストだ。しかし、音楽を生業とはしなかった。イェリネクはウィーン大学にも進学し、演劇学と美術史専攻の手続きをしていたが、数学期で学業を中断し、20歳で家に閉じこもり、作業療法として文学の創作を始めた。教育熱心な母の抑圧が主な原因だが、当時普及し始めた好きなテレビを楽しみ、医師にもセラピーを受けながら、イェリネクの生活は正常化していく。21歳で詩集『リサの影』（*Lisas Schatten,* 1967）を自作出版し、2編の詩に曲をつけた。オーストリア文学協会会長ブライヒャーから詩作への励ましがあり、いくつかの詩作受賞を受けて文学創作の活動が始まった。

2　原作小説『ピアニスト』のあらすじ

　小説『ピアニスト』では、30代半ば過ぎの娘エリカ・コーフートと、年金暮らしの母親がウィーン第八区の古いアパルトマンで共に暮らす。名無しのままの母親が、娘エリカをピアニストにならせようと、ピアノやヴァイオリンなどいくつもの習い事に通わせ、厳しく育てた。娘はピアニストを目指すが、ウィーン・コンセルヴァトリウムが音楽アカデミーで行なった卒業コンサートで、母の反対にもかかわらずメシアンの曲を選び、失敗する（イェリネク 48）。それでもウィーン・コンセルヴァトリウムのピアノ教授になることはできた。年金暮らしの母は娘の収入から、新しいアパルトマンを買う目的で貯金をし、お洒落が大好きな娘に、衣類の買い物と、若い男性との交際を制限する。娘の手を保護するため家事は自分でする。喧嘩をした後もお互いへの愛着が強くあり、すぐに仲直りする。隙間なく二つ並べたベッドで眠るという異様な共生生活を送る。エリカは音楽の友人たちと合奏曲の練習にも出掛けるが、その合間を縫って、母からの強い抑圧を避けるため内緒で、本来男性向きのピープショウや、ポルノ映画を観に行く。夜のプラーター緑

地に行って男女の快楽の覗き見もする。音楽の授業の生徒で、イェリネクが創作した登場人物、アッパーミドル層の家の金髪の美青年ヴァルター・クレマーに恋心を持つ。彼はウィーン工科大学の学生だが、自分の学期末にエリカのピアノ教室を訪れてから、毎日通い、朝から晩まで居る。

　エリカはウィーン第二区のドナウ運河河畔の上流階級用アパルトマンでポーランド移民第四世代の家族が開催する室内演奏会（イェリネク105）に、毎回数人のピアノの生徒とその父兄たちを参加させる。クレマーも以前から常連だ。あるときエリカはバッハの二台のクラヴィーアのためのコンチェルト第２番を、第二ピアノのハーバーコルン博士と弾く。クレマーはエリカに手渡すために、一本だけ赤い薔薇を持参する（イェリネク110）。ピアノを弾くエリカの身体とその動きに魅了され、若い男が人生に馴染むためのリハーサルにうってつけの女性だと惚れ込み、指の爪一枚ほど残っている可能性にも噛みつき離さない（イェリネク112）。エリカが母親の強制で着ている普段着、紺色のプリーツスカートとシャツブラウスは、彼の好みではなく、カラフルな服装のほうがいい。クレマーは大自然のなかで、急流をカヌーで下りタイムを競う「ワイルドウォーター」を趣味としている（イェリネク115）。多くの女性と付き合ったが、一年位なら先生と是非付き合いたい。エリカはクレマーを愛している本心を長い間明かさない。二人は作曲家たちの話をしつつ気持を探り合う。ウィーン・コンセルヴァトリウムのコンサートのための各部門のリハーサルの日、やむを得ない事情で、小学校の体育館がネメット指揮のバッハのリハーサルの会場となり、エリカとクレマーも居合わせる。教授職のエリカはいつも、男女の生徒たちは「玉石混淆であり」、「生徒のうちに稀にしか一本の赤い薔薇はみつからない」（イェリネク49）と思う。しかし今この現場でバッハのブランデンブルク協奏曲でピアノ担当のエリカの優秀な女子生徒は、エリカには一本の赤い薔薇と見なされうるだろう。鼻血をだして少しの間ピアノが弾けないで、横になっていた名前のないこの女子生徒は、元気になると、彼女の代わりに弾いていたエリカにみずからのピアノ席を、競争相手と苦労して闘って得たソリストとしての権利として要求する。弦楽器奏者たちのなかへとその生徒のピアノは、「誇り高くだく足で馬場に乗り入れて、腰をひねり、緩やかに跳ねながら進み、高等馬術から選りすぐった曲芸をするが、これは楽譜には全く載っていず、長い夜々に案出したもの

だった」（イェリネク277）。この生徒にも、子どもに代わり野心的な態度を取っている母親がいるので、彼女はコーフート教授のお気に入りだ（イェリネク277）。エリカがピアノを弾いている間、クレマーは、エリカを嫉妬させようと、お洒落な女の子たちと戯れていた。エリカが嫉妬するのはお洒落な、道化師のような化粧をしたミニスカートのフルート奏者だ。

エリカは小学校の更衣室に行き、スカーフの上にガラスのコップを置き、足で砕き、その厚化粧のミニスカート姿の女の子のコートのポケットに入れて、後で手を傷つけさせた。エリカの動機は、若い頃母親が禁じたミニスカートを、いまその女の子がはいていることに対する嫉妬心だ。クレマーはエリカを嫉妬させた張本人故に、エリカの仕業だとは誰にも言わず、周りの大勢が犯人は誰かと騒ぐなか、体育館上部の児童用の汚いトイレにいるエリカの居場所を探しに行く。二人は抱擁するが、教授のエリカは生徒クレマーに性的ポーズを指図し、みずからは相手役にはならない。クレマーは困惑したが、気を取り直して、高笑いし、猛然と階段を降りて行く（イェリネク279-313）。

世間知らずのエリカはその後ピアノ教室で、クレマーに非常識な手紙一通を渡すが、読まれない。エリカ・コーフートの小説の終局は悲劇で終わる。衣服も化粧も急にお洒落になったエリカの帰宅時に、クレマーが彼女の後をつけてきた。エリカの住まいがある二階に行く階段脇に、終局を暗示する「日陰にか弱く咲く花」が、置かれている。悲劇の伏線だ。クレマーがエリカの部屋で読んだのは、エリカにマゾヒスティックな扱いを要求する例の手紙だ。彼はエリカが本気だとは受け取らない。エリカが期待していたのは、彼が本当に愛しているという唯一の理由からだけ、暴力要求の手紙を無視してくれることだったが（イェリネク361）、エリカが熱烈に期待した「最良の返事」はもらえず、クレマーもピアノ教室から離れる。

小説のエリカが不信感を抱かせるほど贅沢に装うようになってから、二人は再び交際するものの、ある日エリカがウィーン・コンセルヴァトリウムに現われた際、クレマーには都合の悪い時間であり、掃除婦の控室で抱擁するが、彼は不能で終わる。別のある夜、クレマーは眠っているエリカ宅を訪れて、不能の敵討ちとばかりに、手紙に書かれた奇妙な道具を使わなくても、カヌーで鍛えた体力があることをエリカにわからせる。その力でエリカの胃を右手で打ち付けて乱暴し、施錠された部屋に母親が閉じ込められている

間、エリカを無惨にレイプした。最後に「残念ながら僕は今行かなければならない」と言う。男は自分流にこの女性に愛と尊敬を伝える。「いまもし一本だけ赤い薔薇を持っていたら、エリカに迷うことなく贈るんだが」(イェリネク 464) と、上辺だけの偽善的で軽薄な言葉を残して、永久にクレマーはエリカから去る。エリカは以前、三人の男たちに恋心を抱いたとき、父の剃刀の刃や、まち針で自傷行為をした。小説の最後でエリカは、タイトなデザインのため背中が完全には閉まらない流行遅れのドレスを着て、中心街の道で人に笑われながら、クレマーと学友たちが歓談中のウィーン工科大学の門の手前まで歩き、そこで佇む (イェリネク 468-73)。門のなかでクレマーに、工学専攻の金髪の女子学生が寄りかかり、男子学生数人と歓談するのを見て、エリカは持参したナイフで自分の胸の上方を刺す。彼女は前よりは優しくなった母の家に帰って行く。

　小説のモデルにされた実母イローナの感想は、次のようなものだ。「あんなではなかった。あれは本当ではなかった。[……]あなたには可能なことはすべて与えました。それにしても私はそのことを過大な要求だと感じはしませんでした。それよりもあなたにあれやこれや与えて、あなたは今やそこから最高のことをやりましたし、それ以外のことはなんにも望んでいません。あなたの大成功がわたしには満足なことなのです。」この母の言葉を聞いたイェリネクは、小説に対する反応がどうだったか訊いた人に対して報告した直後に「そういうことを本当に多くの独裁者たちが言ってます」とそっけなく反応し、冷たい(Jelinek et al. 53)。要求過多で娘に厳しかったが優しくもあった母親は、ハネケ監督たちがこの映画をウィーンで撮影中に亡くなった。

3　映画化の過程

　1983年の原作小説刊行直後にハネケ監督は、この小説は映画デビューに最適の主題であり良い映画が作れると、映画化の権利をイェリネクに願い出たが、彼女からは、有名なフェミニストで多くの実験映画を制作したヴァリー・エクスポート (Valie Export, 1940-) と一緒に執筆した脚本が既にあるが、資金不足で企画は実現せず、自身も映画化を諦め、『ピアニスト』の映画権を売るのも断っている、との返事があった (ハネケ／スィユタ／ルイエ 258)。

　原作『ピアニスト』が2001年に映画化されるまでの18年間の前後には、『ピ

アニスト』刊行直前の 1980 年に、イェリネクは実在したピアノを弾く別の少女の家族内での殺人事件を扱った小説『締め出された者たち』（*Die Ausgesperrten, 1980*）を刊行し（Jelinek et. al. 23）、執筆直後、著者と映画監督フランツ・ノヴォトニーと共作で書いたシナリオで 1982 年映画製作され、イェリネクも女性教師役で出演した。

1990 年になっても『ピアニスト』の映画化を断っていたイェリネクは、この年、文学活動の大先輩インゲボルク・バッ

図 1 『マーリナ』脚本。表紙：イザベル・ユペール

ハマン作の長編小説『マーリナ』（*Malina, 1971*）[2] の映画化脚本を書き、同年その脚本でドイツ人ヴェルナー・シュレーター監督が、同名タイトルの映画製作をした。第二次世界大戦後に 47 年グループで、詩と文学創作で活躍したバッハマンについて、イェリネクが語るインタヴュー、ボリス・マナー演出、ヘルムート・ノカールのカメラによる『バッハマンの場合パート I』[3] の 30 分程の映像のなかで、自分は学生の頃パリを訪れた際に偶然『マーリナ』のドイツ語版を見つけて読み、その面白さを知ったと語り、「バッハマンが自分の恋人の名前をひた隠しにして作品を書くかと思えば、誕生日までも包み隠さず書いている作品もある」とも語っている。イェリネクはバッハマンと諸作品、ジェンダー観とを尊敬している。バッハマンには作曲家や詩人、小説家などの恋人たちが幾人かいた（バッハマン／ツェラン 533-34）。

映画『マーリナ』（1990）用のイェリネクの脚本（Jelinek [1991]）の表紙（図 1）でイザベル・ユペールが煙草を吸っている写真は、バッハマンが最晩年の 1973 年、47 歳のとき、ローマの自宅で女性と暮らしていた際に煙草を吸っていて、大やけどをし、2 週間足らずで亡くなった事実を暗示している。ちょうどこの時期に第二次フェミニズム運動が始まったが、バッハマンはこ

の時期以前から、さまざまな男性たちとの交流の結果、ジェンダー問題に対してラジカルになっていた。『マーリナ』の最後で、女性の「わたくし」はひび割れた壁に入り込んで、自分の女性的部分を「殺し」て、男性的部分で生きていく。生身の一人の人間に体現されている「二重の存在」は現実的に言えば、「どちらも、もう一方が非在のときには存在しえない」のであるから、マーリナが男性的部分で生きていく、というときは、女性の「わたくし」の分身あるいは別の自己〈アルター・エゴ〉（das Alter Ego）の在り方だ。バッハマンはこのような登場人物を「文学的ファンタジー」のなかで生かしているのだ。他の未完の作品でも、主人公が二人いるようだが、男性一人であるとも思われる（中込 79-80, 82）。[4] バッハマンの生き方から、結果として男性のほうが生きやすいことを作品化したとも考えられる。実際に生きている人の両性具有的な存在、トランスジェンダーとしての存在では、たとえば7歳の男の子サーシャが、少女として暮らしたいと願うドキュメンタリー映画[5]を観ても、悩み多き存在であり、文学の世界とは別の困難さがある。

　イェリネクは、「マーリナ」脚本の最初に「配役者名がないままの登場人物紹介」を書いている。ウィーンに住む名前のない女性「わたくし」については、「女性」の出生地と学歴がバッハマンと同じだ。知的であるが同時に感受性が強く繊細で、いつも危険にさらされる。バッハマンが7歳のとき学校に行く途上ですれ違った男の子から不意に顔を叩かれたという経験をしたときの気持を持ち続けた「わたくし」をイェリネクは描いている。

　『マーリナ』の映画化の脚本を書く以前、1970年代の第二次フェミニズム運動の時期を体験しているイェリネクも、ラテン語由来の用語〈アルター・エゴ〉の概念に関しての、男性と女性の扱われ方の差異、バッハマンの異性間の葛藤の対処の仕方、ジェンダー問題に関心を持った。

　1983年小説『ピアニスト』創作時のイェリネクが、主人公エリカ・コーフートを強い筆致で描くと決めた際、〈アルター・エゴ〉の概念を、以下のように応用したと推定される。〈一人の人間の男女の二重存在〉の男女二人の人物の代わりに、女性教授一人だけを、アルター・エゴの男女を兼ねる人物とした。男性部分のマーリナに代わり、特異な行動と仕事の相手次第では男性のように強い権力をおよぼす可能性のある女性の主人公エリカ・コーフート教授についての発想である。この思いつきでは、小説『ピアニスト』で男性

化した女性が、世の中の〈父権制社会の共犯者（Komplizin）〉となって、社会に順応できない事態も生じる。68年世代に属するイェリネクはデモにも参加し、1974年28歳で情報学者ゴットフリート・ヒュングスベルクと結婚し、同年には多くのインテリ同様オーストリア共産党の党員になったが、現実には男女不平等が明白な党の実体に失望して、1991年に離党する。1970年代初めに顕著になった第二次フェミニズム運動の時期に、バッハマンの影響も受けて、イェリネクは女性として、男性的原理が支配的なロゴス中心の理性的言説ではなく、その他の如何なる文体で文章を書くべきか戸惑いつつ案出する、という試練を経験した。映画のパンフレットに収録されたインタヴューには、父権制社会の共犯者の女性エリカについての明白な発言がある。

> この小説の場合は、皆から敬われ、崇拝されている高尚な芸術の中に重きを占めている女性たちのひとりを、徹底的に偶像破壊することでした。彼女の性交渉を伴わない性は、のぞき趣味に転化して現われます。彼女は人生にも欲望にも関与できていません。他人のセックスをのぞくことすら男性の権利であるので、彼女はつねにのぞかれる存在であって、のぞく存在ではないのです。精神分析学の専門用語を使えば、彼女は男根的女性だといえるでしょう。彼女はのぞくという男性の権利を横取りし、そのおかげで人生を棒に振るのです。（『ピアニスト』日本公開用パンフレット）

　1991年のリキ・ヴィンターとのインタヴューでは「男性の権利を横取りし」というほど具体的ではないが、父権制社会に暮らす女性たちが、男性の共犯者となれば、男性と同等のより良い社会的身分になれると単純に信じていると、イェリネクは批判している。

> 父権制は常に男性たちだけが命令を下すことを意味しません。父権制では女性たちもまた同様に命令を下します。ただ最終的には常に男性たちの利益になりますが。私は女性たちがこの社会の犠牲者であるのだと、とても批判的にはっきりと示しました。ところが女性たちは自分が犠牲者であるとはみなさず、自分たちは男性たちの共犯者でありうると信じているのです。今や性的な事柄であれ、経済的な権力であれ、より良い

社会的身分を手に入れるために、女性たちが男性たちの共犯者になるや否や失敗に終わるという事態が、結局のところ私自身の本来のテーマなのです。(Winter 13)

2001 年のイェリネクの「男性の権利の横取り」発言はわかりやすく、具体的に父権制社会の共犯者として失敗する女性の最後を表現している。

イェリネクは、男女両者が同一人の『マーリナ』のシナリオを 1990 年に書き上げたころには、バッハマンの主人公とは異なる表現だが、方向性が似ている『ピアニスト』の映画化もまた実際に考え始めていた。そのころには、映画『締め出された者たち』(*Die Ausgesperrten,* 1982) で共演したオーストリア生まれの映画監督兼俳優のパウルス・マンカーとハネケ監督が一緒にイェリネクの家を訪れて、映画化の相談をしている。アメリカ映画にして、クレマー役に若きブラッド・ピットを、という話も出たという。十数年経った時点でマンカーの資金面が調った。このときにマンカーからイェリネクに、改めて『ピアニスト』の映画化の権利の交渉があり、彼女は承認する (Mayer and Koberg 102-03)。マンカーはハネケ監督に脚本執筆の依頼をした。元々小説映画化の権利を欲していたハネケ監督は、自分の願望を彼が知っているはずだとも思うが、マンカーが大金を払えるならと依頼を引き受けて、『ピアニスト』の脚本を書く。しかしマンカーは出演俳優たちとの交渉で手間取り、遂に待ちきれなくなったイェリネクから、ウィーン大学時代のイェリネクの学友で、プロデューサーであるファイト・ハイドゥシュカを通じて、ハネケ監督でも良いとの返事がくる。ハネケ監督は新たに再度自分で書いた脚本で撮影をする。ハイドゥシュカもフランスの裕福なプロデューサーをハネケ監督に紹介し、予算も増えて、イザベル・ユペールの主役出演が可能になった (ハネケ／スィユタ／ルイエ 258-61)。

4　小説と映画で場面構成が大きく異なっていること

映画化された『ピアニスト』では、ハネケ監督脚本により、原作小説のあらすじと構造との大きな変更がなされた。映画では、クラシック音楽演奏の祝祭的雰囲気を醸し出すシークェンスの、絢爛豪華な画面と音響の連続である。映画の始めのほうで、ポーランド系の家族が住むアパルトマンでの華麗

な音楽会でエリカも演奏する。母親と一緒に乗るアパルトマンの壮麗な装飾のエレベーターに、観客はまず目を奪われる。また演奏会の休憩時の食事シーンの豪華さと、楽器のコレクションを披露する裕福な主人、階級差のある人々の会話など、独特の雰囲気がある。原作小説では、第 1 部第 7 章（イェリネク 105-41）で、私的な室内コンサートがあるが、休憩時間にクレマーが人々の間をすり抜けて、エリカたちの所へ来て敬意を表する。するとエリカの母が両者の間に割り込んできて、「クレマーさん ［……］ 私たちは、あの三流の聴衆に対しては寛大になっていましょうよ。ね？ とにかくあの人たちが感銘を受けて心を動かされるためには、彼らを専制君主のように支配せざるを得ません、猿ぐつわをかませたり、隷属させたりする必要があります」（イェリネク 119）と、母親はここで早くも、エリカが映画でもクレマーに渡す手紙の内容と同様の、サドマゾヒスティックな会話をしている。母の娘に対する影響力がよくわかる。

　男性的行為をする女性ピアノ教授の映像化は、撮影の状況で表現が可能か否かが変わる。小説のエリカは、〈アルター・エゴ〉の片割れの男性のように振る舞うことで、また母親共々〈父権制社会の共犯者〉として、母は「母獣」「母親ピューマ」（イェリネク 263）であり、教授は「馬上で高みの鞍に座って」生徒クレマーにシェーンベルク作品 33b の曲を指導する（イェリネク 53）。小説第 1 部最後の第 10 章には、母と娘が密林にいた猛獣として、今は円形演技場で曲芸をするという短い章がある。さらに小説の最初で娘エリカは、母親の厳しい枷で生じる抑圧感や復讐心など、内向的に屈折したルサンチマンから、母親に逆らい、内緒で秘かに「見る快楽」を行なう。普通は男性がする事柄だ。ハネケ監督はこのエリカの行動を、音楽演奏シーンと俳優たちの立体感あふれる演技とで、夜の撮影であっても、照明が可能な限り映像表現をしている。生徒に厳しいエリカの映像では、ポルノに自分でも関心を持つ教授エリカが、ポルノ写真に同様の関心がある男子生徒にピアノ教室できつい対応をするシーンがある。小説では映画館前で、映画では本屋でエリカは少年数人を目撃する。映画では、一人の少年のバッハやベートーヴェンの曲のレッスン時、厳しい態度を取り、エリカ自身の目撃された苛立ちを観客に伝えている（▶ 00:40:31-00:43:17）。

　ハネケ監督は、芸術をになう教授職にあるエリカが原作で友人たちと音楽

の練習で遅くなると母に言って、「見る快楽」を観に行く場面を、長回しのシークェンスで撮って、小説との場面構成が異なる効果を出している。監督はシューベルトのピアノ三重奏曲第2番第2楽章を使い、途中からは音楽だけの響きで伝えて、トラヴェリング・ショットで音楽と男性用の「個室ビデオ」までの、相対する二つの内容の行動のシークェンスを立体的に巧みにつないで、エリカが疑似的男性の存在であることをわからせている。エリカが音楽仲間と三人で上記のシューベルトの三重奏曲を練習する場面が始まるが、同じ音楽が長く続く間（▶ 00:24:33-00:26:58）にシーンが変わり、エリカは一人でショッピングセンターのエレベーターで上階に行き、若者がたむろする店が続く通路を歩き、個室ビデオの店のドアを開けて入る（▶ 00:25:40）。両開きドアの左側に「18歳以下の未成年入店お断り」のドイツ語プレートが貼ってある。ポルノ本が陳列された書店の奥のトルコ人らが珍しげに見るが、狭い個室が空くと、エリカは中へ入り（▶ 00:26:45）、テレビ画面が四つ並ぶ前に座る。画面を選べ、というドイツ語文章が表示され、彼女が番号を選び小銭を入れて見いるまで、なおもシューベルトの三重奏曲の音楽は流され、途中で止む（▶ 00:26:58）。芸術である三重奏曲が、男性が好む快楽に耽るエリカを、現実感を伴って途中までつないだ。その後画面の映像の声と音だけが聞こえるまま、クロースアップのエリカは画面に見いり、来る途中で手袋をはめていた手で、ごみ箱の紙を拾って嗅ぎつつ画面を観ている（▶ 00:27:19-00:27:50）。この時点で、エリカの画面にヴォイスオーヴァーが導入され、フラッシュフォワードで、シューベルトの『冬の旅』第17番「村にて」を歌う男性歌手の声と少し重なり（▶ 00:27:16）、すぐにディゾルヴで、画面はピアノを指導するエリカ、伴奏を弾く若いアンナ・ショーバー、若手の歌手（トーマス・ヴァインハッペル）とその先生の総勢四人が教室でレッスンするシークェンスに変わる。原作にはまったくないレッスン風景。歌い手が『冬の旅』の第17番「村にて」と第18番「嵐の朝」の途中までを歌い、アンナのピアノ伴奏（▶ 00:27:49-00:28:46）が終わったときに、ドアをノックして入ってきたクレマーにエリカが、入試情報の質問に答えた後、再び『冬の旅』歌曲のレッスンが再開される（▶ 00:29:47-00:30:14）。歌曲練習前のトラヴェリング・ショットは、エリカの芸術活動と「見る快楽」への志向の二種の行動をつなぎ合わせ、一人の人物の二面性が映像表現される。映画の初めの室内コ

ンサートで、開催者の親戚としてのクレマーがピアノを弾いている途中（▶
00:21:50）でも、ヴォイスオーヴァーとディゾルヴで、同様のシューベルト
の歌曲練習画面に変わる。

　しかし、シューベルトの歌曲『冬の旅』の練習風景が幾度も繰り返される
のはなぜか、この点で監督の本領が発揮される。まず、エリカ教授の生徒ア
ンナ・ショーバーが、シューベルト歌曲集『冬の旅』のピアノ伴奏のレッ
スンを毎週金曜日に受けていることが、母親とエリカの寝しなの言葉（▶
00:08:18）からわかる。映画のアンナの実力は、小説のエリカがお気に入り
の「一輪の薔薇の花」である優秀な、名無しの女子生徒に匹敵するほどでは
ない、という原作との設定の違いがある。

　ハネケ監督がシューベルト歌曲の練習シーンを繰り返す表向きの目的は、
係の男性がドア脇に貼っている最中（▶ 00:54:58）のポスターから読み取れ
る。ウィーン・コンセルヴァトリウムの150周年記念コンサートが2000年
10月25日、ウィーン・コンツェルトハウスの大ホールで開催されるとの予
告だ。歌曲の練習シーンが多い理由なのだ。また監督のこの映画の最大限の
目的と関連していて、リハーサルの場所が、小学校ではなくて、豪華なウィー
ン・コンツェルトハウスに変わる。

　「ピープショウ」はカットされ、小説でのプラーター公園緑地のさまざま
な様子の詳細な描写や、夜の緑地でエリカがラヴ・シーンを覗き見する暗
闇の場面（イェリネク 222-70）は、照明効果に気を遣うハネケ監督が省略し、
夕暮れ時のドライブイン・シアターの長回しのシークェンスに変わった。エ
リカがとある車を覗き見するシークェンス（▶ 00:52:30-00:53:40）だ。夜エリ
カが帰宅すると不機嫌な母親が、お父さんが死んだよと言う（▶ 00:55:18）。
室内での音楽コンサートの休憩時間にもエリカが父の死を語っていて（▶
00:19:24）、繰り返しの台詞だ。原作では父の病気を看ていた母と娘が父を療
養所に預け、母と娘が去るときに、父は職務中の介護者の男性に支えられ、
バイバイの合図をするはずなのに、手を理不尽に目の前にかざし、叩かれな
いように懇願していた（イェリネク 167）辛い思い出があるためであろう。

5　原作と異なるアンナの役割、シューベルトの歌曲

　内容と場面構成が小説と大きく異なるシークェンスを、監督は撮影してみ

せた。ある目的のためにアンナを登場させた。クレマーがエリカを嫉妬させるための絶妙な映像表現だ。150周年記念音楽祭に向けた歌曲の舞台上での、シューベルト歌曲リハーサル場面のロング・テイクで観客にはデリケートな理解が求められている。シューベルト歌曲のプログラム直前に、装飾の美しい舞台上では六人の弦楽器だけの楽曲のリハーサルがある。エリカはウィーン・コンツェルトハウスの真ん中辺りの客席で弦楽器の演奏に聴き入っている。そのときカメラは舞台上で、ブラームスの弦楽六重奏曲第2番を弾いている六名の後ろからディープ・フォーカスで観客を小さく映している。舞台を見ているエリカの席の後ろの通路の右脇の壁に沿った四列客席の後方にはクレマーが座り、エリカを嫉妬させる意図で陽動作戦中だ。クロースアップになったエリカが斜め右後ろを向くことがある（▶ 00:57:07-00:57:11）が、クレマーが、最後部の席の金髪の女性二人と戯れるのに気づいている。ロング・ショットに変わったときに、エリカの座席に左側から人が来て（▶ 00:57:46）、アンナが遅れて、今到着したことを知らせる。小さな映像のエリカは、席を立って（▶ 00:57:58）、席の後ろの通路左脇の出入口の白い扉を開けて、皆のコートが掛かっている控室へと降りて行き、アンナに、やっと来たのね、大切な日なのに、と言う（▶ 00:58:05）。体調が悪かったためとわかり、シューベルトの歌曲を受け持つ人々はホールの舞台上に戻って、演奏の支度を始める。エリカは控室でアンナが楽譜を出したバッグと黄色のコートの位置を確認した後にホールへと戻り、扉のなかに入る。舞台左脇下いちばん近くの白い扉の前で腕組みをして立ったエリカは、クロースアップの映像（▶ 00:59:41-00:59:49）となり、既に舞台に上がっているアンナ（▶ 00:59:02）と、ピアノ椅子を用意しているクレマーの動きを見ている。アンナはしばらく見渡してから舞台左手に行く（▶ 00:59:20）。エリカの立っている場所の近くだ。クレマーは舞台右手のピアノの前に椅子を置く（▶ 00:59:32）と、舞台左手のアンナに近づき（▶ 00:59:25-00:59:35）、隣の椅子に座り（▶ 00:59:41）、アンナに親切に話しかける。その瞬間、エリカがクロースアップのまま、鋭い目つきで二人を見る（▶ 00:59:41-00:59:48）映像へと変わるが、すぐ後にアンナの楽しそうな笑い声（▶ 00:59:49-00:59:52）が聞こえる。クロースアップのままであるエリカは、勿論アンナの笑い声を聞いた（▶ 00-59:49-00:59:52）。隣り合って笑う二人は立ち上がって、ピアノに近づいて行く（▶ 00:59:49-

00:59:57)。歌い手が『冬の旅』からの歌唱リハーサルを始める際、楽譜をめくる役のクレマーは椅子に座りつつ、エリカのほうを見やる（ 01:00:14-01:00:15）（図2）。

扉の内側にいるエリカのクローズアップが瞬時に始まる

図2 『ピアニスト』 ▶ 01:00:14

が（▶ 01:00:15-01:00:38）、第17番「村にて」のピアノと歌唱のシーン（▶ 01:00:38-01:00:47）の映像の後、すぐに扉の前のエリカが正面を向いている更なるクローズアップがある（▶ 01:00:47）。歌曲の途中でエリカは目を潤ませ、意を決すると後ろ向きになり（▶ 01:01:20）、扉を開け、外の階段を降りて控室に行く。少し考えて、エリカはコップを砕きその残骸をアンナのコートの右ポケットに入れる（▶ 01:03:20）。『冬の旅』歌曲第20番「道しるべ」を男性歌手が歌っている途中で、またホールの扉を開けた（▶ 01:03:54）エリカは自分の席へと歩きながら、歌詞「人の行く雪道を故なく避けて　隠れたあの道を探し続ける　雪に埋もれた岩間の道を求める　埋もれた岩間の道を求める」を聴きつつ席に戻る（▶ 01:04:14）。「やましいことなど　何もないのに　人を避けている　人を避けている」（▶ 01:04:38）と歌い手がクローズアップされ、次の「愚かな願いに」（▶ 01:04:41）のとき、エリカのクローズアップが繰り返しのフレーズ「愚かな願いに身を蝕まれる」（▶ 01:04:57）まで続く。この歌詞の最後は特に、エリカがピアノを弾くアンナの手を傷つける、と決断する目的とタイアップさせて、ハネケ監督が長いシークェンスで観客に示したと推定される重要な場面だ。監督にはそれ故、シューベルトの「道しるべ」の歌詞、特に「愚かな願い［……］」の歌詞を観客に提示することが、この映画に不可欠なのである。観客へ最大限の「解釈の余地を与える」（ハネケ／スィユタ／ルイエ 258）大切な歌詞の提示であり、観客への「エリカの罪」の優雅な示し方だが、監督のこの場面のデリケートな意図に気づく観客は多くいるのだろうか。監督は、トーマス・マンの『ファウストゥス博士』（*Doktor Faustus, 1947*）の登場人物の一人が「道しるべ」の歌詞により「罪の意識に触れる」際に、この歌詞を引用したことにヒントを得たのだという（ハネケ／スィ

ユタ／ルイエ 271）。この歌詞でエリカの罪を強調しているに違いない。『冬の旅』の歌詞を書いた詩人ヴィルヘルム・ミュラーは、シューベルトほどの知名度はないが、松下たえ子によれば、才能のある文学者・詩人だった。

> ミュラーのみならずロマン主義や後期ロマン派に属するとされる作家たちは既に次世代の作風をその作品のうちに持っている。［……］ミュラーはそれをいち早く察知した。彼の残したものをシューベルトの音楽は補完した。しかし補完されたものが今に通じるものであることを証明するように、後の世の多くの人が『冬の旅』を引き合いに出している。シューベルトの付属物であるかのごとき風潮に対する反論でもある。ゴットフリート・ベンも、インゲボルク・バッハマンも、ロラン・バルトもアドルノも『冬の旅』に言及している。（松下 173）

この歌曲のリハーサル直後に、怪我をしたアンナの悲鳴が聞こえてくる（▶ 01:05:18）。エリカは、原作とは異なる、上階の白い綺麗なトイレに駆け上がる。遠くからバッハのブランデンブルク協奏曲第4番が小さな音で聞こえてくる。クレマーは、陽動作戦が効いたとエリカの気持ちを察知し、トイレにいるエリカを探す。原作同様、クレマーはすぐにトイレでエリカを見つけて二人は抱き合う（▶ 01:07:32-01:15:52）が、エリカは教授として一方的に要求するのみで、クレマーは戸惑う。

優しいアンナの母親がエリカの教室に面会に来たとき、アンナの母親は小机の脇に座り、エリカに「2か月経たないと指が動くか、分かりません」と言う（▶ 01:17:02）と、エリカは「恐ろしいわ。［……］昨日は心配しましたが、演奏は見事でした」と言ってのけ、白を切る（▶ 00:17:15）。母親は泣きながら、手に傷のあるピアニストなんて（▶ 01:17:37）と言い、「警察が犯人は他の生徒の嫉妬だろうと言っています」（▶ 01:18:04）、犯人の「手を切り落としてやりたい」（▶ 01:18:19）とも言う。帰り際ドアを開けかけて、ためらいがちに娘の代わりに誰が弾くのかと訊くと、エリカは、自分が代わりに伴奏する、と平気で答える。人の好い母親は、娘に怪我を負わせた相手にお礼を述べて帰る（▶ 01:19:07）（図3）。アンナの母親役のズザンネ・ロータの演技が素晴らしい。怪我をさせた犯人はエリカだと、会話で間接的にわからせる

監督の鋭い気づきとアイデアによるシークェンスは巧みだ。小説では、教授エリカが、フルートの若い女性に怪我をさせた罪はまったく言及されていない。

映画最後の長い場面では、カメラはまず、エリカ・コーフートがウィーン・コンツェルトハ

図3 『ピアニスト』 ▶ 01:18:44

ウスの入り口と一階ホールで時間をかけて誰かを探す動きを追う。ホーム・コンサートの主催者夫妻がエリカに挨拶して、階段を上がって行くのと前後して、ほとんど同時にヴァルター・クレマーも、右側に立っているエリカに、「先生、楽しみにしています」と言いながら、階段を駆け上がって行く（▶ 02:07:41-02:07:50）。彼の右脇にいて、髪の毛を後ろで束ねた女性も共に上がって行き、後ろ向きのエリカと女性の動きとが重なり、女性が彼の連れであるか否かは映像では判断できない。映画だけで扱われたクレマーのピアノのマスター試験が終わった際に、試験場のドアの外で、どうだった？ とクレマーに親しげに話しかけた女性（▶ 00:33:55）も同じ髪形であったからだ。ハネケ監督が「エリカが療養中のアンナの代わりをつとめることになったあるコンサートで、彼女はワルター［ヴァルター］が女性と一緒にやってくるのを見る」（ハネケ／スィユタ／ルイエ 261）と明言しているが、この一瞬だけのシーンは、決して観客に明白な映像ではない。ホールでの長いシークェンスの最中で、あと数秒クレマーのシーンを長くすることは可能だったはずだ。さらに映画のクレマーは、コンサート直前の夜中にエリカの家に押しかけ、エリカにレイプに近い行為をした後なのに、演奏会当日のホールでエリカを見て、一瞬朗らかに挨拶をして階段を上がって行くのも不思議な光景だ。エリカはホールにいて、少しの間階段を見上げて（▶ 02:07:57）から、誰もいない場所で左の胸をナイフで傷つけ（02:08:11）、血の滲む傷口を押さえて（▶ 02:08:22）から、碧色の扉が美しいコンサートホールのドアから外へと出て行き（▶ 02:08:45）、急ぎ足で右方向に歩いて行って、画面の右端に姿を消す（▶ 02:08:55）。数台の車が前の道路を右から左方向に走って行くという、無音、無人のトラヴェリング・ショット（▶ 02:04:19-02:09:20）の場面で映画は終わ

る。この映画最終シーンで監督が、エリカが失恋しただけでなく、女子生徒アンナに怪我をさせたことも、自分の胸を傷つけた理由だと、観客に「解釈の余地」を与えているのは明白だ。

6 おわりに

　映画で表現されていたことは、やはりハネケ監督の「最大限の解釈の余地」の大切さであろう。監督は、ひとつ前の映画『コード・アンノウン』（*Code inconnu: Récit incomplet de divers voyages, 2000*）について「いつものことですが、この映画を作りながら気をつけていたのは、解釈の余地を最大限残しておくことです。観客は、画面に映されたものから、自分自身の考察を進めていいのです。結末については、とくに注意深くしなければなりません。監督の視点に閉じてしまうことなく、逆に観客が自らの信念によって結末を補うように仕向けなければなりません。私の意見ではこれこそが観客と接触し続けるための唯一の方法なのです」（ハネケ／スィユタ／ルイエ 258）と語っている。2001 年の映画『ピアニスト』の日本版パンフレットのなかのインタヴューでも同じ趣旨で答えている。映画の最終シーンの優雅で碧の色合いの美しいコンサートホールの扉から、自分の胸を刺したエリカが無言で歩いて消えて行くシーンに対しても、観客の解釈を期待しているだろう。無言で歩いて行って消えるエリカと比較すると、小説の最終場面で同じく胸をナイフで傷つけたエリカは、女子生徒に怪我をさせているとはいえ、哀れさも増す。父権制社会の共犯者として半ば男性化した強い女性故、結局は年下の男子生徒の愛の対象にはならなかった。

　映画のクレマーはピアノ伴奏の少女アンナと一緒に笑い、エリカに見せつける演出で、舞台の傍のエリカを嫉妬させた。若い女の子の可愛らしさをクレマーに利用させた演出の結果だが、これは男性が考える常套的な演出とも印象づけられる。原作小説でも、年上の女性教授を一時的に学生クレマーが恋愛関係の対象にしたが、魅力的な男性の彼は、若く魅力的な金髪の女子学生を選ぶ。恋愛では男性のほうが自由に相手を選ぶ傾向や機会が多いという現象が今日でもあり、ジェンダーの問題ともかかわってくる。イェリネクは共産党離脱の際、世界に男女が約 50% の割合でいるのにと、男女差別を嘆き、ジェンダー問題に諸作品で敏感な反応を示す。

緻密な言語芸術の『ピアニスト』を翻案したハネケ監督の芸術は、長編小説を華麗な映像に仕上げ、エリカが行ったことを明白な映像で問題化した。俳優たちも楽ではない演技によく取り組んだと感動させられる。映画での「トイレのドア、ひとっとびしてエリカを引きずり出してのヴァルター・クレマーのキスシーン」について、演じた俳優ブノワ・マジメル自身は、「あのシーン、撮影現場では、スタッフたちが大笑いしてたんだよ」6) と、話していて（『ピアニスト』日本公開用プログラム）、ハネケ監督の撮影時の和やかな雰囲気が伝わってくる。監督がセットさせた白い美しいトイレのなかは、原作の汚いトイレとは異なる。映画でエリカとクレマーがそこで抱き合うシーンは、映画『ピアニスト』の 2001 年のパンフレットや原作の本の表紙になっている。

註

1) 日本語訳『死者の子供たち』は須永恆雄、岡本和子、中込啓子共訳で 2010 年に鳥影社刊。アジア圏初訳。
2) 日本語訳『マリーナ（女のロマネスク 1)』は、神品芳夫、神品友子共訳で 1973 年に晶文社刊。訳者の神品芳夫は、小説『ピアニスト』はどことなく『マリーナ』と似ていると、筆者への手紙で書いている。
3) Interview with Elfliede Jelinek on Ingeborg Bachmann. Part I.: Ausschnitt aus dem Film *Der Fall Bachmann* (Boris Manner, 1990). youtube.com/watch?v=wRjBtRi2E5s. バッハマンについてイェリネクがインタヴュー映像で、„Malina" を「マーリナ」と発言。故に本文中ではこの発音に従う。日本では「マリーナ」が一般的。
4) また、バッハマンの未完の小説『フランツアの症例』にも主人公の性別の揺らぎがうかがえる（中込 26）。
5) セバスチャン・リフシッツ監督のドキュメンタリー映画『リトル・ガール』（*Little Girl/Petite Fille,* 2020）。
6) パンフレット掲載の佐藤友紀の文章を引用。

18 嗅覚を視覚化する試み

トム・ティクヴァ監督『パフューム　ある人殺しの物語』(2006)

増本浩子

1　嗅覚は映画で表現できるか

　天才的な嗅覚を持つ男、ジャン＝バティスト・グルヌイユの生涯を描いたパトリック・ジュースキント（Patrick Süskind, 1949- ）の小説『香水──ある人殺しの物語』（*Das Perfum. Die Geschichte eines Mörders*, 1985）は、発表後まもなく世界的なベストセラーとなり、[1]映画化のオファーが絶えなかった。だが、作者がマーティン・スコセッシ、ミロス・フォアマン、リドリー・スコット、スティーヴン・スピルバーグといった錚々たるメンバーからの働きかけを拒み続けたために、最終的にトム・ティクヴァ監督（Tom Tykwer, 1965- ）によって映画化され、公開されたのは、原作出版から約20年後の2006年のことだった。ジュースキントは密かにスタンリー・キューブリックからのオファーを待っていたが、キューブリック自身は『香水』を映画化不能な作品とみなしていたとも言われている（Staiger 88）。[2]

　キューブリックに関するエピソードの真偽はさておき、そもそも嗅覚をテーマにした文学作品を映像と音で表現することの困難を指摘する研究者は多い。たとえば川東は、映画化が実現する以前に、次のように述べている。「『香水』の映画化が企画されたことがある。現代の競争社会がこの大ベストセラーを見逃すはずがない。しかし作者のジュースキントはそれを拒絶したという。当然の判断である。嗅覚を巡る物語が視覚メディアの親玉で表現できるはずがないのだ。実現し、いい映画ができれば、それは視覚的な成功作とい

うことであり、この物語の大儀（原文ママ）に反し、いわば自己否定を意味することになるからだ」（川東 8）。完成した映画に対する世間の反応は絶賛から酷評までさまざまだっ

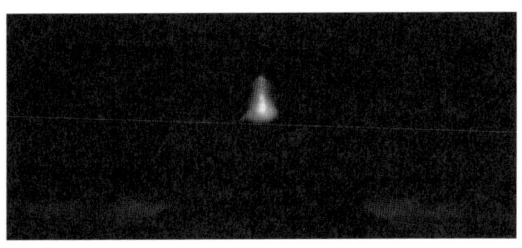

図1　『パフューム』 ▶ 00:00:57

た、批判の中心はやはり嗅覚／匂いを映画というメディアで表現することに失敗しているというものだった（Staiger 95）。[3] ただし、プロデューサーで脚本執筆にも関与したベルント・アイヒンガーは、[4] 感情移入が不可欠な映画というメディアで、外見も人間的にも魅力に乏しい主人公をどのように描くかという問題のほうが、「悪臭や芳香を映画でどのように表現するかという技術的な問題よりもはるかに大きかった」（Eichinger 26）と語っている。

　では、映画『パフューム』が嗅覚をどのように表現しているか、具体的に見ていこう。スクリーンにはまず、監獄に入れられた男の顔が映し出されるが、画面が暗すぎて、最初は何が映っているのか判然としない。しばらくすると男の顔が大写しになり、鼻にだけライトが当てられて（図1）、10秒ほど鼻孔がピクピクと動くさまが映し出される。

　画面が少し明るくなり、そこが監獄であることがわかる。手枷足枷をはめられた男は鎖でつながれたままバルコニーに引き出され、広場に集まった群衆を前にして立つ。死刑の判決文を読み上げる官吏の顔と、それを聞きながら怒号を放つ群衆、それに黙ったままの男の顔が交互に映し出され、最後は再び男の鼻がクローズアップされて、ナレーター（ジョン・ハート）が次のように語る。

　　時は18世紀のフランス。稀に見る才能とおぞましい行為で知られた男がいた。その名はジャン＝バティスト・グルヌイユ。今その名は忘れられている。理由は1つ。彼の関心が歴史に痕跡を留めぬ分野のことだったからだ。（▶ 00:03:31-00:03:53）

このヴォイスオーヴァーが終わると同時に、カメラはグルヌイユという名が

明かされた男（ベン・ウィショー）の鼻孔のなかに入り込み、スクリーンが真っ黒になったところで、次のようなナレーションが続く。「目に見えぬ"香り"という分野だ」（▶ 00:03:59）。 それから黒い画面に『パフューム　ある人殺しの物語』というタイトルが浮かび上がる。

　この冒頭の約4分間に、全編を通してくりかえし使われる表現がすでにいくつか見られる。主人公の鼻のクロースアップ、その鼻が何かの匂いを嗅ぎながらピクピクと動くこと、そして主人公は言葉を発せず、彼の考えや感情はヴォイスオーヴァーが代弁することである。全体的に暗い画面は、主人公にとって視覚が重要ではないことの表れと解釈できる。この後、主人公は頻繁に眼を閉じた姿で描かれるからである。これらのことはすべて、彼が世界を認識する手段は視覚や言語ではなく、嗅覚だということを表現している。主人公の言語観について、原作では次のように言われている。

> 一方で、グルヌイユにはまもなく、嗅覚の概念として自分のなかに集積してきたこれらすべてのものを表すのに、通常使われている言葉では足りなくなった。[……] 土も風景も空気も、一歩ごと、一息ごとに異なる匂いに満たされ、異なるアイデンティティを獲得するというのに、土、風景、空気という拙い3つの単語でしか表現できないとは——嗅覚で認識した世界の豊かさと言葉の貧しさとのあいだに存在するこのグロテスクな不均衡全体が、少年グルヌイユに言葉の意義そのものへの疑いを抱かせた。それで彼は、他人との付き合いでどうしても必要なときに限って、しぶしぶ言葉を使った。(Süskind 34) 5)

　さて、官吏が声を張り上げて読む（主人公の周囲にいる人々はやたらと大声を出すのが、主人公の沈黙と激しいコントラストをなしている）判決文のなかで、男は「香水調合師」（▶ 00:02:40）であることがすでに明かされているので、スクリーンにタイトルが映し出されると、原作を知らない観客でも、殺人者はどうやら特異な嗅覚の持ち主であるらしいということを理解し、ここから先は香水と殺人との関係が明らかにされていくのだろうと推測する仕掛けになっている。タイトルが消えた後は、時間を遡及してグルヌイユが生まれてから死刑判決を受けるにいたるまでの経緯が、時系列に沿って語られ

る。[6)]

　グルヌイユは生まれて
すぐに泣き声を上げ、嬰
児殺しを目論んでいた母
親を処刑台に送って以
来、自分の人生の目的が
何であるかを悟って香水

図2　『パフューム』 ▶ 00:14:54

調合師バルディーニのもとを訪れるまで（▶ 00:33:39）、声を発することがな
く、台詞がまったくない。代わりにくりかえし描かれるのは、目を閉じて何
かの匂いを嗅ぎ、その匂いを放つものを認識する姿である。

　まず、孤児となった赤ん坊のグルヌイユはマダム・ガイヤールの育児所に
連れてこられたとき、彼が息をしているかどうか確かめようとした子どもの
指を、いきなりぐっと握って、目を閉じたままクンクンと嗅ぐ（▶ 00:07:50-
00:08:07）。5歳になっても言葉をしゃべらないグルヌイユは、中庭で拾った
木の枝やりんごなどの匂いを、目を閉じたまま嗅ぐ（▶ 00:09:34-00:10:19）。
もう少し成長してようやく言葉を覚えたグルヌイユは、やはり目を閉じたま
ま周囲にある物の匂いを嗅ぎ、その匂いを放つ物とその名前を対応させよう
とするが、すべてを言語化できるわけではない（▶ 00:11:18-00:12:00）。13歳
で育児所を去り、なめし皮職人のもとで働き始めて数年経つと、初めてパ
リの街中を歩く機会が訪れる。グルヌイユはパリの雑踏のなかで、それま
で嗅いだことのないさまざまな匂いを、いつものように目を閉じて嗅ぐ（▶
00:14:04-00:15:42）。このように、この作品では嗅覚を何よりもまずグルヌイ
ユの鼻という感覚器官そのものと、彼が鼻を使って匂いを嗅ぐ行為で描いて
いるのである。

　先にも述べたように、全体的に暗い画面、あるいは真っ黒なスクリーン、
そしてグルヌイユがいつも目を閉じていることなどは、グルヌイユにとって
視覚が重要ではないことを意味している。しかし、目を開けてスクリーンを
見つめる観客にとっては、次々と映し出される多彩な物の映像こそが、匂い
の源泉となる。そのため、匂いを嗅ぐ主人公と匂いを放っている物自体が延々
と続く切り返しショットで映される。スクリーンいっぱいにクロースアップ
で映し出される物体は、細部までくっきりと見えるそのあまりにもリアルな

映像ゆえに、いまにも匂ってきそうだ。被写体の立てる音、たとえば馬の蹄の音、食事をする人が牡蠣をすする音なども生々しく、即物的な効果を上げている。パリの街を埋め尽くす雑多な物の映像の合間に、悪臭のあまりハンカチで鼻を押さえる人のショット（図2）がはさみ込まれることも、ますます匂いの印象を強めている。

　以上のように、この作品は主人公が特殊な嗅覚の持ち主であること、街にあふれる物の匂いや口臭のようなわかりやすい体臭の映像化には成功しているように思える。しかし、この物語で問題になる匂いは、そのような単純なレヴェルのものではない。普通の嗅覚の持ち主には嗅ぎ取ることのできない匂いなのだ。

2　人体が発する匂い

　パリの街中で多種多様な物の匂いを楽しむグルヌイユは、プラムを売る赤毛の娘（カロリーネ・ヘアフルト）がこれまで経験したことのない芳香を発していることに気づき、これ以降、グルヌイユの関心は物の匂いから人間の匂いにシフトする。ここで問題になっている人間の匂いは、口臭や汗くさい体臭とは異なり、グルヌイユにだけ感知できるような特殊な芳香である。彼以外の人々はこの芳香を匂いとしては認識せず、それを外見の美しさと取り違える。つまり、凡庸な嗅覚の持ち主は、嗅覚情報を視覚情報として処理してしまうのである。

　はずみでこのプラム売りの娘を殺してしまったグルヌイユは後悔するが、それは娘の命を奪ったことではなく、彼女の死とともに芳香が永久に失われてしまったことに対する後悔である。その夜、彼は「香りを保存する方法を学ぶ」（▶00:27:13）ことを決心し、香水調合師への道を歩み始める。彼はまず、パリの香水調合師バルディーニのもとで精油の蒸留法を学ぶが、この方法では人体の匂いを抽出することができないと知り、グラースに移動して冷浸法を学ぶ。この方法で最高の香水を作るために、グルヌイユは芳香を放つ若い女性たちを次々と殺す。グラースの人々は連続殺人事件に震撼するが、ついにグルヌイユが犯人であることをつきとめ、死刑に処することを決定する。こうして物語は一周し、冒頭の場面に戻る。

　ところで、映画作品ではグルヌイユは生まれてすぐにマダム・ガイヤール

のもとに連れて行かれるが、原作ではその前に修道院経由で乳母に預けられることになっている。その乳母はほんの数週間グルヌイユの面倒を見ただけで気味が悪くなり、こんな「悪魔に憑かれた」（Süskind 14）赤ん坊は厄介払いするに限ると修道院に返しにきて、対応する神父が途方に暮れるというエピソードがある。ここで匂いがないというグルヌイユの秘密が早々に明かされるとともに、人体が発する匂いの持つ特殊な機能が明示されており、そのおかげで読者は物語の常軌を逸した展開をすんなり理解することができる。その意味でこのエピソードは、原作では非常に重要な役割を果たしている。

　映画作品でもグルヌイユに匂いがないことは、プラム売りの娘がすぐ近くにいるグルヌイユの存在になかなか気づかないシーン（▶ 00:22:22-00:23:17）でまず暗示され、さらにグラースに向かう途上、山のなかでグルヌイユが自分には匂いがないことを知るシーン（▶ 01:01:25-01:02:33）ではっきりと観客に伝えられる。だが、それがこの物語において何を意味し、どのような役割を果たしているのかは、乳母のエピソードが削除されているために、観客にはわかりにくい。

　原作に登場する乳母によると、どんな赤ん坊でもいい匂いがするもので、特に頭のつむじ付近の甘い「匂いを嗅ぎさえすれば、それが我が子だろうがよその子だろうが、その子を愛さずにはいられなくなる」（Süskind 17）。逆に、何の匂いもしないグルヌイユに対して、乳母は本能的に嫌悪感を抱く。つまり、人間が愛されるには匂いが必要なのだ。また、グルヌイユを押しつけられて途方に暮れた神父は、人間の匂いについてあれこれ考え、清潔に育てられている赤ん坊は匂わないものだという結論に達する。なぜなら、「人間は思春期を迎えたときに、はじめて匂いを発するようになる」（Süskind 21）からである。「人間の匂いはいつも肉欲の匂い――つまり罪深い匂いなのだ。とすると、肉欲の罪など夢で見たことさえない赤ん坊が、どうして匂ったりするだろうか」（Süskind 21）。

　人体が発する匂いは性愛と関係している、という神父のこの考えは、小説全体を貫き、映画でも（乳母と神父のエピソード抜きで）そのまま受け継がれて、体臭は性欲と何らかの形で関連しながら描かれる。たとえば、グルヌイユが狙った芳香を放つ女性たちは、一般人の目には美しい娘と映るため、グラースの人々は強姦目的の連続殺人だろうと推測する。だが、検死の結果、

予想に反して彼女たちは純潔のままであることが判明する。グルヌイユが人々の予想どおりの行動を取らないのは、彼が匂いを持たないからである。匂いのない人間は性欲とは無関係なのだ。そして、グルヌイユが求める芳香は性的に未熟な女性からのみ発せられるものなのである。最後の犠牲者となる美少女ローラ（レイチェル・ハード＝ウッド）の父親アントワーヌ・リシ（アラン・リックマン）が、ローラを早く結婚させようとするのも、原作では、純潔を失った女性は殺されないはずだと正しく推測しているからである（Süskind 265-66）。[7]したがって、グルヌイユの殺人動機が性的欲望ではないことを明確にするためには、殺された娘たちがみなまだ処女だったという原作どおりの設定は必要不可欠なはずだが、映画作品では被害者の一人が売春婦であるために（▶01:16:09-01:18:41）、強姦目的の殺人ではないと主張するアントワーヌ・リシの説明も、「売春婦以外の娘たちは純潔のまま墓に入ったのだぞ」（▶01:30:01-01:30:07）というくだくだしいものになっている。[8]

　グルヌイユだけに感知できる人体の匂いを抽出して香水を作ることに成功する過程は、売春婦殺害に関わる場面で描かれている。グラースでの最初の犠牲者は、ラベンダー収穫に雇われていた若い娘だった。この娘の匂いを抽出するためにグルヌイユは鍋で煮立てる解離法を試すが、うまくいかない（▶01:12:47-01:16:07）。これに続くのが売春婦殺害と、油脂を塗った布に匂いを吸着させる冷浸法で体臭を抽出する試みを描いた場面である（▶01:16:08-01:20:56）。グルヌイユはもともと売春婦を殺すつもりはなく、冷浸法を試させてもらいたかっただけだった。したがって、相手が売春婦であることの意味は、初対面であっても気軽に裸になってくれる点にあるように思われる。相手が処女では、簡単に服を脱がせることはできないからである。

　作業の途中で身体を傷つけられるのではないかと恐れた女が騒ぎはじめたので、グルヌイユは仕方なく彼女を殺す。女の体臭を抽出した後、グルヌイユは事件現場に戻る。ちょうど女の遺体が運び出されているところである。遺体のそばに、女が飼っていた小型犬がいる。グルヌイユが少し離れた場所で女の体臭から作った香水を自らの手にたらすと、犬が駆け寄ってきてうれしそうにグルヌイユの手をなめる（▶01:20:58-01:21:30）。[9]この犬の反応を見て、グルヌイユは女の体臭の抽出と保存に成功したことを知るのである。周囲にはたくさん人がいるにもかかわらず、この匂いに反応する者はいないか

ら、鋭敏な嗅覚を持つグルヌイユと犬にだけ感知できるような匂いだったことになる。[10] のちにこの犬は、グルヌイユが仕事場に埋めていた女の衣服を掘り出し（▶ 01:43:10-01:43:43）、これがきっかけでグルヌイユが連続殺人事件の犯人であることが判明する。映画作品で犯人を暴き出すのは、アントワーヌ・リシのような理性的な人間ではなく、すぐれた嗅覚を持った動物なのである。

3　愛について

　削除された乳母と神父のエピソードに基づいて理解すると、体臭は性愛と関係している。そのため、若くて美しい女性たちの芳香を集めて作った香水をつけて処刑場に登場したグルヌイユを前に、群衆はその香り（本人たちには匂いとしては感知できていないが）によって発情し、物議をかもした乱交シーンとなる（図3）。[11] 先にも述べたように、実在する物、私たちがよく知っている物の匂いなら、その物自体をクロースアップで細部までリアルに映し出すことで、あたかも匂ってきそうな映画に仕立て上げることができる。だが、この作品で最も重要な物である至高の香水は実在しないし、この世界で誰も嗅いだことのない匂いなのだ。そもそも、普通の人間の嗅覚で感知できるような匂いではない。賛否両論あるにせよ、ヒエロニムス・ボスの絵画《快楽の園》を思わせるような処刑場の乱交シーンは、現実にはありえない光景として、この至高の香りを（正確にはこの至高の香りの持つ効果を）視覚化する試みと捉えることができるだろう。[12]

　狂乱のさなかに籠が倒れてプラムがこぼれ落ちる（▶ 02:07:51）のを見たグルヌイユが、最初に殺したプラム売りの娘のことを思い出し、この娘と自分が愛し合うことを夢想して涙を流す（▶ 02:08:15-02:09:33）という、原作にはないシーンが挿入されることによって、グルヌイユが娘の愛を欲していたことになった。これが映画化に際して原作に加えられた最大の変更である。他人からの愛を求め

図3 『パフューム』▶ 02:07:37

る気持ちが殺人の（あるいは、至高の香水を作る）動機となったのである。原作では、グルヌイユは一種の性的不能者であって、もともと愛など求めていないし、匂いを持たないグルヌイユにはこの至高の香水でさえ何の作用も及ぼさない。

　冒頭でも述べたように、共同で脚本を執筆したバーキン、ティクヴァ、アイヒンガーの３人にとって最大の問題だったのは、外見も人間的にも魅力の乏しい主人公をどのように描けば感情移入が可能な人物にすることができるかという点だった。熟考の末、グルヌイユは感情を持つことになった。「この忌まわしい怪物を、唯一の才能を磨くことで他者からの評価を得ようとする孤独な男と捉えたとき、最初の印象ほどは映画の主人公としてふさわしくないわけではないグルヌイユの姿がはっきりとした輪郭を持ち始める」（Lueken 16）。ティクヴァ監督もインタヴューで次のように語っている。「私にとって重要だったのは、一人の人間がほかの人々に囲まれていながらも感じる完全な孤独感のイメージでした。この孤独な人は無意識のうちに必死で他人の評価を得ようとするのですが、それが彼を破滅へ導いてしまうのです」（Tykwer 19）。

　映画作品でグルヌイユが自分には匂いがないことに気づいたのは、プラム売りの娘が目の前にいる自分の存在を認識できないという夢を見たときだった（▶ 01:00:47-01:01:22）。その結果、彼は自分が「誰にとっても“無”の存在だった」ことを知り、「自分が誰の記憶にも残らないという恐怖」を感じる（▶ 01:02:36-01:02:49）。つまり、彼が誰かに愛してもらいたいと願うのは、自分の存在が誰かにとってかけがえのないものとなり、自分の存在をいつまでも記憶に留めておいてもらいたいからなのだ。[13]

　処刑場でその圧倒的な力を発揮した香水にも、ひとつだけできないことがあった。グルヌイユを「人並みに愛し愛される人間には変えられなかった」（▶ 02:13:38）のだ。そのことに絶望した彼は、自分も香水も消し去ることを決心する。彼はパリに帰り、自分が生まれた魚市場にたむろしている浮浪者たちの前で、至高の香水を一壜まるごと頭に振りかける。するとたちまち、浮浪者たちの目にグルヌイユは「天使」（▶ 02:15:29）と映る。この「天使」への熱烈な愛に駆られた浮浪者たちは、瞬く間に彼の身体を食べ尽くす。一体化を求める肉体的な愛が、食べるという行為を招いたのである。

4　嗅覚と視覚の関係

　嗅覚は視覚より優位にある、というのが原作を貫くテーゼである。グルヌイユの世界観において、視覚的な認識は嗅覚に左右されている。人は美しい外見の持ち主を美しいと認識するのではなく、芳香を放つ人が美しく、魅力的に見えるのだ。映画作品では芳香が見せる世界は、グルヌイユが初めて作った香水を香水調合師バルディーニが嗅いだときに出現する。パリにある薄暗い仕事部屋がナポリの花園に変わり、黒髪の美女が愛をささやきながらバルディーニの頬にキスをする（▶00:44:11-00:44:43）（図4）。芳香を嗅いだ人がどのように感じ、世界をどのように認識するかを、匂いを共有できない観客にもわかるように描いた唯一のシーンである。そのほかの場面では、芳香に反応する人々の様子が描かれるだけで、その人々の目から見た世界が映像で示されることはない。14)

　典型的なのは処刑場のシーンである。処刑場に引き出される直前まで殴る蹴るの乱暴な扱いを受けていたグルヌイユは、至高の香水の力で看守たちを魅了し、立派な衣装と馬車を手に入れる。馬車から降り立ったグルヌイユは服装が立派になっただけで、顔も体つきももとのままであり、決して高貴な姿に変身してはいない。だが、馬車の扉を開けた男も死刑執行人も帽子を脱いでグルヌイユの前に跪く。グルヌイユが処刑台で香水を垂らしたハンカチを一振りすると、司教は「その男は天使だ！」（▶02:03:45）と叫び、群衆もグルヌイユの前に跪く。だが、観客が見るのは、馬子にも衣裳ということにさえなっていない、いつものグルヌイユである。最愛の娘ローラを殺されて復讐心に燃えるアントワーヌ・リシも、芳香を漂わせるグルヌイユを前にして泣きながら跪き、赦しを請う。「我が息子よ」（▶02:10:55）と呼びかけるのは、グルヌイユがローラと同じ芳香を発しているために、ローラに似た顔に見えたということだろう。だが、観客に見えているのはそれまでと変わらない顔をしたグルヌイユでしかない。映像は匂わないから、観客が匂いの魔法にかかることはな

図4　『パフューム』▶00:44:39

図5 『パフューム』 ▶ 01:46:11

い、ということだろう。

　問題は最後に殺される美少女ローラ・リシである。この映画作品の世界では、芳香を発する人は美しく見えるということになっているのだから、ローラの匂いを嗅ぐことのできない人（たとえばスクリーンを見ている観客）が見るローラが、常識的な意味で美しいとは限らないはずだ。それはスクリーンに映し出される処刑場のグルヌイユの例が示しているとおりである。にもかかわらず、ローラは美しい女優によって演じられている（図5）。もちろん、写真でも美しく見える女性が芳香を発していることはありうる。だが、それでは視覚に対する嗅覚の優位を表現したことにはならない。この作品においては、美しい人はあくまでもよい香りによって魅力的に見えるのでなければならないはずなのだ。

　この作品が嗅覚の映像化に失敗しているとすれば、それはおそらくローラのキャスティングにある。つまり、決して美男子ではないベン・ウィショーがグルヌイユを演じて、貧相な男でも香水の力で「天使」にすら見えてくるということを、周囲の人々の反応から見事に描く一方で、その芳香ゆえに美少女と呼ばれるローラを、姿かたちの美しいレイチェル・ハード＝ウッドが16歳らしい初々しさで魅力的に演じることによって、作品の世界観に一貫性が失われてしまったのである。もし映像化されているのが、芳香に影響される映画内の登場人物の目から見たローラの姿なのなら、究極の香水を浴びたグルヌイユも美しい姿に変身するべきだろう。だが、もしこの映画で描かれているのが芳香の影響を受けない観客の目から見た世界なのなら（美化されないグルヌイユの姿はそういう世界が描かれていることを表しているはずだが）、ローラが外見の美しい人である必要はない。どちらの視点から描かれているのか、ローラのキャスティングによって混乱が生じている。

　香水調合師が嗅覚の人であるならば、映画人は間違いなく視覚の人だろう。類まれな美しさが称賛されているローラ役は、匂いがあろうとなかろうとやはり美しい俳優に演じてほしいと考えた監督やプロデューサーの限界を、こ

こに見て取ることができるだろう。

註

1) この小説は映画化された時点で 46 の言語に翻訳され、全世界で約 1500 万部を売り上げていた（Lueken 8）。

2) ジュースキントが『香水』の映画化を拒否し続けたことを題材にして、ヘルムート・ディートル監督がコメディ映画『悦楽晩餐会 または誰と寝るかという重要な問題』（*Rossini – oder die mörderische Frage, wer mit wem schlief*, 1997）を製作した。この作品には、ハリウッドからの巨額のオファーに目もくれないベストセラー作家が登場し、『香水』の映画化を拒み続けたジュースキントを彷彿とさせるが、ディートル監督とともに脚本を書いたのはほかならぬ当のジュースキントだった。

3) ひるがえって文学という言語芸術で嗅覚を表現することができるのか、という問題もあるだろうが、ジュースキントの『香水』が大ベストセラーになったこと自体が、この作品が嗅覚を言語化することに成功したことの証左となっていると考えていいだろう。「グルヌイユは私たち読者に、芳香と悪臭の宇宙を切り開いてくれた。この宇宙は私たちが知っている世界を超えたところにあるが、私たちの世界とも十分に関係を持っているので、私たちはグルヌイユについて行くことができるのだ」（Lueken 7）。

4) 脚本は脚本家アンドリュー・バーキン、トム・ティクヴァ監督、プロデューサーのベルント・アイヒンガーの 3 名が共同執筆した（Birkin et al.）。

5) グルヌイユとは対照的に、パリの香水調合師バルディーニ（ダスティン・ホフマン）がいつも香りの言語化を試み、香水の処方箋を書き留めようとしたり（▶ 00:32:10-00:33:00; 00:57:22-00:57:44）、音楽の用語で説明したりする（▶ 00:45:44-00:46:22）のは、バルディーニにとっては香りの世界が言語で表現しうるものであり、結局のところ彼が凡庸な嗅覚しか持っていないことを表現していると言えるだろう。

6) 原作ではグルヌイユの人生が誕生から死まで、一度も順序を入れ替えることなく時系列に沿って描かれており、冒頭に死刑判決のシーンをもってきたのは映画化にあたっての改変である。冒頭にこのシーンが置かれることで、映画作品『パフューム』はサスペンスとしての要素が強くなった。ちなみに、肝腎な情報はほぼすべて、神のような視点を持つ語り手によるナレーションで与えられるという手法は安易に思われるが、実は原作どおりである。脚本執筆陣の考えでは、推理小説仕立ての映画にして、たとえば探偵役の警部に解説させるというような手法は論外だった（Lueken 10）。

7) 娘たちの芳香は、グルヌイユ以外の男性には性欲をかきたてるものとして働きかける。たとえばローラの父親は、原作では我が子に感じる性的欲望を押し殺すのに苦労している（Süskind 255）。

8) 映画作品では被害者に売春婦が混ざっているので、純潔を失った女性は殺されないという推論は成り立たないにもかかわらず、父親が原作と同様にローラを急いで結婚させようとする点も（▶ 01:47:19-01:47:25）、非合理的な印象を残す。

9) 犬は匂いによって、グルヌイユを飼い主だった売春婦と取り違えている。つまり、松村も指摘しているように、匂いは「人間のアイデンティティーの証し」（**松村 195**）なのである。

10) グルヌイユの雇い主が、言いつけた仕事を怠っているグルヌイユを叱りつけようとしたとき、美少女の匂いの効果でやさしくなるシーンがあり（▶ 01:28:43-01:29:20）、本人にもその理由がわからない様子が描かれていることから、女性たちの体臭から作った香水は凡庸な鼻の持ち主には匂いとして感知できないものだと推測できる。

11) 2007 年に日本のテレビでこの映画の宣伝ビデオが放映されたとき、このシーンに対する問い合わせが配給会社に殺到し、すぐにこのシーンを含まないヴァージョンに差し替えられた。

12) 映画作品では乳母と神父のエピソードが削除されているため、人体の匂いと性的欲求の関係を知らされていない観客には、この乱交シーンは唐突で奇をてらっただけのものに見える可能性が高い。実際にインターネットで『パフューム』の感想を検索すると、そのような書き込みが数多く見られる。だが、映画作品も注意して見ると、体臭と性愛は繰り返し関連づけられていることがわかる。最初に殺したプラム売りの娘の裸体を嘗め回すようにして匂いを嗅ぎとるグルヌイユの姿は、非常にエロチックに描かれている。次の犠牲者となる娘は、ラベンダー畑で知り合った男と納屋でいちゃついた後に襲われる。そして 3 番目の犠牲者が売春婦である。このような描き方が後の処刑場での乱交シーンの伏線となっているとも考えられる。

13) 原作のグルヌイユは世間的な評価をまったく問題にしていない。彼の欲求は「自分の内にあるものを解放したい」（Süskind 140）というものだった。

14) グルヌイユが浮浪者の前で至高の香水を我が身に振りかけたときに、暗闇のなかで彼の姿だけに強い光が当てられる演出になっていることが（▶ 02:15:04-02:15:11）、わずかに匂いによる見え方の変化を表している。

19 ミヒャエルは「愛」を読んだのか？

スティーヴン・ダルドリー監督『愛を読むひと』（2009）

松永美穂

1 『朗読者』とその反響

　ベルリン・フンボルト大学法学部の教授であり、ミステリー作家でもある
ベルンハルト・シュリンク（Bernhard Schlink, 1944- ）が 1995 年に出版した『朗
読者』（*Der Vorleser*）は、アメリカで 1997 年に翻訳出版され、1999 年にテレ
ビの人気書評番組で取り上げられたことでミリオンセラーとなり、50 もの
言語に翻訳された。日本でも 2000 年春に新潮社から翻訳出版され、全国紙
の書評欄やテレビで紹介されてベストセラーとなっている。

　この小説の何が、そんなに話題になったのだろうか。小説は三つの部分に
分かれている。語り手は一貫しており、ミヒャエル・ベルクという男性の 1
人称語りだ。小説を読むうちに、彼はシュリンクとほぼ同年代であることが
わかってくる。

　第 1 部では、ミヒャエルはまだ 15 歳。父親は哲学の教授、母親は専業主
婦、4 人きょうだい（兄・姉・妹）という家庭に育ち、家にはたくさんの蔵
書がある。ある日、学校帰りに具合が悪くなったミヒャエルは、見知らぬ女
性に介抱され、家まで送ってもらう。黄疸だということがわかり、数か月の
あいだ床に伏せるのだが、世話になった女性にお礼を言うように母から指示
され、回復後に花束を持って彼女を訪ねる。一人暮らしの彼女の住居で、ス
トッキングをはく仕草に目が釘付けになり、彼女のことが忘れられなくなっ
たミヒャエルは、2 度目の訪問で彼女と性的な関係を結んでしまう。彼女、

すなわちハンナ・シュミッツは路面電車の車掌で、ミヒャエルの母親であっ てもおかしくないくらいの年齢（36歳）だった。しかし、性の快楽を知っ たミヒャエルは彼女に恋をし、放課後にいつも遊びに行くようになる。ハン ナはミヒャエルにきちんと勉強するよう諭し、セックスの前に古典文学を朗 読させるようになる。彼女の側にある、教養への強い憧れが示唆される。し かしハンナは自分がどんなふうに生きてきたか、まったく話そうとしない。 セックスと朗読から成る二人の逢瀬は春から夏まで続く。ミヒャエルがお金 を貯めて彼女を招待した小さな旅行もあったが、旅先でハンナは不可解な行 動を取る。そして、ある日とつぜん、姿を消してしまう。

　第2部では月日が経って、ミヒャエルは法学部の学生になっている。折り しもアウシュヴィッツ裁判が始まり、ミヒャエルはゼミの先生や同級生たち と裁判の傍聴に行く。そして、被告席にかつて愛したハンナの姿を見出す。 ドイツ人が自分たちの手で戦犯を裁いて話題となったアウシュヴィッツ裁判 が開かれたのは、1963〜1965年。二人が恋人同士だったのはその数年前だ。 ミヒャエルはゼミの範疇を離れて、個人的に傍聴に通うようになる。ハンナ は戦時中にアウシュヴィッツで看守をしており、戦争末期、囚人たちを別の 収容所に移動させる際に、夜間閉じ込めていた教会の会堂が爆撃され、多数 を死なせた罪に問われていた。会堂に外から鍵をかけていたため、ほとんど の囚人が焼け死んでしまったのだ。傍聴を続けるうちに、ミヒャエルはハン ナが文盲であることに気づく。書類が読めないため、彼女は不利な立場に立 たされ、弁護人ともうまくいかない。ミヒャエルは強制収容所について考え るため、アルザス地方にある強制収容所の跡地を訪ねる。また、父と話し、 裁判長にも会いに行くが、ハンナのことを具体的に伝えることはなく、ただ 裁判の行方を見守るのみだった。やがて判決が下り、ハンナは終身刑となる。

　第3部において、ミヒャエルは司法修習生のときに結婚し、一人娘が生ま れるが、娘が5歳のときに離婚して、ふたたび独身となる。彼の女性関係に は常にどこかハンナの影がつきまとい、付き合っている女性をハンナと較べ ずにはいられない。ミヒャエルは眠れない夜にホメロスの『オデュッセイ ア』を読むが、それはかつてハンナに朗読して聞かせた作品だった。彼は自 分の朗読をカセットテープに録音し、刑務所にいるハンナにそれを送る。や がて別の作品も次々に朗読し、自分で本を書くようになるとそれも朗読して、

録音テープをハンナに送る。テープを送り始めてから4年後、ハンナから手紙が届いた。ハンナは刑務所で独学で文字を覚え、手紙が書けるようになったのだった。それとともに、自分で本も読めるようになる。一方、ミヒャエルはテープは送っても、彼女に手紙を出すことはなかった。しかしある日、刑務所長から連絡が来る。服役してから18年、ハンナは恩赦によって出所が可能になったのだった。刑務所長はミヒャエルに、出所後のハンナの面倒を見るよう頼む。ミヒャエルはハンナに面会に行き、15歳の夏以来初めて、彼女と言葉を交わす。「大きくなったわね、坊や」彼女はあいかわらずミヒャエルを「坊や」と呼んだ。ミヒャエルはハンナの出所後の住居を用意し、出所の日には迎えに来る約束をするが、ハンナはその日の朝に首を吊って自殺してしまう。ミヒャエルはハンナの遺言に沿って、ハンナが残したお金を戦争末期の教会堂の火災で生き残ったユダヤ人女性に届ける。ハンナの死後10年経ってから、ミヒャエルは自分たちのことを振り返る物語を書き始める。

　週刊誌『シュピーゲル』(*Spiegel*) は2000年1月23日付の号で、『朗読者』を「ギュンター・グラスの『ブリキの太鼓』以来、ドイツ文学では最大の世界的成功を収めた作品」と評した。現在、この小説はドイツの学校教材としてドイツ語や歴史の授業で利用されており、さまざまな参考文献が出版されている。シュリンクは作家としての地位を確立し、その後も2年に1冊くらいのペースで長編小説や短編集を出版している。それらの作品からも、ドイツ近現代史に対するシュリンクの強い関心がうかがえる。

　レクラム文庫から『朗読者』の解説と記録を出版したハイゲンモーザーによれば、この作品は1997年にフランスでロール・バタイヨン賞という翻訳文学賞を受賞している。ドイツでは同年、ノイミュンスター市の「ハンス・ファラダ賞」を受賞（賞金1万マルク）。1998年には『朗読者』が二人芝居として、バート・ガンダースハイムのフェスティバルで上演された。1999年にはクリス・ドーランによる戯曲がスコットランドの演劇グループ「ボーダーライン」によってエジンバラの芸術祭で上演された。2002年、イギリスの『タイムズ・ライブラリー・サプルメント』に『朗読者』についての作家や文学研究者の批判的なコメントが出たことにより、ドイツの書評欄で『朗読者』論争が勃発。『タイムズ・ライブラリー・サプルメント』において批判の先

鋒を切ったのはジェレミー・アードラーで、「殺人者への同情を強いるテクニック」というのがキーワードだった。先出のレクラム文庫にはこのときの論争の抜粋が掲載されている（Heigenmoser 124-35）。

　また、ドイツ語の授業用教材、『ドイツ語の授業モデル　ベルンハルト・シュリンク「朗読者」』には、1995年にテレビの書評番組「文学カルテット」で、ジークレット・レフラーが『朗読者』を批判したときの発言が抜粋されている。それによると、彼女がこの小説を読んで問題だと感じたのは、「このケースがまるで範例であり、一般に有効な例であるかのように暗示していること」だそうだ。つまり、「ある人間がよく知らない人を愛し、その相手がのちに犯罪者であったことがわかって、愛してしまった自分自身にも罪があるように感じてしまう」ところがよくないのだという。彼女はその部分を「最も奇妙で、変態的で、でっちあげ」と断じている。また、文盲という要素が一種の免罪符になっている点、裁判でハンナが不当に裁かれてしまうことで「ほんとうはそんなに悪くないのに」という感想を抱かせてしまう点など、文盲を使って罪を相対化していることに不満を示し、さらにミヒャエルとの恋愛関係や、刑務所で粛々と罪に服すことでハンナがむしろ英雄のようになってしまうことに対して、「わたしから見ればきわめていかがわしく、疑わしいストラテジー」と述べた（Greese and Peren-Eckert 185）。

　日本では、2000年に翻訳が出版され、母子ほど年齢の離れた男女の肉体関係というセンセーショナルな要素と、アウシュヴィッツ裁判という意外な組み合わせが注目を集めた。戦争の加害を問う際に、日本ではこのような視点がなかった、ということが話題になったが、ハンナとの恋愛がミヒャエルの一生に影を落とすことに心を留め、ハンナの自殺という形で物語が回収されることを素直に悲話と捉える反応が多かったように思う。男性書評者の好意的な批評に対し、ミヒャエルがハンナの秘密に気づきつつ何の行動も取らない点を批判し、「包茎小説」と突っ込んだ斎藤美奈子の批評もあった（斎藤 98-103）。こうした批判も含めさまざまな反応があったが、2000年、『朗読者』は毎日新聞社の毎日出版文化賞特別賞を受賞した。

2　映画化の経緯

　小説の映画化権は1998年にミラマックスが取得し、イギリス出身のアン

ソニー・ミンゲラがプロデューサーと監督を務める予定だった。主演俳優にはミヒャエル（英語名はマイケル）役にレイフ・ファインズ、ハンナ役にケイト・ウィンスレット。公式パンフレットによれば、原作者シュリンクは最初からウィンスレットをハンナ役に、というイメージを持っていたらしい。またウィンスレットも原作が出版された当時、小説を読んでいたが、自分はまだ 27 歳でこの役が演じられるとは思っていなかったところ、10 年後の 2007 年になって連絡があり、非常に驚いたと語っている（『愛を読むひと』公式パンフレット 18）。

2008 年にミンゲラと、もう一人のプロデューサーであるシドニー・ポラックが死去。映画の監督はすでにそれ以前に、ミンゲラと同じくイギリス出身で、舞台演出家として大きな成功を収めていたスティーヴン・ダルドリーが務めることに決まっていた。彼は 2000 年に初めて長編映画の監督を行ったが、その作品『リトルダンサー』（*Billy Elliot*）がアカデミー賞にノミネートされ、それに続く『めぐりあう時間たち』（*The Hours*, 2002）でもアカデミー賞 9 部門にノミネートされている。

『愛を読むひと』（*The Reader*）は成功を収め、ケイト・ウィンスレットがアカデミー賞 6 度目のノミネートにして初の主演女優賞を獲得したほか、英国アカデミー賞（主演女優賞）、ヨーロッパ映画賞（女優賞）、放送映画批評家協会賞（助演女優賞）、サンディエゴ映画批評家協会賞（助演女優賞）、シカゴ映画批評家協会賞（助演女優賞）、ラスベガス映画批評家協会賞（助演女優賞）、全米映画俳優組合賞（助演女優賞）、ゴールデングローブ賞（最優秀主演女優賞）などを獲得。アカデミー賞では作品賞、監督賞、脚本賞など 5 部門でノミネートされた。

森山京子による監督や脚本家へのインタヴューによると、映画を英語で製作するのはシュリンクの希望だったそうだ。「このテーマはドイツに限ったことではなく、他の国の文化にも共鳴する普遍的なものだから、英語でいいと思った」とダルドリーは語っている。また、脚本家のデビッド・ヘアは、「8 年前に原作を読んですぐに、映画化権を持っていたアンソニー・ミンゲラに、やらせてくれと頼んだ。でも自分で脚本・監督するつもりだからと断られてしまってね。結局彼は忙しすぎ映画化に着手出来なかった。それで、スティーヴン・ダルドリーと僕にチャンスが回ってきたというわけなんだ」

と述べている。また、ヘアは裁判のシーンについて、「当時の資料を調べて、実際に行われた裁判を完全に忠実に再現した。あの部屋にいた人たちは当時の裁判に出席していた人たちなんだ。その人たちがエキストラとして演技していたんだよ。裁判官たちは退職したドイツ最高裁の元判事たちだしね。スティーヴンは出来る限り現実に近づけることを要求する監督なんだ」と裏話を紹介している（森山）。ただ、この発言には疑問も残る。1960年代半ばに行われたアウシュヴィッツ裁判から映画の撮影当時までに40年以上の歳月が経過しており、その人々をエキストラとして集結させるには困難も伴うだろう。さらに「当時の裁判に出席していた」とはどの資格で、ということだろうか。まさか被告だった人が出るとは思えないので、傍聴者、原告、あるいは裁判の事務方として？　映画のなかで、判決の日にハンナが入廷する際、ブーイングしていたシニアの人々がそのエキストラだったのだろうか？

　また、裁判長を演じているのは俳優のブルクハルト・クラウスナー（彼は『アイヒマンを追え！　ナチスがもっとも畏れた男』(*Der Staat gegen Fritz Bauer*, 2015) という映画では、フリッツ・バウアーの役を演じている。フリッツ・バウアーはユダヤ系の検察官で、アウシュヴィッツ裁判の実現に尽力した人物だ）なので、ヘアが言っているのは台詞のないほかの裁判官たちのことなのだろう。

　ほかのキャストは、ロール教授にブルーノ・ガンツ。生き残った元囚人のユダヤ人女性ローゼ・マーター（この名前は原作には出てこない）にレナ・オリン。若いときのイラーナ（ローゼ・マーターの娘）にアレクサンドラ・マリア・ララ。ユリア（マイケルの娘）がハンナ・ヘルツシュプルング。カーラ（マイケルの母）にズザンネ・ロータ。マイケルの母の名前は、原作には出てこない。また、ハンナが服役する刑務所の職員（図書貸し出し係）を、ベルリーナー・アンサンブルの看板女優だったカルメン・マヤ・アントーニが演じている。これはわずか2分間ほどの場面だが、驚きの豪華キャスティングだ。さらに、マイケルとハンナが自転車旅行で立ち寄るカフェの客の役で、原作者のシュリンク自身もカメオ出演している。

3　映画と原作の違い

3-1　物語中の時間の経過と、語ることの意味

　映画は、1995 年から始まっている。マイケルが住むベルリンのアパート
のキッチン。彼は弁護士になっており、離婚して一人暮らしだが、その日は
女性が宿泊している。しかし、彼女はマイケルに娘がいることすら知らず、
二人がそれほど親密な関係ではないことも冒頭で示唆される。女性が立ち
去った後、窓辺にたたずみ、さらには職場に向かいながら過去の回想にふけ
るマイケル。映画のなかでは、過去のいろいろな時点における自分と、現在
の自分とのあいだで時間が行きつ戻りつする。映画の最後にマイケルは娘の
ユリアにハンナのことを語ろうとする。ここで原作の冒頭が朗読される。つ
まり、ここで物語が一巡する。映画のなかでは、ハンナの物語の聴き手とし
て、ユリアが設定されている。

　一方、原作では聴き手としてのユリアは存在せず、ハンナの死後 10 年経っ
てからミヒャエルが自分を解放するために、物語を執筆するという設定に
なっている。しかし、その執筆の動機がわかるのは、小説の最後になってか
らだ。小説の第 1 部では、くりかえし語り手の回想がはさまれる。現在の語
り手は、36 歳の女性を見ても若いと感じるような年齢になっている。彼は
現在の地点から、当時の若い自分を振り返り、回想に伴う悲しい気持ちが分
析されている。この二人の物語がハッピーエンドに終わらないことが、冒頭
から暗示されていると言えるだろう。

　　ハンナが死んだ直後から、いつかハンナとぼくの物語を書こうと思って
　いた。それ以来、頭の中では、何度もその物語を執筆した。いつも少し
　ずつ違う物語が、新しいイメージや、ストーリーや、思考を伴って書か
　れた。ぼくが書いたこのバージョンの他にも、たくさんのバージョンが
　ある。ここに書いたバージョンが正しいという保証は、ぼくがそれを書
　き、他のストーリーは書かなかったということで与えられる。書かれた
　バージョンは書かれることを欲しており、他の多くのバージョンは書か
　れることを望まなかったのだ。
　　最初は、自由になるためにぼくたちの物語を書こうと思った。しかし、
　執筆しようとしてもなかなか思い出がよみがえってこなかった。物語が

逃げていってしまうようで、書くことでそれを取り戻そうとした。しかし、思い出を誘い出すことはできなかった。ぼくは自分たちの物語をそっとしておくことで、何年か前に物語と仲直りした。すると、物語がよみがえってきた。次々と細かいできごとまで、いわば完全な形で、ぼくをもう悲しませないように、きちんと完結し、整えられて。なんて悲しい物語なんだろう、とぼくは長いあいだ考えていた。いまではそれを幸福な物語とみなしているというわけではない。しかし、いまのぼくは、これが真実の物語なんだと思い、悲しいか幸福かなんてことにはまったく意味がないと考えている。（Schlink 205-06; シュリンク 245-46）

執筆の試みと挫折のなかから、一つの物語が自律的に浮かび上がってくる様子がここでは描かれている。「記憶」というのは戦後のドイツ文学にとっての重要なテーマだが、記憶に物語という形を与えるのに語り手は成功する。そして、ありえた無数のバージョンを振り返りつつ、書かれたからこそこれが真実、と主張する点は、歴史記述の問題をも彷彿とさせる。

3-2　娘との関係

　小説では、第3部第2章で、結婚と離婚のことが手短にまとめて語られる。そのなかでミヒャエルは、娘のユリアが求めていた「暖かい家庭」を与えてやれなかったという、父親としての自責の思いを痛切に述べている。

　ぼくたちのあいだの緊張関係に気づくと、ユリアはぼくとゲルトルートのあいだを行ったり来たりして、おとうさんもおかあさんもいい人よ、大好きよ、と言うのだった。ユリアは弟をほしがっていたし、弟妹ができればきっと喜んだだろう。ユリアは長いあいだ、離婚の意味がわからず、ぼくが訪ねていくとずっといてほしがったし、ぼくを訪ねてくるときにはゲルトルートも同伴することを望んだ。彼女たちの家を辞し、窓から見送るユリアの悲しそうなまなざしを感じながら車に乗り込むとき、ぼくの胸は張り裂けそうだった。ぼくたちがユリアから取り去ってしまった暖かい家庭、それは単に彼女の願いであっただけではなく、彼女の当然の権利でもあったのに、と思った。ぼくたちは、離婚すること

で彼女からその権利を奪い取ってしまった。(Schlink 165; シュリンク 198)

　映画には、幼いころのユリアを連れてマイケルが実家を訪ねる場面がある。父はすでになく、母に対して離婚の報告をする。ユリアはここでは、落ち着いた聞き分けのよい子どもだ。

　しかし、より重要なのは成人したユリアとマイケルが会う場面だろう。パリ留学から戻ったユリアに対し、マイケルは自分が家族にも心を開かない、難しい父親であったと回想する。それに対してユリアは、「(父親のそのような態度は)ずっと自分のせいだと思っていた」(▶ 00:48:02) と述べる。娘は成熟し、父を受けとめ、よい聴き手になっている。いや、幼いときの場面を見ても、彼女は文句を言わないおとなしい子どもだったのだろうな、と思わせられる。

　成熟した娘に対して、マイケルはぎこちなくはあるが自分の心を開こうとする。映画の最後の場面、マイケルはかつてサイクリング旅行でハンナと立ち寄った教会に、ユリアを連れてドライブする。いまではそこに、ハンナの墓があるのだ。「ハンナ・シュミッツって誰？」(▶ 01:54:39-01:54:47) と問うユリアに対して、マイケルは自分たちの物語を語り始める。次世代に体験が受け継がれていく瞬間だ。それとともに、この話をすることで、マイケルとユリアは前よりもよい親子関係を結ぶことができるのではないかという、希望的観測も生まれてくる。

3-3　父親と大学教授

　原作では、ミヒャエルの父親は哲学の教授ということになっている。戦争に協力したことはなく、尊敬できる知的な人物。子どもに対しても自分の意見を一方的に押しつけたりはしない。しかし、子どもに対していつも距離を置いているようにも見える。小説では、たとえば次のように書かれている。「ときどき、父にとってぼくたち家族はペットのようなものじゃないかという気がした。[……] そして、人生そのものはどこか他のところにある。ぼくは、家族が父の人生であればよかったのに、と思っていた」(Schlink 31; シュリンク 35-36)。

　ハンナと法廷で再会し、彼女の秘密に気がついた後、ミヒャエルは父と話

すことを決断する。第2部第12章には、父のことが集中的に書かれている。

> ぼくは父と話そうと決心した。ぼくと父が近しい存在だったからではない。父は打ち解けない性格で、自分の感情を子どもたちに伝えることもできなければ、ぼくたちが示す感情に応えることもなかった。ぼくは長いあいだ、父の閉鎖的な振る舞いの背後には、掘り出されていない宝物のように豊かな感情があるのだろうと思っていた。でも後になると、そもそも背後に何かあるのだろうかと疑うようになった。(Schlink 134; シュリンク 160)

> 父と話そうとするとき、父はぼくたち子供に対しても学生と同じように面会時間を指定した。[……]父と面会するとき、ぼくたちは玄関ホールで待つ必要はなかった。でも、ぼくたちもやはり、約束の時間に父の仕事場のドアをノックし、入室の許可を得なければならなかった。(Schlink 134-35; シュリンク 161)

ミヒャエルはハンナの問題を抽象的に語り、父はその問題が裁判と関係あることに気づくが、話を哲学的な方面に広げていく。そして、「ある人にとって何がいいことかわかっていて、その人がそのことに目を開こうとしないなら、目を開かせる努力をする必要はあるよ。最後の決断はその人に任せるとしても、その人と話さなくちゃいけないよ。その人の知らないところで他の人と話すんじゃなくて、その人自身とね」(Schlink 137-38; シュリンク 165)と忠告する。しかしミヒャエルには、ハンナと話す決断はできない。

このように公判期間中に父と話す場面は、映画には出てこない。映画では父の影は薄く、職業も定かではない。はっきりとわかるのは、父が頭ごなしに子どもを叱りつける人間ではなく、子どもの自由意思を尊重するということだ。

小説よりも出番の少ない父親に変わって、映画ではハイデルベルク大学の教授（映画ではロールという名前がついている）の存在が大きくなっている。教授が初めて登場する際、前の授業でほぼ満員だった講義室から学生がどんどん出ていって、数人しか残らないところが印象的だ。ロール教授は明らか

に、学生に人気がない。それは教授の授業スタイルとも関係があるのだろう。ロール教授は答えを教えるのではなく、学生の言うことによく耳を傾け、その言葉に対する問いかけを続ける。答えの出ない授業は、性急な学生にとっては歯がゆいものにちがいない。またロール教授は一方で、正義を振りかざして戦争犯罪者を非難し続ける学生の過激な発言を止めることもしない。そのため、教員としては一見無力なように見える。しかし、法廷で感情を高ぶらせるマイケルのことを心配し、彼の相談に乗ろうとする姿は父親的だ。映画では、マイケルが教授に相談し、被告の一人についての秘密を知っている、と打ち明け、それが被告に有利な事実であることも伝える。教授はマイケルに「被告と話したのか」と問いかける。そのためマイケルは拘置所までハンナに面会に行くが、面会直前に気が変わって戻ってきてしまう。

　小説のほうで、教授のことがどう描写されているかを見てみよう。

> その当時、ナチ時代とそれに関連する裁判を研究していた数少ない教授の一人が、その事件をゼミで取り上げたのだ。（Schlink 86; シュリンク 106）

> 教授はナチ時代に亡命も経験している老紳士で、ドイツの法曹界ではアウトサイダーであり続けた人だった。教授はゼミでの討論に、該博な知識を披瀝しつつ参加していたが、同時に、知識だけでは問題を解決できないということをわきまえて、議論に距離をおいているようなところもあった。（Schlink 86-87; シュリンク 107）

　小説では、ゼミでの討論を通じて、そもそも法律とは何かということが問題になっていく様子が描かれている。教授は特に不人気なわけではないし、ゼミの学生たちには連帯感が芽生えていく。この時期は、のちにフランスや西ドイツで学生運動が盛り上がっていく時期の直前にあたるが、前の世代を道徳的に糾弾しようとする姿勢が学生たちには強く見られる。

> 看守や獄卒たちを利用し、彼らの行いを妨げることもせず、一九四五年以降、彼らを追放しようと思えばできたのにそれもしなかった世代その

ものが裁かれているのだった。そして、ぼくたちは再検討と啓蒙の作業の中で、その世代を恥辱刑に処したのだった。(Schlink 87; シュリンク 108)

ぼくの父は自分のことを語りたがらなかった。しかしぼくは、大学の哲学の講師だった父が、スピノザについての講義をすると予告したことで職を奪われ、戦争中はハイキング用の地図や本などの編集をすることでなんとか家族を養ったのだということを知っている。どうしてぼくに父を辱めることなどできただろうか。しかし、ぼくはそれをしてしまった。ぼくたちはみな両親を断罪したが、その罪状は一九四五年以降も犯罪者を自分たちのもとにとどめておいた、ということだった。(Schlink 88; シュリンク 108-09)

映画では、教授が初回の授業の冒頭で参考文献としてヤスパースの名を挙げているのが目につく。ヤスパースは戦後すぐのころにハイデルベルク大学の復興に尽力した哲学者であり、ドイツ人の道義的・集団的な戦争責任を追及する『罪責論』(1946) の著者だ。また別の回の授業で、アウシュヴィッツの管理者側で働いた者は 8000 人いたが、そのうち有罪になったのは 19 人、殺人罪はそのうち 6 人のみ、ということが教授から紹介されている。このあたりの情報は原作にはないが、裁判について映画の観客たちが考える重要なきっかけになるだろう。

また、ショウゲートから発売された DVD『愛を読むひと』(完全無修正版) に収められた特典映像のなかの削除シーンには、ゼミ生が教授の過去に言及する場面もある。それによれば、教授自身が 1933 年当時ナチと関わりを持っていた、というのだ。原作者のシュリンクは、これも DVD に収められたインタヴューのなかで、自分が通っていた大学に、ナチ時代に教授たちが書いた「有害文書」を封印する書庫があり、学生運動の結果、中身が公開されたと語っている。「お世話になった教授のものもそこにあった」という言葉からは、自分より前の世代の教授たちに対する彼の複雑な思いが読み取れる。

3-4 ハンナの人物像

　ハンナの造形については、映画ではケイト・ウィンスレットの作り上げたハンナ像のインパクトが強く、具体的なイメージとして記憶に残る。役作りとして、教養のない、粗野で感情をむき出しにしてしまう孤独な女性の姿がうまく作り出されていると言えるだろう。一方で印象に残るのは、映画のなかでのハンナの表情の豊かさだ。予告なしにマイケルが路面電車に乗り込んできたときの、憮然とした顔。二人でサイクリング旅行に行った際、途中で立ち寄った教会で聖歌隊の合唱を聴き、感極まって涙を流す表情。一人で生きてきた女性としての矜持を持ちながらも、素朴さや純粋さも備えた愛らしいハンナ像が見える瞬間がある。裁判の際、文字情報が読めないために追い詰められ、困惑する表情。また刑務所でマイケルと再会する際の、一瞬の喜びが諦めと無気力に変わっていくように見える表情も特筆に値する。

　小説では、ハンナの顔の造作について、それほど多くの説明がされているわけではない。たとえばミヒャエルは小説の冒頭に近い部分で、次のように語る。

> 記憶の中で、彼女の顔にはその後の顔がかぶさってしまっている。当時の彼女を思い起こそうとすると、顔のない姿になってしまうのだ。ぼくは彼女の顔を再構成しなければいけない。秀でた額、高い頬骨、薄青色の目、ボリュームたっぷりで、くぼみもなく均等に弧を描いている唇、力強い顎。大きくて、つんと澄ました、女っぽい顔。その顔をきれいだと思ったことは覚えている。でも、その美しさは記憶の彼方にあるのだ。
>（Schlink 14; シュリンク 16-17）

　また、最初の訪問の際に彼女がストッキングをはく仕草を盗み見てしまうことについては、次のように回想している。

> どうしてぼくは彼女から目をそらすことができなかったのか？　彼女はたくましいと同時にとても女らしい体つきをしていた。ぼくが気に入って目で追ったりしている女の子たちよりもずっと豊満な体つきだった。プールで出会ったのだったら、それほどぼくの注意を引かなかったこと

は確かだ。［……］

　何年も後になってから、はっと思いいたった。彼女の姿ではなく、動作から目を離すことができなかったのだ。［……］そのときの彼女は鈍重などではなく、流れるように優雅で、魅惑的だった。乳房や尻や足といったたぐいの誘惑ではなく、この体の中で世界を忘れなさいとぼくを招いていた。（Schlink 17-18; シュリンク 19-21）

小説では、回想のなかのハンナの容姿や動作をこのように抽象的な要素も含めて表現している。

　ハンナに関して、小説と映画でいくつかの違いがあるが、まず大きな違いは、二人で旅行に行った際、メモを残して外出したミヒャエルに対し、ハンナが怒りを爆発させる場面だ。彼女のために朝食とバラの花の載った盆を持って部屋に戻ったミヒャエルを、ハンナはいきなり革ベルトで殴りつける。彼女はそのあと号泣するのだが、ミヒャエルには彼女の怒りや涙の理由がわからない。そして、置いていったはずのメモも結局見当たらない。読者にとっては彼女が文盲であることを示す伏線となる場面だが、自分の感情をうまく言語化することもコントロールすることもできないという彼女の欠点を示す箇所でもある。また小説のなかのミヒャエルは、「ぼくの家にはそんな泣き方をする人はいなかった。殴られることだってなかった」(Schlink 55; シュリンク 67) と、彼我のバックグラウンドの違いを意識する。かなり重要なエピソードだと思うのだが、映画には採用されなかった。革ベルトで殴りつけるという暴力的な行為を映画で再現することに抵抗があったのかもしれない。

　もう一つの大きな違いは、出所直前のハンナの心情の違いだろう。小説では、刑務所を訪ねてきたミヒャエルに対し、ハンナは次のように語る。

　誰にも理解されないなら、誰に弁明を求められることもないのよ。裁判所だって、わたしに弁明を求める権利はない。ただ、死者にはそれができるのよ。［……］刑務所では死者たちがたくさんわたしのところにいたのよ。わたしが望もうと望むまいと、毎晩のようにやってきたわ。裁判の前には、彼らが来ようとしても追い払うことができたのに。（Schlink

　刑務所で、ハンナがアウシュヴィッツの死者たちと対話を続けていたことがわかる、重要な証言だ。このあとで起こるハンナの自殺は、死者に対する責任を自覚して、人生に落とし前をつける行為のように解釈できる。もちろんそれ以外にも、ミヒャエルとの関係性の変化、失望、不安、孤独など、さまざまな要因が考えられるだろう。しかし、ハンナが文字を知ったことで、より深く戦争犯罪と向き合うようになったとここでは推測される。

　一方、映画のなかでは、ハンナは「どう感じようと考えようと、死者はいぜんとして死者だ（死者がよみがえるわけではない）」（▶ 01:39:29-01:39:37）と語る。この発言はどちらかというと投げやりに聞こえるだろう。マイケルが「じゃ、学んだことは？」と尋ねると、「読むことを学んだ」とハンナは答える。ハンナは文字を学び、読むことを学んだが、その先には行かなかった。映画では、この場面にハンナの限界が示されているように思えてしまう。

　そもそもシュリンクが小説でハンナを死なせてしまうことは、作者による「処刑」のようにも感じられる。戦争犯罪に加担してしまったハンナが裁かれ、有罪になるが（しかも文盲であったために自己弁護がうまくできず、重い判決となる）、恩赦を受け、出所する。これ自体は実際に（文盲の部分は例外としても）多くのケースに見られたことだろう。出所し、社会復帰した人々は珍しくなかったと考えられる。しかしシュリンクは、小説においてハンナの幸せな老後を描くことをためらったのではないだろうか。ハンナがミヒャエルの援助のもと、社会に復帰してささやかな幸せを得る、ということが読者の納得を得られないと考えたのだろうか。むしろ、彼自身がそのような結末を難しいと感じたのかもしれない。

　2008 年に出版した『週末』（*Das Wochenende*）という小説では、シュリンクは一人のテロリストの恩赦とその後を描いている。70 年代のドイツ赤軍派をモデルにした主人公のテロリストが、23 年の服役の後に出所する。この小説では彼は姉や友人に迎えられるのだが、出所直後の週末を姉の別荘で過ごすなかで過去をめぐる議論が再燃し、さらには息子とも再会する。室内劇風のこの小説では、最後に主人公が末期の癌患者であることが明かされる。つまり、出所はしたけれど、やはり老後を楽しく生きる見込みはないという

ことで、作品のなかで彼は作者による「罰」を受けるのだ。しかし、彼の場合は少なくとも、家族や友人との和解の機会がある。このオプティミズムは、『朗読者』以降の大きな変化だと言える（ちなみに『週末』はニナ・グロッセ監督によって 2013 年に映画化されている）。

3-5　本が持つ意味

　映画を観た際に不思議だったことが一つある。スチール写真には小説に出てくるベルク家の書斎の場面があったのに、映画のなかにはそれが出てこなかったことだ。

　書斎の場面は、第 1 部第 12 章に出てくる。一緒にサイクリング旅行に行ったあと、ハンナとまた夜をともに過ごしたいと切望したミヒャエルが、両親の留守を利用し、彼女を家に招待するのだ。そのために邪魔になる妹を友人宅へ行かせるために、ミヒャエルは妹がほしがっているジーンズを万引きする。さらに、ハンナのためにも絹のネグリジェを盗む。このエピソードも、映画では省略されている。ただし、完全無修正版の DVD には削除シーンの一つとして、ミヒャエルの万引きやハンナがミヒャエルの家に来る場面が収められているし、書斎のシーンは映画のスチール写真にも使われている。

　小説では、父の仕事部屋に入ったハンナが、棚にずらりと並ぶ本の背を一冊一冊指でなぞっていく様子が描かれている。たくさんの蔵書、それは字の読めないハンナには手の届かない、別世界のものだ。ハンナはそれらの本をミヒャエルの父が書いたのかと問い、カントについての父の著書を朗読させる。そして、ミヒャエルの家に泊まることを肯んじず、二人はハンナのアパートに行ってセックスする。

　朗読が重要な鍵となる話なので、本はさまざまな場面に登場するが、使われ方が小説と映画では少し違っている。たとえば映画では、実家の母に離婚の報告をした際、物置にしまわれた本のなかからミヒャエルが『オデュッセイア』を見つけるという、小説よりも細かい設定になっている（ちなみに『オデュッセイア』は 2006 年にシュリンクが発表した『帰郷者』（*Die Heimkehr*）という長編小説でも重要な役割を果たしている）。

　『オデュッセイア』と並んで、チェーホフの『犬を連れた奥さん』（1899）

も効果的に使われている。ミヒャエルが15歳のときに朗読し、その後、刑務所にいるハンナのためにふたたびテープに吹き込んだこの小説は、避暑地でのつかのまの不倫が本気の恋になっていくものの男女双方とも離婚はせずに逢い引きを続ける、というストーリーだ。映画では、ハンナが刑務所の図書館でこの本を借り、テープを聴きながら文字を覚える過程が示される。

また、映画において、ハンナは自殺の際に踏み台として本を使う。ここは見ていて考えこまされる場面だ。字を学んだことがプラスにならず、彼女が本を、最終的に否定するような印象を与えるからだ。

3-6 朗読される文学作品

映画の公式パンフレットには、「マイケルが朗読する名作リスト」がつけられている（『愛を読むひと』公式パンフレット 20）。

原作では、ミヒャエルはギムナジウムのドイツ語や古典語の授業で学ぶ文学作品をハンナに朗読し、裁判後にテープを送るようになってからも、「市民的教養のある人には馴染みの」（Schlink 176; シュリンク 210）作品を中心に朗読する。ホメロスの『オデュッセイア』に始まり、ケラー、フォンターネ、ハイネ、メーリケ、カフカ、フリッシュ、ヨーンゾン、バッハマン、レンツなどの名前が挙がっているが、ケラーからカフカまではドイツ語の古典的な作品（20世紀のカフカは現代に区分することも可能だが）、フリッシュ以下は戦後のドイツ文学の作品（レンツはジークフリート・レンツだと思われる）であって、圧倒的にドイツ文学作品が多くなっている。

それに対して、映画のほうの朗読作品リストには、英米文学がいくつも含まれている。マーク・トウェイン、チャールズ・ディケンズ、T・S・エリオット、ピーター・ベンチリー（『ジョーズ』の原作者）、アーネスト・ヘミングウェイ。ここでは観客がドイツ人とは限らないことが意識されており、ダルドリー監督のイメージで作品が選ばれていることがうかがえる。一番驚くのは、ベルギーの漫画家エルジェの『タンタンの冒険旅行』（1929-83）が入っていることだ（これはダルドリー監督の思い入れによる選択であることが、完全無修正版のDVDに付けられた監督来日時のインタヴューで語られている）。原作の教養主義に対し、映画で朗読される作品はやや大衆的だ。また、ピーター・ベンチリーの『ジョーズ』は1974年に発表されベストセラーとなっ

た作品なので、ハンナが受刑者となってからの流行作ということになる。

原作で挙がっているウーヴェ・ヨーンゾンは戦後ドイツの東西分裂を背景とした作品を多く残している。インゲボルク・バッハマンはオーストリア出身で、戦後のドイツ語詩壇に彗星の如く現れて一世を風靡すると同時に、放送劇や小説の分野でも活躍した。ここにギュンター・グラスやハインリヒ・ベルなど、その後ノーベル文学賞を受賞することになる作家たちの名前がないことも興味深い。

テープを送り始めたのはハンナの服役後8年目、最後に送ったのは18年目（その年に恩赦の連絡がある）とあることから、1970年代前半から1980年代前半までのことだったと思われる。カセットテープの普及とも合わせて考えることができるだろう。

3-7 映画における天候のイメージ

映画では、小説には書かれていない天候のイメージが効果的に使われている。冒頭の1995年のベルリンの場面は曇天、のち（回想後に）雨。回想が始まり、マイケルとハンナが初めて出会う日の天気は土砂降りの雨で、ハンナがマイケルを家に送っていくときには粉雪に変わっている（この天気の変化は考えてみればやや不自然）。公判中、マイケルがハンナとの面会を考えて拘置所に行く日はかなり激しい雪。恩赦が決まり、刑務所で再会する日は雨が止んだ直後らしい曇天。道路はまだ濡れている（小説では再会のとき、ハンナは外のベンチに座っている。映画では室内の、食堂のようなスペースにいる）。最後にマイケルと娘がハンナの墓参りに行く日も、天気はどんよりとして、地面は濡れ、ところどころに雪が残っている（ただ、1月という設定にもかかわらず、鳥の声は盛んに聞こえている）。このように、映画では重要な場面で悪天候だったり、空がどんよりしていたりすることが多い。

一方で、二人の思い出のクライマックスとも言えるサイクリング旅行は快晴だ。ギムナジウムの生徒たちが集まる夏の水浴場も快晴。大人になったマイケルがシーズンオフに水浴場を訪れる場面は、やや曇っている。主人公の心情がわかりやすく天気に反映されているように思う。

　シュリンクの『朗読者』に対しては、先に紹介したように戦犯の描き方にさまざまな批判もあった。自身が法学者でもあるシュリンクは、アウシュヴィッツ＝悪、という図式的な教育だけでは足りないと強く感じていたのだろう。自分と同世代の主人公を設定し、彼が深く関わった人物が戦争犯罪者であることで、後の世代の人間としても主体的な判断を迫られる、というストーリーを設定した。ミヒャエルは裁判の推移に関わるような情報を裁判長に伝えようとはしない。その点ではみすみすハンナを終身刑にしてしまうわけだが、ここでハンナの刑が軽くなればそれでいいのか、という議論もありうるだろう。

　ミヒャエルは当時のことを知るために強制収容所の跡地を訪れる。また、シュリンクは裁判の場面で、「あなたならどうしたか？」（▶00:58:22）という重要な問いをハンナに出させている。これは裁判長のみならず、読者全員に向けられているとも解釈できるだろう。一人の戦犯の背後にある物語に思いを馳せること。裁判で裁ききれない事柄があると示すこと。通常の裁判では白黒決着をつけなくてはいけないが、それだけでは収まらないという問題意識がこの小説を書かせたのではないだろうか。

　自分が戦時中にハンナの立場だったらどうしたか、という問いのほかに、自分がミヒャエルの立場だったらハンナとどう関わっただろうか、という問いも成り立つ。ミヒャエルは裁判の推移には直接関わらなかったが、ハンナとの連絡を完全に絶つことはなく、朗読テープを送り続けた。ただ、ハンナからの手紙が届いても、返事を書くことはない。彼のなかには、ハンナに対する実に複雑な感情が渦巻いていたと言えるだろう。このように、小説はさまざまな議論のテーマを提供している。前出の『ドイツ語の授業モデル　ベルンハルト・シュリンク「朗読者」』には、解釈をめぐる議論のほかに、夢の分析（小説にはミヒャエルの夢の話が出てくる）や、歴史的事実の紹介（戦争で加害者となった女性たちの存在について）など、教材として使える資料が収録されている。また、ダルドリーの映画についても、重要な場面（教会堂が燃えていたときに囚人たちのために扉を開けなかったのはなぜか、と裁判長からハンナが問われる場面と、それに続くミヒャエルの回想）（▶1:06:40-1:09:50）において何分何秒でどんな台詞や仕草が出てくるかが表とし

て示され、その際に使われるカメラワークとその効果についてキーワードが書かれている。たとえばハンナが顔を上げて裁判長を見つめる場面ではハンナの絶望的な気持ちが凝縮され、そこにミヒャエルの連想のモンタージュが差し込まれることでかつての経験に新しい意味が付加される、というような解釈だ。

　映画は、原作をよく読みこなし、原作へのリスペクトを持ちつつ作られたと言っていいだろう。また、たとえ原作を知らなくても、この映画だけで裁判や戦争犯罪について語れる教材になっていると言える。

　筆者が 2008 年 3 月上旬にベルリンでシュリンクを訪問した際には、「ちょうど昨日撮影を見てきたんですよ」という話題が出た。脚本も事前にチェックし、映画化には満足している様子だった。インターネット上では、彼が監督・脚本家と写っている写真も見つけることができる（森山）。

引用資料

[1] 同時代的神話の創造
フリッツ・ラング監督『ニーベルンゲン』（1924）：
中世英雄叙事詩の戦間期におけるアダプテーション

映画資料

□『ニーベルンゲン　第1部　ジークフリート』、監督フリッツ・ラング、出演パウル・リヒター／マルガレーテ・シェーン／ハンナ・ラルフ、デクラ＝ビオスコープ、1924年、紀伊國屋書店、2003年。

□『ニーベルンゲン　第2部　クリームヒルトの復讐』、監督フリッツ・ラング、出演マルガレーテ・シェーン／ルードルフ・クライン＝ロッゲ、デクラ＝ビオスコープ、1924年、紀伊國屋書店、2003年。

文献資料

□『ニーベルンゲンの歌』前編・後編、相良守峯訳、岩波文庫、1955年。

□宮田眞治「異郷にて——ラング『ニーベルンゲン』とストローブ＝ユイレ『階級関係』」、『文学と映画のあいだ』、野崎歓編、東京大学出版会、2013年、83-106頁。

□ Brüggen, Elke, and Peter Glasner. "*Die Nibelungen* bei Thea von Harbou und Fritz Lang: Zur Popularisierung eines vormodernen Stoffes in der Weimarer Republik." *Die Rhetorik des Populismus und das Populäre: Körperschaftsbildungen in der Gesellschaft*, edited by Till Dembeck and Jürgen Fohrmann, Wallstein, 2022, pp. 267-300.

□ Dürrenmatt, Dieter. *Fritz Lang: Leben und Werk*. Museum des Films, 1982.

□ Eisner, Lotte H. *Die dämonische Leinwand*. Fischer, 1980.

□ Gehler, Fred, and Ullrich Kasten. *Fritz Lang: Die Stimme von Metropolis*. Henschel, 1990.

□ von der Hagen, Friedrich Heinrich, editor. *Der Nibelungen Lied*. Johann Friedrich Unger, 1807.

□ Heller, Heinz-B. "'... NUR DANN ÜBERZEUGEND UND EINDRINGLICH, WENN ES SICH MIT DEM WESEN DER ZEIT DECKT...': Fritz Langs Nibelungen-Film als 'Zeitbild.'" *Die Nibelungen: Sage-Epos-Mythos*, edited by Joachim Heinzle et al., Reichert, 2003, pp. 497-509.

□ Kiening, Christian, and Cornelia Herberichs. "Fritz Lang: *Die Nibelungen* (1924)." *Mittelalter im Film*, edited by Christian Kiening and Heinrich Adolf, De Gruyter, 2006, pp. 189-226.

□ Kracauer, Siegfried. *Von Caligali zu Hitler: Eine psychologische Geschichte des deutschen Films*. 2nd edition, Suhrkamp, 1993.

□ von Liszt, Franz. "Von der Nibelungentreue." *Deutsche Reden in schwerer Zeit*, edited by die Zentralstelle für Volkswohlfahrt und der Verein für volkstümliche Kurse von Berliner Hochschullehrern, vol. 1, Carl Heymanns Verlag, 1914, pp. 325-50.

□ Müller, Ulrich. "Die Nibelungen: Literatur, Musik und Film im 19. und 20. Jahrhundert." *Die Nibelungen: Sage-Epos-Mythos*, edited by Joachim Heinzle et al., Reichert, 2003, pp. 407-44.

□ von See, Klaus. "Das Nibelungenlied – ein Nationalepos?" *Die Nibelungen: Ein deutscher Wahn, ein deutscher Alptraum*, Suhrkamp, 1991, pp. 43-110.

□ Storch, Wolfgang, editor. *Die Nibelungen: Bilder von Liebe, Verrat und Untergang*. Prestel-Verlag, 1987.

□ Töteberg, Michael. *Fritz Lang: Mit Selbstzeugnissen und Bilddokumenten*. Rowohlt, 1985.

□ Zeune, Johann August. *Das Nibelungenlied, ins Neudeutsche übertragen*. Maurersche Buchhandlung, 1814.

［２］ 眼に映る天使と見えない悪魔
エリック・ロメール監督『O侯爵夫人』（1976）における性暴力と公共圏

映画資料
□『O侯爵夫人』、監督エリック・ロメール、出演エディット・クレーファー／ブルーノ・ガンツ、ヤーヌス・フィルムほか、1976 年、ユーロスペース、2004 年。

文献資料
□ 小河原あや「エリック・ロメール──「美」を通じた存在の肯定」、『映画論の冒険者たち』、堀潤之／木原圭翔編、東京大学出版会、2021 年、86-96 頁。

□ ギデンズ、アンソニー『親密性の変容──近代社会におけるセクシュアリティ、愛情、エロティシズム』、松尾精文／松川昭子訳、而立書房、1995 年。

□ 渋谷哲也「二つの『O 侯爵夫人』──小説の映画化における忠実さをめぐる考察」、『ドイツ文学語学研究』第 16 号、学習院大学大学院ドイツ文学語学研究会、1992 年、31-47 頁。

□──「ドイツ連邦共和国における「女性映画」──70 年代を中心に」、『ドイツ文学』、第 105 号、日本独文学会、2000 年、117-27 頁。

□──「ストローブ＝ユイレ──あるいは朗唱する映画」、渋谷哲也編『映画におけるイメージとテクストの関係について──ドイツとフランスのニューシネマを例に』（日本独文学会研究叢書　第 62 号）、日本独文学会、2009 年、1-19 頁。

□──『ドイツ映画零年』、共和国、2015 年。

□──「文学の映画化は「不純」なのか──ヨーロッパ映画におけるアダプテーション」、『文学とアダプテーションⅡ──ヨーロッパの古典を読む』、小川公代／吉村和明編、春風社、2021 年、73-97 頁。

□ ドゥルーズ、ジル『シネマ２ ＊時間イメージ』、宇野邦一／石原陽一郎／江澤健一郎／大原理志／岡村民夫訳、法政大学出版局、2006 年。

□ ハーバーマス、ユルゲン『公共性の構造転換──市民社会の一カテゴリーについての探

究［第 2 版］』、細谷貞雄／山田正行訳、未來社、1994 年。

□ ボニゼール、パスカル『歪形するフレーム──絵画と映画の比較考察』、梅本洋一訳、勁草書房、1999 年。

□ ロメール、エリック「映画作品と、話法の三つの面──間接／直接／超直接」、『美の味わい』、梅本洋一／武田潔訳、勁草書房、1988 年、108-19 頁。

□ Dalle Vacche, Angela. "Painting Thoughts, Listening to Images: Eric Rohmer's *The Marquise of O...*" *Film Quarterly*, vol. 46, no. 4, 1993, pp. 2-15.

□ Doering, Sabine. *Erläuterungen und Dokumente: Heinrich von Kleist "Die Marquise von O..."*, Reclam, 1993.

□ Holms, Diana. "Sex, Gender and Auteurism: The French New Wave and Hollywood." *World Cinema's 'Dialogues' with Hollywood*, edited by Paul Cooke, Palgrave Macmillan, 2007, pp. 154-71.

□ Kammasch, Tim. "Der Gedankenstrich: 'stille Ekstase.'" *Punkt, Punkt, Komma, Strich? Geste, Gestalt und Bedeutung philosophischer Zeichensetzung*, edited by Tim Kammasch and Christine Abbt, transcript, 2009, pp. 119-38.

□ Kanzog, Klaus. "Erzählstrukturen, Filmstrukturen: Eine Einführung." *Erzählstrukturen – Filmstrukturen: Erzählungen Heinrich von Kleists und ihre filmische Realisation*, edited by Klaus Kanzog, Erich Schmidt Verlag, 1981, pp. 7-24.

□ Kleist, Heinrich von. *Sämtliche Werke und Briefe in vier Bänden. Bd. 3: Sämtliche Erzählungen, Anekdoten, Gedichte, Schriften*, edited by Klaus Müller-Salget, Deutscher Klassiker Verlag, 1990.

□ Künzel, Christine. *Vergewaltigungslektüren: Zur Codierung sexueller Gewalt in Literatur und Recht*. Campus Verlag, 2003.

□ Leigh, Jacob. *The Cinema of Eric Rohmer: Irony, Imagination and the Social World*. Continuum, 2012.

□ Link-Heer, Ursula. "Wie 'literarisch' kann ein Film sein? Zu Rohmers *La Marquise d'O.*" *Rohmer intermedial*, edited by Uta Felten and Volker Roloff, Stauffenburg Verlag, 2001, pp. 95-123.

□ Lohmeier, Anke-Marie. "*Die Marquise von O...* (Heinrich von Kleist – Eric Rohmer): Radikale Werktreue." *Interpretationen: Literaturverfilmungen*, erweiterte und aktualisierte Ausgabe, edited by Anne Bohnenkamp, in connection with Tilman Lang, Reclam, 2012, pp. 88-94.

□ Paefgen, Elisabeth K. *Film und Literatur der 1970er Jahre: Eine Studie zu Annäherung und Wandel zweier Künste*. transcript, 2016.

□ Pottbeckers, Diana. *Kleists Erzählungen als Film: Historisierung und Aktualisierung in Literaturverfilmungen*. Verlag Dr. Kovač, 2019.

□ Rohmer, Eric. "Anmerkungen zur Inszenierung." *Die Marquise von O...: Mit Materialien und Bildern zu dem Film von Eric Rohmer und einem Aufsatz von Heinz Politzer*, by Heinrich von Kleist, edited by Werner Berthel, Insel Verlag, 1979, pp. 111-14.

Rohmer, Eric, and Werner Berthel. "Interview mit Eric Rohmer: Die Verfilmung literarischer Vorlagen am Beispiel der Erzählung *Die Marquise von O…*" *Die Marquise von O…: Mit Materialien und Bildern zu dem Film von Eric Rohmer und einem Aufsatz von Heinz Politzer*, by Heinrich von Kleist, edited by Werner Berthel, Insel Verlag, 1979, pp. 115-24.

Schmidt, Jochen. *Heinrich von Kleist: Die Dramen und Erzählungen in ihrer Epoche.* Wissenschaftliche Buchgesellschaft, 2003.

［3］ 権力者ファウストの物語
アレクサンドル・ソクーロフ監督『ファウスト』（2011）

映画資料

□『ファウスト』、監督アレクサンドル・ソクーロフ、出演ヨハネス・ツァイラー／アントン・アダシンスキー／イゾルダ・ディシャウク、2011 年、紀伊國屋書店、2012 年。

□『ファウスト』、監督フリードリヒ・ヴィルヘルム・ムルナウ、出演イェスタ・エクマン／エミール・ヤニングス／カミラ・ホルン、1926 年、紀伊國屋書店、2008 年。

□『モレク神』、監督アレクサンドル・ソクーロフ、出演レオニード・モズゴヴォイ／エレーナ・ルファーノヴァ、1999 年、紀伊國屋書店、2010 年。

文献資料

□ アルクス、リュボーフィ編『ソクーロフ』、西周成訳、パンドラ、1996 年。

□ 井上徹「『牡牛座 レーニンの肖像』解説」、『牡牛座 レーニンの肖像』、DVD 冊子、紀伊國屋書店、2011 年、8-26 頁。

□ クラカウアー、ジークフリート『カリガリからヒットラーまで』、平井正訳、せりか書房、1980 年。

□ ゲーテ、ヨーハン・ヴォルフガング『ファウスト（上・下）』、柴田翔訳、講談社文芸文庫、2003 年。

□ 児玉麻美「21 世紀のファウスト——ソクーロフの『ファウスト』について」、『映画でめぐるドイツ——ゲーテから 21 世紀まで』、青地伯水編著、松籟社、2015 年、49-79 頁。

□ ソクーロフ、アレクサンドル「アレクサンドル・ソクーロフ監督インタヴュー」、『アドルフの食卓——ヒトラー・ソクーロフ・モレク神』、ラピュタ阿佐ヶ谷、2001 年、88-97 頁。

□ ——「映画『太陽』をめぐって——アレクサンドル・ソクーロフ×沼野充義」、『映画「太陽」オフィシャルブック』、太田出版、2006 年、22-47 頁。

□ ——「アレクサンドル・ソクーロフ監督インタビュー（第 68 回ヴェネチア国際映画祭にて：佐藤久理子）」、『ファウスト』DVD 冊子、紀伊國屋書店、2012 年。

□ 橘由布季「ソクーロフによる〈救済されざるファウスト〉——『ファウスト第 2 部』第 5 幕「山峡」との比較において」、『Stufe』、第 36 号、2017 年、41-60 頁。

□ 西田健作「映像の芸術性を最重視——『ファウスト』、細部まで作り込み ベネチア映画祭」、『朝日新聞』、2011 年 9 月 13 日朝刊。

- 『ファウスト博士　付人形芝居ファウスト（ドイツ民衆本の世界III）』、松浦純訳、国書刊行会、1988 年。
- Aumont, Jaques. "»Mehr Licht!« Zu Murnaus *Faust* (1926)." *Literaturverfilmungen*, edited by Franz-Josef Albersmeier and Volker Roloff, Suhrkamp, 1989, pp. 59-79.
- Béghin, Cyril. "Comment Faust passa la montagne." *Cahiers du cinema*, no. 679, 2012, pp. 6-11.
- Deats, Sara Munson. *The Faust Legend: From Marlowe and Goethe to Contemporary Drama and Film*. Cambridge UP, 2019.
- Durrani, Osman. *Faust: Icon of Modern Culture*. Helm Information, 2004.
- ——. "Filmed Fausts: Cardboard Cut-Outs or Blueprints of the Soul?" *Processes of Transposition: German Literature and Film*, edited by Christiane Schönfeld, BRILL, 2007, pp. 27-38.
- Fasbender, Christoph. "*Faust* im Zeitalter seiner technischen Reproduzierbarkeit: Hundert Jahre filmische »Annäherung an einen Mythos«." *Faust: Annäherung an einen Mythos*, edited by Frank Möbus et al., Wallstein, 1996, pp. 169-86.
- Goethe, Johann Wolfgang. *Sämtliche Werke. Briefe, Tagebücher und Gespräche. Bd. 7/1: Faust (Text)*. Edited by Albrecht Schöne, Deutscher Klassiker Verlag, 2005.
- Hedges, Inez. *Framing Faust: Twentieth-Century Cultural Struggles*. Southern Illinois UP, 2006.
- Keppler-Tasaki, Stefan. "Film (in IV: Faust und das »Faustische« – 1850 bis 1945, A: Gattungs- und Mediengeschichte, 36)." *Faust-Handbuch: Konstellationen – Diskurse – Medien*, edited by Carsten Rohde et al., J. B. Metzler, 2018, pp. 316-25.
- Lange-Fuchs, Hauke. *Ja, wäre nur ein Zaubermantel mein! Faust im Film*. 2nd ed., Inter Nationes, 1997.
- Le Rider, Jacques. "Entre Goethe, Murnau et Thomas Mann." *Cahiers du cinema*, no. 679, 2012, pp. 12-13.
- Mahl, Bernd. "Faust-Rezeption." *Goethe Handbuch, Bd. 2 (Dramen)*, edited by Theo Buck, J. B. Metzler, 2004, pp. 478-538.
- Prodolliet, Ernest. *Faust im Kino: Die Geschichte des Faustfilms von den Anfängen bis in die Gegenwart*. Universitätsverlag Freiburg Schweiz, 1978.
- Rayns, Tony. "Reviews: Film of the Month: *Faust*." *Sight and Sound*, vol. 22 (6), 2012, pp. 52-53, 62.
- Rohmer, Eric. *Murnaus Faustfilm: Analyse und szenisches Protokoll*. Translated by Frieda Grafe and Enno Patalas, Carl Hanser Verlag, 1980.
- Schanze, Helmut. "On Murnau's *Faust*: A Generic Gesamtkunstwerk?" *Expressionist Film: New Perspectives*, edited by Dietrich Scheunemann, Boydell & Brewer, 2003, pp. 223-35.
- Sokourov, Alexandre. "Des cycles et des hommes: Entretien avec Alexandre Sokourov." *Cahiers du cinema*, no. 663, 2011, pp. 27-30.

□ ——. "Alexandre Sokourov: Typisch Mann, typisch Faust [Ein Gespräch mit Alexandre Sokourov]." *Wiener Zeitung*, 9 Jan. 2012, https://www.wienerzeitung. at/nachrichten/kultur/film/425730_Typisch-Mann-typisch-Faust.html?em_cnt_ page=1.

□ Sokurow, Alexander. "Unglück bedeutet Gefahr [Ein Gespräch mit Alexander Sokurow (von Thomas E. Schmidt)]." *Die Zeit*, 19 Jan. 2012, https://www.zeit. de/2012/04/Interview-Sokurow/komplettansicht.

［4］ 貧しい民衆のドラマ
ヴェルナー・ヘルツォーク監督『ヴォイツェク』（1979）

映画資料

□『ヴォイツェク』、監督ヴェルナー・ヘルツォーク、出演クラウス・キンスキー／エーファ・マッテス、1979 年、紀伊國屋書店、2013 年。

文献資料

□ 市川明「『ヴォイツェク』における社会的なもの」、『ビューヒナーと現代——吉田次郎先生退職記念論集』、関西学院大学文学部独文科下程研究室、1979 年、106-17 頁。

□ ——「『ヴォイツェク』を上演する」、『待兼山論叢』、第 42 号（文化動態論篇）、2008 年、21-70 頁。

□ 河原俊雄『殺人者の言葉から始まった文学——G・ビューヒナー研究』、鳥影社、1998 年。

□ Bernath, Peter. *Die Sentenz im Drama von Kleist, Büchner und Brecht: Wesensbestimmung und Funktionswandel*. Bouvier, 1976.

□ Brecht, Bertolt. *Werke. Große kommentierte Berliner und Frankfurter Ausgabe. Band 2. Stück 2*. Edited by Werne Hecht et al., Suhrkamp, 1988.

□ Büchner, Georg. *Büchners Werke in einem Band*. Edited by Henri Poschmann, Aufbau 1977.

□ ——. *Sämtliche Werke. Briefe und Dokumente in zwei Bänden. Bd.1: Dichtungen*. Edited by Henri Poschmann, Deutscher Klassiker Verlag, 1992.

□ ——. *Sämtliche Werke. Briefe und Dokumente in zwei Bänden. Bd.2: Schriften, Briefe, Dokumente*. Edited by Henri Poschmann, Deutscher Klassiker Verlag, 1999.

□ ——. *Werke und Briefe. Münchner Ausgabe*. Edited by Karl Pornbacher et al., Hanser, 1988.

□ ——. *Woyzeck* (Suhrkamp BasisBibliothek 94). Edited by Henri Poschmann, Suhrkamp, 2014.

□ Dedner, Burghard. *Erläuterungen und Dokumente: Georg Büchner "Woyzeck"*. Reclam, 2000.

□ Dedner, Burghard, and Eva-Maria Vering. "Ein neues Licht auf Georg Büchners Drama *Woyzeck*." *Frankfurter Allgemeine Zeitung*, 23 Dec. 2005.

☐ Goethe, Johann Wolfgang. *Sämtliche Werke. Briefe, Tagebücher und Gespräche. Bd. 7/1: Faust (Text)*. Edited by Albrecht Schöne, Deutscher Klassiker Verlag, 2005.

☐ Klotz, Volker. *Geschlossene und offene Form im Drama*. Hanser, 1969.

☐ Martin, Ariane. *Georg Büchner*. Reclam, 2007.

☐ Mayer, Hans. *Georg Büchner "Woyzeck"*. Ullstein, 1970.

☐ Pflaum, Hans Günther, et al. *Werner Herzog* (Reihe film 22). Hanser, 1979.

☐ Schneider, Norbert Jürgen. *Handbuch Filmmusik 1: Musikdramaturgie im Neuen Deutschen Film*. Ölschläger, 1990.

☐ Schott, Peter, and Thomas Bleicher. "*Woyzeck* (Georg Büchner – Werner Herzog): Zwischen Film und Theater." *Interpretationen: Literaturverfilmungen*, edited by Anne Bohnenkamp in connection with Tilman Lang, Reclam, 2005, pp. 93-101.

☐ Wirthwein, Heike. *Georg Büchner "Woyzeck"* (Lektüreschlüssel XL). Reclam, 2018.

［5］ プロイセン社会の硬直性を描く
ライナー・ヴェルナー・ファスビンダー監督
『フォンターネ　エフィ・ブリースト』(1974)

映画資料

☐ *Fontane Effi Briest*. Directed by Rainer Werner Fassbinder, performance by Hanna Schygulla, Tango Film, 1974. STUDIOCANAL, 2017.

文献資料

☐ コッホ、ゲルトルート「カメラの前の女性——作家映画における女優の役割について」、粂田文訳、『ファスビンダー』、渋谷哲也／平沢剛編、現代思潮新社、2005 年、57-71 頁。

☐ 渋谷哲也「ライナー・ヴェルナー・ファスビンダーの大いなる妄執」、『ファスビンダー』、渋谷哲也／平沢剛編、現代思潮新社、2005 年、217-50 頁。

☐ 竹田和子「創造と現実の間——アルデンヌ事件から『エフィ・ブリースト』へ」、『セミナリウム』、第 23 号、2001 年、1-24 頁。

☐ ハーケ、ザビーネ『ドイツ映画』、山本佳樹訳、鳥影社、2010 年。

☐ 福原恭平『ラカン　鏡像段階』(現代思想の冒険者たち 13)、講談社、1998 年。

☐ フレーフェルト、ウーテ「市民性と名誉——決闘のイギリス・ドイツ比較」、『国際比較近代ドイツの市民——心性・文化・政治』、ユルゲン・コッカ編著、望月幸男監訳、ミネルヴァ書房、2000 年、133-65 頁。

☐ ラカン、ジャック「〈わたし〉の機能を形成するものとしての鏡像段階——精神分析の経験がわれわれに示すもの」、宮本忠雄訳、『エクリ I』、ジャック・ラカン、宮本忠雄ほか訳、弘文堂、1972 年、123-34 頁。

☐ Anschauer, Elfriede. *Sein, Bewusstsein und Lebenswelt: Studien zu Identitäten in ausgewählten Romanen Theodor Fontanes*. Königshausen & Neumann, 2014.

☐ Brombach, Ilka. "Kritik und Ästhetizismus: Rekonstruktion einer künstlerischen

Position des deutschen Autorenfilms." *Rainer Werner Fassbinder* (TEXT+KRITIK, Heft 103, 2nd ed.). Edited by Michael Töteberg, edition text + kritik, 2015, pp. 31-43.

☐ Elsaesser, Thomas. *Rainer Werner Fassbinder*. 2nd ed., Bertz+Fischer, 2012.

☐ Fontane, Theodor. *Effi Briest. Große Brandenburger Ausgabe*. Edited by Christine Hehle, 1st ed., Aufbau-Verlag, 1998.

☐ ——. *Werke, Schriften und Briefe. Abteilung IV: Briefe. Bd. 3*. Edited by Walter Keitel and Helmuth Nürnberger, Carl Hanser Verlag, 1980.

☐ ——. *Werke, Schriften und Briefe. Abteilung IV: Briefe. Bd. 4*. Edited by Walter Keitel and Helmuth Nürnberger, Carl Hanser Verlag, 1982.

☐ Franke, Manfred. *Leben und Roman der Elisabeth von Ardenne: Fontanes "Effi Briest"*. 2nd ed., Droste, 1995.

☐ Haberer, Anja. *Zeitbilder: Krankheit und Gesellschaft in Theodor Fontanes Romanen "Cécil" (1886) und "Effi Briest" (1894)*. Königshausen & Neumann, 2012.

☐ Lohmeier, Anke-Marie. "Symbolische und allegorische Rede im Film: Die *Effi Briest*-Filme von Gustaf Gründgens und Rainer Werner Fassbinder." *Theodor Fontane* (Sonderband aus der Reihe TEXT+KRITIK), edited by Heinz Ludwig Arnold, edition text + kritik, 1989, pp. 229-41.

☐ Postel, Jeannine. *Das Melodoramatische bei Rainer Werner Fassbinder: Eine Untersuchung anhand der Filme: MARTHA, FONTANE. EFFI BRIEST, LOLA und KATZELMACHER*. Akademischerverlag, 2013.

☐ Töteberg, Michael. "Nachwort." *Fassbinders Filme 3*, edited by Michael Töteberg. Verlag der Autoren, 1990, pp. 177-87.

☐ Villmar-Doebeling, Marion. "*Effi Briest* (Theodor Fontane: Rainer Werner Fassbinder): Zum filmischen Spiegel-Portrait des weiblichen Subjekts und deren Ausstreichung." *Interpretationen: Literaturverfilmungen*, edited by Anne Bohnenkamp in connection with Tilman Lang, Reclam, 2005, pp. 154-63.

［ 6 ］ 海辺の写真機
ルキノ・ヴィスコンティ監督『ベニスに死す』（1971）

映画資料

☐ 『ベニスに死す』、監督ルキノ・ヴィスコンティ、出演ダーク・ボガード／ビョルン・アンドルセン、1971 年、ワーナー・ホーム・ビデオ、2004 年。

文献資料

☐ ヴィスコンティ、ルキノ『ベニスに死す』（ヴィスコンティ秀作集 I）、柳沢一博ほか訳、新書館、1981 年。

☐ ジアネッティ、ルイス『映画技法のリテラシー I ——映像の法則』、堤和子ほか訳、フィルムアート社、2003 年。

□ ドゥルーズ、ジル『シネマ 2 ＊時間イメージ』、宇野邦一ほか訳、法政大学出版局、2006 年。

□ 前田彰一「訳注 11」、『物語の構造——〈語り〉の理論とテクスト分析』、F・シュタンツェル、前田彰一訳、岩波書店、1989 年、14 頁。

□ マン、トーマス『ヴェネツィアに死す』、岸美光訳、光文社古典新訳文庫、2007 年。

□ 山本佳樹「ハンス・カストルプの映画見物——トーマス・マンと〈映画論争〉」、『交錯する映画——アニメ・映画・文学』、杉野健太郎編、ミネルヴァ書房、2013 年、63-113 頁。

□──「ヴィスコンティの『ベニスに死す』における視線のアダプテーション」、『「文化」の解読（21）——文化と伝統』大阪大学大学院言語文化研究科、2021 年、23-32 頁。

□ 若菜薫『ヴィスコンティ——壮麗なる虚無のイマージュ』、鳥影社、2000 年。

□ Adair, Gilbert. *Adzio und Tadzio: Wladyslaw Moes, Thomas Mann, Luchino Visconti: "Der Tod in Venedig"*. Edition Epoca, 2002.

□ Bacon, Henry. *Visconti: Explorations of Beauty and Decay*. Cambridge UP 1998.

□ Lüdeke, Roger. *"Der Tod in Venedig* (Thomas Mann – Luchino Visconti): 'Musiker unter den Dichtern': Zum Stellenwert des Musikalischen." *Interpretationen: Literaturverfilmungen*, erweiterte und aktualisierte Ausgabe, edited by Anne Bohnenkamp, in connection with Tilman Lang, Reclam, 2012, pp. 164-74.

□ Mann, Thomas. *Gesammelte Werke* in 13 Bänden. S. Fischer, 1974.（引用時には、Mann の後に巻数とページ数を VIII, 444 のように示した。）

□ Reed, Terence James. *Thomas Mann: "Der Tod in Venedig": Text, Materialien, Kommentar mit den bisher unveröffentlichen Arbeitsnotizen Thomas Manns*. Carl Hanser Verlag, 1983.

□ Wilson, Michael. "Art is Ambiguous. The Zoom in *Death in Venice*." *Literature/Film Quarterly*, vol. 26, no. 2, 1998, pp. 153-56.

□ Zander, Peter. *Thomas Mann im Kino*. Bertz + Fischer, 2005.

[7] 演劇と映画のあいだで「虫けら」を表現する
ヴァレーリー・フォーキン監督『変身』（2002）

映画資料

□『変身』、監督ワレーリイ・フォーキン、出演エヴゲーニイ・ミローノフ、2004 年、アップリンク、2009 年。

文献資料

□ アルト、ペーター・アンドレ『カフカと映画』、瀬川裕司訳、白水社、2013 年。

□ 上田洋子「舞台上のカフカの世界——ワレーリイ・フォーキン演出『変身』論」、『早稲田大学大学院文学研究科紀要』、第 2 分冊、第 47 号、2001 年、137-46 頁。

□ カフカ、フランツ『変身』、川島隆訳、KADOKAWA、2022 年。

□ 川島隆「カフカを日本語に訳す」、『ナマール』、第 27 号、2022 年、12-25 頁。

□ 瀬川裕司「カフカ映画の（不）可能性」、『ユリイカ』、第 33 巻第 3 号、2001 年、158-69 頁。

□ 多和田葉子「カフカ重ね書き」、『ポケットマスターピース 01 カフカ』、多和田葉子編、

集英社、2015 年、744-55 頁。

□ ツィシュラー、ハンス『カフカ、映画に行く』、瀬川裕司訳、みすず書房、1998 年。

□ バイスナー、フリードリッヒ『物語作者フランツ・カフカ』、粉川哲夫訳、せりか書房、
1976 年。

□ 初見基「虫にならなかったグレーゴル・ザムザ——映画「変身」への傍注」、『みすず』、
第 46 巻第 10 号、2004 年、34-40 頁。

□ 吉田眸『カフカのヴィジュアルな語り——ありのままに見るという読み方』、風濤社、
2018 年。

□ レーマン、ハンス=ティース『ポストドラマ演劇』、谷川道子訳、同学社、2002 年。

□ Beck, Evelyn Torton. *Kafka and the Yiddish Theater: Its Impact on His Work*. U of Wisconsin P, 1971.

□ Berkoff, Steven. *Meditations on Metamorphosis*. Faber and Faber, 1995.

□ Dahm, Johanna. *Indiskrete Blicke: Die Sprachbilder aus Franz Kafkas "Verwandlung" in der Bildsprache der Illustration*. Tenea, 2003.

□ Donnelly, Pat. "A Believable Bug: Chris Swanson put up most of \$1-million budget to make Kafka's Metamorphosis come to life." *Franz Kafka's Metamorphosis, Montreal Gazette*, 30 Aug. 2012. http://metamorphosisonfilm.com/about-us#film-maker (22 Jan. 2023).

□ Jahraus, Oliver. "Kafka und der Film." *Kakfa-Handbuch: Leben – Werk – Wirkung*, edited by Bettina von Jagow and Oliver Jahraus, Vandenhoeck & Ruprecht, 2008, pp. 224-36.

□ Kafka, Franz. *Briefe: April 1914-1917. Kritische Ausgabe*. Edited by Hans-Gerd Koch, Fischer, 2005.

□ ——. *Die Verwandlung. Drucke zu Lebzeiten. Kritische Ausgabe*. Edited by Hans-Gerd Koch et al., Fischer, 1996.

［8］ 機械のまなざしが顔に出会うとき
スタンリー・キューブリック監督『アイズ・ワイド・シャット』（1999）

映画資料

□『アイズ・ワイド・シャット』、監督スタンリー・キューブリック、出演トム・クルーズ／ニコール・キッドマン、ワーナー・ブラザース、1999 年、ワーナー・ホーム・ビデオ、2010 年。

□『2001 年宇宙の旅』、監督スタンリー・キューブリック、出演キア・デュリア／ゲイリー・ロックウッド、ワーナー・ブラザース、1968 年、ワーナー・ホーム・ビデオ、2010 年。

□『バリー・リンドン』、監督スタンリー・キューブリック、出演ライアン・オニール／マリサ・ベレンソン、ワーナー・ブラザース、1975 年、ワーナー・ホーム・ビデオ、2012 年。

文献資料

□ シュニッツラー、アルトゥル『夢奇譚』、池田香代子訳、文春文庫、1999 年。

□ ——『夢小説』、『夢小説・闇への逃走　他一篇』、池内紀／武村知子訳、岩波文庫、1990 年、33-166 頁。

□ ヒューズ、デイヴィッド『キューブリック全書』、内山一樹／江口浩／荒尾信子訳、フィルムアート社、2001 年。

□ ラファエル、フレデリック『アイズ ワイド オープン——スタンリー・キューブリックと「アイズ ワイド シャット」』、鈴木玲子訳、徳間書店、1999 年。

□ ロブロット、ヴィンセント『映画監督スタンリー・キューブリック』、浜野安樹／櫻井英里子訳、晶文社、2004 年。

□ Freud, Sigmund. *Briefe 1873-1939*. S. Fischer, 1960.

□ Kirchmann, Kay. "Neue Räume und ein leeres Zentrum: Stanley Kubricks *Eyes Wide Shut* – Die Metamorphosen des Begehrens." *Weltliteratur des Kinos*, edited by Jörn Glasenapp, Wilhelm Fink, 2016, pp. 185-215.

□ Schnitzler, Arthur. *Traumnovelle* (Universal-Bibliothek 18455). Reclam, 2006.

[9] 音楽劇『三文オペラ』の映画化
ゲオルク・ヴィルヘルム・パプスト監督『3文オペラ』（1931）

映画資料

□ *Die 3-Groschen-Oper*. Directed by Georg Wilhelm Papst, 1931. Absolut Medien, 2008.

□『3文オペラ』、監督ゲオルク・ヴィルヘルム・パプスト、出演ルドルフ・フォルスター／カローラ・ネーアー／ラインホルト・シュンツェル、1931 年、ジュネス企画、2008 年。
＊時間表示および図版は日本版による。

文献資料

□ 市川明「シンガーソングライター、ブレヒト——若き詩人とサブカルチャー」、『ブレヒト——詩とソング』、市川明編著、花伝社、2008 年、11-50 頁。

□ ——「ブレヒト／ヴァイルの音楽劇『三文オペラ』」、『Arts and Media』、第 13 号、大阪大学大学院人文学研究科芸術学専攻アート・メディア論研究室編、2023 年、136-65 頁。

□ 岩淵達治／早崎えりな『クルト・ヴァイル』、ありな書房、1985 年。

□ Aufricht, Ernst Josef. "Ein Ende war nicht abzulesen." *Brechts Dreigroschenoper*, edited by Werner Hecht, Suhrkamp, 1985.

□ Brecht, Bertolt. *Werke. Große kommentierte Berliner und Frankfurter Ausgabe. 30 Bände und ein Registerband*. Edited by Werne Hecht et al., Suhrkamp, 1988-2000.

□ Casparius, Hans. *Photo: Casparius*. Stiftung Deutsche Kinemathek, 1978.

□ Dümling, Albrecht. *Laßt euch nicht verführen: Brecht und die Musik*. Kindler, 1985.

□ Ihering, Herbert. *Bert Brecht hat das dichterische Antlitz Deutschlands verändert*. Edited by Klaus Völker, Kindler, 1980.

□ Knopf, Jan, editor. *Brecht Handbuch. Band 1, Stücke*. J. B. Metzler, 2001.

□ Lenya-Weill, Lotte. *"Das waren Zeiten!" Brechts Dreigroschenoper*, edited by Werner Hecht, Suhrkamp, 1985.

□ Scheberra, Jürgen. *Damals im Romanischen Café* ... Edition Leipzig, 1990.

□ Spoto, Donald. *Lenya: A Life*. Viking, 1989.

[10] ファスビンダーにおける文学映画化の特殊性
ライナー・ヴェルナー・ファスビンダー監督
『ベルリン・アレクサンダー広場』（1979-80）を例に

映画資料

□『ベルリン・アレクサンダー広場』、監督ライナー・ヴェルナー・ファスビンダー、出演ギュンター・ランプレヒト／ハンナ・シグラ、1979-80 年、IVC、2013 年。

文献資料

□『アメリカ』（映画パンフレット）、欧日協会（ユーロスペース）、1986 年。

□ クルバニ、ブルハン／渋谷哲也「インタビュー ブルハン・クルバニ［監督］（ファスビンダーから遠く離れて ベルリン・アレクサンダープラッツ）」、『キネマ旬報』、2021 年 4 月下旬号（1863）、129-32 頁。

□ ソンタグ、スーザン『書くこと、ロラン・バルトについて』、富山太佳夫訳、みすず書房、2009 年。

□ デーブリーン、アルフレート『ベルリン・アレクサンダー広場』（復刻新版）、早崎守俊訳、河出書房新社、2012 年。

□ ファスビンダー、ライナー・ヴェルナー『映画は頭を解放する』、明石政紀訳、勁草書房、1999 年。

□ Döblin, Alfred. *Berlin Alexanderplatz: Die Geschichte vom Franz Biberkopf*. Fischer Taschenbuch Verlag, 2013.

□ Elsaesser, Thomas. *Der Neue Deutsche Film*. Deutsche Erstausgabe, Wilhelm Heyne Verlag, 1994.

□ Fassbinder, Rainer Werner. *Filme befreien den Kopf*. Edited by Michael Töteberg, Fischer Taschenbuch Verlag, 1984.

□ Fischer, Robert, editor. *Fassbinder über Fassbinder*. Verlag der Autoren, 2004.

□ Töteberg, Michael, editor. *Rainer Werner Fassbinder: Die Anarchie der Phantasie. Gespräche und Interviews*. Fischer Taschenbuch Verlag, 1986.

[11] 映画化とリメイクの力学
ケストナー児童文学の映画化にみる社会学

映画資料

□『エーミールと探偵たち』、監督フランツィスカ・ブーフ、出演トビアス・レツラフ／ユ

ルゲン・フォーゲル、2001年、松竹ホームビデオ、2003年。

□『点子ちゃんとアントン』、監督カロリーネ・リンク、出演エレア・ガイスラー／マックス・フェルダー、1999年、CICビクター・ビデオ、2002年。

□『飛ぶ教室』、監督トミー・ヴィーガント、出演ウルリヒ・ノエテン／セバスチャン・コッホ、2003年、松竹ホームビデオ、2004年。

□『ふたりのロッテ』、監督ヨーゼフ・フィルスマイアー、出演フリッツィ・アイヒホーン／フロリアーネ・アイヒホーン、1994年、松竹ホームビデオ、2006年。

□ *Das doppelte Lottchen.* Directed by Josef von Baky, performance by Jutta Günther, Isa Günther, 1950. Universum Film, 2009.

□ *Das fliegende Klassenzimmer.* Directed by Kurt Hoffmann, performance by Paul Dahlke, Heliane Bei, 1954. Universum Film, 2011.

□ *Das fliegende Klassenzimmer.* Directed by Werner Jacobs, performance by Joachim Fuchsberger, Heinz Reincke, 1973. Universum Film, 2011.

□ *Emil und die Detektive.* Directed by Gerhard Lamprecht, performance by Rolf Wenkhaus, Fritz Rasp, 1931. Universum Film, 2011.

□ *Emil und die Detektive.* Directed by Robert A. Stemmle, performance by Peter Finkbeiner, Kurt Meisel, 1954. Universum Film, 2011.

□ *Pünktchen & Anton.* Directed by Thomas Engel, performance by Sabine Eggerth, Peter Feldt, 1953. Universum Film, 2009.

文献資料

□ クライマイアー、クラウス『ウーファ物語(ストーリー)──ある映画コンツェルンの歴史』、平田達治／山本佳樹ほか訳、鳥影社、2005年。

□ クラカウアー、ジークフリート『カリガリからヒトラーへ──ドイツ映画1918-1933における集団心理の構造分析』、丸尾定訳、みすず書房、1970年。

□ ケストナー、エーリヒ『ケストナーの終戦日記』、高橋健二訳、駸々堂、1985年。

□ コードン、クラウス『ケストナー──ナチスに抵抗し続けた作家』、那須田淳／木本栄訳、偕成社、1999年。

□ ジアネッティ、ルイス『映画技法のリテラシーⅠ──映像の法則』、堤和子ほか訳、フィルムアート社、2003年。

□ ハーケ、ザビーネ『ドイツ映画』、山本佳樹訳、鳥影社、2010年。

□ ハヌシュク、スヴェン『エーリヒ・ケストナー──謎を秘めた啓蒙家の生涯』、藤川芳朗訳、白水社、2010年。

□ Anz, Thomas. "Nachwort: Erich Kästner zwischen den Medien." *Werke*, vol. 5, by Erich Kästner, edited by Thomas Anz, Carl Hanser Verlag, 1998, pp. 775-88.

□ Doderer, Klaus. *Erich Kästner: Lebensphasen – politisches Engagement – literarisches Wirken.* Beltz Juventa, 2002.

□ IMDb. http://www.imdb.com/name/nm0477696/?ref_=fn_al_nm_1#writer. (2023/08/16).

□ Jatho, Gabriele. "'Mann, wir drehen doch hier einen Film!' Zur Entstehung von *Emil und die Detektive.*" *Emil und die Detektive. Drehbuch von Billie Wilder frei nach dem Roman von Erich Kästner zu Gerhard Lamprechts Film von 1931,* by Billie Wilder, edition text + kritik, 1998, pp. 159-63.

□ Schmid, Johannes. *Erich Kästner-Verfilmung und ihre Remakes.* Grin, 2000.

□ Simonet, Thomas. "Conglomerates and Content: Remakes, Sequels and Series in the New Hollywood." *Current Research in Film: Audiences, Economics and Law,* vol. 3, by Bruce A. Austin, Ablex, 1987, pp. 154-62.

□ Tornow, Ingo. *Erich Kästner und der Film.* DTV, 1998.

［12］ トランジット空間に生きる人々
クリスティアン・ペツォルト監督『未来を乗り換えた男』（2018）

映画資料

□『未来を乗り換えた男』、監督クリスティアン・ペツォルト、出演フランツ・ロゴフスキ／パウラ・ベーア、2018 年、アルバトロス、2019 年。

文献資料

□ オジェ、マルク『非－場所──スーパーモダニティの人類学に向けて』、水声社、2017 年。

□ サイード、エドワード『故国喪失についての省察』、大橋洋一／近藤弘幸／和田唯／三原芳秋訳、みすず書房、2006 年。

□ ゼーガース、アンナ『トランジット』、『新集　世界の文学 42』、藤本淳雄訳、中央公論社、1971 年。

□ Abel, Marco. "The Cinema of Identification Gets on my Nerves: An Interview with Christian Petzold by Marco Abel." *Cineaste,* https://www.cineaste.com/summer2008/the-cinema-of-identification-gets-on-my-nerves.

□ Albrecht, Friedrich. "Zwischen den Grenzpfählen der Wirklichkeit: Zur Todesproblematik bei Anna Seghers." *Bemühungen: Arbeiten zum Werk von Anna Seghers 1965-2004,* Peter Lang, 2005.

□ Bock, Sigrid, editor. *Über Kunstwerk und Wirklichkeit: Anna Seghers. IV Ergänzungsband.* Akademie Verlag, 1979.

□ Böcking, Cordula. "Europe was built on blood: Christian Petzold as a European filmmaker." *The Routledge Companion to European Cinema,* edited by Gábor Gregely and Susan Hayward, Routledge, 2022, pp. 49-57.

□ Emcke, Carolin. "Sehen Versuchen." *Frankfurter Allgemeine Sonntagszeitung,* 14 Oct. 2018, no. 41.

□ Film at Lincoln Center. 2018/12/08, https://www.youtube.com/watch?v=XLLAf7Wv-iw.

□ Fisher, Jaimey. *Christian Petzold.* U of Illinois P, 2013.

☐ france.fr., https://jp.france.fr/ja/provence/article/146393.

☐ Hilzinger, Sonja. *Anna Seghers*. Reclam, 2015.

☐ LaGambina, Gregg. "Films without Borders: An Interwiew with Christian Petzold." *Los Angels Review of Books*, 6 May 2019, https://lareviewofbooks.org/article/films-without-borders-an-interview-with-christian-petzold/.

☐ Landwehr, Margarete J. "Empathy and Community in the Age of Refugees: Petzold's Radical Translation of Seghers' *Transit*." *MDPI*, 19 Nov. 2020, https://www.mdpi.com/2076-0752/9/4/118.

☐ Lazic, Elena. "Christian Petzold discusses *Transit*." *Seventh Row*, 22 Mar. 2019, https://seventh-row.com/2019/03/22/christian-petzold-transit/.

☐ Neugebauer, Heinz. *Anna Seghers: Schriftsteller der Gegenwart*. Volk und Wissen Volkseigener Verlag Berlin, 1959.

☐ Petzold, Christian. "Verfilmen." *Frankfurter Allgemeine Sonntagszeitung*, 21 Oct. 2018, no. 42, p. 48.

☐ Rodek, Hans-Georg. "Wir reden über Flüchtlinge, als wären sie eine Grippe-epidemie" *Die Welt*. 5 Apr. 2018.

☐ Romero, Christiane Zehl. *Anna Seghers: Eine Biographie: 1900-1947*. Aufbau Verlag, 2000.

☐ Seghers, Anna. *Transit*. Aufbau, 2020.

[13] アフリカ版『老貴婦人の訪問』
ジブリル・ジオップ・マンベティ監督『ハイエナ』（1992）

映画資料

☐ *Hyènes*. Directed by Djibril Diop Mambéty, performance by Ami Diakhate and Mansour Diouf, California Newsreel, 1992. trigon-film, 2006.

☐ *The Visit*. Directed by Bernhard Wicki, performance by Ingrid Bergman and Anthony Quinn, 20th Century Fox, 1964. Winkler Film, 2011.

☐ *Touki Bouki: The Journey of the Hyena*. Directed by Djibril Diop Mambéty, performance by Magaye Niang and Mareme Niang, World Cinema Foundation, 1973. Criterion Collection, 2021.

文献資料

☐ 市川明「訳者解題『老貴婦人の訪問』」、『デュレンマット戯曲集』第 2 巻、鳥影社、2013 年、655-61 頁。

☐ デュレンマット、フリードリヒ『老貴婦人の訪問』、市川明訳、『デュレンマット戯曲集』第 2 巻、鳥影社、2013 年、5-151 頁。

☐ Dürrenmatt, Friedrich. *Der Besuch der alten Dame: Eine tragische Komödie. Werkausgabe*. Vol. 5, Diogenes, 1998.

Gmür, Hans. "Wicki hat nicht recht. Friedrich Dürrenmatt im Gespräch." *Die Weltwoche*, 15 Apr. 1965, quoted from *Play Dürrenmatt: Ein Lese- und Bilderbuch*, edited by Schweizer Fernsehen DRS, Diogenes, 1996, pp. 86-88.

Mambéty, Djibril Diop. "›Hyènes‹: Die alte Dame im Senegal." *Play Dürrenmatt: Ein Lese- und Bilderbuch*, edited by Schweizer Fernsehen DRS, Diogenes, 1996, pp. 92-95.

Ukadike, N. Frank, and Djibril Diop Mambéty. "The Hyena's Last Laugh." *Transition*, no. 78, Indiana UP, 1998, pp. 136-53, https://doi.org/10.2307/2903181.

Weber, Urlich. *Friedrich Dürrenmatt: Eine Biographie*. Diogenes, 2020.

Weber, Urlich, et al., editors. *Dürrenmatt Handbuch: Leben – Werk – Wirkung*. J. B. Metzler, 2020.

Wicki, Bernhard. "Gespräch mit Buchmüller am 11. 11. 1995 in München." *Play Dürrenmatt: Ein Lese- und Bilderbuch*, edited by Schweizer Fernsehen DRS, Diogenes, 1996, pp. 83-85.

[14] オスカルはなぜ子どものまま、成長しなかったのか？
フォルカー・シュレンドルフ監督『ブリキの太鼓』（1979）：文学と映画の対話

映画資料

『ブリキの太鼓』、監督フォルカー・シュレンドルフ、出演マリオ・アドルフ／アンゲラ・ヴィンクラー／ダーフィト・ベンネント、1979 年、カルチュア・パブリッシャーズ、2004 年。（ディレクターズカット版、2010 年、角川書店、2012 年。）
＊時間表示および図版は 2004 年の DVD による。

文献資料

大江健三郎「『ブリキの太鼓』小説と映画」、『朝日新聞』、1981 年 4 月 7 日東京夕刊、5 面。

扇田昭彦「大地の笑いが生み落とした悪漢映画」、『キネマ旬報』、1981 年 4 月上旬号（808）、92-93 頁。

粉川哲夫「自由都市ダンツィヒの失われた名誉」、『キネマ旬報』、1981 年 4 月上旬号（808）、94-95 頁。

澁澤龍彦「ブリキの太鼓　あるいは退行の意志」、『イメージフォーラム』、第 2 巻第 9 号、1981 年 7 月号、189-93 頁。

瀬川裕司／松山文子／奥村賢編『ドイツ・ニューシネマを読む』、フィルムアート社、1992 年。

依岡隆児「異分野協働の観点から見た『ブリキの太鼓』──小説と映画の間」、『言語文化研究』、第 29 巻、徳島大学総合科学部、2021 年、59-78 頁。

Anonym. *Die Bedeutung der Rolle von Oskar Matzerath in der "Blechtrommel": Eine Analyse von Buch und Film*. Grin, 2016.

Auffenberg, Christian. *Vom Erzählen des Erzählens bei Günter Grass: Studien zur immanenten Poetik der Romane, "Die Blechtrommel" und "Die Rättin"*. Lit, 1993.

□ Blumenberg, Hans-Christoph. *Kinozeit: Aufsätze und Kritiken zum modernen Film 1976-1980.* Fischer Taschenbuch Verlag, 1986.

□ Gerstenberg, Renate. *Zur Erzähltechnik von Günter Grass.* Winter, 1980.

□ Grass, Günter. "Ich habe zuviel Respekt vor dem Filmmachen." *Günter Grass Werkeausgabe in 10 Bänden, Band X,* Luchterhand, 1987 (Grass [1987]).

□ ——. *Die Blechtrommel. Günter Grass Werke. Neue Göttinger Ausgabe in 24 Bänden, Band 4,* Steidl, 2020 (Grass [2020]).

□ Hoestery, Ingeborg. "Das Literarische und das Filmische: Zur dialogischen Medialität der *Blechtrommel.*" *Ästhetik des Engagements,* by Günter Grass, edited by Hans Adler and Jost Hermand, Peter Lang, 1996.

□ Kerekes, Klaudia. *Untersuchungen zu der "Blechtrommel" von Günter Grass und zum gleichnamigen Film von Volker Schlöndorff: Frauengestalten um Oskar Matzerath.* Grin, 2011.

□ Matrinec, Thomas. "Perspective and Reality: Chinematic Transformation of the Narrative Perspektive in Schlöndorff's *Die Blechtrommel.*" *Processes of Transposition: German Literature and Film,* edited by Christiane Schönfeld, Rodopi, 2007, pp. 169-90.

□ Neis, Edger. *Günter Grass "Die Blechtrommel"* (Königs Erläuterungen und Materialien, Band 159/159a). C. Bange Verlag, 1989.

□ Neumann, Uwe, editor. *Alles gesagt? Eine vielstimmige Chronik zu Leben und Werk von Günter Grass.* Steidl, 2017.

□ Schlöndorff, Volker. *Die Blechtrommel: Tagebuch einer Verfilmung.* Luchterhand, 1979.

□ Schlöndorff, Volker, and Günter Grass. *Die Blechtrommel als Film.* Zweitausendeins, 1979.

[15] 分断が消滅する映像的瞬間
コンラート・ヴォルフ監督『引き裂かれた空』（1964）

映画資料

□『引き裂かれた空』、監督コンラート・ヴォルフ、出演レナーテ・ブルーメ／エーベルハルト・エッシェ、1964 年、丸善出版株式会社、2018 年。

文献資料

□ ヴォルフ、クリスタ『引き裂かれた空』、井上正蔵訳、集英社、1973 年。

□ 宮崎麻子「旧東ドイツの視覚詩」（修士論文）、東京大学大学院総合文化研究科、2005 年。

□ Austin, Thomas. "Spectral cinema from a phantom state: film aesthetics and the politics of identity in *Divided Heaven and Solo Sunny.*" *Studies in Eastern European Cinema,* vol. 7, issue 3, 2016, pp. 274-86. オンライン公開版 pp. 1-11. http://sro.sussex. ac.uk/id/eprint/61760/ (9 July 2023).

□ Berghahn, Daniela. "Do the right thing? Female allegories of nation in Aleksandr Askoldov's Komissar (USSR, 1967/87) and Konrad Wolf's *Der Geteilte Himmel* (GDR,

1964)." *Historical Journal of Film, Radio and Television*, vol. 26, no. 4, Oct. 2006, pp. 561-77.

☐ Byg, Barton. "Geschichte, Trauer und weibliche Identität im Film: *Hiroshima mon amour* und *Der geteilte Himmel*." Translated by Thomas Nolden, *Zwischen gestern und morgen. Schriftstellerinnen der DDR aus amerikanischer Sicht*, edited by Ute Brandes, Peter Lang, 1992, pp. 95-112.

☐ Dahlke, Günther. "«Geteilter Himmel» und geteilte Kritik: Über die Dialektik von Glück und Unglück und einige andere Fragen." *Sinn und Form*, no. 2, 1964, pp. 307-17.

☐ Deutsche Akademie der Künste zu Berlin. *Probleme des sozialistischen Realismus in der darstellenden Kunst, behandelt am Beispiel "Der geteilte Himmel"*. Referat und Diskussionsbeiträge der II. Plenartagung der Deutschen Akademie der Künste zu Berlin vom 30. Juni 1964.

☐ Elsaesser, Thomas, and Michael Wedel. "Defining DEFA's Historical Imaginary: The Films of Konrad Wolf." *New German Critique*, Winter, 2001, no. 82, pp. 3-24.

☐ Feinstein, Joshua. *Triumph of the Ordinary: Depictions of Daily Life in the East German Cinema 1949-1989*. U of North Carolina P, 2002.

☐ filmportal.de. "PROTOKOLL VOM 25.8.1970. ZUM VERBOT DES FILMS," https://www.filmportal.de/node/53075/material/702841 (12 Jan. 2022).

☐ Geisthardt, Hans-Jürgen. "Das Thema der Nation und zwei Literaturen. Nachweis an: Christa Wolf – Uwe Johnson." *neue deutsche literatur*, no.6, 1966, pp. 48-69.

☐ Gregor, Ulrich, and Heinz Ungureit. "Interview mit Konrad Wolf." *Wie sie filmen: Fünfzehn Gespräche mit Regisseuren der Gegenwart*, edited by Ulrich Gregor, Sigbert Mohn Verlag, 1966, pp. 309-37.

☐ Heiduschke, Sebastian. "Das ist die Mauer, die quer durchgeht. Dahinter liegt die Stadt und das Glück: DEFA Directors and their Criticism of the Berlin Wall." *Colloquia Germanica*, vol. 40, issue 1, 2007, pp. 37-50.

☐ Hell, Julia. *Post-Fascist Fantasies: Psychoanalysis, History, and the Literature of East Germany*. Duke UP, 1997.

☐ Klocke, Sonja E. "(Anti-)faschistische Familien, (post-)faschistische Körper und die Frage nach der Ankunftsliteratur. Christa Wolfs *Der geteilte Himmel*." *Christa Wolf: Im Strom der Erinnerung*, edited by Carsten Gansel, V&R, 2015, pp. 91-109.

☐ Kühnel, Thomas. "'Dieser seltsame Stoff Leben': Konrad Wolfs *Der Geteilte Himmel* zwischen Experiment und Kritik." *Augen-Blick. Marburger Hefte zur Medienwissenschaft*, no.14, 1993, pp. 25-39.

☐ Leeder, Karen. "'ich fühle mich in grenzen wohl': The metaphors of boundary and boudaries of metaphor in 'Prenzlauer Berg'" *Prenzlauer Berg: Bohemia in East Berlin?*, edited by Philip Brady and Ian Wallace, Rodopi, 1995, pp. 19-44.

☐ Magenau, Jörg. *Christa Wolf: Eine Biographie. Überarbeitete und erweiterte Neuausgabe*.

Rowohlt, 2013.

☐ Schlenstedt, Dieter. "Motive und Symbole in Christa Wolfs Erzählung *Der geteilte Himmel.*" *Weimarer Beiträge*, no.1, 1964, pp. 77-104.

☐ *Sonntag. Wochenzeitung für Kulturpolitik, Kunst und Wissenschaft*, no. 42, 18. Oct. 1964, "Diskussion *Der geteilte Himmel*: Ein filmisches Kreuzworträtsel?"

☐ Wolf, Christa. *Werke 1: Der geteilte Himmel: Erzählung*. Luchterhand, 1999.

☐ ——. *Ein Tag im Jahr: 1960-2000*. Suhrkamp, 2008.

[16] ブロッホは何を見たか
ヴィム・ヴェンダース監督『ゴールキーパーの不安』（1971）

映画資料

☐『ゴールキーパーの不安』、監督ヴィム・ヴェンダース、出演アルトゥール・ブラウス／カイ・フィッシャー、1971 年、ハピネット・ピクチャーズ、1998 年。

文献資料

☐ ヴェンダース、ヴィム『映像（イメージ）の論理』、三宅晶子／瀬川裕司訳、河出書房新社、1992 年。

☐ 梅本洋一ほか編『天使のまなざし――ヴィム・ヴェンダース、映画を語る』、フィルムアート社、1988 年。

☐ 瀬川裕司『物語としてのドイツ映画史――ドイツ映画の 10 の相貌』、明治大学出版会、2021 年。

☐ ハントケ、ペーター『不安 ペナルティキックを受けるゴールキーパーの……』、羽白幸雄訳、三修社、1971 年。

☐ 平子義雄『言葉をめぐり物語をめぐる――ペーター・ハントケの世界』、鳥影社、1998 年。

☐ ラオ、ラインホルト『ヴィム・ヴェンダース』、瀬川裕司／新野守広訳、平凡社、1992 年。

☐ Brady, Martin, and Joanne Leal. *Wim Wenders and Peter Handke: Collaboration, Adaptation, Recomposition*. Radopi, 2011.

☐ Grab, Norbert. *Wenders*. Edition Filme, 1991.

☐ Handke, Peter. *Die Angst des Tormanns beim Elfmeter*. Suhrkamp, 1972.

☐ ——. *Die Angst des Tormanns beim Elfmeter* (TEXT+KRITIK, Heft 24). edition text + kritik, 1969, pp. 3-4.

☐ Kepplinger-Prinz, Christoph. "*Die Angst des Tormanns beim Elfmeter*: Entstehungskontext." https://handkeonline.onb.ac.at/node/1347.

☐ Köster, Werner. *Wim Wenders und Peter Handke: ‚Kongenialität' – intermediale Ästhetik – Kommentarbedürftigkeit*. Tactum, 2015.

☐ Malaguti, Simone. *Wim Wenders' Filme und ihre intermediale Beziehung zur Literatur Peter Handkes*. Peter Lang, 2008.

☐ Nägele, Rainer, and Renate Voris. *Peter Handke*. C. H. Beck, 1978.

□ Wim Wenders Stiftung. "Digitalisierung: *Die Angst des Tormanns beim Elfmeter.*" https://wimwendersstiftung.de/digitalisierung/.

［17］ ピアノ教授に一本の赤い薔薇は手渡されない
ミヒャエル・ハネケ監督『ピアニスト』（2001）

映画資料

□『ピアニスト』、監督ミヒャエル・ハネケ、出演イザベル・ユペール／ブノワ・マジメル、2001年、アミューズ・ビデオ、2002年。

文献資料

□ イェリネク、エルフリーデ『ピアニスト』新訳版、中込啓子訳、鳥影社、2021年。
□ 中込啓子『ジェンダーと文学──イェリネク、ヴォルフ、バッハマンのまなざし』、鳥影社、1996年。
□ バッハマン、インゲボルク／パウル・ツェラン『バッハマン／ツェラン往復書簡──心の時』、中村朝子／吉本素子訳、青土社、2011年。
□ ハネケ、ミヒャエル／ミシェル・スィユタ／フィリップ・ルイエ『ミヒャエル・ハネケの映画術──彼自身によるハネケ』、福島勲訳、水声社、2015年。
□『ピアニスト』日本公開用パンフレット、2001年。
□ 松下たえ子『ヴィルヘルム・ミュラー読本──冬の旅だけの詩人ではなかった』、未知谷、2021年。
□ Jelinek, Elfriede. *Die Klavierspielerin.* Rowohlt Taschenbuch Verlag, 2001.
□ ──. *Isabelle Huppert in "Malina": Ein Filmbuch von Elfriede Jelinek. Nach dem Roman von Ingeborg Bachmann: Mit Mathieu Carriere als Malina in einem Film von Werner Schroeter.* Suhrkamp, 1991.
□ Jelinek, Elfriede, et al. *Sturm und Zwang: Schreiben als Geschlechterkampf.* Ingrid Klein Verlag, 1995.
□ Mayer, Verena, and Roland Koberg. *Elfriede Jelinek: Ein Portrait.* Rowohlt, 2006.
□ Winter, Riki. "Gespräch mit Elfriede Jelinek.", *Dossier 2: Elfriede Jelinek*, edited by Kurt Bartsch and Günther Höfler, Literaturverlag Droschl, 1991, pp. 9-19.

［18］ 嗅覚を視覚化する試み
トム・ティクヴァ監督『パフューム　ある人殺しの物語』（2006）

映画資料

□『パフューム　ある人殺しの物語』、監督トム・ティクヴァ、出演ベン・ウィショー／レイチェル・ハード＝ウッド／アラン・リックマン／ダスティン・ホフマン、コンスタンティン・フィルム、2006年、ギャガ、2014年。
□ *Rossini – oder die mörderische Frage, wer mit wem schlief.* Directed by Helmut Dietl,

performance by Götz George, Diana Film, 1997. Constantin Film, 2021.

文献資料

□ 川東雅樹「匂いの仮面に素顔なし――ジュースキントの『香水』について」、『独語独文学研究年報』、第 27 号、2000 年、1-13 頁。

□ 松村朋彦『五感で読むドイツ文学』、鳥影社、2017 年。

□ Birkin, Andrew, et al. "Das Drehbuch." *Das Parfum: Das Buch zum Film*, Diogenes, 2006, pp. 31-137.

□ Eichinger, Bernd. "Gespräch mit Bernd Eichinger." *Das Parfum: Das Buch zum Film*, Diogenes, 2006, pp. 25-29.

□ Lueken, Verena. "›Das Parfum‹ – vom Buch zum Film." *Das Parfum: Das Buch zum Film*, Diogenes, 2006, pp. 7-18.

□ Staiger, Michael. *Literaturverfilmungen im Deutschunterricht*. Oldenbourg Schulbuchverlag, 2010.

□ Süskind, Patrick. *Das Parfum: Die Geschichte eines Mörders*. Diogenes, 1994.

□ Tykwer, Tom. "Gespräch mit Tom Tykwer." *Das Parfum: Das Buch zum Film*, Diogenes, 2006, pp. 19-24.

[19] ミヒャエルは「愛」を読んだのか？
スティーヴン・ダルドリー監督『愛を読むひと』(2009)

映画資料

□『愛を読むひと』、監督スティーヴン・ダルドリー、出演ケイト・ウィンスレット／レイフ・ファインズ、2009 年、ウォルト・ディズニー・ジャパン、2014 年（完全無修正版）。

文献資料

□『愛を読むひと』公式パンフレット、ショウゲート、2000 年。

□ 斎藤美奈子『趣味は読書。』、平凡社、2003 年。

□ シュリンク、ベルンハルト『朗読者』、松永美穂訳、新潮文庫、2003 年。

□ 森山京子「インタヴュー」、https://eiga.com/movie/53191/ （29 Mar. 2022）。

□ Greese, Bettina, and Almut Peren-Eckert, with contributions from Sonya Pohsin. *Ein Fach Deutsch Unterrichtsmodell: Bernhard Schlink "Der Vorleser": Mit Materialien zum Film*. Edited by Johannes Diekhaus, Bildungshaus Schulbuchverlage, 2010.

□ Heigenmoser, Manfred. *Erläuterungen und Dokumente: Bernhard Schlink "Der Vorleser"*. Reclam, 2005.

□ Schlink, Bernhard. *Der Vorleser*. Diogenes, 1997.

映画用語集

アイライン・マッチ eyeline match

演技者のアイライン（視線）を利用したショットのつなぎ。たとえば、ある人物が観客から見て画面外左に視線を向けるショットの次に、見られている事物のショットを提示する。その場合、その事物は人物が画面外右にいることを示唆するアングルで捉えられる。そうすることによって、観客の画面内の空間認識を混乱させることなく、なめらかなコンティニュイティ（連続性）が保たれる。

☞カメラ・アングル、コンティニュイティ編集、ショット／切り返しショット、
180 度システム

アイリス iris

シーン転換のための編集技法の一つ。レンズの絞り（アイリス）を模した形状のマスクを開くことによって映像を提示したり（アイリスイン）、閉じることによって消去したりする（アイリスアウト）。一般に、アイリスインは次第に見えてくる映像の大きさを強調し、アイリスアウトは映像の細部に注意を向けさせる効果がある。

☞シーン、ディゾルヴ、フェイド、ワイプ

アダプテーション adaptation

物語が、異なるメディアへ移し替えられること。たとえば、演劇から映画へ、小説から映画へ、テレビドラマから映画への置換である。これに対して、リメイクの場合は、メディアの変更が起こらないアダプテーションである。アダプテーションには、翻案者の解釈や新たな創造のプロセスが介在する。特に脚本に関して、原作のないオリジナル脚本と区別し、原作を脚色する行為を指す場合もある。

アトラクションの映画 cinema of attractions

アメリカの映画学者トム・ガニングが 1986 年に発表した論文で提唱した概念。映画の誕生から 1900 年代半ばあたりまでの映画を、直線的な映画史観に基づいてその後の物語映画の未熟な初歩段階とみなすのではなく、「アトラクションの映画」（見世物の映画）という別種の映画であるとした。これは、自己完結的な物語世界に観客の没入を促すのではなく、露出症的に観客の注意や興味を喚起することを目的とする映画である。たとえば、登場人物がカメラ（＝観客）に向かって視線を送ったり、しきりに身振り手振りをするなどして注意をひこうとする。あるいは、珍奇な見世物的性質によって観客の好奇心を喚起し、驚きやショックなどの即時の反応を引きだす。

アフレコ post-synchronization

和製英語であるアフター・レコーディングの略。映像が撮影・編集された後に、画面上の動きに同期させて音（セリフや環境音などの物語世界に属する音）を録音すること。1930 年代初頭のサイレント映画からトーキーへの移行期に、同時録音が困難な状況下で撮影されたシーンへの追加録音や、言語の発音に問題のある俳優のセリフの吹き替えのために編み出された。現在でも、経費削減や録音の失敗などの、さまざまな事情に応じて用いられる。

アングル angle ☞カメラ・アングル

イーリング・コメディ Ealing comedy

第二次世界大戦直後のイギリスで、イーリング・スタジオによって製作されたコメディ

映画。しばしば、身近な日常世界のなかで起こる荒唐無稽な事件が描かれる。戦後の耐乏生活への不満とそこからの解放、階級を超えた共同体の団結精神、ドキュメンタリー的リアリズムが特徴としてあげられる。代表的作品は、『ピムリコへの旅券』(1949)、『やさしい心と宝冠』(1949) など。

色温度 color temperature

色温度（いろおんど、しきおんど）とは、光の色の度合いのこと。ケルビン（K）という単位を用いて数値で表される。色温度が低いほど暖色系の色（赤、オレンジ）となり、中間は白系の色となり、高いほど寒色系の色（青）となる。フィルムの種類や照明などによって、画面の色温度を調節することができる。たとえば『ヴァージン・スーサイズ』(1999) では、色温度の低いオレンジがかった映像が多くを占めるが、いくつかの重要なシーン（たとえば自殺した姉妹の遺体が発見されるシーンなど）には、色温度の高い青みがかった映像が用いられている。色温度を調整することによって、その場面の時間帯（昼か夜か）、場所（屋内か屋外か）、天気などを表し、さらには登場人物の心理などを暗示することができる。

インタータイトル、説明字幕 intertitle

文章を映し出したショットのこと。1900 年代半ば以降のサイレント映画において、観客に正確にわかりやすく物語を伝えるための手法として用いられた。これから起こるアクションの要約、状況設定の説明など、第三者的視点での説明を主な目的とする。あるいは、登場人物のセリフの内容や思考を伝える内容のものもある。

ヴァンプ vamp

性的魅力にあふれ、男を誘惑して食い物にする妖婦の意。Vampire を略した呼称。『愚者ありき』(1915) でセダ・バラが演じたキャラクターがその元祖で、バラは The Vamp の愛称で知られた。

ヴォイスオーヴァー voice-over

画面内の人物による発話と同期しない声を入れる技法、またはその声そのものを指す。登場人物ではない声のヴォイスオーヴァーの場合は、画面内のアクションの解説・分析などを行う。これはナレーションとも呼ばれる。登場人物の声のヴォイスオーヴァーの場合は、次の二つの場合がある。画面内のアクションの解説・分析などを行う場合すなわちナレーションの場合と、登場人物の心中を伝える場合である。フィルム・ノワールではヴォイスオーヴァーが使われることが多いが、たとえば『深夜の告白』(1944) では、レコーダのマイクに向かって話す男の声が映画の大部分を占めるフラッシュバックのナレーションを務める。また、『サンセット大通り』(1950) では死んだはずの主人公のヴォイスオーヴァーが自らが死にいたる物語のナレーションを務める。また、主人公以外の登場人物のヴォイスオーヴァーがナレーションを務める映画には、たとえばテレンス・マリック監督の『地獄の逃避行』(1973) がある。

☞フィルム・ノワール、フラッシュバック

ウーファ Ufa

ウニヴェルズム映画株式会社（Universum-Film Aktiengesellschaft）の略称。ドイツ史上最大の映画コンツェルン。第一次世界大戦中の 1917 年 12 月に、エーリヒ・ルーデンドルフ将軍の要請により、政府と財界の資金援助を受けて、既存の映画会社を統合するかたちで誕生した。第一次世界大戦後の 1921 年に民営化されると、『最後の人』(1924、フリードリヒ・ヴィルヘルム・ムルナウ監督)、『メトロポリス』(1927、フリッツ・ラング監督) をはじめとするサイレント映画の名作を生みだし、ドイツ映画の黄金時代を

支えた。トーキーへの転換期にも、『嘆きの天使』（1930、ジョセフ・フォン・スタンバーグ監督）などの成功で見事な対応ぶりを見せた。1933年以降のナチス政権下では、宣伝相ヨーゼフ・ゲッベルスの意向が事実上この会社を支配するようになり、1937年には国有化された。第二次世界大戦後、バーベルスベルクにあった広大な撮影所は東ドイツのデーファに引き継がれた。西側では、1953年に連邦議会による解体法が発効。それにもかかわらず1956年に蘇ったが、すぐに負債を抱え、出版企業のベルテルスマンに売却された。その後も所有者は変わりながらも、ウーファの名称は生き続けている。
☞デーファ

映画製作倫理規定　☞プロダクション・コード

映画の誕生

映画の誕生以前にも、17世紀以降、動く映像を投影するためのさまざまな装置（幻燈機、パノラマ、ジオラマなど）が発明されてきた。19世紀に写真が発明されると、エドワード・マイブリッジとエティエンヌ＝ジュール・マレーによって、動物の運動を解析するための連続写真の撮影が行われた。彼らの連続写真は、トマス・エジソンやリュミエール兄弟に刺激を与え、映画の誕生に大きな役割を果たした。1888年以降、エジソンは、世界最初の映画カメラであるキネトグラフの開発を進め、1891年には、キネトグラフで撮影した映像を見るための装置キネトスコープを発表した。キネトスコープは、1人の人間がのぞき穴から映像を見る装置である。スクリーンに投射する方式の映写機は、1894年にフランスのリュミエール兄弟によって発明された（シネマトグラフ）。エジソンも後に、映写方式の装置ヴァイタスコープを開発する。1895年12月28日、リュミエール兄弟が撮影した映画が、パリで一般公開された。これは、映画史上最初の有料映画上映とされる。

ASL、ショット平均持続時間　average shot length

一本の映画を構成する全ショットの持続時間の平均値。映画全編の上映時間をショットの数で割った数値。編集スタイルの特徴を知るための一つの手法として、ASLに注目するとよい。一般に、ASLが長い映画は、各ショットの持続時間が長くなるため、物語のテンポが遅く感じられる。逆にASLが短いと、目まぐるしく画面が切り替わり、テンポが速く感じられる。ハリウッド映画では、ASLは短くなる傾向にあり、近年では2.5〜3秒程度のものが多い。

エスタブリッシング・ショット　establishing shot

状況設定ショット。シークェンスの冒頭近くに置かれ、これから起こるアクションに関する基本的な情報（場所・時間・状況など）をあらかじめ提示する。通常、ロング・ショットで撮影されるが、さまざまなカメラ・アングルでとらえ直されることもある。
☞カメラ・アングル、ロング・ショット

エクスプロイテーション映画　exploitation film

同時代のセンセーショナルな出来事や社会問題を題材にしたり、麻薬や暴力、セックスなどのきわどい描写を売り物にして、もっぱら商業的成功を意図して製作された映画。通常、独立系の映画製作者によって低予算で製作され、特定の、限定された観客層を対象に上映される。1920年代にはすでに存在していたが、アメリカでは、スタジオ・システムの崩壊とプロダクション・コードの廃止に伴い、60年代から70年代にかけて人気を博した。
☞ブラックスプロイテーション、スタジオ・システム、プロダクション・コード

カット cut

ショット転換のための編集技法のうち、最も単純な手法。フェイド、ディゾルヴ、ワイプなどを使用することなく、あるショットから別のショットへと直接的に移行すること。ショットのためにカットされたフィルム片をカットと呼び、ショットとショットをつなぐ行為をカッティング（カット割り）と呼ぶこともある。ディレクターズ・カットは、監督によって編集された映画のヴァージョンを指し、この場合、カットは映画の完成版を意味する。

☞ショット、ディゾルヴ、フェイド、ワイプ

カメラ・アングル camera angle

被写体に対してカメラの置かれる位置・角度。通常、アイレベル（被写体の目線の位置）にセットされる。アイレベルよりも下にセットし被写体を見上げるように撮影するロー・アングル（あおり）、高い位置にセットして見下ろすように撮影するハイ・アングル（俯瞰）などの手法もある。

画面比率 aspect ratio

画面の横幅と高さの関係。1932年にアメリカの映画芸術科学アカデミーによって定められた標準的画面比率（アカデミー比）は、4:3（= 1.33:1）。現在では、これよりも横幅の大きいワイドスクリーンが一般的である。

☞ワイドスクリーン

切り返しショット reverse shot ☞ショット／切り返しショット

空撮 aerial shot

飛行機、ヘリコプター、最近ではドローンを使って、空中で撮影されたショット。超高度からのハイ・アングルのショットによって、360度の風景を見せることができる。空中ショット、航空ショットとも呼ばれる。

クォータ quota

自国映画産業の保護のために各国政府が設けた割当制度。外国映画の輸入本数や上映日数に上限を設け、映画館に自国映画上映のための最低時間を確保するよう義務付ける。第一次世界大戦以降、映画市場において圧倒的な優勢を誇ってきたハリウッド映画への対抗策として導入された。イギリスは1927年に映画法を制定し、配給者には年間配給の7.5%、興行者には年間上映の5%（後に20%まで引き上げられた）を自国映画に割り当てることを定めた。しかし、アメリカの映画会社が、イギリスに子会社を設立するなどして、割当を満たすための速成映画（quota quickie）を製作したため、期待された効果をあげることはできなかった。1928年にクォータを導入したフランスは、現在ではテレビ番組にもこの制度を適用している。

クレーン・ショット crane shot

クレーンから撮影されたショット。通常、ハイ・アングルで、中空を縦横無尽に浮遊する移動ショットなどを可能にする。

☞ロング・ショット

クロースアップ close-up

カメラが被写体に接近して撮影したショット・サイズで、フレームの大部分を被写体が占める。一般には、人物の顔を大写しにするもの。その人物の重要さを強調し、観客に親近感を抱かせ、感情や思考のプロセスを画面いっぱいに提示する効果がある。また、体の部位や特定の物を接写すると、観客の注意を細部に向けさせることが可能である。

☞ショット・サイズ、フル・ショット、ミディアム・ショット、ロング・ショット

クロスカッティング crosscutting

時を同じくして、異なる場所で起きている二つ以上の出来事を、交互につないで編集すること。交互に提示することによって、両者を関連づけることができる。一般に、緊張感やサスペンスを生み出したいときに用いられることが多い。また、物語を加速させる効果もある。D・W・グリフィスの『国民の創生』(1915) は、クロスカッティングを効果的に用いた最初の映画とされ、たとえば、黒人の襲撃を受けて窮地に陥っている一家と、救助に駆けつける KKK のショットをクロスカッティングで見せることによってサスペンスを盛り上げている。並行モンタージュ (parallel montage)、並行編集 (parallel editing)、並行カッティングとも呼ばれる。

興行 exhibition ☞製作／配給／興行

古典的ハリウッド映画 classical Hollywood cinema

主に、1930 年代から 50 年代にかけてハリウッドのスタジオ・システム下で製作された物語映画のスタイルあるいは形式。デイヴィッド・ボードウェルらが 1985 年に同名の著書で主張した。アリストテレス以来の「始め・中間・終わり」を持つプロット（筋）の基本形を踏まえ、フランス古典演劇における規則「三統一の法則」を受け継ぐ。すなわち、時・場所・プロットの一致の原則に基づいて、一本化されたプロットを、連続したあるいは一貫して継続した時間と、限定された空間において展開する。観客に、効率よく明快に物語を伝えることを重視するスタイルで、コンティニュイティ編集はその代表的技法である。古典的ハリウッド映画のスタイルは、現在の主流映画にも継承されている。
☞コンティニュイティ編集、スタジオ・システム

コンティニュイティ、連続性 continuity

ショットからショットへの、一貫性のある連続的でスムーズなつながりのこと。また、これを維持するための各ショット（テイク）の記録。日本でいうコンテはコンティニュイティの略。
☞コンティニュイティ編集

コンティニュイティ編集 continuity editing

画面内の事象を、継ぎ目なく、連続してスムーズに動いているように見せる編集技法。時間や空間の連続性（コンティニュイティ）を維持し、被写体の位置・動き・視線の方向などを一貫させて視覚的な整合性を保ちながら、ショットとショットをつなぐ。180度システムや 30 度ルールは、コンティニュイティ編集のための重要な技法である。もしこれらのルールを侵犯すれば、観客の画面内の空間認識を混乱させてしまう。観客にショットとショットの継ぎ目を意識させずに、スムーズに画面内の出来事を認識させることで、直線的で理解しやすい物語を生み出すことができる。見えない編集 (invisible editing) とも呼ばれる。
☞30 度ルール、180 度システム

サイレント映画 silent movie

無声映画。トーキー（発声映画）以前の映画の総称。
☞トーキー

サウンド・トラック sound track

文字通りには、フィルムの縁にある録音帯を指す。音声（セリフ、効果音、音楽）を記録する細い帯状の部分のこと。光学サウンド・トラックと磁気サウンド・トラックがある。また、ここに記録された音声、さらには、その音（特に映画音楽）を収録して CD など

にしたアルバムのことを指すこともある。日本でいうサントラ。

作家 auteur

個性的な演出上のスタイル（独創的な個人様式）をもつ映画監督のこと。映画は通常、共同作業によって製作されるが、批評上の用法として、映画監督をその作品の創造的主体＝「作家」とみなす。1920 年代のフランス映画論壇で監督を作家として扱う試みがなされたが、一般には、1950 年代フランスの批評家たちによって作家としての監督が論じられて以来の呼称。

☞作家主義

作家主義 auteurism, auteur theory

個人（通常は映画監督）のスタイルに着目し、映画を個人的製作物として評価する批評手法。1950 年代のフランスで、特に『カイエ・デュ・シネマ』誌上で盛んに議論されて以降、映画批評の手法として普及した。

☞作家

山岳映画 Bergfilm

山岳地帯を題材とした劇映画やドキュメンタリー映画に広く用いられることもあるが、映画史的には、アルノルト・ファンクによって開拓され、主に 1920 年代から 30 年代にかけて人気を博した、ドイツ映画のジャンルを指す。アルプスの雄大な雪山を舞台に、自然の恐ろしさと美しさ、登場人物の心理的葛藤と英雄的行動などが描かれることが多い。ファンクによる代表作として『聖山』（*Der heilige Berg*, 1926）、『モンブランの嵐』（*Stürme über dem Mont Blanc*, 1930）などがある。ファンクの映画に出演していたレニ・リーフェンシュタールとルイス・トレンカーも、後に監督として山岳映画を製作した。

30 度ルール 30° rule

視覚的な一貫性を保証し、ショット間のコンティニュイティを維持するための、撮影上の約束事の一つ。ある被写体を異なるカメラ・アングルでとらえ直す場合、被写体に対するカメラの位置を 30 度以上、動かさなければならない（ただし、180 度以上動かしてはいけない）。30 度未満の場合、観客は、カメラ・アングルの変化が小さいために、ショットの移行を明確に認知できず、同一のショット内で被写体がほんの少し移動（ジャンプ）したように理解する。

☞コンティニュイティ編集、ジャンプ・カット、180 度システム

シークェンス sequence

一般に、映画の物語展開において特定の連続性をもつ、複数のショットやシーンで構成された、ひとかたまりの区分。シーンよりも大きな区分になるが、両者の区別は曖昧である。

☞ショット、シーン

CGI Computer-Generated Imagery

コンピュータによって生成された映像。日本では CG と呼ばれる。

シーン scene

一般に、単一の場所で起こった単一の出来事を映し出した、ひとかたまりの区分を指す。単一、あるいは複数のショットによって構成される。シークェンスよりも小さい区分になるが、両者の区別は曖昧である。

☞ショット、シークェンス

視点ショット、見た目のショット point-of-view shot

ある特定の人物の視点から撮られたショット。観客がその人物の視点に立ち、主観的

に出来事を体験し、感情移入することを促す。略してＰＯＶショットとも呼ばれる。主観ショット、主観カメラ、一人称カメラと呼ぶこともある。近年は、手持ちカメラによる視点ショットを多用した低予算映画が多くみられる。

シャロー・フォーカス　shallow focus

被写界深度（カメラである一点に焦点を合わせたとき、その前後で鮮明な像が得られる撮影範囲）を浅くし、カメラに近い部分にのみ焦点を当てた撮影法。ディープ・フォーカスの逆。

☞ディープ・フォーカス

ジャンプ・カット　jump cut

２つのショットを、空間的・視覚的一貫性を攪乱するような唐突な移行によってつなぐ手法。ショット間のなめらかな連続性を是とするコンティニュイティ編集に用いられるマッチ・カットに対して、ミスマッチ（・カット）とも呼ばれる。シーン内での時間の経過や空間の移動を示す際に用いれば、無駄な部分を除去してショットをつなぐことができる。『勝手にしやがれ』（1960）に代表されるように、ヌーヴェル・ヴァーグの作家はしばしば意図的に、観客を当惑させるようなジャンプ・カットを用いた。

☞アングル、コンティニュイティ編集、30 度ルール、ヌーヴェル・ヴァーグ、180
　度システムライティング

ジャンル　genre

芸術作品の類型、あるいはカテゴリー分けのこと。映画の場合、プロット、主題、形式、技法、イコノグラフィ、登場人物の型などの要素において、比較的容易に認識可能な共通性を有し、確立された芸術上の慣行・形式に特徴づけられる作品群のカテゴリーのこと。ジャンル映画が有するおなじみの慣行・形式は、規格化された製作・配給・興行を容易にし、特にスタジオ・システム下において重要な役割を果たした。観客は、同じジャンルに属する先行映画と同様の快楽を期待し、ジャンルの紋切型（ときにはそこからの逸脱）を楽しむ。映画の代表的なジャンルとして、ギャング映画、探偵映画、フィルム・ノワール、西部劇映画、戦争映画、ＳＦ、ホラー映画、メロドラマ映画、ミュージカル映画、スラップスティック・コメディ、スクリューボール・コメディ、スワッシュバックラー映画などがある。しかし実際のところ、ジャンルの定義は曖昧である。たとえば、西部劇映画と戦争映画のように、共通する要素を有し、ジャンル同士の境界が曖昧な場合もある。また、ジャンルは、さらに細かいサブジャンルに分類することもできる。フィルム・ノワールは、そもそもジャンルとみなすか否かについて、映画研究者の意見が分かれている。

☞フィルム・ノワール

照明　lighting　☞ライティング

ショット　shot

撮影段階においては、カメラを継続的に回してとらえたひと続きの記録。その撮影行為および撮影されたフィルムは、テイクともよばれる。完成作品においては、途切れることのない映像のこと。一般に、ショット、シーン、シークェンスの順で区分が大きくなり、シーンとシークェンスはショットの集合体である。

☞シークェンス、シーン、長回し

ショット／カウンターショット　shot-reverse shot　☞ショット／切り返しショット

ショット・サイズ、ショット・スケール　shot size, shot scale

フレーム内での被写体の大きさによって分類される。クロースアップ、ミディアム、フ

ル、ロングの順で、被写体は小さくなる。

☞クロースアップ、フル・ショット、ミディアム・ショット、ロング・ショット

ショット／切り返しショット shot-countershot

対峙する人物と人物、あるいは人物と事物などを撮影する際に頻繁に用いられる撮影上、
および編集上の手法。会話のシーンがその典型であり、二人の話者のショットが、話し
手が替わるのに応じて交互に提示される。一般的に、肩越しのショット、あるいは聞き
手の視点ショットで話し手がとらえられる。

☞アイライン・マッチ、180 度システム、視点ショット

ショット平均持続時間 ☞ ASL

スタジオ・システム studio system

ハリウッドにおいて少数の大手スタジオ（製作会社）が、製作・配給・興行部門を垂直
的に支配した 1920 年代から 1950 年代までの垂直統合（系列）システムを指す。映画の
大量生産・大量消費を可能にした。1948 年、連邦最高裁判所は独占禁止法違反の判決
（いわゆる「パラマウント判決」）を下し、各スタジオに興行部門の切り離しを命じた。
これを契機として、スタジオ・システムは崩壊に向かった。

スーパーインポーズ superimposition

一つの映像の上にもう一つ、あるいはそれ以上の映像を重ねること。多重露光。「字幕
スーパー」（サブタイトル）は、スーパーインポーズド・タイトルを意味する。つまり、
多重露光で重ねた文字のこと。

☞モンタージュ

製作／配給／興行 production/distribution/exhibition

映画産業を構成する三つの部門。映画を創造し（製作）、完成した映画を流通させ（配給）、
映画館で観客に対して上映する（興行）各プロセスのこと。

☞スタジオ・システム

ディープ・フォーカス deep focus

カメラのとらえる視野全体に焦点を合わせて撮影する手法。被写界深度を深くすること
で、前景から後景までのすべての面を鮮明に見せ、画面に奥行きを与える。オーソン・
ウェルズとカメラマンのグレッグ・トーランドは、『市民ケーン』（1941）でこの技法
を初めて大々的に用いた。画面手前の人物から、はるか奥に位置する人物にまで焦点の
当たったショットが多数登場する。パン・フォーカスともいう。

☞シャロー・フォーカス

テイク take

撮影段階においては、カメラを止めずにひと続きの映像を撮影すること。編集段階にお
いては、あるショットのヴァージョンのひとつ。通常、複数撮影されたテイクのうちの
1 つを選んで、作品に用いる。

ディゾルヴ dissolve

シーン転換のための編集技法の一つ。最初の映像がゆっくりと消えていき、それに重なっ
て新たな映像がゆっくりと現れる。二つの映像がスーパーインポーズされ、徐々にシー
ンが移行する。

☞アイリス、シーン、スーパーインポーズ、フェイド、ワイプ

ティルト tilt

カメラ本体は移動させずに、カメラを垂直方向に回転させること。ティルト・アップは
下から上へ、ティルト・ダウンは上から下へ、カメラを軸移動させる。

☞パン

デーファ　DEFA

ドイツ映画株式会社（Deutsche Film Aktiengesellschaft）の略称。1946 年 5 月 17 日、ソ連占領地域で旧ウーファのバーベルスベルク・スタジオを拠点として設立され、同年に第二次世界大戦後の最初のドイツ映画となる『殺人者はわれわれのもとにいる』（ヴォルフガング・シュタウテ監督）を製作した。1949 年の東ドイツ建国以降は、国内で唯一の公式映画会社となった。東ドイツ消滅のおよそ 2 年後の 1992 年 12 月にその活動の幕を閉じるまでに、約 700 本の長編映画のほか、数多くのニュース映画、児童映画、アニメーション映画などを製作した。代表的な映画監督として、コンラート・ヴォルフ、フランク・バイアーなどがいる。デーファは社会主義統一党の方針と政局の変化に翻弄され続けたが、その映画のいくつかは現在ではドイツ映画の古典と見なされている。
☞ウーファ

ドイツ表現主義　German Expressionism

20 世紀初頭に、ドイツを中心に起こった芸術運動の総称。反自然主義・反印象主義的傾向をもち、前衛絵画グループを起点として文学、音楽、演劇、映画へと広まった。ドイツ表現主義映画は、日常空間とはまったく異質な世界の現出、強調された明暗法（キアロスクーロ）、画面に不安定感をもたらす構図や人工的な舞台装置などを特徴とする。代表的作品は、『カリガリ博士』（1920）、フリッツ・ラングの『メトロポリス』（1927）など。ラングをはじめとして、後に多くのドイツ人映画関係者がハリウッドに渡ったことから、ハリウッド映画（特にフイルム・ノワール）にも影響を与えた。
☞フィルム・ノワール

トーキー　talkie

発声映画、音声を伴う映画。talking movie の略。世界初の長編トーキーは、1927 年 10 月にアメリカで公開された『ジャズ・シンガー』（正確には、部分的なトーキー）である。イギリスではアルフレッド・ヒッチコックが、サイレント映画として製作された『恐喝（ゆすり）』（1929）の一部のシーンをトーキーで撮影し直し、サイレントとトーキーの両方のヴァージョンを公開した。1930 年代前半に、トーキーの製作・上映のための技術革新が行われ、サイレント映画からトーキーへの移行が進んだ。
☞サイレント映画

トラヴェリング・ショット　traveling shot

移動ショットの総称。移動ショットとは、カメラを移動して撮影したショットであり、前後左右に流れるような動きが可能。
☞トラッキング・ショット、ドリー・ショット

トラッキング・ショット　tracking shot

トラヴェリング・ショットの一種。線路に似たトラック軌道（track）上でカメラを乗せたドリー（台車）を走らせて撮影したショット。また、トラック（truck）などの乗り物にカメラをのせて撮影したショットは、トラッキング・ショット（trucking shot）と呼ばれる。
☞トラヴェリング・ショット、ドリー・ショット

ドリー・ショット　dolly shot

トラヴェリング・ショットの一種で、車輪のついたドリー（台車）にカメラを乗せて撮影したショット。
☞トラヴェリング・ショット、トラッキング・ショット

長回し、ロング・テイク long take

通常よりも長く持続したショットのこと。

ニュー・ウェイヴ new wave

(1)ヌーヴェル・ヴァーグ（新しい波）の英語訳で同義。

(2)1950年代後半から60年代にかけて起こったイギリスにおける新しい映画製作の動き。フリー・シネマ出身の作家が中心となり、労働者階級の日常への関心、詩的リアリズムなどを特徴とした作品を生み出した。

(3)より広い意味で、その他の国における新しい映画製作の動き、新しい映画作家グループを指す際にも用いられる。

☞ニュー・ハリウッド、ヌーヴェル・ヴァーグ

ニュー・シネマ new cinema

『俺たちに明日はない』（1967）などの過去のハリウッド映画の慣例や検閲などから自由な映画を1967年の『タイム』誌がこう呼んだ。「アメリカン・ニュー・シネマ」というように日本ではいまだによく使われるが、アメリカでは、より広い範囲の時代を指すニュー・ハリウッドという言葉が一般的。

☞ニュー・ハリウッド

ニュー・ジャーマン・シネマ Neuer deutscher Film (New German Cinema)

「若いドイツ映画」の後を受けて、1970年代に国際的に脚光を浴びた西ドイツの映画運動。「若いドイツ映画」を含む概念として用いられることもある。この運動に関係した映画監督の多くが、1971年に自助組織として設立された映画配給会社フィルムフェアラーク・デア・アオトーレンに所属していた。代表者として、ライナー・ヴェルナー・ファスビンダー、ヴィム・ヴェンダース、ヴェルナー・ヘルツォークのほかに、ヘルマ・ザンダース＝ブラームス、マルガレーテ・フォン・トロッタといった女性監督が挙げられる。社会を批判する高い政治意識を「若いドイツ映画」から引き継ぎつつ、作家主義を前面に打ちだし、フランスのヌーヴェル・ヴァーグの斬新さとハリウッド映画の確立されたジャンルの両方を参照しながら、それらを折衷的に組み合わせた作品が多い。1982年のファスビンダーの急逝によって、終息に向かうことになった。

☞作家主義、ヌーヴェル・ヴァーグ、若いドイツ映画

ニュー・ハリウッド new Hollywood

1960年代後半から70年代後半のハリウッドを指す。テレビとの競争などに起因するハリウッドの苦境および社会の騒擾（公民権運動、ヴェトナム戦争、カウンターカルチャー、フェミニズム運動など）を背景として、若い映画監督が活躍し古典的ハリウッド映画から自由な映画を製作した。ニュー・シネマとも呼ばれる『俺たちに明日はない』（1967）と『イージー・ライダー』（1969）などがニュー・ハリウッドの方向を定めた。古典的ハリウッド映画の慣例からの自由、社会の体制に反逆する若者の主人公、ハッピーエンディングの拒否などを特徴とする映画が多い。この意味では、ポスト古典的ハリウッド、ハリウッド・ルネサンスとも呼ばれる。また、1970年代後半から始まるハリウッドの映画製作を指すこともある。『ジョーズ』（1975）、『スターウォーズ』（1977）、『E.T.』（1982）などの人目を引く高予算の大作映画であるブロックバスターなどの高収益の映画製作と一斉公開などのマーケティング戦略を特徴とし、映画産業のコングロマリット化を促進した。

☞古典的ハリウッド映画、ニュー・シネマ

ヌーヴェル・ヴァーグ nouvelle vague

フランス語で「新しい波」の意。1950年代末から60年代にかけて起こったフランスにおける新しい映画製作の動き。その中心は、映画批評誌『カイエ・デュ・シネマ』の若い批評家たち（ジャン＝リュック・ゴダール、フランソワ・トリュフォー、クロード・シャブロル、ジャック・リヴェット、エリック・ロメールら）。伝統的な映画作りに異を唱え、それぞれ同じ時期に「作家」として自身の作品を作り始めた動きの総称であり、厳密には芸術運動とは言い難い。共通点として、低予算製作、即興演出、ロケ撮影、手持ちカメラの使用、同時録音、ジャンプ・カットの多用、コンティニュイティ編集に代表されるショット間のなめらかな連続性や直線的で分かりやすい物語構成の破棄があげられる。

☞古典的ハリウッド映画、コンティニュイティ編集、作家、ジャンプ・カット　製作／配給／興行

配給 distribution　☞製作／配給／興行

ハリウッド・テン Hollywood ten

1947年、下院非米活動委員会の聴聞会に喚問された10人の非友好的証人（脚本家のダルトン・トランボや監督のエドワード・ドミトリクなど）を指す。共産主義との関わりを問われた彼らは、表現の自由を保障する憲法修正第一条を根拠に証言を拒否したが、議会侮辱罪によって短期間、服役した。以後、1950年代を通して、共産主義者を映画業界から追放する赤狩りが行われ、多くの才能ある映画人が職を追われた。そのなかには、海外へ活動の場を移した者や、トランボのように偽名で仕事を続けた脚本家もいた。トランボの名が再びクレジットにのるのは1960年なってからであり、後に『ローマの休日』（1953）と『黒い牡牛』（1956）でアカデミー賞を受賞した脚本家の正体がトランボであることが明らかにされた。

ハリウッド・ルネサンス Hollywood Renaissance　☞ニュー・ハリウッド

パン pan

カメラを水平方向に回転させること。パンは、panorama の略。左から右へ動かすのが一般的。

☞ティルト

B級映画 B movie, B film

1930年代から50年代初頭までのアメリカで、二本立て興行が一般的だった時代に、メインの呼び物となる映画（A級映画、フィーチャー映画）に対し、その添え物として製作された映画を指す。スタジオ内に、そのような映画を専門に製作する部署（B班）が設けられたことに由来する呼称。通常、低予算の早撮り映画で、若く無名の映画監督や俳優が起用された。スタジオからの干渉が少なかったため、若い監督らの訓練の場や、実験的試みを行う機会となった。現在では、主に低予算で質の劣った映画に対して用いられる。

180度システム 180° system

視覚的な一貫性を保証し、ショット間のコンティニュイティを維持するための、撮影上の約束事の一つ。たとえば、ショット／切り返しショットを用いて2人の人物の会話のシーンを撮影する場合、カメラは2人を結ぶ想像上の線（イマジナリー・ライン）を横切ることなく、撮影し続けなければならない。それによって、観客の画面内の空間認識を混乱させることなく、ショットをつなぐことが可能になる。

☞コンティニュイティ編集、30度ルール、ショット／切り返しショット

フィルム・ノワール film noir

フランス語で「暗黒映画」の意。映像と物語の両面における暗さを特徴としたアメリカ映画に対して、フランスの批評家が最初に用いた表現。一般に、1941年の『マルタの鷹』以降、1958年の『黒い罠』にいたるまでに、盛んに製作された。ハードボイルド探偵小説の伝統を受け継ぎ、大都会を舞台にした犯罪を描く場合が多い。明暗を強調した照明法、斜線や垂直線を強調した画面構図がもたらす閉所恐怖症的雰囲気、錯綜した時間軸（しばしばヴォイスオーヴァーで始まるフラッシュバックが用いられる）、男性を破滅へと導く魔性の女ファム・ファタールの存在、物語の道徳的両義性、シニシズム、ペシミズムが特徴として挙げられる。

フェイド fade

シーン転換のための編集技法の一つ。フェイドインでは、暗い画面が徐々に明るくなるにつれて映像が現れる。フェイドアウトでは、画面が暗くなるに伴って映像が消えていく。一般に、黒色のカラー・スクリーンに映像を重ねて編集するが、白やその他の色が用いられる場合もある。

☞アイリス、ディゾルヴ、ワイプ

ブラックスプロイテーション blaxploitation

1970年代前半にアメリカで登場した、都市部の黒人層をターゲットにしたエクスプロイテーション映画。代表的作品は『スウィート・スウィートバック』(1971)、『黒いジャガー』(1971) など。主要キャストに黒人俳優を起用し、都市部のゲットーを舞台に、麻薬・暴力・セックスを扱った。ポン引きや麻薬密売人といったステレオタイプ化された黒人登場人物は、黒人公民権運動家から批判を浴びた。

☞エクスプロイテーション映画

ブラック・ムーヴィ black movie ☞ブラックスプロイテーション

フラッシュバック／フラッシュフォワード flashback/flashforward

「現在」の出来事に、「過去」あるいは「未来」の出来事を挿入し、物語の時系列を変更する手法。その過去または未来が登場人物の思い描いたものである場合、その登場人物のクロースアップやヴォイスオーヴァーが導入に用いられることが多い。フラッシュバックは過去の出来事の回想に、フラッシュフォワードは未来に起こることの想像や予知を描く際に、しばしば用いられる。

プリミティヴ映画 primitive movie

通常、映画の誕生から1910年半ばまでの初期映画を指す。映画の誕生間もない1890年代の映画は、技術的制約ゆえに、単一のショットで構成された1分にも満たないものであった。1900年代に入ると、ジョルジュ・メリエスの『月世界旅行』(1902)、エドウィン・S・ポーターの『大列車強盗』(1903) のような、複数のショット／シーンで構成された物語性を有する作品が登場する。そして、クロースアップ、クロスカッティング、スーパーインポーズ、ディゾルヴなどの新たな撮影・編集技法、ショット間のコンティニュイティを維持して物語を語る手法が発見・洗練されていく。初期映画におなじみの題材は、日常の情景描写、珍しい異国の風景を撮影した紀行映画（travelogue）、公的行事などを撮影したニュース映画、舞台演劇やヴォードヴィルの演目を撮影あるいは再現したもの、チェイス（追っかけ）映画など。初期映画は、それ自体が新しい科学技術的発明であり、作品の内容は珍奇な見世物としての性質が強く、ヴォードヴィル劇場のライブパフォーマンスの一環として上映されることが多かった。1900年代半ば以降、映画上映専門の映画館が次々と建てられ、作品の需要が増大するにつれ、フランスやアメリカなどで映画産業が発展し、新たな大衆娯楽としての地位を確立していった。

☞アトラクションの映画

フリー・シネマ free cinema

1950年代のイギリスにおけるドキュメンタリー映画運動。カレル・ライス、リンゼイ・アンダーソン、トニー・リチャードソンらによって提唱された。イギリスにおける商業映画とドキュメンタリー映画の現状を批判し、労働者階級の日常をテーマにした詩的リアリズムを特徴とする短編ドキュメンタリーを製作した。その精神と手法は、ニュー・ウェイヴ、キッチンシンク映画へと受け継がれた。

☞ニュー・ウェイヴ

フル・ショット full shot

人物の全身がフレーム内にちょうど収まるように撮影したショット。

☞クロースアップ、ミディアム・ショット、ロング・ショット

プロダクション・コード、映画製作倫理規定 production code

全米映画製作者配給者協会（MPPDA）によって制定された映画製作自主検閲規定。初代会長ウィル・ヘイズの名をとってヘイズ・コードとも呼ばれる。映画作品における性や暴力などの表現に対する公共の批判、州レベルでの検閲制度導入への動きに対し、映画産業の独自性と自立性を保つために導入された。1930年に制定され、1934年から罰則規定とともに厳格に運用される。1968年に完全廃棄され、レイティング・システムへ移行した。

プロパガンダ映画 propaganda film

ある特定の主義・主張、思想などを宣伝することを第一目的として製作された映画。イデオロギーが最も顕著に表れるタイプの映画である。戦時における戦争宣伝映画などがその代表例である。

並行モンタージュ parallel montage　☞クロスカッティング

ヘイズ・コード Hays Code　☞プロダクション・コード

ヘリテージ映画 heritage movie

イギリスの文化・歴史的遺産に依拠した映画群。文芸映画や歴史映画などもこれに含まれる。歴史的建造物や上流階級の伝統的生活様式などの描写が、視覚的悦びを提供する。1980年代、「大きな政府」から「小さな政府」への移行を進めたサッチャー政権下での社会変動と精神的基盤の喪失を背景に製作され、過去の栄光を思い起こさせることによって、イギリス国民に慰安と自負心を提供した。代表的作品は、『炎のランナー』（1981）、『インドへの道』（1984）、ジェームズ・アイヴォリー監督による文芸映画（『眺めのいい部屋』[1985]など）。これらの作品の国内外における成功が、イギリス映画の国際的地位と競争力を高めることに寄与した。

ベルリン派 Berliner Schule

21世紀初頭に注目を集めたドイツ映画の潮流。「新ベルリン派」とも呼ばれる。中心人物は、いずれもドイツ映画テレビ・アカデミー・ベルリン（DFFB）の卒業生であるクリスティアン・ペツォルト、トーマス・アルスラン、アンゲラ・シャーネレク。作家主義的な映画製作の伝統に立ち、リアルな人物描写、社会の現実に切り込む姿勢、といった特徴をもつ。

☞作家主義

編集 editing

製作段階において、撮影後のフィルムを切ったり、つないだり、並べ替えたりする作業。

ポスト古典的ハリウッド post-classical Hollywood　☞ニュー・ハリウッド

ミザンセヌ mise en scene

フランス語で「演出」の意で、もともとは演劇用語である。ミザンセンと表記される場合もある。カメラがとらえるフレーム内のすべての要素（セット、小道具、大道具、照明、衣装、メイクアップ、俳優の演技など）を含む。

見た目のショット　　視点ショット

ミディアム・ショット medium shot

登場人物を、中程度の距離から撮影したショット。通常、人物の上半身(腰のあたりまで)が含まれ、フレームの2分の1ないし3分の2を占める。ミドル・ショットとも呼ぶ。

☞クローズアップ、フル・ショット、ロング・ショット

ミドル・ショット middle shot ☞ミディアム・ショット

モンタージュ montage

フランス語で「組み立て」の意。

(1)一般には編集と同義。

(2)1920年代に、ソヴィエトの映画製作者によって実践された編集法。特に、エイゼンシュテインによって体系化された弁証法的モンタージュ、あるいはテーマ・モンタージュと呼ばれるモンタージュ技法を指すことが多い。ダイナミックにショットを組み合わせたり、一見すると相反するショットを並置することによって、それらのショットが単独では持ちえない新たな概念や意味を創造する。たとえば、エイゼンシュテインの『十月』(1928)は、登場人物（ケレンスキー）の手の込んだ制服の細部のショットに、孔雀のショットを差し挟むことによって、彼の虚栄心を暗示している。

(3)スーパーインポーズ、ジャンプ・カット、ディゾルヴ、フェイド、ワイプなどの特殊な手法を駆使して、あるいは特殊な手法を用いないまでも卓越した編集によって、短いショットをつなぎ、時間・場所を凝集したり、主題を簡潔で象徴的な、インパクトのあるイメージに集約する編集技法。モンタージュ・シークエンスともいう。たとえば、『市民ケーン』(1941)のオープニングに用いられたニューズリールのモンタージュ、『カサブランカ』(1942)のオープニングで、パリからカサブランカへの人の流れを描くモンタージュなどがその例。

☞コンティニュイティ編集、スーパーインポーズ、ディゾルヴ、フェイド、ワイプ

ライティング lighting

照明。撮影に必要な十分な量の光を確保するために、あるいは特別な効果を得るために、光を調整し統御すること。たとえば、セットに十分な光を当てて、事物の輪郭をはっきりと照らし出すハイキー照明、逆に光の量を減らして影をつくり、事物をおぼろげに照らし出すローキー照明といった照明法がある。

☞色温度

リヴァース・ショット reverse shot ☞ショット／切り返しショット

レイティング・システム rating system

映画作品における性や暴力などの表現の度合いに基づいて作品を分類し、観客を規制する制度。アメリカでは、プロダクション・コードにかわって1968年に正式に導入された。現在のアメリカ映画協会（MPPA）によるレイティング・システムでは、G（一般向け）、PG（子供には保護者の指導推奨）、PG13（13歳未満には保護者の指導推奨）、R（17歳未満は保護者同伴必要）、NC-17（17歳未満は禁止）。現在の全英映像等級審査機構（BBFC）によるレイティング・システムでは、U（全年齢対象）、PG（保護者による指

導推奨）、12A（12 歳以上推奨で視聴の場合は保護者による指導推奨）、12（12 歳未満視聴非推奨）、R18（性的内容のために 18 歳未満視聴禁止）。

☞プロダクション・コード

ロング・ショット long shot

人物や風景を遠方からとらえたショット。周辺の環境（風景・セット）が広く含まれる。ワイド・ショットとも呼ぶ。

☞クロースアップ、フル・ショット、ミディアム・ショット

ロング・テイク long take ☞長回し

ワイドスクリーン widescreen

アメリカにおける標準的画面比率（1.33:1 = 4:3）よりも横幅が大きく、ヨーロッパのスタンダードである 1.66:1 以上の横幅のあるスクリーンのこと。アナモフィック・レンズ（歪曲レンズ）を使用するタイプと、使用しないタイプに大別される。シネマスコープ、パナヴィジョン、70 ミリ映画などのさまざまな方式が開発されている。現在、アメリカでは 1.85:1 が一般的。

☞画面比率

ワイプ wipe

シーン転換のための編集技法の一つ。最初のショットを横に押しのけるようにして、新たなショットが表れ、スクリーンが拭い去られたような効果をもたらす。

☞アイリス、ディゾルヴ、フェイド

若いドイツ映画 Junger deutscher Film

1962 年 2 月 28 日のオーバーハウゼン短編映画祭での、「古い映画は死んだ。われわれは新しい映画を信じる」という若手映画監督たちによる宣言を起点とする、西ドイツの映画運動。この宣言は政府を動かし、優れた脚本に融資する「若いドイツ映画クラトリウム（管理委員会）」の設立（1965 年）や、ドイツ映画テレビ・アカデミー・ベルリン（DFFB）、ミュンヒェン映画テレビ大学（HFF）というふたつの映画大学の創設（それぞれ 1966 年、67 年）の引き金となった。代表的な映画監督としては、宣言に署名したアレクサンダー・クールゲやペーター・シャモニのほか、ジャン＝マリー・ストローブとダニエル・ユイレなどが挙げられる。「47 年グループ」の文学運動とのかかわり、ドキュメンタリーから受け継いだ自国の文化や歴史への批判精神と政治意識、アヴァンギャルドへの関心といった傾向が見られる。「ニュー・ジャーマン・シネマ」の前半部と捉えられることもある。

☞ニュー・ジャーマン・シネマ

（有森由紀子）

各用語の定義には、下記を参照した。

Kuhn, Annette and Guy Westwell. *A Dictionary of Film Studies*. Oxford UP, 2012.
Blandford, Steve, et al. *The Film Studies Dictionary*. Arnold, 2001.〔ブランドフォードほか『フィルム・スタディーズ事典——映画・映像用語のすべて』、杉野健太郎・中村裕英監訳／亀井克朗・西能史・林直生・深谷公宣・福田泰久・三村尚央訳、フィルムアート社、2004 年。〕

索引

【責任編集】

山本佳樹（やまもと　よしき）　＊はしがき、第6章、第11章、第16章

大阪大学大学院人文学研究科教授。共著書に『交錯する映画——アニメ、映画、文学』（ミネルヴァ書房、2013）、『映画とジェンダー／エスニシティ』（ミネルヴァ書房、2019）、訳書にザビーネ・ハーケ『ドイツ映画』（鳥影社、2010）、ゼバスティアン・ハイドゥシュケ『東ドイツ映画——デーファと映画史』（鳥影社、2018）、共訳書にクラウス・クライマイアー『ウーファ物語（ストーリー）——ある映画コンツェルンの歴史』（鳥影社、2005）などがある。

【編集委員】

市川　明（いちかわ　あきら）　＊第4章、第9章

大阪大学名誉教授。編著書に『ブレヒト　詩とソング』（花伝社、2008）、『ブレヒト　音楽と舞台』（花伝社、2009）、共著書に『ナチスと闘った劇場——精神的国土防衛とチューリヒ劇場の「伝説」』（春風社、2021）、訳書にマックス・フリッシュ『アンドラ』（松本工房、2018）、共訳書にフォルカー・ブラウン『本当の望み』（三修社、2002）などがある。2024年1月逝去。

香月恵里（かつき　えり）　＊第12章

岡山商科大学経営学部教授。共著書に『〈悪の凡庸さ〉を問い直す』（大月書店、2023）、訳書にイェルク・フリードリヒ『ドイツを焼いた戦略爆撃1940-1945』（みすず書房、2011）、ベッティーナ・シュタングネト『エルサレム〈以前〉のアイヒマン』（みすず書房、2021）、共訳書に『デュレンマット戯曲集　第一巻』（鳥影社、2012）、『デュレンマット戯曲集　第三巻』（鳥影社、2015）などがある。

増本浩子（ますもと　ひろこ）　＊第13章、第18章

神戸大学大学院人文学研究科教授。著書に『フリードリヒ・デュレンマットの喜劇』（三修社、2003）、訳書にフリードリヒ・デュレンマット『失脚／巫女の死』（光文社古典新訳文庫、2012）、フリードリヒ・デュレンマット『ギリシア人男性、ギリシア人女性を求む』（白水社、2017）、共訳書にミハイル・ブルガーコフ『犬の心臓・運命の卵』（新潮文庫、2015）、ダニイル・ハルムス『ハルムスの世界』（白水社、2023）などがある。

【執筆者】

山本　潤（やまもと　じゅん）　＊第1章

東京大学大学院人文社会系研究科准教授。著書に『記憶の変容——『ニーベルンゲンの歌』と『哀歌』に見る口承文芸と書記文芸の交差』（多賀出版、2015）、共著書に『カタストロフィと人文学』（勁草書房、2014）、『固有名の詩学』（法政大学出版局、2019）、『モルブス・アウストリアクス』（法政大学出版局、2023）などがある。

西尾宇広（にしお　たかひろ）　＊第2章

慶應義塾大学文学部准教授。共編著書に『ハインリッヒ・フォン・クライスト——「政治的なるもの」をめぐる文学』（インスクリプト、2020）、共著書に『ドイツ語圏のコスモポリタニズム——「よそもの」たちの系譜』（共和国、2023）、共訳論文にヴェルナー・ハーマッハー「《共に》について／から離れて——ジャン＝リュック・ナンシーにおける複数の変異と沈黙」（『多様体』第2号、2020）などがある。

山本賀代（やまもと　かよ）　＊第3章

慶應義塾大学経済学部教授。共著書に『晩年のスタイル——老いを書く、老いて書く』（松籟社、2020）、論文に「『ヴィルヘルム・マイスターの遍歴時代』の改作過程——作品構成の改編作業に注目して」（『藝文研究』第125号、2023）、共訳書にヨッヘン・クラウス『シャルロッテ・フォン・シュタイン——ゲーテと親しかった女性』（鳥影社、2006）などがある。

竹田和子（たけだ　かずこ）　＊第5章
大阪音楽大学短期大学部教授。編著書に『時代を映す鏡としての雑誌——18世紀から20世紀の女性・家庭雑誌に現れた時代の精神を辿る』（日本独文学会研究叢書　第124号、2017）、論文に「フォンターネと『ドイチェ・ルントシャウ』——19世紀後半の雑誌文化に関する考察」（『ドイツ文学論攷』第46号、2004）、「Ｅ．マルリット作品に描かれた「家」の崩壊とその社会的背景——『商業顧問官の家』と『石榴石の髪飾りの女』を中心に」（『ドイツ文学論攷』第61号、2019）などがある。

川島　隆（かわしま　たかし）　＊第7章
京都大学大学院文学研究科教授。著書に『カフカの〈中国〉と同時代言説』（彩流社、2010）、『カフカ　変身——「弱さ」という巨大な力（「100分de名著」ブックス）』（NHK出版、2024）、共著書に『図説 アルプスの少女ハイジ』（河出書房新社、2022）、訳書にカフカ『変身』（角川文庫、2022）、共訳書に『ポケットマスターピース01 カフカ』（集英社文庫、2015）などがある。

満留伸一郎（みつどめ　しんいちろう）　＊第8章
東京藝術大学、横浜国立大学等非常勤講師。著書に『散文へのプロセス』（Dの3行目、2021）、訳書にヴォルフガング・ウルリヒ『不鮮明の歴史』（ブリュッケ、2006）、ヴォルフガング・ウルリヒ『芸術とむきあう方法』（ブリュッケ、2008）、共訳書に『ムージル伝記』（法政大学出版局、2012/2015）などがある。

渋谷哲也（しぶたに　てつや）　＊第10章
日本大学文理学部教授。著書に『ドイツ映画零年』（共和国、2015）、編著書に『ストローブ＝ユイレ——シネマの絶対に向けて』（森話社、2018）、共編著書に『ファスビンダー』（現代思潮新社、2005）、『ナチス映画論——ヒトラー・キッチュ・現代』（森話社、2019）、訳書にライナー・ヴェルナー・ファスビンダー『ブレーメンの自由』（論創社、2005）、ライナー・ヴェルナー・ファスビンダー『ゴミ、都市そして死』（論創社、2006）などがある。

依岡隆児（よりおか　りゅうじ）　＊第14章
徳島大学総合科学部教授。著書に『ギュンター・グラスの世界——その内省的な語りを中心に』（鳥影社、2007）、『ギュンター・グラス——「渦中」の文学者』（集英社、2013）、論文に、Günter Grass nach der Wende: Zu seinem Schatten-Motiv (*Neue Beiträge zur Germanistik*, 139, 2009)、「日独文学にみる『核』の表象についての比較考察」（『比較文化研究』第124号、2016）、訳書にギュンター・グラス『玉ねぎの皮をむきながら』（集英社、2008）などがある。

宮崎麻子（みやざき　あさこ）　＊第15章
立教大学文学部准教授。著書に *Brüche in der Geschichtserzählung. Erinnerung an die DDR in der Post-DDR-Literatur* (Königshausen & Neumann, 2013)、共編著書に『ドイツ文化事典』（丸善出版、2020）、論文に「文学における東ドイツの想起の語り——アイデンティティの政治とは別のところへ」（『ドイツ研究』第55号、2021年）などがある。

中込啓子（なかごめ　けいこ）　＊第17章
大東文化大学名誉教授。著書に『ジェンダーと文学——イェリネク、ヴォルフ、バッハマンのまなざし』（鳥影社、1996）、訳書にクリスタ・ヴォルフ『カッサンドラ』（恒文社、1997）、エルフリーデ・イェリネク『死と乙女　プリンセスたちのドラマ』（鳥影社、2009）、エルフリーデ・イェリネク『ピアニスト（新訳版）』（鳥影社、2021）、共訳書にエルフリーデ・イェリネク『したい気分』（鳥影社、2004）、エルフリーデ・イェリネク『死者の子供たち』（鳥影社、2011）などがある。

松永美穂（まつなが　みほ）　＊第19章
早稲田大学文学学術院教授、翻訳家。訳書にベルンハルト・シュリンク『朗読者』（新潮社、2003）、ヘルマン・ヘッセ『車輪の下で』（光文社古典新訳文庫、2007）、インゲボルク・バッハマン『三十歳』（岩波文庫、2016）、マルレーン・ハウスホーファー『人殺しは夕方やってきた』（書肆侃侃房、2024）などがある。

ドイツ文学と映画

2024 年 11 月 30 日　第 1 刷発行

責任編集	山本 佳樹
編 著 者	市川　明
	香月 恵里
	増本 浩子
発 行 者	前田 俊秀
発 行 所	株式会社 三修社
	〒 150-0001 東京都渋谷区神宮前 2-2-22
	TEL03-3405-4511
	FAX03-3405-4522
	振替 00190-9-72758
	https://www.sanshusha.co.jp/
	編集担当　永尾真理
DTP	ロビンソン・ファクトリー（川原田良一）
装幀	長田年伸
印刷・製本	倉敷印刷株式会社

©2024 Printed in Japan ISBN978-4-384-06072-0 C0098

JCOPY 〈出版者著作権管理機構 委託出版物〉

本書の無断複製は著作権法上での例外を除き禁じられています。複製される場合は、
そのつど事前に、出版者著作権管理機構（電話 03-5244-5088 FAX 03-5244-5089
e-mail: info@jcopy.or.jp）の許諾を得てください。